陈学斌 ◎ 著

文史趣思 贰

复旦大学出版社

目 录

"羊"是神奇吉祥物	1
自古才俊出少年	20
饮食中有大学问	49
种豆得豆多品"豆"	82
千古之谜一"缘"牵	105
"竹"君是个好朋友	135
问"鼎"贵重知多少	159
明珠璀璨自天成	183
山河表里多雄"关"	204
山美水美"亭"也美	230
皖地三"墙"永流芳	256

春色满园有好"戏"	278
这个"口"里说法多	318
"马"到成功尽欢颜	355
阿猫阿狗那些事	382

"羊"是神奇吉祥物

游览北京故宫,细心的游客可以看到许多形态各异的神兽,例如太和殿重脊上最前面的是一个骑着凤凰的仙人,骑凤仙人后面依次排列着龙、凤、狮子、天马、海马、狻猊、狎鱼、獬豸、斗牛、行什,最后面有一个较大的兽头叫"垂兽",它们各自有着不同的象征意义和作用。骑凤仙人与垂兽之间的十只小兽统称"走兽"。其中,排列在第八位的叫"獬豸",它独角、性忠,能辨是非曲直,能识善恶忠奸,是勇猛、公正的象征。当游人进入乾清宫时,会发现皇帝宝座前摆放着一只造型奇特、长着一只犄角的似羊非羊的木雕神兽,导游介绍,这是獬豸的另一个形象。原来,乾清宫是清代皇帝处理政务的重要场所,也是存放立储秘密圣旨的地方。选择皇位继承人,对于清王朝的长治久安、江山永固是最为重要的大事。因此,在这里设置性忠、公正的獬豸神兽,既是皇帝对立储的重要性、敏感性的高度自警,也是昭示朝廷上下,立储之事及其他军政要务,皇上自然会秉持公平正直的"圣心"予以处置。从乾清宫往后继续游览,在故宫后三宫以北的御花园入口处,又看到一对鎏金铜雕獬豸蹲坐此处,据说这是寓意着要方正地处理后宫纷争,并希望后宫内眷们养习温良柔顺之美德。

故宫中屡屡出现的獬豸,究竟是何物?查阅资料得知,獬豸又称獬廌,是中国古代神话传说中的神兽,体形大者如牛,小者如羊,类似麒麟,全身长着浓密黝黑的毛,双目明亮有神,额上通常长一角。獬豸拥有很高的智慧,懂人言,知人性,有神羊之称。

獬豸,与中国古代司法渊源颇深。相传,在上古尧舜时期,有位叫皋陶的名士被委任为士师、大理官,负责氏族政权的刑罚、监狱、法治,即司法长官。皋陶"明于五刑,以弼五教",主张对于有过激行为或犯有罪行的人要先晓之以理、注重教化,不知悔改的再绳之以法。即便是施以刑罚,亦要秉公执法、公平公正。在他身上,流传着"獬豸断狱"的故事,说的是他喂养一只叫"獬豸"的独角兽,因类似羊又唤作"神羊"。这种神兽很有灵性,有分辨曲直、确认罪犯的本领。每当皋陶判决有疑难之案时,便将它放出来。如果獬豸辨识了罪犯,就会用头上所长的独角顶翻其人,无罪之人则不去顶触。皋陶据此审理,达到了公正明允,天下无虐刑、无冤狱的境界,尧舜极为欣赏皋陶的才干,百姓也纷纷赞颂他的治理业绩,后人奉他为"中国司法鼻祖"。自汉代起,衙门里供奉皋陶像、饰獬豸图,皋陶被人们敬奉为"狱神"。春秋战国时期,齐国君主齐庄公也曾用獬豸断案。当时,齐庄公有两个臣子,一个叫壬里国,一个叫中里缴,两人发生纠纷先后打了三年官司,因案情错综复杂、难以判断真伪,齐庄公就令人牵来神兽獬豸,听他二人自读诉状。壬里国读完诉状后,獬豸没有什么动静,而中里缴还没读完诉状,獬豸就用角将他顶翻在地。于是,齐庄公判决壬里国胜诉。

獬豸又名"廌",古人在构造"法"字时,将其写为"灋",这个"灋"字的基本含义就是公平裁判、明断曲直。后来,出于便于书写和记忆的需要,"廌"字从"灋"字中被省略,简化为"法"字,但"法"字的内在含义仍然得以保留。由于獬豸是"法"的化身,自古以来,獬豸的形象一直作为廉明清正、执法公正的象征,也作为司法场所和监察、司法官员特有的标识。据史料记载,春秋战国时,楚文王就仿照獬豸的形象制成冠,戴于头上,于是上行下效,戴这种冠在楚国成为时尚。秦朝时,正式将其赐给御史作为饰志,称为"獬豸冠"。汉朝时,廷尉、御史等都戴獬豸冠。后世法官不仅所戴官帽被称为"獬豸冠",而且将獬豸的画像融入法官的官服之中。至清朝,御史和按察使等监察司法官员一律都戴獬豸冠,穿绣有獬豸图案的补服。从中国文化的角度理解,这应是取意于对中国传统司法精神的继承。

獬豸的形象有"似牛"、"似羊"、"似鹿"、"似麟"等多种说法,但更多的说法还是"似羊"。除了相关古籍,如《后汉书》《论衡》《五杂组》等,有具体记述之外,考古发现,秦之前文物中的獬豸都是一只角的羊的造型。《后汉书·舆服志》中明确记载:"獬豸神羊,能别曲直,楚王尝获之,故以为冠。"南北朝时期的梁元帝萧绎撰写的《金楼子·兴王》亦道:"常年之人得神兽若羊,名曰獬豸。"汉代王充《论衡》中亦有:"獬豸者,一角之羊也……斯盖天生一角圣兽,助狱为验,故皋陶敬羊,起坐事之。"不论如何,獬豸作为有着深厚历史文化积淀的"神羊",其公平正义的执法象征深入人心,并得到后人广泛的认同。

其实,民间对"神羊"的由来则另有其说。在远古洪荒时代,各种食物稀缺,人类面临严重的饥饿风险。有一年秋天,一只神羊从天宫游历到凡间,了解到人间缺粮短食的真实情况,于是大发善心,连夜回到天宫,将御田里的五谷含在口中,又悄悄下凡将五谷种子交给人们,并传授播种的方法。五谷种子播下后,当年就长出了庄稼,人们怀着丰收的喜悦,举行隆重的祭祀仪式,以感谢神羊送种子之恩。然而,巡天天将发现祭祀香火,赶忙报于玉帝,玉帝当即令其查明缘由,神羊偷含御田五谷种子的事暴露。玉帝恼怒于神羊自作主张将天上仙种带到人间,便下令将神羊贬下人间,并罚羊以吃草为生,羊肉、羊奶也要永远供人类食用。人们为了纪念神羊的舍身救世行为,后来在挑选十二种动物做生肖时,一致将羊作为十二生肖之一。

神话归神话,真正论起羊的由来,家羊应是由野羊驯化而来。据考察,世界上羊的驯化史已有八九千年之久,以亚洲西南部为最早,驯化的品种主要是山羊和绵羊。在中国,野羊被驯化为家羊,约在距今四五千年前就有发现。商周时期,养羊业已较为发达,当时主要是官养并用于祭祀。汉唐时期,养羊业走向兴盛,培育出许多品质优良的羊种,羊为人们提供丰富的衣食来源,羊肉、羊奶、羊皮、羊毛等成为人类生活的必需品,人们还用羊的原料强身健体、治疗相关病症。在驯养羊的过程中,形成了特有的关于羊的文化。羊作为古人的祭祀珍品,太牢、少牢中都少不了羊,羊的肩胛骨可用于占卜吉凶,许多建筑、器皿、服饰、乐器中都有羊的形象或印记。有关羊的文字和诗词歌赋也应运而生,《诗经》中提到羊的诗篇就有十三篇之多。南北朝时期,黄河以北的北朝流传着一首著名的民歌《敕勒歌》:"敕勒川,阴山下。天似穹庐,笼盖四野。天苍苍,野茫茫,风吹草低见牛羊。"歌词唱出了草原的雄浑壮阔和牧放牛羊的情境,使人产生丰富美好的想象。当时在贵族中和不少民族地区还出现以斗羊为乐的活动,有的作为人们喜爱的民俗文化一直流传至今。

羊之所以受到人们的广泛喜爱,不仅在于它具有很高的食用与使用价值,还与它的形象、习性有很大关系。概括羊的特点,至少有以下几个方面。

一是模样被人认同。羊与其他动物相比,没有熊猫、羊驼那样呆萌可爱,没有牛马、虎豹那样健壮威风,但也没有毒蛇、老鼠那样令人厌恶,亦没有猪狗、鸡鸭那样吃相难看。羊的体格适中,活泼、精巧、敏捷、灵动,就连"咩咩"的叫声都是那么悦耳动听。当白色的羊群在青山绿水、辽阔草原上游动时,犹如洁白的云彩在蓝天漂流,装点山川大地,给人以如诗如画的美感。羊与多数动物的肮脏污秽不同,喜居于干燥、整洁之处,渴饮甘泉,饿吃青草,厌恶污垢、潮湿。正因为它喜爱干净,人们在祭祀活动时,将有高洁之称的羊作为祭品的首选。自上古时期,人们已开始用羊角顶在头上装扮自身,出现原始"羊图腾"的形象。

二是性情温柔和顺。羊的柔弱、善良性格,为中西文化所共同感受到。《伊索寓言》中"狼吃羊"的故事和中国童话"狼外婆"的故事,妇孺皆知。受农耕文明的长期影响,华夏民族对"羊性"的理解与接受更是情有独钟。"待罪的羔羊"、"沉默的羔羊"也从一个侧面反映了弱势群体的悲惨境况,令人格外同情、怜悯。"羊羔跪乳"的典故,出自《增广贤文》,原文是"羊有跪乳之恩,鸦有反哺之义",说的是羊妈妈非常疼爱小羊,不仅用自身的乳汁喂大了小羊,而且时时刻刻保护小羊的安全。小羊深深地感受到母爱,便问羊妈妈怎样才能报答养育之恩。羊妈妈说:"我什么也不要你报答,只要你长大后有一片孝心就心满意足了。"小羊听后,泪流满面,"扑通"跪倒在地,表示记住了羊妈妈的话。从此,小羊每次吃奶都是跪着。"羊羔跪乳"成了中国忠孝节义文化的经典教范。

三是易于牧放喂养。羊是财富的象征,人们不但以羊肉、羊奶获取经济效益,羊毛也被称作价值颇高的"软黄金"。在中国传统文化中,有"六畜"之称,指的是马、牛、羊、鸡、狗、猪六种驯养动物。其中,马、牛、羊为食草动物,而这三种动物中,羊最易于喂养。笔者曾仿唐代骆宾王《咏鹅》诗,写过《咏"六畜"》。其中,《咏羊》诗为:"羊,羊,羊,最爱小草香。荒滩不移志,西岭作故乡。"意在说明羊适应生存环境的能力特别强。

四是营养价值很高。羊肉性温,肉质细嫩,脂肪和胆固醇含量较低。食用羊肉或羊肉汤,既可强身,还有补肝明目、温补脾胃、补血温经的药用价值。因此,食用羊肉为许多人所喜爱。唐代大诗人李白就曾豪情满怀地写道:"烹羊宰牛且为乐,会须一饮三百杯。""羊肉泡馍",作为西北地区的美食之一,据说起源于西周,成名于北宋。西周时,有人在漫长的祭祀仪式前后,将一些粗粮面食泡在羊肉羹中,口味特别鲜美,这就是羊肉泡馍的雏形。宋太祖赵匡胤早年落魄时,行囊中只剩半块面饼,在一个大雪纷飞的日子,路过一家卖羊肉羹的小店,店主见他可怜,送了一碗热气腾腾的羊肉汤,赵匡胤将干硬的面饼掰碎泡进汤里,吃得津津有味,身上的寒气顿消。后来,赵匡胤黄袍加身,做了皇帝,忆起羊肉羹泡饼之事,派人专门研究羊肉泡馍的做法,使其渐渐流传开来。"涮羊肉"的来历则与元世祖忽必烈有关。据说忽必烈一次率大军远征途中,随军伙夫正在给休息的将士们清炖羊肉,忽然探马飞报敌军逼近,饥饿难忍的忽必烈一面下令部下做迎敌准备,一面催促伙夫供饭。伙夫见羊肉一时难熟,情急之下,用快刀将羊肉削成薄片,放在沸水里搅拌几下,待羊肉变色后迅速捞起,再撒上作料,端给忽必烈充饥。忽必烈饱餐后率军迎敌,结果获得大胜。在庆功宴上,忽必烈专门吩咐伙夫涮羊肉片,将士们吃后赞不绝口。后来,"涮羊肉"流传开来。"烤全羊"、"烤羊肉串"也是西北地区少数民族的传统膳食,后在京城和中原地区流传开来。不过,由于羊肉珍贵,有些不法店家亦出现了"挂羊头卖狗肉"的行为,后演绎为一个成语典故,比喻以好的名义做幌子,实际上名不副实或做坏事,揭示了深刻的道理。

中国的"羊文化"源远流长、博大精深,"羊"成为厚重的文化载体,留下了深深的文化印记,也赋予了特殊意义的文化象征。

羊字寓意很美好。羊,是汉语常用字,它是典型的象形字,始见于商朝,字形犹如一个羊头的形状,后简化为现代的"羊"字,上面是两个羊角,三横中上下两横是羊的四只脚,中间一短横与竖代表羊的身躯。羊的最初含义是"祥",表示吉祥的意思。"吉祥"一词,本为"吉羊"。古人在祭祀时,往往把羊放置在神位旁边,表示吉祥如意,寓意鬼神赐来吉祥之物。祥者,吉利之兆也,"福之善也"。与"祥"字有关的词组,如祥和、祥瑞、祥风、祥云、祥光、祥芝、祥禽、祥符等等,都有大吉大利的象征。"龙凤呈祥"的成语出自《孔丛子·记问》:"天子布德,将致太平,则麟凤龟龙先为之呈祥。"后以"龙凤呈祥"指吉利喜庆之事。这里有一个典故,说的是春秋时期,秦穆公有个小女儿名叫弄玉,穆公非常疼爱她。弄玉长大后,不仅姿容出众、聪慧灵巧,还非常喜爱音律,她吹笙的技艺十分精湛,时常倚栏赏月,用玉笙表达内心的情感,希望觅到精通音律的知音,否则宁可不嫁。一天夜间,弄玉听得远处传来动听的箫声,如同仙乐一般,她将自己的心思禀告穆公,秦穆公当即命朝中大将寻找吹箫之人,终于在华山之峰找到一位叫萧史的英俊男子,大将将萧史请到秦宫,秦穆公安排他与公主弄玉相见,两人一见钟情。更奇妙的是,萧史和弄玉经常在一起合奏笙箫,宫内之人听得如痴如醉,殿中的金龙彩凤也好像在翩翩起舞。后来,两人的龙吟凤鸣之声果真把天上的龙、凤引下来,在庭院盘旋听两人演奏。一日,萧史对弄玉说,非常怀念在华山幽静清新的生活,弄玉十分理解,愿随萧史回到山中。于是,两人一起奏乐,招来金龙彩凤,他们分别骑上龙、凤飞翔升空,龙凤呈祥而去。后人为纪念弄玉与萧史夫妻间比翼双飞、恩爱相随的忠贞爱情故事,就将"龙凤呈祥"的典故流传下来。在中国传统京剧剧目中,有一出戏就叫《龙凤呈祥》,取材于《三国演义》,演绎的是孙权因刘备占据荆州且没有归还东吴之意,便采纳周瑜所献美人计,假称以妹妹孙尚香许婚刘备,欲诓刘备过江留作人质,换回荆州。诸葛亮将计就计,派赵云护送刘备过江相亲,又借孙权之母吴氏和乔玄之力,使刘备与孙尚香弄假成真,并摆脱追兵安然脱险而回。真正是"周郎妙计安天下,赔了夫人又折兵"。

"羊"字加个"大"字,为"美"字,古人养羊肥大为美。美也有甘甜之意,人们吃起肥羊或大羊感觉是美味。"美"作为会意字,后又引申出美好、美丽、得意、令人满意的或美好的事物等义。古人将长得漂亮的女子夸为美人,将秀丽的风光赞为美景,将好喝的酒水称为美酒。唐代诗人王翰在《凉州词》中写道:"葡萄美酒夜光杯,欲饮琵琶马上催。醉卧沙场君莫笑,古来征战几人回?"优质和田玉白玉,带着油脂光泽的纯白,质地细腻滋润,人们将这种上佳的晶莹洁白美玉称为"羊脂玉",非常稀少珍贵。"羊角梳",不仅花纹、色泽等外观看起来非常精美,还有按摩养生的功效。妇女怀孕是美好的大事,完美地保全胎儿十分重要。人们称包裹胎儿的外膜为"羊膜",羊膜中的液体对保护胎儿安全、维持胎儿生命起着重要的作用,被称为"羊水"。可见,人们多么看重"羊"字与"美"字。

羊,与"阳"、"扬"谐音,羊即为阳。《易经》以正月为泰卦,三阳生于下。冬去春来,阴消阳长,有吉祥之象,因此,人们以"三阳开泰"为岁首吉祥之语,以三只羊为图案的"三羊开泰"画作、工艺品等常见于生活中。当春回大地时,阳气升腾上扬,也预示着家庭和事业蒸蒸日上、兴旺发达。古人有将"三阳"解释为三个太阳之说,即朝阳、正阳、晚阳。朝阳蓬勃、正阳中天、晚阳辉映,均是生机盎然。明清时期,民间曾将"三阳"说成是青阳、红阳、白阳,分别代表过去、现在和将来。"泰"是一个卦名,乾下坤上,天地交而万物通也。"三阳开泰",又引申为万象更新、万事顺畅之意。相传明代有一出《闹钟馗》的杂剧,剧中演绎逢元旦之时,三阳真君在三阳阁下排宴庆贺新年,三阳真君各领一只绵羊太子,宴席上一片喜气洋洋。古代神话传说中还称一种吉祥鸟叫"商羊鸟",每逢阴天下雨之前,就有成群的商羊鸟翩翩起舞。《孔子家语·辩证》中记载,齐国发现一群长着一只脚的神鸟飞翔在宫殿前,齐王觉得很奇怪,派人去问询孔子。孔子说,此鸟名叫商羊,会带来吉祥的雨水。后来,山东鲁西南地区据此创作了"商羊舞",并作为国家级非物质文化遗产被保留下来。

用"羊"字组成新的字也很有意思。例如"群"字,羊性好群,故从羊。"君"本义为"管事之人","君"与"羊"结合,表示有君长或主事人的团体。《战国策·齐策》中有"物以类聚,人以群分"之语,这个"群"泛指同一类事物,包括聚合在一起的人和其他的物。含"群"的词组或成语有很多,如群众、群居、群鸟、群情、群体、群山、群岛、群芳、群雄、群英、卓尔不群、成群结伙、群星璀璨、鹤立鸡群、博采群议、出类超群、离群索居等。再如"鲜"字,"鱼羊为鲜"的典故有多个版本。一说是彭祖所创。另一说是孔子周游列国时,一日断粮断炊,孔子的学生便讨来一小块羊骨,又从河边钓来几条鱼,用羊骨和鱼煮了一锅汤,孔子喝汤感到味道十分独特,便将"鱼"和"羊"二字组合成一个"鲜"字,用来形容这种美味。还有一说是清朝时,徽州有个农户的羊不小心坠入水中被鱼吃了,渔民打来鱼后,鱼腹中的羊肉尚未消化,将这些鱼放在锅里炖熟后,味道特别鲜美,于是鱼和羊的结合成为一道著名的徽菜。更有一说是春秋时期,齐桓公的臣子易牙为讨齐桓公欢心,精心研制了"鱼腹藏羊"的做法,后来流传下来成为鲁菜系列中一道传统的名菜。还如"善"字,最早的字形是上面一个羊,下面两个言,羊的颈上系着一个绳套。其本义是指像羊一样说话,有吉祥美好之义。也有从羊的驯良美好的品性之意引申,将"善"当作完好、圆满、美妙、善良等意理解。

羊的故事当深思。中国传统文化中,关于羊的故事还真不少。最为感人的大概要数"苏武牧羊"的故事。汉朝苏武出使匈奴时,被匈奴人扣留并流放在人烟绝少的北海边牧羊,他忠贞不屈,历经十九年磨难才得以返回汉朝,高尚的民族气节为世人所传颂。宋元时期,曾出现曲牌名"山坡羊",又名"苏武持节",以此曲牌涌现了许多佳作,代表作品是元代张养浩的《山坡羊·潼关怀古》:"峰峦如聚,波涛如怒,山河表里潼关路。望西都,意踌躇。伤心秦汉经行处,宫阙万间都做了土。兴,百姓苦;亡,百姓苦。"由此抚今追昔,从历代王朝的兴衰引到大众百姓的苦难,深刻揭示了统治阶级发动战争、大兴土木是百姓受苦受难的根源,表达了对百姓疾苦的深切同情,读来令人警醒。

《后汉书·甄宇传》中有个"瘦羊博士"的故事,说的是东汉光武帝刘秀创建太学,选拔一批人才当教师,即为太学博士。一年除夕,刘秀特别下诏赏赐每位博士一只羊,好让他们过个快乐的节日。可是太学分羊时却遇到了难题,因为羊有肥有瘦、大小不等,怎样分都难以做到公平合理。博士们议论纷纷,提出了种种方案都难以解决问题。这时,一位叫甄宇的博士对那些斤斤计较的分羊办法感到十分羞耻,他走到羊群中,挑了最小最瘦的一只羊牵走了。其他博士见甄宇如此,顿感羞愧不已,于是大家不再争论,你谦我让,很顺利地将羊分发完了。这件事传播开来,洛阳城中纷纷传颂甄宇的高风亮节。汉光武帝刘秀得知此事后,直接召见"瘦羊博士"甄宇。自此,这一美名也流传下来。由此可见,有才学的人做到以德为先、严于律己是多么难能可贵。

现今的广州,有"羊城"、"五羊城"或"穗城"之称。相传周朝年间,广州之地属楚,被称为楚庭。有一个时期,楚庭连遭灾荒,百姓缺粮少食、苦不堪言。突然有一天,南海的天空传来一阵悠扬的乐曲,五朵绚丽的彩云飘然临空,祥云上有五位仙人,分别骑着黄、红、黑、白、紫五种颜色的山羊,羊的口中各衔一茎六出的优良稻穗,降临楚庭。仙人把稻穗送给了当地百姓,并教给他们播种的方法,之后仙人腾空驾云而去,五只仙羊化为石头留在当地的山坡上,陪伴百姓们在田间耕作。从此,这里得名"羊城",成了岭南最富庶的地方,百姓丰衣足食、安居乐业。这个故事反映了劳动人民辛勤开发岭南、从事原始农业生产的美好愿景,也印证了羊作为岭南人的图腾崇拜有着悠久的历史传承。

春秋时期,有一个"五羖大夫"的故事。故事的主人公百里奚本是虞国大夫,虞被晋灭掉后,他成了晋国俘虏,接着便作为晋献公女儿伯姬的陪嫁奴隶前往秦国。后来百里奚从秦国逃到楚国的宛地,又被楚人抓住。这时,秦穆公听人介绍百里奚的情况,知他是一位很有才干的贤士,便想用重金将百里奚从楚人那里赎回来。有谋士出主意说,如果贸然用重金去赎一个逃跑的奴隶,反而会引起楚人的怀疑,很有可能不肯放人,不如用贱价索回更为稳妥。于是,秦穆公派人带着五张公羊皮来到楚国,要求赎回百里奚,楚人很轻易地答应了。百里奚回到秦国,秦穆公当即召见他,并向他请教治国之道。起初,百里奚婉转推辞,认为自己是一个亡国之臣,没有资格谈论国事。秦穆公以非常诚恳的态度再三请求,终于打动了百里奚。百里奚与秦穆公畅谈强秦之道,深得秦穆公赞赏,被任命为上大夫。后来他辅佐秦穆公倡导文明教化,实行"重施于民"的政策,内修国政,外图霸业,屡献大计,促进了秦国的崛起。因他由五张公羊皮置换返秦,人们尊称他为"五羖大夫",他成为春秋时期著名的政治家、思想家。可见,一个人的出身贵贱并不重要,关键在于他是否为国家、为社会、为民众做出了业绩和贡献,如若是,人生的价值就会得到升华。

《庄子·骈拇》中有一则"臧谷亡羊"的故事,说的是臧和谷两人一起去放羊,结果把羊全丢了。问臧干什么事情去了,回答是拿着竹简在读书;问谷干什么事情去了,说是在和别人玩掷骰子游戏。他们两人所干的事情虽各不相同,但在丢失羊这个结果上却是相同的。

这个故事告诉人们，凡是做一件事情，都应立足于当时实际，专心致志去做；否则，尽管动机是好的，也可能造成损失。《列子·说符》中记载着一则"歧路亡羊"的故事，说的是杨子的邻居丢了一只羊，于是带着他的人，又请了杨子的儿子一起去追赶羊。杨子问，不过是丢了一只羊而已，为什么要这么多人去寻找呢？邻居说，因为有许多分岔的道路啊。不久，他们空手回来了。杨子问，怎么没有寻到羊呢？邻居答，分岔路上又有分岔路，不知道羊究竟逃到哪一条路上去了，只好回来了。杨子听后忧心忡忡，一整天没有笑容。杨子的学生觉得奇怪，请教老师为什么这样，杨子没有正面回答。后来，又有人去请教杨子，杨子就用学泅渡作比喻：有人学会泅渡，有人溺水身亡，出现这种截然不同的结果，告诉人们深刻的道理，即人生的选择太多，往往容易迷失自我。在学习中，要有明确的目标，方能事半功倍；否则，迷失方向，就会丢掉珍贵的东西而一无所获。

提到羊，还得说说与宗教有关的两个故事。一个是"替罪羊"的故事。基督教经典《圣经》的《旧约》中记载，有个叫亚伯拉罕的人九十多岁才有第一个儿子。上帝为了考验亚伯拉罕是否忠诚，要他把独生子以撒带到指定的地方，并将以撒杀了作祭品献给上帝。亚伯拉罕按照吩咐，将儿子带到，正当他拿刀准备杀掉儿子时，上帝派来的天使阻止了他，并说，现在知道你是敬畏上帝的了，前面林子里有一只羊，你可以用它做祭品代替儿子。于是，亚伯拉罕便把林子里的羊杀了祭献给上帝，这就是"替罪羊"的来历。另一个是"牧羊女"的故事，说的是佛祖成道之前，是净饭国王子，名叫乔达摩·悉达多，他舍弃继承王位，出家修行。为了锻炼心志，他在山间竹林苦修六年之久，每日仅食一麦一麻，饿得骨瘦如柴。后来，他感到这样终难悟道，便结束苦修，先到恒河中洗去身上的污垢，上岸后正当体力不支时，被一位牧羊女救起。牧羊女用羊奶和米粉熬煮成乳糜，供他饮用，一月之后他恢复了昔日的健康。他又来到菩提树下静坐悟道,经过四十八天禅定,终于大彻大悟,成了大智慧的佛陀,后被尊为佛祖释迦牟尼。"替罪羊"和"牧羊女"的故事,尽管出自不同教义,但在人们的意象里,羊不仅给人类生活提供了精美的食料与用品,还在关键时刻救人于危难之中,帮助人们摆脱困境。基于此,应当为羊送上一份深深的敬意,深谢它为人类所做的奉献。

羊姓人物有名望。羊姓,是华夏古老姓氏之一。据传,羊姓最早出自人文始祖黄帝一脉,是黄帝裔孙后稷的后代。春秋时期,晋国大夫祁盈的后代受封于羊舌邑(今山西洪洞一带),以羊舌为氏,春秋末年,去"舌"以"羊"为姓。西周时期,周王朝设有专门掌管马和羊的官职,管羊的小吏称为"羊人",羊人的后代便以官称为姓氏,称为羊氏,世代相传延续下来。另有出自春秋时期鲁国的公孙羊孺之后的说法,以及少数民族汉化改姓之说。羊氏有名的郡望之一叫"种璧堂",此堂出自一个羊族传说。汉朝时,有一位羊公,名伯雍,乐善好施,常年为行人提供免费茶汤。有一人喝了茶汤后从怀里掏出一升石子,对羊公说,你将这些石子种下,到时可以收获美玉,并得到美满姻缘。于是,羊公就把石子埋于土中,不久果然长出晶莹的白玉。邻居徐氏有一女儿,仪容秀丽,因申明要以一双白璧作为彩礼,无人能聘而尚待字闺中。羊公知道后,便又到种玉之处去挖掘,竟然得到了五双白璧。随后,羊公用挖出的白璧为彩礼聘娶徐氏之女,婚后两人生有十子,皆有俊才,羊公后来也当了朝中高官。"种璧"遂传为羊氏佳话,其居所得名"种璧堂"。

历史上,羊姓名人迭出。春秋时期,燕国有一名士叫羊角哀,与同乡左伯桃结为好友,他们听闻楚国国王正在招贤纳士,便相约结伴前往。路途中,逢酷冬严寒、雨雪交加,两人饥寒交迫、进退不能。左伯桃预感两人如此饥冻必死无疑,便决意牺牲自己而成全友人。于是，左伯桃解下身上衣服和余粮交给羊角哀，催促他继续前行，自己则留下来，最后冻死于空树之中。羊角哀历尽艰辛终于到达楚国，因才能出众被拜为上大夫。他成名之后，专程重返当年与好友分离故地，在树洞中找到了左伯桃的尸体，予以厚葬。之后，羊角哀用自杀的方式以殉友情，表明自己并非贪图功名而抛弃患难之交。两人视友情为生命的事迹令人感佩不已。

《后汉书·羊续传》中记载着一则"羊续悬鱼"的故事。羊续为南阳郡太守时，他属下有位官员从羊续侍从口中得知，羊大人没有别的爱好，只是喜爱吃鱼，于是，特地让人打捞了一条名贵的大鱼亲自送来。羊续十分为难，他想，如果不收，就扫了这位官员的面子；如果收下，又怕其他官员纷纷效仿。随之，他灵机一动，很客气地将鱼收下，待那位官员走后，命侍从将鱼"悬于庭"。不久，那位官员又来送鱼，羊续指着庭院中悬挂的那条鱼说，你上次送的鱼，我还没吃完，怎么能再收呢？官员一听，即明白了羊续的用意，惭愧地告辞了。南阳境内其他官员和富人本来都在观望之中，时常打听羊大人那条鱼的情况，但直到鲜鱼变成鱼干，仍被悬挂在庭院中无人去动，郡中官吏们十分震惊，给羊大人送礼的念头全都打消了。羊续悬鱼拒礼，成了古代官员洁身自好的典范，后世多有传颂。明朝名臣、民族英雄于谦曾有感于羊续的廉洁，赋诗曰："剩喜门庭无贺客，绝胜厨传有悬鱼。清风一枕南窗卧，闲阅床头几卷书。"

羊续有一个孙儿，名羊祜，自幼相貌不凡，博学多才，长大为官后在魏晋两朝都任过要职，才华卓越，公允正直，德名远播。特别是晋武帝司马炎时期，羊祜奉命都督荆州诸军事，稳定边防、安抚百姓、积蓄战力、举荐人才、谋划伐吴，建下不朽功勋。羊祜逝世后，荆州百姓罢市痛哭，荆州人为了避羊祜的名讳，把房屋的"户"改叫为"门"。襄阳百姓为纪念他，特地在羊祜生前喜欢游息之地岘山建庙立碑，其碑简称羊公碑。周围的百姓时常祭拜他,人们睹碑生情,莫不流泪,羊祜的继任者西晋名臣杜预因此把它称作堕泪碑。后历代名人文士,多有撰写诗文赞颂羊祜功绩和品德。唐代诗人孟浩然有诗曰:"人事有代谢,往来成古今。江山留胜迹,我辈复登临。水落鱼梁浅,天寒梦泽深。羊公碑尚在,读罢泪沾襟。"宋代陆游词曰:"不见襄阳登览,磨灭游人无数,遗恨黯难收。叔子独千载,名与汉江流。"词中"叔子"是羊祜的字。

东晋时期,一位叫羊昙的名士,是当时著名的音乐家。他是太傅谢安的外甥,因才华出众为谢安所爱重。谢安去世后,羊昙一整年不再唱歌。谢安病重时曾经过西州门,他死后,羊昙出行不再过西州路。有一天,他喝醉了酒,沿路唱歌,不觉到了西州门。身旁的人提醒他这是西州门。羊昙怀念舅舅谢安,悲伤不已,一边以马鞭敲门,一边诵曹植的诗:"生存华屋处,零落归山丘。"随后痛哭流涕而去。后来,人们将羊昙醉后过西州恸哭而去的事作为感旧兴悲之典。

历史上有两位名人,虽不姓羊,但名字中带"羊",值得一提。一位叫乐羊,是战国时期魏国名将。乐羊起初是魏国相国崔璜的门客。魏文侯欲发兵攻打中山国,就选将事询问相国崔璜,崔璜遂举荐乐羊。但此时乐羊之子乐舒是中山国的将领,乐羊领兵出征不禁引起一些人置疑。乐羊出兵后,为麻痹敌国,先采取缓兵之计,消息传回魏国,朝中更加议论纷纷,有人甚至诬告乐羊有通敌之嫌。而就在此时,中山国君杀死了乐舒,并煮成肉羹送给乐羊。乐羊虽然悲愤不已,但为表示对魏王的忠心,便坐在军帐内将一杯肉羹全部吃完。魏文侯得知后说,乐羊为了我们魏国,竟然吃了自己儿子的肉!一位大臣却提醒魏王,他连儿子的肉都吃,还有谁的肉他不敢吃呢?后来,乐羊大败中山军,攻占中山国,魏文侯对乐羊予以重赏,将其封在灵寿,却对乐羊疑心重重,认为乐羊心地残忍,缺少父子骨肉之情。魏文侯为了裁抑乐羊,故意将朝中众臣弹劾乐羊的奏章给他看,乐羊惶恐不安。后来,乐羊不得重用,终老于灵寿。另一位人物叫桑弘羊,是西汉时期著名的政治家、理财专家,官至御史大夫。桑弘羊在汉武帝时期,总管国家财政,为了彻底解决财政困难,他制定或修订、实施了诸如机构改革、盐铁官营、均输平准、屯田戍边、币制改革、酒类专卖等一系列新的财经政策,大幅度增加了中央政府的经济收入,为汉武帝推行文治武功事业奠定了雄厚的物质基础,有效保障了抗击匈奴战争的大量开支,为加强中央集权、巩固和扩大汉王朝的势力、促进民族融合发展做出了一定贡献。司马迁评价桑弘羊功绩:"民不益赋而天下用饶。"曹操认为,"察观先贤之论,多以盐铁之利,足赡军国之用"。

羊的属相出奇人。属相,又叫十二生肖,是与十二地支相配以表明某人出生年份的十二种动物,起源应与动物图腾崇拜有关。属相作为悠久的民俗文化符号、内涵丰富的象征意义,从某种程度上反映着民间的信仰观、天命观、人生观、文化观、婚恋观。在十二种属相动物中,羊排在第八位。中国民间有个"十羊九不全"的说法,意思是属羊的人命不好,十个中有九个家中多灾多难,家人不得保全。基于这个原因,不少人比较忌讳属羊,有的夫妻为此专门避开羊年生育。按说,羊乃吉祥之物,为什么会出现这种反常的文化现象呢?其实,在中国传统文化中,清朝咸丰之前,从未有过"十羊九不全"的说法,相反,那时流行的是"十羊九福全"。而"十羊九不全"是反清、反帝制宣传的需要。清朝慈禧太后属羊,生日是农历十月初十。为了推翻清政权,革命党大造属羊命不好的舆论,以引起民众强烈反响。清朝灭亡后,袁世凯冒天下之大不韪,竟然恢复帝制。袁世凯亦属羊,生日是农历八月十五。革命党在鼓动宣传中提出"八月羊,挨刀杀",袁世凯终在全国人民一片唾骂中取消帝制,不久即命归西天。

属羊之人命运如何纯属民间一说,姑且不论,历史上有一些属相为羊的人物身上确实流传着不少奇闻轶事。东汉末年的大政治家、军事家曹操,属相为羊,据传他出生时当地出现电闪雷鸣的天气异象,算命大师预言他将来必然是不同凡响之人。传说中,曹操十岁就能"谯水击蛟",与龙潭中的鳄鱼斗智斗勇,初显少年胆略。曹操年轻时机智警敏、任性好侠,随机权衡应变的能力不同凡人,尤其是他为官后不畏权势豪强,严明法纪、安定一方的魄力为人称道。后来,他登上高位、掌握兵权后,"挟天子以令诸侯",对内消灭各色割据势力,对外降服南匈奴、乌桓、鲜卑等,统一中国北方地区,扩大屯田、兴修水利、抑制豪强、奖励农桑、安置流民、改革户籍、培植人才等,促进了中原地区经济生产和社会稳定,时人评价他为"治世之能臣、乱世之奸雄"。曹操不仅在诗歌、散文上有突出的文学成就,还对"建安文学"的形成起到了建设性的积极作用,在历史文化事业上可以说是独树一帜。在那个群星璀璨的历史天空中,他是一颗格外明亮闪烁的巨星。

比曹操年龄小两轮的司马懿也是一位了不起的人物。他生于乱世,少年时就胸怀谋略、博学洽闻,"常慨然有忧天下心"。南阳太守杨俊素以知人善任著称,司马懿年轻时,杨俊见之便说他非寻常之子。之后,司马懿为曹操所任用,显示出过人的才干。不过,因他长相殊异,曹操既用其所长,又严加掌控防范,认为"司马懿鹰视狼顾,不可付以兵权;久必为国家大祸"。有一天,曹操做了一个梦,梦见"三马同槽",即有三匹马在同一个槽里吃食,醒来后心中十分不快。起初,曹操以为是马超一家,便杀了马超的父亲。其实,司马懿父子正好就是三马,而"槽"谐音"曹","三马同槽"正意味着司马氏要吃掉曹氏。曹操感到是一个不祥之兆,曾嘱托其子曹丕要警惕司马氏。但曹丕后来还是信任和重用了司马懿。结果,正是司马氏父子相继专擅了曹魏政权。司马懿善谋奇策,多次征伐有功,曾率军擒斩孟达,两次率大军成功抵御诸葛亮北伐,远征平定辽东。他还对屯田、水利等农耕经济发展做出重要贡献,是曹魏时期著名的政治家、军事家、谋略家,也是西晋王朝的主要奠基人。

唐太宗李世民也属羊。相传,李世民出生之时突然有两条金龙降临在他家门外,盘桓三日方才飞离。李世民四岁时,一日跟随父亲李渊走在路上,遇到一位先生,先生见之大惊,告诉李渊,其子有"龙凤之姿,将来必能济世安民"。李渊担心朝中得知惹祸上身,惊出一身冷汗。李世民长大后,果然显示出超凡的组织领导才能,为唐朝立下赫赫战功,被封为秦王。后发动"玄武门之变",杀死太子李建成和齐王李元吉,迫使唐高祖李渊退位。李世民即皇帝位后,对内文治天下,开创了"贞观之治"的振兴伟业;对外开疆拓土,巩固和扩大了唐朝版图,促进了与北方地区各民族的融合发展。他为唐朝一百多年的盛世局面奠定了重要基础。

南宋抗金名将、民族英雄岳飞属相也是羊。据传说,在他出生时,有一只大鹏鸟从屋顶飞鸣而过,因此父亲给他取名岳飞,字鹏举。岳飞尚未满月时,黄河决口,河水淹没了土地、房屋,母亲姚氏怀抱岳飞,坐在一只大缸中漂流,后被人救起才幸免于难,人们对此感到十分诧异。岳飞自少年时就有大志,读书、练武悟性都极高。他从二十岁起,先后四次从军,后创建了纪律严明、战力强大的"岳家军",参与、指挥大小战斗数百次,屡败金兵,收复大片失地,金军发出"撼山易,撼岳家军难"的感叹。在宋高宗赵构和宰相秦桧等一意求和下,岳家军乘胜北伐的大好势头被迫中止,后岳飞因"莫须有"的罪名遇害,但他"精忠报国"的精神深深影响和激励着后人。

清朝中兴名臣曾国藩属相亦是羊。传说在他出生前,他祖父梦见一条巨蟒从天而降,先是在宅堂左右盘旋良久,然后进入内堂环视一番,从梦中惊醒正在琢磨吉凶时,家人来报,儿媳生下一个男孩,就是曾国藩。后来,人们都暗中说曾国藩是蟒蛇精转世。曾国藩自幼勤奋好学,二十七岁中进士,入翰林院,曾任礼、兵、工、刑、吏部侍郎。太平天国运动爆发后,他临危组建湘军,经过多年艰难鏖战,最终攻灭太平天国。他以忠谋政、勤勉耐烦、修身律己、待人以诚,对稳固清王朝晚期政权起了关键作用,在推行洋务运动、发展湖湘文化上也功不可没。胡林翼评价他:"曾公素有知人之鉴,所识拔多贤将。"李翰章认为:"其深识远略,公而忘私,尤有古人所不能及者。"

　　以上所提这些属相为羊的名人轶事,天生异象之内容未免有牵强附会成分,这也是古代传统文化的一个通病。不过,这些内容的渲染,又使人物更加鲜活、生动,增添了文史的丰富性、趣味性,以仁者见仁、智者见智的包容之心欣赏、阅读,亦未尝不可。

自古才俊出少年

中国近代史上维新派有一个著名的代表人物叫梁启超,广东新会人,他幼年从师学习,八岁学为文,九岁能缀千言,十七岁中举,清光绪年间是戊戌变法领袖之一,后成为近代思想家、政治家、教育家、史学家、文学家。戊戌变法失败后,梁启超流亡日本,当时帝国主义制造舆论,污蔑中国是"老大帝国"。为了驳斥帝国主义的无耻谰言,唤起中国人民的爱国热情,激发中华民族的自尊心和自信心,他写出了《少年中国说》的政论文,发表在《清议报》上,一时影响颇大。这篇文章中有一段话流传甚广:"少年智则国智,少年富则国富;少年强则国强,少年独立则国独立;少年自由则国自由,少年进步则国进步;少年胜于欧洲,则国胜于欧洲;少年雄于地球,则国雄于地球……美哉我少年中国,与天不老!壮哉我中国少年,与国无疆!"

中国是一个历史悠久的文明大国,人文荟萃、星光灿烂,群雄并起、人才辈出,其中,少年成名者很多,他们在历史上留下了鲜衣怒马的印迹,塑造了光彩照人的形象,不少少年英俊的成长成才成功的故事,成为激励后人奋发进取的生动经典教材。每当我们翻阅历史典籍时,那些风华正茂的少年人物就会活灵活现地在眼前闪动跳跃,下面试举几种类型的人物。

少年聪慧。古籍中记载了许多名人名士,自小就聪明异常,其表现不同凡响甚至令人不可思议。战国末期有个叫甘罗的孩子,是秦国名臣甘茂之孙,自幼聪明过人,拜入秦国丞相吕不韦门下,任为少庶子。他在十二岁时,主动申请出使赵国,施奇计让秦国不动干戈而得到十几座城池,因功而得到秦王政赐任上卿,相当于丞相之职,又封赏田地、房宅,此后常在秦王身边出谋划策,成为著名的谋士和少年政治家。司马迁在《史记》中评价:"甘罗年少,然出一奇计,声称后世。虽非笃行之君子,然亦战国之策士也。"

战国时期,齐国有一位名士田文,即后来被称为"战国四君子"之一的孟尝君。在他小时候,父亲田婴因他在五月五日出生,认为会不利父母,要抛弃他,田文竟以充分理由说得父亲无言以对。后来他劝说父亲少积私财、多招贤士,深深地打动了父亲。田文长大后,显示出卓越才能,为齐国发展做出重要贡献。

东汉末年,曹操有个儿子叫曹冲,他在五六岁时,智力就超过常人,留下了"曹冲称象"的典故。在他身上还有一个"智救库吏"的故事,说的是曹操的一副马鞍放在仓库中被老鼠咬坏,管仓库的小吏让人把自己捆绑起来,要当面向曹操请罪,但按当时严刑峻法有被处死的可能。曹冲很有同情仁义之心,他知道这件事后对小吏说,你稍后再去自首。然后,曹冲用刀戳破自己的单衣,装得很不高兴的样子来见曹操,说是衣服被老鼠咬坏了,这很不吉利。曹操见此,好言抚慰他。过了一会儿,小吏来向曹操报告马鞍被老鼠咬坏之事,并请求处罚。曹操笑着说,我儿子的衣服就在身边,尚且被咬坏,何况放在库房中的马鞍呢。于是,免除了小吏之罪。可惜的是,曹冲年仅十三岁就病逝了。

东汉末年,诸葛亮哥哥诸葛瑾有一子名诸葛恪。有一次,他随父亲参加孙权召集的聚会。因诸葛瑾面孔狭长似驴脸,孙权让人牵来一头驴,贴了一张"诸葛子瑜"的标签在驴脸上,意在取笑他的长相。诸葛恪见此请求孙权赐予笔墨,在"诸葛子瑜"后面添加"之驴"两字,众人大笑,于是,孙权将驴赐给了诸葛恪。

南北朝时有一个孩童叫元嘉,一心可以六用,即在同一时间左手画圆、右手画方,嘴里朗诵经史典籍,眼睛能数清羊群的数目,心中还可以构思一首五言诗,并且脚趾夹笔同步将诗写出来。人们对此赞叹不已,纷纷称他为"神仙童子"。

宋代光州有一个孩童叫司马光,他七岁时,不仅能背诵《左氏春秋》,还能讲明书的要义。有一次,他和小伙伴们在后院玩耍,有个孩子不慎落入一口大水缸之中。缸大水深,眼看这个孩子生命危急,其他孩子吓得大哭而跑,司马光却沉着冷静、急中生智,从地上捡起一块石头,用力将水缸砸破。缸里的水流了出来,落水的孩子得救了,一时传为奇闻。

明代奇才解缙,幼年丧父,家中十分贫苦。当时苛捐杂税很重,寡母因交不起税屡受皂吏催逼。年仅八岁的解缙在昏暗的油灯下给县官写了一封信,措辞不卑不亢,说明交不上税的缘由,末尾赋诗道:"他年谅有相逢日,好把春风判笔头。"县官见信惊其才华,又想当面试试,便把解缙召来县衙,指着院中的一棵小松树说,你能以此为题写一首诗吗?解缙当即吟道:"小小青松未出栏,枝枝叶叶耐霜寒。如今正好低头看,他日参天仰面难。"县官因他小小年纪志向如此之高钦佩不已,知其前程不可限量,便答应免除他家中赋税,还为他学业提供资助。日后,解缙果然成为天下闻名的大才子。

少年贤良。古人十分看重礼制,在社会上极力推崇和倡行忠孝、谦让、恭俭的处世原则和道德标准,有的少儿因表现突出被礼赞宣扬。春秋时期鲁国有个少年叫曾参,因家贫时常入山打柴。一天,家里来了客人,母亲不知所措,情急之下就用牙咬自己的手指。曾参在山上忽然觉得心痛,便知道是母亲在呼唤自己,就赶紧背着柴返回家中,见到母亲跪问原因,母亲说是因有客来,我咬指盼你回来。曾参与客人以礼相见,这就留下了"啮指心痛"的典故。后来,曾参成了孔子的得意弟子,世称"曾子"。

孔子还有一个弟子叫子路。子路小时候家里比较贫困,他自己经常吃一些粗陋的食物和野菜充饥,为了父母亲能吃上一点米饭,不远百里去外地背来,途中也不肯休息,为的是让双亲早点吃到。后来,父母亲去世了,他离家远游到楚国做了高官,生活条件非常好,但他每每想起去远方背米侍奉双亲的日子就潸然泪下。这就是"子路负米"的典故。

东汉时期的江夏,有一个叫黄香的孩子,年方九岁便知事亲之理。每当炎炎夏日到来时,他就用扇子对着父母的帐子扇风,让枕席更清凉,并驱离蚊虫,使父母安稳入睡。到了寒冷的冬天,他就用自己的身体先将父母的被褥焐暖,好让父母睡起来不会感到冷。黄香的事迹流传开来,时人赞曰:"天下无双,江夏黄香。"

东汉时期,鲁国有个孩子叫孔融,上有五个兄长,下有一个弟弟。有一天,母亲买了梨子放了一盘在桌子上,兄弟们你看我、我看你相互谦让,四岁的孔融走上前去,从盘子里挑了一个最小的梨子拿在手上。父亲见之,问他为何拿最小的梨。孔融回答,我年纪小,应该吃小的,将大的留给兄长们吃。父亲又问,那为何不让弟弟吃最小的呢?孔融再答,弟弟尚不懂事,我做兄长的应该照顾弟弟。父亲听了非常高兴,这就是流传甚广的"孔融让梨"的故事。

东汉末年吴郡有个叫陆绩的孩子,六岁时随父亲陆康到九江拜见高官袁术,袁术拿出橘子招待客人,陆绩见橘子又美又甜,便往怀里藏了两个。告辞之时,橘子从他怀里滚落地上。袁术玩笑道,陆郎来我家作客,走的时候还要怀藏主人的橘子吗?陆绩回答说,因母亲喜欢吃橘子,我想拿两个回去请母亲品尝一下。袁术见他小小年纪就懂得孝顺母亲,十分惊奇。后人有诗云:"孝悌皆天性,人间六岁儿。袖中怀绿桔,遗母报乳哺。"陆绩后来官至太守,精于天文、历法,学术成果颇丰。

三国时期,江夏有一位叫孟宗的少儿,父亲早逝,他与母亲相依为命。一年冬天,母亲得了重病,神志不清时说想喝点笋汤。孟宗听得此言,顶风冒雪上山找到一片竹林,然而,寒冷之际哪里有竹笋,孟宗小小年纪也挖不动冻土,好不容易刨出一个土坑,却什么也没有。孟宗想到病在床上的母亲,对着土坑放声大哭,不知哭了多久,土坑边的泥土软化了,从软泥中竟然冒出了几个绿色的笋尖。孟宗高兴万分,心想,这莫不是上天的怜悯吧?他急忙向上叩首,然后小心翼翼刨出笋尖赶回家中。母亲喝了笋尖汤,为儿子的孝心所感动,不久病竟然痊愈了。

汉末还有一个叫蔡顺的孩童,也是自幼丧父,他与母亲只得艰难度日。一次,蔡顺在一个偏僻之地意外发现一棵桑树,树上结满了桑葚。蔡顺尝了尝,发觉红的味道酸涩,黑的则甘甜可口,他在采摘时就用不同的器皿分装。这时,一个赤眉军将领路过,见到一个孩子分装桑葚感到不解,便问缘由。蔡顺说,黑甜的要给母亲吃,红涩的留给自己食用。将领听后感叹不已,当下慷慨解囊,赠送给他肉食、粮食,蔡顺千恩万谢后将东西带回去孝敬母亲,这就留下了"拾葚供亲"的故事。

少年勤奋。中国人勤奋好学是一种优良的历史传承,有不少人虽然家境不好,却不坠青云之志,自小苦学不辍,终成栋梁之材,亦改变了自己人生的命运。西汉时期,有一个寒门子弟叫匡衡,十分渴望求知读书,但白天要干活,晚上家中又无蜡烛。正在苦闷中,忽见邻家有光亮,他就在自家墙壁上凿了个洞,让邻家的光亮透进来,这样就可以在洞口看书了。当听说有个大户人家,家中十分富有,更有许多藏书,匡衡就主动登其门,表示愿做雇工、不要报酬。大户主人感到很奇怪,问他为何这般?他说,只是希望读到主人家的书。主人听了深为感动,就将书借给他阅读。匡衡后来成了大学问家,官至丞相。

"囊萤映雪"的典故,说的是同是晋朝的两个孩子。一个叫车胤,少时家贫,没钱买灯油供他晚上读书。夏天的一个晚上,他正在院子里背一篇文章,忽见许多萤火虫在低空飞舞,那一闪一闪的光点在黑暗中很是明亮。车胤心中有了主意,他找来一只白绢口袋,随即抓了几十只萤火虫放在里面,再扎住袋口把它悬挂起来,借着萤火虫的闪光,他就可以在夜间看书了。他后来也很有成就。另一个叫孙康,也是因家贫没钱买灯油,晚上看不了书。一天半夜,他从睡梦中醒来,看到窗户有亮光,原来是下了一场大雪,雪光映在了窗户上。他倦意顿消,立即起床穿衣来到户外,不顾天气寒冷,借着雪光认真看起书来。此后,凡逢有雪的晚上,他都在雪光下孜孜不倦地读书,学问有了很大长进,后来也当了高官。

唐朝出生在河南孟州的韩愈,三岁时父母双亡,他只能由兄嫂抚养,而就在他十岁时,兄长被贬官并很快去世了,嫂嫂带着自己的孩子和韩愈返回故乡,在苦难中生活。就在这种境况下,他依然发奋苦读,几乎读遍了诸子百家,十三岁时已能写出一手好文章。之后,他在嫂嫂的鼓励下,又外出求学,虽饱受风霜苦楚,但学识与日俱增。后来,他成为著名的"唐宋八大家"之首。

南宋著名抗金英雄岳飞,童年时家境贫寒,不能供他读书,母亲姚氏便找来几本旧书教他习字,无钱买纸笔,冬天就用雪地当纸、枯枝作笔,夏天则用沙土当纸、柳条作笔,日复一日勤练不辍。他在一次砍柴返家的路上,发现村头有个学馆,老师名叫周侗,课讲得非常精彩。岳飞忍不住在窗外偷听,并将听到的内容暗暗在心中默诵。自此后,他经常偷听周侗讲课,时间一长,他被周侗发现,周侗见这个孩子如此好学,叫进来一试,岳飞竟能把偷听到的课一字不漏复述,并有独到见解。于是,周侗免费收他为弟子,将平生所学尽授予岳飞。岳飞勤学苦练,成了文武兼备的栋梁之材。

　　元朝晚期,浙江金华有一个少年名叫宋濂,十分好学,因家中贫困买不起书,他便四处借书。有的人担心借出的书被弄丢了,宋濂便许下诺言,规定还书期限,绝不拖延。有一次,他借到一本好书,约定十日之后还书,但他心知十日之内很难记住消化,于是不顾天气寒冷,连夜抄写书文,家人劝阻他也毫不停歇。到了还书之日,他将书仔细包好还给主人,主人见他如此守信便爽快地将家中藏书一一借出,宋濂就这样阅读了很多书籍。还有一次,他约定要到百里之外拜见老师。出门时,天降大雪,家人劝他改日再去。他却说,与老师约定的日子怎能随意更改呢?他坚持顶风冒雪上路,到了老师家已是一个雪人,老师见之很是感动。后来,宋濂成了大学问家,辅佐朱元璋建立大明,被朱元璋誉为"开国文臣之首"。

　　元朝晚期,浙江诸暨有一位叫王冕的人,小时候因家中贫困就替人去放牛。有一天,他在湖边看到雨过天晴之后湖面上的荷花、荷叶格外诱人,于是萌生了画荷的念头。他把平时节省的零钱都用来买纸和笔,如无钱购买时就在泥土之上用枝条勾画。起初,别人讥讽他一个放牛娃异想天开、糟蹋笔墨,但他并不气馁,坚持苦练不辍,终于越画越好,画出了荷花的神韵,名气也越来越大。据说他小时候还因放牛时跑到学堂听学生念书,竟把牛丢失了,遭到父亲责骂痛打,但他仍不改勤学初衷。之后,在母亲的支持下,他离家寄住在寺庙里,晚上就借着佛像前的长明灯苦读。许多人都对夜间佛像的面目感到害怕,他却并不在意,终于学有所成。后来,王冕成了著名画家、诗人、书法家。

少年英雄。历史上有不少胆略、武艺过人的少年,小小年纪就能驰骋疆场、堪当大任。他们浴血奋战、不畏强敌的英勇气概和事迹,为世人所津津乐道。战国晚期,楚国名将项燕之孙、项梁之侄项羽年少时,项梁教他读书,他学了没多久就不学了;项梁又教他学剑,没多久他又不学了。项梁责问项羽为何不学,项羽说,读书识字只能记住个人名,学剑只能和一个人对敌,而我要学就退万人敌。项梁于是教项羽学习兵法,使他懂得了排兵布阵。有一次,秦始皇巡游天下,项羽与项梁在人群中观看。项羽见其仪仗阵势,不禁脱口对叔父说,我是可以取代秦始皇的!项梁赶忙捂住项羽的嘴,怕他口不择言惹出祸事。项羽不仅胆气非凡,还力能扛鼎,即使是有点本事的少年子弟都非常害怕项羽。后来,项羽果然干出轰轰烈烈的推翻秦王朝的大事。

汉武帝时,有一位少年将军叫霍去病,被汉武帝重用,十七岁任剽姚校尉,随卫青击匈奴于漠南,率八百轻骑趋前数百里,斩获匈奴两千余人,连匈奴单于的叔父也被俘虏。他因两次功冠全军,被封为"冠军侯"。十九岁时,他指挥两次河西之战,歼灭和招降河西匈奴近十万人,河西走廊归入大汉版图,为打通西域道路奠定了基础。二十一岁时,他率军深入漠北,寻歼匈奴主力,歼敌七万余人,又乘胜追敌至狼居胥山,在此举行了祭天封礼。战后,他官拜大司马,与大将军卫青同掌军政。霍去病虽然二十四岁就病逝了,但他在短暂的军事生涯中,屡建奇功,创造性地运用以轻骑为作战主体,长途奔袭、迂回纵深、穿插包围的作战战术,将汉武帝时的军力战力提升到一个新的高度。

东汉末年,吴郡富春出了一位名将孙策,他是破虏将军孙坚的长子，十多岁时就在寿春结交名士，名声远扬，并与年纪相当的有志少年周瑜结识。十四岁那年，他去拜见袁术，刚到一会儿，卫士报告袁术"刘备来见"，孙策听了急忙要走。袁术问他，为什么一听到刘备要来就走呢？他答道，是避免英雄之间互相妒忌啊。他出门时，正好刘备进来，其英雄气概果然引起了刘备注意。孙策十七岁时，父亲孙坚战亡，他继承父志，在周瑜等人的支持下，东渡长江、创业江东，为吴国的建立奠定了坚实的基业。他因善使长枪、威风八面，人称"小霸王"，但他在二十六岁时不幸遇刺身亡。与他一起奋战、为统一江东做出重要贡献的周瑜，亦成为英姿勃发、风流倜傥、文武兼备的英雄人物。在赤壁大战中，周瑜指挥孙刘联军，大败曹操数十万人马，创造了历史上以少胜多的著名战例。

隋末唐初，齐州历城有个放牛娃名叫罗士信，十四岁即为齐郡通守张须陀部将，后投瓦岗起义军，李渊起兵后，他率部千余人归唐，战场上英勇无比，是公认的隋唐猛将。他幼时在放牛时，见两头壮牛打架，就上前去劝架。两头牛听不懂语言，罗士信一怒之下，上前抓住牛角，生生将两头牛分开，并各自掰断一根牛角以示惩戒。由此，他"力撼双牛"的故事流传开来。后来，他在战斗中寡不敌众被俘，宁死不屈遭杀害，年仅二十三岁，李世民得知后非常悲伤，以重金赎回他的遗体予以安葬，《隋唐演义》中少年英雄罗成的形象就是以他为原型塑造的。

南宋抗金名将岳飞的长子岳云，是一位神勇的少年英雄。他在很小的时候，就能舞动八十斤的大锤，两锤打死前来偷袭岳家庄的金兵将领。十二岁时，他寻找父亲从军，初次上阵，就打死了金军猛将金蝉子，由此一战成名。十六岁时，岳云随父出征，一路冲锋在前，勇不可当，为收复随州、邓州等地建立殊勋。后来，他率领背嵬军屡战金兵，取得重大胜利，可惜他与父亲岳飞被奸臣秦桧诬陷而死，年仅二十三岁。

太平天国后期的一位主要军事将领陈玉成,十五岁时就随叔父参加了金田起义,他在童子军中表现极为出色,不久就当上童子军首领。之后,他一路征战、攻城拔寨、屡建奇功,二十岁刚出头,就被任命为前军主将。太平天国发生"天京事变"、内部分裂后,他毅然担起军事重担,率部独当一面挽救被动局面,军威一度大振,二十三岁被封为英王。但由于太平天国战略失策、内部腐败滋生,人心开始涣散,陈玉成无力回天,最终战败被俘、英勇就义,死时只有二十六岁。

以上列举数人,撇开政治立场、政治评价而言,皆无愧于少年英雄的称号。

少年女英。古代女子中,在少年时代也涌现出不少奇人,令人刮目相看,正所谓"谁说女子不如男"。西汉发生过一个"缇萦救父"的故事,说的是齐国太仓令淳于意犯有罪行,应当遭受刑罚,诏狱将他囚禁后用囚车押送长安。淳于意有五个女儿,见父亲被囚,就在囚车旁哭泣。淳于意叹息道,生孩子应生男不生女,这些女孩子到临难上谁也帮不上忙啊。他的小女儿缇萦听到父亲的话既悲伤又心有不甘,于是跟着囚车到了长安。她给汉文帝上书说,我父亲为官时,为百姓做过不少好事,齐人都称赞他廉洁公平,如今他犯法按律当受刑,可是,我悲伤的是死去的人是不能复活的,身受刑罚的人也不能再恢复残破的肢体,即使想改过自新也没有办法了,现在,我愿意舍身做官府中的女仆来赎父亲的罪过,让他能有一个改过自新的机会。汉文帝看了书信,为缇萦的孝心所感动,心生怜悯,下诏赦免了淳于意,并废除了残酷的肉刑。

东汉年间,发生过一个"曹娥投江寻父"的故事。曹娥是会稽上虞人,父亲叫曹盱,是位巫祝。一年五月五日,曹盱驾船在舜江中迎潮神,大浪打翻了船只,曹盱溺入江中,数日不见尸体。曹娥当时年仅十四岁,昼夜沿江哭寻父亲。过了十七天,她也在父亲落水之处投了江,三日后抱出父亲的尸体,共浮于江面上。后人为纪念她,改舜江为曹娥江,上虞县官为曹娥立碑,并让其弟子邯郸淳撰写碑文。《曹娥碑》立好后,著名文士蔡邕慕名来访,读了碑文后在碑的阴面题了"黄绢幼妇,外孙齑臼"八个字,但人们不解其意。《三国演义》中曾写到曹操与杨修一同观看碑文,见碑阴八个字亦不能解,便问杨修。杨修解释道,黄绢就是有色之丝,是个"绝"字;幼妇即为少女,是个"妙"字;外孙是女之子也,乃为"好"字;齑臼乃受五辛之器也,受旁辛字,是个"辞"字;合起来,是"绝妙好辞"四字,是对碑文表示肯定。曹操听之不禁为杨修才学叫好。

　　就是这位蔡邕,他有一位女儿名蔡琰,字文姬,是个有名的才女。国学启蒙读物《三字经》提到"蔡文姬,能辨琴。谢道韫,能咏吟"。这里所说的,一个是蔡文姬,她从小喜欢音乐,在父亲的熏陶之下,掌握了不少乐理知识。她六岁时,有一天父亲正在厅堂弹琴,突然"啪"的一声,琴弦断了。蔡文姬在室内大声说,父亲,是第二根琴弦断了吧。父亲低头一看,果然不差,但心里诧异,便说,你是猜的吧。说完,蔡邕接好断弦继续弹奏。不一会儿,他故意绷断一根琴弦。没等他发问,蔡文姬又在室内说,父亲,这次是第四根弦断了。蔡邕心知女儿有此天赋,自此悉心教给她弹琴的技艺。蔡文姬后来成为出色的音乐家,还创作了影响很大的《胡笳十八拍》。另一个是谢道韫,她出身名门,是东晋安西将军谢奕的长女,自幼受到良好的教育。叔父谢安曾问她对古诗的评价,她回答十分精到,谢安赞叹不已。有一次,谢安召集子侄们谈论诗文,外面正好下起了大雪。谢安很有兴致地问:"白雪纷纷何所似?"侄儿谢郎当即答道:"撒盐空中差可拟。"谢道韫想了想,然后说:"未若柳絮因风起。"她把飞雪比喻成柳絮,真乃精致绝妙,谢安连连叫好。这一段佳话流传下来,后人称谢道韫有"咏絮之才",这一成语也用作称赞才女的常用词。

两宋时期,出生于齐州济南的李清照,自幼不爱女红爱读书。六七岁时,她就开始读诸子百家的文章,以及《诗经》《楚辞》和《唐诗》等文学作品。十多岁,她已经懂得诗词韵律,并能写出不错的诗词。有一次,她到溪亭游玩,因高兴多饮了几杯酒,乘兴泛舟漂入荷花深处,直到黄昏仍未归。之后,她写了一首《如梦令》:"常记溪亭日暮,沉醉不知归路。兴尽晚回舟,误入藕花深处。争渡,争渡,惊起一滩鸥鹭。"她在十六岁那年,写过一首词:"昨夜雨疏风骤,浓睡不消残酒。试问卷帘人,却道海棠依旧。知否,知否?应是绿肥红瘦。"她正是因词作非同凡响而有"千古第一才女"之称。

晋朝有一位奇女子名叫荀灌娘,她从小跟在父亲荀崧身边行军作战,最喜舞枪弄剑。父母见此,只好请了几位名师教授她武艺,她十岁就能骑马张弓、箭法渐精。荀崧在都督荆州江北诸军事、担任平南将军期间,镇守宛城,遭到敌军重兵围城,城中几乎粮尽,危在旦夕。荀崧打算派人到襄阳求援,当时只有十三岁的荀灌娘请缨出城。荀崧担心她年纪小、恐遇不测,后经她再三恳求,终于答应下来。荀灌娘带领十几个勇士,穿越敌军重重包围赶到襄阳,求得救兵来援,终于击退敌军,解了宛城之困。荀灌娘成为一名智勇双全的女英雄。后来,她的事迹被编为传统京剧剧目上演。

少年天子。古代帝王中,有的即位时尚未成年,但在复杂的朝政及斗争中迅速成长,展示了高超的驾驭之术和政治才能。嬴政幼年生活艰辛,历经曲折从赵国返回秦国,十三岁时即秦王位,在秦相吕不韦的辅佐下,对内富国强兵,对外攻城略地,使秦国在与山东六国竞争中取得了明显优势。他在果断平息国内嫪毒叛乱后,二十一岁开始亲政,重用李斯、王翦等人才,制定并实施了一系列符合实际的内政外交政策,军事上取得了节节胜利,终于完成了统一中国的大业。他成为中国历史上第一个使用"皇帝"称号的君主,并设立郡县制,实行书同文、车同轨,统一货币、度量衡,北击匈奴、南征百越,修筑万里长城等,在历史上留下了浓墨重彩的华章。

西汉王朝的第七任皇帝汉武帝刘彻,七岁被立为皇太子,十六岁即皇帝位。登基之后,他开创察举制选拔重用人才,采纳主父偃的建议,颁行推恩令削弱诸侯国势力,加强中央集权,并在经济、文化上大力推行改革。在国力渐强时不断开疆拓土,击溃匈奴、东并朝鲜、南收百越、西越葱岭、征服大宛,首开丝绸之路,沟通了与西域以至中亚等地的联系等。汉武帝的雄才大略、文治武功将西汉王朝推向了一个强大无比、灿烂辉煌、人才辈出的盛世时代。虽然他晚年穷兵黩武,又造成巫蛊之祸,但瑕不掩瑜,他传奇的一生留下了很多精彩的故事。

汉武帝去世后,他的儿子、年仅八岁的刘弗陵继位,是为西汉第八任皇帝。他虽年幼,却十分聪明。在他十四岁那年,燕王刘旦勾结朝中权臣试图发动政变,为了达成朝中纷乱的目的,指使人上书诬陷辅政大臣霍光谋反。刘弗陵见到上书后当即识破刘旦的诡计,又召来霍光好言安抚,很快稳定了政局,之后又除掉了不轨之人。刘弗陵在位期间,依靠霍光等人的辅佐,重视吏治,逐步解决汉武帝后期遗留的社会矛盾,并加强北方和西南的防务,为西汉的发展奠定了稳定的基础,史称"百姓充实,四夷宾服"。

东汉第四任皇帝是汉和帝刘肇,汉章帝病逝后,年仅十岁的刘肇登基为帝。当时,窦太后临朝称制,窦氏一门掌握朝中大权,尤其是大将军窦宪等飞扬跋扈、气焰嚣张,窦氏的权势和群臣的趋炎附势让汉和帝如坐针毡。为了化解困境,汉和帝故意引而不发,却暗中取得不依附窦氏外戚的宦官帮助,利用窦氏内部矛盾,迅速将其党羽全数剪除,收回窦宪大将军印信。这一年,汉和帝还不到十四岁。汉和帝掌权后,对于治国人才求贤若渴,宽刑减赋,安置流民、赈济灾民,百姓得以休养生息,同时平定边疆叛乱,大破匈奴侵扰,让西域重归东汉,降附国多达五十多个。汉和帝的文治武功使东汉国力振兴,史称"永元之隆"。

清朝康熙皇帝是"康乾盛世"的开创者。他八岁登基,十四岁亲政,执政初期,面对朝内外严峻复杂的局势,展示了卓越的政治军事才华。康熙帝少年时智擒权臣鳌拜,完全夺回朝政大权。之后,他取得了对三藩、沙俄作战的胜利;消灭了台湾的明郑政权,使宝岛台湾复归祖国怀抱;三征噶尔丹,终于取得大捷。康熙帝积极发展经济,重用汉臣、笼络汉族士人,促进了社会和谐稳定,有学者尊他为"千古一帝"。但由于他晚年倦政,清朝出现了吏治败坏的现象,更因为诸皇子为争夺皇位钩心斗角,影响了政治和社会稳定。但他少年时展现的雄才大略和取得的功绩,使他成为经久不衰的历史传奇。

少年情结。小时候的经历,往往给人以难忘的记忆。许多文人名士在回首往事时,都留下了优美的诗词和富含哲理的文字。唐代大诗人李白写过不少此类诗词。在《古朗月行》中,他写道:"小时不识月,呼作白玉盘。又疑瑶台镜,飞在青云端……"这首乐府诗,前四句写儿童时期对月亮稚气的认识,通过"白玉盘"、"瑶台镜"形象比喻,将儿童天真烂漫、敢于想象的特质情态生动地展现在眼前,这也符合李白一生富于浪漫的个性特征。李白在《结客少年场行》一诗中写道:"少年学剑术,凌轹白猿公。珠袍曳锦带,匕首插吴鸿。由来万夫勇,挟此生雄风。托交从剧孟,买醉入新丰……"诗意尽显侠义豪放之气概。李白年轻时胸怀大志,非常自负,但他也遇到了尴尬之事。有一次,他专门从成都到渝州,想拜访渝州刺史李邕,以图得到李邕的赏识和荐举。为此,李白托朋友将自己的诗赋和简历呈给李邕。李邕当时是文坛泰斗,又兼公务繁忙,根本不愿见李白,又说他诗赋才气不足。朋友如实转告,这对年轻气盛的李白可是个莫大的打击。之后,他写了一首《上李邕》:"大鹏一日同风起,扶摇直上九万里。假令风歇时下来,犹能簸却沧溟水。世人见我恒殊调,闻余大言皆冷笑。宣父犹能畏后生,丈夫未可轻年少。"这首诗既是对李邕轻慢态度的回敬,又表达了虽然年少但志在万里的雄心。

唐代诗人贺知章,越州永兴人,少时即以诗文知名,后考中状元,在朝中为官。唐玄宗天宝年间,因年老多病,辞归乡里,写下《回乡偶书二首》。其中一首为:"少小离家老大回,乡音无改鬓毛衰。儿童相见不相识,笑问客从何处来。"诗意充分表达出诗人既亲切又陌生、既喜悦又伤感的心境,流露出他对生活变迁、岁月沧桑、物是人非的感慨与无奈之情。

诗人杜甫栖居成都草堂之时,抚今追昔,写下《百忧集行》,其中有:"忆年十五心尚孩,健如黄犊走复来。庭前八月梨枣熟,一日上树能千回。即今倏忽已五十,坐卧只多少行立。强将笑语供主人,悲见生涯百忧集……"追往昔年少之时朝气蓬勃、身健体轻,而如今半百之人年老力衰、行动不便,为了生计还要充当幕府,事奉主人、强作笑颜,怎能不忧伤满怀、百感交集呢?这正是杜甫晚年的真实生活,读诗也为他悲惨的命运而叹息。

诗人杜牧在中进士后写了一首《及第后寄长安故人》的诗,心情可是大不一样。诗中写道:"东都放榜未花开,三十三人走马回。秦地少年多酿酒,已将春色入关来。"考试放榜的消息传来,洛阳的花儿还未绽开,但中榜的三十三位及第者已迫不及待向长安进发。关中的少年朋友们,你们多准备些美酒吧,我们即将把春色带进关内来。你看,激动之情真是溢于言表啊。当时杜牧才二十六岁,考中进士第五名,春风得意,怎能不兴奋呢?

再看看宋代苏轼,年到四十,壮志未酬,他是怎样抒发自己情怀的吧。在《江城子·密州出猎》中,他写道:"老夫聊发少年狂,左牵黄,右擎苍,锦帽貂裘,千骑卷平冈。为报倾城随太守,亲射虎,看孙郎……"作者把自己比作三国时东吴的孙权,要问我意气如何,那就看看孙郎当年射虎的英姿吧!可见苏轼是多么想为报效国家而尽力啊。

无独有偶,宋代辛弃疾也写过一首词:"何处望神州?满眼风光北固楼。千古兴亡多少事?悠悠,不尽长江滚滚流。年少万兜鍪,坐断东南战未休。天下英雄谁敌手?曹刘。生子当如孙仲谋。"辛弃疾一生主张抗击金兵、收复中原,对苟且偷安、毫无振作的南宋朝廷既失望又愤懑。他借登临京口北固亭之机,眺望长江及神州大地,触景生情,想到孙权在十九岁时继承父兄之业,占据江东、称雄天下,不由感慨万分。他想即使自己无机会一展雄风,希望自己的儿子也似孙权那样驰骋纵横,当一个在战场上英勇杀敌的英雄。然而,现实是无情的,辛弃疾不但无法实现自己的理想,而且被弹劾革去官职。他在闲居带湖时,写了一首《丑奴儿·书博山道中壁》:"少年不识愁滋味,爱上层楼。爱上层楼,为赋新词强说愁。而今识尽愁滋味,欲说还休。欲说还休,却道天凉好个秋。"以此来表达受压抑、遭排挤、报国无门的痛苦,但也是一种现实中的无奈。

青春年少的时光十分美好,越是美好的东西越要珍惜,要把大好时光用在最能体现人生价值之处。唐代一位叫杜秋娘的侍女写过一首《金缕衣》:"劝君莫惜金缕衣,劝君须惜少年时。有花堪折直须折,莫待无花空折枝。"此诗言简意赅,重在劝诫人们"莫负好时光"。南宋抗金名将岳飞在《满江红·写怀》一词中也表达了此意:"怒发冲冠,凭栏处、潇潇雨歇。抬望眼,仰天长啸,壮怀激烈。三十功名尘与土,八千里路云和月。莫等闲、白了少年头,空悲切……"杀敌报国激情跃然纸上,读之令人心潮澎湃、血脉偾张。由此更感到少年时光之可贵,少年时光不可虚度,少年时光应发奋有为。

历史上为什么会涌现如此众多的少年俊杰呢?除个人天赋和自身努力的原因外,究其社会和文化原因,大概主要有几个方面。

强烈的进取意识。 古人大多过着躬耕陇亩的日子,但也懂得"忠厚传家久,诗书继世长"的道理。在长达几千年的封建社会里,儒家思想作为社会主流意识,"天下为公"、"修身齐家治国平天下"在潜移默化中支配着人们的思想和行为,天下有识之士热切期望自身和家人有真才实学、完美人格,能得到社会广泛认可,从而跻身"治国平天下"之列。春秋战国时的百家争鸣、奖励军功,汉朝的察举制和征辟制,特别是自隋唐开始的科举制度,极大地激发了人们成才成名成功的欲望,也形成了强大的社会效应。望子成龙、取得功名,光宗耀祖、青史留名,是多少人孜孜以求的奋斗目标,更有处于社会底层的人士,希望"寒门出贵子",改变家庭环境与个人命运,这方面也形成了强大的舆论环境。《长歌行》中有"少壮不努力,老大徒伤悲"之训;《增广贤文》中有"书中自有黄金屋,书中自有颜如玉"之语;《琵琶记》中有"十年寒窗无人问,一举成名天下知"之句;清代《神童诗》中更是写道:"天子重英豪,文章教尔曹;万般皆下品,惟有读书高……朝为田舍郎,暮登天子堂;将相本无种,男儿当自强……一举登科日,双亲未老时;锦衣归故里,端的是男儿……久旱逢甘雨,他乡遇故知;洞房花烛夜,金榜题名时……"此诗读之怎能不使人如痴如醉、心生美好的梦想。

唐代诗人李商隐,出生在一个官宦之家。曾祖李叔恒十九岁便中了进士,但二十九岁就不幸亡故,官位止于县尉。祖父李俌以明经入仕,但在儿子李嗣出生不久后亦病故,在世时仅是录事参军小官。到父亲李嗣时,年近四十被任为获嘉县令,而就在此时,李商隐出生,全家对他寄予了无限期望。据说他的名字源于秦末战乱时,有东园公、夏黄公、甪里先生、绮里季四位圣贤隐于商山,号称"商山四皓",后应汉张良之请,出山辅佐太子刘盈,刘盈登基后,"四皓"重隐于山里。正是基于这个典故,父亲为他取名"商隐"。李商隐五岁读经书,七岁开始习字作文,为的是长大有一个好前程。不幸的是,十岁那年,父亲李嗣去世。作为家中长子,李商隐承载着家门的生存和复兴重任,他十三岁后就以帮人抄书谋生,同时刻苦攻读科举考试的各种典籍,之后拜一位堂叔为师,十八岁遇到了命运中的贵人东都留守令狐楚。在令狐楚幕府,他的文才、见识不断长进,经过四次考试落第的挫折,终在令狐楚的帮助下,于二十五岁考中进士,自此踏上仕途。可见,获取功名实属不易,而寒门子弟出人头地则要付出更加艰辛的努力。

　　科举制虽在唐朝基本定型,但才华出众者未必就能高中,因为"行卷"与"公荐"的存在,录取时就带有主观色彩。"行卷"就是考生在考前将自己写的诗文送给达官显贵看以获取印象分和舆论造势,"公荐"则是公卿大夫向主考官推荐人才,这对寒门子弟当然不利。相比较而言,两宋时期,科考制度设计得更为合理、公平。据统计,宋朝由布衣入仕者占比 55.12%,其中,官至一品到三品者占比 53.67%,到北宋末年已达 64.44%,基本实现了"取士不问世家"的原则,有的乞丐、孤儿也凭本事登科及第。例如人们熟知的范仲淹,两岁时父亲去世,母亲带他改嫁他人,从小寄人篱下,常受到继父之子的欺辱。范仲淹为了学习,寄居在寺庙之中,昼夜苦学,有时一份米粥要分成四份充饥度日。他最终学有所成,高中进士,官至副宰相。欧阳修也是在四岁时失去父亲,母亲无奈带他投奔叔叔,叔叔家境也不好,母亲便教他用秸秆在沙子上写字。他经过苦学亦考中进士,官至参知政事。清朝光绪年间有一位状元名张謇,从父辈往上数起,世代为农。当时科举制度规定,举凡祖上三代无人进学,是为"冷籍",

即无报考资格。张謇的父亲先是设法还清祖上留下的巨额债务,然后节衣缩食让几个孩子读书,当孩子们感到读书辛苦时,父亲就让他们在烈日下去田地耕作,问他们究竟是种田苦,还是读书苦。孩子们深知父亲用心良苦,更加专心致志地学习。张謇在父亲的支持下先后二十多次进出考场,终在四十二岁时高中状元。世人称羡不已,更对这位助子成才的父亲敬佩有加。

早期的生活磨砺。相对而言,古人成熟早、寿命短,四五岁干活,五六岁启蒙,七八岁下田,十五六岁成婚是比较普遍的现象。所谓实践出真知,早期的经历,让少儿们懂得了生活的艰辛,也增长了见识,开阔了视野。孔子拜七岁小儿项橐为师的故事就耐人寻味,说的是孔子乘车出游时,见一顽童阻车于路中,问道,为何不让路?这个名叫项橐的孩子指地上用树叶、泥土垒成的城池说,只有车绕城,哪有城让车!孔子暗自吃惊,这孩子非同一般,于是在"绕城"而过后,对孩子说,今你我各出一题,互为应对,胜者为师,你看如何?项橐回道,你说话可要算数啊。孔子表示决不食言。孔子出题道,人生在世,皆托日月星辰之光,地生五谷,方养众多生灵,且问小儿,天上有多少星辰,地上有多少五谷?项橐回答,天高不可丈量,地广不能尺度,一天一夜星辰,一年一茬五谷。见孔子点头认可,项橐回问,人之体比地小,目之眉比天低,二眉生于目上,天天可见,人人皆知,你可知二眉有多少根?孔子难以回答,遂拜项橐为师。类似这样问答的故事很多,在《史记》、《战国策》、《淮南子》等史籍中,都有"项橐生七岁,为孔子师"的记载。汉代画像石中的《孔子问师》图,在孔子与老子相见场面中,总是有个孩童像,它的最大特征是手里拿着一个可推转的玩具,这就是项橐的形象。再仔细琢磨,项橐与孔子的对答都是实践中的问题,而非高深的理论知识。

唐代李白自述时写道:"五岁诵六甲,十岁观百家,轩辕以来,颇得闻矣。常横经籍书,制作不倦。"李白家住剑南阴平古道旁,商旅不绝,人声喧杂。其父为了让他静心读书,将他送往离家十多里的小匡山寺庙里,不仅白天读书,晚上也要熬油苦学。由此,当地人又称小匡山为"点灯山"。相传有一次他读书厌倦了,就下山到处游玩,路上遇到一个白发老婆婆,正拿着一根大铁杵在石头上磨。李白觉得好奇,上前问老婆婆做什么,老婆婆告诉他要磨成一根绣花针。李白听了深受触动,立即返山苦学。他在十五岁之时,读书之余又开始学习剑术,并且热衷于求仙问道,"十五观奇书"、"十五游神仙"、"十五好剑术"等,这在他的诗词中均有反映。正是这些早年经历,使李白的诗风和气度豪迈奔放、想象丰富,似有仙风道骨。

唐代大诗人杜甫的早年经历也比较丰富,他四五岁识字,六七岁开始作诗,十四五岁就开始参加当地文人的雅集,并开始出游。年少的杜甫还观看过公孙大娘表演的剑器舞,听李龟年在豪门之家唱过歌,数十年后对此仍记忆犹新。这些经历,无疑使其知识面大为拓宽。

南朝杰出的数学家、天文学家祖冲之撰写的《大明历》是当时最科学、最进步的历法,他还首次将圆周率精算到小数第七位,对数学研究有重大贡献。祖冲之之所以有如此成就,主要得益于他爷爷祖昌的因材施教。祖昌在刘宋朝廷里担任管理土木工程、营造设计的"大匠卿",少年祖冲之因贪玩不爱读书受到父亲训斥,爷爷劝道,孩子未必要走读经书一条路,要看到兴趣爱好再加以引导。从此,祖昌经常把祖冲之带到工程现场,祖冲之渐渐对名山大川、田野村庄和各种建筑表现出浓厚的兴趣,尤其对天文学知识喜爱有加,祖昌就帮他找资料、拜名师、解难题,祖冲之终于走出了一条适合自己的人生道路,并取得卓越成就。

明朝有一位气节高尚的名臣叫于谦,自小父亲悉心教育培养他,经常给他讲文天祥等忠臣义士的事迹,还带他到田间地头、深山老林,让他知道民生艰辛,长大好为民做事。于谦由此立下远大志向。十二岁时,有一次他走到一座石灰窑前,观看师傅煅烧石灰,只见一堆堆青黑色的山石经过烈火焚烧之后都变成了白色的石灰。于谦深有感触,吟出了一首脍炙人口的《石灰吟》:"千锤万凿出深山,烈火焚烧若等闲。粉骨碎身浑不怕,要留清白在人间。"这首诗不仅是写石灰自然煅烧的过程,更是于谦日后的人生追求和真实写照。他后来与岳飞、张煌言齐名,并称为"西湖三杰"。

严正的家风家教。古人十分重视用好的家风家训教育子孙后代,"曾子杀猪"、"诸葛亮诫子"、"岳母刺字"都给人留下了经典故事。严重违背家法家规家训、不忠不孝不义者,甚至以不进祠堂、不上家谱、不入祖坟相惩处。东晋名将陶侃的母亲湛氏,以教子有方、宽厚待人著称,与孟子的母亲、欧阳修的母亲、岳飞的母亲并称为中国古代"四大贤母"。陶侃自幼丧父,母亲以自己纺纱织布的微薄收入供他读书,母子艰难度日。当小陶侃不太用功时,她将儿子拉到织布机边,指着织布的梭子给陶侃讲"光阴似箭、日月如梭"的道理。自此,陶侃珍惜光阴、用功读书。有一次,陶侃的好友范逵等人来访,因冰雪封道无法返回,只得留宿陶侃家中。陶侃因无钱待客手足无措,母亲安慰他尽管与朋友交谈,自己悄悄剪下头发,换来了米油酒菜,又拆了几块旧楼板当柴烧,把垫在床上的禾草席子拿出来切碎喂范逵的马。范逵知道真相后,感叹"有其母必有其子"。后来,陶侃的朋友果然很多。

南北朝有一位叫颜之推的学者,创作了中国汉民族历史上第一部体系宏大且内容丰富的《颜氏家训》,他以自己的人生经历、处世哲学和深邃思考,写出七卷二十篇文章训诫子孙,教给他们立身治家、慕贤勉学、处事务实、养心正德的道理,对其子孙及世人产生了深远的影响。历史上，颜氏子孙在操守与才学方面都有惊世表现。例如唐朝名臣、书法家颜真卿，三岁丧父，由母亲亲自教育，品行学识与日俱进，二十五岁即中进士，为官后清正廉明，颇受赞誉。在他出任平原太守期间，安史之乱爆发，他临危不惧、坚拒叛军，表现出大忠大勇的气魄。晚年被派往叛乱中的淮西军营，传达朝廷旨意，他毅然前去、大义凛然，淮西节度使李希烈屡次胁迫他归降，他宁死不屈，最终被害。颜真卿书法精妙，是著名的"楷书四大家"之一，与柳公权并称"颜柳"。他的兄长颜杲卿和侄子颜季明也是有忠贞气节之英雄，在安史之乱中为叛军所杀，可谓一门忠烈。

宋代大文豪苏轼的母亲程夫人也是一位杰出的母亲。程氏嫁入苏门之后，勉励夫君苏洵刻苦读书，留下了"苏老泉，二十七，始发奋，读书籍……"的佳话。程夫人对苏轼、苏辙兄弟更是精心抚养教育、谆谆教诲，鼓励他们"奋厉有当世志"，"立乎大志，不辱苏门，也不悔于国家"。有一次，苏家搬入新居，发现前人窖藏的一坛金银，这是意外所得，也是发财的好机会。程夫人却叫人重新埋好，并把土夯得严严实实，她用此事教育启发苏轼兄弟，君子爱财，取之有道，凡非分之财，丝毫不能妄取，这是做人的准则。苏轼兄弟始终铭记在心，后来为官做人皆遵母嘱。

明朝苏州府昆山县有一位叫归有光的人，出生在一个日趋衰败的大族之家，正是处于这种艰难的困境之下，迫使年幼的归有光懂得人间忧难，开始发奋读书。他九岁能成文章，十一二岁"已慨然有志古人"，后来成为有名的散文大家。他的代表作《项脊轩志》，以百年老屋项脊轩的几经兴废，借曾服侍祖母的一个老婆婆之口，深情回忆祖母、母亲和妻子的生活点滴，抒发人亡物存、世事沧桑的感触。文中特别写到祖母对他的激励："'吾家读书久不效，儿之成，则可待乎！'顷之，持一象笏至，曰：'此吾祖太常公宣德间执此以朝，他日汝当用之！'瞻顾遗迹，如在昨日，令人长号不自禁。"这一段是写祖母对自己的殷切期望，又将她祖父太常公宣德年间朝见皇帝时的笏板拿给孙儿。归有光忆起旧事，历历在目，不禁大哭。可见这些教诲是多么深刻，对后人的激励是多么有效。

清朝名臣曾国藩亦有严明的家训，他教育子女读书要有志、有识、有恒，并要有"勤、俭、刚、明、忠、恕、谦、浑"八德，告诫家人"家俭则兴，人勤则健；能勤能俭，永不贫贱"，这些都对子女成长起到关键作用。因此，他的子女皆能成才，大儿子曾纪泽成为清朝著名外交家，二儿子曾纪鸿成为近代著名数学家等。

优良的学习环境。古代尽管有不少寒门子弟成功逆袭、华丽转身，但那些贵族子弟无疑优势更明显，成才成功的概率更高。且不说物质生活条件优越，无忧无虑，就其所接触的学习资料、所受的名师辅导、所拥有的人脉资源当是得天独厚，正所谓"近水楼台先得月，向阳花木早逢春"。他们有的出身豪门望族之府，有的出身世代诗书之家，有的术有积累精攻，有的家学渊源深厚，这都为后辈学有所长、学有所获奠定了一定的基础。例如汉朝司马迁作《史记》，与他父亲司马谈有直接关系。汉武帝建元年间，司马谈到京师任太史令一职，待司马迁懂事之时，司马谈就将他带在自己身边，指导他学习读史、遍访古今、收集遗闻。司马谈病重时，语重心长地对司马迁说，我们的祖先是周朝的太史，远在上古虞舜夏禹时就取得过显赫的功名，主管天文工作，我们一定要继承祖先的事业，即使我死了，你千万不要忘记我要编写的论著啊！司马迁在父亲去世后，果然如父亲所望，继为太史令，即使在受到宫刑，最困难、最屈辱之时，仍不敢忘父亲遗命，终于完成《史记》巨著，在史学界矗立起一座巍巍丰碑。

东汉时期，班氏一门接续书写《汉书》，也可称得上是个传奇。汉成帝有一位宠妃班婕妤，她的父亲班况在朝中为官，她还有三位兄弟班伯、班游和班稚。班伯与班游英年早逝,班稚先是为官,后因王莽一党陷害主动辞官归隐。班稚的儿子是班彪,年幼时跟随父亲游学于长安,敏而好学,热衷于读史研史,受父亲辞官影响,也不愿担任官职,开始专心修史,花费了约十年时间写成《续太史公书》,亦称《史记后传》。班彪去世后,他的儿子班固继承父业,续写史书。班固天赋极高,九岁可诵读诗文、书写文章,长大后才学比他父亲班彪更胜一筹。然而,就在他修史颇有成就时,他遭仇家报复,被打死在狱中,而他所著《汉书》尚有《八表》和《天文志》没有完成。这时,班固的妹妹班昭承续兄长之业。班昭小时候就是个才女,她博学多才,经过努力终将《汉书》写完。班固还有一个弟弟名班超,不过班超却投笔从戎,两次出使西域,为汉朝做出重要贡献。后来,朝廷任命班超为西域都护,之后为表彰他平定西域的功勋,又下诏封他为定远侯,食邑千户。班超虽未修史,却也留名青史。由班氏兄妹的历史贡献足见他们受家庭环境影响之深远。

历史上,父教传于其子的大有人在。宋朝的晏殊与其子晏几道,都工诗善文,皆是词坛高手,时人称之为"大晏"和"小晏"。明朝的杨廷和与杨慎父子二人,都是文采出众,杨廷和官至朝廷首辅大臣,杨慎的文才十三岁便名满京城,二十三岁状元及第,被称为明朝第一才子。清朝的张英和张廷玉父子,均先后任礼部尚书等职,拜为大学士,张英还流传着"六尺巷"的佳话。少年女英中的蔡文姬、谢道韫、李清照等人,家学渊源都很深厚。

唐代诗人杜牧,诗名极高,他与李商隐对应于李白、杜甫,被称为"小李杜"。杜牧的家世背景非同一般,当时唐人流传一句谚语:"城南韦杜,去天尺五。"意思是城南的韦家和杜家势力极大,离天不过一尺五寸。杜牧的祖上是三国末期赫赫有名的杜预,是他主持伐吴,最终平定江南,文韬武略为后人所传颂。杜牧是杜预十六世孙,杜牧的爷爷是唐宪宗朝的宰相杜佑,为相十年,声望极高。可见,杜牧生长的环境及受到的教育是常人难以企及的。

唐代诗人李贺,七岁能赋诗,得到韩愈和皇甫湜的赏识。韩愈一路提携李贺,当十七岁的李贺写出《雁门太守行》一诗时,韩愈格外推崇,李贺名气大振。韩愈与李贺不仅是文友,还成了忘年交。"呕心沥血"的成语典故就出自《新唐书·李贺传》"是儿要当呕出心乃已尔",以及韩愈《归彭城》诗:"剖肝以为纸,沥血以书辞。"李贺有韩愈的帮助和推荐,本来可以早日登科及第,但因妒才者拿其父名"晋肃"说事,"晋"与"进"犯"嫌名","晋肃"与"进士"二字读音接近,李贺为了避父名讳便不得参加进士考试,这真是命运捉弄人。之后,李贺只当了一个九品小官,二十七岁便去世了。

古人对后辈的教育培养,不仅重视家庭内部环境的营造,还注意社会环境与人文环境的影响。"孟母三迁"说的是孟母为小小年纪的孟轲选择居住环境的故事。钟灵毓秀的自然环境和人文环境对人们的影响当不能低估,很多名山大川修建了亭台楼阁,题刻了名联名句,也流传着许多美丽动人的故事,吸引人们在观山川胜景之时陶冶情操、增长阅历。"一座天台山,半部全唐诗。"自钱塘江入绍兴古镜湖,向南经曹娥江至剡溪,最终溯源石梁而登天台山,全长约两百千米的"浙东唐诗之路",留下诗篇无数。据统计,《全唐诗》及《全唐诗续拾》收载的两千两百多诗人中,先后有三百多人吟诵天台山,留下一千三百多首诗歌。山东的泰山、四川的剑门、杭州的西湖都有许多相关诗词佳作。在古典文学作品和经典剧目中,反映"公子落难、小姐要饭"最终"公子及第、花好月圆"的题材不在少数,经久久相传,形成了浓厚的人文环境和舆论效应,这种文化影响力和渗透力作用也是很大的,它似乎让那些落魄之人也看到了发迹的希望之光。

翻阅唐诗,发现不少诗作都提到了"五陵少年"。李白诗曰:"五陵年少金市东,银鞍白马度春风。落花踏尽游何处,笑入胡姬酒肆中。"崔颢写道:"贵里豪家白马骄,五陵年少不相饶。双双挟弹来金市,两两鸣鞭上渭桥。"白居易有诗:"五陵年少争缠头,一曲红绡不知数。钿头银篦击节碎,血色罗裙翻酒污。"杜牧诗咏:"钿尺裁量减四分,纤纤玉笋裹轻云。五陵年少欺他醉,笑把花前出画裙。"张碧诗云:"五陵年少轻薄客,蛮锦花多春袖窄。酌桂鸣金玩物华,星蹄绣縠填香陌。"诗人所提的"五陵年少"实际上指"五陵少年",这是西汉中期出现的一个特殊群体。"五陵"是指西汉时期在汉高祖、汉惠帝、汉景帝、汉武帝、汉昭帝五位皇帝陵墓周围设置的五座县邑,这些县邑被称为"陵县",一般设置在"三辅"(京兆尹、左冯翊、右扶风)辖区内,属朝廷奉常管理。陵县百姓主要负责陵墓维护、四时供奉、安全防盗事。当时,函谷关以东的地方豪强渐有坐大的趋势,汉武帝为了根除关东地方势力隐患,将他们举家迁移到位于三辅的陵县居住,这一迁徙政策沿袭数十年。这些豪强被安排在陵县后,逐渐发展为陵县大户,他们的子弟也就开始被称为"五陵少年"。从政府管理的角度讲,"五陵少年"是个不安定因素,有不少纨绔子弟凭借家中的财富游手好闲、不务正业,但他们中也有为人行侠仗义的勇武之辈,有的也有真才实学、高尚节操,真正为祸乡里、鱼肉百姓的恶少较少。由于这一群体主要活动在民间,在政治上并未危及国家政权,因而得到社会包容,其中的优秀代表在国家纷乱时期将家族很好地延续下来,并且成为魏晋时期的世家大族。到了唐朝,这一群体对国家政治社会亦发挥了重要作用。"五陵少年"鲜明的个性特征也成为唐诗中的经典意象,为后人所传唱。受社会文化环境的影响,"五陵少年"中也涌现出不少杰出人才,最有代表性的韦氏和杜氏家族就不同凡响,韦氏出了数十位宰相,杜氏出了杜周、杜预、杜如晦、杜佑、杜牧等名人。不仅如此,"五陵少年"的风度还影响到其他地区的少年才俊,这从前面的唐诗中就能看出。

偏颇的评价标准。 古人看好少年、培养少年、宣传少年当然没有错,后人对少年才俊也不能求全责备。但实事求是地说,对一些少年才俊的刻画、描写有的以偏概全,有的言过其实,有的牵强附会,有的美化夸大,有的甚至附加了神秘色彩。例如,古籍中在记载帝王和名人出生及小时候之事时,一般都加上"天呈异象"之说。

孔子拜七岁孩童项橐为师,传说版本很多,但也绝不可因此认为项橐学识超过了孔子,它实际上反映的是孔子谦逊好学而又学无止境的道理。

战国时的赵括和三国时的马谡自小聪慧异常,两人长大后都熟知兵法、夸夸其谈,但他俩却是盛名之下,其实难副,赵括留下了"纸上谈兵"的教训,马谡造成了"痛失街亭"的遗憾。

西汉的匡衡,小时候家境贫寒,他勤奋努力,在他身上发生了"凿壁偷光"的故事。但他在担任朝廷高官、被封为乐安侯之后,竟非法扩大食封之地四万多亩,后被同僚弹劾,被汉成帝贬为庶民,又回到了人生原点并留下了污点。

西晋时,有个叫王祥的孩子,在母亲生病想吃新鲜鲤鱼时,他不顾天气寒冷、河面结冰,跑到河边脱去上衣,赤身躺在冰上,并靠体温融化冰面,从冰洞里提了两条鲤鱼为母亲熬汤。这就是"卧冰求鲤"的故事,但仔细想想,这种做法似有不妥。且不说能否获鱼,若在冰面上冻坏身体,岂不是让母亲更为心疼、加重病情吗?

东晋谢道韫自小冰雪聪明,她叔父谢安千挑万选,从王氏子弟中挑选了王凝之作为她丈夫。王凝之虽算不上高才,但自小受父亲王羲之的影响,才华尤其是书法还是很不错的,但他后来却深信五斗米道,心思和精力用错了地方,以至于不求进取,让谢道韫大为失望,叹息道,想不到天底下还有王郎这么差劲的人啊。

初唐才子王勃,六岁能作诗,十岁饱览六经,十六岁授朝散郎,成为朝廷最年少的命官。他才思泉涌、笔端生花,所撰《乾元殿颂》连唐高宗都惊叹为"大唐奇才"。而就是这位诗名被奉为"初唐四杰"的首席,到沛王府担任修撰时,写了一篇《檄英王鸡文》,讨伐英王的斗鸡,为沛王斗鸡助兴。唐高宗闻知此文,龙颜不悦,认为王勃身为博士,见二王斗鸡不作劝诫,反而作檄文意在挑拨离间,遂将他逐出长安。后来,他在虢州参军任上杀死自己匿藏的官奴而二次获罪,差一点被处死,幸而遇大赦免死,但他的父亲却受连累被贬去交趾当县令,远谪到南荒之外。就在王勃赴交趾看望父亲时,途中落水而死,年仅二十六岁。从文才看,王勃早逝固然可惜,但他的政治智商确实也不够高,最终害了父亲也害了自己。

《封神演义》、《西游记》等古典小说中提到了哪吒闹海的故事。哪吒的父亲是陈塘关总兵李靖,哪吒出生时是一个肉球,被李靖用剑劈开滚出一个孩童即是哪吒。哪吒后因打死东海龙王三太子,为偿命自刎而死,灵魂被太乙真人附在藕荷之上,遂成仙童。他形象天真、武艺高强,身上宝物风火轮、乾坤圈威力无比,是一位家喻户晓的少年英雄。但这显然是被神化了。

《说唐演义全传》中也塑造了一位少年英雄李元霸,说他是唐高祖李渊之子,金翅大鹏鸟转世,年方十二岁,力大无比,使一对金锤,四百斤一个,共重八百斤。他匹马双锤,一下午将十八路反王一百八十五万人马杀得只剩六十五万,平均每秒打死五十五人,这当然是过于夸大,其实隋唐历史上并无李元霸其人,这只是一个虚构的文学人物,却深入人心,受到民众喜爱。

《说岳全传》中有一节讲到岳云投军途中遇到一位年方十二岁的少年关铃,关铃远祖是三国时期大名鼎鼎的关羽,父亲是梁山五虎将之一关胜。岳云见到关铃时,关铃正在山中擒虎逐豹,如同玩弄家猫般轻松,他能将老虎举起,从山上摔到山下使老虎当即毙命,后来他亦助岳云在朱仙镇杀敌,与金兀术大战。不难看出,关铃的武功也是被虚夸了。

北宋的方仲永倒是一个真实人物,他五岁能写诗句,渐渐在县乡有了名气,人们称他为"神童"。王安石到舅舅家拜访时,见到了十二三岁的方仲永,让他作诗,发现他并没有传闻的名声那么好。又过了七年,王安石再次到舅舅家问起方仲永的情况,已经和普通人没什么区别了。王安石为此专门写了一篇《伤仲永》的散文,告诫人们决不可单纯依靠天资而不去学习新知识,必须注重后天的教育和学习,才能健康顺利成长。道理非常深刻,值得人们深思。

自然界和人类社会总是处在不断的新陈代谢之中,历史的长河总是后浪推前浪、一浪更比一浪强。少年是祖国花朵,少年是新鲜血液,少年是未来希望。重视少年是宏远战略,关心少年是奠基工程,教育少年是社会责任,扶持少年是固本之举。"少年强则国强",当以此凝聚共识,为青少年的成长成才成功开辟更广阔的天地,则民族复兴的火炬就会代代相传,中华民族的血脉就会生生不息。

饮食中有大学问

常言道："民以食为天。"解决吃喝的问题，是人类生存和生活的最基本需求。秦朝末年，刘邦和项羽争夺天下，刘邦联合各地反对项羽的力量，据守荥阳成皋。荥阳西北有座敖山，山上有座小城，是秦时建立的，因为城内有许多储存粮食的仓库，所以叫作敖仓，它是当时关东最大的储粮基地。在项羽的猛烈进攻下，刘邦计划后撤，把成皋以东让给项羽。刘邦召来郦食其，想听听他的意见。郦食其能言善辩、见识不凡，曾献计帮助刘邦夺取陈留，听刘邦说准备放弃成皋以东，劝说道："王者以民为天，而民以食为天，楚军不知道守护粟仓而东去，这是上天帮助大王您成功的好机会啊！如果我们放弃成皋，退守巩洛，把这样重要的粮仓让给敌人，这对当前局面是非常不利的。请大王迅速组织兵力，固守敖仓，一定会改变目前不利的局势。"刘邦依计而行，终于取得了战略主动。后来，"民以食为天"即意为粮食是百姓赖以生存最重要的东西。

自然界自产生了人类，就有了饮食之需。从原始人类采摘野果、茹毛饮血开始，到人们逐渐学会烧烤烹煮、种植粮食，在漫长的历史演进过程中，人类的食谱不断发生新的变化。相传，燧人氏最早开始用火将食物做熟。到夏商时期,烹制食品的技术有了很大提高。周朝已经有专门管理食物的官员,如"烹人"、"膳夫"、"庖人"等,膳夫负责掌管王的饭食、饮料、牲肉、美味等。春秋战国时期,谷物和蔬菜的品种大为增加。汉唐时,西域不少食物引进到中土。到宋朝,随着冶铁技术的提高,铁锅的使用基本普及,对食品的制作跃升到一个新的台阶。明清时期,主粮生产再掀高潮,包括小麦、水稻、地瓜、马铃薯等农作物的大量种植,以及家禽和牲畜饲养业、水产品养殖业的发展,人们的食品种类更为丰富,各地区在加工制作食品中形成了基本定型的特色菜系,人们越来越重视食品的营养,食品文化异彩纷呈、名扬海内外。在主食中,小麦的营养价值当首屈一指。麦子秋种夏收,它的生长周期在主粮中应属最长,它经历了秋霜的孕育、冬雪的覆盖、春风的吹拂、夏阳的照耀,得四季日月之精华,饱含人体所需的多种营养成分,麦粉能够加工制作成上百种花样成品,深受人们喜爱。

中国著名的八大菜系包括鲁菜、川菜、粤菜、苏菜、闽菜、浙菜、湘菜、徽菜。其中,鲁菜、川菜、粤菜、苏菜形成于清朝初期,到清末,闽菜、浙菜、湘菜、徽菜四大新地方菜系分别形成,共同构成中国传统饮食的八大菜系。每一种菜系的形成都与它的悠久历史和独到的烹饪特色分不开,同时受到各地区自然地理、气候条件、资源特产、饮食习惯等的影响。有人用拟人化的语言把八大菜系描述为:苏菜、浙菜好比清秀素丽的江南美女;鲁菜、徽菜犹似古拙朴实的健壮汉子;粤菜、闽菜宛如风流倜傥的典雅名士;川菜、湘菜就像热情似火的少年公子。我曾与朋友到安徽黄山,在黄山脚下见到了一座造型优美的"中国徽菜博物馆"。经介绍得知,徽菜的历史传承源远流长,它发端于唐宋,兴盛于明清,经历代徽厨的辛勤劳动和精心研制,兼收并蓄、创新发展,就地取材、用料考究、功夫独特,擅长烧炖、注重上色,汤浓味鲜、以食补身,体现文化底蕴深厚的特点,成为雅俗共赏、南北皆宜、独具一格、自成一体的著名菜系,在中国饮食文化中占有重要一席。

在古代社会中,饮食不仅是人们生活所必需,而且融入了许多社会元素、人文元素、情感元素、美学元素、礼仪元素等,承载了丰富的历史意义和文化内涵,也演绎了不少精彩、生动的故事,了解这些会使人受到深刻的启示。

饮食中有政治。手中无粮,心中发慌;收成无望,百姓遭殃。历史上发生的较大规模的农民起义,几乎都与他们无粮可食、走投无路有直接关系。这些起义中,有的从根本上动摇和摧毁了封建王朝的政权统治。因此,凡头脑清醒、有所作为的帝王们对粮食的重要性都不敢掉以轻心,想方设法鼓励生产、放粮赈灾。有一部叫作《天下粮仓》的电视剧,讲述的是清朝乾隆帝刚登基就吃惊地发现,粮食生产和国粮储备之"第一紧要大事"全面失控。围绕粮食接连发生"火龙烧仓"、"阴兵借粮"、"耕牛哭田"等惊世奇案,使年轻的乾隆帝感到大清国面临生死存亡的威胁。危难之际,刑部尚书刘统勋扶棺履任,统领全国查案赈灾之职。刘统勋团结一批清正的能臣,共同治漕弊、修运河、惩贪吏、破邪教、兴新政,为充裕大清国粮仓披肝沥胆、出生入死,贡献了全部精力,其间围绕粮食进行的斗争惊心动魄,足见粮食分量之重。

且不论广义上粮食的重要作用,就是从饮食的角度观察,它对政治走向、治国理政的影响也不可低估。被后世尊称为"中华厨祖"的伊尹,辅佐商汤打败夏桀。商朝建立后,担任"尹"即相当于丞相之职,他用"以鼎调羹"、"调和五味"的理论治理天下,积极整顿吏治,洞察民心国情,推动经济繁荣、政治清明。他历事五代君主,辅政五十多年,为商朝兴盛富强立下了卓越功勋,去世后以天子之礼陪葬。伊尹的治国理政经验为后世所推崇。老子《道德经》中就云"治大国,若烹小鲜"。意思是说,治理国家应该像烹制小鱼一样小心,动作要轻,不要动来动去把鱼翻烂了。治理国家也不要三天两头搞大动作,折腾百姓,打乱他们正常生活秩序。这正是道家倡导的"无为而治"思想的形象比喻。

汉高祖刘邦去世,汉惠帝刘盈继位,在萧何临终的时候,惠帝询问谁能接替丞相之位,萧何郑重推荐了曹参。曹参当了丞相之后,除了处理必要的事务之外,大把的时间用在吃喝潇洒上,日子过得很悠闲,他的属下也经常在丞相府喝酒玩乐。事情传到汉惠帝耳朵里,惠帝很是生气,便召曹参前来,问他为什么怠于朝政。曹参从容镇定地问惠帝,您与高祖比谁更圣明?惠帝说,我自然比不上高祖啊。曹参接着问,那么我和萧何比谁更强呢?惠帝笑着说,你哪里能比得上萧丞相呢。曹参说道,陛下说得不错,高祖与萧丞相平定天下,定下汉朝基业,又立下各方面的章法规矩,我们只需要遵循它、照着做就行了,怎好再轻易改变、折腾百姓呢?汉惠帝听后表示认可。之后,曹参照样喝酒吃肉,而天下安宁,百姓安居乐业。后来,人们用"萧规曹随"来指按照前人的成规办事。

通过观察饮食情况,也能大致了解君王或高官的道德品行。《韩非子·喻老第二十一》中有个"象箸之忧"的典故,说的是商纣王用膳使用象牙筷子,大臣箕子看到后忧心忡忡。因为箕子认为,用了象牙筷子,必然不用陶杯,而改用犀角做的杯子;用了象牙筷、犀角杯,必然不会吃粗茶淡饭,而是去吃山珍海味;吃山珍海味时,必然不能穿着粗布短衣坐在简陋的屋子中吃,而一定要穿着华贵的衣服坐在宽广的殿宇内、高高的亭台上吃。如此,奢靡之风会给国家带来极大危险。果如箕子所料,不出几年,纣王造了酒池肉林,设了炮烙的酷刑,他骄奢淫逸、残酷暴虐,终失民心民意,商朝最后被周朝灭亡。

周武王去世后,其子周成王继位。周成王年纪小,就由武王之弟、成王之叔周公代为处理政务,掌管国家大权。为了稳定周朝之大业,周公殚精竭虑,他在朝中不能到封国时,就命其子伯禽代自己到鲁国受封。周公告诫伯禽说,论我的身份、地位都不算低了,但我洗一次头要多次握起头发,吃一顿饭多次吐出正在咀嚼的食物,起来接待贤士,就这样还担心失掉天下贤人,你到鲁国之后,千万不要因有国土而骄慢于人啊。可见周公是多么礼贤下士、求才心切。后来,曹操在《短歌行》的四言诗中,特意引用了"周公吐哺,天下归心"的典故,也是表达求贤若渴的心情。

《战国策·齐策》中有一个"寝不安席,食不甘味"的典故,说的是魏惠王拥有领土上千里、甲士数十万,倚仗自己实力强大,攻取邯郸,西围定阳,又邀集十二家诸侯朝拜周天子,为图谋秦国做种种准备。秦孝公闻报,忧心忡忡,觉也睡不安稳,吃东西不觉其美好的味道。他动员秦国上下,修缮战守器具,加固城池要地防守,同时招募死士,任命将领,以待来敌。后来,也用"食不甘味"来形容心中忧虑或身体不好。

历史上围绕吃什么、怎么吃、为何吃等问题,曾发生一系列重要事件,留下许多耐人寻味的故事。《左传·庄公十年》中有个"肉食者鄙,未能远谋"的典故。古代经常食肉的人,当是身居高位、俸禄丰厚的官员。此话意思是说那些吃肉的高官眼光却比较短浅。故事说的是鲁庄公十年的春天,齐国军队攻打鲁国,鲁庄公将要迎战。曹刿请求见鲁庄公。他的同乡说,那些高官们会谋划这件事,你又何必参与呢?曹刿说,高官们眼光短浅,不能深谋远虑。于是曹刿进宫去见庄公,问明了庄公与齐国开战的理由,认为可以一战,并请求随鲁庄公战车而行。在长勺与齐军对阵时,鲁庄公将要下令击鼓进军,曹刿认为时机未到。等到齐军三次击鼓之后,曹刿说,现在可以击鼓进军了!齐军果然大败。鲁庄公打了胜仗后,问曹刿取胜的原因。曹刿答道,作战靠的是士气,"一鼓作气,再而衰,三而竭",对方士气已经消失而我军士气正旺,因此才战胜了他们。

《左传》中记载了一则因食鼋肉而弑君的故事,说的是楚国给郑灵公进献了一只鼋,就是大鳖。公子宋与公子归生准备去觐见灵公,公子宋的食指动了一下,让公子归生看,并对他说,以前我的食指动弹,一定能尝到美食。进入宫中后,见厨师正要杀掉和分解那只大鳖,他俩相视而笑,郑灵公问他俩为何而笑,公子归生就把公子宋的话告诉了灵公。等到给朝臣们分吃大鳖时,郑灵公故意没有分给公子宋,以说明给谁吃是国君说了算,而不是以某人食指动为准。公子宋受到羞辱大为恼怒,把手伸到鼎里,尝了一点鳖肉汤就出去了。郑灵公见公子宋如此无礼,起了杀心。没想到,公子宋却胁迫公子归生,两人共同谋划杀了郑灵公。有人戏说,这都是"王八"惹的祸。

《左传》中还记载了一则"羊斟惭羹"的典故。羊斟是春秋时期宋国大臣华元的车夫。一次,郑国出兵攻打宋国,宋国派华元为主帅领兵迎战。两军交战前,华元为鼓舞士气,杀羊犒劳将士,忙乱中忘了给他的马夫羊斟分一份,羊斟便怀恨在心。双方交战的时候,羊斟对华元说,分羊肉的事你说了算,驾车的事可由我说了算。说完,就把战车赶到郑军阵地里去了。结果,华元被郑军俘虏,宋军惨遭失败。

《史记·廉颇蔺相如列传》中有个"一饭三遗矢"的典故,说的是赵悼襄王听信臣子郭开谗言,怀疑战将廉颇有异心,便夺去他的兵权,廉颇只好逃到魏国躲避。过了数年后,秦国派兵攻赵,赵国处于危亡之际,有人向赵王建议召廉颇回国领兵作战,一定能打败秦军。郭开害怕廉颇回归受重用对己不利,便建议先派人到魏国看看廉颇是否老了,如未老再召回也不迟。于是,赵王依郭开意见而行,郭开又将出使魏国之人买通,让他依计而行。使者见到廉颇,廉颇很是兴奋,一顿饭吃了很多米、肉,饭后又骑马演示了一番武艺,表示愿听赵王之命、为国效力。使者当面恭维一番,回去后却向赵王禀报,廉颇将军年纪虽然老了,但饭量很好,只不过吃饭那一会儿工夫,他上了三次厕所。赵王听了,摇头叹息道,看来廉颇真的老了,召回也没有用啊。后来,赵国无杰出将领可用,最终被秦灭亡。

在"吃"的问题上潜藏风险和杀机的故事也不少。春秋末期,吴国的公子光欲杀吴王僚而自立,采纳伍子胥之计,精心物色了一个著名杀手专诸,并让专诸学会烤制鳜鱼。之后,公子光以宴请吴王僚为名,让专诸进献烤鱼。专诸事先将"鱼肠剑"藏于鱼腹之中,待接近吴王僚时,当场将其刺杀,他自己也被侍卫杀了。吴王僚死后,公子光即吴王位,就是吴王阖闾。吴王阖闾之后,其子夫差继位。在吴越夫椒之战中,越国大败,越王勾践不得已到吴国去做人质,被吴王夫差当作奴役使唤。勾践忍辱偷生,有一次,夫差生病不愈,为取得夫差信任,勾践亲尝其粪便以辨明病情,使夫差深为感动,相信勾践是真心归顺,终究未听伍子胥之言,放勾践回归越国。勾践回越后,立志报仇雪恨,他在出入之处悬挂一枚苦胆,每逢吃饭之前都要先品尝一下苦胆,一旦忘记品尝时,就让侍卫大声提醒。就这样,经过十年"卧薪尝胆",越国国力逐渐强盛,在经过充分准备后,抓住有利战机,一举攻入吴国都城。夫差被逼得走投无路,自杀身亡。

秦朝末年,各地反秦起义风起云涌,义帝楚怀王与诸将约定"先入定关中者王之"。刘邦率军趁机先进入关中地区,并"约法三章",保护百姓利益。百姓们箪食壶浆,表示欢迎。项羽领兵到来时,对刘邦之举很是愤怒,便听从范增的意见,假借在鸿门设宴之名,借机除掉刘邦。但刘邦事先得到消息,宴席上又以退为进,诚恳表示自己无称王的打算。项羽犹疑不决,不顾范增多次示意,未对刘邦下手。刘邦在张良、樊哙等的保护下,终于寻机离开酒宴、脱离险境。这就是历史上著名的"鸿门宴"故事。

《三国演义》中有一回"青梅煮酒论英雄"的故事,说的是刘备在许昌面对曹操的威逼,不敢暴露自己的意向,整日在后园浇水种菜。一日,曹操见树上青梅熟了,想起当年征讨张绣时曾有"望梅止渴"一事,此时兴起,命人将刘备请来,用青梅煮酒,二人对坐而饮。酒至半酣,忽然乌云滚滚,骤雨将至,曹操借天象说到龙的变化,又试探地问刘备,谁是当世英雄?刘备故意隐藏心迹,列举袁术、袁绍、刘表、孙策、刘璋、张绣、张鲁、韩遂等人,被曹操一一否定。刘备佯说,那我实在不知道还有谁了。曹操说,能称作英雄的人,应该是胸怀大志、腹有良谋、有包藏宇宙之机、吞吐天地之志的人。然后,他用手指指刘备,又指向自己说,当今天下的英雄,只有你和我两人而已!刘备听到这句话,吃了一惊,手里拿的筷子和勺子都不禁掉在地上,正巧这时大雨倾盆而下,又雷声大作,刘备才从容地拾起筷子和勺子说,刚才被雷声吓到了。刘备巧妙地掩饰自己刚才的失态,才没有引起曹操的疑心,否则后果难料。后人有诗称赞刘备:"勉从虎穴暂栖身,说破英雄惊煞人。巧将闻雷来掩饰,随机应变信如神。"

北宋建隆年间,宋太祖赵匡胤为了加强中央集权,避免下属将领重演"黄袍加身"一幕、起兵篡夺新宋政权,便将石守信等禁军高级将领留下喝酒。酒兴正浓时,赵匡胤口吐苦衷,说自己当皇帝太难了,还不如做个节度使快乐,现在忧心到整夜都不能安眠。石守信等将领大惊,忙问缘故。赵匡胤说,因为这个皇位谁都想当啊!众将领表示绝无异心。赵匡胤接着说,你们虽无异心,但如果你们的部属贪图富贵,把黄袍加在你们身上,到时不是身不由己了吗?将领们听了不知所措。赵匡胤又说道,人生在世时间短暂,不如及时享乐、惠及子孙,如能放弃兵权,多置良田美宅,岂不是君臣之间两无猜疑、上下相安,成就一桩美事吗?众将领终于明白了皇上的意图,只能俯首听命、交出兵权,并感谢皇上恩德。这就是"杯酒释兵权"的由来。

饮食中有善恶。古人对性善与性恶有着客观明晰的认识,社会主流意识中提倡什么、反对什么态度非常鲜明,以至于将其表现作为重要的引导教化标准、道德评价标准、选人用人标准。这种思想倾向在饮食文化中也有形象的反映。中国民俗文化中,一直有腊月二十三日或二十四日祭灶王爷的传统。关于灶王爷的传说,流传着多个版本。一说灶王爷就是三皇五帝中的炎帝,《淮南子》中有"炎帝作火,死而为灶"之语。炎帝神农氏教会先民播种五谷,人们为了感激和颂扬炎帝的功德,将他奉为灶王。还有一说是指祝融,祝融是火神,远古时候人们用火来取暖照明、烤制食物、防御野兽,灶离不开火,因而有灶王爷即是火神之说。另有一说是灶王爷名字叫张单,字子郭。张单娶女子郭丁香为妻,妻子贤惠能干,张单却在外花天酒地,终于败尽钱财、沦为乞丐,没想到竟然乞讨到妻子门前,张单自感无颜面对妻子,一头钻进灶锅底下。玉帝知道后,顾念张单尚有羞耻悔改之心,即将其封为灶王。灶王爷有一个职能,即每年腊月二十三日或二十四日要回天庭向玉帝报告人间情况。东晋葛洪所著的《抱朴子·微旨篇》记载:"月晦之夜,灶神亦上天白人罪状。大者夺纪,纪者,三百日;小者夺算,算者,三日也。"就是说,被灶王爷告了大状,被告之人就要减阳寿三百天;告了小状,被告之人就要减阳寿三天。其惩罚令百姓产生敬畏,因此,每年到这个时候,家家户户祭灶王,并请上灶王爷画像,两边贴着一幅"上天言好事,下界报平安"的对联。这也警示人们多做善事,勿施恶行。

《史记·管晏列传》中说:"仓廪实而知礼节,衣食足而知荣辱。上服度则六亲固。四维不张,国乃灭亡。"意思是说,粮食充实就知道礼节,衣食保暖就懂得荣辱,君王的享用有一定制度,六亲就紧紧依附,礼、义、廉、耻的伦理不大加宣扬,国家就会灭亡。这句话的前两句出自春秋时期辅佐齐桓公成就霸业的管仲之口。管仲作为一代名相,不仅关注百姓丰衣足食,而且善于识人辨奸。当他病重之时,齐桓公亲自去探望,并询问万一他病逝了,谁可以接替相国之位,并提到易牙、竖刁、开方三个宠信之臣。管仲说,易牙曾把自己的儿子杀了煮给大王吃,一个连自己的孩子都可以杀害的人,更何况他对大王您呢?竖刁为了跟随您而自残,一个人连自己的身体都不珍惜,日后会珍惜您吗?开方原是卫国的太子,父母死了也不回去奔丧,一个连父母都可抛弃的人,他就不会抛弃您吗?因此,大王一定要远离这三个人,不然就会乱国。管仲死后,齐桓公不听管仲之言,结果这三人作乱,竟把年老得病的齐桓公活活饿死在床上。

俗话说"虎毒不食子"。但历史上曾有"人相食"的惨状,并且有吃亲人肉的事例。不过,有几起却事出有因。一起是商朝晚期,商纣王将西伯侯姬昌(后来的周文王)囚在羑里。为了考验姬昌是凡夫俗子还是心存异志,纣王借故杀了在商朝都城做人质的姬昌之子伯邑考,命人将其做成肉羹,送给西伯侯说是鹿肉。姬昌算了一卦,心知肉羹就是儿子的肉,但为了能早日逃脱困境、返回故里,忍悲含泪吃下了肉羹,并让使者转达对纣王的谢意。纣王接到使者报告后,解除了对姬昌的疑心,不久放其返回。这才有了后来周文王强盛国力、周武王灭商的局势。另有一起说的是战国时期,魏国将领乐羊受魏文侯之命率兵攻打中山国,中山国军队顽强抵抗,乐羊决定先将其国都包围起来,待消磨敌军的锐气后再一举攻城。因乐羊一直按兵不动,魏国朝中议论纷纷,有的诬告乐羊有通敌之嫌。此前,乐羊之子乐舒在中山国任将,中山国君将乐舒抓起来,挂在城墙上威胁乐羊退兵,否则就杀掉乐舒。乐羊不为所动,中山国君一怒之下杀了乐舒,并将其做成肉羹送给乐羊一份。乐羊收到肉羹后,面不改色,端坐在军帐中,将肉羹吃得干干净净。魏军看到主帅意志如此坚定,战斗勇气大增,不久之后就攻下了中山国国都。还有一起说的是楚汉相争时,项羽在战局不利的情况下,抓到了刘邦的父亲,就命人准备一口大锅,威胁刘邦再不投降就煮了他老爹。刘邦从容地对项羽喊话道,当初我俩当着怀王的面结拜为兄弟,那么我爹就是你爹了。既然你要煮我们的爹,那么别忘了也给兄弟我分一杯羹啊。项羽听后正在犹疑间,项伯劝道,天下事未可知,刘邦能如此做而不顾其父亲性命,即使杀了他爹也没有用,反而增添了他的仇恨。项羽听了才没有这么做。

在对待饮食问题上,因当事人的认识初衷不同,会表现出善恶两种截然相反的行为方式。在《论语·雍也》中,子曰:"贤哉,回也!一箪食,一瓢饮,在陋巷,人不堪其忧,回也不改其乐。"意思是,孔子说:"颜回的品质是多么高尚啊!一竹篮饭,一瓢水,住在简陋的小巷子里,别人都忍受不了这种贫困清苦,颜回却没有改变他好学的乐趣。"

再来看看西晋开国皇帝司马炎,他早期也算有所作为,可到了晚期却荒淫无度。据说他的后宫佳丽上万人,他也见不过来,就坐在羊车上,羊车在哪个佳丽门口停下,他就留在那儿吃喝玩乐一番,因而演化成"羊车望幸"的成语。更荒诞的是,司马炎所吃的烤乳猪,是用人的乳汁喂养大的,做的时候又用人的乳汁烹制,吃起来酥嫩可口。可见他是何等奢靡腐化。

《孟子·梁惠王上》中有一个"君子远庖厨"的典故,说的是孟子去见齐宣王,齐宣王向他询问霸道和王道之事。孟子说,用道德来统一天下是行王道,一切为了让老百姓安居乐业,这样去统一天下,就没有谁能够阻挡了。宣王问,像我这样的人能够做到吗?孟子认为宣王可以做到。他列举了一件事,说是有一天宣王坐在大殿上,看到有人牵着牛从殿下经过,就问把牛牵往哪里去?牵牛的人回答说准备杀了用于祭祀。宣王吩咐,放了牛吧,我不忍心看到它那害怕发抖的样子,就像毫无罪过的人却被判处死刑一样。牵牛人问,那不用祭祀了吗？宣王说，就用羊来代替牛吧。孟子说，大王您这样做并不是吝啬，而是不忍心看到牛被杀，您有这样的仁心就可以统一天下了。君子对于飞禽走兽，见到它们活着，便不忍心见到它们死去；听到它们哀叫，便不忍心吃它们的肉。因此，君子总是远离厨房。实际上，这是孟子在劝谏齐宣王实行仁术，这也符合儒家一贯的思想主张。

《三国演义》中有一个"宁可我负天下人，不可天下人负我"的故事，说的是曹操刺杀董卓不成，急忙逃出京都。董卓下令画影图形，通缉曹操。曹操路经中牟县，被守关军士拿获。可是县令陈宫认为曹操是大英雄，非但不将他解往京都，反而挂印弃官，与曹操一同奔逃。行至成皋，二人到曹操父亲的好友吕伯奢庄上去投宿。吕伯奢热情地接待他们，又亲往数里外的酒店去买酒。曹操与陈宫在吕伯奢家等候，突然听到后院有人在讲"杀了它，杀了它"，并且有磨刀之声。曹操当时好似惊弓之鸟，神经十分紧张，听到此话，以为是要杀他与陈宫，因此，抽出宝剑，冲到里面，不问情由，把吕伯奢一家全部杀光。之后，发觉弄错了，原来厨房里绑了正待宰杀招待他俩的猪。曹操情知闯了大祸，拉了陈宫便走。行至庄口，正好吕伯奢买酒回来，见他二人要走，急忙挽留他们。曹操心想，我杀了他全家，怎好回去呢？又一想，如他回去看到家人被杀，岂不报案？于是，乘吕伯奢不备，抽出宝剑杀了吕伯奢。陈宫大吃一惊，对曹操说，你前面误杀了他一家人，现在明知有错，为什么还要将吕伯奢杀死呢？曹操说，今后我要治理天下，如让吕伯奢活着，他将我杀他全家之事说出去，我还怎么做人呢？不如斩草除根！陈宫说，你这样的行为，岂能让天下人服你？曹操理直气壮地回答："宁可我负天下人，不可天下人负我！"这就把曹操乱世奸雄的性格特征鲜明地刻画出来。

在饮食问题上，西晋大富豪石崇的行为也让人不齿与痛恨。石崇为了与晋武帝的舅舅王恺比富,得知王恺家饭后用糖水擦锅,便让自家用蜡烛当柴火烧着做饭。王恺请石崇和其他官员到他家吃饭,宴席上,王恺得意地令侍女将一株两尺多高的珊瑚捧出来,供大家欣赏。石崇顺手抓起案头的如意,将这株珊瑚砸得粉碎。王恺非常生气,责问石崇。石崇满不在乎地说,我赔你就是了。说着,即刻命家人搬来几十株珊瑚树,三四尺高的就有六七株,参加宴会的人都看呆了,王恺方知石崇家要比他富得多。更有甚者,石崇每次请客饮酒,常让美女斟酒劝客,如果客人不喝或喝不尽,他就让侍卫将美女拖下去杀掉,有一次竟连杀三个美女。足见他是多么为富不仁、残忍之极。

《水浒传》中写到张青和孙二娘夫妇在十字坡开着黑店,只等客商过往,有那入眼的,就把些蒙汗药与他吃了便死。将大块好肉切成黄牛肉买,零碎小肉做馅子包馒头卖。后来,好汉武松路过此店,也差点着了他俩的道。在古典小说中,类似食人肉、吃人肝的描写还真不少,尽管是文艺作品,但或许取材于真实事件也未可知。

相传,明末有个农民起义领袖名叫张献忠,性格非常残暴。他率军攻打渝城(今天的重庆)时,渝城军民奋力抵抗。张献忠久攻不下,雷霆大怒,声称破城之后,尽屠渝城民众。当时,张献忠住在城外一个寺庙中,寺庙中的和尚用斋饭好生供于义军,张献忠对和尚们留有情面。待到义军破城之后,眼见城中百姓就要遭殃,寺中破山和尚来问张献忠,能否不增杀孽,放过渝城百姓。张献忠冷漠地说,我攻城略地,见惯了生死,杀人就和你吃斋一样寻常,你不让我杀人,和我不让你吃斋一样没有道理,如你能不吃斋,我就能不屠城。说完,张献忠将桌子上盛肉的盘子拿到破山和尚面前。破山和尚再问张献忠说话可算数,张献忠慨然表示,只要和尚吃了盆中之肉,就放过渝城百姓。破山和尚接过肉盆,含着眼泪将肉块全数吞下,并用嘶哑之声念道：“酒肉穿肠过，佛祖心中留。”事后，有人问起破山和尚破戒一事，破山和尚坦然说道："一城百姓性命故，老僧何惜如来一戒！"后世将他尊为五百年来渝城第一高僧，他也是西南禅宗奠基之人。

在古代，还有各种残忍的虐食手段。唐武则天时，宠臣张易之就是虐食专家。他制作了一个大铁笼，把鹅鸭放入其中，正中燃一盆炭火，火旁边放一个盛着五味调汁的铜盒。鹅鸭受热，绕火盆而走，渴了就喝五味调汁。就这样，不一会儿，鹅鸭羽毛落尽，肉被烤熟，取之即可食用。宋朝时，秦州知州韩缜爱吃驴肠，他命人先把驴缚在柱子上，等到宴会上客人们饮酒之时，才用刀割开驴腹，取出肠子，趁鲜洗净做菜。有一次，一位客人起身上厕所，从厨房旁边经过，看到几头驴子拴在木柱上嘶叫，驴腹鲜血淋漓，惊吓得再也不敢吃驴肠了。清朝纪晓岚在《阅微草堂笔记》中记载，有个叫许方的屠夫，以卖活驴肉为业。他先将驴的四条腿放入挖好的圆洞中，上面盖上木板，使驴无法挣脱，然后用开水浇驴身去除驴毛，买主要买哪块驴肉他就割哪块。有时一头驴子要卖一两天，直到驴肉割光，那驴才死去，简直如人的凌迟之酷刑。还有吃活猴、活猫、活鼠、活鹿、活熊胆的等等，举不胜举，令人不寒而栗。这些虐食行为当坚决制止，还动物一个安宁的生存环境。

饮食中有情感。唐代诗人王维在渭城送一位姓元的友人使安西时，特意写了一首《渭城曲》：“渭城朝雨浥轻尘，客舍青青柳色新。劝君更尽一杯酒，西出阳关无故人。”古人以饮酒表示丰富情感的诗词很多，如李白的《金陵酒肆留别》：“风吹柳花满店香，吴姬压酒劝客尝。金陵子弟来相送，欲行不行各尽觞。请君试问东流水，别意与之谁短长？"刘禹锡的《酬乐天扬州初逢席上见赠》："巴山楚水凄凉地，二十三年弃置身。怀旧空吟闻笛赋，到乡翻似烂柯人。沉舟侧畔千帆过，病树前头万木春。今日听君歌一曲，暂凭杯酒长精神。"陆游的

《游山西村》:"莫笑农家腊酒浑,丰年留客足鸡豚。山重水复疑无路,柳暗花明又一村。箫鼓追随春社近,衣冠简朴古风存。从今若许闲乘月,拄杖无时夜叩门。"唐代诗人白居易有一首题为《问刘十九》的诗写道:"绿蚁新醅酒,红泥小火炉。晚来天欲雪,能饮一杯无?"显然,这是在一个天将飘雪的寒冷天气里,邀友人刘十九围炉喝酒的意境。诗中开头用了"绿蚁"二字,这是因为他们喝的是一种还没有过滤的酒,酒上面是一层沫,这种酒沫夹杂着酒渣,呈微绿色,细小如蚂蚁,因而被称为"绿蚁"。古代酒的酿造技术,特别是过滤技术,与现在比有明显的差距,酒中一般都含有粮食的残渣,未经很好的过滤,看上去是浑浑的,因此,古人常用"浊酒"一词,如《三国演义》开篇词中"一壶浊酒喜相逢",范仲淹的"浊酒一杯家万里",陆游的"浊酒一尊和泪斟",以及上面提到的"莫笑农家腊酒浑",辛弃疾的"素琴浊酒唤客"等,都是对酒的一种俗称或谦称。

历史上,有一些以食品表达敬仰和怀念之情的经典故事。战国时期,楚国有位杰出人物名叫屈原,他热爱国家、志向远大。早年曾受楚怀王信任,任左徒、三闾大夫,兼管内政外交大事。提倡"美政",主张对内举贤任能、修明法度,对外力主联齐抗秦。后因遭贵族排挤诽谤,先后被流放至汉北和沅湘流域。楚国郢都被秦军攻破后,他痛心疾首,悲愤之下自沉于汨罗江,以身殉楚国。屈原在文学上有很深的造诣,是楚辞的创立者和代表作家,被誉为"楚辞之祖",他的不少作品体现出爱国忧民的高尚情怀。屈原投江后,百姓们感到很惋惜,为了不让江中的鱼虾啃噬他的身体,纷纷用竹筒装米投入江中喂鱼虾。自此以后,每年五月初五,人们都会用此方法来祭奠屈原,进而形成风俗。后来,据说有人做梦,梦到屈原对他说,你们祭祀的东西都被蛟龙吞食了,你们以后可以用艾叶包住米,再拴上五色丝线投入江中,蛟龙很害怕这两样东西,就不会强吞了。于是,人们按照此方法做出了粽子,并且形成了端午节吃粽子的悠久传承,南方不少地方还有了在端午节赛龙舟的竞技活动。唐代文秀有诗曰:"节分端午自谁言,万古传闻为屈原。堪笑楚江空渺渺,不能洗得直臣冤。"宋张耒亦有诗:"竞渡深悲千载冤,忠魂一去讵能还。国亡身殒今何有,只留离骚在世间。"

中国有一个传统节日叫寒食节,是日禁烟火,只吃冷食,并在后世的发展中逐渐增加了祭扫、踏青、秋千、蹴鞠、牵勾、斗鸡等风俗。寒食节是汉族传统节日中唯一以饮食习俗来命名的节日,用以纪念春秋时期晋国名臣义士介子推。相传,晋国公子重耳为躲避国内祸乱而流亡在外,介子推始终追随左右,不离不弃。一次,重耳在途中得不到饮食,饥饿难耐,介子推就割下自己的股肉,与野菜在一起煮成汤,供重耳充饥。重耳非常感动,表示如能归国掌权,一定重赏介子推。重耳在外流亡十九年后,终于返回晋国当了国君,是为晋文公。晋文公分封群臣,唯未赏介子推。介子推携老母悄然隐居于绵山。之后,晋文公亲自到绵山去找介子推,但介子推躲在深山中避而不见。晋文公手下之人建议放火烧山,将介子推逼出来,晋文公同意照此去做。没想到,介子推仍坚持不出,竟抱着母亲被烧死在一棵大柳树下。为了纪念这位忠臣义士,晋文公下令,介子推死难之日不生火做饭,只吃冷食充饥,后来演变为寒食节。古人写寒食节的诗词很多。唐白居易在《寒食野望吟》中写道:"乌啼鹊噪昏乔木,清明寒食谁家哭。风吹旷野纸钱飞,古墓垒垒春草绿。棠梨花映白杨树,尽是死生别离处。冥冥重泉哭不闻,萧萧暮雨人归去。"唐韩翃在《寒食》一诗中,描写寒食节期间京城长安的迷人春景和园林气派。其诗为:"春城无处不飞花,寒食东风御柳斜。日暮汉宫传蜡烛,轻烟散入五侯家。"该诗历来评价很高。

古人还有以菜蔬来颂扬为官清正廉明之事。魏国有一个叫作季尚的大臣,家常只吃腌韭菜和煮韭菜。季尚的门客对人说,季公一顿饭有十八种菜。别人好奇地问都是什么菜,门客说,"二韭"一十八呀。南齐庾之澄官至尚书左丞,一生清廉、节俭,常吃腌韭菜、煮韭菜和生韭菜。他的友人任昉开玩笑说,庾郎家里困难,一桌菜有二十七种。有人问都有哪些,任昉说,"三韭"二十七呀。相传,北宋名臣包拯刚出生时因长得又黑又丑,被父母扔在荷塘里,被塘中荷叶托住,恰巧长嫂来塘边洗衣,偷偷将幼小的包拯抱回去抚养,因而有"长嫂比母"之说。后来,包拯为官公正清明,断案干脆利索,奇异的是,他被扔下的那个荷塘所结之藕一直是"藕断丝断",人们称之为"包公藕"。明朝清官徐九经在江南句容当县令时,百姓送他一棵白菜,他就把白菜放在大堂上,时时激励自己要一清二白、廉洁为官。后来,白菜放干了,他又画了一棵白菜置于堂上,上题"民不可有此色,士不可无此味"。他常说,勤则不匮,俭则不费,忍则不争。"勤、俭、忍"三字成为他为官做事的座右铭。后来,徐九经离任,百姓为纪念他,将他画的白菜刻于石上,并写下"勤、俭、忍"三字,称为"徐公三字经",至今遗迹尚存。明朝还有一位著名的刚正不阿之臣海瑞,他在淳安任县令时,一年四季都吃白菜豆腐。一次,为了给老母亲祝寿,破例买了两斤肉,有人知道后奔走相告,竟成了县里的重大新闻。清朝第一廉吏于成龙,人称"于青菜",缘故就是他"日食粗粝","佐以青菜",每天买回二斤豆腐、一斤青菜,就够全家一日之食用。在他家的餐桌上,只有青白二菜,"终年不知肉味"。他在湖北做官时,长子前来探望,返程时,于成龙才买了一只腌鸭,切了一半给儿子途中食用。清康熙帝对于成龙的政绩和廉正赞赏有加,称他为"清官第一,天下第一廉吏"。

在饮食问题上,唐代诗人杜甫深有感触,他用诗词对那些奢侈腐败的高官富豪予以无情的鞭挞,对灾难深重的百姓表示无限的同情。

安史之乱前，杜甫暂离长安前往奉先探望家人，一路所见，除了人间萧瑟，还有百姓流离。杜甫将所见所闻所感写了一首题为《自京赴奉先县咏怀五百字》的长诗，其中，"朱门酒肉臭，路有冻死骨"，道尽了统治者的醉生梦死、挥霍无度，真实反映了百姓的饥寒交迫、深重苦难。就在这次回家后，杜甫才知道他未满周岁的幼子不幸饿死的噩耗。安史之乱爆发后，杜甫陷于天涯零落的境地，在孤独地从洛阳返回华州的途中路过奉先县，拜访了居住在乡间的少时好友卫八处士。两个好友久别重逢，主人当然热情接待，杜甫告别时以诗相赠，其中写道："焉知二十载，重上君子堂。昔别君未婚，儿女忽成行。怡然敬父执，问我来何方。问答未及已，儿女罗酒浆。夜雨剪春韭，新炊间黄粱。主称会面难，一举累十觞。十觞亦不醉，感子故意长……"意思是，分别二十年了，今天来到朋友家，当初分别时朋友还未婚，现在儿女已经一大群，他们对我彬彬有礼，问我从哪里来，又忙着张罗酒菜，冒着夜雨剪来了新鲜的韭菜，端上新煮的黄米饭让我品尝，主人说难得有这样的见面机会，于是开怀畅饮，喝了十几杯酒也没有醉，我感受到了老朋友的情谊深长。是啊，这样的场景，这样的饭菜，这样的氛围，对杜甫来说确实难得了。就在这次途中，他带着无比的愤慨与悲悯，写下了《新安吏》《石壕吏》《潼关吏》《新婚别》《无家别》《垂老别》。这些诗深刻反映了民间疾苦和在乱世之中身世飘零的孤独，揭示了战争给民众带来的巨大不幸和苦难，表达了杜甫对备受战祸摧残的百姓的深切同情。"三吏三别"是杜甫史诗创作的高峰，堪称其代表作。用诗来表达对劳动人民同情之心的还有很多。例如宋代范仲淹在《江上渔者》一诗中写道："江上往来人，但爱鲈鱼美。君看一叶舟，出没风波里。"江岸上来来往往的人们，喜爱鲈鱼鲜美的味道，可是那捕鱼人却是冒着风浪颠簸的风险在捕鱼啊。范仲淹意在告诫那些官场上你来我往的官员们，要关心同情民间百姓的生活疾苦,忧民之心可见一斑。

古代经典小说《水浒传》中,有两起以"吃酒"为引子,义士好汉同情弱者、惩治强霸的故事,令人印象非常深刻。一起写的是"鲁提辖拳打镇关西",说的是渭州小种经略府的提辖鲁达,与好汉史进、李忠三人到酒馆喝酒,听到隔壁传来一阵阵啼哭声,便让酒保唤来啼哭之人。酒保领来一个白头老翁和一个年轻女子,鲁达询问其啼哭缘由,那女人便说出原委。原来,父女二人姓金,女儿叫金翠莲,本来一家三口从东京来渭州投亲,没想到亲戚家已搬到外地,母亲又在此地病死,父女二人无家可归,只得在酒楼卖唱。有个叫"镇关西"的郑大官人,看上金翠莲姿色,就强行找媒人说合纳她为妾,还写了三千贯彩礼钱的文书,但是三千贯钱一分未给。金翠莲过门后不久,即为郑大官人大娘子所不容而被赶出来,还被追着讨要彩礼钱。父女二人本未得钱,哪有钱还他,只好来酒楼卖唱,每天收入大部分被郑家取走。这几天酒客稀少、赚不到钱,而郑家又在逼索,因此伤心哭泣。鲁达听了既同情又义愤,他给了父女银子并安排父女回东京,自己来找"镇关西"。那郑大官人实际上就是个卖肉的屠夫,鲁达以买肉之名故意找碴儿,郑屠户心头火起,就要动刀子,鲁达只三拳就将其打死。后来,鲁达上五台山出家避难,取法名为智深,又上了梁山,跟随众好汉扯旗造反。另一起说的是"武松醉打蒋门神"。武松为报兄长被害之仇,杀了西门庆和潘金莲,因罪被发配到孟州。在此处,小管营施恩每天派人给武松送来好酒好菜,百般给予照顾。武松本是一个犯人,不解其意,便要问个明白。原来,这东门外有个热闹去处,叫快活林,施恩在那里开了家客店,生意很好。但新来了一位张团练,带来了一个武士,功夫十分了得,绰号叫"蒋门神",他凭着高强武艺打伤了施恩,霸占了快活林客店。施恩知道武松是有名的打虎英雄,就想请他帮忙夺回客店。武松是个义气之人,得知情由,当即答应,不过提了一个要求,就是出城后,每遇见一个酒店,必须请他喝三碗酒。施恩说,从出门到快活林总有十几家酒店,如此喝法,岂不是未打先醉倒了?武松笑道,你只管照办,我是一分酒一分气力。次日,武松一路喝酒,带着几分醉意来到快活林,打得蒋门神连声求饶,并将其赶走再也不许回来,终将客店夺回并还给了施恩。这两起故事,书中写得精彩,看了亦是大快人心。

民间传说中还有两起以食品解恨之事。一起说的是南宋奸相秦桧,用阴谋诡计残害精忠报国的大英雄岳飞。岳飞被害消息传出后,杭州城的百姓义愤填膺。一位炸油饼的买卖人将一团面捏成两根细条,又缠绕在一起,象征着秦桧与他的妻子王氏,放在油锅里炸熟,称为"炸秦桧",即为炸油条的由来。另一起说的是清朝末年,军阀袁世凯篡夺大权,他当了一段时间中华民国临时大总统后,政治野心膨胀,又复辟帝制,改国号为中华帝国,建元洪宪,当上了所谓的"洪宪皇帝"。袁世凯的倒行逆施,引起全国民众愤怒,讨伐之声不断高涨。当时,正逢元夕节日,北方人用吃"元宵"寓意"袁消",即表示袁世凯灭亡之意。袁世凯得知后,急忙下令禁称"元宵"之名,改称"汤圆"。但这并未能挽救他的命运,袁世凯仅做了八十三天皇帝,就在各方巨大压力下,宣布取消帝制,不久一病而亡,留下了"独夫民贼"、"窃国大盗"的骂名。

饮食中有记忆。人的视觉、听觉、嗅觉、味觉和触觉五个基本感觉中,味觉很是神奇。味觉是指食物在人的口腔内对味蕾的刺激而产生的一种感觉。最基本的味觉有甜、酸、苦、咸、鲜五种,人们平常尝到的各种味道,都是这五种味觉混合的结果。味觉是人体重要的生理感觉之一,在很大程度上决定着人们对饮食的选择,使其能根据自身需要及时地补充有利于生存的营养物质。研究和实践表明,味觉是有记忆的,由于味觉的特殊性,不同的味觉不但能引起主动记忆,还会引发各种潜在记忆,更会带来身体内部各种不同的生理反应。相比其他种类的记忆,味觉的记忆更不容易遗忘。一个人无论年龄多大,母乳的味道不要忘;无论离家多远,家乡的味道不会忘;无论财富多少,贫时的味道不能忘;无论地位多高,百姓的味道不敢忘。北宋词人李之仪写过一首《卜算子》:"我住长江头,君住长江尾。日日思君不见君,共饮长江水。此水几时休,此恨何时已。只愿君心似我心,定不负相思意。"全词以长江水为抒情载体,生动地描写了有情人虽有"长江头"与"长江尾"千里之隔,但"共饮长江水"的滋味又将其命运、情感紧紧地联系在一起,只要心心相印,挚爱的心灵就会相通,相思的感情就会升华,那滚滚东流的长江之水就会成为双方永恒相爱与期待的最好见证。

前几年,我写过《家乡的好味道》的一段歌词:"一碟芹芽苗,一盘炒芦蒿;一条臭鳜鱼,一碗蒸蛋饺。色香味俱全,妈妈亲手烧。家乡的好味道,永远忘不掉! 不怕风萧萧,不惧路迢迢,故乡的熏与陶,常在心头绕:致富凭勤劳,立身忠与孝,家国调理好,根深叶才茂。"

《晋书·张翰传》中有一个"莼鲈之思"的典故。张翰,字季鹰,西晋文学家,吴郡吴江人,他父亲是三国东吴的大鸿胪张俨。齐王司马冏执政时期,征召张翰为大司马东曹掾。张翰在洛阳为官时,一日见秋风起,想到吴郡的菰菜、莼羹、鲈鱼脍,不禁思念故乡,说道:"人生最重要的是能够适合自己的想法,怎么能够为了名位而跑到千里之外来当官呢?"他还作《思吴江歌》:"秋风起兮佳景时,吴江水兮鲈鱼肥;三千里兮家未归,恨难得兮仰天悲。"他毅然上书,弃官还乡,为此留下了"莼羹鲈脍"这个用于怀念故乡的成语。唐李白有诗赞之曰:"君不见吴中张翰称达生,秋风忽忆江东行。且乐生前一杯酒,何须身后千载名。"欧阳修有诗道:"清词不逊江东名,怆楚归隐言难明。思乡忽从秋风起,白蚬莼菜脍鲈羹。"辛弃疾在《水龙吟》中也留下"休说鲈鱼堪脍,尽西风,季鹰归未"的名句。后来,不少文人名士因迷恋张翰莼鲈之思的典故,特意来江南感受莼菜鲈鱼的美味,并留下许多好诗好词。

湖北的武昌鱼也有一个典故。221年,孙权把东吴的都城迁到湖北鄂县,取"以武而昌"之意,改"鄂县"为"武昌",修筑武昌城。八年后,即229年,孙权在武昌正式称帝,定国号"大吴",改年号"黄龙"。但时间不长,就在当年,孙权迁都建业,派陆逊辅太子孙登留守武昌城,武昌作为吴国陪都。后来,孙权的孙子孙皓即位,265年将都城从建业迁回武昌。建设都城自然要大兴土木,加之吴国的达官贵人们早已习惯建业的生活,不愿意搬迁折腾、远离家乡,纷纷表示反对。当时吴国左丞相陆凯为了让孙皓还都建业,上疏劝谏,其中巧妙引用了一段童谣:"宁饮建业水,不食武昌鱼。宁还建业死,不止武昌居。"在重重压力下,迁都武昌仅仅一年多后,孙皓于266年又还都建业。后来就留下了"宁饮建业水,不食武昌鱼"的典故。

说起武昌鱼,因为它与鳊鱼很相似,所以有不少人又将武昌鱼与鳊鱼混为一谈。相传,孟浩然就是因食查头鳊而亡。孟浩然是湖北襄阳人,唐代著名的山水田园派诗人。他早年志向颇大,却仕途困顿,四十岁在长安参加科考落第,曾在太学赋诗,诗名很是响亮,与王维、王昌龄、张说等都是好朋友。有一次,张说邀请他到府中交谈,恰巧报说玄宗皇帝驾到,孟浩然吓得躲到床下,玄宗已看到其身影,询问缘故,张说不敢隐瞒,据实奏闻。唐玄宗已听说孟浩然的诗名,就命他出来相见,并让他当场作诗,孟浩然就吟咏了《岁暮归南山》一诗:"北阙休上书,南山归敝庐。不才明主弃,多病故人疏。白发催年老,青阳逼岁除。永怀愁不寐,松月夜窗虚。"唐玄宗听了"不才明主弃"之句,很不高兴地说,是你自己没有踏进仕门,并非朕弃用你,怎么反而怪朕呢?这首诗的后面还写了自己已经年老,似有归隐之心。

于是，唐玄宗没有给他机会，孟浩然错过了一次绝佳机会。后来，王昌龄南游襄阳，访孟浩然，两人相见甚欢。孟浩然此时患有痈疽，尚未痊愈，郎中吩咐他要忌口，千万不可吃鱼鲜，否则会引起痈疽毒发。孟浩然与王昌龄老友相见，忆往昔，兴致特别高，又在自己家乡，当然要尽地主之谊。宴席上有一道菜是当地特产查头鳊，孟浩然忍不住还是尝了鲜。没想到，鱼鲜果然引起毒发，孟浩然竟不治而亡，时年五十二岁。

唐代大诗人李白在《将进酒》中写道："与君歌一曲，请君为我倾耳听。钟鼓馔玉不足贵，但愿长醉不复醒。古来圣贤皆寂寞，惟有饮者留其名……""惟有饮者留其名"显然有夸张的成分，但也并非空穴来风。历史上，因饮酒而出名的人和事例真是不少。《庄子·胠箧》中有个"鲁酒薄而邯郸围"的典故，它有两个版本的说法。其一是说，楚宣王会见诸侯，鲁国恭公后到且送的酒很淡薄，楚宣王很不高兴。恭公说，我是周公之后，鲁国是周王室封国，给你送酒已是有失礼节和身份的事，你还指责酒薄，不要太过分了。于是，不辞而别。楚宣王发兵与齐国共同攻打鲁国。梁惠王一直想进攻赵国，却担心楚国乘虚而入，这次见楚发兵攻鲁，认为不必担心被人从背后下手了，于是就发兵包围了赵国都城邯郸。其二是说，当时鲁、赵两国使者都向楚王献酒，楚国的主酒吏垂涎于赵国的酒味醇而美，便索贿于赵使，被赵使拒绝后便心怀嫉恨。于是，就将赵国的好酒与鲁国的薄酒换了标签，并向楚王进谗言说，赵国进薄酒，分明是对大王不敬，亵渎我楚国神威。楚王尝酒，果如其言，一气之下发兵围攻了赵国都城邯郸。后来，"鲁酒薄而邯郸围"用来比喻无端蒙祸，或莫名其妙受到牵扯株连。

《三国演义》中有两则饮酒故事很是出名。一则为"温酒斩华雄"，说的是董卓残暴不仁，擅权于朝堂，以袁绍、曹操等人组成的关东十八路诸侯共同讨伐董卓,然而前锋孙坚在进军汜水关时被华雄击败,华雄又率铁骑来袁绍联军大营前挑战,并连斩联军中俞涉、潘凤等大将。正在袁绍犹豫派谁出阵时,关羽主动请战。袁术得知关羽仅是一个马弓手,便呵斥道,你是藐视我无大将可派吗?一个小小马弓手,怎么敢于乱言,将他打出去。这时,曹操急忙劝道,此人既出大言,必有勇略,可以让他出马试试,如不胜再责不迟。袁绍说,派一马弓手出战,必为华雄所耻笑。曹操又说,我看此人仪表不俗,华雄怎知他是弓手呢?关羽表示,如不胜,请斩我的头。于是,曹操让斟热酒一杯,递与关羽好上马迎战。关羽说,酒且放下,我一会儿回来再喝。说着提刀飞身上马。不一刻,关羽提着华雄之头掷于地上。此时,那杯酒还是温热的。后人有诗赞曰:"威震乾坤第一功,辕门画鼓响咚咚。云长停盏施英勇,酒尚温时斩华雄。"另一则故事说的是东吴将领周泰,他自投奔吴主后,便一直忠心耿耿、舍生忘死。在守宣城时,遭到山贼包围,周泰用身体保护孙权突围,自己身中数枪;在濡须口大战中,周泰又一次将孙权救出曹军重围,自己则多处受伤。周泰的所作所为,孙权铭记于心,他委以周泰重任,还以青罗伞赐之。周泰获此殊荣,东吴的一些将领不服,有人心生忌妒,说他一个强盗出身的人,怎能当上大将并获如此奖赏?孙权看在眼里,便命人设宴摆酒,大宴众将。几杯酒后,孙权亲自端酒到周泰面前,让他解开衣服,露出身上累累伤痕,竟没有多少完好的地方。孙权每指周泰身上一处伤痕,就令他吃一杯酒,并问受伤的缘由。周泰如实回答,不知不觉把平生战斗的经历数了一遍,满座人听得鸦雀无声。周泰穿好衣服,孙权紧握其手,已是泪流满面,深情地说,周将军,你这样英勇作战、出生入死,我怎能不把你当作至亲骨肉,千斤重担怎能不交付你呢?当日宴会,周泰喝得大醉,在座的将军们则感动不已,自此对周泰格外敬重。

唐代孟浩然有一首《听郑五愔弹琴》诗:"阮籍推名饮,清风坐竹林。半酣下衫袖,拂拭龙唇琴。一杯弹一曲,不觉夕阳沉。余意在山水,闻之谐夙心。"诗中所提阮籍,是魏晋时期著名的"竹林七贤"之一。时有嵇康、阮籍、山涛、向秀、刘伶、王戎、阮咸七人,经常在山阳县竹林下喝酒、抚琴、纵歌、畅谈人生,后人将此七人称为"竹林七贤"。阮籍是个好酒之人,他留下了一个"醉酒避亲"的故事。当时,朝中的司马昭一直想拉拢阮籍,派人替自己的儿子司马炎到阮籍家提亲,欲娶他的女儿为儿媳。阮籍很清楚司马昭的用意,他不想结这门亲,但又不能得罪司马昭,于是就用了一个醉酒的绝招。他每天都喝得酩酊大醉、不省人事,一连六十天,天天如此。那个奉命前来提亲的人根本无法向他开口,只好如实禀报司马昭,司马昭只好无奈作罢。不过,"竹林七贤"中真正以酒闻名的却是刘伶,他自己就说过:"天生刘伶,以酒为名;一饮一斛,五斗解酲。"可见他酒量之大。《晋书》中记载,刘伶常乘鹿车,带上一壶酒,在车上边行边喝,又命仆人扛着铁锹跟车,吩咐道,如果我醉死了,便就地把我埋葬了。他的妻子劝他戒酒,他不听。有一次,妻子非常生气地将醉了的刘伶放进酒缸之中,结果他在里面待了三天,妻子以为他死了,打开酒缸一看,他竟把酒喝光了。朝廷派人来说服他到朝中做官,刘伶喝得酩酊大醉,然后在街上裸奔,朝廷的人一看只好回去禀报了事。刘伶曾作一篇《酒德颂》,后来不少文人写诗赞他。皮日休写道:"他年谒帝言何事,请赠刘伶作醉侯。"白居易诗曰:"客散有馀兴,醉卧独吟哦。幕天而席地,谁奈刘伶何?"于谦有诗:"刘伶好酒世称贤,李白骑鲸飞上天。"刘伶以喝酒闻名天下,至今仍有地方名酒叫"刘伶醉"。

唐代诗人贺知章与李白是忘年之交。李白应召初到长安时,贺知章已是高官,他看到李白的《蜀道难》一诗,赞道:"这诗只有天上的谪仙才能写出来呀!"贺知章立即在酒店设宴为李白接风。酒席吃得时间很久,待宴会结束之时,贺知章突然想起未带酒钱,情急之下,解下身上佩戴的标志为官身份的小金龟,用它付了酒账。自此,贺知章金龟换酒的故事传开来。后来,李白深情回忆这段往事,写下了《对酒忆贺监二首》,其中之一为:"四明有狂客,风流贺季真。长安一相见,呼我谪仙人。昔好杯中物,翻为松下尘。金龟换酒处,却忆泪沾巾。"此时,贺知章已在告老还乡后辞世,李白非常怀念他。后来,李白又写《重忆一首》,诗云:"欲向江东去,定将谁举杯?稽山无贺老,却櫂酒船回。"想到江东去,但已见不到贺知章,还能与谁举杯共饮呢?可见李白与贺知章感情之深。

春秋时期,有个百里奚与结发之妻的故事,也与饮食有关。百里奚原是虞国人,年轻时喜欢读书,但家中十分贫困。他在乡邻们的帮助下,娶了杜氏为妻。杜氏是个有见识的人,她认为百里奚是个奇才,终有出头之日,就一直鼓励丈夫勤学苦读并外出游学。有一次,百里奚准备外出时,家中已经揭不开锅,为了给丈夫饯行,杜氏咬牙将家里唯一的老母鸡杀了,没有柴火,就把门闩砍下来当柴烧,并嘱咐他,无论将来做什么,都不能忘了这个家和自己。后来,百里奚在游学时遇到一个叫蹇叔的人,经蹇叔举荐,先在虞国当大夫,之后辗转到秦国,为秦穆公所用,当了秦国大夫。有一次,百里奚在自家举办宴会,请了一帮朋友吃喝玩乐。此前,他的妻子杜氏已知他在秦为官之事,为试探他是否忘本,便假扮成一位洗衣女仆进府。杜氏见到这样热闹的酒宴场面,触景生情,一面洗衣一面唱道:"百里奚,五羊皮。忆别时,烹伏雌。炊扊扅,今日富贵忘我为。"百里奚听到女仆的歌声很是惊讶,他急忙走上前去,发现女仆竟是他失散多年的结发之妻杜氏。两人抱头痛哭相认,一时传为佳话。

汉语成语中有一个"饮水思源"的典故,说的是南北朝著名文学家庾信,他在梁朝为官时,梁元帝派他出使西魏。可是没多久,梁朝被西魏灭亡,西魏王非常赏识庾信,就留他在西魏的国都长安做官。庾信心中不愿意,但又走不了,就这样在长安一直住了近三十年,心中却始终思念故土。他在《徵调曲》中写道:"落其实者思其树,饮其流者怀其源。"以此表达对故土的深深思念之情。后来,人们用"饮水思源"表示喝水的时候要想到水的源头是从哪里来的,又用"叶落归根"表示返回故土的强烈意愿。

自古以来,中国就有中秋节吃月饼的传统习俗,以此表示思念亲人、企盼万家团圆之意。相传,嫦娥奔月后,后羿与嫦娥二人天各一方、相互思念。后来,嫦娥托梦给后羿,让他每年农历八月十五日,用面粉做成圆月状,再将它烤熟,置于房子的西北方向,烧上三炷香,并连续呼唤嫦娥之名,夜半三更时,两人即可团圆。月饼又有始于杨贵妃、朱元璋之说,不管哪种说法,吃月饼、忆亲人、盼团圆之意一直保留了下来。

饮食中有文化。中国的饮食文化独树一帜、非常丰富、博大精深,例如中国许多菜名就很有来历和说道,表现了深厚的文化意蕴。历史上,苏轼是一位有名的美食大家,他被贬黄州不久,就写了一首诗:"自笑平生为口忙,老来事业转荒唐。长江绕郭知鱼美,好竹连山觉笋香。逐客不妨员外置,诗人例作水曹郎。只惭无补丝毫事,尚费官家压酒囊。"苏轼爱吃肉,他说过"无肉令人瘦,无竹令人俗"。但在黄州时,他买不起牛羊肉,就只能吃猪肉,因为当时那里的猪肉很便宜。他不但吃猪肉,还发明了猪肉的新做法。为此,他写了一首诗《猪肉颂》:"净洗铛,少著水,柴头罨烟焰不起。待他自熟莫催他,火候足时他自美。黄州好猪肉,价贱如泥土。贵者不肯吃,贫者不解煮。早晨起来打两碗,饱得自家君莫管。"正是他做猪肉的方法传开后,就有了至今还为人们所喜爱的"东坡肉"、"东坡肘子"。苏轼一生写了很多关于美食的诗词,如"乌菱白芡不论钱,乱系青菰裹绿盘。

忽忆尝新会灵观,滞留江海得加餐"、"休对故人思故国,且将新火试新茶。诗酒趁年华"、"雪沫乳花浮午盏,蓼茸蒿笋试春盘。人间有味是清欢"、"蟹眼翻波汤已作,龙头拒火柄犹寒。姜新盐少茶初熟,水渍云蒸藓未干"等等。

传统菜肴中有一道名菜叫"四喜丸子"。相传,它创制于唐朝。有一年朝廷举行科考,寒门出身的张九龄得中头榜,皇帝赏识张九龄的才华,便将他招为驸马。当时,张九龄家乡正遭水灾,父母背井离乡,失去音信。举行婚礼那天,张九龄恰巧得知了父母下落,便派人接父母到京城。宴席上,厨师上了一道菜,是四只炸透蒸熟并浇以汤汁的大丸子,张九龄问厨师此菜的含意,厨师说,得知你有四喜,一喜金榜题名,二喜成家完婚,三喜做了驸马,四喜合家团圆,因此做了个"四圆"菜。张九龄听了自然高兴,不禁点头称赞。他想了想,对厨师说,"四圆"不如"四喜"响亮好听,干脆就叫它"四喜丸子"吧。自此以后,逢有重要喜庆活动,宴席上就有了上这道菜的风俗。

据说古荆州有一道传统名菜叫"龙凤配",又叫"龙凤呈祥"。三国时期,刘备前往东吴招亲,之后偕孙夫人返回荆州。当地人为庆贺这一盛事,便选鳝鱼和鸡为材料,分别象征龙与凤,放在一起烹饪,食之味道非常鲜美。后来,婚宴上就有了这道象征吉祥如意的菜名。

清朝有一位名臣叫丁宝桢,他在当山东巡抚的时候,计除作恶多端的大太监安德海,又大力治理黄河水患,为百姓办了不少好事。后来,他离开山东到四川任总督,治蜀十年期间刚正不阿、多有建树。他着力加强西南防务,重修都江堰,推动经济发展,为百姓所欢迎。有一次,丁宝桢到都江堰查看水利工程,返回时天色已晚,便留在当地官员家吃饭。没想到厨子准备不及,情急之下将剩下的鸡块切成丁,加上辣椒、花生米、甜面酱等,放在一起炒,做成了一道菜。端上桌后,丁宝桢觉得特别好吃。之后,他回到自己府上,让厨师仿做这道菜,并加以改良。后来,丁宝桢去世了,清朝廷追赠他为"太子太保",亦称"宫保"。他喜爱的这道菜流传开后,人们为了纪念丁宝桢的功绩,称之为"宫保鸡丁"。

用沙蛤可以做成名叫"西施舌"的菜式,本来这沙蛤的贝壳被打开时,会吐出里面的白肉,像是一条小舌头,后来人们想象出"西施舌"的文化典故。说的是春秋时,越王勾践借助美女西施之力,行美人计灭了吴国。胜利之后,越王正想接西施回国,越王的王后担心西施回国后受宠,动摇自己的地位,便暗中命人将西施捆绑在一块大石上,将她沉入江底。西施死后精魂化为沙蛤。当有人找到她时,她便吐出丁香小舌,尽诉冤情。这是个既美好又凄惨的传说,当人们品尝之时又别是一番滋味在心头。

中国的饮食文化与祭祀文化紧密相通,两者你中有我、我中有你。祭祀最初来源于对天地和祖先的信仰,因此,祭祀主要就是祭天、祭地、祭神、祭鬼。《礼记·礼运》称:"夫礼之初,始诸饮食。"意思是说,祭礼起源于向神灵奉献食物。《左传》明确指出:"国之大事,在祀与戎。"就是说,国家生活最大的两件事,一是祭祀,二是兵事。"祭"这个字,甲骨文字的形象是以手持肉之形,即把肉作为祭品献给神明;"祀"字的字形好似一个人面对牌位而跪。祭祀的主要目的是祈求神明的福佑。古人祭祀的对象相当多,最主要有三。一是祭天。《尚书》记载:"乃命羲和,钦若昊天。""昊天"原来指广阔的天空,后又代指天上的神明。根据"君权神授"的观念,国家最高统治者受命于天即为"天子"。祭天当与政权和神权结合有关,其仪式一般由天子主持,祭品自然非常丰厚。二是祭地。国家既可被称为天下,又可被称为江山或者社稷。前者为天,后者为地,《周易》有"厚德载物"之说。大地孕育万物,不仅使人类安身立命,而且提供丰富的食物,祭地当然是为了万物生长、五谷丰登。三是祭祖。祭祖又有祭神、祭鬼之说。古人以"百善孝为先",祖先是民族的根脉,祖辈是哺育后辈成长的血亲,祭祖既有追思祖先、亲人之意,又有祈求其魂灵保佑家族兴旺、子孙幸福之意。在这些活动中,除设置礼仪、燃烛焚香、烧化纸钱外,主要的是要摆放各种饮品、食品、果品、菜蔬等。祭祀食品的礼制在西周时就已成形规范,《周礼》《礼记》中对此都有详尽记载。据有关史籍介绍,祭祀时,天子平时吃太牢的肉类(猪牛羊齐全为一太牢),祭祀的时候就要用三份太牢供奉祖先;诸侯平时吃牛肉,祭祀时就要用一太牢;卿平时只吃一只羊、一头猪的少牢,祭祀时就要用一头牛;大夫平时吃一头猪的肉类,祭祀时就用一少牢;而庶人平时吃蔬菜,祭祀时可以用烤鱼。如此等等,其等级是非常严格的。

在食具方面,先秦时期的饮食礼制也有相关规定。精美贵重的青铜制鼎、簋、尊、爵等食具主要是贵族阶层的餐饮中所用,其规定为:"天子九鼎,诸侯七,大夫五,元士三。"庶人不仅没有资格使用鼎,即便其他青铜食具也不可能使用。民间的饮食器具以陶器和笪、瓢等植物制作的食具为主。而在贵族阶层中,陶器食具与青铜食具可以搭配使用,如陶鼎、陶簋、陶尊等。不仅在材质上区别明显,而且贵族阶层的食具与庶人的食具在工艺制作上也有很大差别,前者大都制作精良考究,后者造型简陋粗糙。此外,贵族阶层在举办宴会、酒席时,也有许多礼仪,包括座次、服装、奏乐、歌舞、敬酒、上菜、致辞等等。敬酒礼仪作为饮食礼仪的重要组成部分流传于后世,甚至如今不少地方的婚宴酒席仍能见到古老礼仪的影子,这也算是一种特有的文化传承吧。

《论语·乡党》中有"食不厌精,脍不厌细"之语,意思是说粮食越精细越好,切的肉条越细致越好。随后,孔子连续说了八个不食:食钮而蚀,鱼馁而肉败,不食;色恶,不食;臭恶,不食;失饪,不食;不时,不食;割不正,不食;不得其酱,不食;沽酒市脯,不食。有人牵强附会地认为孔子是个吃饭特别挑剔、讲究的人,其实是个误解。据史籍记载,孔子是个粗食主义者,对饮食并没有过高追求,甚至厌恶大吃大喝。孔子曰:"士志于道,而耻恶衣恶食者,未足与议也。"意思是说,一个上进的青年,要把主要精力用在求学之路上,对那些吃饭挑肥拣瘦的,要鄙视他们,不要和他们谈论军政大事。孔子还说:"饭疏食饮水,曲肱而枕之,乐亦在其中矣。"意思是说,一个有高尚追求的人,吃简朴粗陋的饮食,能有瓢生水喝,睡觉的时候枕着自己的胳膊睡,就是人生最快乐的事情了。这就是孔子对待生活的一贯态度。至于以上在《论语·乡党》中说的那些话,显然不是说给他自己的,而是其弟子记述他对乡党的谈论,并且主要指祭祀敬献食物的礼仪。

在古代饮食文化中,还有不少经典故事值得一说。"唐太宗赐醋"的典故,说的是宰相房玄龄之妻非常强悍,她性格刚烈,嫉妒心又重,房玄龄既惧怕又无可奈何。唐太宗李世民得知此事后,很为房玄龄抱不平,就想治一治这个妒妇,便故意传旨赐予房玄龄几个美姬,并让侍者捎上一个坛子,说是有毒药的"鸩酒"。侍者对她说,皇上有令,要么同意房大人纳妾,要么就将此坛毒酒喝下,一了百了,没有其他商量余地。房玄龄之妻二话不说,将坛子接过来,一饮而尽,喝后才知那不过是一坛醋而已。唐太宗得知情况后,心里大为惊骇,叹道,此等女子死且不怕,更无他法可治,玄龄也只能如此承受了。之后,将嫉妒之心说成"吃醋"的故事流传了下来。

"东道主"一般是指宴请时招待来客的主人。这里有个故事,说的是春秋时期,晋国公子重耳回国执政后,为报复当年流亡在外时郑国的无礼行为,便与秦国联合出兵伐郑。郑文公派烛之武去劝秦穆公退兵。烛之武对秦穆公说,秦晋联军攻打郑国,郑国怕是保不住了。但郑国灭亡了,对秦国并无好处,因为从地理位置上讲,秦郑之间相隔一个晋国,到头来得到好处的只是晋国。晋国实力增强了,对秦国也会产生威胁。秦穆公觉得烛之武说得有理。烛之武进一步说,要是你能把郑国留下,让它作为你们东方道路的主人,你们的使者来往经过郑国,缺少什么便由郑国负责供应保证,这有什么不好呢?秦国本与晋国有矛盾,经烛之武此一说,秦穆公便答应退兵,并与郑国签订了和约。秦晋联盟不战自散,晋文公无奈,也只得撤兵而回。因为秦国在西、郑国在东,所以郑国对秦国来说自称"东道主"。后人引申其义,作为接待客人时的用语,不仅在宴会上使用,而且在举办多方参加的大型会议或赛事时也可称"东道主"。

"饱食终日,无所用心"的成语典故出自《论语·阳货》。子曰:"饱食终日,无所用心,难矣哉!不有博弈者乎?为之,犹贤乎已。"意思是,孔子说,整天吃饱了饭,什么心思也不用,真太难了!不是还有下棋的游戏吗?干这个,也比闲着好啊。这是孔子在教育他的弟子们要向颜回学习,不要羡慕富贵、追求吃喝,而应用心读书、思考问题。后用以形容那些无所事事、好逸恶劳、尸位素餐之人。

"酒囊饭袋"的典故,原出自汉代王充的《论衡·别通》:"饱食快饮,虑深求卧,腹为饭坑,肠为酒囊。"到五代时期,武安节度使刘建峰的部下马殷在刘死后做了统帅,他却无所作为。朱温篡唐建立后梁后,封马殷为楚王,驻守湖南、广西等地。马殷只知道吃喝享乐,昏庸无能。人们都瞧不起他,给他取了个绰号"酒囊饭袋"。后人用此比喻那些占据高位、掌握权力,却没有能力和作为的人。

《资治通鉴》中记载,后汉灭亡之后,节度使刘崇在晋阳建立了北汉政权,为了能与后周抗衡,不断地派使者去契丹,请求与之结盟以得到庇护。北汉使者郑珙到契丹后,奉上巨款并表达结盟之意。契丹人很是高兴,就用好酒好肉招待他。郑珙深知契丹人生性豪爽,加之有求于他们,对他们的相邀只得一一接受,就这样竟然醉死在契丹。之后,契丹人派军队协助北汉进攻后周,但因实力不济,并未能改变历史走势,最终北汉被宋太宗灭亡。后来,宋代程颐和朱熹都说过这样的话:"虽高才明智,胶于见闻,醉生梦死,不自觉也。"意思是,像喝醉酒和做梦那样,昏昏沉沉,糊里糊涂地过日子。后人对此多有引用。

　　古代饮食的故事难说尽,饮食的史籍难看完。在享受各种美食佳酿之时,如能溯其源、懂其礼、知其文、识其性、悟其法、明其道,在物质生活中感受精神生活的愉悦,既享美味餐饮之口福,又收文化熏陶之功效,将是一件美美与共之事。诸君不妨多试之,岂不快哉。

种豆得豆多品"豆"

《涅槃经》中云:"种瓜得瓜,种李得李。"《吕语集粹·存养》中说:"种豆,其苗必豆,种瓜,其苗必瓜。"正是这两句话衍生了"种瓜得瓜,种豆得豆"的汉语成语,意思是,种什么就会收什么,有什么样的原因就会有什么样的结果。它本是因果报应之说,但也蕴含着深刻的人生哲理。

豆,现在主要指豆科植物的种子或荚果,而在上古时期,豆则是一种传统的食器。据考证,豆产生于新石器早期,从钵、盆、盘、碟、罐等无柄器物发展演变而来,它的产生是古人饮食方式改变的必然结果。因为自发现了粮食后,炊煮就越来越普遍,而煮熟的食物温度较高,必然要放置于器物中。古人在席地而坐时,为进食方便,又将原先无柄的器物,如盆、钵、盘、碟等,加装上柄来进行升高,以便于握住器柄来移动器物。新石器中期,已经有定型的陶豆,中晚期出现大量彩陶豆,并且器物上有了象征性的简单图案,如表现特殊的星象或是夜空星辰闪光等,这时的豆不仅是食器,亦有了祭祀礼器的作用。"禮"字由示、豆、玉三部分构成,也恰恰说明古礼的三大内容,即玉器、食器和通天。不仅如此,由于制造豆的材质不同和它的功能作用不同,豆又出现了不同类型和名称。据相关史籍记载,"木豆谓之豆,竹豆谓之笾,瓦豆谓之登"、"朝事之豆、馈食之豆、加豆、羞豆"、"朝事之笾、馈食之笾、加笾和羞笾"等各取所需、各有所用。青铜时代,贵族们制作和使用形状更精美的青铜豆。豆作为一种盛食器物,既可以盛放肉食,又可以盛放素食。豆在盛放肉食时,盘面上会积存动物油脂,用火点燃可以用以照明,这就使豆与"灯"有了直接关联。灯,本作"镫",照明器具,"镫"也通"登",可见陶豆与陶灯之间存在着同源关系。在陶灯之后,随着时代的演进,自然也会出现不同形状和材质的另型灯具。

有意思的是,古人对用豆有着严格的礼制规定。《礼记·乡饮酒义》中说:"乡饮酒之礼……六十者三豆,七十者四豆,八十者五豆,九十者六豆,所以明养老也。民知尊长养老,而后乃能入孝悌。"古时候的乡饮酒礼是每人一席一案。六十岁老人的案上是三个豆,七十岁是四个豆……那时的尊老标准就是这么规定,以此来淳化民风民俗。豆,又是战国时齐国旧的度量衡名称。《春秋左传·昭公三年》中说:"齐旧四量,豆、区、釜、钟,四升为豆,各自其四。"也就是说,齐国旧的度量器物有豆、区、釜、钟四种,四升为一豆,四豆为一区,四区为一釜,四釜为一钟。到汉朝以后,豆的单位又变得很小。

古代中国所称的"稻、黍、稷、麦、菽"五谷之中,"菽"就是豆类的总称。古语云:"菽者稼最强。古谓之尗,汉谓之豆,今字作菽。菽者,众豆之总名。然大豆曰菽,豆苗曰藿,小豆则曰荅。"也就是说,豆早先称为菽,战国以后开始用"豆"作为豆类植物的名称,汉朝之后豆的称谓更加普及。《诗经》中记载周朝的农业情况,有"七月烹葵及菽"、"采菽采菽,筐之莒之"、"中原有菽,庶民采之"之句。

中国人种豆有着悠久的历史,远古时候就有"五谷之说"。在《论语·微子》中,"五谷"有了明确的文字记载:"四体不勤,五谷不分,孰为夫子。"《史记·周后稷本纪》中说:"弃为儿时,屹如巨人之志,其游戏,好种树、麻、菽,麻菽美……""弃"即后稷,它是周朝的始祖,从小有大志,最喜欢种植农作物,长大以后成为尧帝的"农师"。以此说来,可见种"菽"的历史之久。春秋战国之后,对种"菽"或"豆"的记载非常多,关于豆的文化也逐渐丰富,从魏晋到唐宋,出现了许多写豆的诗词,如宋代杨万里就写道:"道边篱落聊遮眼,白白红红匾豆花。"从中可看出种豆已非常普及。豆在人们物质生活和文化生活中都占有一席之地,我们可以对它作一更深入详细的解读。

豆的种类全。豆类泛指所有能产生豆荚的豆科植物。其种类繁多,栽培遍布世界各地,适应性很强。常见的豆类作物主要有黄豆、红豆、绿豆、黑豆、蚕豆、豇豆、豌豆、扁豆、芸豆、刀豆等等。

不少人习惯将大豆与黄豆混称,其实,黄豆是大豆类的一种,大豆类还包括大红豆、青豆、黑豆等种类,但由于黄豆所占比重大,将大豆与黄豆混为一谈人们也都懂得。大豆或黄豆是一年生草本植物,是世界上最重要的豆类,它起源于中国,这在司马迁所写《史记》中及其他一些史籍著作中多有提及。史书中记载,黄帝时就已种"菽",即"豆",至今已有五千年的种植史。世界各国栽培的大豆都是直接或间接从中国传播出去的。它由于营养价值很高,被称为"豆中之王"、"田中之肉"、"绿色的牛乳"等。

关于黄豆和黑豆的来历,有一个传说故事,说的是舜帝小时候因眼中生就的双瞳仁,父亲给他取名叫重华。母亲去世后,父亲续娶了继母,生下一子名字叫象。父亲宠爱后妻和二儿子,继母更是虐待不是自己亲生骨肉的重华。有一次,继母让重华和象一起到历山去种豆子,她交给两个孩子每人一袋豆种,告诉他俩,谁种的豆子长出了豆苗,谁就可以回家,谁种的豆子长不出,就不准回家。两个孩子各自带着豆种来到离家很远的历山上,因肚子饿了又无干粮,只好掏出袋子里的豆子充饥。重华的豆子吃起来很香,象的豆子却生涩难以下咽,象就抢过哥哥的袋子与之交换,重华并不在意,将自己的袋子换给了象。几天后,重华种的豆子长出了豆苗,而象种的豆子却毫无动静。弟弟吓得大哭,哥哥见状就跪在历山上,祈求神灵显灵,让弟弟种的豆子早日发芽,并对上苍说,那个豆种本来是自己的,神灵如果要怪罪就将罪过归己吧。重华一边祈求一边落泪,终于感动了上苍。之后,天降甘霖,弟弟种的豆子也长出了豆苗。于是,兄弟俩高高兴兴回家了。继母见到他俩,急忙问,你们种的豆子都长出豆苗了吗?得到肯定回答后,她还是不信,原来她将重华那一袋豆做了手脚,炒熟的豆怎能长苗呢?她来到历山一看,果然两片豆苗长得绿油油的,这才无话可说。秋收时,才发现重华种的豆长成了黄豆,象种的豆长成了黑豆,从此有了黄豆与黑豆之分。

　　真实的黑豆来源于豆科植物大豆的干燥种子,它适应性强,耐旱、耐瘠、耐盐碱,在中国各地分布很广。黑豆含有丰富的蛋白质、维生素、卵磷脂、黑色素及微量元素,营养成分很高。《本草纲目》中记载:"药黑豆有补肾养血、清热解毒、活血化瘀、乌发明目、延年益寿功效。"《延年秘录》载:"服食黑豆,令人长肌肤,益颜色,填精髓,加气力。"清代著名学士纪晓岚在《阅微草堂笔记》中讲述了一位道士用黑豆降妖的故事,说的是旧时宝坻县的老城坍塌毁坏后,经雨水冲刷剥蚀,形成了许多洞穴,那些妖物们就在洞穴里藏身。后来修缮城墙时,妖物失去了躲藏之处,就四下寻找老旧屋子和破败古寺隐匿。它们夜间出来害人,不少男女都被它们迷惑住了。这天,从外界来了一位道士,他让人们拿来四十九粒黑豆,口念咒语炼了七天,之后,用这些黑豆打妖物,豆一出手,妖物便即刻死去。锦堂家里有许多空屋子,一些空屋被妖物占据,一个女仆曾被妖物迷惑。用了道士炼过的黑豆打去,忽然卷起一阵黑风,一会儿听得有人喊叫:太夫人被击伤致死了！人们跑过去一看，原是一条大蛇，被黑豆击中的地方，就像被铳炮的铅弹击中一样。人们不解地问道士，这条蛇为什么被称作太夫人呢？道士答，这是条母蛇，当它诱惑人的时候，就把人的精气都吸走了，那位女仆被迷惑正是没了精气啊。由于道士为民除害，新城修好之时，妖物也销声匿迹了。

绿豆也是常见的豆类品种之一，也被称为青小豆，它含有淀粉、蛋白质、膳食纤维、胡萝卜素、维生素及多种微量元素，有较高的营养与保健价值，被誉为"食中要物"、"济世粮谷"、"清热解暑良药"。特别是在炎热的夏季，喝一碗熬煮凉透的绿豆汤，会使人清醒心宁、解闷除烦，深受人们喜爱。关于绿豆的来历，有学者认为是从印度传入中国。但中国北朝北魏时期，有一位杰出的农学家贾思勰，他所著的一部综合性农学著作，即世界农学史上最早的专著之一《齐民要术》中，就已经提到绿豆的种植，"美田之法，绿豆为上，小豆、胡麻次之"，"其美与蚕矢、熟粪同"。《齐民要术》载，绿豆可以和谷子、瓜、葱等作物轮作。元朝时，更有人总结出，绿豆可以一年两熟，即四月种、六月收，再种、八月收。人们还发现，"种绿豆，宜地瘦，不宜肥"，也就是说，绿豆适合在贫瘠的土壤中生长，即便干旱季节，种绿豆也能获得一定收成。至于有绿豆来源印度之说，据说是宋真宗为了改良绿豆的品种，曾遣使前往印度求取籽多粒大的良种，于是就有了西天求取绿豆的故事。宋朝《东京梦华录》等书中记述了当时京师在盛夏时街头有卖凉水绿豆的情景，同时还有食用绿豆粉皮、绿豆做酒曲酿酒的记载。在中国传统特色糕点中，有一种叫绿豆糕。古人在过端午节时，为了寻求身体平安健康，除了吃粽子外，还要喝雄黄酒、吃绿豆糕和咸鸭蛋这三种凉性食物，可以避免因为夏季到来所易引发的各种热毒疾病。至于绿豆糕的来历，相传在很早以前，有一对夫妇来到山西盐池谋生，丈夫每天挖盐消耗体力很大，妻子看在眼里、疼在心上，于是，就想办法给丈夫补充营养。先是熬制绿豆汤，供丈夫解渴防暑，后将煮熟的绿豆去皮，再拍成面，又买来柿饼去核切成块，一层绿豆面、一层柿饼块，装入盒中用锅蒸熟，冷却后划成小块，让丈夫带到盐池吃。但丈夫觉得这东西虽好吃却不抗饿。后来，妻子又从赶车驮盐的车夫用豌豆喂牲口中得到启发，将豌豆煮熟去皮加进去，这样既好吃又抗饿，最初的绿豆糕就这样产生了。

蚕豆是人类最早栽培的豆类作物之一，它起源于西伊朗高原到北非一带。据宋朝《太平御览》记载，蚕豆由西汉张骞自西域引入中原地区，别名南豆、胡豆等。三国时期的《广雅》中就出现过"胡豆"一词。明代李时珍说："豆荚状如老蚕，故名蚕豆。"蚕豆的营养价值较高，除含丰富的蛋白质外，还含有糖、矿物质、维生素、钙和铁等。蚕豆在中国各地区都有栽培。用蚕豆加上八角茴香、桂皮、盐等辅料，可加工制作成茴香豆，五香馥郁、咸而透鲜、回味微甘，作为一种特色小吃，深受人们喜爱。鲁迅先生在《孔乙己》一文中，写到了咸亨酒店的茴香豆，留给人深刻印象。蚕豆在浙东沿海一带也有"倭豆"之称，据说明朝每到蚕豆上市的季节，倭寇会趁机进犯骚扰浙江沿海一带。有一年蚕豆成熟时，不堪其扰的沿海民众收集大量蚕豆，倒在倭寇侵扰必经之路上，并用发酵药促其迅速腐烂，倭寇上岸行进时，全都陷在"烂豆阵"中不能自拔，民众们奋勇冲上去，用各种刀具将倭寇一个个砍倒，倭寇悉数被灭。当地人们为纪念这一事件，就将蚕豆称为"倭豆"。古时民间有一个"拣佛豆"的习俗，就是由家中老人将笸箩里的蚕豆一个一个地拣到另一个器物之中，每拣一个念一声佛。家中晚辈们再将其煮熟，广散给人们食用，以此广结家中长辈的寿缘。古典小说《红楼梦》中，就有贾母吩咐园中姐妹们"拣佛豆"的情节。古时不少文人对蚕豆情有独钟，据说唐代诗人陆龟蒙特别爱吃蚕豆，他每到任所都让人先引种蚕豆。宋代诗人杨万里曾作诗："翠荚中排浅碧珠,甘欺崖蜜软欺酥。沙瓶新熟西湖水,漆榼分尝晓露映。"是说与各种果蔬比较,蚕豆更为鲜嫩可口。清代汪士慎诗曰:"蚕豆花开映女桑,方茎碧叶吐芬芳。田间野粉无人爱,不逐东风杂众香。"

众所周知,马铃薯俗称土豆,但它属茄科,并不是豆科植物,因它生长在土壤里的圆形块茎形状像豆子,所以叫土豆,其实它还有俗名叫地蛋、山药蛋、洋山芋等。说它"洋",主要是因为马铃薯原产于南美的安第斯山脉,是当地印第安人的粮食作物。西方殖民者把它带回到欧洲种植。它传入中国时已是很晚,主要从印度、缅甸传入中国西南地区,从海上传入中国东南沿海地区,还有从新疆地区传入的。明朝晚期到清朝,马铃薯才在中国各地广泛传播种植,对解决粮食危机、促进中国人口增长起到了积极作用。

豆的制品好。 古人除了用烧、烤、蒸、煮等方式直接食用豆类之外,还发现了对豆类新的加工方式。豆制品的出现使人们的食谱大放异彩,也极大地增加了人们的口福。在众多豆制品中,最常见、最可口的当首推豆腐。豆腐的起源,可以追溯到汉朝。当时淮河流域的民众已使用石制水磨,他们把米、豆用水浸泡后放入装有漏斗的水磨内,磨出米糊或豆糊,然后做成煎饼充饥。稀释的豆糊也就成了豆浆。人们从豆浆久放变质凝结这一现象中得到启发,终于用原始的自淀法创制了最早的豆腐。相传,汉朝淮南王刘安是制作豆腐的集大成者。刘安在寿春为王时,无心过问政事,梦想长生不老,于是将很有名望的苏非、李尚、左吴、田由、晋昌、雷被、毛被、伍被八人都召来。这八人号称"八公",他们在北山上谈仙论道、著书炼丹,用清澈的山泉水来磨制豆汁,以用黄豆和盐卤炼丹。在此过程中的意外收获就是,豆汁和盐卤放在一起后,使豆乳沉积凝聚,蒸熟试吃觉得细腻鲜嫩、十分可口。他们当时给豆腐起名为"菽乳",后来又改称为豆腐,北山(八公山)的豆腐自此闻名天下。明代李时珍在《本草纲目》

中明确记载:"豆腐之法,始于淮南王刘安。"《乐府诗集》中记载:"淮南王,自言尊,百尺高楼与天连。后园凿井银作床,金瓶素绠汲寒浆。"明代苏平有一首《咏豆腐诗》曰:"传得淮南术最佳,皮肤退尽见精华。旋转磨上流琼液,煮月铛中滚雪花。瓦罐浸来蟾有影,金刀剖破玉无瑕。个中滋味谁得知,多在僧家与道家。"

豆腐的发明者还流传着三国时期的关羽之说,说关羽在"桃园三结义"之前曾制作和贩卖豆腐。更有将豆腐"祖师爷"的桂冠,戴到战国名将乐毅头上,说乐毅非常孝敬父母,经常磨豆浆侍奉二老,无意间先用盐卤、后用石膏做出了白嫩的豆腐,并取名"豆府之玉"。后来,"豆府之玉"被讹传为"豆府之肉",店里伙计记账时,将"豆府之肉"中的"之"字漏写,又将"府"字与"肉"字重叠在一起,于是就有了一个新字"腐"。"豆腐"的名称也就此产生。

豆腐问世之后,在制作菜肴和食物时,各地再创造、再翻新,不仅有南北方不同口味的豆腐,还有像泰安豆腐、剑门豆腐、济南锅塌豆腐、杭州鱼头豆腐、广东和福建的酿豆腐、安徽黄山的毛豆腐、江苏淮安的平桥豆腐、云南石屏的烤豆腐、湖南长沙的臭豆腐等,都很有名。豆腐又可做成豆腐干、豆腐皮、豆腐泡、豆腐脑、干丝、千张、豆花等等。大煮干丝是淮扬菜系中的一道代表菜,它是一道既清爽又有营养的佳肴,做工精细、风味独特,称得上是地道的美味佳肴。宋代大文豪苏轼爱吃豆腐是出了名的,他不仅会吃,还会做。据记载,苏轼能做"蜜饯豆腐"和"榧子豆腐",后统称"东坡豆腐"。他有一诗写道:"脯青苔,炙青蒲,烂蒸鹅鸭乃瓠壶。煮豆作乳脂为酥,高烧油烛斟蜜酒。"意思是,用青苔作干肉脯,青蒲作烤肉,葫芦为蒸熟的鹅鸭。把黄豆水磨成的腐乳过滤,煮沸加凝结剂助淀,即成为白嫩的豆腐,用油作蜡烛,喝着用蜂蜜酿造的酒。想必他当时被贬,只能用素食招待客人,但又用素食比肉食,充满了乐观精神。南宋诗人陆游既喜欢又会做豆腐,他在《山庖》一诗中曰:"新春罢亚滑如珠,旋压犁祁软胜酥。更蕺药苗挑野菜,山家不必远庖厨。"诗中"犁祁"即为豆腐,前两句诗即写出了豆腐的制作方法。

在川菜菜系中,有一道传统名菜叫麻婆豆腐,它的主要原料就是豆腐、牛肉末或猪肉末、辣椒和花椒等,麻来自花椒,辣来自辣椒。相传,清朝同治年间,在四川成都万福桥边,有一家陈氏饭铺,店主陈春富去世后,小饭店便由其妻子经营,因她脸上有些许麻点,人便称她为"陈麻婆"。万福桥是南来北往的人行要道,常有务工之人在此揽生意,饿了就到小饭店买点小吃。陈麻婆对烹制豆腐有一套独特的烹饪技巧,烧出来的豆腐色香味俱全且价格便宜,务工的和过往的人常点这道菜,口碑很好,时间一长,这道菜就被称为"陈麻婆豆腐",流传到其他地方后就称"麻婆豆腐"。《锦城竹枝词》赞曰:"麻婆陈氏尚传名,豆腐烘来味最精。万福桥边帘影动,合沽春酒醉先生。"

中国传统特色小吃一般都以香、甜、脆、酥等口味吸引人,但有一个小吃偏偏叫作"臭豆腐",这臭豆腐各地制作方式虽有较大差异,但有个共同的特点是"闻起来臭、吃起来香"。制作臭豆腐要以优质黄豆为原料,经筛选、脱壳、浸泡、磨浆、过滤、煮浆、点浆、成型、划块、发酵等十多道工序才能完成,它不仅有很高的营养价值,而且有较好的药用价值。有关史籍记载,臭豆腐可以寒中益气,和脾胃,消胀痛,消热散血,下大肠浊气。又有研究认为,臭豆腐中含有植物性乳酸菌,具有很好地调节肠道及健胃功效,对预防老年痴呆亦有积极作用。在安徽江淮之间地区,常用发酵变臭的芥菜水浸泡嫩质豆腐,再上锅蒸熟即为臭豆腐;湖南长沙臭豆腐的卤水配料要复杂得多,系采用豆豉、纯碱、青矾、香菇、冬笋、盐、料酒等共同煮制而成。长沙火宫殿臭豆腐最为闻名,它经过专用卤水浸泡半月,再以茶油经火炸焦,佐以麻油、辣酱,具有"黑如墨、香如醇、嫩如酥、软如绒"的特点,吃起来令人回味无穷。关于臭豆腐,还有两个故事。一个是说,朱元璋小时候家中十分贫寒,只好去讨饭,有一回因饿得无法忍受,拾起人家丢弃的过期豆腐,用油煎熟后吞食,没想到味道特别鲜美。后来,他统领兵马打了胜仗,高兴之余,传令全军共吃臭豆腐庆祝战事大捷,自此,臭豆腐流传开来。另一个是说,清朝康熙年间,皖地一个叫王致和的举子到京城赶考,落榜后滞留在京城,为谋生计,就开了个豆腐坊做起豆腐生意,同时刻苦攻读,以备下次科考。有一次,他做出的豆腐没有卖完,就把剩下的放在缸中,因怕变质,就用刀将豆腐划上小块,又撒上盐、花椒防腐。之后,因忙于生意和备考,竟把腌制豆腐一事忘掉了,待想起来时,急忙打开缸盖,只闻得一股臭气袭来。再往缸中一看,豆腐变成了青色,显然不能再卖了。他咬牙大胆尝了一口,发现有一种特殊的香味,再让左邻右舍品尝都觉得味道不错。于是,王致和开始经营臭豆腐生意。清朝末年,王致和臭豆腐传入宫廷御膳房,成了慈禧太后喜爱的一道开胃小菜,并赐名为"青方",它的名声在京城格外响亮。

浙江诸暨有一道风味名菜叫"西施豆腐",制作时要选嫩白豆腐切成小块,辅以鸡杂猪杂、金针、木耳、香菇及笋蒜酒酱等,分别爆炒,再以鸡汁肉汤烩煮,然后用葛粉调羹而成。成菜后,汤宽汁厚,滑润鲜嫩,色泽艳丽,色、香、味俱佳。这道菜相传是美女西施遗留下来的,后来她以身许国,家乡人为纪念西施,每次举行宴会上的第一道佳肴就是西施豆腐。还有一说是清乾隆皇帝下江南时,与刘墉一起微服私访来到诸暨。两人信步来到苎萝山下一个小村落,觉得腹中饥饿,就到一农家用餐。农家人见有远客光临,特意上了一道西施豆腐。乾隆品尝后击桌称赞:"好一个西施豆腐!"之后,这道菜被推而广之。

民间俗语中有一个"吃豆腐"的说法,它用在男女关系上面,是指男人占女人便宜的意思。其来历一是说，旧时豆腐店多为夫妻店，丈夫半夜起来磨豆腐，白天由妻子卖豆腐，豆腐店老板娘以豆腐为常食，自然生得细皮嫩肉，同时为招徕顾客未免有卖弄风情之举，有些轻薄的男人便以"吃豆腐"为名到豆腐店与老板娘说笑且动手动脚。这些行为被吃醋的老婆们知晓后，便以"你今天又去吃豆腐了？"来讥讽丈夫。还有一说是，旧时丧俗有"吃豆腐"的习惯，丧家准备的饭菜中必有豆腐，因此，去丧家吊唁吃饭叫"吃豆腐"。过去农家的丧席一般摆在院子里，因帮忙人多且时间长，就上流水席，丧家也顾不得核对人数。此时，会有个别游手好闲之徒，虽没有帮忙，却趁机蹭吃蹭喝，这些人被鄙视为"吃豆腐"的，意思是占人家便宜。此外，豆腐具有色白、面细、质嫩、性软四个特点，恰与年轻女子长相特点相契合，因此，"吃豆腐"又被用来借指调戏年轻的女子。

在豆制品中，有一种调味料叫"豆豉"，它是把黄豆或黑豆泡透蒸熟或煮熟，经过发酵再加盐、酒等制成，既可调味，也可入药。豆豉在秦汉之际，甚或更早就出现，《史记·货殖列传》中曾有记述，《齐民要术》中载有制作豆豉的方法，不过它在古时被称作"幽菽"。相传，汉武帝时曾遣使臣到今贵州地区的夜郎国。夜郎王在接见汉使臣时问："汉与我夜郎国谁大呀？"使臣答道："大王可以派人到汉朝觐见皇帝便知。"于是，夜郎王就遣使去长安，并特意带上夜郎国特产豆豉作为礼品。汉武帝在接见夜郎使者时问："你所带的是什么物品，怎么香臭无比呢？"使者回答："这种物品叫豆豉，是自然发酵的，虽然香味、臭味都有，但吃起来很可口。"武帝命人将豆豉用于御膳烹调，品尝后很高兴，调侃地说："酱香豆豉，臭名远扬！"遂命将"酱香豆豉"与"茅村枸酱"列为夜郎向汉朝进贡的贡品，豆豉的名声犹如"夜郎自大"的成语一般传开了。还有一则故事，说的是唐代才子王勃路过洪州之时，曾作《滕王阁序》。翌日，阎都督又专门为王勃设宴，但由于连日劳累加之饮酒,阎都督宴后就病倒了,急得幕僚和家人四处寻医问药。众医都主张以麻黄入药,没想到阎都督最忌麻黄,坚持不用,众医和家人一筹莫展。王勃听说此事,突然记起前些天在路途上曾见一位老翁制作豆豉,老翁告诉过他,这豆豉用麻黄煎汁浸泡过,可做小菜,也可治病,王勃当时就买了一大包。现在,阎都督药方中需用麻黄,何不以豆豉一试呢?于是,王勃主动来见阎都督。在王勃的劝说下,都督服用了豆豉,一连三天过后,病情果然好转,又过了几天后竟痊愈了。阎都督再次上滕王阁设宴为王勃饯行,并取重金相谢。王勃固辞不受,诚恳地对阎都督说,河旁老翁独家经营豆豉,当地百姓喜爱有加,都督若要表示谢意,何不扩大老翁作坊,惠及更多人呢?阎都督含笑点头应承。

《神农本草经》中记述了一种"大豆黄卷"的食物,就是豆芽。中国发明豆芽有两千多年的历史,它先是用于食疗,后又用于道家养生,到宋朝,食豆芽已相当普遍,豆芽与笋、菌并列为素食鲜味三霸。据说,有西方人曾将豆芽、豆腐、酱和面筋称为中国食品的四大发明。豆芽是李鸿章在光绪庚子年(1900年)后出使欧洲时传到西方的,因此有"李鸿章杂碎"之说,现加拿大魁北克一带仍称豆芽为"杂碎"。豆芽在中国一些地区又被称作"如意菜"。相传,清乾隆帝下江南微服私访时,曾在一户农家吃到一种黄澄澄、金灿灿的菜。乾隆帝觉得此菜脆嫩爽口、味道鲜美,就问农妇此菜为何菜。农妇不知是皇帝,就开玩笑地说,这菜形似如意,名字就叫如意菜。乾隆回到京城后,一日用膳想起了"如意菜",就命御厨制作。御厨不知"如意菜"是何物,到处询问,后来恰巧遇到一个江南出生的小厮,才知道"如意菜"就是黄豆芽。后来,这道菜在宫中常用,又传到了京城内外。在民间,还流传一个歇后语,叫作"张飞吃豆芽——小菜一碟"。张飞在跟随刘备之前,是个屠夫出身,性格豪爽粗鲁,喜欢大口喝酒、大口吃肉。这个歇后语是说,这样的素菜当不得张飞的主菜、填不得张飞的肚皮,从一个侧面反映了张飞的性格特征和勇壮之量。

在豆制品中,还有诸如豆酱、豆油、豆浆等。豆还能酿造美酒,明代大文学家徐渭就有诗曰:"陈家豆酒名天下,朱家之酒亦其亚。"可见他对豆酒评价之高。

豆的情分高。古代文人名士将豆作为一种典型的物的意象,借以表达自身的志向和情怀,或赋予强烈的感情寄托。

用"豆"来表达高尚节操情的。孟子在《鱼我所欲也》中说道:"一箪食,一豆羹,得之则生,弗得则死。呼尔而与之,行道之人弗受;蹴尔而与之,乞人不屑也。万钟则不辨礼义而受之,万钟于我何加焉!"意思是说,生命是我所想要的,道义也是我所想要的,如果这两样东西不能同时具有的话,那我就只好牺牲生命而取道义了。一碗食物,一壶豆汁,得到它就能活下去,得不到它就会饿死。如果盛气凌人地呼喝着给他吃,饥饿的行人也不愿接受;用脚踢给别人吃,就连乞丐也会轻视而不肯接受。高官厚禄却不辨是否合乎礼义就接受它,这对我有什么好处呢?孟子强调舍生取义、保持尊严、维护礼义的思想,对陶冶人们的高尚情操有深刻的启示教育意义。魏晋时期的陶渊明厌恶官场欺下瞒上、尔虞我诈的风气,不为五斗米折腰,毅然辞官隐居、回归自然。他在《归园田居·其三》中写道:"种豆南山下,草盛豆苗稀。晨兴理荒秽,带月荷锄归。道狭草木长,夕露沾我衣。衣沾不足惜,但使愿无违。"他在种豆过程中,既感受到劳动的艰辛和愉悦,又期盼种豆能有好收成,内心深处在表达保持人格完整、坚持人生理想的"但使愿无违"。

用"豆"来表达同胞兄弟情的。曹丕和曹植兄弟二人的世子之争,一直是曹操当政晚期的一个焦点问题。曹丕即位后,仍感到曹植潜在的政治威胁。于是,他宣曹植到殿上晋见,命曹植七步之内作诗一首,不能限时作出或词不达意,就会被处死。曹植心知兄长有意加害自己,在极度悲愤中七步之内应声成诗:"煮豆持作羹,漉菽以为汁。萁在釜下燃,豆在釜中泣。本自同根生,相煎何太急?"曹植以煮豆、燃豆比作兄弟相残之意,既含蓄又直白,既吟豆更喻人,深深地震撼了曹丕的心灵,使他心生惭愧、不忍下手,这才使曹植逃过一劫。其实,由于传位制、世袭制和权力欲使然,中国历史上兄弟骨肉自相残害的事屡见不鲜。例如春秋时期,齐襄公去世后,他的两个儿子公子纠和公子小白为争继承权不惜派伏兵暗杀对方,幸得公子小白急中生智,假装被箭射中糊弄了过去,这才日夜兼程回到国都当上了国君,即为齐桓公。最终,齐桓公还是找借口杀了他的兄长公子纠。秦始皇作为一代雄主,突然命丧沙丘后,他的小儿子胡亥与赵高等勾结,伪造遗诏,逼其兄长扶苏自杀,而由胡亥冠冕堂皇继位成了秦二世。唐朝立国不久,唐高祖李渊之子李建成、李世民和李元吉兄弟三人各怀心思、暗中较力,秦王李世民毅然发动"玄武门之变",亲手射杀太子李建成,其手下大将杀了李元吉,之后,李世民逼李渊让出了帝位。还有西汉的七国之乱、西晋的八王之乱、清康熙晚期的九子夺嫡等,都造成兄弟手足相互残杀的悲剧。北宋年间,太祖赵匡胤和晋王赵光义兄弟两人午夜议事,赵匡胤当夜离奇死亡,造成了"烛影斧声"的千古谜案。这些事件都值得人们深思。

用"豆"来表示才子爱美情的。唐代诗人杜牧在由淮南节度使掌书记升任监察御史、离扬州赴长安任上时,赠别与他相好的歌妓一首诗:"娉娉袅袅十三余,豆蔻梢头二月初。春风十里扬州路,卷上珠帘总不如。"诗意是说,十三四岁的少女姿态袅娜,举止轻盈美好,就像二月里含苞待放、初现梢头的豆蔻花。十里扬州路上吹拂着和煦的春风,那些珠帘翠幕中的佳人姝丽们总是比不上她。杜牧的惜别、爱美之情跃然纸上。后来,人们常以"豆蔻年华"比喻少女的青春年华。

其实,豆蔻并不是豆科植物,而是一种姜科植物,《唐本草》载:"豆蔻,苗似山姜,花黄白,苗根及子亦似杜若。"豆蔻有草豆蔻、白豆蔻、红豆蔻等品种,它们都有辛辣芳香气味,可作为菜肴、肉制品及酱腌菜的调味料食用。古代才子用诗歌表达爱美之情的不在少数。例如杜牧在《遣怀》诗中写道:"落魄江湖载酒行,楚腰纤细掌中轻。十年一觉扬州梦,赢得青楼薄幸名。"唐代诗人白居易小时因避战乱,随母亲迁至父亲任官所在地徐州符离生活,在这里认识了一个比他小四岁的邻家女湘灵,两人成了儿时好玩伴,后又萌生了初恋,但终因家庭缘故和白居易为前程远离,两人未能长久交往。白居易中进士并为官后,仍深深怀念这段纯洁的感情,多次写出怀念湘灵的诗。他在《邻女》一诗中写道:"娉婷十五胜天仙,白日姮娥旱地莲。何处闲教鹦鹉语,碧纱窗下绣床前。"可见他对湘灵动之情、赞之美、爱之深。白居易晚年家中有两名小姬,一个叫樊素,擅唱歌,一个叫小蛮,擅跳舞,白居易很喜欢她们两人,还用"樱桃樊素口,杨柳小蛮腰"的诗句赞赏之。直到他七十岁之后,在病中仍作诗表达不舍之意:"两枝杨柳小楼中,袅袅多年伴醉翁。明日放归归去后,世间应不要春风。"还有宋代的苏轼、柳永等,也有经典爱美故事流传。

用"豆"来表示情人相思情的。唐代著名诗人王维有一首《相思》诗:"红豆生南国,春来发几枝。愿君多采撷,此物最相思。"这首借咏豆而寄相思的诗,一作《江上赠李龟年》。李龟年是唐玄宗时期著名歌者,因战乱流落江南,在为人演唱王维作词的这首歌时,听者无不动容。古人又称红豆为相思子,常用以表达爱情或相思之意。唐代诗人温庭筠在《新添声杨柳枝词》中写道:"井底点灯深烛伊,共郎长行莫围棋。玲珑骰子安红豆,入骨相思知不知?"诗人借一女子口吻,深情叮嘱即将长别的郎君莫要过时不归。她还用骰子作比喻,当骰点呈红色时,犹如"安红豆"一般。这是一种刻骨铭心的相思情,不知郎君知不知道这片心,足见诗中女主人公的内心深处蕴藏着多么浓烈的爱情炽焰啊！清代曹雪芹写有一首《红豆曲》:"滴不尽相思血泪抛红豆,开不完春柳春花满画楼。睡不稳纱窗风雨黄昏后,忘不了新愁与旧愁。咽不下玉粒金莼噎满喉,照不见菱花镜里形容瘦。展不开的眉头,捱不明的更漏。呀！恰便似遮不住的青山隐隐,流不断的绿水悠悠。"此曲把林黛玉的个性命运淋漓尽致地展现出来。关于红豆象征相思的意蕴,有两个美丽的传说。一个传说是,有一位美丽的姑娘,企盼为寻找幸福泉而出走的伴侣,每天在山坡上遥望远方哭泣,泪珠洒到树枝上,树上便长出纯红色形状如"心"一般的红豆,人们便把这种红豆叫作相思豆。后来,亲人朋友远行离家时,总要给亲人带上一颗相思豆,以此寄托相互的思念,相爱的情人更是把相思豆作为爱情的信物相互赠送。另一个传说是,古时候一对恩爱夫妻,丈夫因到边关服役,妻子日思夜想,每日在红豆树下眺望远方。就这样日复一日,丈夫却杳无音信,最后妻子哭出了血泪,滴入泥土、渗入树根,红豆树结出了一颗颗红色小豆,人们认为是女子的相思血泪染红了豆。干宝的《搜神记》中记载的是宋康王夺了其幕僚韩凭之妻,后来韩凭与妻子双双自尽,两个坟冢上生长的树木枝干交错在一起,树根也缠绕在一起。有一对鸳鸯栖于树上,始终不离去。它们交颈悲鸣、音声感人,宋人知是韩凭夫妻化身,将此树称作"相思树"。

用"豆"来表示天伦欢悦情的。南宋将领、词人辛弃疾,早年矢志抗金,抱有收复中原大志,后被弹劾落职,退隐山居,过着游山玩水、饮酒赋诗、闲云野鹤般的村居生活,心境在乡野环境的熏陶下也发生了变化。他在《清平乐·村居》一词中写道:"茅檐低小,溪上青青草。醉里吴音相媚好,白发谁家翁媪？大儿锄豆溪东,中儿正织鸡笼。最喜小儿亡赖,溪头卧剥莲蓬。"词中描写了农村一个五口之家的生活和劳动场景,一对白发翁媪亲热地坐在一起,一边喝酒,一边用软绵的吴语聊天,显然他们是怡然自乐、幸福满满的,因为你看那三个孩子,一个在溪东豆地里锄草,一个在家里编织鸡笼,只有尚不懂事的小儿子在调皮地玩耍,趴在溪边剥着莲蓬吃。这样和平宁静、朴素适的农村生活,给人一种诗情画意、清新悦目的感觉,既生动地反映了这一家人的天伦之乐,也体现了词人对自然田园生活的羡慕与向往。唐代诗人杜甫曾因安史之乱四处漂泊、颠沛流离,最穷困的时候,缺衣少食、形同乞丐。后来,他领着一家人到了成都,在众多好友的帮助下,建好了自家的草堂。虽然草堂简陋,但与以前那穷困潦倒、衣食无着、居无定所的境况相比,还是好了不知多少倍,更兼这里的自然景色非常优美,杜甫在这纷乱的世情之下,终于获得了自由自在的喘息空间和天伦之乐。为此,他自感愉悦地写了一首《江村》诗:"清江一曲抱村流,长夏江村事事幽。自去自来堂上燕,相亲相近水中鸥。老妻画纸为棋局,稚子敲针作钓钩。但有故人供禄米,微躯此外更何求。"杜甫的一生,像这般岁月静好的情景并不多,可惜时光太短暂了。

用"豆"来表示清正廉洁情的。古代一些有识之士,非常注重自身的心灵净化和道德修养,留下了修身养性、严于律己的传奇佳话。宋朝有个读书人叫赵概,他在苦读经书的同时,还在书房里放置三个盒子,一个盒子装白色的豆子,一个盒子装黑色的豆子,还有一个盒子是空的。如果他在一天里做了一件好事,或者有了一个好的念头,就取一颗白色的豆子放在空盒子里;要是做了一件坏事,或是有了做坏事的念头,就取一颗黑色的豆子放在空盒子里。到了晚上睡觉前,再取出投进原先是空盒子里的黑白豆子,看看各有多少,以此来检查和反思当天自己的过失与进步。起初,他投的黑色豆子比白色的多,后来,黑豆越来越少,而白色豆子越来越多了。无独有偶,明代大学士徐溥自幼天资聪慧、读书刻苦,他为了经常检点自己的言行,就效仿古人,在书房里放了两个瓶子,分别贮藏黑豆和黄豆。每当心中产生一个善念,或是做了一件善事,便往瓶中投入一粒黄豆;相反,若是言行有了过失,便往瓶中投一粒黑豆。他用此法不断反省和激励自己,使瓶中的黄豆越来越多,而黑豆越来越少。这样日积月累的修炼、完善自我,使道德人格更加完善,后来终成德高望重的一代名臣。

豆的故事多。豆与人们的日常生活息息相关,自然就演绎和出现了许多与豆相关的故事。中国有一部神话志怪小说集叫《神异记》,据说是晋朝一位道士王浮所作。《神异记》中说:"豆出于槐。"后又出现"豆有三十六变,麦有七十二翻"之说。这一故事与中国农业先祖后稷有关。后稷先是在野外发现槐树开花、长荚,槐树荚成熟后,槐豆悄悄掉落到地上。第二年,大槐树下会长出一片槐树苗,这些树苗长大后,又会长荚,荚里有油亮的小槐豆。于是,后稷将槐树种拾起来进行栽种,待树苗长大后再进行移栽,一连移了十二次,豆荚渐渐变大了。之后,后稷与他的弟子油丘发现山中有一种树,也结了很多豆荚,据说是野皂角树。他们把野皂角秧与原先的槐树秧栽在一起,两种植物开花后进行杂交,豆荚中又长成了新的豆子,就这样经过数十次移栽,育成黄豆、豌豆、红豆等品种。再后来,豆的种类越来越多,人们种豆的技术也越来越高明。

就是这粒小而普通的豆,却有一些神奇和怪异的故事发生。东晋干宝的志怪小说《搜神记》中记载着郭璞撒豆成兵的故事,说的是郭璞是个会占卜的人,他到庐江郡劝太守要早点渡江回南方去,免得城破被害。太守不听劝告,郭璞就打算离开此地。郭璞喜欢太守家的一位婢女,不忍她和主人一起遭祸,于是,就在夜间撒了一圈红豆,将太守住宅围起来。第二天早晨,卫兵禀报太守,一批红衣人将宅子包围了。太守慌忙出门查看,但走到近处时,红衣人就不见了。太守心里紧张,即请郭璞卜卦。郭璞说,你家不适合收养婢女,赶紧将婢女送到东南方二十里处卖掉,钱多钱少都不要在乎,你家就会太平无事了。太守果然将婢女送出,郭璞悄悄派人买下了这个婢女,之后,撤了太守家宅的豆子,那些红衣人再也没有出现。郭璞带着这个婢女离开后不久,庐江就沦陷了。还有一则故事,说的是鬼谷子教授了孙膑和庞涓两个徒弟,在修读完兵书之后,就教二人排兵布阵。孙膑和庞涓不解地问,除了我们师徒三人外,并没有其他一兵一将,如何排兵布阵呢?鬼谷子从桌上提起一个装满绿豆的布袋,领着二人来到山谷中的一块平地上,手抓一把绿豆,口中念念有词,说了声"疾!"随着绿豆抛洒落地,平地上出现了一排排兵将。鬼谷子又用令旗将兵将分成红、黑两队人马,指挥演练起来。就这样,孙膑和庞涓在鬼谷子的指点下,学会了各种阵法,下山后在战场上大显身手。还有一些传说故事,说到了诸葛亮、韩信和后周知远军中有一个叫马殷的人,都会撒豆成兵的法术。不过,姑且听之,也不必当真。

  民间流传着一句俗语,叫作"鸡不吃豆,豆子是它舅",传说玉皇大帝封豆子为鸡的"舅舅",但难以找到渊源出处。仔细想想,这一传说显然无甚道理,但事实上,鸡确实不吃生黄豆。有人说生黄豆吃到体内会膨胀,容易把鸡撑死,因而鸡不吃生黄豆。但另有人认为鸡的消化系统是柔性的,鸡经常吃小麦、玉米、稻谷、小米等食物,这些食物在体内也会膨胀,并没见把鸡撑死。还有人说黄豆太硬,鸡吃了不好消化,但另有人认为鸡连石子都吃,好让它在消化系统中磨碎食物,黄豆显然没有石子硬,也没有玉米硬,黄豆太硬之说也立不住脚。此外,还有人说黄豆像是鸡的眼睛,另有人说生黄豆有一种异味,因而鸡不吃。这些说法似乎都缺乏科学道理,也被实际情况否定了。据科学研究,黄豆中含有一种胰蛋白酶抑制物,这种物质会影响肠道对蛋白质的消化吸收,大豆又富含蛋白质,如食用生黄豆,会导致胃肠道过敏反应,以至于出现腹痛腹泻等状况,因而鸡才不吃生黄豆。

不仅鸡不吃生豆子,就是人或牛羊等家畜也不爱吃生黄豆,如食用了甚至会出现类似中毒的反应。但将黄豆煮熟后,胰蛋白酶抑制物就会被破坏掉,不仅人可食用,喂鸡也是没有问题的。

从唐朝武则天开始,还流传着一个"二月二吃豆豆"的民俗。相传,武则天当了皇帝之事,被玉皇大帝得知,玉帝对女人称帝大为不满,便令三年内不许向人间降雨,但司掌天河的玉龙发现连累百姓受灾遭殃,心中不忍,偷偷降了一场大雨。玉帝得知后,将玉龙贬下天宫,困在一个深潭之中,并立碑言明:"玉龙降雨犯天规,当受困锁千般罪,若想解难升天日,除非金豆开花蕊。"百姓们情知玉龙降雨因由,为了报答它,就到处寻找开花的金豆。到了俗称"龙抬头"的农历二月二,人们忙着翻晒金黄的玉米种子,有人说,这玉米就像金豆子。放在锅里一炒,就成了爆米花,又香又好吃。这番话提醒了晒场的人,于是,家家户户都爆玉米花,并在院中设香案将玉米花供上,大家齐声仰天呼喊"金豆开花了!"玉帝派"千里眼"、"顺风耳"了解情况,他俩也有心搭救玉龙,就禀报玉帝"金豆确实开花了"。玉帝既然有言在先,只好传谕,脱玉龙之困,让其重返天河,继续给人间兴云布雨。自此,"二月二吃豆豆"的习俗流传下来,不过炒的不仅是玉米,还真的是黄豆了。还有的地方百姓认为,二月二这天吃了炒黄豆,一年就不会被蝎子蜇,他们把炒黄豆叫作"蝎子爪","吃了蝎子爪,蝎子不用打"成了当地流行语。

有一个"驽马恋栈豆"的成语,出自《晋书·宣帝纪》,意思是劣马贪恋马厩里的豆料,用以比喻平庸的人目光短浅,贪恋禄位、家室等眼前利益。这里有个故事,说的是魏国曹芳即位后,掌握三军重权的是曹操族孙、大将军曹爽。正始十年,曹芳在曹爽兄弟的陪同之下离京拜谒高平陵,留在京城的司马懿趁机发动了兵变,随即派人向曹爽假传皇太后懿旨,让曹爽等交出兵权。曹爽接到假懿旨后,内心十分焦急,不知如何应对才好。此时,在京城的大司农桓范机智地出城寻找曹爽。当司马懿得知桓范已出城寻找曹爽后忧心如焚,他深知桓范很有谋略,害怕桓范会给曹爽献计对付自己。于是,司马懿立即与手下谋士蒋济商议对策,说出自己的担忧。蒋济却淡然一笑说,请您不必多虑,要知道,驽马往往只贪恋马棚中的那点豆料,桓范虽有谋略,但以曹爽的性格,是不会采用桓范之计的。果然,桓范找到曹爽,说明京城情况,并竭力劝说曹爽兄弟先挟持皇帝曹芳赶赴许昌,然后再发布诏令调天下兵马勤王,对付司马懿。桓范见曹爽犹豫不决,又分析了当前形势,认为挟天子以令诸侯,方能转危为安,否则性命将不保。但曹爽兄弟仍听不进桓范的话。最后,曹爽给司马懿写了一封信,称愿交出兵权,听从司马懿的指挥。待曹爽兄弟回到京城后,司马懿立即将他们圈禁府中。不久,又以谋反的罪名,诛杀了曹爽及其党羽,司马氏轻而易举地夺取了魏国实权。

北宋大文豪苏轼写过一首《豆粥》诗:"君不见滹沱流澌车折轴,公孙仓皇奉豆粥。湿薪破灶自燎衣,饥寒顿解刘文叔。"这四句说的是东汉光武帝刘秀早年艰苦奋战的故事。公孙是东汉初期大将冯异的字,文叔是光武帝刘秀的字。刘秀起兵时,有一次到了滹沱河下游饶阳芜蒌亭,天气很冷,又无饮食,得到冯异送上的豆粥后,才饥寒顿解。第二天,到南宫,又遇大风雨,刘秀等人将车马停在道路旁的破旧空屋子里,冯异抱来柴草,邓禹点燃了火,刘秀对着破灶将自己的湿衣服烤干,可见当时作战环境之艰苦。苏轼接着写道:"又不见金谷敲冰草木春,帐下烹煎皆美人。萍齑豆粥不传法,咄嗟而办石季伦。"金谷园,晋朝洛阳的名园,是大富豪石崇的别墅。季伦,是石崇的字。这四句说的故事是,石崇和另一豪门王恺比阔斗富,石家的豆粥做得又快又好,冬天还有蒿子、韭菜吃,为王家所不能及。石家连烧火做饭的都是美女,做得食品之法,密不告人。后来,王恺买通了石崇的佣人,才知道豆子是久煮才熟的,其之所以快,是将豆子预先磨成粉,待客人来时即以滚开的白粥浇兑,豆粥才得以随要随到。蒿、韭在结冰季节出现,也不是金谷园的草木独春,而是以干韭根捣细,杂以麦苗充代新鲜韭菜,可见当时石崇生活之奢侈。苏轼接着又写了两句:"干戈未解身如寄,声色相缠心已醉。"前一句说刘秀在战争环境中连安身之处都难寻得,后一句说石崇在花天酒地、醉生梦死中极其享乐,两相对比反差如此巨大,但"生于忧患、死于安乐"的人物境界与结局却是十分清楚。苏轼《豆粥》诗的褒贬之义也是不言自明。

　　明朝开国皇帝朱元璋小时候家中十分贫寒,免不了在吃的问题上犯难。当他在应天府登基称帝后,两个小时候的玩伴先后前来攀附。一个发小见到朱元璋却不知天高地厚,仍以小时候的顽皮话与朱元璋忆旧,说道:"重八啊,你还记得小时候我们一块儿放牛,肚子饿得慌,就去别人家的地里偷豆子煮了吃,结果豆子撒了一地,你干脆把汤倒在地上,从泥汤里拣豆子吃,结果吃得太急噎住了,还是我用荷叶捧了点水喂的你,要不你可能就噎死了……"话音未落,朱元璋听之大怒,立即令人将这个不知尊卑的东西拖出去砍了。过了些时日,又来了一个发小。他见到朱元璋后立马下跪,激动万分地说:"万岁呀,当年您就气势不凡,小民曾随您扫荡庐州府,打破罐州城。土埋汤元帅,擒拿豆将军,蔡将军当先锋,红孩儿列门阵……"朱元璋当然懂得言中之意,回想当年艰难岁月,不禁两眼发红、流出泪水,当即将此人封官,给予重赏。后来,人们就用会说话的豆子调侃那些见机取巧之人。

　　金陵特色小吃中,有一种传统品牌"状元豆",色泽鲜亮、香气浓郁,咸甜软嫩、入口喷香。相传,清朝乾隆年间,居住在南京老城南一个深巷内的学子秦大士,每天读书到深夜时,母亲就用黄豆加上红曲米、红枣煮好,端给他充饥御寒,勉励他刻苦学习,有朝一日能高中状元、光耀门楣。后来,秦大士果然中了状元。此事一经传开,"状元豆"便出了名,南京夫子庙贡院附近卖状元豆的也多起来,卖豆人还常对买豆的学子们说:"吃了状元豆,好中状元郎。"说起这个秦大士,据说他是南宋害死岳飞的奸臣秦桧的兄长秦梓的后代。有一次,他和学子朋友们一同前往杭州西湖游览,而岳飞的坟墓就在西湖边。当时,有人提议每位学子吟诗一首,表达此地此景的观感。轮到秦大士时,他不慌不忙地吟道:"人从宋后羞名桧,我到坟前愧姓秦。"此诗句一出,众人都拍手叫好,连原来对他身世有偏见的也都改变了态度。秦大士在考科中一举夺魁后,乾隆帝召见他,忍不住问道:"你果真是秦桧的后人吗?"当时,在场的大臣都紧盯着他,不知他如何应答,而秦大士却应声答道:"一朝天子一朝臣。"乾隆听后,也点头称赞。

以上说了这么多"豆",读者对豆的来历、豆的营养、豆的制作、豆的文化、豆的故事或许会略知一二。但愿人们为了劳动致富多种豆,为了身体健康多食豆,为了饮食文化多品豆,为了精神愉悦多赞豆,如此则种豆得豆收好豆、品豆赞豆多销豆,欢天喜地迎来豆的大丰收。

千古之谜一"缘"牵

电视剧《三国演义》片尾曲唱道:"暗淡了刀光剑影,远去了鼓角铮鸣。眼前飞扬着一个个鲜活的面容……聚散皆是缘啊,离合总关情啊,担当生前事啊,何计身后评……"是啊,若不是汉室衰微、天下大乱,若不是志向相同、命运相依,若不是英雄誓约、兄弟同心,刘备、关羽和张飞怎能桃园结义,在刀光剑影的战场上干出轰轰烈烈的事业,在历史的天空中化为闪烁耀眼的明星呢?这大概就是一种亲如兄弟之"缘"吧。

缘,在汉语中的释义是指原因,如缘故、缘由、缘何等;亦喻为命运的丝线,宿命论认为缘是人与人之间命中注定的遇合机会,泛指人与人、人与事物之间发生联系的可能性,如缘分、人缘、姻缘、财缘等;缘还有边、沿着、顺着之意,如边缘、外缘、缘江而下、缘溪而行等。此外,由于遗传因素的作用,至亲之间还有一种关系叫血缘,如父母和子女的关系、兄弟姐妹的关系等。

因缘之说在佛教中是很重要的基础理论,万物皆有缘,一切法因缘而生,说一切法,不出因缘二字。因是事物生起的主要条件,缘是事物生起的次要条件,有因有缘,必然成果,此果对因来说称为报,就是"因缘果报",亦简称为"因果"。例如一物之生长,种子为因,雨水、肥料、劳作等为缘,因缘和合即生成果。佛教虽然认为因缘和合能生成果,但并不等于它是唯物的观念,相反,它基于唯心的理念,认为因缘都是"空"。这里包含几层意思:一是虽然因与身联系、缘与身外之物联系,但人不可能认识真正的身和身外之物,因此,一切认识、一切知识究竟是空;二是人在思维过程中的因、缘都只是精神现象,这也即为空;三是思维时,因缘在虚空中会合,许多形象在虚空中出现、组合、消失,这又是空。因此,因缘既能生果,又究竟是空。佛界有一个著名的偈语故事,说的是禅宗五祖弘忍让大弟子神秀作偈,神秀即作"身是菩提树,心如明镜台。时时勤拂拭,勿使惹尘埃"共二十字诗偈,众僧都为之叫好。但一位烧火僧慧能却认为万法皆空,于是也作偈道:"菩提本无树,明镜亦非台。本来无一物,何处惹尘埃。"这显然否定了神秀的见解,而五祖弘忍比较两偈后,认为慧能悟出了佛家真谛,遂在夜间唤他进房,为他说法,并传承衣钵。慧能经历数番风波曲折后,终成禅宗六祖。

  佛教理论还认为缘起是佛法的根本,缘起论是阐释佛教观和佛教实践的理论基础。诸法因缘生,诸法因缘灭。"此有故彼有,此生故彼生;此无故彼无,此灭故彼灭。"这就是佛教的缘起教义。缘的意义是说一切事物的发生发展都是互相发生关联的,互相依托,互相影响,没有最初的因就没有最后的果,一切都处于流动和变化之中。这种引起流动和变化的条件就是"缘",推动变化的行为被称为"业",变化的动力被称为"业力",变化的结果被称为"业果",每个"业果"在新的"缘"的影响下成为新的"因",如此循环往复、生生不息。常言道,缘在天定,分靠人为。缘分是一种人与人之间无形的联结,是某种必然存在的相遇的机会和可能,也包括友情、亲情和爱情等所有情感成分。佛教认为,能布施斋僧的人,即与佛门有缘。僧人以募化乞食广结善缘,故称化缘,还可以指为了佛事而进行的一切募化活动。结缘意指彼此结交善缘,一般为造立寺塔庙宇、刻印经书等喜舍财物被称为结缘;人与人之间以欢喜心相见而互相招呼,也称结缘;或与大众中共同听闻佛法,彼此以结法缘,亦称结缘。随缘,意思是顺应机缘,任其自然,不作任何违背心愿的强求。

佛教东传后,"缘"的宗教意蕴渗入汉语词汇之中,使其含义更加深刻、丰富。缘的词组或成语典故、民间流行语也很多,如情缘、人缘、良缘、亲缘、投缘、世缘、攀缘、修缘、来缘、有缘、尘缘、缘事、缘理、缘附、缘情、缘故、不解之缘、无缘无故、一面之缘、秦晋之缘、尘缘未了、露水姻缘、个中缘由,相遇就是缘分,相处就是续缘,相知就是惜缘,有一种缘分叫作似水流年,有一种宿命叫作碧海青天,缘分是心有灵犀的一种感觉,缘分是相见恨晚的一种心情等。在中国历史上,关于缘的文化和故事有很多,虽然不少有想象和虚构的成分,但读来还是给人带来深刻的思考和启示,在此不妨一一道来。

男女相爱有情缘。大千世界、茫茫人海中,一对男女能够相识相爱并配成婚姻,确实是个奇妙无比的现象。自小青梅竹马另当别论,有的素昧平生却一见钟情,有的萍水相逢却结成姻缘,有的相识之后即情投意合,有的一经有约便终生厮守,"一日夫妻百日恩"比比皆是。世上没有无缘无故的爱,也没有无缘无故的恨,古代文化对这些现象作了很好的揭示和诠释。

"千里姻缘一线牵"是指夫妻婚配命中注定,是因月下老人暗中用一根红线牵连而成。这一典故出自唐代李复言的《续玄怪录·定婚店》,说的是唐朝有个文人叫韦固,小时候经常到河边去玩。有一天晚上,他见一个慈祥的老人在月光下翻阅书信,一边看,一边用一根红线绳把两块石头系在一起。韦固奇怪地问老人,这是为何?老人说,我在给世上应当婚配的人牵线啊,你看这一对石头,就是世上一对夫妻。韦固随口问,那我的妻子是谁呢?老人看了看书册告诉他,就是村头看菜园子的女孩子。韦固听了非常生气,想我这么一个才学过人的英俊少年,怎么会娶那个又穷又丑的丫头呢?既然如此,不如趁早灭了她。隔天,他路过菜园,正巧看到只有那个丫头一人在园子里,便拾了一块石头向她砸去,女孩"扑通"一声倒在地上。韦固知道自己闯了大祸,吓得逃往外乡。多年之后,韦固登科及第、当了官,给他提亲的人有很多,但没有一个称心如意之人。一天,韦固到张员外家做客,张员外热情款待,并让外甥女演奏一曲。韦固见她美貌异常,心中萌生爱意,喜欢之情溢于言表。张员外得知韦固心思后,便私下询问外甥女意见。外甥女回答,但凭舅舅作主。之后,韦固将她娶到府中。洞房花烛夜,韦固端详爱妻,发现她额角有一块疤痕,即问她原因。妻子说,小时候因家贫,就帮助家中种菜,有一天正在园子里劳作,不知哪儿飞来一块石头砸在额头上,倒地后被家人救起,伤好后留下一个疤痕。父母离世后,她被舅舅养大,并学得文字、曲律。韦固听后,心中十分吃惊,就把月下老人的话告诉了妻子。从此,月下老人牵线的故事便流传下来。

清代黄增在《集杭州俗语诗》中写道:"色不迷人人自迷,情人眼里出西施。有缘千里来相会,三笑徒然当一痴。"这里有个典故,说的是很久以前,苏州府有一位姓席的员外,年近半百得一女儿,取名盼盼,夫妻俩视她为掌上明珠。席盼盼长大以后,知书达理,貌似天仙。一次,她在丫鬟的陪同下到白云庵烧香,暗自许下择婿之愿。从白云庵返回时,她发现别在发髻上的一只宝簪不见了。这一宝簪为席家祖传之物,席盼盼极其珍爱,为此,她闷闷不乐、卧床不起。老夫妻俩看在眼里、急在心中,一边好言相劝女儿,一边派人沿途寻找宝簪,但宝簪毫无踪影。这时,有人对席员外说,何不悬重赏觅宝簪呢?席员外觉得言之有理,便张贴了悬赏告示。这一天,有一位年轻的外地客商途经此地,慕白云庵之名就去观瞻,他肩驮一猿作为陪伴,进庵时就将猿放在院子里的树下。待观瞻之后,来树下找猿,却见猿从树上跳下,手里拿了一只闪亮的簪子。客商接过簪子正在寻思,抬头看到席员外所贴告示,心知必是此家所丢,于是,驮着猿来到席家。席员外见宝簪失而复得,自然喜出望外,又见这位客商年纪轻轻、相貌堂堂,问之尚未婚配,即与妻子商量,这位客商千里之外而来,竟然意外得到宝簪,莫不是天赐良缘,不如将女儿嫁给他。夫妻俩商量后,经与女儿及客商沟通,两人也心甘情愿,席家便择吉日让两人完婚。客商进入洞房后,席盼盼羞涩地问宝簪是怎样找到的,新郎说是猿在树上拾得,席盼盼立即让他将猿牵来,要亲自向猿拜谢,然而,新郎却支支吾吾、不肯牵猿。原来,他得知要做席家女婿后,以为从此不再四处奔波,也不需要猿的陪伴,就把猿卖掉了。新娘知道实情后,十分气愤,认为他是个不懂情分、忘恩负义之人,当即表示婚事不算数。随后,席家将这位客商赶走了。因"猿"和"缘"是谐音,后来就留下了"有缘千里来相会,无缘对面不相逢"的典故。

唐代诗人元稹有一首著名的《离思》诗:"曾经沧海难为水,除却巫山不是云。取次花丛懒回顾,半缘修道半缘君。"这是诗人元稹为了纪念逝去的妻子而写的,它以沧海之水和巫山之云隐喻爱情之深广笃厚,经过这种刻骨铭心的爱,即便是从如花丛般众多美女面前经过,也不能使之动情了。元稹虽有如此之说,但他有三段真实的感情生活都颇为传奇。元稹年少时曾随母亲到蒲州生活,在那里遇到一位名叫双文的少女,是母亲一房远亲崔氏家的女儿,才貌双全、善解人意,与元稹情投意合、共坠爱河。元稹曾写诗,让双文的丫鬟当红娘代为传递:"待月西厢下,迎风户半开。拂墙花影动,疑是玉人来。"双文家中较为富有,但并无权势,对一心想靠仕途进取的元稹帮不上忙。根据唐朝的举士制度,士之及第者还需要经过吏部考试才能正式任命官职。元稹数次赴京应试,他的才华被京兆尹韦夏卿赏识。在与韦门子弟交往中,元稹得知韦夏卿最疼爱的小女韦丛尚未许配与人。经人从中牵线后,韦家似有许配元稹之意。元稹虽有双文一段感情在前,但在权衡利弊得失之后,最后还是弃双文娶了韦丛。多年后,元稹仍对初恋情人双文难以忘怀,以自己和双文为原型,创作了传奇小说《莺莺传》,即《西厢记》的前身。韦丛以年方二十之芳龄嫁给二十四岁的诗人元稹,当时元稹尚未授官,但韦丛并不在意,她贤惠通达、知书识礼、不慕虚荣、温柔体贴,相夫过着清贫的生活而无怨言,并一直支持鼓励元稹科试。就在元稹走入仕途、眼见能给家庭带来幸福生活时,韦丛因病去世,年仅二十七岁。元稹心中无比悲痛,他写了最负盛名的《遣悲怀三首》诗,其中有"诚知此恨人人有,贫贱夫妻百事哀"之句流传甚广。元稹与才女薛涛之间的感情也是中唐文人中最出名的爱情故事之一。当时,元稹以监察御史的身份出使蜀中,他久闻蜀中女诗人薛涛的芳名,特约薛涛相见。两人见面后,薛涛就被这位年轻诗人俊朗的外貌和出色的才情吸引。两人把酒言欢,以诗唱和,情谊渐深。但不久元稹被调离蜀中、任职洛阳,从此两人劳燕分飞、关山永隔。就在两人书信来往中,薛涛迷上了写诗的信笺,她对当地造纸的工艺加以改良,将纸染成桃红色,裁成精巧窄笺,特别适合书写情书,后人称之为薛涛笺。这段感情,由于两人年龄、身份的差距,也是无疾而终。薛涛对此很是坦然,从此脱下了她极其喜爱的红裙,换上了一袭灰色的道袍,在浣花溪旁心如静水,安逸度过余生。

古代结发夫妻相亲相爱、感情笃厚的事例真是不少。汉代苏武诗曰:"结发为夫妻,恩爱两不疑。"结发的原意为束发,即把头发扎起来。古人不论男女都要蓄留长发,等他们自小长大后,要举行"成人礼"的仪式,男子行冠礼,女子行笄礼。《礼记·曲礼上》载:"男子二十冠而字。"就是说,男子到二十岁要举行冠礼,就是把头发盘成发髻,并赐以字,因而二十岁也称"弱冠之年"。女子到十五岁要行笄礼,笄是古代盘头发或别住头巾、帽子用的簪子,意思是将头发盘起来,然后用笄簪好,谓之"及笄之年"。冠礼、笄礼都是成年的象征,因此,通称为结发。男女到了成人的年龄,自然可以结婚成家。古人成婚之夕,男左女右共髻束发,"交丝结龙凤,镂彩结云霞。一寸同心缕,百年长命花"。意思是,一对新人就床而坐,男左女右,各自剪下自己的一绺头发,然后把这两缕头发相互缠绕起来,以誓结发同心、生死相依。

《后汉书·梁鸿传》中有个"举案齐眉"的典故,说的是有一个叫梁鸿的人,品行高尚,不少有权有势的富豪都想把女儿嫁给他,全被他拒绝。同县有个孟员外的女儿,长得又胖又丑又黑,力气大到能举起石臼,由于挑剔配偶,拖到三十岁尚未成婚。父母问她原因,她说,就想嫁像梁鸿那样有贤名的人。梁鸿知道后就向孟家求亲。到了婚嫁之时,孟家为女儿精心打扮,女儿却私自准备了布衣、草鞋、纺纱织布用具等放在箱子里。到了梁家后,梁鸿一连七天不搭理她,梁妻跪于床边问是什么原因。梁鸿道,我想求娶的是那种朴实、勤劳的持家伴侣,是能够和他一起归隐深山、共度苦难之人,而你嫁过来却衣着华丽,脸上涂脂抹粉,怎能与我共同生活呢?梁妻说,我这样做只是试试你的节操而已,其实我早已做好准备。于是,她擦去脂粉,换穿布衣,提着纺织工具来到梁鸿面前。梁鸿见此非常高兴地说,这才是我想娶的妻子呀!他给妻子取名为孟光,后两人一起来到吴地,梁鸿投靠到皋伯通门下,住在廊庑之内,受雇帮人春米作为营生。每天回家,妻子为他准备饭菜吃食,在梁鸿面前从不仰视,总是把装食物的托盘高举到眉毛处,恭敬地侍奉梁鸿。后人就用"举案齐眉"形容夫妻相敬如宾。

宋代苏轼在与友人陈令举七夕夜分别时，写过一首《鹊桥仙·七夕》："缑山仙子，高清云渺，不学痴牛䝞女。凤箫声断月明中，举手谢、时人欲去。客槎曾犯，银河微浪，尚带天风海雨。相逢一醉是前缘，风雨散、飘然何处？"古人常将夫妻之情归于前世有缘，《增广贤文》中就有"一日夫妻，百世姻缘。百年修得同船渡，千年修得共枕眠"之句。中国古代四大民间爱情传说之一的《白蛇传》，讲述的是峨眉山千年蛇精化为美丽女子白素贞，和青蛇化成的小青共游西湖，与许仙邂逅，同舟避雨、一见钟情，之后结为夫妻又被法海识破、拆散之事。蛇精之所以与许仙成婚，是因为多少年前，有一个小男孩在草丛中捡拾到一枚蛇蛋，他放在书包里精心看护，待孵出小蛇后，他又将其喂食养大，后放归自然。小男孩数番转世后即为许仙，那小蛇修炼成精后，为报前世救命之恩，故来西湖与许仙结为夫妻，并育下一子。其子后来登科及第，到雷峰塔前祭母，将母亲救出。

在安徽舒城石关老虎谷，还深藏着一段爱情奇缘。一个叫王占魁的举子赴京城赶考，途经这里时忽闻虎啸，王占魁惊吓之际爬到一棵高大的古枫树上躲避，老虎在树下不停地吼叫，王占魁情急之下摘下一片红叶，在上面写了一首绝命诗："落难深山中，命系古红枫。虎视又眈眈，赶考一场空。"他将叶子随手扔下，那叶子竟随风飘入泉涧，被山脚下一位洗衣的山妹子拾起。山妹子见上面有诗，赶紧回家告知父亲，父亲忙招呼村上年轻人，带着猎枪上山救人。王占魁被救后，又被山妹子父亲留下歇息，吃饭时山妹子将红叶还给他，他见山妹子虽生于农家，但清纯秀丽、美貌若仙，心生爱慕之情。第二天，王占魁告辞时，山妹子又给他捎带上干粮。他在路上打开包袱，只见一块小手帕上写有一首诗："山泉送红枫，缘定此山中。若需琴瑟好，待到漫山红。"他顿时明白了姑娘的心意，决心非她不娶。后来，王占魁科举高中，再次来到石关老虎谷下，与山妹子久别重逢，两人都兴奋不已。山妹子在父亲的张罗下,与王占魁喜结良缘。王占魁为纪念这一奇遇,在绝壁之上题词一首,并挥毫写下一个大大的"缘"字。后人将"缘"字摩崖石刻,建成一个观赏景点,令人羡慕的爱情故事也传之久远。

二十世纪五十年代,有一部越剧剧目《追鱼》,说的是北宋嘉祐年间,应天府学子张珍之父与开封府金牡丹之父金丞相原本是同窗好友,曾将两子女指腹为婚。张珍父母去世后,家道衰败,金丞相嫌他贫穷便冷眼相待,让他独居后苑碧波亭,并以"金家三代不招白衣婿"为由,命张珍草庐苦读,伺机退婚。张珍经常在夜深人静时,到碧波潭自叹心事。碧波潭鲤鱼精见张珍纯朴又一表人才,不甘水府寂寥,便变成牡丹小姐模样,与张珍约会,不料被真牡丹小姐发现,遂将张珍赶出金门。鲤鱼精见张珍受到冤屈,急忙找到张珍,尽释前嫌。不料两人在街头欣赏花灯时,被金丞相发现,误以为其女要和张珍私奔,将他们两人抓回府内。在府中,真假牡丹相逢引起纷争,府里上下无法识别,金丞相决定请包公前来辨别。鲤鱼精急邀水族兄妹扮成假包公一行,真假包公同上公堂,假包公暗示真包公,假牡丹情深义重,真牡丹嫌贫爱富,请秉公而断。真包公不忍拆散张珍与假牡丹的姻缘,便打道回府。金丞相又请张天师调来天兵天将捉拿鲤鱼精。危急时刻,观音菩萨现身,劝说千年鲤鱼精到南海修炼成仙。鲤鱼精忠贞于自己的爱情,宁可忍剧痛让观音菩萨剥去身上鱼鳞转为凡人,得到观音菩萨应允。从此,她与张珍同甘共苦过上了幸福美满的生活。此剧拍成电影后,风靡全国,观者皆拍手叫好。

二十世纪七十年代末,有一部戏剧电影《铁弓缘》,讲述已故太原守备之女陈秀英,以父亲留下的祖传宝弓为媒,与英雄豪杰匡忠定下良缘,但又历经磨难曲折,终在除暴杀掉仇人后,成为眷属的故事。电影将一个忠于爱情、疾恶如仇、有勇有谋的奇女子陈秀英表现得活灵活现、深入人心,受到广泛好评。

悲欢离合有机缘。"人有悲欢离合,月有阴晴圆缺,此事古难全……"苏轼的生活经历,当然对此有深切感受。他一生有过三位妻子,都是他的挚爱,但先后都离他而去。第一位妻子王弗,十六岁嫁给苏轼,苏轼比她大三岁,两人相濡以沫、十分恩爱,过了一段温馨美好的生活。王弗不仅善良贤惠,还十分聪明,她识文断字、知书达理,经常陪伴苏轼熬夜苦读,在苏轼失去母亲的痛苦中给予了他极大的精神慰藉。但就是这样一位善解人意、冰雪聪明之妻,仅仅与苏轼过了十多年婚姻生活,年仅二十七岁就溘然长逝了。苏轼失去爱妻后内心充满苦痛,多年后写了一首充满回忆与感伤的悼亡词:"十年生死两茫茫,不思量,自难忘……"苏轼在王弗逝世的第三年,续娶了她的堂妹王闰之。王闰之是一位品德纯正的贤妻良母,对姐姐王弗所生一子苏迈和自己所生的两个孩子一样照顾,"三子如一"、视如己出,是她陪伴苏轼度过"乌台诗案"、"贬谪黄州"那些人生最难熬的艰苦岁月,苏轼对她亦是充满深情,曾写下《南歌子·感旧》一词:"寸恨谁云短,绵绵岂易裁。半年眉绿未曾开。明月好风闲处、是人猜。春雨消残冻,温风到冷灰。尊前一曲为谁哉。留取曲终一拍、待君来。"这时苏轼贬居黄州,在孤单落寞的日子里想念王闰之,期盼她早日到来团聚,字里行间都是深沉的爱意。但王闰之在四十六岁时也染病去世,让苏轼悲恸至极。他在痛悼亡妻时表示:"唯有同穴,尚蹈此言。"八年后,苏轼离去,两人最终合葬在一起。苏轼第三任妻子王朝云本是名歌伎,她的美丽姣好和优雅气质深深打动了苏轼。王朝云自跟随苏轼后,始终不离不弃,在他暗淡的政治失意和贬谪岁月里,轻轻抚慰着苏轼的心灵创伤。晚年苏轼被贬到蛮荒之地惠州,所有家仆皆散去,只有她陪伴服侍。不幸的是,王朝云在惠州染上瘴气,年仅三十四岁即让病魔夺走生命。弥留之际,她紧紧握住苏轼的手不愿松开,含泪劝他不必难过,这种生离死别让苏轼的心在滴血。苏轼将王朝云安葬后,为她筑六如亭,之后未再续娶。苏轼三位妻子都与他情深谊长、相亲相爱,但都没能与他白头偕老,这恐怕既是机缘巧合,又是最大的人生缺憾。

再看看唐朝的玄宗皇帝李隆基,对杨玉环的溺爱恩宠无以复加。"天生丽质难自弃,一朝选在君王侧","春宵苦短日高起,从此君王不早朝","承欢侍宴无闲暇,春从春游夜专夜","后宫佳丽三千人,三千宠爱在一身","缓歌慢舞凝丝竹,尽日君王看不足"。作为一代帝王,李隆基如此专注的情感投入超乎一般人的想象。然而,一场惊天动地的"安史之乱"打碎了君王的春梦,"渔阳鼙鼓动地来,惊破霓裳羽衣曲","六军不发无奈何,宛转蛾眉马前死","君王掩面救不得,回看血泪相和流"。杨玉环在将士们愤怒的声讨中被逼自尽,唐玄宗无可奈何,欲救不能。此后,他"夕殿萤飞思悄然,孤灯挑尽未成眠","鸳鸯瓦冷霜华重,翡翠衾寒谁与共",但情丝总有断时,人死岂能复生,对美人无尽的思念只能化作"在天愿作比翼鸟,在地愿为连理枝"的心愿,最后留下的则是"天长地久有时尽,此恨绵绵无绝期"。

天上不仅有比翼鸟的传说,还有众仙女的传说。黄梅戏《天仙配》就演绎了七仙女因思凡心切,便趁玉帝不在意时,在众姐姐的帮助之下,下到凡间,又经槐荫树为媒,与卖身为奴的董永结为夫妻。在傅员外家上工时,七仙女一夜织成十匹锦绢,将董永的三年长工改为百日。百日期满,夫妻两人辞工回家,憧憬过上"你耕田来我织布,我挑水来你浇园"、"你我好比鸳鸯鸟,比翼双飞在人间"的幸福生活时,却被玉帝发现,派天将令七仙女速速上天,最终将一对恩爱夫妻活活拆散。董永再向曾经为媒的槐荫树讨要说法,他哪知道这槐荫树原本就是一根"哑木头"。

古代君王和天上仙女尚有悲欢离合,世上其他人的命运机缘更由不得自己把握。汉朝有个"凤求凰"的爱情故事,充满离奇曲折。故事的男主叫司马相如,少有文才,他先在汉景帝时当个郎官,主要是皇帝出门游猎时担当侍从人员,无法得到重用。后来,他在梁王刘武来京时,寻找机会受到了梁王的赏识,于是,司马相如辞官跟从梁王,但梁王不久病逝了,他只得回到成都老家,而家庭变故使他落魄不堪。司马相如来到临邛拜访县令王吉,王吉知他有文才,便以礼相待。临邛的富户们巴结县令,得知县令来了贵客,就盛情相邀。司马相如本不想去,但在王吉的相劝下勉强参加了卓王孙家的宴会。当时,参加宴会的有上百人之多,王吉请司马相如弹琴助兴。司马相如不好推辞,弹奏了一支《凤求凰》的曲子,琴声婉转动听,飘入了卓王孙的女儿卓文君耳中。卓文君相貌甜美、知文识曲、志趣高雅,只可惜刚刚失去丈夫,成了新寡。卓文君藏在帷幕后偷偷瞧着司马相如,为他的才貌所吸引。其实,司马相如也是听王吉说起过卓文君,这琴就是有意弹给她听的。宴会之后,司马相如通过卓文君侍女传递消息、表达爱意,卓文君自然同意,于是,两人决定私奔。到了成都司马相如家一看,家徒四壁、无法生存,两人只好又回到临邛,借钱开了一个小酒馆,卓文君换上粗布衣衫,亲自"当垆卖酒"。卓王孙知女儿与司马相如私奔,本来十分气愤,表示家财万贯也不会给女儿一分,但得知女儿在市井卖酒,脸面挂不住了,在别人的相劝下给了女儿一些钱财,司马相如和卓文君算是有了安定的生活。汉武帝在位时,一天读到司马相如的《子虚赋》,很是欣赏,就派人召来司马相如。司马相如又精心写了一篇《上林赋》,汉武帝看后非常满意,任命他为郎官,后重用司马相如。司马相如发达了,却移情别恋,想休掉卓文君,另娶小妾。卓文君看到休书后泪流满面、悲痛欲绝,她怀着悲愤的心情写下了《诀别书》与《白头吟》,"凄凄复凄凄,嫁娶不须啼。愿得一心人,白头不相离"。司马相如看后,心生悔意,但两人心中的"块垒"怕是难以消融了。

清代惜阴堂主人著有一部小说《二度梅》,说的是唐肃宗年间,在朝做官的陈东初府中召进一名家奴,取名王喜童。一日,陈府后院一株开满花蕊的老梅树被一阵狂风吹得花落枝折、凌乱不堪。王喜童触景生情,想起自己的家境和身世,忧伤不已。陈府小姐陈杏元得知,那聪明灵巧的王喜童原来是被奸相卢杞陷害的大唐忠臣梅伯高之子,名唤梅良玉。梅陈两家是至交,陈东初从此让梅良玉与杏元小姐以兄妹相称,后来索性将杏元许配给良玉。这一消息被奸相卢杞得知,卢杞为拆散梅陈的姻缘,想出了一个毒计。时值北邦沙陀国南侵,大唐难以抵挡,朝廷决意采取和番之策安抚外邦。卢杞便借机奏明唐皇,封陈杏元为御妹,外嫁沙陀王,以解边关之患,唐皇允准。陈杏元无奈含悲上路,梅良玉跟随相送。他们来到邯郸登临古赵丛台时,陈杏元与亲人告别,杏元送与良玉一支金钗说"见金钗如见杏元",并让他每年清明面北背南哭她一声。良玉表示"今生不再娶亲"。陈杏元泪别梅良玉,凄凄惨惨地走出国境,在路经一处悬崖时,闭眼纵身跳下,却被昭君娘娘的神灵救助,后被神将送到河北大名府邹伯符老爷府邸。邹家有一位小姐名叫云英,在后花园发现杏元后禀明母亲,两人结为姐妹。梅良玉送别杏元后,经多次辗转曲折,投到邹府做了账房先生,也得知了杏元的下落。后来,梅良玉科考金榜题名,在唐皇召见时禀明实情,唐皇下旨惩治奸贼,为梅家平反昭雪。梅良玉与陈杏元终于喜结良缘,陈家那株老梅树花开二度、满院飘香。自此,"梅开二度"象征历经波折磨难却焕发新的生机,给人带来意外的收获和幸福。

汉乐府长诗《孔雀东南飞》,描写了一位叫刘兰芝的女子,十三岁能织布,十四岁会做衣服,十五岁学会弹箜篌,十六岁能诵读诗书,十七岁嫁给庐江府一个叫焦仲卿的小吏,小夫妻相亲相爱、感情很好。

然而，刘兰芝却遇到了一个刁蛮刻薄的婆婆，逼其儿子休了刘氏，另娶东边邻居家女儿罗敷。焦仲卿苦苦哀求母亲："儿已薄禄相，幸复得此妇。结发同枕席，黄泉共为友。共事二三年，始尔未为久。女行无偏斜，何意致不厚。"意思是，我已经没有做高官、享厚禄的貌相，幸亏还能娶到这样贤惠能干的妻子，婚后相亲相爱地生活，并约定死后在地下也要相依为伴。我们在一起才两三年，她又没有不正当的行为，母亲为什么不满意呢？然而，焦母固执己见，非让儿子休了刘氏。刘兰芝回家后，家人甚是不解，逼她再嫁，先后有媒人上门提亲，介绍了县令之子和太守之子，兄长认为嫁得太守之子比那个小吏要强得多。刘兰芝说，兄长说得有道理，应该听从兄长的安排，但"虽与府吏要，渠今永无缘"。意思是，我虽然与仲卿有过誓约，但一旦再嫁，与仲卿相见就永远没有机缘了啊。之后，刘兰芝在太守家迎娶之时，投水自尽。焦仲卿得知情况后，拜别母亲，亦在树干上上吊而死。后来，两家将他俩合葬，坟墓四周种满了松柏、梧桐，树的枝叶覆盖、相交在一起，树上有一对鸳鸯，仰头相向鸣叫，每天夜里都叫到五更。行人们听到声音，都为这一对夫妻的命运叹息、伤怀。

在古典小说《红楼梦》中，贾宝玉与林黛玉心心相印、两情相悦，他们各自都把对方当作知己，也渴望能结成终身伴侣。但偏偏来了个薛宝钗，而宝钗母亲薛姨妈又有一个"金玉良缘"之说。薛宝钗佩戴一只金项圈，上面还有"不离不弃，芳龄永继"八个字，而贾宝玉所戴的通灵宝玉上面亦有"莫失莫忘，仙寿恒昌"八个字，这就暗寓贾宝玉和薛宝钗才是天赐的"金玉良缘"。古人婚配当然得依"父母之命，媒妁之言"，而就是这封建包办的婚姻，使贾宝玉与林黛玉的姻缘夭折，最终林黛玉含着满腔悲愤焚绢而死，贾宝玉离家出走当了和尚，薛宝钗落了个独守空房，这真是命运捉弄人啊！

元杂剧中有一出剧目叫《两世姻缘》，演绎的是书生韦皋与女子韩玉箫相爱,两人立下白首之誓。韩母因朝廷挂榜招贤,劝说韦皋赴选登科。韦皋得中后,却因吐蕃叛乱,奉命领兵西征,无暇传递书信,玉箫因此思念成疾,一病而亡。韦皋镇守吐蕃后,派人接取玉箫母女,但玉箫已逝,韩母亦不知去向。荆襄节度使张权是韦皋的幼时同学,设宴款待韦皋并出义女张玉箫相见,不料此女便是韩玉箫转世。韦皋见张女酷似韩玉箫而求娶张女,张权怒而不允。后来,张权见韩母所持其女画像,始信韦皋所言为实。这件事被唐中宗知道后,便御赐张玉箫嫁与韦皋,成就了两世姻缘。

类似的故事还有一部电视剧叫《再世缘》,讲述了元代孟丽君与皇甫少华悲欢离合的故事,情节曲折离奇,引人入胜。当然,对这类故事只可引发深沉思考,不必过于较真。

生死风波有奇缘。"人的命、天注定","谋事在人、成事在天",这种思想观念在史籍和古代文学作品中多有反映,它固然有偶然巧合和加工演绎,甚至刻意编造的成分,但读来也有些生动趣味性,至于对其虚实真伪可辩证看待之。

在杭州灵隐寺与下天竺法镜寺之间有块"三生石",它流传着一则古老的故事,说的是唐朝洛阳有一位才子叫李源,因父亲李橙在"安史之乱"中死于乱军之中,李源心灰意冷、看破红尘,便将家中财物悉数捐给惠林寺,自己也到惠林寺隐居学佛。在惠林寺,他结识了高僧圆泽,两人成了莫逆之交。有一次,两人相约同游峨眉山,李源本想从荆州沿三峡水路到峨眉,圆泽觉得应走陆路,从都城长安穿斜谷道入蜀。李源坚持自己的意见,并说,我已下决心隐居,更无追求仕途的欲望,为什么还要到京城长安去呢?圆泽见李源态度坚决,沉默良久后表示遂李源所愿。于是,两人走水路入川。路过南浦这个地方时,看见一位孕妇在水边取水,圆泽平静地对李源说,她就是我要脱身转世的所在。李源不明圆泽说话的意思,圆泽解释说,这位妇人姓王,已经有孕三年,我本该成为她的儿子,因迟迟没来投胎,所以她一直没能生产。今天既然在此相遇,就是命中注定,你当念佛号助我投胎转世。圆泽香汤沐浴后,又对李源说,今天大限已到,就此别过。三天以后,请你到那位妇人家,那时她家人正在为新生儿沐浴,这新生儿就是我的再生,我将以笑为验。请你记住,十三年后,我们还会在杭州灵隐天竺相见。李源后悔没走陆路,但一切皆是命运安排,躲无可躲。圆泽坐化后,李源依他言,于三日后来到那妇人家,果然见一新生儿在沐浴,他见李源来到,竟冲着他咧开嘴笑起来。李源自圆泽转世后,一直在惠林寺寄身,待到第十三年,他只身从洛阳前往杭州,到灵隐天竺。正在寻思间,忽听隐隐约约的叫喊声,李源循声望去,只见涧水对岸有一牧童骑在牛背上向他挥手,口中喊着:"李源,李源。"李源仔细一看,发现这牧童一如前世圆泽模样。牧童骑牛对他唱了一首竹枝词:"三生石上旧精魂,赏月吟风不用论。惭愧故人远相访,此身虽异性常存。"李源一时百感交集,忙问牧童过得怎样。牧童笑答,你是个守约之人,可惜你的尘缘未了,我们无法再续前缘了,请你继续勤修苦练。说完又唱道:"身前身后事茫茫,欲说因缘恐断肠。吴越山川寻已遍,却回烟棹上瞿塘。"唱罢,牧童便隐入烟霞而去。后来,"三生石"成为代表前生、今生、来生,有情人生生相爱的象征物,到此跪求姻缘轮回者络绎不绝。另有传说,在曲阜九仙山上也有一块"三生石",此山乃掌管人间缘分的"缘池仙翁"的养道修行之圣地。而在江西三清山亦有一块"三生石",因大禹治水时与涂山氏家族的女儿"娇"联手在这里斗赤松子门下的玉鸡精,夜晚恩爱歇息之处而得名。更有说法,"三生石"是女娲娘娘补天遗下的沙粒聚沙成石,经日月精华照耀,通了灵性,生出两条神纹,将沙石隔成三段,象征天、地、人之意,女娲娘娘在沙石上添了一笔姻缘线,自此,凡三生石上有名者,便有三世情缘。

如果说"三生石"的故事过于神奇,那么"生死一知己,存亡两妇人"的故事则比较接近史实。这句话是"汉初三杰"之一的韩信墓前祠堂中的一副对联,它高度概括了韩信一生中重大的经历。"生死一知己",说的是韩信原本是项羽军中的一个执戟郎中,因屡次向项羽建言献计不被采纳,韩信转投刘邦。起初,刘邦只是给他一个管理粮草的小官,韩信很失望。一次偶然的机会,韩信与萧何相识,彼此交谈后,萧何对韩信的才能有了深刻的认识,屡次向刘邦推荐,但没能引起刘邦的重视。这段时间,不少汉军将士困在蜀地渴望东归,回到自己的家乡,逃走的人很多。韩信在不被重用的情况下,也离开了营地。萧何得知韩信出走,顾不上禀报刘邦,骑马连夜追赶韩信。本来是难以追上的,但神奇的是,当韩信骑马来到一个叫寒溪的地方时,溪水连夜暴涨,韩信被阻而不得渡,正巧被萧何追上。经诚恳劝说,他才与萧何回归,这才有了之后刘邦设拜将台,让韩信当大将军,率兵与项羽争夺天下之事。但刘邦得到天下后,疑忌韩信谋反,吕后与萧何商量,将韩信诱杀。这便是说韩信的生死都与萧何有直接关系。"存亡两妇人",说的是当年韩信在落魄之时,差点就饿死了,幸得一位水边洗衣的"漂母"给他提供食物,才保全了性命。韩信功成名就后,吕后与萧何用计将韩信骗到长乐宫,吕后历数韩信之罪就要杀他,韩信却对吕后说你杀不了我,因为皇上亲口应允过我"五不死",即见天不死、见地不死、见君不死、没有捆他的绳、没有杀他的刀。吕后就令人用芦席将韩信身体紧紧裹住,然后由宫女手拿竹签捅破芦席,将韩信活活刺死,以不违反皇上"五不死"的承诺。韩信这位统兵百万、战无不胜的战神,却惨死在吕后一个妇人之手,而被害的手段就是一个传奇。

世上真有些说不清、道不明,仿佛是上天刻意安排的神奇事。唐代诗人王维写过一首《老将行》:"少年十五二十时,步行夺得胡马骑……一身转战三千里,一剑曾当百万师……卫青不败由天幸,李广无功缘数奇……"年轻的卫青有着杰出的军事才能,他屡败匈奴并不是只靠天助,这是众所周知的事实。然而,老将李广的确运气不佳。诗人在此写到李广少年时就英勇善战,令匈奴闻风丧胆,他身经百战,被称为"飞将军",备受士兵爱戴,只可惜他每次征战虽备受艰辛却斩获不多,因而一直没有得到大的封赏。诗中还写到他老了被弃而不用,闲得种柳卖瓜。唐代诗人王勃在《滕王阁序》中也为此叹息:"嗟乎!时运不齐,命途多舛,冯唐易老,李广难封。"这恐怕就是人们认为的"命运捉弄人"吧。

《三国演义》中,也写到了两件巧合之事。一件是说袁绍兴兵讨伐董卓,孙坚积极响应,就在各路诸侯与董卓对峙时,孙坚军中有人发现一口井中闪着五颜六色的光。孙坚前去查看,从井底打捞上来一个妇人,虽然年代久远但尸身不腐,怀中抱着一个宝盒。孙坚命人打开来看,竟是当年秦始皇所造的传国玉玺。当时天下人皆知,谁能得到传国玉玺,则预示有真命天子之兆,现孙坚意外得之,便来向袁绍辞行。谁料这一消息走漏,袁绍当场向孙坚索要玉玺。孙坚拒不承认,为了让袁绍相信,发毒誓道:"我若得此宝,以后不得好死,他日死在乱箭之下!"时隔不久,孙坚跨江攻击刘表,起初打得很顺利,但孙坚求胜心切,中了对方诱敌深入之计,果然被乱箭射杀。这还没有完,后来,孙坚之子孙策为了东山再起,不得不将传国玉玺质押给袁术,借得精兵平定江东。然而,就在孙策想大展宏图之际,却在江边被仇家门客用毒箭射中,孙策最后也是毒发身亡,年仅二十六岁。另一件说的是庞统身死"落凤坡"。庞统才智与诸葛亮齐名,道名"凤雏",时人评价"卧龙凤雏,得一可安天下也"。庞统随刘备入川、攻打雒城时,发生了诸般蹊跷之事。起先,庞统坚持请刘备走大道,自己领兵走小路,进袭雒城。当刘备与庞统分兵出征时,庞统忽然被坐骑掀将下来，刘备以为他所乘的是劣马，就将自己的的卢白马与他换乘。庞统领着人马走到中途后，见山势陡峭、地形险恶，便询问哨探此地是何处，答曰"落凤坡"。庞统心中不禁"咯噔"一声，他名号"凤雏"，"落凤坡"不明显是块"克地"吗？还没等他想出应对之策，山林中埋伏的敌军人马就开始放箭。敌主将张任以为骑白马的是刘备，下令军士朝骑白马者齐射。庞统就这样在"落凤坡"谢幕，年仅三十六岁。

《水浒传》一开头就写到宋仁宗嘉祐三年瘟疫盛行，宋仁宗派钦差太尉洪信前往江西龙虎山，请张天师来朝祈禳瘟疫。洪太尉到达龙虎山上清宫道观后，发现天师不在观中。道士们说天师此时在山顶修炼，找天师必须虔诚步行上山。洪太尉养尊处优惯了，上山吃了不少苦头，又遇猛虎、巨蟒拦路，惊吓着实不小。洪太尉好不容易到了山上，遇到一骑牛吹笛小童，询问天师在哪儿，小童也没明说。洪太尉只得从山上返回宫里，道士们却说，那小童就是天师，此时已经动身入朝祈禳瘟疫去了。洪太尉游兴未尽，第二天在上清宫游玩，发现一处僻静宫殿，便问陪同的真人宫殿是做什么的。真人回答，是前代老祖天师锁镇魔王之殿。洪太尉听了心中惊怪，逼迫道士们砸开"伏魔之殿"大铁锁，揭去层层镇魔封皮，进入殿中，又命人以火把点亮黑暗的殿宇，发现一个石碑，碑碣上正面是龙章凤篆、天书符箓，无人识得，背面写着"遇洪而开"四个真字大书。洪太尉好奇心使然，不顾道士苦苦劝阻，命人先将石碑放倒，再向下挖掘，见到一片大青石板。洪太尉让再掘起来，真人又苦劝"不可掘动！"太尉不肯听从，遂让众人将石板扛起，石板底下露出一个万丈地穴。只见穴内一阵响动，一道黑气从穴内滚将起来，掀塌了半个殿角，那道黑气直冲上半空中，散作百十道金光，往四面八方去了。这便是"张天师祈禳瘟疫，洪太尉误走妖魔"的故事。而这百十道金光，就是后来在水泊梁山聚义的三十六天罡星、七十二地煞星,共一百零八条好汉。洪太尉逆天而行、破坏天数,终于给大宋带来了一场大祸,而聚义的一百零八条好汉结成奇缘,风风火火闯九州,各自演绎了一段段精彩的英雄故事。

历史演义小说《说岳全传》对书中的主要人物大都进行了虚构神化。例如抗金名将岳飞,史上确有其人其事,但在《说岳全传》中,岳飞的前世为佛祖驾前护法大鹏金翅鸟。一日,佛祖讲经之时,女士蝠不雅之举惹怒大鹏鸟,大鹏鸟认为女士蝠当庭放屁有辱佛祖,一怒之下飞起啄死女士蝠。佛祖因大鹏鸟造下杀业,故将其贬下凡尘即转世为岳飞。金兀术在历史上亦有其人,为金太祖完颜阿骨打第四子,而在《说岳全传》中,他被渲染成上界赤须龙,被派下临凡间的原因是宋徽宗在元旦祭天时错把"玉皇大帝"写成了"王皇犬帝",玉帝以为其不敬,一怒之下说了句"王皇可恕,犬帝难饶!"为惩罚宋徽宗,玉帝派赤须龙下凡,降生于北地女真国黄龙府内,让他后来进兵中原,搅乱大宋江山。岳家军大将牛皋,在书中被描述为财神赵公明坐下的黑虎转世,后来他在赵公明和阎王的暗助下,捉住了金兀术。岳云、张宪也被描述为上界雷部正神将官临凡,辅佐大鹏金翅鸟中兴宋室江山。那个被大鹏鸟啄死的女士蝠转世后,成了秦桧之妻王氏,为报前怨又献"莫须有"之计,将岳飞害死在风波亭。由此可见,生生死死、打打杀杀皆有剪不断、理还乱的种种缘故,其间又充满了曲折离奇,这也是古典文学作品的一大特点和艺术魅力吧。

善恶报应有因缘。"善有善报,恶有恶报","善恶到头终有报,只争来早与来迟"。弃恶扬善在中国传统文化和儒教文化中,都是一个非常重要的思想主张。围绕这一思想主张的因果报应说,在历史典籍、文学作品和经典故事中多有表现,读来令人掩卷深思。

《晋书·毛宝传》中讲到晋咸康年间,豫州刺史毛宝在武昌驻扎时,有一军人在街上买了一只白龟,有四五寸长,养着它渐渐长大后,把它放入江水中。邾城一战失败时,养龟的那个军人跳入江水中,觉得踩在一块石头上一样,仔细一看,原来是先前所养的白龟,有五六尺长了。白龟把他送到江对岸,于是他得以逃生。明代马中锡在《中山狼传》中提到"昔毛宝放龟而得渡,隋侯救蛇而获珠",就是引用了这一典故。

《后汉书·杨震传》中有一个"衔环"的典故,说的是杨震的父亲杨宝九岁时,在华阴山北见一只黄雀为老鹰所伤,坠落在树下,为蝼蚁所困。杨宝怜之,就将它带回家,放在木箱中。黄雀只吃黄花,百日之后养好伤、羽毛丰满,杨宝就将它放飞。当夜,有一黄衣童子向杨宝拜谢,并告诉他说:"我是西王母的使者,君仁爱救拯,实感成济。"黄衣童子衔来白环四枚赠予杨宝,又说道:"它可保佑君的子孙位列三公,为政清廉,处世行事像这玉环一样洁白无瑕。"后来,果如黄衣童子所言,杨宝的儿子杨震、孙子杨京、曾孙杨赐、玄孙杨彪四代都官至太尉,并且都刚正不阿、为政清廉,美德为后人所赞颂。"衔环"与"结草"两个典故又组成了"结草衔环"的成语,比喻感恩报德、至死不忘。

《搜神记》中讲述了一则"蚁王报恩"的故事,说的是吴国富阳有一个叫董昭之的人,一次乘船过钱塘江,看见江中一截芦苇上爬了一只蚂蚁,样子非常恐慌。董昭之想把蚂蚁救上船来,但遭船上人反对,他就要了绳子将芦苇系在船边,船靠岸后,蚂蚁得救。当天晚上,董昭之梦见一个穿黑衣服的人,带领上百人前来致谢,并说它是蚁王,不小心坠入江中,幸得恩公相救。今后,如你遇到什么危难之事,可以告诉我。多年之后,董昭之所住地区闹盗贼,他被人诬陷以盗贼头目之罪关进狱中。董昭之想起了蚁王之言,但又不知如何与蚁王联系。同一牢房之人告诉他,你只要找到几只蚂蚁,放在手掌上对它们说一说即可。董昭之依言而行,果然,晚上又梦见了黑衣人。黑衣人对他说,你尽快逃到余杭山里去,现在天下大乱,过不了多久,朝廷就会发布赦令。董昭之醒后,蚂蚁已将枷锁咬断,于是,他便逃出狱中,躲到余杭山里。不久,朝廷大赦天下,董昭之也得以免罪。

《晏子春秋·内篇·杂上》中记载了这样一个故事。齐国有个叫北郭骚的人,靠结兽网、编蒲苇、织麻鞋来奉养他的母亲,但难以维持生活。于是,他到晏子门上求见晏子予以帮助,晏子让人把仓中的粮食、府库中的钱物拿出来分给他,他谢绝了金钱而收下了粮食。过了不久,晏子被齐君猜忌,欲逃往国外,经过北郭骚的门前向他告别。北郭骚恭敬地迎出来,并以好言相劝。待晏子离开后,北郭骚对朋友说,我心悦诚服地相信晏子,我曾向他求得粮食奉养母亲,如今,他受到猜忌、面临危难,正是我应该报答他的时候!北郭骚穿戴好衣冠,让他的朋友拿着宝剑、捧着竹匣跟随在后。走到朝门前,他对负责传事的官吏说,晏子是名闻天下的贤人,他若离齐,齐国必定遭受侵犯,与其看到国家遭到灾难,倒不如先死罢了,我愿把头托付给您来为晏子洗清冤诬。说完,拿过宝剑自刎而死。他的朋友将其头颅盛于竹匣交给了那个官吏,也自刎而死。齐君听说这件事,大为震惊,亲自乘车将晏子追了回来。

《史记·范雎列传》中记载了范雎和魏齐的故事。范雎本是魏国人,少年时期卓有才识,为实现心中抱负,周游列国,但没有遇到被重用的机会,只好回到魏国,投奔到魏国大夫须贾门下。有一次,范雎跟随须贾出访齐国,齐襄王得知范雎很有才能,便派人赠予他重金与美食,而使须贾受到冷落。须贾因嫉妒范雎,回到魏国后,就向魏国丞相魏齐告密,诬陷范雎通敌叛国。魏齐也不核实情况,便派人将范雎抓来,打断他肋骨,捣碎他牙齿,用席子将他卷裹后扔到厕所里。范雎无奈装死。魏齐仍不解恨,竟让醉酒的客人轮流在范雎的"尸体"上撒尿。之后,范雎趁四下无人,说通看守郑安平。在郑安平的帮助下,范雎的"尸体"被扔到野外,又被出使魏国的秦国使者王稽悄悄带到秦国。范雎改名张禄,设法见到了秦昭王。秦昭王了解到范雎的才能,将他任命为秦相国。他向秦王献远交近攻等计,使秦国迅速走向强大。后来,秦国攻打魏国,魏王派须贾出使秦国,须贾到了秦相国府上,才知道张丞相即是范雎,顿时吓得浑身瘫软、磕头不止。范雎令人将他押到后院,酒席桌上别人盘子里都是珍馐美食,而须贾盘子里放的却是牲畜吃的草料。在侍卫的逼迫下,须贾不得不往嘴中硬塞草料。之后,范雎怒斥须贾之罪,并让他回去给魏王带话,急送魏齐的头颅来,否则,就攻陷魏都。魏齐得知消息后,四处逃难,但其他国家都怕惹祸上身,不愿接纳魏齐。魏齐在走投无路时,只得引刀自尽,头颅被送到了秦国。这就是恶有恶报的下场。

《资治通鉴》中有一则"请君入瓮"的典故,说的是唐朝女皇武则天,为了整治那些议论和诋毁她的人,任用了一批酷吏,经常采用逼供信手段,构陷他人罪名。其中,有两个最为狠毒,一个叫周兴,一个叫来俊臣。他们发明了各种惨无人道的刑罚,逼迫被告人招供,杀害了许多正直的朝中官员和平民百姓。有一回,武则天收到了一封告密信,内容竟是告发周兴与人联络谋反。武则天大怒,责令来俊臣负责严查此事。来俊臣心想,周兴是个狡猾奸诈之人,仅凭一封告密信,是无法让他说出实话的。但万一查不出结果,女皇怪罪下来也是担待不起。苦思良久后,他想出一条妙计。这一天,来俊臣在家中准备了丰盛的酒席,请周兴来赴宴,两人喝得很是欢畅。这时,来俊臣搁下酒杯,叹了口气说,兄弟我平时办案,常遇到一些犯人死不认罪,不知老兄有何办法让其开口?周兴以为来俊臣是请教自己,就得意地说,这好办呀,你找一个大瓮,四周用炭火烧烤,然后让犯人进到瓮里,还有什么样的人能挺过去而不招供呢?来俊臣连连点头称是,随即命人抬来一口大瓮,按周兴所说,在四周点上炭火,然后回头对周兴说,有人密告你谋反,上边命我严查,对不起了,现在就请老兄自己钻进瓮里去吧!周兴听了魂飞魄散,慌忙跪在地上求饶,并胡编乱扯交代自己的谋反罪行。最后,按他的招供,他被处死。这一成语后来用来比喻用某人整治别人的办法来整治他自己。

清代纪晓岚在《阅微草堂笔记》中讲过这样一则故事。雍正年间,苏斗南先生在白沟河边的酒店里见到一个朋友。这个朋友一边喝酒,一边发牢骚,讲什么"天理不公、善恶无报"的话。这时,有一位神秘人物进来,对他说道,你埋怨世间因果不能实现吗?请你想一想,好色之徒,必然得病;嗜赌之徒,必然输贫;抢劫之徒,必然被抓;杀人凶手,必然抵命。这些都是因果报应啊。当然,同是好色,禀性有强弱之分;同是好赌,手段有高下之别;同是抢劫,有首恶与胁从之差;同是杀人,有故意与误杀之分。那他们的报应,自然应该各有区别。即使是报应,有的是功过相抵,有的是以明显的方式得报,有的是以隐晦的方式得报。有的人,福报未尽,须待他日再来报。势不能齐,理宜别论,这是非常玄奥精微的现象,需要认真体察和印证。你未得真知,妄言天道不公,说话太不谨慎了。就从你本人来讲,你的命中,应做到七品官,但由于你工于心计、趋炎附势,上天将你削为八品。你从九品升为八品时,心中暗喜,自以为得计,殊不知,因你品行不正,本来是升七品的反而神将你削降下来了!接着,那位神秘人物又对其耳语一番,那人吓得满身是汗,忙问道,我所想和所做的这些事,你怎么都知道啊?那位神秘人物笑说着,人在做,天在看,人之所为,神灵尽晓,岂我独知!说完,出门上马走了。这个喝酒的朋友哑口无语,方知善恶有报、因果不虚。

蒲松龄在《聊斋志异》中也讲到了一个善恶有报的故事,说的是山西某县李姓人家,有一位书生叫李玖,为人憨厚老实,心地特别善良。有一次,这个书生去集市买酒,返回路上,忽然刮起了一阵怪风。那怪风打着旋儿朝书生而来,于是,书生朝着那旋风恭敬地洒了一杯酒,旋风竟一下子消失了,书生见状又鞠了一躬,这才继续往家走。过了数日,书生外出办事,路遇一位黑衣人。黑衣人客气地对他说,公子外出多有劳累,我家主人已备好饭菜,特请公子前去做客,不要推辞。书生感到很奇怪,本不想去,但黑衣人一再邀请,书生出于好奇就跟着黑衣人去了。刚进屋,书生便看见不远处的木门之上一女子被钉了手脚,痛苦万分。书生定睛一看,那女子竟是自己的嫂子。书生心想,嫂子前些时日手臂长了毒疮,令她痛不欲生,终日躺在床上,怎么出现在这里呢?待进了正殿,书生才知道这里是阎王殿。阎王客气地对他说,公子不必担心,只因你前些时日在野外曾用美酒祭地,为了表示答谢之意,特备酒宴请你一饮。书生这才想起买酒遇旋风之事。酒毕,书生跪请说,适才进屋看到我的嫂子被钉了手脚,心中很是不忍,还望大王施仁心放过她吧。阎王道,你嫂子做恶事太多,她为人蛮横无理、心肠歹毒,你哥的小妾生子之时,她竟趁机将针扎在小妾肚子里,如今那小妾不仅不能生育,还经常肚痛难忍,这是你嫂子应得的惩罚!书生依旧苦苦哀求。阎王见此便说,你嫂子常行恶事,你回去之后必要劝她弃恶从善。书生当即应承并再拜阎王。书生出门时,那木门之上的女子已经不见。待回到家,书生听得嫂子正在刁难、辱骂哥哥的小妾,就走上去劝说,嫂子不依不饶、大骂不止。书生道,善有善报、恶有恶报,如今嫂子手臂长疮,可你知肚子扎针的痛苦吗?嫂子听言大惊,忙问因由,书生便将所遇之事说出。嫂子大为震动,自此痛改恶习,善待那位小妾,成了贤惠之人,手臂上的毒疮也慢慢好起来了。

诸般念想有个缘。 人的诸多念想都出于心,而心地高低、心境好坏、心中宽窄、心欲大小又与其身份、经历、环境、眼界、欲望等有不解之缘,不同的事会引起不同的念想,同一个地、同一件事在不同的人身上也会有不同的想法,个中缘由极其微妙和复杂。唐代大诗人李白在他晚期写过《秋浦歌十七首》,这是他游贵池秋浦所作,这时的李白因受谗言遭疏离开长安已经十年,国势岌岌可危,他自己宏大的抱负、志向难以实现,并且远离家乡、四处漂泊,眼见得渐渐老去,对长安、对家无尽的思念涌上心头。面对秋浦的景观,他触景生情,抒发自己的悲愤心境和满腔愁绪,"秋浦长似秋,萧条使人愁","正西望长安,下见江水流","秋蒲猿夜愁,黄山堪白头","何年是归日,雨泪下孤舟","两鬓入秋浦,一朝飒已衰。猿声催白发,长短尽成丝","白发三千丈,缘愁似个长。不知明镜里,何处得秋霜",真正是此情此景,"怎一个愁字了得"?当然,以李白的个性,他还是壮心未泯,渴望能有展示才华的机遇。在诗中,他亦写道:"醉上山公马,寒歌宁戚牛。空吟白石烂,泪满黑貂裘。"这里,他以山简、宁戚、苏秦自况,抒发了自身抱负、境遇和不平。从"白石烂"和"黑貂裘"这两个典故上,可以看出李白在长安失意于皇上,其实一直是他心中抹不去的隐痛。"白石烂"是宁戚在不得志时,抓住齐桓公出行的机会,牵牛叩角而歌时所唱的歌词,从而引起了齐桓公的注意,最终得到了重用。"黑貂裘"则是说战国苏秦在游说秦惠王失败后穷困潦倒的处境。李白再也难觅君王赏识的机缘了,因而他用极夸张的手法写到"白发三千丈",而为何白发有"三千丈"之长呢?个中原因就是"因愁而生"。读此诗既感动又同情,这就是晚年的李白,而不是曾经那个风华正茂、豪情万丈的李白了。

清代大文学家曹雪芹在《题石头记》中写道:"满纸荒唐言,一把辛酸泪。都云作者痴,谁解其中味!"曹雪芹在创作《红楼梦》这部不朽的古典名著时,可谓呕心沥血、饱经艰辛,甚至在家徒四壁、贫病交加的悲惨生活条件下,仍潜心创作而不停顿。难道他就是为了写大观园的卿卿我我、儿女情长、晨风夕月、阶柳庭花、园中琐事、闺阁闲情吗？难道他的一往"痴情"真的是写满纸"荒唐"之言吗？当然不是。曹雪芹所想所思所书，正是他曹氏家族由盛转衰的转变史，也是他个人命运由公子哥到落难人的辛酸史，个中缘由与苦衷，作者竭力隐瞒、难以言表，其中之"味"当由读者细细品之和深深挖掘。曹雪芹的祖上原为明朝的军官，在与满洲军队作战时被俘，成了满洲皇族的包衣，即奴仆。曹家也由此成了满洲旗人，属正白旗。清军入关后，曹家又成了清朝隶属内务府的家奴。曹家虽然是皇帝的家奴，身份低微，却也是皇帝身边最亲近的人。曹雪芹曾祖父曹玺的妻子孙氏给康熙帝当过奶妈。其祖父曹寅从小陪伴在康熙身边长大，当过康熙帝的伴读和御前侍卫。康熙帝即位后，曹玺被封为江宁织造，负责皇家在江南的采买，这显然是个肥缺。曹家一门三代四人，连续在江宁做了五十八年的织造官，形成了一个庞大的家族。所谓"烈火烹油，钟鸣鼎食"的豪门大族，即是曹府兴盛期的状况。康熙帝六次下江南，先后有五次都住在曹家，由他们负责接待，当然也造成数百万两银子的亏空。雍正帝即位后，追究起亏空的款项，曹家首当其冲。这些巨额欠款一时难以还清，曹家只得变卖家产，而新上任的盐政官为讨好雍正帝，上密折奏说曹家正在挪移家产、藏匿银子，以致雍正帝大怒之下令两江总督查抄曹家，并严拿重要人犯。曹家不仅资产被抄，也失去了朝廷信任和政治资本，自此家道衰落。曹雪芹出生不久，就经历了这场家族剧变，抚今追昔，想想人世间的兴亡浮沉、荣辱得失，他用滴血的心来写《红楼梦》。那荣宁两府由盛而衰，不正是他曹氏家族的真实写照吗？《红楼梦》的故事岂是"假语村言"，显然只是将"真事隐去"而已。这才是贾雨村、甄士隐、冷子兴等揭秘荣宁两府内情的真正个中缘由。而用女娲补天遗弃的一块石头，幻化成贾宝玉佩戴的"通灵宝玉"，更是联通了仙缘与尘缘的关系，这才有了贾宝玉这样一个鲜活灵动、既一般又不一般的人物形象,而这一形象是否隐藏着曹雪芹自身的个缘也未可知。

　　唯物史观认为,存在决定意识,社会存在决定社会意识。的确如此,人们的念想,包括许多深邃的思想,都是在本人亲身实践和经历的基础上深切体悟和深刻思索后而产生的。宋代大文豪苏轼在由黄州贬所赴汝州任团练副使时,经过九江游览庐山,在此写有《题西林壁》一诗:"横看成岭侧成峰,远近高低各不同。不识庐山真面目,只缘身在此山中。"这是一首诗中有画的写景诗,又是一首意蕴深厚的哲理诗,它不仅带给人们奇峰秀谷的自然美,也使人在登山中拓宽视野、敞开思路,寻觅到识得"庐山真面目"的奥妙。苏轼进入仕途后,卷入了新旧之法的争议,他在思想倾向和理政主张上更贴近保守派,反对王安石主导的变立新法,但他并不固执、偏激,也提出汲取新法中积极合理的成分,推动经济发展和体制变革,而这一主张为旧党所不容。苏轼在新旧两派斗争的旋涡中成为牺牲品,"乌台诗案"、"贬居黄州"让他陷入人生低谷。而这时登上庐山,再回望朝中那些扑朔迷离的政局,作为一个"旁观者",他似乎想得更明、看得更清了。实际上,变法也好,不变也罢,都有合理因素,也有种种局限,两者本可以相互通融、相互补充、相互支持,却固执己见、各不相让,争得乱局丛生,斗得你死我活。为什么出现这种局面呢?这便是两党为了自身主张和各自利益,身在朝局之中,陷入当局者迷的困境。苏轼此时已被排挤出政治中心,他以异常的政治清醒和客观的思辨认识,找到了个中缘由。然而,谁能听取他的意见、接受他的规劝呢?这也是历史的一种悲哀吧。

　　汉语中还有一句"位置决定想法"的流行语,意思是说,当你坐在什么样的位置上,脑子里就会有与之相应的想法。历史上,秦始皇与汉武帝,即"秦皇汉武",都是有雄才大略之主,他们的文治武功堪称超一流。秦始皇横扫六合、统一中国,开创了大秦独霸天下的伟业;汉武帝歼灭匈奴、开疆拓土,展示了大汉威震四方的雄风。在国力强盛、呼风唤雨,拥有皇权、土地、佳丽、珍宝、林园、宫殿等,尽享尊荣富贵的情况下,他们所想所求又是什么呢?是长生不老、万寿无疆。秦始皇为寻找长生不老之药,曾三次东巡,并指派徐福携带三千童男童女渡海寻药,尽管"忽闻海上有仙山,山在虚无缥缈间",但他宁可信其有,也不愿放弃那梦寐以求的幻想。汉武帝执政晚期,为追求长生不老之法,笃信方术,被一个叫李少君的道士忽悠,召进宫中为他修炼仙丹。仙丹未能炼成,汉武帝却被骗得五迷三道,在政治上作出了许多错误的决定,甚至因"巫蛊之祸"废了太子刘据,逼得刘据出逃最后自杀而死。

  大千世界,人有百态。不同的人有不同的想法、不同的需求。吉林北山公园内,九龙飞瀑的脚下有个"投缘池",四周有六块棋子形状的石头,上面分别写着财、禄、寿、仕、福、喜。如果想结"财缘",就站在"财"字的石头上,向铜钱眼里投钱,投进去了,就预示着财源滚滚;如果想结"寿缘",就站在"寿"字的石头上投钱;如此等等。在一些寺观庙宇之中,也有求"官缘"、"财缘"、"姻缘"、"子缘"、"运缘"之说。每一个人的价值追求和心理想法不一样,所求之"缘"亦不尽相同。清代红顶商人胡雪岩在经商生意做得风生水起之时,又做起了政治投机生意,他多次出手援助清军大将左宗棠,特别是在左宗棠率大军西征时,胡雪岩筹措数额巨大的军饷并予以源源不断的后勤支援,使左军西征顺利进行并取得辉煌战绩。左宗棠当然对胡雪岩的鼎力相助给予了回报,他在历次奏章中,盛赞胡雪岩"实属深明大义不可多得之员","其急公好义,实心实力,非寻常办理赈抚劳绩可比","实与前敌将领无殊"。左宗棠在指挥西征新疆军务期间,询问过胡雪岩想有个什么荣誉。胡雪岩托人去谒见左宗棠,提出"想请朝廷赏穿黄马褂"。黄马褂历来只有皇帝身边的侍卫、扈从和立有殊勋的大臣方能穿得,并且都是皇帝主动赏赐,主动索求断无先例。左宗棠思考再三,列举胡雪岩九条功绩,请求朝廷破格优奖,赐予胡雪岩黄马褂。朝廷竟然准奏了。以此足见胡雪岩与常人想法的不同之处。

至于因存有种种欲望、想法,不能脱离尘缘者,亦大有人在。唐代白居易与自远禅师有深厚交往,他在赠给自远禅师的诗中就写道:"宦途堪笑不胜悲,昨日荣华今日衰。转似秋蓬无定处,长于春梦几多时。半头白发惭萧相,满面红尘问远师。应是世间缘未尽,欲抛官去尚迟疑。"意思是说,虽然宦途艰难、荣辱天定,不比一场春梦更长。他问自远禅师,我头发都半白了,却还是满面红尘,也许是我的尘缘未了吧,因此,让我辞官去出家,我还是犹疑难以做到。世间还有一些更稀奇古怪的想法,《孟子·梁惠王上》中就写了一个"缘木求鱼"的典故。想爬到树上去找鱼,岂能达到目的?这是方向错了,只能适得其反。《南柯太守传》记载了一个"蚂蚁缘槐"的典故。一个名叫淳于棼的人梦见自己当了大槐安国的南柯太守,一时好不威风,醒来方知是一场大梦,所谓大槐安国,不过是老槐树下的蚂蚁窝而已。这种人自以为了不起,然而其想法却不切实际,到头来只是竹篮打水一场空。有此类空想的人当引以为戒,不为各种欲望所迷,淡泊名利,做一个随缘而安之人吧。

"竹"君是个好朋友

很小的时候,听长辈们讲过一个传奇故事。一位志士不满朝廷的昏庸统治,蓄志推翻王朝。他跋山涉水、求仙拜道,道术学成后,遂携家人隐居在一个偏僻的山洼里。他盖了几间竹屋,门前挖了一个池塘,门后圈起一个院落,院子里栽满了青竹。然后,这位志士一心一意在院子里修炼,每当夜晚,院子里似乎有风鸣马嘶、刀枪击撞之声,正是志士在排兵布阵。没承想,就在他夜以继日紧张修炼之际,忽然得了一场重病,眼见性命不保。他临死之前嘱咐妻子和刚满九岁的儿子,在他死后,将其裸身葬在门前池塘里,大门楣上镶嵌的一只黑狗不得移动,后院的门自此不要打开。待三年六个月之后,他就会重新入世,率领兵马推翻腐朽的王朝。志士死后,妻子按照他的吩咐去做,但不忍其赤条条入水,就在尸身上套了一条白色短裤。自此之后,妻子带着孩子居家度日,很快就挨过了三个年头。孩子渐渐长大,单独住在偏房,而离奇的事接踵而至。每当夜深人静,孩子入梦之时,就仿佛乘上一条竹龙腾云驾雾,不知飞了多久,落在江南一个繁华的夜市,他用身上所带的两枚钱买吃买喝买玩具,只要每次花上一枚,第二日又会生出一枚新钱,照样还原成两枚。孩子尽情潇洒后,又会乘竹龙返回。起初,孩子不以为意,只当是在梦境中,但醒后不仅那些繁华场景记忆犹新,就是从夜市上买过的东西也真的会出现在屋子里,再看看床边,一条编扎的竹龙身上似乎还有露珠、雾气散发,嘴中仍留有果品的余香。孩子寻思,一定是父亲在天之灵暗中护佑所致,于是并未声张出去。一日,孩子的舅舅来探望,发现屋中有许多稀奇的物品。再三追问下,孩子说是在江南的一个夜市上买的。舅舅哪里肯信,孩子就让他夜深时验证。果然,当舅舅抱住外甥骑上竹龙、闭上眼睛时,只听得耳边呼呼风啸声,待外甥说声"到了"时,他睁眼一看,灯火璀璨、人头攒动,琳琅满目的商品使他挪不开步子。外甥见舅舅如此,便从口袋里掏出两枚钱,告诉他一次只能花一枚,千万不要一次用光,如人流拥挤两人走散,天亮前务必赶到彩虹桥头会合。舅舅心不在焉地答应了。一会儿,两人真的走散,舅舅并未在意,他看到一家酒肆点心诱人,忍不住掏出一枚钱来,但店家说至少两枚钱方能买得,于是,他索性将两枚钱都付给店家。待到夜半人流散尽时,他才想起要和外甥会合,却把"彩虹桥头"记成了"财神桥头",走岔了路。外甥久等不见舅舅,只好自己乘竹龙返回。舅舅找不到外甥,口袋中钱也花光,无奈之下一路乞讨,吃尽苦头才返回家中,他迁怒于外甥将自己丢弃,就打起了歪主意,先悄悄藏起了外甥的竹龙,又假借算卦先生之口,让妹妹铲掉门楣上镶嵌的黑狗,接着又说后院门应打开,通风透气。就在开门的一瞬间,院子里飞出无数竹箭,穿堂而过,直冲云霄。官府发现异常,忙用月光镜扫视,而原来"黑狗遮月"的作用已失,月光镜照出了院子似有千军万马。官府急忙派兵前往,用火点燃竹林,竹子遇火燃爆,每节之中尚有"竹人竹马竹刀枪"。官兵又发现门前池塘水花翻腾,便找来水车抽干塘水。当塘底露出时,一条蛰伏的白龙腾空而起,但因尾部被白布缠绕,白龙腾空不远便下坠地面,接连九次飞、坠后,眼见快到江边,官兵在高人指点下立起一木柱,白龙见柱即盘旋而上,被官兵乱箭射杀,白龙坠落之地留下了一字排开的"九龙潭"。后来,有人用"三年好过,六月难熬"比喻这次行动功亏一篑。

上述文字只是一个神奇的传说,但关于竹子的神奇故事确实不少。晋代张华的《博物志》中提到斑竹的故事。相传,舜帝得知南方有恶龙肆虐,经常造成洪水泛滥、祸害百姓,舜便决心乘南巡之机,除掉恶龙。舜帝虽成功斩杀恶龙,但受到瘴气侵染,病死在苍梧。舜帝有两个妃子,分别叫娥皇和女英,见舜帝久无音信,很是担心,于是,不顾路途遥远南下寻找。她们到达湘江边时,得知了舜帝病逝的噩耗,恸哭不止,滴滴清泪洒在岸上的竹子上,留下了斑斑泪痕。两人祭奠舜帝后,一齐投江殉情。后人为纪念娥皇、女英二妃,将斑竹称为"湘妃竹",这些湘妃竹主要集中生长在洞庭君山岛上。唐代诗人高骈曾写有《湘浦曲》:"虞帝南巡去不还,二妃幽怨水云间。当时血泪知多少?直到而今竹尚斑。"唐代刘禹锡亦写有《潇湘神·斑竹枝》:"斑竹枝,斑竹枝,泪痕点点寄相思。楚客欲听瑶瑟怨,潇湘深夜月明时。"

相传,远古时代凡间是没有竹子的,竹子只生长在王母娘娘的御花园中。竹子俊秀挺拔、青翠欲滴的外形深受王母娘娘和众神仙的喜爱,王母娘娘特意安排一位叫清秀的侍女照料仙竹,清秀每日用仙霖甘露滋润仙竹,竹林越发显得郁郁葱葱。清秀是个勤快朴实的女子,她并不羡慕天宫神仙岁月,反而向往人间平凡生活。有一次,王母娘娘举行蟠桃会,众神频频向她敬酒,王母娘娘多饮了几杯,便起了醉意。侍女们急忙扶她休息,这一醉得有好几天时间。有道是"天上一日,地下数年",清秀见此机会,便决定下凡到人间走一遭,但总不能空手而去呀,于是,她就在御竹园里拔了几根仙竹,就这样把竹子带到了人间。

以上只是竹子美丽的传说而已,其实,大自然界早就有竹子的存在。它是高大乔木状禾草类植物,世界上竹类植物约有七十多属、一千二百多种,主要分布在热带及亚热带地区,少数竹类分布在温带和寒带。中国是竹子的故乡,早在有文字记载前,就已有种植竹子的实践。中国竹类占三十多属、五百多种,竹林面积在世界上独一无二。竹的种类,按繁殖类型可分为丛生、散生和混生三大类;按竹秆外形分有毛竹、细竹、棕竹、圆竹、方竹、箭竹、斑竹、楠竹、麻竹、罗汉竹、凤尾竹等;按颜色分有青竹、紫竹、黄竹、墨竹、银丝竹、红壳竹、山白竹、绿篱竹等。古人因喜竹,送给了竹子许多别称和雅号,如玉干、玉竹、玉管、龙种、绿玉、绿卿、义竹、此君、竹郎、青士、郁离、明玕、碧虚郎、潇碧、紫玉、不秋草、篁等。中国四大名竹为金镶玉竹、佛肚竹、茶竿竹、紫竹。

竹子适应性强,繁殖茂盛,有顽强生命力,尤其在春天雨后生长特别迅速,代表着蓬勃向上的生机活力。竹子挺拔修长,四季常青,能够傲雪凌霜,有坚韧不屈的意志品质。竹的谐音为"祝",蕴含祝福吉祥如意之意。竹子通常成片生长,外直中空,有质朴无华、虚怀若谷的雅量。竹的主干有"节",是保持气节和节节高升的象征。因此,古人对竹有特别的偏爱,将它与梅、兰、菊并称为"四君子"。有人总结竹有"十德":竹身形挺直,宁折不弯,曰正直;竹虽有竹节,但节节攀高,曰奋进;竹外直中通,虚心包容,曰谦逊;竹有花不艳,素面朝天,曰质朴;竹一生一花,死亦无悔,曰忠贞;竹临风玉立,峻拔大气,曰卓尔;竹生而成片,聚而成林,曰善群;竹质地坚硬,用之成器,曰性坚;竹化作符节,初衷不变,曰操守;竹载文传世,任劳任怨,曰担当。

古人爱竹、咏竹、写竹、画竹,对竹寄予了丰富的情感和莫大的期望。杜甫有诗曰:"无言无语晚风中,淡泊一生甘始终。莫道风流难与共,千古高风有谁同。"刘禹锡写诗道:"露涤铅粉节,风摇青玉枝。

依依似君子，无地不相宜。"杜牧题新竹诗："数茎幽玉色，晓夕翠烟分。声破寒窗梦，根穿绿藓纹。渐笼当槛日，欲碍入帘云。不是山阴客，何人爱此君。"才女薛涛亦有诗云："南天春雨时，那鉴雪霜姿。众类亦云茂，虚心宁自持。多留晋贤醉，早伴舜妃悲。晚岁君能赏，苍苍劲节奇。"不仅文人以竹抒发情思，民间也常用竹喻事、以竹明理。例如带"竹"字的歇后语就有：竹篮子打水——一场空，城门里扛竹竿——直来直去，竹篓里捉螃蟹——手到擒来，黄河里插竹竿——浪里拔尖，顺着竹筒往外看——一孔之见，捡到竹筒当箫吹——死心眼儿，竹竿上晒衣服——无牵无挂，爆竹捻的脾气——一点就着等。含"竹"字的成语也不少：势如破竹，比喻作战或工作节节胜利、毫无阻碍；著于竹帛，指人在竹简和绢上写作，后泛指把事物或人的功绩等写入书中；竹烟波月，指雾气中有竹林和月照下的波纹，比喻月光下优美的景色；竹径通幽，指深远僻静之处；竹苞松茂，比喻家门兴盛，也用于祝人新屋落成；柳门竹巷，指幽静俭朴的住宅；朽竹篙舟，比喻做事的工具或条件不佳，难能成就；等等。

除文化价值外，若论梅、兰、竹、菊"四君子"的使用价值，毫无疑问，竹的使用价值更为广泛，人们的物质生活和精神生活都对竹有着很高的需求。我们可以来探讨一番。

居家出行离不开竹。竹子用于建筑的历史久远，人类从巢居和穴居向地面房居演进过程中，竹子就被人们重视和利用。考古发现，在新石器时代晚期的遗址上，已经有用竹作建筑材料的碳化竹片。三皇五帝时期，已经有茅草芦苇作顶、未经加工的竹子作椽的简陋住房。舜在修补仓房和顶部时，还有靠两只斗笠作翼飞下的故事。商朝初期，在它的北方出现了一个诸侯国称孤竹国。孤竹国不仅拓展了竹子的使用功能，而且走出了两位圣贤，即伯夷和叔齐。他们兄弟俩是孤竹国国君之子，因互相谦让君位，相继出逃。后来，他俩隐居在首阳山,拒绝食用"周粟",最终活活饿死。后人尊奉二人为圣贤。秦汉时期,竹子不仅用于建房,还用于营造园林,秦始皇建"上林苑"、汉武帝建"甘泉宫",都大量地使用了竹子。

　　历代高士名人中,有许多人喜欢择竹而居。楚国屈原在《九歌·山鬼》中就写道:"余处幽篁兮终不见天,路险难兮独后来。表独立兮山之上,云容容兮而在下。"意思是说,我处在幽深竹林中不见天日,道路艰险难行独自来迟。孤身一人伫立高高山巅,凭漫漫浮云在脚下流动。诗人明面是写女巫接山鬼姑娘的场景,实则在表达他清白高洁、遗世独立的心理活动。魏晋时期,正是风云际会、权力纷争的动荡时代。当时有七个出身不同、经历不同、思想倾向却趋同的人,即嵇康、阮籍、山涛、刘伶、阮咸、向秀、王戎,他们都是饱学之士,但有的弃官不当,有的屡召不仕,有的不攀高枝,全然不顾世俗的眼光,无拘无束,放浪形骸,经常聚在竹林里面喝酒,酒后吟诗作赋、纵情放歌,高谈阔论、直抒胸臆。实际上,他们是受魏晋玄学的影响,在选择一种避世的潇洒飘逸之风,隐晦曲折地表达自己的思想感情。他们的作品继承了建安文学的风格,诠释魏晋玄学的精髓,对当时和后世社会风尚产生了不小的影响,后世便将此七人称为"竹林七贤"。

　　晋永和九年三月,时任会稽内史的王羲之与友人在会稽山阴的兰亭雅集,饮酒赋诗。王羲之记述这一盛事时,就在《兰亭集序》中写道:"此地有崇山峻岭,茂林修竹。"文人雅士们置身此间,尽抒情怀与风采,留下了千古不朽之作。王羲之爱兰爱鹅亦爱竹,这从他的居所环境看显而易见。如今,兰亭修竹仍给人以清雅幽静、惠风和畅的深切感染。据《晋书·王徽之传》记载,王羲之的儿子王徽之,为人高雅,生性喜竹,他与竹子也留下了不少典故。王徽之有一次外出,经过吴中,得知一位名士家中有个很好的竹园,就打算前去拜访。竹园主人早知王徽之大名,就吩咐家人打扫厅堂,虚以待客。可是,王徽之到达后却不去厅堂,径直到竹林欣赏,在其中逗留了很长时间,之后就准备离开。主人久等王徽之不见,又知他竟然要扬长而去,感觉很失望。于是,派人将大门关上,真诚挽留王徽之到厅堂一叙。王徽之这才移步过来,与主人相谈甚欢。唐代诗人王维后写诗引用这一典故:"到门不敢题凡鸟,看竹何须问主人?"王徽之对竹的喜爱近似痴狂,有一段时期,他曾暂住在别人的空宅子里,刚进宅院,便令人去种竹。有人不解地问,这个宅子只是暂时借住,何必这样麻烦呢?王徽之啸咏良久,指着竹子说,怎么能一日无此君呢?后来,宋代陆游引用这一典故入诗:"未尝一日可无竹,似是前身王子猷。"子猷,是王徽之的字。其实,陆游也非常爱竹,他在《秋怀十首》中写道:"我非王子猷,赋性亦爱竹。舍外地十亩,不艺凡草木。长吟杂清啸,触目皆此族。更招竹林人,枕藉糟与曲。"他晚年常去的沈园也栽种着大片竹子。

　　唐代著名诗人王维,早年聪慧,知名度很高,三十岁状元及第,历任右拾遗、监察御史、河西节度使判官、吏部郎中、给事中等职。安史之乱时,身陷长安,被迫受伪职。长安收复后,他侥幸没有问罪被杀,但被贬为太子中允,后来又做到尚书右丞。曲折的经历,使他转而参禅悟理、学庄信道,之后干脆过起了隐居生活。他的文学成就很高,尤擅长山水田园诗,以清新淡远、自然脱俗的风格,创造出一种"诗中有画"、"画中有诗"、"诗中有禅"的意境,因而有"诗佛"之称。王维隐居之地,有成片的竹林,这便是他喜欢清静闲适生活的真实写照。他在《辋川集·竹里馆》诗中写道:"独坐幽篁里,弹琴复长啸。深林人不知,明月来相照。"意思是说,自己独自坐在幽深的竹林里,一边弹着琴,一边发出长长的啸声(有的也说成是吹口哨的声音),竹林深处清幽寂静无人知晓,只有天上的一轮明月照耀着自己。这是一个宁静环境的自然描绘,也是一种淡泊明志的心情表达。王维还有一首很有名的《山居秋暝》诗:"空山新雨后,天气晚来秋。明月松间照,清泉石上流。竹喧归浣女,莲动下渔舟。随意春芳歇,王孙自可留。"诗中不仅表达了自己对山居清新生活的热爱,还委婉地规劝那些贵族子弟,放弃声色犬马、花天酒地的应酬,到自然风光中去徜徉、陶冶自己的情操。

宋代大文豪苏轼的故乡四川眉山盛产竹子,爱竹的情结非同一般。他爱竹、写竹、画竹、咏竹,尤善以竹喻人喻事喻理。实际上,这也是他在曲折坎坷的人生经历中,保持气节、不屈不挠、淡然自若、随遇而安的一种精神寄托。他在出任杭州通判时,与僧人慧觉游绿筠轩,写下了"宁可食无肉,不可居无竹。无肉令人瘦,无竹令人俗。人瘦尚可肥,士俗不可医。旁人笑此言,似高还似痴。若对此君仍大嚼,世间那有扬州鹤?"诗的前两句流传甚广,也成了高洁君子精神品格的一种象征。苏轼在徐州、黄州时,作过两幅画,即《枯木竹石图》和《潇湘竹石图》。两幅画均有萧条沉郁之感,更有苍劲挺拔之态,意在表达他虽然政治上郁郁不得志,但意志并未消沉,淡然的心态亦可让他融入自然的天人合一之中。苏轼在被贬黄州后的第三个春天,一次饮酒醉归途中遇雨,拿着雨具的仆人先前离开了,同行人都觉得很狼狈,而他却不这么觉得。天放晴时,他作了一首《定风波》词:"莫听穿林打叶声,何妨吟啸且徐行。竹杖芒鞋轻胜马,谁怕?一蓑烟雨任平生。料峭春风吹酒醒,微冷,山头斜照却相迎。回首向来萧瑟处,归去,也无风雨也无晴。""竹杖芒鞋"是苏轼喜欢的平民生活样式,他也经常使用而毫不在意"肥马轻裘"的贵族生活。他写这首词时正处在逆境困难之中,但那种不畏惧、不颓丧的倔强品性和旷达胸怀尽在词义表达之中,特别是"何妨吟啸且徐行"、"一蓑烟雨任平生"、"也无风雨也无晴"几句,是一种任凭风吹雨打、我自宠辱不惊的高尚人格境界的思想升华,读来令人深思、赞叹。

清朝有一位著名的书画家、文学家叫郑板桥,乾隆年间,做过山东范县、潍县县令。他深知民艰,同情百姓,为官十年为民做了不少好事。在潍县任上时,他的居所栽种有竹子,为此,他曾作一首题画诗:"衙斋卧听萧萧竹,疑是民间疾苦声。些小吾曹州县吏,一枝一叶总关情。"借竹言志,表达对民众的忧虑关切之情。郑板桥个性鲜明,一生只画兰、竹、石,自称"四时不谢之兰,百节长青之竹,万古不败之石,千秋不变之人"。他的诗、书、画,世称"三绝",画竹子的代表作品有《修竹新篁图》《兰竹芳馨图》等。据传,他一生有多半的功夫花在为竹传神写影,为此,曾写诗道:"四十年来画竹枝,日间挥写夜间思。冗繁削尽留清瘦,画到生时是熟时。"初画时,屋旁有一片竹,他将窗上糊上白纸,对着日光、月色投下的竹影临摹,认为这就是天然的图画。他在《题画竹》中总结自己的画竹之法说,画竹不只为竹写神,也为竹写生,瘦劲孤高,是其神也;豪迈凌云,是其生也;依于石而不囿于石,是其节也;落于色相而不滞于梗概,是其品也。他七十岁时,画了一幅《竹石图》并题诗:"七十老人画竹石,石更崚嶒竹更直。乃知此老笔非凡,挺挺千寻之壁立。"这正是他一生不向各种恶势力低头、性格坚如磐石的突出形象象征。

佛家故事和文学作品中,也有不少提到了竹。《西游记》中写到孙悟空在师徒遇难之时,曾到南海紫竹林中求助观世音的故事。关于观世音菩萨居于紫竹林,确有来历。相传,五代后梁贞明年间,日本高僧慧锷从五台山请得观音像,归国途中在普陀山附近海域遭遇大风受阻,慧锷在此建"不肯去观音院"于紫竹林中。紫竹林开始是由于山中岩石呈紫红色,剖视可见柏树叶、竹叶状花纹,因称紫竹石。后人在此栽竹,竹的表皮亦呈紫色,故而形成了紫竹林。观世音菩萨的道场在普陀山,正是源于"不肯去观音院"在普陀山,"紫竹林禅寺"是观世音最早现身普度之所。自此,普陀山香火日益旺盛,成为中国著名的"四大佛教名山"之一。在古典小说《红楼梦》中,林黛玉也是喜欢竹子的。在入住大观园时,林黛玉看中了潇湘馆,她认为那几竿竹子隐着一道曲栏,比别处更觉幽静。书中之所以做如此安排,也是因为潇湘馆里的竹子与林黛玉的性格及命运息息相关。贾探春就说过,当日娥皇、女英洒泪在竹上成斑,故今斑竹又名湘妃竹。如今林黛玉住的是潇湘馆,她又爱哭,将来若想林姐夫,那些竹子也是要变成斑竹的,以后就叫她"潇湘妃子"吧。

竹子作为普通民居的建筑材料,很早也进入了寻常百姓家。三国时期文学家李康在《运命论》中写道:"故木秀于林,风必摧之;堆出于岸,流必湍之;行高于人,众必非之。"与之意思相近的有一句民间俗语叫作"出头的椽子——先烂"。"椽子",是放在檩上、架在屋顶的竹子或木条,是直接承受屋顶重量的构件。如果椽子伸出房檐外过多,这样的椽子因日晒雨淋,往往会先腐烂。后也用于比喻出头冒尖的人往往容易受到别人的攻击。在南方,很多地区广泛选择粗细长短适宜的竹子作为椽子使用。不仅如此,中国西南少数民族,如傣族,仍习惯搭建竹楼居住。绿树芭蕉丛中掩映着别致的竹楼,更显民族特色,也是一道靓丽的风景线。

日常生活少不了竹。竹制品的制作可以追溯到五千年前。良渚文化、河姆渡文化、半坡文化遗址中,都发现了大量竹编遗物,篓、篮、筐、箩、席、箕及各种农业用具等,不仅品种多样,而且编织精巧,有的还有各种花纹。

竹篮,顾名思义,就是用竹子编成的篮子,是多种用途的篮子的总称,一般用来装菜、洗衣、盛物件等。在南方不少地方,人们习惯提着竹篮上街买东西。为什么叫"买东西"而不叫"买南北"呢?说来也有故事。有一说是,大唐设立坊市制度,长安宫城坐北朝南而建,在城东和城西各设坊市,分别称为东市和西市,人们购物则去这两个坊市,日子一长就称为"买东西"。另一说是,古时流行阴阳五行说,金木水火土有相生相克的属性,也可用以表示方位。金代表金属物质,方位在西;木代表一切植物,方位在东;而南方属火,北方属水,中间属土。提着竹篮上街,购买有金属元素的物品或植物,竹篮可以盛得,而火与水本身就不是具体物品,亦不能由竹篮承载,因此,当然是"买东西"而不是"买南北"了。此外,"民生日用所需俱出于木,而以金易之"。也就是说,百姓们吃的、穿的和用的大都取之于草木,而又得以货币即"金"来交换,所以吃食物又称"吃东西",买食品、用品又称"买东西"。

吃饭用筷子,是中国一种独特的餐饮文化形式。筷子在先秦时期称为"梜",汉朝称为"箸",明朝开始称为"筷"。筷子的民间传说主要有三种,一说姜子牙受神鸟启示发明了丝竹筷;另一说是妲己为讨商纣王的欢心而发明用玉簪作筷;还有一说是大禹治水时曾以树枝为筷,捞取锅中热食。"纣为象箸"的典故说,纣王用象牙筷子让箕子感到恐惧,因为箕子认为,用象牙筷子必然要配犀牛角和玉做的杯子,用这样的器皿必然要以牦牛、大象、豹子幼崽等作珍馐佳肴,而用这样的餐又必然要穿绫罗绸缎、住豪华阔气的房子,以此开始,其结局很让人担心。后来的情况正如箕子所料。明朝"箸"之所以改称"筷",据说与船家有关。船家水中行船都期盼快一点安全地到达目的地,而忌讳说"住"、"翻"等字,"箸"与"住"音同,因此,弃而不用。筷子的材质多种多样,但普遍还是使用竹作原料,一般又叫"竹筷"。一双筷子包含很多文化信息:筷子一头圆、一头方,象征天圆地方;手持筷子时,拇指食指在上,无名指小指在下,中指在中间,意为天地人三才之象;筷子一根为主动,另一根为从动,主动为阳,从动为阴,此为两仪之象;筷子的标准长度定为七寸六分,代表人有七情六欲,这正是人与动物的本质区别。

竹竿,是指砍下来削去枝叶的竹子。《诗经·卫风·竹竿》中有:"籊籊竹竿,以钓于淇。岂不尔思？远莫致之……"这是描写远嫁的女子思念故乡,诗意是说,钓鱼竹竿细又长,曾经垂钓淇水上。难道不把旧地想？路远无法归故乡。姜子牙七十二岁,用竹竿垂钓渭水之滨磻溪,与周文王姬昌相见,终得大用。唐孟浩然有诗曰:"试垂竹竿钓,果得查头鳊。"查头鳊即鳊鱼。竹竿不仅用以钓鱼,还能晾晒衣服,做院落栅栏,搭建蔬果瓜棚,当撑船的竹篙,少数民族还能用其跳竹竿舞等。中国古代长度单位与现代有所不同,汉朝一尺为23.1厘米,魏晋一尺为24.12厘米,隋唐一尺为26.7厘米,宋元一尺为30.72厘米。将一根竹竿截短至一丈左右,即为竹杖,也就是竹制的手杖。唐刘禹锡《游桃源一百韵》中写道:"仙翁遗竹杖,王母留桃核。""仙翁遗竹杖"的典故出自葛洪《神仙传》,说的是汉朝汝南有个叫费长房的人,看到一位老人白天为人看病,晚上就跳入他悬挂的壶中休息,费长房知道他定是仙人,再三恳求向壶公学艺。壶公将费长房带到仙山后,经考验感觉他无缘成仙,就传给他一卷能驱邪除鬼、治病消灾的符书,然后劝他回家。费长房担心路途遥远回不去,壶公递给他一根青竹杖,说让他骑上闭上眼睛就可回家,不过到家后,必须把竹杖丢在汝南葛陂那个地方。费长房照做后,果然竹杖腾空而起,一会儿就到了汝南。他遵壶公吩咐,把竹杖丢在葛陂。竹杖刚落地,便化为一条青龙飞走了。"王母留桃核"的典故出自东汉班固《汉武帝内传》,说的是西王母降临汉宫探视汉武帝,命侍女用玉盘盛仙桃七颗,王母给汉武帝四颗,自食三颗。汉武帝尝桃味非常甘美,就将桃核收起欲当种子用。王母说,这桃子三千年才结果,你们这里的土地不适宜种之。汉武帝这才作罢。如果将细竹竿截得再短一些,就成了孩童们玩耍的"竹马"。唐代大诗人李白在《长干行》一诗中写道:"郎骑竹马来,绕床弄青梅。"意思是,一个小男孩骑着竹马而来,与从小一起长大的一个小女孩绕着井栏互掷青梅玩闹嬉戏。后来，人们用"青梅竹马"和"两小无猜"来表明一对相知相爱的男女在幼年时的亲密无间。

将整根竹子剖开成薄片，能够编制成各种日常生活用品或工艺品。相传，竹编的祖师是战国时期一位叫泰山的人。泰山从小随父亲学艺，手很灵巧，父亲一心想给儿子找个好师傅，因慕鲁班的大名，就千里迢迢将泰山送到鲁班处，拜鲁班为师学艺。泰山在鲁班的悉心传授下，虽然学会了不少木工工艺，但他更倾心自己家乡的竹艺。鲁班见其在木匠活上用心不够，担心败坏自己的声誉，便毅然将泰山辞退了。几年后，鲁班到江南建造楼台，顺便了解这一带的风土人情。在一个集市上，他见到一个竹制品店铺，店门内外摆满了精巧别致的竹编工艺品，竹篮、竹筐、竹箩、竹椅、竹笼、竹箱等应有尽有，鲁班决定拜访结识一下竹编的主人。他见到站立在眼前之人时，不禁大吃一惊，这正是他前几年辞退的徒弟泰山。泰山见到师傅十分惊喜，行完礼后，如实告知鲁班，自己是将学到的木工工艺转用到竹编上，才有了这些成果。鲁班深为叹服，并自责地认为自己是"有眼不识泰山"。后来，泰山的竹编手艺一代代流传下来，后人都奉泰山为竹编创始人。

竹笠，又称斗笠，是用竹丝或竹篾编成的笠帽，戴在头上，可起遮阳挡雨作用。唐代柳宗元有一首《江雪》诗："千山鸟飞绝，万径人踪灭。孤舟蓑笠翁，独钓寒江雪。"此诗以一位身披蓑衣、头戴斗笠的老翁寒江独钓的形象，抒发诗人遭受迫害被贬的抑郁悲愤之情，表达诗人永贞革新失败后，虽处境孤独艰难，但仍傲岸不屈的精神面貌。明末清初有一位戏曲家、小说家叫李渔，字笠翁。他仿照《声律启蒙》，写了一本帮助人们学习写作诗词，用来熟悉对仗、用韵、组织词语的启蒙读物，叫《笠翁对韵》，如"天对地，雨对风。大陆对长空。山花对海树,赤日对苍穹……"是初学诗、词者的必修课。唐代诗人张志和写过一首《渔歌子》:"西塞山前白鹭飞,桃花流水鳜鱼肥。青箬笠,绿蓑衣,斜风细雨不须归。"诗中提到的"箬笠",是用箬竹叶及篾编成的宽边帽。箬竹是禾本科、箬竹属植物,呈灌木状或小灌木状类,竿高可达两米,一般为绿色。箬竹属阳性竹类,性喜温暖湿润气候,生于山坡路旁,在浙江、湖南等地分布较多。在浙江杭州五云山南麓,有个云栖坞。相传,五云山顶飘来的五色云彩常常飞集坞中,经久不散,坞因而得名。云栖坞深山古寺、林木茂盛、溪流潺潺、翠云成荫,形成了著名的"云栖竹径"景观。景观内有宋代云栖古寺,有明代高僧和文士留下的印迹,有清康熙帝游览的诗词碑文,乾隆帝亦来过云栖。康、乾二帝还留下了"回龙"、"皇竹"、"遇雨亭"等故事。这里最大的特色还是竹子品种多,满山遍野是一望无际的浩渺竹海。就在这里,我见到了箬竹,而在箬竹不远处,还有一种神奇的方竹,远看与其他竹子似乎一样,近观却见一根根竹子呈方形,用手触摸也分明能感觉得到,其观赏价值自然很高。宋代张咏有一首专门咏方竹的诗:"笋从初箨已方坚,峻节凌霜更可怜。为报世间邪佞者,如何不似竹枝贤。"

竹片、竹丝还能编成用于照明或装饰的灯笼,罩养家禽的鸡笼、鸭笼、鹅笼等。灯笼,本是古时灯具的一种。元宵观灯的习俗起源于东汉时期。东汉明帝刘庄提倡佛教,听说佛教有正月十五僧人观佛舍利、点灯敬佛的做法,就诏令这一天夜晚在皇宫和寺庙里点灯敬佛,又令士族庶民都挂灯,以后逐渐形成盛大的民间节日活动。唐开元年间,为了庆祝国泰民安,人们扎结花灯,以此表达"彩灯兆祥、民富国强"的喜悦欢庆之情。宋代大才子欧阳修写过《生查子·元夕》:"去年元夜时,花市灯如昼。月上柳梢头,人约黄昏后。今年元夜时,月与灯依旧。不见去年人,泪湿春衫袖。"走马灯是一种有趣的娱乐形式,是将外形如宫灯状的灯笼外壁贴上绘制的图案,一般为古代武将骑马的图画,当灯转动的时候,看起来便像几个骑马之人在相互追逐。民间有一个关于王安石与走马灯的传说。年轻的王安石赴京赶考路上,经过江宁一集镇,只见镇上热闹非凡,原来是镇上一位马员外在征联择婿。马员外门上挂了两只大大的走马灯,一只上面写着"走马灯,灯走马,灯熄马停步",另一只则空着,等待才子前来续对。王安石因急于进京赶考,并未仔细琢磨对出下联之事。没想到,科考之时,主考官欧阳修为试试王安石才气,顺手指了厅外飞虎旗道:"飞虎旗,旗飞虎,旗卷虎藏身。"王安石猛然想起马员外门前之事,立即对道:"走马灯,灯走马,灯熄马停步。"欧阳修听后,不禁拍案叫绝。王安石考中后,想到这对联莫非是天意,便快马赶到马家续对,终娶马员外之女。

竹在日常生活中,还能一节一节连接起来,作为引水之用,这样的长竹管被称为"筦";用竹子编成的竹筏,还可用作渡水工具。古语当中,大的竹筏曰"筏",小的竹筏曰"桴"。《论语》中有"道不行,乘桴浮于海"之句,是孔子对弟子们说,如果我的主张实现不了,那我就乘一只小竹筏出海而去。孔子虽有此说,但其主张并未实现,这就较不得真了。

与百姓生活有关的还有一种"爆竹"。爆竹的起源至今有两千多年。在中国古代没有火药和纸张时,人们使用火烧竹子,使之发出爆裂之声,故称为爆竹。《神异经》上说,在西方深山老林之处,有一种与人相似的独脚动物叫山魈,长得有一尺多高,虽不怕人,但最怕火光和响声,若犯之就会令人发寒发热。为了驱吓这种危害人们的山魈,每到除夕,人们便用爆竹把山魈吓跑,后来就形成了除夕放爆竹的传统。还有一种说法,古时候有一种叫"年"的怪物,头长触角,凶猛异常,它居住在深海之中,每到除夕就爬上岸,吞食牲畜,伤害人命。因此，每到除夕，人们争相出逃避难。这年除夕，有一个村庄来了一位乞丐，挨家乞讨时，人们急于躲避，无人搭理他，只有村东头一位老婆婆给了他食物。于是，乞丐劝老婆婆不要惊慌，只要容他在屋子里待一夜，定能把"年"兽撵走。老婆婆虽不相信，但出于好心留下乞丐，自己则躲藏起来。半夜时分，"年"从东头闯进村庄，见老婆婆门上贴着大红纸、屋内烛火通明，突然屋门大开，院内传出"砰砰啪啪"的炸响声，"年"吓得浑身战栗，急忙掉头奔逃，不敢进村。第二天，老婆婆和村上人知道此事，再找乞丐已是不见。后来，人们知道了贴红对联、燃放爆竹驱赶"年"兽的办法。再后来，有了火药、纸张，爆竹的生产有了全新工艺，但这一名称仍保留下来。

饮食娱乐缺不得竹。竹子营养价值很高，它含有丰富的蛋白质和多种氨基酸、维生素，以及钙、磷、铁等微量元素，还有丰富的纤维素，它的多种维生素和胡萝卜素含量要明显高于常见的白菜等蔬菜。

菜品中常见的两种食物有冬笋和春笋。秋冬时，竹芽还没有长出地面，这时挖出来就叫冬笋。春天时，竹芽在干燥的土壤中等待春雨，一场大雨过后，春笋就会以很快的速度长出地面，后来，人们将"雨后春笋"比喻为新生事物迅速大量地涌现出来。笋的味道鲜美，自古就被当作菜中珍品。它不但营养丰富，还有清热化痰、益气和胃、治疗浮肿、通肠排便、利膈爽胃等功效，亦有促进食物消化、吸附脂肪、调节血压、增强免疫、降低胆固醇等作用。唐李商隐《初食笋呈座中》诗曰："嫩箨香苞初出林，於陵论价重如金。皇都陆海应无数，忍剪凌云一寸心。"宋代释德辉有《新笋》诗："竹笋初生牛犊角，蕨芽新长小儿拳。旋挑野菜炊香饭，便是江南二月天。"

竹子浑身都是宝，不仅竹笋可食，竹实、竹叶也可食。《庄子·秋水篇》中写道："南方有鸟，其名为鹓鶵，子知之乎？夫鹓鶵发于南海，而飞于北海，非梧桐不止，非练实不食，非醴泉不饮……"意思是说，南方有一种鸟,名字叫鹓鶵,也就是传说中的凤凰。凤凰从南海起飞,飞到北海去,不是梧桐树不栖息,不是竹子的果实不吃,不是甜美的泉水不喝。竹实又叫竹米,是竹子开花后结出的果实。但很少见到自然界的竹子开花,因为它一生只开一次花,开花周期长达数十年,而且竹子开花是成片的,开花不久竹子就会死亡,民间认为竹子开花会带来不祥之兆,但无科学根据。竹叶虽不能直接食用,但可加工成竹叶茶饮用。竹叶入药可以清心利尿、清热除烦。众所周知,中国国宝大熊猫喜食竹叶。研究人员认为,大熊猫选择竹子作为主食主要有三个原因:一是在野外,相对于其他食物而言,竹子分布广泛、容易获得,与大熊猫抢食的竞争者少;二是相对于其他木本植物,竹子中含有浓度较高的淀粉;三是竹子不同部位随四季的变化其淀粉含量亦发生变化,大熊猫总是选择竹子中淀粉含量高的部位食用。

竹叶青酒是中国古老的传统保健名酒,其历史可追溯到南北朝,唐宋时更有盛名。该酒以汾酒作为底酒,保留了竹叶清醇甜美的口感,很受人们喜爱。梁简文帝萧纲有"兰羞荐俎,竹酒澄芳"的诗句。北周文学家庾信有诗曰:"三春竹叶酒,一曲昆鸡弦。"唐代白居易在《忆江南三首》其三中写道:"江南忆,其次忆吴宫;吴酒一杯春竹叶,吴娃双舞醉芙蓉。早晚复相逢!"词中提到的"吴酒"、"竹叶"即为竹叶青酒,说明那时吴国高官名士、美女娇娃都品用竹叶青酒。

竹子还可以营造一个人们喜欢的饮食环境,竹下饮酒品茶聚会是一种高雅洁净的氛围,也大大增加了人们的食欲。宋代大文豪苏轼是一个美食家,他在《春江晚景》诗中写道:"竹外桃花三两枝,春江水暖鸭先知。蒌蒿满地芦芽短,正是河豚欲上时。"宋代黄庭坚有一首《竹下把酒》诗:"竹下倾春酒,愁阴为我开。不知临水语,更得几回来。"清代安治的《竹林饮酒》诗更有情调:"碧玉千竿爽带秋,就中小饮畅情幽。梅花佳酿清香满,竹叶倾杯翠影浮。"

在中国云南、四川等少数民族地区,有一种别具特色和风味的饮食叫"竹筒饭",选用一年生的青竹,加工成竹筒,采用优质香米、糯米、早米,配以各色肉制品、调料,用竹叶将筒口塞紧,再放在火上烧烤,做熟的饭竹香袭人、清爽可口,吃起来也颇有情趣,有的还能做出"竹筒鸡"、"竹筒鸭"等菜品,也称得上是风味美食。

竹子的保健养生和医药用途也不少。竹沥,是将竹竿劈开,经火炙,收集两端滴出的竹汁。《本草纲目》记载:"竹沥气味甘、大寒、无毒",主治"暴中风风痹,胸中大热,止烦闷,消渴,劳复"。竹茹,是竹茎刮去绿色皮层后,再刮取第二层之物,能够治疗呕吐、温气寒热、吐血、痔疮、妇女胎动不安等。竹菌,是指生于竹林中的菌类。例如竹荪是生于竹林地上的一种真菌,竹荪作食用菌有悠久的历史,古代可作为进献帝王的贡品。竹根,亦能入药,有清热除烦之功效,苦竹根主治心肺五脏热毒气,甘竹根能安胎、止产后烦热。另外,抽取竹叶心食用其白嫩部分,可治疗轻度腹泻等。

竹子自古以来就是制造乐器的好材料。西汉戴圣《礼记·乐记》中说:"金石丝竹,乐之器也。"金,指金属制的乐器;石,指石制的磬;丝,指弦类乐器;竹,指管类乐器。"金石丝竹"泛指各种乐器,或形容各种声音。《荀子·乐论》说道:"乐者,所以道乐也,金石丝竹,所以道德也;乐行而民乡方矣。"意思是说,音乐是用来引导快乐的,金石丝竹之声是用来引导道德的;音乐得到推行,人们就会朝着正确的方向走。《论语·述而》篇记述:"子在齐闻《韶》,三月不知肉味。曰:不图为乐之至于斯也。"意思是说,孔子在齐国听到《韶》乐之后,三个月吃肉感觉不到肉的香味。感叹道:没想到听《韶》乐能达到如此境界啊!但在条件所限、无音乐之声时,亦能陶冶情操。王羲之在《兰亭集序》中就写道:"虽无丝竹管弦之盛,一觞一咏,亦足以畅叙幽情。"意思是说,虽然没有演奏音乐的盛况,但喝点酒、咏点诗,也足够畅快叙述幽深内藏的感情了。音乐映照社会现实,一个王朝的兴衰存亡,往往可从音乐中听出端倪。例如白居易《长恨歌》中写道:"骊宫高处入青云,仙乐风飘处处闻。缓歌慢舞凝丝竹,尽日君王看不足。渔阳鼙鼓动地来,惊破霓裳羽衣曲。九重城阙烟尘生,千乘万骑西南行。"这就是安史之乱前后唐玄宗的生活环境,从"凝丝竹"到"烟尘生",从"看不足"到"西南行",把唐玄宗蒙尘的窘境形象反映出来。诗人杜甫在《江南逢李龟年》一诗中有:"岐王宅里寻常见,崔九堂前几度闻。正是江南好风景,落花时节又逢君。"安史之乱后,杜甫漂泊到江南一带,与流落的宫廷音乐家李龟年不期相遇。他回忆李龟年以前经常出入豪门歌唱,自己也多有欣赏,而如今两人都在颠沛流离中,国事蜩螗、世运衰颓,令人无限感伤。

古代竹制乐器种类有很多,常见的如箫、笛、笙、竽等,有的打击乐器、丝弦乐器亦用竹。《韩非子·内储说上》中有个"滥竽充数"的典故,说的是战国时期,齐国国君齐宣王喜欢听人吹竽,他有一个三百人的吹竽队伍,齐宣王每次都让三百人一起合奏。有个名叫南郭的处士觉得有机可乘,跑到齐宣王那里吹嘘自己有吹竽的本领,齐宣王很高兴地让他加入了合奏的乐师队伍,南郭处士也得到了丰厚赏赐。过了些年,齐宣王死了,他的儿子齐湣王继承了王位。齐湣王也爱听吹竽,但他喜欢听独奏,要求乐队的人轮流来吹给他听。南郭处士本不会吹竽,一听此令,赶紧逃走了。后来,人们用这个典故讽刺那些没有真才实学、靠蒙混过关的人,也讥讽那些图虚荣排场、用人不加鉴别即重用的掌权者。笙,也是一种古老的乐器。据传,商朝就已有笙的雏形。《诗经·小雅·鹿鸣》中写道:"我有嘉宾,鼓瑟吹笙。吹笙鼓簧,承筐是将。"曹操在他的四言诗《短歌行》中,就引用了"我有嘉宾,鼓瑟吹笙"之句。在《吕氏春秋》一书中,有"黄帝命伶伦伐昆仑之竹为管"的记载,说明用竹子做吹奏乐器在上古时就开始了。吹奏乐器中的箫,分为洞箫和琴箫,皆为单管、竖吹,吹起来音色圆润轻柔、幽静典雅,听之有一种空灵、穿透之感。箫,有人认为来源于"籁"。籁,是指从孔穴中发出的声音,如自然界的风声、水声、鸟声等,天籁就是天上传来的声音,"此曲只应天上有,人间能得几回闻"。相传,春秋时秦穆公的女儿弄玉喜吹箫,后来,她与一位极善吹箫的英俊青年萧史结为伉俪,两人深夜月下吹箫引来了紫凤和赤龙,于是,乘龙骑凤腾空而去。笛,它的渊源与箫类似,也是汉民族乐器中最古老、最具代表性的一种吹奏乐器。远古时的笛子为竖吹,先秦有了横吹笛,秦汉时笛是竖吹箫和横吹笛的共同名称,汉武帝时横笛亦被称为"横吹",隋唐时横笛之名广为流行。唐代边塞诗人提到了一种"羌笛",传说是秦汉之际在西北高原游牧的羌人发明的,它竖着吹奏,两管发出同样的音高,音色清脆高亢并带有悲凉之感。唐王之涣在《凉州词》中写道:"黄河远上白云间,一片孤城万仞山。羌笛何须怨杨柳,春风不度玉门关。"

以文化人磨不灭竹。竹子对博大精深的中国古代历史文化的发展功不可没。上古时,人们结绳记事。商周时,有了龟甲和兽骨上占卜记事的甲骨文。先秦时,发明了用削制成的狭长竹片作书写材料的"竹简",写好的竹简可用牛皮绳编连成册。竹简在湖南长沙、湖北荆州、山东临沂和西北敦煌、居延、武威等地都有过重要的考古发现。

"韦编三绝"的典故,说的是孔子花了很大的精力,把《易》全部读了一遍,基本上了解了它的内容。不久,又读第二遍,掌握了它的基本要点。接着,又读第三遍,对其中的精神实质有了透彻的理解。之后,孔子深入研究它,并将内容讲给弟子听,就这样不知翻阅了多少遍,把串联竹简的牛皮绳子都给磨断了,可见用功之深。后人用此典故比喻勤奋刻苦学习。

《旧唐书·李密传》中有个"罄竹难书"的典故,说的是李密诉说隋炀帝十大罪状，其中有"罄南山之竹，书罪未穷；决东海之波，流恶难尽"的话，故用"罄竹难书"比喻罪恶深重，就是以所有的南山之竹做成竹简也难写完。

唐代诗人章碣写过一首《焚书坑》的诗："竹帛烟销帝业虚，关河空锁祖龙居。坑灰未冷山东乱，刘项原来不读书。"诗意说的是，秦始皇统一天下后，担心儒生们扰乱威胁秦王朝统治，采取"焚书坑儒"的手段，要把天下书籍烧光，把那些顽固不化的儒生坑杀，但仅凭这样的手段和函谷关、黄河的天险，并不能守住秦朝的都城居所。焚书坑里的灰烬还没有冷却，山东大地已燃烧起推翻秦王朝的烈焰，起义军的领袖原来都是不曾读书的刘邦和项羽。诗人以此来说明王朝统治的稳固要靠民心的力量，单靠扼制禁锢学说流派与凭借雄关天险守备是无用的，揭示的历史道理十分深刻。

晋朝时，有一本奇书叫《竹书纪年》，它是春秋时期晋国史官和战国时期魏国史官所作的一部编年体史书。《竹书纪年》共十三篇，叙述夏、商、西周和春秋战国的历史，按年编次。这是中国古代唯一留存的未经秦火的编年通史，但因宋朝时经历佚散后又重新收集整理的过程，一定程度上降低了其可信度和史料价值。《竹书纪年》的内容争议很大，例如这本书记载上古历史并非实行了"禅让"，而实际上是"舜杀尧、禹杀舜、启杀益、伊尹杀商王太甲"等。历史的真相究竟如何，还有待进一步破解谜团。

从竹简开始到竹纸出现，竹子在文化发展史上始终有重要地位。明代《天工开物》中曾对用竹造纸做了详细记载，并附有竹纸制造图。竹纸具有独特的耐磨性和渗透性，尤其在书法绘画领域受到文人墨客的钟爱。作为中华民族最早的书写工具之一的竹笔，也在古代文化史上留下了浓重的墨迹。后来发明的"文房四宝"之一的毛笔，更是选用适宜的竹枝作为笔杆，宣笔、潮笔、湘笔在毛笔中久负盛名，许多书画艺术大师用毛笔创造了传之后世的不朽之作。唐代李峤有诗专门赞《笔》："握管门庭侧,含毫山水隈。霜辉简上发,锦字梦中开。鹦鹉摛文至,麒麟绝句来。何当遇良史,左右振奇才。"唐耿沣更有《咏宣州笔》一诗："寒竹惭虚受,纤毫任几重。影端缘守直,心劲懒藏锋。落纸惊风起,摇空见露浓。丹青与文事,舍此复何从。"

《开元天宝遗事》中有一个"妙笔生花"的典故,说的是李白一天深夜在睡眼蒙眬中,一边吟诗,一边随风飘到一座仙山之上。只见四周云海苍茫、花木葱茏,李白被美丽的山色美景陶醉。他想以美景入诗,却发现未带毛笔。正在着急之时,一支巨大的毛笔耸出云海,像一根玉柱一样。李白想,如果能用这玉柱作笔,用大地作砚,蘸海水为墨,拿蓝天当纸,写尽人间美景,那该是多么美妙之事啊。就在他浮想联翩之时,一阵悠扬悦耳的仙乐传来,五色光芒从巨大的笔端射出,笔尖冉冉开放出一朵鲜艳的红花。李白哪里顾得上许多,急忙伸手去取,快要摸到粗壮的笔杆时,不觉惊醒,原来是在睡梦之中。李白梦醒后反复回想梦中情景,却想不出是在什么地方。后来,他在云游黄山时,见到了梦中的仙境,更神奇的是,那里果然有一根如巨笔般的玉柱。李白不觉失声大叫,原来自己梦中所见的生花巨笔就在这里!此后,李白写诗文思泉涌、佳句迭出。

北宋时期,有一个"胸有成竹"的典故,说的是一个叫文同的画家,最擅长画竹。文同为了画好竹子,不管春夏秋冬还是刮风下雨,常年钻在竹林之中仔细观察。他把竹子的四季形状、生长变化、晴天和雨天的不同、日照与月映的姿态等了然于胸,因而他画起竹子来根本不用画草图,并且画得出神入化。有个名字叫晁补之的人称赞他说,文同画竹,早已胸有成竹。后来,用"胸有成竹"比喻办事之前心中已经有全面的设想和安排。

古代有一种诗体叫"竹枝词",它本是巴渝一带民歌,语言通俗,音调轻快,最初主要是歌唱男女爱情的,后又用来描写某一地区的风土人情。唐代诗人刘禹锡根据民歌创作新词,形式为七言绝句,后流传开来,不少文人纷纷作词效仿。刘禹锡最著名的一首《竹枝词》为:"杨柳青青江水平,闻郎江上唱歌声。东边日出西边雨,道是无晴却有晴。"明代大才子杨慎也有一首《竹枝词》:"上峡舟航风浪多,送郎行去为郎歌。白盐红锦多多载,危石高滩稳稳过。"

竹子有"未出土时先有节,及凌云处尚虚心"的君子之风,竹子挺拔洒脱、正直清高、弯而不折、清秀俊逸,是仁人志士的高尚人格追求。古代君王派出使者出使他国,有"持节"之说。节也叫符节,以竹为竿,上缀以旄牛尾,是使者所持信物。苏轼在《江城子·密州出猎》中有"持节云中,何日遣冯唐"之句。论起持节出使的人物,历史上坚持民族气节的代表人物当数苏武。苏武受汉武帝所派出使西域,被匈奴扣押十九年,他宁死不屈、坚决不降,受尽百般苦楚,仍在茫茫无人烟的北海持节牧羊,以至于系在节杖上的节旄全部掉落了,最终,他仍持这根节杆回到了汉朝。

南宋末年抗元名臣文天祥,为挽救危难时局,散尽家财招募士卒勤王,终因势孤力单兵败后被俘。元军屡屡威逼利诱他投降,但他誓死不屈,后从容就义。他所作的《过零丁洋》中"人生自古谁无死,留取丹心照汗青",激励了无数后人为理想、为国家、为民族而英勇奋斗。诗中所提"汗青",就是古代用来记事的竹简。制作竹简要以火烤竹去湿,再刮去竹青部分,以便于书写和防蛀。因用火烤时竹子上冒出的水像汗一样,所以又称其为汗青,后来泛指书籍史册。"照汗青"即为青史留名之意。

宋代苏轼有一首《霜筠亭》诗:"解箨新篁不自持,婵娟已有岁寒姿。要看凛凛霜前意,须待秋风粉落时。"意思是说,刚从笋壳中破出的新竹尚且幼弱,不太能够自己保持挺直,但它姿态优雅,已经有能耐受严寒的姿态。而要真正看到它傲霜凌雪的样子,须等到秋风骤起、花粉凋落的时候。这不正是岁寒见精神、临难见气节的象征吗?苏轼是写竹,也是写己。

宋代黄庭坚有一首《题竹尊者轩》诗:"平生脊骨硬如铁,听风听雨随宜说。百尺竿头放步行,更向脚跟参一节。"这是写,长得最高的那根竹子,有骨气、有气节,任凭风吹雨打、闲言碎语的摧残、诋毁也不在意,并且百尺竿头更进一步,同时坚定立场,牢牢扎住自己的根基。黄庭坚曾游学于苏轼门下,与张耒、晁补之、秦观合称为"苏门四学士",有很高的文学成就,书法造诣尤深。尤为难能可贵的是,他在为官时,几经宦海波澜、历尽沧桑,却正直担当、不苟附和,批评时政、不惧权贵,淡泊名利、宠辱不惊,其高风亮节得到了世人称颂。

清代名士郑板桥也是胸襟坦荡、爱憎分明、不畏权势、情系百姓的性情中人,他有一首著名的《竹石》诗:"咬定青山不放松,立根原在破岩中。千磨万击还坚劲,任尔东西南北风。"以诗言志,这恰是郑板桥精神气质的真实写照。

当我们又一次回眸历史时,就会发现唐代刘禹锡亦是一位个性鲜明、矢志不渝、宁折不弯的名士。他在《陋室铭》中写道:"斯是陋室,惟吾德馨","无丝竹之乱耳,无案牍之劳形。南阳诸葛庐,西蜀子云亭。孔子云:何陋之有?"刘禹锡借赞美陋室,抒写自己志行高洁、安贫乐道、不与世俗同流合污的意趣,表达了陋室不陋、以俭养德的高尚人格追求。这确是一篇应当铭记的好文!

君子之德,玉树临风。与"竹"作君子之交,不仅要识竹、用竹,还要爱竹、敬竹,更需要学竹、做竹。诚如是,追求就会更高雅,道德就会更高洁,精神就会更高尚,言行就会更高新,做人就会更高明,也就可称得上是一个有活力、有胸怀、有气节、有担当的正人君子了。

问"鼎"贵重知多少

前些时日因事到汉中,经朋友介绍,抽空到定军山下,拜谒武侯墓和武侯祠。武侯墓是三国蜀汉丞相诸葛亮的长眠之地。建兴十二年(234年)八月,诸葛亮在关中的五丈原与司马懿隔着渭河对峙数月,司马懿坚守不战,战事久拖不决,诸葛亮无计可施,积劳成疾,病逝五丈原,蜀汉军依他遗言薄葬他在定军山下。墓园占地不大,环境幽静清雅,园内山水环抱、古木参天,武侯墓冢在苍松翠柏的隐映下,更显肃穆巍然。墓后两株高大繁茂的古桂树,犹如诸葛丞相名垂宇宙的形象顶天立地,千古流芳。

当我们一行人离开武侯墓、驱车前往定军山上时,我在思索,凭诸葛亮的睿智,他为什么要以蜀汉弱势军力六出祁山,去北伐综合实力远强于己的曹魏,而"出师未捷身先死,长使英雄泪满襟"呢?带着这个疑问,我又翻开诸葛亮前、后出师表,认真阅读后,似乎从字里行间找到了一些因由。诸葛亮在《前出师表》中写道:"先帝创业未半而中道崩殂,今天下三分,益州疲弊,此诚危急存亡之秋也。"开宗明义,说明了蜀汉面临的形势,虽三分之下有其一,但刘备去世,蜀地实力弱小,处于危急存亡的紧要关口。应该说,诸葛亮的战略判断十分清醒。但他又写道:"先帝不以臣卑鄙,猥自枉屈,三顾臣于草庐之中……由是感激,遂许先帝以驱驰。""先帝知臣谨慎,故临崩寄臣以大事也。受命以来,夙夜忧叹,恐托付不效,以伤先帝之明……北定中原,兴复汉室,此臣所以报先帝而忠陛下之职分也。"这就清楚地表明,为报刘备信任、重托之恩,继承刘备兴复汉室的遗志,完成先帝未竟的大业,北伐势在必行也。在《后出师表》中,诸葛亮列举了六个"未解",实则是六条"王业不偏安"的理由,强调以弱敌强,成败虽然难料,但"惟坐而待亡,孰与伐之",表达"鞠躬尽瘁,死而后已"的决心意志。这就理解了诸葛亮明知不可为而为之,并不是他不能审时度势,而恰恰体现了他坚定进取、以攻为守的大智大勇和军事策略。实际上,从诸葛亮二十六岁随刘备出山到他五十四岁病逝五丈原,"三分天下,鼎足而立"一直是他军事战略谋划的思想内核,这从他在刘备三顾茅庐时的《隆中对》到只身前往江东舌战群儒及后来所有的军事生涯活动中,都能找到有力的依据。他在《隆中对》中为刘备进行战略运筹:"先取荆州为家,后即取西川建基业;以成鼎足之势,然后可图中原也。"可以说,"鼎足之势"、"三分鼎立"在诸葛亮心目中占有不可替代的特殊分量。

这里提到了"鼎足"、"鼎立",我们不妨深入探究一下鼎的由来和鼎的价值,也不虚来武侯墓拜谒一趟。

鼎,是古代烹煮用的器物,用来调和五味。圆形鼎一般是三足两耳,方形鼎则为四足。鼎的出现可以追溯到新石器时代,那时的鼎有陶土烧制的,也有石材制作的。随着生产技术的发展和青铜时代的到来,制作鼎的材质也发生了变化,殷商、西周、春秋时期,鼎主要以青铜而制,鼎从烹煮或盛放食物的器物演变为祭祀使用的礼器,进而成为象征至高无上权力的宝器。鼎上所铸或所刻的铭文是记载历史事件或历史人物的重要文字符号,具有极高的文史价值。战国之后,鼎的材质不仅有了新的金属成分,甚至往后发展有了以玉、瓷及其他非金属材料制作的鼎,这样的鼎又成了达官贵人之家的饰品或是贵重的赠品、礼品。

随着鼎的功能和作用逐渐增强与扩大,它的文化内涵和象征意义也不断丰富与拓展。例如,鼎味,指鼎中美食,后指国之政事;鼎沸,形容喧闹、混乱、乱糟糟的样子,像水在锅里沸腾一样;鼎气,指鼎所在上空的云气,为国运昌隆的吉祥之兆;鼎运,指帝王和国家的命运;鼎业,指帝王之大业;鼎峙,指三方面并峙;鼎分,犹如鼎足三分;鼎盛,正当兴旺发达或强壮之时;鼎迁,比喻改朝换代;鼎革,意思是建立新的、革除旧的东西;定鼎,指新的王朝定都建国的意思;等等。

在汉语成语中,一言九鼎,形容所说的话分量很重、作用很大;调和鼎鼐,比喻宰相协调、处理国家大事;大烹五鼎,用以指吃特别美味的饭食,形容生活极其奢华;春秋鼎盛,比喻一个人正当壮年,正值生命、精气神旺盛之时;染指于鼎,比喻分取非分的利益;刀锯鼎镬,指施行各种酷刑;三牲五鼎,形容食物丰富美好;鼎鱼幕燕,比喻处于极危险境地的人或事物;鼎镬如饴,形容无所畏惧、视死如归;等等。

古人以"鼎"入诗的句式也有许多,如韦庄的"臣心未肯教迁鼎,天道还应欲止戈";杜甫的"钟鼎山林各天性,浊醪粗饭任吾年";杜牧的"锢党岂能留汉鼎,清谈空解识胡儿";白居易的"秦磨利刀斩李斯,齐烧沸鼎烹郦其";贯休的"石垆金鼎红蕖嫩,香阁茶棚绿巘齐"等。这些诗句中"鼎"的含义各有所指。例如白居易诗中"齐烧沸鼎烹郦其"中的"鼎",就是一个烧水的大锅。郦其即郦食其,秦末楚汉时人,是中国历史上著名的说客。刘邦起兵之后,郦食其慕名前来,与刘邦高谈阔论一番。刘邦认为他是个有才能的人,后委派郦食其前往陈留游说县守,自己带兵紧随其后,很快就夺取了陈留,并得到大批军粮,刘邦高兴地赐给郦食其广野君的称号。后来,刘邦率军抵达武关,郦食其劝降秦将成功,不战而下武关,郦食其又立一大功。郦食其以其三寸不烂之舌游说列国,为刘邦与各路兵马结成统一战线、共同对付项羽做出了重大贡献,尤其是在楚汉战争扑朔迷离的形势下,游说齐国归顺刘邦,影响很大。韩信听说郦食其仅凭口舌之力就取得了齐国七十余座城池,心中很不服气,于是,发兵突袭齐国。齐王田广看到汉军来袭,认为郦食其欺骗了自己,一怒之下用大锅烧沸水烹杀了郦食其。后来,刘邦夺取天下,在分封列侯功臣时,非常怀念郦食其。白居易以诗咏史,意在说明祸福在人不在天,读来使人深思。

正因为鼎的文化内涵很丰富,所以发现和破解鼎所含的神秘文化密码,一直为人们所重视。周礼中有"天子九鼎,诸侯七鼎,卿大夫五鼎,元士三鼎"等依据地位、身份使用数量的规定,鼎身上的铭文是了解久远历史文化信息的最有力佐证,可以帮助现代人们解开诸多历史谜团。因此,作为历史文物的鼎价值无比珍贵。后母戊鼎,是迄今为止世界上出土最大、最重的青铜礼器,享有中国"镇国之宝"的美誉,现珍藏于中国国家博物馆。据专家考证,它是商王祖庚或祖甲为祭祀其母戊所制,堪称商周时期青铜文化的杰作,重达 832.84 千克,鼎身除有"后母戊"字体外,还有盘龙、饕餮等浮雕纹样,工艺水平令人惊叹。后母戊鼎 1939 年 3 月在河南安阳出土,后因防日本侵略者劫掠,被重新掩埋,1946 年 6 月重见天日,其间历经艰险曲折,国宝终于得到妥善保护。上海博物馆珍藏着一尊西周大克鼎,它是西周时大贵族膳夫克用于祭祀他的祖父师华父的重器,鼎腹内壁铸有铭文共计二百九十个字,对研究西周历史具有重要的史料价值。它雄壮凝重的造型,也是中国古代青铜工艺达到巅峰的最好历史见证。台北故宫博物院里有一尊稀世瑰宝毛公鼎,属西周晚期青铜器。毛公鼎铭文长度接近五百字,是目前所见青铜器铭文中最长的。铭文大意是说,周宣王即位之初,亟思振兴朝政,乃请叔父毛公为其治理国家内外的大小政务,并饬勤公无私,最后颁赠命服厚赐,毛公因而铸鼎传示子孙永宝。这尊鼎是清道光年间出土于陕西岐山,本为一村民发现挖出,后辗转于古董商、收藏家、清朝高官、北洋政府交通总长、大富豪之手。

鼎的前世今生脉络大致如上所述,但鼎的故事言犹未尽,且待一一道来。

铸鼎天下归一统。 中国历史上最早的铸鼎之人,当追溯到中华人文始祖黄帝。《史记》记载:"昔泰帝兴神鼎一,一者一统,天地万物所系终也。黄帝作宝鼎三,象天地人。"《史记·封禅书》说:"黄帝采首山铜,铸鼎于荆山下。鼎既成,有龙垂胡髯下迎黄帝。"《汉书·郊祀志》对黄帝铸鼎、乘龙上天亦有记载。这段历史说的是,黄帝联合炎帝战胜蚩尤后,开采首山之铜,在"荆山"这个地方铸鼎。据分析,荆山当在今陕西富平县关乡古城这一带。鼎铸成后,天上的龙飞临上空,垂下龙须迎接黄帝升天。黄帝骑上龙后,他的臣子和妃子们随龙而上的有七十多人,剩余的人上不去,就抓住龙须攀爬,结果龙须被拔断,上面的人连同黄帝的弓一并坠落下来。爱戴黄帝的百姓们看到他就要升天,抱着龙须和黄帝的弓大哭。后来,人们将黄帝乘龙升天处称为鼎湖,黄帝的弓叫作乌号。唐代大诗人李白在《飞龙引二首》中描述道:"黄帝铸鼎于荆山,炼丹砂。丹砂成黄金,骑龙飞上太清家,云愁海思令人嗟。""鼎湖流水清且闲,轩辕去时有弓剑,古人传道留其间。后宫婵娟多花颜,乘鸾飞烟亦不还,骑龙攀天造天关。"鼎湖,后人借指帝王。明末清初,吴伟业在《圆圆曲》中写道:"鼎湖当日弃人间,破敌收京下玉关。恸哭六军俱缟素,冲冠一怒为红颜。"鼎湖,这里代指自缢而亡的明崇祯帝。

《汉书·郊祀志》还有这样的记载:"禹收九牧之金,铸九鼎。"《左传·宣公三年》则说:"昔夏之方有德也,远方图物,贡金九枚,铸鼎象物,百物而为之备,使民之辨神奸。"这里说的是,大禹治水成功、夏朝建立后,天下分为冀、兖、青、徐、扬、荆、豫、梁、雍九州。当时,九州安定,四海升平,百姓过上了安稳富足的日子。禹想起听说以往黄帝铸鼎成仙之事,便准备用九州贡献的金(实则为铜)来铸鼎。但他又认为铸鼎来宣扬自己的功德似有不妥,而应当将金取之于民、用之于民。于是,他将每州所贡之金各铸一鼎,鼎上刻上各州的山川形势及各种奇禽异兽、神仙魔怪等,意在教化百姓懂得自然地理、择地就势而居,辨识魑魅魍魉、免受猛兽毒虫所害。当然,也有表明"普天之下,莫非王土"之寓意。经过几年的努力,终于铸成九鼎。九鼎象征着天下九州,大禹自然成为九州之主,天下从此一统。继而,九鼎演变为天命之所在,也是王权至高无上、国家统一昌盛的象征。九州官长来朝见时,都要向九鼎顶礼膜拜。九鼎乃成为镇国之宝,是昭示国家巍然屹立、不可撼动的立国重器。夏王朝末期,国势日衰,江山摇摇欲坠,夏朝最后一位君主桀残忍暴虐、失去民心,结果被商汤灭亡。商汤建国后,将九鼎从夏邑迁到商朝都城亳邑。商朝为周朝所灭之后,九鼎又迁到了周朝的国都镐京。周成王在洛阳地方建造新的都城后,九鼎又随迁新都,其名谓之"宝鼎"。战国时期,群雄纷起,东周名存实亡,秦昭襄王攻取东周都城后获得九鼎,他令人将九鼎迁入秦国。就在搬迁途中,忽然有一尊鼎落入泗水之中,随即派人打捞搜寻,但鼎杳无踪影。另外八尊鼎虽运到秦国,但在秦朝灭亡后,其归属也成了千古之谜。

　　商汤灭夏的成功,得益于伊尹的有力辅佐。伊尹既做奴隶主贵族的厨师,又做贵族子弟的"师仆",因此,他对烹调技术和治国之道有透彻理解与切身感受。伊尹是将鼎和治理国家联系起来思考问题的第一人,他在辅佐商汤时,多次用治国如同做菜作比喻,告诉商汤讨伐夏桀要看火候,等待时机的成熟,到时联合九夷的兵力可以一举而灭之。后来,老子在《道德经》中借鉴伊尹的思想,提出了"治大国如烹小鲜"的著名说法,意思是说,治理国家就像烹调美味的小菜一样,各种调料放得要恰到好处,火候既不要大也不要小,既不要急也不要缓,既不要任菜在锅里烧糊也不能不停翻炒而搅烂。后世不少政治家在治国理政中,多有引用此话。

既然九鼎是象征天下最高权力的国之重器,必然就成为一些人觊觎和争夺的焦点。相传,秦国秦武王即位后,便有凭武力夺取天下之心。秦武王生性粗直,身体威猛雄壮,尤喜与大力士角力比试,当时著名的大力士乌获、任鄙及从齐国而来的孟贲都受到武王的宠信重用。秦武王四年,秦国攻占韩国重镇宜阳,宜阳距周王室洛邑不远,武王挟胜利之威,带着一班勇士乘兴到洛邑游玩。当他来到太庙时,见到九个宝鼎赫然排列,甚为壮观。秦武王围着九鼎观览一番后,心生念想,当即指着一鼎说道,这是雍州之鼎,也就是秦所在之地的鼎,寡人要把它带回咸阳去。守鼎的官吏说,周成王定鼎于此,几百年来未曾移动,每尊鼎有千钧之重,无人能举起来!秦武王听后回头问任鄙、孟贲道,你们两人谁能举起这尊鼎啊?任鄙推辞说,我只有百钧之力,此鼎重千钧,我是无法举起的。孟贲却要试一试,结果因用力过猛,眼眶都渗出了血,也不过让鼎离地半尺而已。秦武王见此,欲一展身手,左右之人劝止不住。秦武王尽平生之力,将鼎举离地面,正要迈步走动,不觉力尽失手,鼎坠于地,武王胫骨当场被压断。众人急忙将武王扶归公馆。秦武王睡至半夜,内伤加重,气绝而亡。可见,凭一己武力而夺鼎,其后果不堪设想,这恐怕也应验了"天命不可违"之语吧。

问鼎中原逐鹿忙。《史记·楚世家》记载,楚庄王即位后,"三年不鸣,一鸣惊人",他稳定了楚国的政局后,开始与各诸侯强国逐鹿中原。楚庄王八年,他率军讨伐陆浑之戎,取得大胜。楚军到达洛水之滨,在周的疆界附近举行盛大阅兵式,也是想以此威吓周天子。周定王心中惊慌,便派大夫王孙满以慰劳楚军的名义,观察其动静。王孙满是一位智勇兼备的人物,他到达洛水南岸,见楚军阵营齐整、兵强马壮,心中暗暗吃惊。特别是作为周天子的使者前来慰劳楚军,楚庄王居然端坐于中军帐中不出迎,连起码的礼仪都不讲。王孙满知其咄咄逼人的态度,心中有了盘算。王孙满与楚庄王相见后,代周天子致以劳师之意。这时,楚庄王问道,九鼎在周,它的大小轻重有多少呢?王孙满见楚王问鼎,知其欲取鼎灭周之心,于是,从容应答道,要想统一天下的人,主要看他的德而不在于是否拥有鼎。从前大禹有德,各方朝贡并献金铸成了九鼎。而夏朝末代君王桀昏庸失德,被商取代,鼎就到了商都。商纣暴虐无道,鼎又归于周朝。周成王定鼎于洛邑,已经三十代、七百年,这是受命于天啊。现在周德虽有所衰弱,但天命并未改变,因此,鼎的轻重是不能随意问的!楚庄王听了王孙满这一番话,知道取代周王室权力的时机还未成熟,便下令还师。后来,"问鼎"成了企图称王称霸的代名词。

楚庄王驻军问鼎之地当属中原,禹将天下分为九州之后,豫州位居九州之中,故称中州,又名"中原"。又有专家认为,先秦时期,华夏族的活动范围主要在黄河中下游地区,豫州是其活动的中心地区,故称为"中原",后泛指中国。正因为中原居九州之中,地理位置非常重要,因此,它吸引了古代政治家、军事家们的目光,于是就有了"欲取天下者必得中原"、"得中原者得天下"之语,中原不可避免地成为各种势力争夺的主战场。

司马迁的《史记·淮阴侯列传》中提到了一个"中原逐鹿"的典故,说的是淮阴侯韩信以谋反之罪被吕后处死,刘邦从外地返朝时,吕后对他说,韩信临死前说他后悔没有听从蒯通的计谋,以致今日之祸。刘邦便下令将蒯通从齐地捕获。蒯通送来后,刘邦问道,是你让淮阴侯谋反的吗?蒯通说,是的,但韩信不听我的计策,否则他也不至于被杀啊!刘邦听之大怒,就要烹杀他。蒯通大声喊冤。刘邦又问道,你教韩信造反,烹杀你怎么还冤枉吗?蒯通从容辩道,秦朝纲纪废弛,天下大乱,群雄豪杰纷起。"秦失其鹿,天下共逐之"(意思是,秦二世丧失了帝位,天下豪杰们都去争),只有雄才大略者可以捷足先登,有识之士当然是各为其主,而我那时只认识韩信,还不认识您,况且天下精英们为您驰驱效力者很多,我想攀上您也是力不从心呀。基于此,您怎能烹杀我呢?刘邦觉得蒯通说得有理,就赦免了蒯通之罪。后来,"中原逐鹿"的典故流传开来,还有不少人用其典叙史论事、抒发情怀。例如唐代魏徵在《述怀·出关》一诗中就写道:"中原初逐鹿,投笔事戎轩。纵横计不就,慷慨志犹存。杖策谒天子,驱马出关门。请缨系南越,凭轼下东藩……"宋代陆游在《湖山》一诗中描写楚霸王项羽兵败的心境:"逐鹿心虽壮,乘骓势已穷。终全盖世气,绝意走江东。"宋代诗人林景熙有一首七律诗写项羽故里:"英雄盖世竟何为,故里凄凉越水涯。百二势倾争逐鹿,八千兵散独乘骓。计疏白璧孤臣去,泪落乌江后骑追。遗庙荒林人酹酒,至今春草舞虞姬。"诗中暗含鸿门宴项羽失策,范增离项羽而去,四面楚歌致八千兵散,霸王忍痛别虞姬等多个史实场景,读之令人扼腕长叹。

楚霸王项羽在楚汉相争中虽然没有笑到最后,但他仍不失为一个盖世英雄。司马迁在《史记·项羽本纪》中说:"秦始皇帝游会稽,渡浙江,梁与籍俱观。籍曰:'彼可取而代也。'""籍长八尺余,力能扛鼎,才气过人。""于是项王乃悲歌慷慨,自为诗曰:'力拔山兮气盖世,时不利兮骓不逝。'"籍者,乃项羽之名也。项羽虽未曾称帝,司马迁却把他写进了《史记》帝王本纪之中,足见对项羽的看重。说项羽"力能扛鼎",他也自认为"力拔山兮气盖世",确有典故印证。年轻的项羽随叔父项梁在江东起兵后,为了扩大力量,项梁派项羽去联络桓楚一起反秦。桓楚也是一个勇猛之士,他当时并没把项羽放在眼里,故意说,你能敌万人,我们就服你。说着手指院中一个大鼎问,你能将鼎举起来吗?项羽估计这只鼎有近千斤之重,先让桓楚手下四名健壮的大汉一起举鼎,然而,大鼎如生根一般丝毫不动。之后,项羽大步走到鼎前,握住鼎足,运起力气大喝一声"起!"大鼎竟被他高高举起,并且三起三落,满院的人惊得目瞪口呆。桓楚当即答应与项羽合兵起义,之后作为项羽部将一直追随项羽征战。项羽败于刘邦有他刚愎自用、轻视人才的原因,但他的英雄豪气一直为世人所称道。宋代女词人李清照在《夏日绝句》中就写道:"生当作人杰,死亦为鬼雄。至今思项羽,不肯过江东。"可谓对项羽作了中肯的评价。

要说项羽败于刘邦手下,也不算冤。刘邦战胜项羽夺得天下后,曾与群臣论起自己为什么能有天下而项羽却失天下的事。群臣众说纷纭,无非是巴结吹捧刘邦而已,刘邦却认真地说:"运筹帷幄之中,决胜千里之外,吾不如张良;镇守国家,安抚百姓,不断供给军粮,吾不如萧何;率百万之众,战必胜,攻必取,吾不如韩信。三位皆人杰,吾能用之,此吾所以取天下者也。"可见刘邦对"汉初三杰"的评价是多么精确而深刻,他们皆为刘邦所用,这恰恰证明了刘邦的高人之处。

《晋书·石勒载记下》中有个"鹿死谁手"的典故,说的是东晋时期,十六国中后赵的开国皇帝名叫石勒,他是一个非常有本事的人。一次,他设宴招待高丽的使臣。席间,他问臣下徐光道,你看我能比得上自古以来的哪一位君主呢?徐光将石勒大赞一番,认为没有比得上他的人。石勒听后笑着说,人怎么能不了解自己呢?你说得也太过分了。我如果遇见汉高祖刘邦,一定做他的部下,唯命是从,只是与韩信、彭越可以争个高低;假使碰到光武帝刘秀,我就和他在中原一决雌雄、比试高下,尚不知"鹿死谁手"？可见,刘邦在石勒心目中不是他人所能企及的。

东汉班固的《汉书·伍被传》中提到一个"鹿走苏台"的典故,说的是西汉时期,淮南王刘安想当皇帝,于是在宫中召见伍被商议此事,并封伍被为将军。伍被却诚恳地劝谏刘安,你怎能说灭亡王国的言论呢？从前吴国大臣伍子胥向吴王进忠言,吴王不听,伍子胥叹道,我看到了麋鹿游姑苏之台了。如今,我似乎也看到了淮王宫中杂草丛生、露水沾衣,一片荒凉了。刘安不听伍被劝阻,结果叛乱失败。显然,野心膨胀者往往是自取灭亡。

《三国演义》中有一个"许田围猎"的故事,说的是汉献帝得知刘备身世,封他为左将军、宜城亭侯,论辈分称他为"皇叔"。这件事触动了大权在握的丞相曹操,曹操遂以邀天子到"许田围猎"的名义,试探刘备并威慑百官。围猎之时,荆棘中赶出一只大鹿,献帝连射三箭不中,就让曹操去射。曹操趁机拿过天子用的宝雕弓、金鈚箭,拉满弓弦一箭而中鹿背,鹿倒于草中。群臣将校看见了金鈚箭,以为是天子射中,都踊跃高呼"万岁"。曹操纵马跑到献帝前面接受欢呼的场面,众人皆大惊失色。这时,刘备身后的关羽见状大怒,欲要纵马提刀上前斩杀曹操,刘备慌忙用眼色予以制止。围猎之后,关羽问刘备为何不让斩杀曹操。刘备说,曹操离天子那么近,身边又有那么多勇将护卫,如果你一击不成,恐怕就要伤到天子,坏了天下大事了。而曹操通过"许田围猎",气焰更加嚣张,"挟天子以令诸侯",中原尽在曹操掌控之中。

历史上,围绕中原地区的控制与争夺十分激烈,秦扫六合、楚汉相争、义军反莽、"八王之乱"、"五胡乱华"、隋唐更替、安史之乱、靖康之耻等等,无不以中原为主战场,"你方唱罢我登场",演绎了无数金戈铁马、刀光剑影的雄浑大剧,问鼎中原的历史也成了一部浸透华夏儿女悲伤的血泪史。

大名鼎鼎垂青史。 锦绣中华历史悠久、江山多娇,历朝历代圣君明主、忠臣名士、豪杰名流、能工巧匠、巾帼英雄、少年俊才举不胜举。在这里,不妨从不同侧面,介绍几位大名鼎鼎、具有不同特点的历史人物。

被奉为"亘古忠臣"的比干,是商朝君主太丁之子,幼年聪慧,勤奋好学,年轻时就以少师身份辅佐商王帝乙。帝乙临终前托孤,让他尽心辅佐继位的侄儿帝辛,即后来的商纣王。比干从政四十多年,在帝辛朝时为丞相,他善于治国理政,主张减轻赋税徭役,鼓励发展农牧业生产,扶持冶炼铸造,致力富国强兵。在他的努力下,商朝国力强盛,各项事业发展很快。然而,帝辛长大亲政后,一味穷兵黩武,热衷于侵吞其他部族、扩张领土。比干劝他休养生息,帝辛听不进去。更有甚者,帝辛骄奢淫逸、残暴异常,宠信妃子妲己干政,用残忍手段迫害正直贤良,将朝朝笙歌、夜夜曼舞的商朝国都改名为"朝歌"。比干多次劝谏无效,帝辛还迁怒于他。于是,比干当着帝辛之面剖开胸膛,掏心而死,表明自己的一片忠心。帝辛不听忠言,一条道走到黑,终被周军打败,登摘星楼自焚身亡。比干为国尽忠的气节,周人也很敬佩,在伐纣胜利后,追封比干为国神。相传,孔子周游列国经过卫地时,称比干墓为仁人之墓,恭敬举行了祭奠,并用剑刻下"殷比干莫"四字。殷是殷商,即商国;"莫"与"墓"在古代是通假字,又说孔子认为仁人长眠之地有土,故意省略"墓"下之土。后来,有个好为人师的县官看到这块墓碑,讥笑孔子也写错别字,就在"莫"下增刻一"土"字。没想到刚刻好就遇乌云遮日、雷声大作,将新添的"土"字劈掉,孔子题字碑成了一块残碑。中国历代帝王对比干多有褒封。

春秋时期鲁国人公输般,即鲁班,被后世尊为"百工圣祖"。他出身于一个世代工匠之家,承继祖业也当了工匠,但他并不是一个普通的工匠,而是一个伟大的创造家、发明家。古代木工师傅们所用的手工工具,如钻、刨、铲、锯、曲尺、墨斗等,传说都是鲁班发明的,以此极大地提高了木工们的效率。据说,他还发明了云梯、钩强、石磨、碾子、辘轳,锁钥也是他发明创造的。他制成的木鸢又称风筝,放飞后可以三日三夜在空中飞翔,古人还用这种木鸢做两地通信和军事侦察。他主持修建的桥梁、楼台,有的成了传承久远的惊世之作。后来,在他身上又附会了许多发明和创造的故事,鲁班的名字实际上成为古代劳动人民勤劳智慧的象征。有个成语叫"班门弄斧",意思是说在鲁班门前舞弄斧子,比喻在行家面前卖弄本领,不自量力。这里又引出一个故事。唐代大诗人李白逝世后,其族叔李阳冰为李白在安徽当涂青山上立了衣冠冢,后世文人来李白墓前拜谒的很多,也留下了不少诗文。明末清初,一位叫梅之焕的官员路过此地,见景生情,写下一首《题李白墓》诗:"采石江边一堆土,李白之名高千古。来来往往一首诗,鲁班门前弄大斧。"比喻贴切微妙,让人联想无穷。

西汉初年,有一位著名的政论家、文学家叫贾谊,他聪慧异常,年少成名,先以辅佐河南郡守吴公政绩斐然,二十一岁就被汉文帝征召,委以博士之职。每逢文帝出题让诸博士讨论时,他都能发表精辟见解,赢得众人赞许。汉文帝非常欣赏他的才干,一年之内便破格提拔他为太中大夫。后因受朝中大臣排挤,被谪为长沙王太傅。三年后被召回长安,为梁怀王太傅。梁怀王不慎坠马而死,贾谊深感歉疚,三十三岁抑郁而亡。在为官从政仅仅十余年时间内,贾谊不仅在文学上有突出成就,而且在参政议政上表现卓越,显示了深谋远虑的超人政治智慧,为巩固汉初政治统治及后来的"文景之治"做出重要贡献。例如针对诸侯王危害西汉王朝政治安定的现实,他提出"割地定制、礼治天下"的主张:一方面,强调诸侯王严格按人臣之礼行事,维护天子的最高权威;另一方面,在原有的诸侯王的封地上分封更多诸侯,从而分散削弱其力量。这个主张就是后来汉景帝采用的"削藩策"。他就国计民生的问题推出"重农抑商、以农为本"的主张,上《论积贮疏》,对促进农业生产、发展社会经济、安定人民生活起到很大作用。在禁止私人铸钱、制止匈奴侵扰上,他也有独到的见解和主张,实践证明他的主张是正确、有效的。正是由于贾谊有杰出才华和政治贡献,后世对他评价甚高。司马迁曾为屈原、贾谊二人写了一篇合传,因而人们往往把贾谊与屈原并称为"屈贾"。刘向曰:"贾谊言三代与秦治乱之意,其论甚美,通达国体,虽古之伊、管未能远过也。使时见用,功化必盛。"鲁迅评价:"如其《治安策》《过秦论》……皆为西汉鸿文,沾溉后人,其泽甚远。"唐代李商隐写诗曰:"宣室求贤访逐臣,贾生才调更无伦。可怜夜半虚前席,不问苍生问鬼神。"刘长卿有诗曰:"汉文有道恩犹薄,湘水无情吊岂知?寂寂江山摇落处,怜君何事到天涯!"伟人毛泽东曾有七律《咏贾谊》一诗:"少年倜傥廊庙才,壮志未酬事堪哀。胸罗文章兵百万,胆照华国树千台。雄英无计倾圣主,高节终竟受疑猜。千古同惜长沙傅,空白汨罗步尘埃。"至今湖南省长沙市太平街仍存有贾谊故居,睹物思人,不胜唏嘘。

  在鼎鼎有名的历史人物中,还有两位抵抗异族入侵的英雄值得一提。一位是宋朝著名抗金女英雄梁红玉。梁红玉出身武将世家,自小学得一身武艺,因祖父和父亲贻误战机获罪被杀,她沦落为京口营妓,但洁身自好,毫无娼家气息。一次偶然的机会,她与宋将韩世忠相识,互生爱慕之意,遂结为夫妻。建炎三年,御营统制苗傅与威州刺史刘正彦拥兵作乱,强迫高宗让出帝位,另立皇帝。危急关头,梁红玉一夜奔驰数百里召韩世忠入卫平叛,因功被封为安国夫人。后她多次随夫征战。建炎四年,金军在孤军深入南宋江南之地又北撤之时,韩世忠率军在金山一线拦截,双方在江面上激战。梁红玉冒着箭雨亲自擂鼓,激励将士们英勇杀敌,连续打退了金军多次攻击,金军始终不能渡江,迫使其转入黄天荡死港,最后趁机凿通壅塞的河道,残兵方才逃出。朝廷在此战后加封梁红玉为杨国夫人。后来,梁红玉死于楚州抗金前线,她"擂鼓战金山"之壮举流芳百世。另一位是明朝抗倭英雄戚继光,他编成和训练的"戚家军",在东南沿海抗击倭寇十余年,打得倭寇闻风丧胆,扫平了多年为祸沿海的倭患,确保了沿海人民的生命财产安全,由此,戚家军威名远扬。后来,戚继光奉调北方,抗击外族入侵,确保了大明北部边疆的安全。尤为难能可贵的是,戚继光改造、发明了各种火攻武器,建造性能优越的战船、战车,创造"鸳鸯阵"阵形,使戚家军战斗无坚不摧;在北方富有创造性地修建长城上的空心敌台,进可攻、退可守,是实战化程度很高的军事工程。时人评价他的业绩:"血战歼倭,勋垂闽浙,壮猷御房,望著幽燕。"如今,山东烟台蓬莱建有戚继光纪念馆,展现他戎马一生、保国卫民的英雄事迹。

钟鸣鼎食兴旺家。"钟鸣鼎食"是指富贵人家人口众多,击钟列鼎而食,用以形容贵族的豪华排场。它原出自《史记·货殖列传》,司马迁以此形容人出类拔萃、富甲一方,实有非凡之毅力。精打细算,勤奋节俭做事,乃是生财致富的正道,能够致富的人必然有其过人之处。例如,耕田务农是很繁重的劳动,秦杨却以此成为一州首富;掘坟盗墓是作奸犯科之事,田叔却以此发家兴旺;赌技博戏本为不良行为,桓发却以此富甲一方;沿街叫卖是被人看不起的贱业,雍乐却以此过上好日子;贩脂卖膏是耻辱的事,雍伯却以此获利千金;卖水鬻浆本是小本经营,张氏却以此赚钱千万;磨刀砺剑本为雕虫小技,郅氏却以此成了鼎食之家;卖羊杂肉脯是微不足道之事,浊氏却以此车马成行;为马治病本不是高深的医术,张里却以此成了击钟佐食之家。他们都是因为专心致志做事而致富的呀。成语"钟鸣鼎食",正是由此典故演变而来。"初唐四杰"之一的王勃在《滕王阁序》中写到

"闾阎扑地,钟鸣鼎食之家;舸舰迷津,青雀黄龙之舳",意思是:这个地方遍地是里巷宅舍,有许多鸣钟而集、聚鼎为食的富贵人家;大小船只布满了渡口,船上都用青雀黄龙的形状作装饰。

古代称得上钟鸣鼎食的大家族确曾有之。曹雪芹在《红楼梦》中所写贾、史、王、薛四大家族虽是艺术虚构,但并非空穴来风、无中生有。书中第二回写到贾雨村与冷子兴在闲谈慢饮中说起宁国府、荣国府,冷子兴便有"谁知这样钟鸣鼎食的人家儿,如今养的儿孙,竟一代不如一代了"之语,但又说这样的大户人家毕竟是"百足之虫,死而不僵"。论起四大家族的富有,《红楼梦》第四回中用了一首百姓俗谚歌谣概括:"贾不假,白玉为堂金作马。阿房宫,三百里,住不下金陵一个史。东海缺少白玉床,龙王来请金陵王。丰年好大雪,珍珠如土金如铁。"金陵贾家用白玉砌堂,黄金铸马;史家的房产超过了绵延三百里的阿房宫;王家的财宝之多,就连东海龙王也来借白玉床;薛家的珍珠金银多得如粪土、烂铁一般。这里虽有夸张讽刺的成分,但字里行间看出了封建社会那些有权有势大族名宦之家的生活是多么奢靡铺张。

中国古代的门阀士族格局,在两晋时甚为明显。唐代刘禹锡所写"旧时王谢堂前燕,飞入寻常百姓家",提到的就是这一时期两个"一动而天下倾"的琅琊王氏和陈留谢家。汉朝晚期和魏晋易代之际,王家在朝中已经崭露头角。"八王之乱"和"永嘉之乱"后,西晋走向衰亡,中原许多家族都举族迁居长江以南避乱,琅琊王氏也是衣冠南渡,自临沂迁往金陵,因对故乡的思念,侨置南琅琊郡。司马睿在王导、王敦等王氏家族的拥戴下,建立了东晋政权。因拥立之功,王氏在朝中的地位举足轻重,史称"王与马,共天下",这也是王家发展的鼎盛期。据史料记载,从东汉至明清一千七百多年间,琅琊王氏共培养出以王吉、王导、王羲之、王元姬等人为代表的九十二位宰相和六百多位文人名士。"弹冠相庆"、"琳琅满目"、"东床佳婿"的典故均出自王家。汉朝时，王吉当了朝廷高官，人们就说，王吉做官了，他的知心好友贡禹就可以弹去帽子上的灰尘，准备入仕为官了。后来就用"弹冠相庆"这个典故指准备做官或即将得到其他官员的举荐。"琳琅满目"是说王家有才华的美男子有很多，有人去王家拜访太尉王衍，恰好王戎、王敦和王导在座，在另一间屋子里又见到了王诩和王澄，出来后，他对别人说，今日太尉府一行，触目所见，无不是琳琅美玉啊。"东床佳婿"说的是晋太尉郗鉴派人到王导家去挑一位年轻才俊拟招为女婿，那人回来禀报太尉，王家年轻人听说您招婿，都着意打扮装饰、踊跃参选，只有一位年轻人躺在东边床上看书，表现得若无其事。郗鉴说，这一在东床上的年轻人，正是我要挑的人！这个人就是后来成为"书圣"的王羲之。

在山西闻喜，也有一个名门望族，即裴氏家族。裴氏家族"自秦汉以来，历六朝而盛，至隋唐而盛极，五代以后，余芳犹存。在上下二千年间，豪杰俊迈，名卿贤相，摩肩接踵，辉耀前史，茂郁如林，代有伟人，彪炳史册"。据统计，其家族正史立传与载列者有六百余人，名垂后世者不下千余人，七品以上官员多达三千多人。在各个学术领域中，裴氏有成就者也是朗若群星、不胜枚举。例如唐朝贤相裴度，为了维护和巩固李唐王朝的统治，坚持与权奸、宦官割据势力进行斗争，先后平定吴元济、李师道藩镇之乱，为实现唐"元和中兴"立下殊勋。他任将相二十余年，举荐过李德裕、李宗闵、韩愈等名士，重用李光颜、李愬等名将，还保护过刘禹锡等人，但从不荐引无才的亲友为官，历代对他评价甚高。唐代白居易写诗赞曰："绿野堂开占物华，路人指道令公家。令公桃李满天下，何用堂前更种花。"裴氏家族还出过中国地图绘制史上第一人裴秀，他创造性地运用"制图六体"理论，编绘了《禹贡地域图》。南朝著名史学家裴松之曾为《三国志》作注，宋文帝惊叹为不巧之业。揭示裴氏家族兴旺发达的基因密码,其根本原因在于一脉相承、纯厚优良的家风家教。裴氏十六字家训为:重教守训,崇文尚武,德业并举,廉洁自律。重视教育,严遵家训,为裴氏家族打下了深厚的根基。裴氏子弟从小就要勤学苦读并受到长辈们严格监督,且文武兼修,无有偏废。与此同时,特别注重品德修养,在耳濡目染、潜移默化中灌输"忠君报国,光宗耀祖"的思想,并立下"凡贪官污吏,死后均不得葬入祖坟"的严明家规。因此,这个家族走出的多数官员,都能做到清苦自律、两袖清风。例如西魏名将裴侠,生活俭朴,克己爱民,百姓们称赞他"肥鲜不食,丁庸不取。裴公贞惠,为世规矩"。西魏文帝树他为典范,以警示群臣,说道:谁奉公清廉能与裴侠相比,也可同他站在一起,列为天下之最。可见名门望族之家,必有卓尔不群之人。

扛鼎之作多惊奇。扛鼎之作是指作者所有作品中,最能代表其写作水平和风格、最有分量、最有影响、深受世人好评的作品。西汉著名史学家司马迁在整理史料期间,发生了战将李陵兵败匈奴的事件,司马迁因替李陵辩解失败被俘原因触怒了汉武帝,被处以宫刑。在遭受奇耻大辱的困境下,他本想一死了之,但想到尚未完成父亲让他编写史书典籍的遗愿,继而又想到"人固有一死,或重于泰山,或轻于鸿毛","盖文王拘而演《周易》;仲尼厄而做《春秋》;屈原放逐,乃赋《离骚》;左丘失明,厥有《国语》;孙子膑脚,《兵法》修列;不韦迁蜀,世传《吕览》;韩非囚秦,《说难》、《孤愤》;《诗》三百篇,大底圣贤发愤之所为作也"。于是,司马迁用坚忍顽强的意志,经过十三年的艰苦努力,终于写出了五十二万字的中国第一部纪传体通史《史记》,被誉为"史家之绝唱,无韵之《离骚》",这当然称得上是司马迁的扛鼎之作。不仅如此,他在《报任安书》中列举的周文王、孔子、屈原、左丘明、孙膑、吕不韦、韩非等人,各自在困境中的代表作品亦堪称扛鼎之作。

中国历史上不乏文学巨匠和文艺大家,名人名作灿若群星,许多名作成了千古流芳的经典,有的还留下了轶闻趣事。被儒家称为"亚圣"的孟子所处时代是一个群雄并起、战乱纷争的时代,也是一个百家争鸣、人才喷涌的时代。在这样的社会背景下,孟子写出了一篇论证严密、雄辩有力的说理散文《舜发于畎亩之中》,文中"故天将降大任于斯人也,必先苦其心志,劳其筋骨,饿其体肤,空乏其身,行拂乱其所为,所以动心忍性,曾益其所不能"、"然后知生于忧患,而死于安乐也"等名句,激励了无数有识之士锐意进取、奋发向上。战国末期著名思想家、文学家、政治家荀子的《劝学篇》中,"青,取之于蓝,而青于蓝;冰,水为之,而寒于水"、"登高而招,臂非加长也,而见者远;顺风而呼,声非加疾也,而闻者彰"、"故不积跬步,无以至千里,不积小流,无以成江海"、"锲而不舍,金石可镂"等,可以说是字字珠玑、句句诤言,读之使人悟出了学习的真谛。唐代文人杜牧所作《阿房宫赋》中写道:"灭六国者六国也,非秦也;族秦者秦也,非天下也"、"秦人不暇自哀,而后人哀之;后人哀之而不鉴之,亦使后人而复哀后人也"。它所揭示的王朝兴亡更替的道理之深刻,可以说是鞭辟入里、入木三分,读之使人振聋发聩、分外警醒。不言而喻,上述文章的政治意义、思想光芒、文学价值都不可低估。

东晋永和九年三月,时任会稽内史的王羲之与友人谢安、孙绰等四十一人会聚兰亭,赋诗饮酒,抒发情怀。王羲之将诸人所赋诗作编辑成集,并作序一篇,记述春日流觞曲水之事,并阐述内心感慨。王羲之乘酒兴即席挥洒写下的二十八行、三百二十四字作品,不仅文字优美,而且书法艺术臻于完美,在书法艺术史上堪称一绝,后人将《兰亭集序》誉为"天下第一行书"。王羲之半醉半醒之际挥毫泼墨之作,酒醒之后他自己也感叹再也写不出这么好的作品。据传,唐太宗对《兰亭集序》爱不释手,遗诏将《兰亭集序》放入昭陵陪葬,但究竟是真是假乃成千古之谜。

唐初年轻才子王勃所写《滕王阁序》,称得上是一篇上佳美文。滕王阁是江南一座名楼,楼因滕王李元婴而得名。李元婴是唐高祖李渊的幼子、唐太宗李世民的弟弟,他修建滕王阁,本是为了观光赏景、莺歌燕舞,后却因王勃美文闻名遐迩。关于《滕王阁序》的由来,也有一段生动的故事,说的是王勃之父在交趾(今越南河内西北)任县令,王勃看望父亲途中路过南昌,是时都督阎公新修滕王阁成,定于九月九日大宴宾客,届时让其女婿孟学士作序以彰其名。王勃正巧参加了这一盛会。当时,阎公假意谦让请客人作序,宾客们自然推辞,而王勃却欣然提笔就作。阎公以更衣为名生气地离席而去,并吩咐将王勃所写之句及时报来。一开始报写"豫章故郡,洪都新府"句时,阎公觉得是老生常谈;接下来报"台隍枕夷夏之交,宾主尽东南之美"句时,阎公沉吟不言;待报"落霞与孤鹜齐飞,秋水共长天一色"句时,阎公大惊,连呼这人真是天才呀,此文将千古流芳也!立即出来站立王勃一侧观其书写,又隆重设宴款待王勃。王勃辞行时,阎公以厚礼捐赠。可惜的是,王勃乘船渡海时,遇到大风浪不慎落水,惊吓过度而死,只有二十九岁。这篇文章既成他扛鼎之作,又是绝笔之作。

宋代范仲淹的《岳阳楼记》亦是千古不朽名篇。岳阳楼在湖南岳阳西北的巴丘山下,其前身是三国时期吴国都督鲁肃的阅兵台。唐玄宗开元年间,张说在阅兵台旧址上建造楼阁,取名"岳阳楼"。1046年,范仲淹的挚友滕子京谪守巴陵郡,重修了岳阳楼。当时,范仲淹因提出政治改革主张,触动了朝中保守势力,被宋仁宗贬在邓州做官。滕子京函请范仲淹作记,并附上《洞庭晚秋图》。范仲淹其实并未到过岳阳楼,他就依据此图,凭着丰富的想象,写下了传世之作,充分表达了他"不以物喜,不以己悲"的旷达胸襟和"先天下之忧而忧,后天下之乐而乐"的政治抱负。这些闪烁高尚思想光芒的名句,一直为人们所传颂,成为传承中华民族精神的瑰丽珍宝。

革故鼎新兴国运。"革故鼎新"的意思是革除旧弊、创立新制,后多指改朝换代或施政有重大变革等。商汤灭夏后,实行了一系列改革措施,"改正朔,易服色,尚白,朝会以昼",并迁九鼎于商都,即为"革故鼎新"。自古以来,中国人的革新精神可谓生生不息、历久弥坚。《诗经·大雅·文王》曰:"周虽旧邦,其命维新。"意思是说,周虽然是旧的邦国,但其使命在革新。儒家经典《礼记·大学》中则有"苟日新,日日新,又日新"之语,意思是,如果能够一天新,就应保持天天新,新了还要更新。屈原在《离骚》中表示:"路漫漫其修远兮,吾将上下而求索。"他是一个励精图治、变法图强、爱国忧民、为坚持崇高理想而上下求索的不屈人格化身。王安石的《元日》云:"爆竹声中一岁除,春风送暖入屠苏。千门万户曈曈日,总把新桃换旧符。"抒写了他锐意变革、除旧布新的坚定信念和昂扬精神。

革故鼎新说起来易,做起来难,其间的艰辛曲折常人难以想象,革新派与保守势力的较量和斗争一直是激烈、残酷的,有的甚至要为此付出惨重的代价。例如战国时期商鞅辅佐秦孝公,在秦实施大刀阔斧的变法,使秦国从西部边陲一个综合实力不济的国家,一跃成为经济富庶、军力超群的强国,但"商鞅变法"严重触动了秦贵族利益,造成贵族怨恨。秦孝公去世后,秦惠王当政,秦贵族趁机诬害商鞅谋反,引起秦惠王猜忌,最后商鞅被杀。唐代刘禹锡年轻在朝为官时,积极参与"永贞革新",后革新派均受责遭贬。十年后,刘禹锡才被朝廷召回京都,他与友人观看了长安玄都观桃花后,感慨之中写下了《游玄都观》一诗:"紫陌红尘拂面来,无人不道看花回。玄都观里桃千树,尽是刘郎去后栽。"他明写桃花,实则以桃花比作政治新贵,看花人比作趋炎附势之人,意在讥讽这些人都是在他被贬之后靠政治投机爬上来的,含蓄地表达对他们的轻蔑之意。正是因为这首诗,刘禹锡得罪了掌权的新官僚,刚被召回又再次被贬,直到十四年后才重返京都。此时的玄都观已经物是人非,刘禹锡触景生情,又写一诗《再游玄都观》:"百亩庭中半是苔,桃花净尽菜花开。种桃道士归何处,前度刘郎今又来。"刘禹锡历经十四年坎坷却旧事重提,意在表达革新斗志并未磨灭,反而愈挫愈勇的心迹。然而,他因此再一次遭到排挤打击,不得不又一次走出京城,留下的只是革新无望的惆怅和心酸。宋代王安石力主变法,初衷是富国强兵,改变北宋积贫积弱的局面,一度也得到了宋神宗的支持。然而,变法触及守旧派的利益,加上变法本身存在操之过急、脱离实际的硬伤,朝廷形成了新旧两派的激烈斗争。在多方压力下,王安石两起两落,被迫辞去宰相之职,变法成果几乎损失殆尽,宋朝还陷入了持续不断的党争泥沼,为北宋灭亡埋下了祸根。明代张居正是个有思想、有本事的强势人物,他辅佐万历皇帝推行"万历新政",实行一系列改革措施,在财政、军事、吏治等方面都取得了很大功效。但就在张居正病故几天后,他就遭到弹劾。几个月之后,明神宗下诏追夺他的官秩,又查抄他的家产,全家有十余人被迫害致死。晚清的"戊戌变法",是一次具有爱国救亡意义的变法维新运动,但因变法损害到以慈禧太后为首的守旧派利益,从而遭到强烈抵制与反对,谭嗣同等戊戌六君子被杀,历时一百零三天的变法惨遭失败。谭嗣同在被捕前悲愤地说:"各国变法无不从流血而成,今日中国未闻有变法而流血者,此国之所以不昌也。有之,请自嗣同始!"

在诸多关系王朝兴衰和国家命运的改革中,西汉末年的王莽新政是个另类。王莽篡汉后,改的国号就是一个"新"字,王莽开中国历史通过符命禅让做皇帝的先河。新朝建立后,王莽开始进行全面社会改革,但他实行的所谓新措施却是"托古改制",即仿照《周礼》的制度推行新政。例如以王田制为名,恢复井田制,重新分配耕地;将盐、铁、酒、山林川泽收归国有;屡次改变币制;大幅更改官制与官名,有的官员称谓改得莫名其妙,如将大司农改为羲和、大理改为作士、少府改为共工、太守改为大尹或卒正、县令改为宰等;刑罚、礼仪、田宅车服等仪式,也折腾恢复到西周时期的周礼模式。这种改革中许多出于想当然,并不符合当时社会实际,也未能改善民生状况,反而使各种社会矛盾进一步激化,终于在"人祸"加"天灾"的双重压迫下,各地农民忍无可忍,纷纷聚集反抗。新朝从建立到被绿林军推翻,仅仅十五年就灭亡了。

历史上也有不少破旧制、开新局,推动国家和社会进步的成功实践。25年,刘秀重建汉室,史称东汉,刘秀为光武帝。他是贫民出身,深知天下太平、经济振兴是民心所向,于是,采取了一系列措施改革政体弊端,致力恢复和发展生产。对功臣们优加厚待,但禁止他们干政,以加强中央集权;整并简化行政机构,纠治吏治败坏的积弊;释放奴婢、刑徒,给予正常人身保障权利;抑制豪强势力发展;实行度田政策减缓土地兼并矛盾;平均赋税徭役负担,与民休养生息;安抚少数民族,缓和民族矛盾;提倡儒学,重视文教,广纳人才,淳风化俗。由此,东汉初年出现了社会安定、经济恢复、人口增长、风气好转的局面,史称"光武中兴"。唐朝武则天之后,朝中出现乱局,李隆基与太平公主联手发动"唐隆政变",肃清韦后集团。李隆基登上皇位后,为了拨乱反正,毅然起用亳州刺史姚崇为相。姚崇建议新帝推行社会改革,兴利除弊,他向皇帝上《十事要说》,主要内容包括施行仁政、不贪边功、整顿吏治、宦官不允参政、租赋之外不收大臣公卿之礼、禁止外戚内宠专权、禁止营造佛寺道观、不让亲属出任公职、以礼待臣并允许臣下提意见、致力发展生产等。李隆基欣然接受该十策,因而在他在位的前半期开创了"开元盛世",姚崇也被誉为"救时宰相"。清朝前期曾出现"康乾盛世",有人以为功绩主要在康熙、乾隆二帝,其实,他俩中间的雍正帝承上启下,起到了非常关键的作用。雍正帝执政十三年,以刚强的毅力、果敢的决心、严厉的作风,对康熙朝晚期朝廷的积弊和陋习进行了雷厉风行的改革,涉及政治、经济、社会和军事各个领域。例如,以军机处取代议政王大臣会议,大力强化专制皇权;设立密折制度,加强对各级官员的监督;严肃整治官场风气,推行吏治改革;施行"改土归流"、"摊丁入亩"、"火耗归公"、"官绅纳粮"等新政,发展生产,充盈国库,为之后乾隆朝的强盛奠定了坚实的基础。

历史潮流,浩浩荡荡,顺之则昌,逆之则亡。说到底,鼎只是人们在社会活动中赋予它一种特殊政治、文化意义的化身,其寓意和象征都要靠人的主观努力创造来实现。认清天下大势、尊重历史规律、顺乎民心民意、胸怀家国情怀、踏踏实实做事、保持高风亮节,才能真正做到"负衡据鼎",不负历史,不负人民,也不负自己的人生。

明珠璀璨自天成

在安徽省北部、淮河中游地区,有个城市叫蚌埠,是黄淮海平原与江淮丘陵的过渡地带,处于江淮分水岭的末梢。横贯中国东西的秦岭-淮河一线,是公认的中国南北方的地理分界线。蚌埠,地处这一南北分界线上,市内设有南北分界线的雕塑标志,津浦铁路从境区中部纵贯南北,淮河自西向东流过境南。

自古以来,蚌埠就是一个人杰地灵的地方。它是华夏古文明的发源地之一,也是中华文字的起源地。相传,大禹治水南下淮泗,在涂山娶涂山氏为妻,并生启。后来,启建立夏朝,为华夏第一代帝王。当时,今怀远县和蚌埠市区西部属涂山氏国。楚汉相争时,这里是金戈铁马的古战场。著名的垓下之战就发生在此地区。明朝开国皇帝朱元璋的故乡凤阳离蚌埠只有二十千米左右,蚌埠龙子湖风景区,是朱元璋小时候放过牛的地方,而龙子湖风景区境内的曹山,据传因三国时曹操曾在此练兵而得名。

蚌埠别名"珠城",是一颗闻名遐迩的淮上明珠。古时候,淮河出怀远荆山口至蚌埠地域,水流趋缓,水质清澈,水草繁盛,适宜河蚌繁殖。蚌中出珠,引来采珠之人。随着采珠人渐多,采珠船在此停泊。

该地设渡成埠,史称蚌埠渡,又有蚌埠村、蚌埠集等,继而发展成城镇规模。蚌埠称"珠城",还有一个美丽的传说。很久以前,淮河岸边住着一户吴姓人家,主妇因病去世,剩下父子两人相依为命。一日,吴孩跟着父亲到淮河捕鱼,在河岸边看到一鹬一蚌相争,那蚌拼力用外壳夹住鹬喙,使鹬一时难以解脱,但毕竟鹬灵动力大,渐渐占了上风。眼看蚌就要被鹬啄食,这时吴孩快速冲上去赶走鹬救了蚌。拿起一看,这只蚌晶莹剔透、美若白玉,吴孩虽然爱不释手,但出于怜悯,仍将蚌投入水中放生。没想到,这是一只仙蚌。仙蚌为了报恩,化作一妙龄女子来到吴家,声称是落难孤女,无家可归,请求收留。吴家父子不忍她流浪,便答应让她暂住。孤女年轻勤快,将吴家收拾得井井有条。父子俩打鱼而归,能吃到可口的热饭热菜。日久天长,吴孩与孤女感情渐深,孤女主动向吴父提出愿嫁吴孩为妻,吴父爽快地答应了,这一家人的日子自此过得日益红火。但好景不长,淮河里来了一条恶龙,兴风作浪,造成洪水泛滥,哀鸿遍野。仙蚌出于义愤,挺身而出,与恶龙展开生死搏斗,最终赶走了恶龙,但自己也力竭身亡,化作一枚珍珠。人们为了纪念仙蚌,便将珍珠埋在淮河岸边,每当打鱼上岸都会在坟前添上一把土。久而久之,这仙蚌墓就变成了一座土山,后人称之为"蚌山"。再后来,这里兴建了码头、集镇,"蚌埠"地名由此而来。

中国南方最大河系、中国境内第三长河流叫珠江,它发源于云贵高原乌蒙山系马雄山,流经中国中西部六省区及越南北部,在下游从八个入海口注入南海。珠江,原指广州到入海口近百公里长的一段水道。古时候,这条水道较宽,分布着海珠石、海印石和浮丘石三个礁石岛。其中,海珠石因长期被江水冲刷而浑圆如珠,因而被称为海珠石。因水道流经海珠石(岛),古人便称此水为珠江,后来逐渐成为西江、东江、北江及珠江三角洲上各条河流的总称。关于珠江的来历,也有一个美丽的传说。秦朝时,广东属于百越地区,那时候南越王叫赵佗,他有一颗镇国之宝——阳燧宝珠,赵佗十分珍爱它。赵佗死的时候,这颗宝珠成了随葬品。唐朝时,有个书生叫崔炜,偶然得到一种神药,能救世上诸物种于危难之中。崔炜用此药救活了一条仙蛇精,仙蛇精为感激他,就带他神游越王之墓,从墓中得到了这颗阳燧宝珠。崔炜得珠的消息传开后,一位波斯商人从海外慕名而来。商人说波斯国王丢失了一颗摩尼珠,与阳燧宝珠一模一样,于是,不惜花重金把宝珠买去。波斯商人高兴地携宝珠坐船回国。航渡中,他一边欣赏景色如画的两岸风光,一边看护着藏有宝珠的箱匣。终是忍不住兴奋之情,打开箱盖,从匣中取出宝珠把玩,只见宝珠璀璨夺目,就连青山秀水也黯然失色。正在得意之时,突然刮过一阵狂风,白浪滔天,航船猛烈颠簸。商人身子摇晃中,一失手宝珠掉入江中,他急忙俯身向水中察看,哪里还有一点影子。有人说,宝珠是神物,不愿离开本土漂泊海外,因而随风潜入江中。之后,宝珠坠江处,隆起一块巨石,每到夜间便闪闪发光。后来,人们称此石为"海珠石",这条江也得名"珠江"。在珠江口西南部,还有一个美丽的地方叫珠海,因它位于珠江出海口,在这一水域里有众多岛屿像明珠撒放而得名。

  以上这些地名与珠有关,说明珠深受人们喜爱。珠究竟为何物?珠的基本释义为,蛤蚌因沙粒窜入壳内受到刺激而分泌出物质将其逐层包起来形成有光泽的圆粒,亦称珍珠。中国是世界上最早利用珍珠的国家之一,可以追溯到距今六千年的大禹时期。据《海史·后记》记载,大禹曾定"南海鱼草、珠玑大贝"为贡品,那时的"南海"应是今之江南地区,"珠玑"与诸暨谐音,这或许是诸暨作为珍珠之乡的源头。大禹之后,有关珍珠的记载更是不绝于经传,《诗经》、《山海经》、《尔雅》、《管子》、《周易》等古籍中,都有对珍珠的描述。有史料记述,周文王曾用珍珠装饰发髻。这至少说明,珍珠作为装饰用品在周朝初始已经出现。秦汉以来,珍珠饰品更是普遍,其用途也大为拓宽,并且珍珠的文化象征意义愈益彰显,甚至被罩上一层神秘的光环。《山海经·海外南经》中记载,有一种"三珠树","在厌火北,生赤水上,其为树如柏,叶皆为珠",就是说这种"三珠树"上结出了宝珠。"三珠树"的由来,据《庄子·天地》曰:"黄帝游乎赤水之北,遗其玄珠。"因而有了"三珠树"。东方朔《神异经》中曰:"西北荒中,有二金阙,上有明月珠,径三丈,光照千里。"事实上,直径三丈、光照千里的明珠不可能有,这里显然有神化、夸张的成分。据传,上古时期,曾出现五大灵珠,蕴含三界奥秘。其一为天道珠,是鸿钧祖师以自身修为合成天道,获得天道珠,帮三界抵御一切危难,为众生谋取生机。其二、其三分别为鸿蒙珠和混沌珠,这两颗珠一起,演绎着宇宙法则的变化。其四为定海珠,拥有移山定海神力,可战胜诸妖魔兴风作浪。其五为魔灵珠,本是女娲至宝,后被魔界获得,其魔力幸被天道珠压制,未能酿成大祸。《封神演义》中曾提到定海珠、定风珠、燃灯念珠、明珠、开天珠、辟地珠、戮目珠、红珠等诸多宝珠,这些宝珠法力无穷,能助仙人们战胜强大对手。例如定风珠,可以定地水火风四元素,尤其可以定住先天之风。在十绝阵中的风吼阵中,慈航道人凭着此宝珠定住了先天黑风,任凭董天君如何催动阵法,黑风也始终不得接近慈航道人,尔后用清净琉璃瓶将董天君收入瓶内,使其化作了一滩黑水。又如戮目珠,是在天地分开后五彩霞光中孕育出的一颗神珠。此珠一旦祭出,七色神光闪耀,当即让见光者双目失明。在封神大战中,彩云仙子曾用此珠伤了黄天化和姜子牙的双眼。中国古代传说中,还有一种神奇的避水珠。一说它是上古遗留宝物;另一说是有道行的龙鱼之目可以化为避水珠,得到此珠可以在滔天巨浪中辟开一条道路,在水中行走如履平地,下海河、去龙宫也不在话下。四海龙王的龙宫,也是因为有避水珠,龙宫的生活才能如地上的皇宫一般。相传,山西应县木塔由大工匠鲁班所建。木塔建成后,上天神灵为保护木塔与岁月并存,特从火神爷和龙王爷处分别调来避火珠和避水珠。因此,木塔便能自行防火、防水,不仅能避开雷击,即使炮弹打在塔上,引燃的大火也会在瞬间被熄灭;洪水冲到塔前也会绕行而去,不致冲毁塔基。当然,神话毕竟是神话,后人不必信其真,权当谈笑之资则可。

古往今来,人们识珠、用珠、爱珠、敬珠,这与珠本身的特点及其蕴含的象征意义有很大关系。

珠的价值很贵重。天然珍珠的形成,需要自然界多种条件的聚合,如水质、环境、蚌种等。实际上,不是所有的蚌类都能产珠,真正能够产珠的蚌类并不多,而这些蚌在天然生长的情况下,遇到异物进入蚌内的概率是比较小的。即便异物进入,也会受到排斥。传说中,蚌内一旦孕育了珍珠,就会在月圆之时张开蚌壳,吸取月光之精华凝练成魄。蚌所孕育的珠胎,也不是所有都能形成圆珠,长成晶莹剔透的上佳大圆珠并非易事。蚌类喜静不喜动,在潮汐变化过程中,蚌的身影会隐藏消失,人们自然发现蚌的情况少之又少,海水中的蚌类更是难以捕捉。常言道,"物以稀为贵",珍珠当属无愧。

古时候,由于生产技术低下落后,采珠是个十分艰辛危险的事。根据《天工开物》记载,在海上采珠时,采珠人要乘专门的采珠船出海,到了相应的海域,采珠人用绳子系住腰,戴上用锡管做成的简陋透气装置,便潜入海水之中,深度可达百米之上。由于潜水设备简单,风险随时都有可能发生,采珠人也有可能受到海底生物的攻击,或因海底水的压力大、温度低,人承受不住甚至直接丢失性命。即便能侥幸捞到蚌,蚌内有无像样的珠子还得凭运气。可见,古代的珍珠是采珠人不惜生命代价换来的,其珍贵性自然不言而喻。

正是因为采珠不易,古人就珍珠的来历演绎着各种各样的奇妙说法。例如《庄子》中就有"千金之珠,必在九重之渊而骊龙颔下"之说。《述异记》中提道:"凡有龙珠,龙所吐者……越人谚云:种千亩木奴,不如一龙珠。"这就是说,贵重的珍珠是藏在龙的口腔之中,而龙在戏水时会把珍珠吐出来。龙珠的价值很高,用越人的民谚来说,就是得到一颗龙珠,胜似种上千亩柑橘。《庄子》中还有"窃珠者贼"的典故,说的是趁骊龙酣睡时偷偷采其珠者,待骊龙醒来必遭其报复而丧命,可见得珠者是有生命之忧的。

《搜神记》中记载着关于"鲛人泣珠"的典故,说的是在南方的大海中住着一群鲛人族,他们长着类似人的面相,但浑身布满了鱼鳞,并且没有腿,只有一条长长的尾巴,犹如西方神话中的"美人鱼"一般在海水中游弋。鲛人有两样特殊的本领:一是会纺织,纺织的东西非常精细、非常罕见;二是鲛人的眼泪会化成珍珠,但鲛人一般是不会哭泣的。相传,某年某月,一个受伤的鲛人晕倒在海边,被路过的渔夫发现,渔夫将其救回家中精心养伤,鲛人伤好之后便帮这个渔夫织绢,并让渔夫将绢拿去卖掉,一下子赚了很多钱。鲛人在渔夫家生活一段时间后,相互之间结下了深厚感情。当鲛人忍痛离开渔夫家时,不禁落下眼泪,而这些眼泪被渔夫收在盘子里,后化成了珍珠。这件事传开后,就有了"鲛人泣珠"的故事。有贪财之人千方百计到南海寻找鲛人,却难觅踪影。唐代诗人李商隐写过一首《锦瑟》,诗中有"沧海月明珠有泪,蓝田日暖玉生烟"之句,即是引用了"鲛人泣珠"的典故。诗词集注中还专门提到,南海珍珠要吸收月亮的光华才能养成,并且"月满则珠全,月亏则珠阙"。

一般的珍珠获取不易,名贵之珠更是无价之宝。清代著名诗人吴伟业《题冒辟疆名姬董白小像》一诗中写道:"珍珠无价玉无瑕,小字贪看问妾家。寻到白堤呼出见,月明残雪映梅花。"董白,即董小宛,她是明末秦淮八艳之一,相貌、才华、气质、性格俱佳,"天姿巧慧,容貌娟妍"。大才子冒辟疆初见她,便惊其为绝世佳人,深爱有加。吴伟业在此诗中用"珠"、"玉"比美人,是对倾国倾城之貌的董小宛的高度赞赏。

自古以来,在名贵之珠中,随侯之珠当居首位。它是春秋战国时期随国的珍宝。随侯珠与和氏璧齐名,为天下二宝。相传,随国的君主随侯在一次出行途中,看见一条受伤的大蛇在路旁痛苦万分,随侯生了恻隐之心,令人给蛇敷药包扎,后放归草丛之中。这条大蛇伤愈后衔了一颗明珠到随侯住处,并对随侯说自己乃龙王之子,因感君救命之恩,特以此珠相报。这颗珠之后叫"随侯珠",亦叫"灵蛇之珠"。随侯珠为天下至宝,随战乱而颠沛流离,随国运兴衰而归属不同主人。从楚武王开始,楚国不断对随国进行侵扰,随国虽经顽强抵抗,但弱小之国终败在强大的楚国之下,随侯珠也落入楚王之手。楚宣王时,有秦使者欲观楚国的宝器,宣王召令尹子西问道:"秦欲观楚宝器,吾和氏之璧、随侯之珠,可以示诸?"可见,当时随侯珠的确是在楚国。战国末期,楚国被秦灭亡,秦始皇拥有了随侯珠与和氏璧。秦国大臣李斯在《谏逐客书》中向秦始皇提出:"今陛下致昆山之玉,有随、和之宝,垂明月之珠……此数宝者,秦不生一焉,而陛下说之,何也?"意思是说,现在您拥有的这些宝物,都不是产于秦国的,而陛下却十分喜欢,这是为什么呢? 由此可见,随侯珠这时已在秦宫中。后来,有人认为,随侯珠随秦始皇殉葬,在墓室中"以代膏烛",使地下王宫明亮如昼。随侯之珠下落虽然成谜,但后人对它的喜爱、赞赏却情有独钟,许多文化作品中都引用它。例如《庄子·杂篇·让王》中就有"以随侯之珠,弹千仞之雀,世必笑之",意思是说,如果有人用随侯之珠去弹射千仞高的飞鸟,世上的人肯定会嘲笑他,为什么呢? 因为他将如此珍贵的宝物当作弹丸用了。《淮南子》一文中有"随侯之珠,下和之璧,得之者富,失之者贫"之语。明代马中锡《中山狼传》中亦引用过"昔毛宝放龟而得渡,随侯救蛇而获珠"的典故。

由于珠的珍贵价值被人们看重,后人们用其形容值得珍视的人才或事物。例如《汉书·律历志上》就有"日月如合璧,五星为连珠",意思是说,日月就像是美玉结合在一起,五星指金、木、水、火、土五颗行星,它们就像珍珠联串在一起。后用"珠联璧合"比喻杰出的人才或美好的事物聚集在一起。成语"掌上明珠"字面的意思是放在手掌上的珠子,比喻极钟爱的人,文学作品中用以专指父母亲特别疼爱的女儿。在曹雪芹所写《红楼梦》第二回中,就有林黛玉父母疼爱她的描述:"乳名黛玉,年方五岁,夫妻爱之如掌中明珠。"古时形容妇女服饰华贵富丽,闪耀着珍宝的光色,还用到"珠光宝气"一词,不过,若打扮得过于艳俗,就成了一个贬义词。汉语词汇中有一个词叫作"珠玑",指的是珠宝、珠玉,诗文中常用来比喻晶莹似珠玉之物,也用以比喻美好的诗文绘画,或形容声音婉转、清脆。字字珠玑,比喻说话、文章的词句十分优美。宋代词人柳永在《望海潮·东南形胜》中写到杭州的景象,就有"东南形胜,三吴都会,钱塘自古繁华。烟柳画桥,风帘翠幕,参差十万人家……市列珠玑,户盈罗绮,竞豪奢"之句,江南繁荣、富庶之气象栩栩如生,跃然于眼前。

既然珠宝价值昂贵,那么做珠宝生意的珠宝商就应运而生。战国末年,有个名人叫吕不韦,就是靠做珠宝生意起家的。吕不韦本是卫国人,后来在阳翟一带经商,积累了丰厚的资产。他到邯郸去做生意时,发现秦国安国君的儿子异人在赵国做人质。他仔细了解情况后,认为异人就像一件奇货,可以囤积居奇,以待高价售出。于是,吕不韦归家后对他父亲说:"耕田可获利几倍呢?"父亲说:"十倍。"吕不韦又问:"贩卖珠玉,又能获利几倍呢?"父亲说:"百倍。"吕不韦再问:"立一个国家的君主,可获利几倍呢?"父亲说:"无数。"吕不韦接着说道：" 如今耕田、贩卖珠玉，虽能赚些钱财，但不是长久之计。若是拥君建国，则可泽被后世，我决定去做这笔大买卖。"后来，吕不韦果然与秦异人结交，并将金钱、珠宝慷慨用于权势人物之处，终于在历经艰险曲折后，助秦异人回国并成功接替秦王之位，是为秦庄襄王。只不过秦庄襄王在位仅三年就去世了，由其子嬴政继承王位，即是大名鼎鼎的秦始皇。在此期间，吕不韦因"慧眼识珠"而获得丰厚回报。他在秦庄襄王当政时，被拜为相国，封文信侯，食邑河南洛阳十万户。秦始皇当政时，他被拜为相邦、尊称"仲父"，权倾天下。后来，因受嫪毐集团叛乱牵连，被罢相归家，在流放蜀郡途中饮鸩自尽。尽管如此，吕不韦在历史上仍是一个成功完成从珠宝商人到政治家、思想家华丽转身的了不起人物，在波澜壮阔的历史长卷中写下了浓墨重彩的一页。

珠的符号很特殊。 人们不仅看重珠的价值，而且在长期的社会文化活动中，还赋予它特殊的地位、身份符号。宗教作为人类文化的重要组成部分，有其特有的法物。从宗教史来看，无论世界上哪种宗教，基本上都与珠宝密不可分，所有宗教都视珍珠为美好神圣的东西。基督教认为，上帝创造伊甸园时，就在伊甸园的河流里放了珍珠和玛瑙。佛教认为，阿弥陀佛的极乐世界是用黄金、白银、青玉、珊瑚、琥珀、珍珠、玛瑙等铺就的，珍珠是不可或缺的佛教七宝之一。中国本土产生的道教也选中珍珠作为法物之一，道教宫观之中及道仙身上皆有珍珠装饰之物。伊斯兰教更是对珍珠青睐有加，珍珠在伊斯兰国家和地区广为流传，促进了商业经济的繁荣。在中东地区，珍珠还用来装饰真主像、清真寺及经书的封面等。

在佛教文化中，修行佛道之人时常掐捻念珠诵经、持咒念佛，作为修行的基本功课。念佛能生诸种功德，能消诸般烦恼。佛教徒手持的念珠，又称为佛珠或数珠，一般为一百零八颗，表示求得六根清净、断除一百零八种烦恼,从而使身心达到无物、寂静的状态。念珠的种类可分成手珠、持珠和挂珠三类。手珠一般戴在手腕上,也可以摘下拿在手中指念。持珠就是手持之珠串,可以经常拿在手上指念。挂珠则是悬挂在脖子上的珠串,佛家弟子平日或法事活动即佩戴之。念珠的颗数不尽相同,不同的颗数代表不同的含义。念珠的材质也颇有讲究,其中以"七宝"制成的珠串最为殊胜尊贵,菩提子是常用的一类材质。在中国古典四大名著中,《西游记》里沙和尚所戴的骷髅佛珠,是用人头骨所做,标明他在未被佛法降伏前的"妖孽"。沙和尚原为上界的卷帘大将,因失手打碎了琉璃盏,触犯天条,被贬下界,每七日万箭穿心,在流沙河兴风作浪、危害一方,专吃过路行人。后经观音菩萨点化,才改邪归正、一心归佛,同悟空、八戒一道保唐僧去西天求取真经。《水浒传》中有一位英雄好汉,本名鲁达,因仗义好侠,为救弱女子金翠莲,三拳打死"镇关西"郑屠。逃亡途中,经赵员外介绍,到五台山文殊院落发为僧,被智真长老赐名智深。鲁智深的标配是水磨禅杖、戒刀和超大佛珠。这串佛珠小说中未介绍其材质,鲁智深戴在脖子上尽显英雄豪气。值得一提的是,它在厮斗中能当制胜武器,可见也不是一般凡物。

　　佛教界所供奉的圣物,最神奇、贵重的当属舍利子。舍利子原指佛祖释迦牟尼圆寂火化后留下来的遗骨和珠状宝石样生成物,后来泛指佛、高僧圆寂后经过火葬后留下的结晶体。舍利子的形状千变万化,有圆形、椭圆形、莲花形,有的呈菩萨状,圆形的舍利子像珍珠一般,亦称舍利珠,有的也像玛瑙、水晶等。舍利子是得道高僧经过长期修持并具有宏大愿力和功德,在圆寂火化后方才出现的一种瑞相,因而十分稀有、珍贵。据传,释迦牟尼涅槃后,弟子们在火化他的遗体时,从灰烬中得到一块头顶骨、两块肩胛骨、四颗牙齿、一节中指指骨舍利和八万四千颗珠状真身舍利子。当时印度帝国的统治者阿育王,将释迦牟尼的真身舍利分为八万四千份,派僧众信徒持佛经与舍利到国外布道弘法,有十九份被传入中国。陕西法门寺保存有最尊贵的佛指舍利,北京八大处的灵光寺供奉有一颗贵重的佛牙舍利。关于各色舍利子的供奉之地众说纷纭,其中难免有鱼目混珠、似是而非的现象。供奉舍利子是对佛祖或德高望重高僧的纪念与尊重,激励信教佛徒苦修积德、增智悟道,但也有将舍利子的作用渲染夸大,生发出许多灵异之事来。《西游记》中有一个"扫塔辨奇冤"的章节,说的是唐僧师徒四人来到祭赛国,看到街面上楼台壮丽、物阜民丰,一派豪华景象,却见十来个和尚每人都戴着枷锁,衣衫褴褛,沿街乞讨。唐僧便让孙悟空上前询问因由。原来,这祭赛国有一座金光寺,寺内有一宝塔,宝塔里藏有一枚舍利宝珠,宝塔白天呈祥云瑞象,夜晚则放出万道霞光,国中甚至邻国的百姓纷纷前来朝拜,显得兴盛繁荣。没想到,三年前京城突如其来的一场血雨腥风之后,宝塔失去了光彩。国王追究此事,认为是金光寺和尚监守自盗,偷走了舍利珠,从而使宝塔失去神光。因此,将和尚们抓起来,刑讯拷打,逼迫还珠,否则全部处以极刑。孙悟空得知原委后,凭智慧查明真相,方知是万圣龙王和驸马九头虫偷走了佛宝舍利珠。孙悟空打死了作妖的龙王,又与二郎神联合打败九头虫,追回宝物,重新放置在塔中。宝塔重放异彩,金光寺和尚被释放,沉冤得雪。

珠不仅与宗教有不解之缘,古代朝堂之上用珠也很有讲究。古时君王所戴的冠冕上会有很多串珠子,称作"冕旒",它是朝会时礼服的一部分,其数量有着严格的规定,天子挂十二串,其他诸侯、臣子逐级递减,由此来区分身份和等级。后来,各级官员皆不得配冕旒,只有天子专用,以体现君王的高贵和特有的权力。君王的冠冕上为什么要有冕旒呢?因为冕旒质轻易晃动,只要君王身体带动冠冕,冕旒就会发出摆动响声,这就提醒君王行为举止要稳重,以维护其尊严。

另外，冕旒垂于君王脸部前面可以遮挡其面部表情，这就使君王的喜怒之情不易被臣子察觉，"天威"愈显神秘、庄重。君王的冠冕两侧各系有一条彩线垂下，称作"紞"，彩线底端各有一个略大点的珍珠，正好垂在耳朵旁，用于塞耳。正所谓"冕前有旒，所以蔽目；紞绕耳旁，所以蔽聪"，提醒君王主要精力用于关注那些关系江山社稷、长治久安的大事，对于一些无关紧要的小事，乃至臣子的无意过错，不必求全责备，即做到"视而不见"、"充耳不闻"。这恐怕也是古人的一种高超的领导艺术吧。宋朝之后，不再使用冕旒，但为了体现君王的尊贵，皇帝和皇后之冠往往镶有贵重的珍珠、宝石。例如从北京定陵中发现的明万历帝的孝端皇后之凤冠，上有红、蓝宝石一百多块，大小珍珠五千余颗，色泽鲜艳，富丽堂皇，堪称绝世珍品。

朝珠，是清朝礼服上的一种佩挂物，挂在颈项，垂于胸前。它状如佛家念珠，计一百零八颗，据说与清朝皇帝笃信佛教有关，而一百零八颗之数代表一年十二个月、二十四节气、七十二候。清《会典》规定，自皇帝、后妃到文官五品、武官四品以上，皆可佩挂朝珠，一般官员和百姓则不能随意佩戴。对于佩戴何种质地的朝珠，也有严格的区分和等级规定，从官员胸前佩戴朝珠质地的好坏，就能辨别出官员的品级高低，东珠和明黄色绦只有皇帝、皇后和皇太后才能使用。另外，如果皇帝对侍卫或者其他京官有额外赏赐，他们也会获得佩戴朝珠的机遇。清朝将产自东北地区的珍珠称为东珠，亦称北珠，用于区别产自南方的南珠。东珠以松花江、黑龙江、乌苏里江、鸭绿江等流域的野生淡水珍珠为代表，质地圆润硕大，色泽晶莹剔透。清朝统治者将其看得无比珍贵，规定皇家独用。采捕东珠十分艰难，采珠人要在乍暖还寒的四月天潜入江河之中采捕珠蚌，但所采捕的成百上千珠蚌中难觅得一颗上好的东珠，往往是"易数河不得一蚌，聚蚌盈舟不得一珠"。为满足皇家之需求，清廷还专门设置采捕东珠等珍品的机构,采捕规模相当可观,但又引发"狂采滥捕"的负效应,使得东珠资源迅速萎缩,至雍正朝以后,"偶有所获,颗粒甚小,多不堪用"。随着清王朝衰落,沙俄、日军乘虚而入,大肆侵占掠夺东三省的资源,具有千年历史的东珠采捕业最终走向了消亡。相传,清咸丰帝驾崩前,曾将一颗硕大的东珠赐给了慈安皇后,即之后的东太后。后来,西太后,即慈禧太后垂帘听政,一日因生病高烧不退,慈安太后便将这颗东珠取出,亲自送到慈禧寝宫,让她握在手中,果然很快就退了烧。自此,慈禧便十分迷恋东珠,不仅在世时占用大量珠宝,而且死后有大量珍珠随葬,据说达两万颗之多。军阀孙殿英率其工兵营炸开清东陵慈禧太后的坟墓后,所获珠宝不计其数,其中,含于慈禧太后嘴中的一枚大东珠堪称绝世之宝。后来,这些珠宝的下落说法颇多,莫衷一是。

珠的用途很广泛。 名贵的珠皇亲国戚、达官显贵用,一般的珠可流向社会、民间,交易、收藏、赠礼、装饰、婚嫁、美容、治病等等都少不了珍珠的身影。夜明珠是一种稀有的宝石,古称"随珠"、"悬珠"、"垂棘"、"明月珠"等,它是在黑暗中人眼能明视的、天然的、能自行发光的珠宝,其形成十分漫长复杂,是地球深处一些发光物质经过几千万年,由最初的火山岩浆喷发,到后来的地质运动,集聚于矿石中而成,含有这些发光稀有元素的石头,经过特定工艺加工,方能得到夜明珠,它常在夜间呈黄绿、浅蓝、橙红等颜色。

据传说,早在上古炎帝、神农时就发现过夜明珠。周穆王时,西胡献昆吾割玉刀及夜光常满杯,杯乃白玉之精,光明夜照。春秋战国时期,夜明珠的价值就非常昂贵,只有像大商家陶朱公等人方才购买得起。战国七雄各国的政客们,常用夜明珠喻理明哲,劝谏君王或外交游说。秦始皇驾崩时,秦皇陵中有夜明珠随葬"以代膏烛"。汉光武帝的小舅子郭况"悬明珠与四垂,昼视之如星,夜望之如月",以炫耀其富甲天下。唐宋时，皇室尤喜夜明珠，武则天、唐玄宗曾用作赐品。元明时，朝廷曾派官员到海外采买红宝石夜明珠和石榴石夜明珠。明朝内阁曾有祖母绿夜明珠，在夜色下光明如烛。清朝晚期，八国联军入侵北京。据说，当时朝廷将宫中所藏夜明珠送与入侵者，乞求他们退出北京，这真是夜明珠的悲剧。传统越剧剧目中有一出戏叫《夜明珠》，说的是江南水乡鉴湖边，有一户人家，母亲赵氏有两个亲生儿子和一个养女。两子嫌母亲年老累赘，竟在母亲七十寿辰之日将母亲赶出家门，后得知母亲藏有夜明珠，又争相接回，逼迫母亲拿出宝珠。赵氏忍无可忍，怒斥逆子。两子恼羞成怒，又将母亲赶走。养女碧玉得知他俩为母亲庆寿是假，逼母交珠是真，便赶至望湖亭旁寻母。母女相逢，悲喜交加，又在亭中拾得一只包囊，还给失主书生李云龙，李云龙一再致谢。后来，两子为索得宝珠，经常虐待母亲，又用木棍击打，老母亲彻底绝望。走投无路之时，恰逢新科状元李云龙奉旨巡察，在望湖亭触景生情，却见一老妇拦路告状。李云龙喜见老妇乃昔日恩人，当得知赵氏悲惨遭遇后，决定严惩忤逆不孝之子。最终，逆子受到应有的惩罚，善良的养女决意不收夜明珠，赵氏将宝珠扔入湖中，母女相依离去。此剧借珠明理，给观众以深刻的启示。

珍珠的颜色多种多样，大体上可分为白色系、红色系、黄色系、深色系和杂色系五种。色系不同，其价值也有很大区别。黑珍珠属于十分贵重的珠宝品种，生产黑珍珠的珍珠贝母是一种会分泌黑色珍珠质的黑蝶贝。黑珍珠的美在于它浑然天成的黑色基调上具有各种缤纷色彩，孔雀绿、浓紫、海蓝等彩虹色最为人们所欣赏，它强烈的金属光泽会随着珍珠的转动而变幻，使人生发神幻、高贵、炫目之感。黑珍珠主要盛产于法属波利尼西亚群岛的大溪地和库克群岛。有一个古老的传说，月亮的甘露坠落人间，当甘露滴落于黑蝶贝中，在海洋的孕育下,荟萃日月精华,就化身为魅惑的大溪地黑珍珠。又有一说,黑珍珠象征艰难岁月的苦难结晶,它历经千般磨难,是母贝最伤痛的泪水,因而大部分天然黑珍珠都是水滴形。在古代中国,黑珍珠代表着智慧。它藏于深渊龙齿之间,使龙潭散发出诱人的光泽。要想得到这样的宝珠,必须以超人的勇气潜入深潭,并以过人的智慧和本领征服巨龙,可见获得黑珍珠是多么不易。后来,人们习惯用黑珍珠比喻有特色、有魅力、能力出众的美女,这样的美女虽然皮肤黑了点,但健康灵动、充满活力,高贵但不张扬,温婉而不柔弱,收敛却不忧郁,潜藏着无限美好的愿景与神奇。珍珠的颜色虽不尽相同,但白色珍珠时间久了会变黄,因为珍珠是珠蚌孕育的特殊胶体结合起来的碳酸钙晶体,每颗珍珠约含百分之九十以上的碳酸钙和百分之四的水分,如果珍珠层在空气中长期暴露就会受到氧化并脱掉水分,颜色由白变黄,年代久远的珍珠层还会出现皲裂,甚至变成残渣,这样变黄的珠子价值就大大贬低了。古人由此引申出,女人年老色衰、失去原有的容颜和品貌后,被形容为"人老珠黄"。当然,珍珠如果得以妥善保养,它亮丽的光泽就能保持更长时间。

  普通的珠子总是离不开人们的日常生活,它可以做成项链、耳坠、手环、挂件等,为女子们所喜爱。用线穿成一条条垂直串珠构成的帘幕即为珠帘。古代女子常以珠帘遮挡居室门口,既有防止外人偷窥的作用,又起装饰和阻止蝇虫飞入屋内的作用。鉴于此,文人们有时就直接用"珠帘"代指女子。唐代诗人杜牧《赠别》一诗中写道:"娉娉袅袅十三余,豆蔻梢头二月初。春风十里扬州路,卷上珠帘总不如。"诗意是说,他所留恋的心上人,十三岁年华,姿态娇美,举步轻盈,好似二月初含苞待放的豆蔻花。在扬州城十里长街上,那些珠帘遮掩下的佳丽们,卷起帘来露出真容,总是比不上青春美少女。古人还用珍珠做成衣衫,称之为"珍珠衫"。明代文学家冯梦龙编纂的《喻世明言》第一章讲的就是"蒋兴哥重会珍珠衫"的故事,说的是蒋兴哥外出经商,年轻貌美的妻子王三巧儿久盼不归,心情十分寂寞。粮商陈大郎偶见王三巧儿后心生念想,遂与牙婆设计勾搭上王三巧儿,两人趁机偷欢。陈大郎临别时,王三巧儿以蒋家祖传珍珠衫相赠,蒋兴哥在返乡途中无意发现珍珠衫,并得知陈王奸情。他仔细思忖,觉得是自己因经商重利失约在前,妻子失身情有可原,便在回家后巧妙将妻子骗回娘家和平分手。王三巧儿再嫁县令吴杰做妾,蒋兴哥送上当年王家全部陪嫁。后来,蒋兴哥因官司牵连,恰逢县令吴杰断案,王三巧儿央求吴杰化解了案情。陈大郎返回自家时,被其妻平氏发现了那件珍珠衫,料是件是非之物,就偷偷收藏起来。陈大郎寻不到珍珠衫,与平氏大闹一场后负气离家,没想到路遇歹徒受惊吓,兼之急火攻心,不久就病故了。其妻平氏安葬陈大郎后留在此地,后经媒人说和,带着那件珍珠衫再嫁,而再嫁之夫正是蒋兴哥,于是,珍珠衫物归原主。故事以珍珠衫为线索,跌宕起伏,贯穿着浓厚的因果报应情调,也反映了重情重义之人终得善报的朴素情感,令人感思良多。

　　天然珍珠对人体的作用和功效也不可小觑。它具有美容和按摩的作用,能够滋润皮肤、焕发容光,还能够提神和静心,愉悦身心、增强自信。为此,市场上各种珍珠霜、膏、粉等应运而生。珍珠还有较高的药用价值,《本草纲目》中对珍珠的药效有明确记载,其他中药药典中亦指明,珍珠具有安神定惊、明目去翳、解毒生肌等功效,在提高人体免疫力、延缓衰老、祛斑美白、化痰止泻、补充钙质等方面有独特的作用。古人还将"还珠草"视为一种极为罕见的灵药,能救人于垂危之中,但它究竟是何等仙药、仙迹何处却不得而知。自然界倒是确有一种紫珠草,具有清热解毒、散瘀止血、消肿止痛的作用,同时有很高的观赏价值。

算盘,是中国古代进行数字计算的简洁工具,因算盘子形状类似"珠",因此又被称为珠算。珠算被誉为中国第五大发明,是东汉鲁王刘兴后裔刘洪发明的。刘洪是中国古代杰出的天文学家和数学家,被后世尊为"算圣"。珠算是中国古代独创的最好的"计算机",经历了一千八百多年的漫长岁月,在经济运筹、商业流通、货物贮存、生产生活、数理研究等方面发挥了重要作用。2013年12月,在通过联合国教科文组织的审议后,珠算被正式列入人类非物质文化遗产名录。

珠的文化很丰富。珠在中国古代文化中具有丰富的寓意和象征。带"珠"字的成语有很多,如探骊得珠、珠围翠绕、缀玉联珠、目若悬珠、明珠暗投、珠圆玉润、剖腹藏珠、珠零玉落、飞珠溅玉、二龙戏珠、满腹珠玑、老蚌生珠、有眼无珠等等。妙语连珠比喻巧妙风趣的话一句接一句,贝阙珠宫形容房屋建筑的华丽富贵,断线珍珠比喻眼泪像断了线的珍珠一般纷纷坠落……以"珠"入诗的佳句人们耳熟能详,如王昌龄的"金井梧桐秋叶黄,珠帘不卷夜来霜",岑参的"散入珠帘湿罗幕,狐裘不暖锦衾薄",李商隐的"红楼隔雨相望冷,珠箔飘灯独自归",罗隐的"应倾谢女珠玑箧,尽写檀郎锦绣篇",白居易的"嘈嘈切切错杂弹,大珠小珠落玉盘"、"可怜九月初三夜,露似真珠月似弓"等。

珠的历史典故很有意思。《韩非子·外储说左上》中说了一个"买椟还珠"的故事。楚国有一个卖珠宝的商人,欲到郑国去做珠宝生意。他为了招揽买家,便选了一些上等的木材,找工匠做成了一个个精致新颖的木盒子,并且请技艺精湛的工匠在盒子外面雕上了美丽的花纹,又选用名贵的香料,把做好的盒子熏得香气迷人,然后把珠宝放进盒子里。珠宝商来到郑国后,果然吸引了许多人围观。一个郑国人看到盒子爱不释手,于是出高价买下来,他打开盒子看到里面的珠宝,便将珠宝退还给珠宝商,高高兴兴地带走了木盒子。珠宝商见此哭笑不得。后来，人们以"买椟还珠"比喻取舍不当，只注重事物的外表，而看不清事物的本质，使得主次不分。这种只重形式、不重内容的事例在现实生活中屡见不鲜。

"慧眼识珠"也是人们常用的典故。慧眼原指佛教中所说的"五眼"之一，后泛指敏锐的眼力。慧眼识珠用于称赞善于识别人才的人，语出《资治通鉴》。相传，隋唐时女侠红拂女就是一个慧眼识英雄的奇女子。红拂女因家中蒙难流入权臣杨素府中，成为杨素的侍妓，因常执红拂立于杨素身旁，故被称为"红拂女"。有一位名叫李靖的才子寻求报国之路而投到杨素门下，杨素对其非常怠慢，李靖感到非常失望。立在杨素身旁的红拂女见李靖气宇轩昂、谈吐不凡，是有远大前程之英雄豪杰，便暗生倾慕之心。红拂女深夜找到李靖住处，开门见山表明心迹，表示愿随李靖闯荡天下。李靖喜出望外，于是，二人离开长安。他们在一处客栈歇脚时遇见一虬髯客，红拂女见他貌似粗鄙，却是气度不凡，便与他拜为兄妹。三人结伴来到汾阳见到了李渊与李世民，李世民对李靖非常欣赏，大有相见恨晚之感，而虬髯客借故离开。后来，虬髯客将家产赠予李靖与红拂女，自己远走他方。李靖发现虬髯客家中有兵书数册，便日夜研究，兵法韬略大大增长。李渊父子起兵后，李靖相助李渊和李世民夺取天下，建立了大唐。之后，李靖被封为卫国公，红拂女被封为一品夫人，而虬髯客据说杀入海中扶余国自立为帝。《红楼梦》中曾用林黛玉之名赋诗赞红拂女："长揖雄谈态自殊，美人具眼识穷途。尸居余气杨公幕，岂得羁縻女丈夫。"

"沧海遗珠"的典故出自《新唐书·狄仁杰传》，它的原意是指大海里的珍珠被采珠人遗漏，比喻埋没人才或被埋没的人才。唐朝时，有个官宦之家的孩子叫狄仁杰。一天，家中的一个仆役被人杀害，衙门里来人勘验调查，家中人按要求接受问询或忙于招待，狄仁杰却丝毫不动地坐在那里读书。来调查的衙役责怪他,狄仁杰却说,书中的圣人贤良都在,我都应接不暇,哪有闲工夫搭理你这样的庸俗小吏呢?事情传开后,人们都不禁称奇。狄仁杰长大后,经举荐担任汴州判佐。有一次,工部尚书阎立本出巡河南道,听到一些官员对狄仁杰褒贬不一,便让狄仁杰来见。一番谈话后,阎立本感叹道:"孔子云:'观过知仁矣。'你可以说是海曲之明珠、东南之遗宝。"于是,阎立本推荐狄仁杰担任并州都督府法曹。

汉朝有一个"鱼目混珠"的典故,说有一个叫作满愿的人,无意中得到了一颗很大的珍珠,许多人都很羡慕他。邻居中有一个叫寿量的人,看到别人羡慕的眼神,心生杂念,他也很想拥有一颗宝贵的珍珠。有一次,寿量在河边发现了一颗很大的鱼眼睛,便误以为是珍珠捡回家中,然后逢人就炫耀自己也拥有珍珠。后来,满愿与寿量两人得了同一种病,需要用珍珠的粉末配以药材方能治好。医家认为满愿的珍珠完全可以治病,而看了寿量的"珍珠",一下就辨识为假货,根本治不了病。别人知情后,便讥讽寿量"真是鱼目混珠啊"。后用此比喻以假充真。这个做法的结果是害人又害己。

汉朝《说苑》中有一个"粟石换珠"的故事。墨子对禽滑釐说,如果遇到大灾荒,人们无粮可食时,有人拿一钟粟来换你的珍珠,你该如何选择呢?禽滑釐回答,当然要粟不要珠了!墨子认为他的选择是对的。这就是说,珠宝再珍贵,但在关键时候,也难以救人于饥饿危难之中。珍宝的价值大小,也是因时因事因需而论,不能无限夸大其作用。

对珠的喜爱和感情化为人格,就有了以珠喻人,甚或直接将珍珠用于人名。例如《红楼梦》中,就有林黛玉是绛珠仙草转世之说,贾宝玉的大丫鬟袭人原名叫蕊珠,宝玉的大哥叫贾珠,秦可卿的丫鬟叫瑞珠等。西晋时有个叫石崇的人,机敏善谋、文采出众,他在朝中为官时,深得晋武帝信任,成为既有权势又十分富有的人。后来,石崇前往交趾任职,见到一个叫绿珠的女子妩媚动人、美丽异常,并且能歌善舞、善解人意,石崇就用十斛明珠的价格买下了绿珠。绿珠虽然随石崇过着锦衣玉食的生活,但经常想念家乡、怀乡思愁。石崇为了让她舒心,就花重金在金谷园修筑高大的望乡楼,让绿珠空暇时登楼远眺南方的故乡。当时朝中有个权臣叫孙秀,见到绿珠的美貌惊为仙人,一心想得到她但无机会。后来,石崇失势被免官后,孙秀见有机可乘,便派人到金谷园索要绿珠。石崇挑选众多美女让孙秀派来之人挑选,来人回道,只要绿珠一人,其余皆免。石崇坚持不给,孙秀遂诬陷石崇谋反,并派兵到金谷园欲强行带走绿珠。绿珠得知事情原委后,流泪对石崇说,君是因我而获罪,我今当为君而死。随即跳楼自尽,石崇想去劝阻,却为时已晚。这个凄美的故事后被许多文人写诗咏叹,唐代杜牧所写《金谷园》一诗道:"繁华事散逐香尘,流水无情草自春。日暮东风怨啼鸟,落花犹似坠楼人。"自此,有人还把绿珠奉为桂花的花神。

清康熙朝有一位朝廷重臣叫纳兰明珠,以蓝翎侍卫起步,后历任内务府总管、六部尚书、都察院左都御史、武英殿大学士、太子太傅等要职,在辅佐康熙帝撤掉三藩、统一台湾、治理黄河、平定噶尔丹、抗御外敌等重大事件中发挥了积极作用。纳兰明珠有一子名叫纳兰性德,自幼饱读诗书、文武兼修,青少年时期即崭露头角,显示出卓越的才华。纳兰性德擅长写词,写景逼真传神,词风"清丽婉约,哀感顽艳,格高韵远,独具特色",在清代词坛享有很高声誉,在中国文学史上留下了光彩夺目的篇章。他在随康熙帝游幸京城"八大处"平坡山时,写下了《望海潮·宝珠洞》一词:"漠陵风雨,寒烟衰草,江山满目兴亡。白日空山,夜深清呗,算来别是凄凉。往事最堪伤,想铜驼巷陌,金谷风光。几处离宫,至今童子牧牛羊。荒沙一片茫茫,有桑乾一线,雪冷雕翔。一道炊烟,三分梦雨,忍看林表斜阳。归雁两三行,见乱云低水,铁骑荒冈。僧饭黄昏,松门凉月拂衣裳。"词中将历史变迁、王朝更迭、都邑兴废、郊野风情描绘得淋漓尽致,读来使人浮想联翩、感慨万千。

  珠在形容和表现各种自然事物和现象时,也有它独特的文化魅力。例如,人们辛勤劳作洒落的汗水被称为汗珠,过于悲伤掉落的眼泪被称为泪珠,身体受伤流落的血滴被称为血珠,管道破损渗落的油滴被称为油珠,夏日花草上降落的晨露被称为露珠,阴天空中飘落的雨点被称为雨珠等。位于上海黄浦江畔的广播电视塔"东方明珠",是上海的标志性文化景观之一,深受人们喜爱。它娇美的身影充分见证了上海浦东新区腾飞发展、日新月异的神奇变化。因此,与其用"东方明珠"比喻一座美丽的塔,倒不如用它夸赞一座时时都在创造奇迹的城,它恰是当今伟大中国兴盛发展的一个符号、一个缩影。

山河表里多雄"关"

位于湖北中南部、长江中游、江汉平原腹地的荆州是一座名副其实的历史名城。"禹划九州,始有荆州。"荆州建城历史长达三千多年,先后有六个朝代、三十四位帝王在此建都,是春秋战国时楚国都城所在地,诸多帝王将相、文人墨客在荆州留下了历史印迹。但要说人们印象最深的,恐怕还是要数三国时期,特别是围绕刘备占荆州,关羽守荆州、失荆州,演绎了生动曲折、荡气回肠的故事,令人难忘。

前两年从武汉到宜昌参观三峡大坝时,我曾顺道到荆州,登上荆州古城,既为古城保存之完好而赞叹,又被它的厚重历史文化而感染。置身城楼之上,仿佛看到了当年的刀光剑影,听到了当年的鼓角铮鸣。那些壮志凌云、个性鲜明的英雄,犹如滚滚长江奔腾的浪花、历史天空闪烁的明星,吸引人们不尽的追寻思索、深情的回眸凝望。观览中,大家议论最多的还是当年关羽究竟为什么失荆州,如果荆州不失,历史是不是可以改写?历史当然不会改写,但荆州丢失的原因倒可以深入思考一番。人们常说的一句话是"关羽大意失荆州",但凭关羽的才干,"大意"两字未免以偏概全,"大意"只是表象,战略失策和实力不济才是实质。揭开历史的面纱,不难看出,那个时代仅凭关羽一己之力要想全面击败曹军、恢复汉室几乎没有可能,何况他又意气用事,没有认真贯彻诸葛亮交代他的"北拒曹操、东和孙权"之策。东吴经过精心准备,成功突袭荆州,打了关羽一个措手不及,这才是关羽失败的真正原因。不过,关羽被擒遇害,并没有损害他的历史形象,历史的悲剧反而成就了他忠义威武的美名。

在中国传统文化中,无论是庙堂之上还是草野之下,对关羽的尊崇一直热度不减,尤其是宋、明、清时,各朝帝王不断追加关羽称号,以关羽为忠义的化身,强化官员的忠君爱国理念。清朝时,关羽被追封为"忠义神武灵佑仁勇威显关圣大帝",朝廷颁令,以关帝庙为武庙,并入祀典,全国各地兴建关帝庙,关羽成了武圣,甚至被神化,民间还认他为武财神。荆州市南门,就有一座关帝庙,始建于明洪武年间,明万历年间重建,清朝数次重修并扩建,清雍正、乾隆、同治帝先后御赐匾额"乾坤正气"、"泽安南纪"、"威震华夏"等,庙内还存有关羽青龙偃月刀、赤兔马槽等珍稀文物。

关羽又被后世之人尊称为关公,他在关姓名人中首屈一指,与关羽一同遇难的义子关平,还有其亲子关兴、关索及后人关胜也不时被人们提起。其实,关姓最早的名人当属夏朝发、桀两代君王的宰相关龙逄。关龙逄为古豢龙氏的后代。相传,在帝舜时期,养龙高手董父为帝舜养龙,获封豢龙氏。那时的龙实际是鳄鱼,为防止鳄鱼凶猛杀人,就要把养龙的地方围圈起来,并把门严密关好,这是最早的"关"意。因此,豢龙氏也称关龙氏,后简化为关氏或龙氏。关龙逄在辅佐夏桀期间,实在看不下去桀残酷暴虐、宠信妖姬、挥霍无度、迫害贤良、滥杀无辜的行为,他多次向桀进谏,但桀不予理睬。于是,关龙逄决定以献黄图,即一种关于地舆、陵庙、宫观、明堂等事的图画为名,意在表明这样下去就会丢掉江山社稷,如桀仍不听从,则进行死谏。果然,桀非但不以为然,反而将关龙逄囚禁,后来干脆对他施以炮烙之刑,关龙逢遍身烧焦而死。由于他为民请命、直言死谏而死,后人将他与商朝被纣王剖心的比干并列,并一同祭祀。唐朝时,曾有人为关龙逢树碑,碑文刻"夏直谏臣关公之墓"。明朝时,有为关龙逢和比干立"双忠祠碑"。清朝有诗赞曰:"劲草堂前古柏垂,双忠遗留使人悲。欲知直节匡前代,更读中原三绝碑。"有人认为,关姓的来源即从关龙逢始,关姓的另一个来源与周朝函谷关的关令尹喜有关。尹喜因任职的原因,世称关尹喜或关尹令。相传,当年老子出关时,关尹喜热情相待,并真诚挽留老子作《道德经》,关尹喜之名随之传开,他的后裔及族人,亦称关尹氏,后简化为关氏、尹氏。此外,关姓还有源于官职说、少数民族汉化说等。

关羽一生身经百战,《三国演义》中写他温酒斩华雄、三英战吕布、斩颜良诛文丑、水淹七军、围攻襄樊等,都显示其神勇,然而,最精彩的华章还是过五关斩六将。在冷兵器时代,单枪匹马要想通过严密防守、明阻暗算的数道关隘,常人绝对难以想象,而这些在《三国演义》中都有出神入化的描写。既然说到了"关",不妨就来认真研究一下"关"的来历,以及与之有关的文化和故事吧。

关,是个会意字,它的本义为用顶门杠使门闭紧,《说文解字》解释为"以木横持门户"。简单地说,它指的是门闩,之后引申为关门,由关门的关又引申为关口,再后来赋予了它更多含义。例如,难关,比喻不容易克服的困难或不易度过的时期;攻关,指攻打关口或比喻努力突破科学、技术等方面的难点;乡关,一般是指自己生长的故乡;年关,指农历年底,旧时欠租、负债之人要在年底时偿还债务,过年如同过关;牙关,指上颌与下颌之间的关节,泛指上下两排牙齿;关节,指起关键作用的环节或指动物骨骼的骨块之间的连接点等;关系,指事物间相互作用、相互影响的状态,也指人与人或人与事物之间的某种联系,以及对有关事物的影响;关心,指人与人之间的留意、注意或关怀、挂念;关塞,指边关、边塞或指特定的关口、要塞;关张,指停止商店营销活动或歇业;关河,指关塞、关防,也泛指山河等。值得注意的是,作为特定的地理概念,中国境内还有关内、关外、关中、关东、关西、关南等称谓。关内和关外,是以山海关为天然的地理分界,亦作为历代沿袭的行政区划分界,关内为燕山渭海以西,关外为燕山渭海以东。关中,指陕西秦岭北麓渭河冲积平原地域,古时因其处于东潼关(函谷关)、西散关(大震关)、南武关(蓝关)、北萧关(金锁关)"四关"之内,故称关中。至于关东、关西,则有漫长的演变过程。战国时期,秦军出渭河平原、进入中原地区时,必须要经过函谷关,函谷关之西的秦国通常被称为关西,与之相对,函谷关之东广大地区则被称为关东。到了明朝,山海关是明长城东起第一关,因而山海关之东被称为关东。清朝一直沿袭这一称谓。民国时,关东则指东北或东北三省地区。

至于古代关隘的形成,据考证,它与国家所设收税的关口或站卡有关。《周礼·地官》记载,当时的官吏有"司关"之职。中国海关博物馆有一件"关"字瓦当藏品,它原是汉朝函谷关门楼上下垂部分的建筑构件。函谷关作为汉朝洛阳西去长安的重要关卡,曾见证了古丝绸之路的辉煌,而"关"字瓦当在函谷关出土,正好为中国古代关隘起源提供了有力证据。继收税关卡功能之后,由于战事的频繁发生和规模的不断扩大,"关"的性质和作用都发生了很大改变,关城建筑和关塞设施的防御功能凸显出来。春秋战国时期,对关城和关隘的重视已成为帝王与统帅们关注的重中之重,各种攻守设施和战术战法应运而生,《墨子》一书中就生动地讲述了墨子与公输班九攻九拒较量之事。古时几乎所有较大规模战争,都少不了攻城拔寨、闯关夺隘。围绕"关"的防守和争夺,上演了许多威武雄壮、可歌可泣的历史故事。

在置关、建关、守关、攻关的同时，"关"的文化也不断丰富和发展。例如，带"关"字的成语有生死攸关、息息相关、蒙混过关、咬紧牙关、一语双关、丸泥封关、参透机关、闭关自守、无关宏旨、玄关妙理、无关轻重、机关用尽、紧急关头、漠不关情、事不关己、裙带关系、关怀备至、关门打狗、关山迢递、关情脉脉等。带"关"字的古诗词很多是耳熟能详的名句，如李白的"明月出天山，苍茫云海间。长风几万里，吹度玉门关"，王昌龄的"秦时明月汉时关，万里长征人未还。但使龙城飞将在，不教胡马度阴山"，王维的"渭城朝雨浥轻尘，客舍青青柳色新。劝君更尽一杯酒，西出阳关无故人"，王之涣的"黄河远上白云间，一片孤城万仞山。羌笛何须怨杨柳，春风不度玉门关"等。苏轼有一首记述他与胞弟苏辙久别重逢、共赏中秋月景的词叫《阳关曲·中秋月》："暮云收尽溢清寒，银汉无声转玉盘。此生此夜不长好，明月明年何处看。"这位大文豪以"阳关曲"词牌作词还有多首。"阳关曲"本名"渭城曲"，单调二十八字，因唐王维"西出阳关无故人"诗句而得名。"阳关曲"作为琴曲名即为《阳关三叠》，这是十大古琴曲之一，是古琴艺术的代表作。陆游有一首《关山月》七言古诗，全诗三个层次，每个层次四句。其中，第一层次为："和戎诏下十五年，将军不战空临边。朱门沉沉按歌舞，厩马肥死弓断弦。"这是对南宋朝廷偷安求和、不修武备的极大讽刺。"关山月"本为汉代乐府横吹曲的调名，因离别伤感而作的歌曲，内容多写边塞士兵久戍不归伤离悲别的情景。陆游在此用古乐府的旧题，做了内容和形式的创新。

"关"的文化和故事有很多，为了更深入、更透彻地了解"关"的象征与寓意，不妨从不同视角、不同含义中再将有关内容做些延伸与拓展，正所谓"横看成岭侧成峰，远近高低各不同"。

关山很险峻。 关山，指的是关隘与山峰，也可指故乡或泛指巍巍群山，常用以比喻路途遥远或行路困难。杜甫曾有"戎马关山北，凭轩涕泗流"的诗句,这是他晚年登岳阳楼触景生情、叹身世忧国事的代表之作,遥望万里关山,天南地北皆处于战乱的动荡之中,再加上民间疾苦、自身流浪,不禁老泪纵横、凄惨悲哀。南北朝乐府诗《木兰辞》中有"万里赴戎机,关山度若飞"之句,意思是绵延万里的群山险路,在将士们的脚下可以从容飞度,表达的是一种不畏艰险、英勇奋战的坚强意志和毅力。宋代杨万里有一首描写路途漫漫、万山拦阻,提醒行人们毫不懈怠、奋力前行的诗句:"莫言下岭便无难,赚得行人错喜欢。正入万山圈子里,一山放出一山拦。"可见,翻越关山、攀登高山、抵近远山、踏遍青山是多么不易。

华夏大地幅员辽阔、山河壮丽,崇山峻岭、名山大川有很多。由于古代信息和交通的限制,"山高路险"是人们普遍的认识,更因为不识其"真面目",将一些山川夸大化、虚拟化甚至神秘化的文化现象并不鲜见。在《山海经》这部古老的奇书中,就记载了不少巍峨耸立、气势磅礴的名山,由此演绎了离奇的神话故事。例如《山海经·大荒西经》中提道:"西北海之外,大荒之隅,有山而不合,名曰不周。"不周山具体在哪里有多种说法,常见的说法是在昆仑山西北、帕米尔高原上。相传,不周山是人界唯一能够到达天界的路径,但山上终年积雪、寒气逼人,常人难以登山过关。有人说,不周山与周王朝所属"周山"相对立,本身就象征着它是桀骜不驯、难以征服的灾难之山。《淮南子·天文训》中有一则共工怒触不周山的故事。共工是炎帝后裔,人面蛇身朱发,是为水神。相传,他在与黄帝的后裔颛顼争夺帝位时,遭到失败,一怒之下以头撞不周山,折断西北角一根撑天的柱子、东南角一条系地的绳索,造成天向西北倾斜,日月星辰移动了位置,地面则向东南方低陷,水和泥沙都向东南方流去,后来有女娲炼五色石补天之举。

《山海经》中还提到一座青丘山,"青丘之山,其阳多玉,其阴多青蒦",就是说它的山南阳面有很多玉石,而山北阴面盛产一种青色涂料。不过,要想得到玉石和涂料,却有"一狐当关"难以逾越,因为这座山上有"九尾妖狐"。《山海经》中写道:"有兽焉,其状如狐而九尾,其音如婴儿,能食人,食者不蛊。"意思是说,九尾狐叫声跟婴孩啼哭一样,能吞食上山之人,但人如能侥幸吃上一块狐肉,这个人就不会再中妖邪毒气了。可是,这狐肉岂是轻易能够得之的?《封神演义》中写到商纣王拜访女娲娘娘宫殿时,写了一首淫诗调戏女娲,女娲为惩处纣王,便派九尾妖狐化为美女妲己,色诱纣王,搞乱朝政。商纣王的诸多恶行,如建造酒池肉林、施行炮烙之刑,都是妲己出的主意。商朝被周灭亡时,妲己成周军俘虏,二郎神用天眼照出妲己的九尾狐原形,姜子牙用斩妖剑斩杀了九尾狐,可见凡人是难以制服九尾狐的妖力的。

昆仑山被称为中国第一神山、万祖之山,连跨青海、四川、新疆和西藏四个省份。"昆仑"之名也出自《山海经》:"西海之南,流沙之滨,赤水之后,黑水之前,有大山,名曰昆仑之丘。"这座山"其光熊熊,其气魂魂",有虎身九尾、人面虎爪的神兽陆吾负责把守;还有一种喜欢吃人的异兽,头上长着四只角,形状像羊,它的名字叫土蝼;另有一种大如鸳鸯、形状像蜜蜂的鸟,名叫钦原,攻击力也很强,人被其蜇之即死。这座山是"天帝的下都",方圆八百里,高七万尺,上有西王母的瑶池。西王母的形象被描述为"其状如人,豹尾虎齿而善啸,蓬发戴胜",她由两只青鸟侍奉。据《竹书纪年》和《穆天子传》记载,西周第五位君王周穆王姬满,由技术娴熟的车夫造父驾着八匹骏马拉的车子,在向导伯夭的引领下,横跨三万里,耗时近两年,前往昆仑山与西王母相见。西王母热情款待穆天子,两人互赠礼品、情投意合、其乐融融,周穆王甚至忘了返回的事。最后,两人不得不分离时,还相互许下三年后再见的诺言。之后,周穆王又北行一千九百里,抵达"飞鸟之所解羽"的"西北大旷原",再从天山一路归国。后人多有描写周穆王这次远行。李白诗曰:"若非群玉山头见,会向瑶台月下逢。"李商隐诗曰:"八骏日行三万里,穆王何事不重来","蓬山此去无多路,青鸟殷勤为探看"。千百年来,昆仑山流传着许多美丽动人的故事,汉唐之后,这里成为道教重要的"洞天福地"。尽管如此,莽莽昆仑给人的印象仍是山高路远、望而生畏。宋代白玉蟾就写道:"移将北斗过南辰,两手双擎日月轮。飞趁昆仑山上去,须臾化作一天云。"

在古代四大经典小说之一的《西游记》中,孙悟空可是个神通广大、能腾云驾雾、会七十二变的神猴。然而,他却在两座山吃了大苦头。一座山是被如来佛祖移五指山压了五百年,头上都长出了草。另一座山是火焰山,有句俗语叫"孙悟空过火焰山,在劫难逃",他连身上的猴毛都烧着了,好不危险啊。小说把唐僧师徒四人受阻火焰山,孙悟空三借芭蕉扇,钻进铁扇公主肚子里,大战牛魔王等情节写得精彩曲折、险象环生,"火焰山"也成了家喻户晓、童叟皆知的险山、名山。其实,火焰山确有其地,它位于新疆吐鲁番盆地的北缘,古丝绸之路北道,古时又称之为赤石山。维吾尔语称"克孜勒塔格",意为"红山",唐人以其炎热曾称其为"火山"。火焰山山长一百多千米,最宽处达十千米,主峰海拔 831.7 米。盛夏季节,骄阳似火,它赤褐色的山体在烈日照射下,砂岩灼灼闪光,炽热的气流翻滚上升,就像熊熊烈焰,它的最高气温可达四十七点八摄氏度,地表温度高达近九十摄氏度。山上寸草不生、飞鸟灭迹。可见,人们要过火焰山当存在极大的风险。

论起中国境内险峻的山峰,除了那些"神山"之外,就得说说华山、三清山和黄山了。华山位于关中大地,古称"西岳",雅称"太华山",是中国著名的五岳之一、中华文明的发祥地,"中华"和"华夏"之"华"就源于华山。《水经·渭水注》记载:"其高五千仞,削成四方,远而望之，又若花状。"古"花"、"华"二字通用，故"华山"即"花山"。华山自古以来就有"奇险天下第一山"的说法，魏晋南北朝时还没有通向华山峰顶的道路。直到唐朝，随着道教的兴起，道徒在北坡沿溪谷而上开凿一条险道，形成了"自古华山一条路"，"一夫当关，万夫莫开"真正是名不虚传。因此，登华山犹如闯天险，使许多人望而却步、仰天惊叹。

三清山位于江西省上饶市境内，是著名的道教名山，它的名字主要是因其玉京、玉虚、玉华三座主峰宛如道教玉清、上清、太清三位天尊列坐其巅而得名，享有"清绝尘嚣天下无双绝地，高凌云汉江南第一仙峰"之美誉。三清山呈现出东南向西北倾斜的地势，东、南、西三面地势十分陡峭，从山脚至山顶，水平距离达五千米，这样的高差更显其险峻异常。既是道教名山、险要之所，必有不少传奇故事，三座主峰自不必说，其他诸如蓬莱三峰、锦屏峰、六柱峰、双剑峰、老子峰、灵龟峰、女神峰等，也有很多说道。传说孙悟空保护唐僧西天取经，功德圆满后，请愿来到三清山修炼，至今留有悟空修炼观宝的妙高台。还有天帝赐玉的怀玉山白玉墩，著名画师贯休画罗汉的罗汉峰等，都有精彩故事演绎。

黄山位于安徽省南部黄山市境内，因峰岩青黑、遥望苍黛而名"黟山"。后因传说轩辕黄帝曾在此炼丹，便改名为"黄山"。黄山的地形地貌是在经历了漫长的造山运动和地壳抬升，以及冰川和自然风化作用，才形成其特有的峰林结构。它山峰陡峭，崖壁犹似刀削，群峰林立，共有大小共七十二峰，主峰莲花峰海拔高达1 864.8米，是三大主峰中最险峻的奇峰。登山小路像天梯挂在陡峭的山岩上，坡度大都在七十度以上，最险处近九十度，两边又是万丈深渊，使人望而生畏。黄山以奇松、怪石、云海、温泉、冬雪"五绝"名扬天下。明朝著名旅行家徐霞客曾赞叹："薄海内外之名山，无如徽之黄山。登黄山,天下无山,观止矣!"后人引申为"五岳归来不看山,黄山归来不看岳"。唐代李白有诗曰:"黄山四千仞,三十二莲峰。丹崖夹石柱,菡萏金芙蓉。伊昔升绝顶,下窥天目松。仙人炼玉处,羽化留馀踪……"

关隘很神奇。古代关隘大多选在地势突出险要、扼控交通要道之处建造。它既是组织防御的坚固依托和屏障,又是人员流动的必经之地和关卡。关隘的重要性不仅关系到战争的胜负、经济的兴衰,更关系到国家的存亡安危,这已经为古代无数战争实践所证明,在此难以一一尽述。为此,在这里将另辟蹊径,主要说一说与关隘有关的神奇故事。

函谷关是春秋战国时期秦国的一处重要关隘,发生过许多重要历史事件,也出现过许多奇闻轶事。魏国信陵君曾率五国联军陈兵函谷关,楚国春申君率师攻打过函谷关,孟尝君出函谷关发生过"鸡鸣狗盗"的趣闻,赵武灵王乔装入秦后又经函谷关安然返赵,秦朝末年刘邦、项羽也在函谷关留下攻伐之战的故事。函谷关既是天险重关,也是东西通道,古代以此关为关中与关东的分界,西进东出皆为必经之地。在函谷关的逸闻传说中,"老子出关"无疑最有神奇色彩。老子本是周王室管理藏书的史官,见周德日衰,决意离去,遂骑青牛一路西行,向函谷关而来。函谷关守关官员尹喜站在关楼上,看见一片紫气从东方冉冉飘来,知有贵人路过,他虔诚地站在关门口迎接,果然见到一位皓首白须的老者骑一头青牛而至。尹喜盛情款待,并诚恳挽留,于是,老子在此写下五千余言《道德经》,这才有了古代思想文化的一件瑰宝。据说,尹喜因对老子的信奉与崇拜,便辞官与老子一同西去。老子西去后的踪迹有多种说法。《后汉书·襄楷传》中说道,老子来到西域传经布道、教化胡人,后来成了佛。民间故事中还说道,老子走后,他所骑青牛被当地一位老农饲养。不久,函谷关一带发生瘟疫,百姓无良医良方医治,老子的青牛也不吃不喝,饲养青牛的老农非常着急,找来郎中检查,青牛从口中吐出一个肉团后开始吃草,郎中辨识出青牛吐出的肉团是"牛黄"。之后,郎中将牛黄泡制成小药丸,送给有病的百姓服用,很快病都好了。后来,这一带百姓将青牛吐仙丹时的正月二十三日作为"牛节",青牛吃草的石槽也一直保留下来。

发生在春秋末期的伍子胥过昭关的故事也颇有几分传奇。昭关,在今安徽含山县城北小岘山之西,这里山势险厌,因而设关,春秋时为吴楚两国界地、交通要冲。伍子胥本为楚国人,楚平王听信谗言杀害他父兄后,为斩草除根,又悬赏捉拿外逃的伍子胥,楚国各地的城门口都挂了伍子胥的像,守城官兵予以严格盘查。伍子胥逃到昭关时,见城关盘查很紧,怕倘若不能逃走,父兄深仇则无人可报,心中万分焦急,一夜之间愁白了头发、胡须。幸好遇到一个好心人东皋公,对伍子胥的遭遇深表同情,他将伍子胥掩藏在家中,又让一位相貌类似伍子胥的朋友皇甫讷冒充伍子胥过关,而真实的伍子胥因头、须皆白,容颜大改,守关军士没有认出,就这样侥幸过关。过关后,又遇大江拦路,正着急时,来了一位划船的渔夫,助伍子胥渡江而去。后来,伍子胥被吴王委以重任,吴军打败楚军,攻陷楚国都城,伍子胥家仇终于得报。伍子胥出逃的经过,不仅留下了"一夜白头"的故事,还留下了"七星龙渊"、"千金报恩"的传说。话说伍子胥为渔夫所渡,为报其恩情,解下腰间七星龙渊宝剑欲赠予渔夫。渔夫接剑后仰天长叹道,我救你是因你们伍家世代忠良,并非贪图钱财,现在你怀疑我因财施救,我将用死以证清高。说罢用剑自刎而死。伍子胥后悔不迭。之后,他在途中遇到一姑娘以食物相赠,解了他困饿之苦,伍子胥致谢后随口对姑娘说,请对他的身份、行踪保密,姑娘感到人格受到了侮辱,便抱石跳河自尽。伍子胥当了高官后,曾寻找姑娘家人未果,只好将千金投入姑娘跳水的河中。

《三国演义》第二十七回为"美髯公千里走单骑，汉寿侯五关斩六将"。关羽护送二嫂从氾水关来到荥阳时，荥阳太守王植密令从事胡班夜间在他所住馆驿放火，欲将关羽一行烧死。待一切准备就绪时，胡班却暗中寻思，我久闻关云长大名，不识何模样，不如悄悄看一看。夜间，胡班潜至厅前，见关羽左手绰髯、右手执书，正在灯下夜读《春秋》。胡班失声惊叹："真天人也！"正是这句话救了关羽一行，胡班遂把王植欲加害之事告知关羽，关羽当即带一行人冲出城。后世将关羽奉为"武圣"，中堂之上常悬挂关羽夜读《春秋》坐像，俨然是一位"神人"也。关羽过此关犹如天助，而明末大顺军败于山海关仿佛也是天意。李自成率领的大顺军攻陷明朝京城后，镇守山海关的明朝辽东总兵吴三桂本拟归顺，但因"冲冠一怒为红颜"而中途变卦，李自成遂发兵山海关攻打吴三桂，吴三桂在关键时刻献关降清。大顺军与吴三桂的辽东铁骑在"一片石"激战时，双方拼得精疲力竭。恰在此时，大风突起、扬尘蔽天，风势对不熟悉山海关地理环境的大顺军极为不利，而坐山观虎斗、蓄势待发的清军如神兵天降，趁机发动致命一击，大顺军溃败如潮、一泻千里，终于丧尽了战略优势而惨遭失败。清军犹如神助般占领了北京城，明清历史从此改写。

　　始置于汉武帝时期的玉门关，位于河西走廊最西端、疏勒河南岸，距敦煌市区约九十千米，现仅存遗址。古时的玉门关名声响亮，描写它的作品有很多。唐代王昌龄诗曰："青海长云暗雪山，孤城遥望玉门关。黄沙百战穿金甲，不破楼兰终不还。"唐戴叔伦有诗："汉家旌帜满阴山，不遣胡儿匹马还。愿得此身长报国，何须生入玉门关。"唐李昂写道："汉家未得燕支山，征戍年年沙朔间。塞下长驱汗血马，云中恒闭玉门关。"唐胡曾咏史："西戎不敢过天山，定远功成白马闲。半夜帐中停烛坐，唯思生入玉门关。"这些诗都与边塞征战有关，可见玉门关有着边远荒凉、艰难险恶的象征意义，也是守边将士们忍受苦寒、热血报国的真实写照。据说,玉门关的得名,确实与玉有关。玉门关原叫小方盘城,因古代西域玉石皆从此输入,人们又叫它玉关。小方盘城一带人烟稀少、地形复杂,黄沙铺盖、气候恶劣。有一年,一支贩卖玉石的马队行到附近时,因风沙漫卷迷失了道路,赶马人饥渴难耐、心中焦急。正在这时,一个赶马人发现一只受伤的孤雁落在沙地上,他心生善意,将大雁捡起来放在怀中,准备待它伤好后再放飞。马队继续寻找路径,但转来转去又回到原点,眼看面临马倒人亡的危险。正在这时,那只大雁说话了:"要想找到路,方盘城上镶宝玉。"赶马人惊讶不已,纷纷拿出玉石,那只大雁叼走一块飞走了。不久,赶马人看到远处有闪耀的光芒,便朝闪光处奔去,果然找到了小方盘城,而那块被雁叼走的玉石正镶嵌在城门之上。从此,人们将该城关称为玉门关。

位于山西阳泉市平定县城东北四十五千米晋冀两省接壤处,有个重要关隘叫娘子关,史称万里长城第九关。娘子关原名叫苇泽关。据说春秋时晋国名士介子推的妹妹介山氏,焚死在绵山,后人为她筑妒女祠。之后,凡有女子打扮得很漂亮经过妒女祠时,必然遇到雷电大作,视为妒女嫉妒之意,娘子关便因此得名。另一个传说似乎更有意义,说的是隋朝末年,李渊在太原举兵反隋,他的女婿柴绍前往响应。柴绍走后,李渊之女,即后来的平阳公主,变卖家中资产,召集乡兵同举义旗。他们占据苇泽关,有力地支持和配合李渊的军事行动,后与李世民、柴绍率领的军队胜利会合。为纪念平阳公主这位巾帼英雄,后人便称她的军队为"娘子军",称她们防守的关口为"娘子关"。娘子关陡壁如削、奇峰突起,地势险要、易守难攻,是历代兵家必争之地,在这里也发生过许多战事。它的历史遗迹多与平阳公主有关,例如城关南门上有一座"宿将楼",桃河对岸有一座"点将台",绵山之巅有一处"避暑亭",最早都为平阳公主而建。还有一个常年流水的水潭,据说是公主当年冲洗战尘和梳妆发冠的地方,城堡下的"圪嘟泉"和"水帘洞"便是娘子军饮马洗尘之地。当然,这应是后人美好的想象与演绎。尽管如此,当人们站立在峭壁前,听闻那浪花飞溅的瀑布撞击之声,岂不有金戈铁马、刀枪剑戟铿锵作响之感?这也是历史文化的魅力之所在吧。

关楼很雄伟。关楼是指关城上供瞭望用的小楼,古人也借关楼的兴建显示雄踞要地、俯瞰山河的气势。例如明人描写居庸关的诗句就写道:"天造居庸险,关开绝壁城,重门悬锁钥,夹水布屯营。立马山河壮,登坛鹿豹惊。一夫当此塞,万里却胡尘。"居庸关在距北京市区五十余千米外的昌平县境内。相传,秦始皇修筑长城时,将囚犯、士卒和强征来的民夫徙居于此,后取"徙居庸徒"之意,故名居庸关。居庸关形势险要,自古为兵家必争之地,它的南北两个关口分别被称为"南口"、"八达岭"。居庸关关楼雄伟壮阔,关楼匾额上有"天下第一雄关"字样,但以此名称之的还有嘉峪关,书者为清朝名臣左宗棠。且不论谁是"天下第一雄关",从居庸关的战略位置看,它是从北面进入北京乃至华北平原的重要门户,从秦朝始,到汉唐,再到元明清,皆重视此关城的建设和守卫。据史书记载,现在的关城始建于明朝。朱元璋洪武元年,遣大将徐达、常遇春北伐。徐、常二将一路凯歌,占据居庸后,跨两山建关城,东据翠屏,西控金柜,城墙周长十三里,城高四丈二尺,厚二丈五尺,上建城楼,另筑城台敌楼,并在关城外险要地带筑护城墩六座、烽堠台十八座。后来,居庸关屡有修葺、扩建,防御体系更加完善。据统计,环绕居庸关有隘口近一百二十处,烽堠墩台一百三十多处。居庸关不仅地势雄峻,而且景色迷人,是著名的"燕京八景"之一。清朝乾隆皇帝游居庸时,曾御书"居庸叠翠"四字。美景衬雄关,更显得山河壮丽、气象万千。

论气势,有"天下第一雄关"之称的嘉峪关名副其实。嘉峪关自古以来就是内地通往西域新疆的险关要隘,汉唐的丝绸之路即由此通过,因此,它也是传播民族文化、促进民族交往、增进民族友谊的一个重要纽带和驿站。嘉峪关关城也是建于明初,从初建到筑成一座完整的关隘经历了一百六十八年,是明朝长城沿线九镇所辖千余个关隘中最雄险的一座。关城择地势最高的嘉峪山而建,城关两翼的城墙横穿沙漠戈壁,犹似一条盘踞的长龙。它由内城、外城、城壕三道防线成重叠并守之势,壁垒森严、雄浑一体。内城开东西两门,东为"光华门",意为紫气东升、光华普照;西为"柔远门",意为以怀柔而致远,安定西陲。嘉峪关门台上建有三层歇山顶式建筑,城门门额上有乾隆亲笔御书"嘉峪关"字样,九米高的城墙之上加上高达十七米的城楼,在大漠平沙中陡然拔地而起,气势磅礴壮观。内城墙上还建有箭楼、敌楼、角楼、阁楼、闸门楼共十四座,布局精巧,熠熠生辉。不到大漠戈壁不觉地老天荒,不登嘉峪关城不觉关山之险。清朝名臣林则徐因虎门销烟得罪了洋人,被朝廷贬谪新疆,他在途经嘉峪关时曾作诗:"严关百尺界天西,万里征人驻马蹄。飞阁遥连秦树直,缭垣斜压陇云低。天山巉削摩肩立,瀚海苍茫入望迷。谁道崤函千古险,回看只见一丸泥。"这恐怕也是对"天下第一雄关"的很好诠释吧。

还有一座称为"天下第一"的雄关,即"两京锁钥无双地,万里长城第一关"的山海关。山海关最大的特点是依山傍海修筑关城,它位于明长城东端,是明长城唯一与大海相交汇的地方。向北是辽西走廊西段,地势险要,是古碣石所在地,曹操曾在此地以《观沧海》咏志抒怀:"东临碣石,以观沧海。水何澹澹,山岛竦峙……"它北倚燕山,南连渤海,故得名山海关。往北远望,燕山山脉起伏连绵,那伸展的长城顺山势而行,如巨龙直入云端;向南俯瞰长城蜿蜒入海,如长鲸吸纳百川,雄浑壮观景象尽收眼底。山海关关城始建于明洪武十四年,城垣周长虽只有四千余米,但城高却有十四米,城厚七米。关城东西南北四面各建有四座城门,其中,东门为"镇东门",上悬"天下第一关"巨匾,是明成化年间进士萧显所书。相传,萧显为报一位老妇人资助之恩,为她写下"天下第关"四字,有意剩下"一"字未写。后来,山海关征集匾额,老妇人按萧显赠字时的吩咐,将字送到总镇衙门,官员们看后都纷纷叫好,只是缺个"一"字,找了许多书法名家补字,都不甚完美,于是,又让老妇人寻找写字之人。这时,萧显已在京城为官,老妇人千里迢迢赶到京城,萧显当即用头发作笔,写下一个苍劲的"一"字,老妇人返回献字获得了重赏。萧显还有《登城述怀》诗赞山海关:"城上危楼控朔庭,百蛮朝贡往来经。八窗虚敞堪延月,重槛高寒可摘星。风鼓怒涛惊海怪,雷轰幽古泣山灵。几回浩啸掀髯坐,羌笛一声天外听。"东门城楼呈箭楼形式,城台高十二米,城楼高十三米,楼分两层,上为歇山重檐顶,顶脊双吻对称,四角飞檐上饰以形态各异的脊兽,造型美观,栩栩如生。西、南、北三面亦建有城门楼。此外,角台上还分别建角楼,侧面建有靖边楼、临闾楼、牧营楼和新楼等。这些城台、城楼建筑,加之瓮城、罗城,构成完整的防御体系,成为抵御关外入侵、拱卫京畿的坚固屏障。无数大小战争的烽火硝烟,又给这座关城披上了雄浑悲壮的面纱,使人登楼怀古,更添沧桑之感。

位于四川广元剑阁县城南约十五千米处的剑门关,亦有"天下雄关"的美誉。战国时期,秦国欲灭巴蜀,秦惠文王派大将司马错开金牛道,秦兵得以进入巴蜀。三国时期,蜀相诸葛亮力拒曹魏,在剑门立石为门,修飞阁栈道。蜀汉后期,蜀将姜维率不到三万人马固守剑门,使曹魏大将钟会所率的十万大军不能前行,后来是邓艾率军偷渡阴平小道,才攻下了成都。剑门之险,唐代大诗人李白在《蜀道难》诗中表现得淋漓尽致,"西当太白有鸟道,不与秦塞通人烟","剑阁峥嵘而崔嵬,一夫当关,万夫莫开",如果到剑门关一看,就明白李白之诗并非夸张。据史料记载,剑门关始置于唐初,此后历代均有修缮,并设官吏、驻军卒、派重兵把守。因古时入川有水陆两路,"陆路有剑门之雄,水路有瞿塘之险","得剑门者得四川",所以它是兵家必争之地。雄伟的剑门关界分南北,隔断川陕,它的关楼就建在大剑山剑门咽喉地带。从北面入关者,要登攀层层台阶,经多番曲折迂回,方到关门之前。站在石阶上仰视,关楼巍峨峻拔、凌空屹立,顿显得楼前之人的渺小。不过,现在的关楼只是仿明朝关楼新建,由青石条砌就关台座,楼宽十八点三米,高十九点六一米,深十七点七米,面阔三楹,重檐歇山,灰瓦盖顶,北面悬"天下雄关"巨匾。如站在关楼上,则能看到"黄鹤之飞尚不得过,猿猱欲度愁攀援"的"猿猱道",坡道几乎呈垂直状,行人攀登之难尽收眼底。唐代诗人杜甫《剑门》诗云:"惟天有设险,剑门天下壮。连山抱西南,石角皆北向。两崖崇墉倚,刻画城郭状。一夫怒临关,百万未可傍。"宋代陆游路经此地,亦作《剑门关》一诗:"剑门天设险,北乡控函秦。客主固殊势,存亡终在人。栈云寒欲雨,关柳暗知春。羁客垂垂老,凭高一怆神。"

古代经典小说《三国演义》中说到了"白门楼"的故事。白门楼是什么形状、规制如何,因原楼早已毁损,数字信息不得而知。白门楼的历史典故却很有说道。白门楼位于江苏睢宁县境内,隶属于今睢宁县古邳镇。古邳镇旧称"下邳",白门楼即为其城关南门。下邳历史悠久,也是兵家必争之地。据史书记载,春秋时期,宋襄公在此修造城邑,下邳城正式崛起,下邳城南门也初始形成。战国时,齐威王封邹忌为成侯于邳,始称"下邳"。秦汉时期,张良曾在这里的圯桥上巧遇黄石公,帮他拾鞋,三次赴约遂得兵书而辅佐刘邦夺取天下。项羽、韩信也先后治理过下邳。到了东汉末年,刘备、吕布、曹操都在这里你争我夺、进行较量。最后,曹操攻取下邳城关,于白门楼擒杀一代枭雄吕布,并收降大将张辽,掳掠美女貂蝉,这些故事在多种文学作品中都有表现。两晋时,富豪石崇用白玉重砌城南门,并亲书"白门楼"字样。正因为白门楼洋溢着英雄豪气,也演绎着龙争虎斗,所以将其列入雄伟之楼也未尝不可。

关口很难过。关口本义是指关的出入口或来往必经的处所,引申为起决定作用的时机或转折点,或遇到较大的困难与难关。中国的语言文化环境非常丰富,从关口到过关,其含义可以有多重理解。面临各种困难与风险考验,甚至平淡无险之时,都有"过关"的说法。例如顺境与逆境、成功与挫折、胜利与失败、安乐与忧患、得意与失意之时,都可能有过关的考验。诸如人情关、苦乐关、生死关、体能关、心理关、政治关、思想关、作风关、纪律关等,使用频率都不低。民间俗语中也有充满哲理意蕴的各种过关之说。

鲤鱼难过龙门关。有一个古老的传说,在河东界内,有一座山叫龙门山。大禹治水时,曾在龙门山凿一条一里多长的深沟,让黄河之水从中间流过去,深沟两侧是悬崖峭壁,车马不能通行。从上游奔流而下的河水,由于落差很大,在这里形成一道湍急的水幕,犹如一道险峻的关口,将沟口遮蔽笼罩在水雾之中,从下游逆流而上,很难穿行而过。但是,每年晚春季节,却有成群的鲤鱼自下游诸川逆流而上,因为它们听说,只要跃过了这座龙门,就真的能以鱼化龙。可是到了龙门时,有的望而生畏,有的试跳碰得头破血流,真正能过者少之又少,必须是有坚强毅力的强者,一旦登上龙门,就有云雨跟随着它,天降大火从后面烧它的尾巴,这样鱼就变化成龙了。能跳过龙门的鲤鱼,头上会被禹神点为红色;没能跳过去的鲤鱼,从半空中摔落下来,撞在山脚下,额头上就留下一个黑疤。这个说法唐李白有诗为证:"黄河三尺鲤,本在孟津居。点额不成龙,归来伴凡鱼。"后来,"鲤鱼跃龙门"用来比喻科考中举、官场升官等飞黄腾达之事,也比喻逆流奋进、奋发向上。学子考中上榜,姓名上点红的做法也来源于此。

故事启示人们,要想取得成功,就要有敢于奋进、不畏风险的精神和勇气。

有钱难过鬼门关。相传,人死之后,鬼魂首先要过鬼门关,之后才走上黄泉路,路尽头有一条忘川河,河上有座奈何桥,走过奈何桥即是望乡台,在望乡台边有个孟婆亭,喝了孟婆汤就忘掉了过去的一切,进入地府之中等待下一个转世轮回。过鬼门关要验明正身,并核实在世上的好坏善恶。凡世上积善积德的好人,能顺利过关,并得到路引,阎王、鬼叉不会为难;凡作恶多端的坏人,不能得到路引,在过奈何桥时就会跌下万丈深渊,遭受众鬼、蛇虫、猛兽的百般折磨。有一个大财主知道此事后,临死前嘱家人多给他带钱,好到阴曹地府行贿。但阎王是个明察秋毫、六亲不认的判官,在核实这个财主是个恶人后,不但没收其财,而且照样将他打入深渊受苦。这惩恶扬善的故事告诫世上的人们,勿以善小而不为,勿以恶小而为之,金钱不是万能的,金钱不能打通所有关节,不义之财还会使其自受其害、自取其辱。

英雄难过美人关。自古英雄能做出惊天动地的大事业,但英雄气短、儿女情长的也不在少数。历史上有纣王宠妲己落得众叛亲离,周幽王博美人一笑烽火戏诸侯丢掉西周江山,吴王夫差为西施所迷遭越国报复,楚霸王项羽走投无路洒泪别姬,吕布戏貂蝉险遭董卓所害,吴三桂冲冠一怒为红颜留下千古骂名等,可见"美人关"确实不好过。然而,历史上也有不为美女所动、不为色情所迷的真英雄、大丈夫。汉朝年轻的名将霍去病战功赫赫,汉武帝欲为他赐婚,他却慷慨而言:"匈奴未灭,何以家为!"就是他,书写了远征漠北、封狼居胥的传奇。《三国演义》中写到赵云领兵攻取桂阳,桂阳太守赵范献城投降,之后,他极力称赞赵云是个大英雄,欲将"有国色"的寡嫂樊氏嫁给赵云,赵云揣度赵范是被迫而降,"心未可测",断然拒绝这门亲事,别人劝其纳之,他依然不从。后来,赵范果然逃走。事实证明,赵云的处置非常正确。唐朝狄仁杰年轻时曾投宿一客栈,深夜正在灯下读书时,客栈年轻漂亮的女主人因新寡耐不住寂寞,主动来找狄仁杰倾诉心事。狄仁杰好言相劝,导之以理,使她打消了原有的念头并跪谢狄仁杰说,承蒙你的教诲,使我保全了名节,我亦知道今后该怎么过了。爱美之心人皆有之,正常的男女交往并不为过,但不应突破道德底线、存非分之想,更不能因贪图美色而失去大节。

情人难过相思关。古代社会男女婚姻主要靠"父母之命,媒妁之言"。由于封建礼教的束缚和信息、交通的影响,有情人面对面互诉衷情的机会很难把握,相思之苦犹如苦渡难关。文学作品《二度梅》、《西厢记》《红楼梦》中都有男女相思的形象描述。梁山伯对祝英台、苏小小对阮郁、桃花女对崔护相思成疾,最终丢了性命。古人表达相思感情的诗词有很多。例如,李白写道:"入我相思门,知我相思苦,长相思兮长相忆,短相思兮无穷极,早知如此绊人心,何如当初莫相识。"李之仪诗曰:"我住长江头,君住长江尾。日日思君不见君,共饮长江水。此水几时休,此恨何时已。只愿君心似我心,定不负相思意。"李清照词中有:"花自飘零水自流,一种相思,两处闲愁。此情无计可消除,才下眉头,却上心头。"明代剧作家汤显祖创作过著名昆曲《牡丹亭》,写的是杜丽娘梦中与书生柳梦梅一见倾心,梦醒后相思伤情,竟郁郁而终,后化为魂魄与柳梦梅重逢,人鬼相恋,最后起死回生,终与柳梦梅成婚。这一曲目唱词优美、景色唯美、扮相绝美、曲调清美,上演后一直为人们所喜爱,成为昆曲经典剧目的代表作。

为官难过权力关。权力是神灵,也是魔鬼,它能使人神清气爽、鬼怪难侵,也能使人神魂颠倒、鬼迷心窍。权力用得好,能为百姓带去福祉,让英杰青史留名;权力用得滥,能酿成祸国殃民之灾,让败类遗臭万年。历史上,秦国丞相李斯在秦始皇突然驾崩后,为保自身相位不失的一己之私,竟上了赵高的贼船,矫诏杀了公子扶苏,拥立胡亥称帝,最后葬送了秦王朝,他自己也落得被腰斩、人品为世人所不齿的下场。唐玄宗时期任宰相的杨国忠是杨贵妃的族兄,他任相期间,专权误国,败坏纲纪,他与安禄山的矛盾成了安史之乱的导火索,使唐王朝出现了由盛而衰的大转折,他自己也为乱兵所杀。关姓名人中有一位元代戏曲作家关汉卿,一生创作过六十多部戏剧作品,其代表作《窦娥冤》讲述了窦娥的悲惨命运。窦娥自小卖与蔡家做童养媳,不幸的是,丈夫暴病而死,她只得与蔡婆相依为命,却被地痞张驴儿暗算。张驴儿本想毒死蔡婆而后霸占窦娥,但阴差阳错之下毒死了自己的父亲。张驴儿贿赂知府,诬告父亲为窦娥所害,知府贪赃枉法,逼窦娥含冤招供。窦娥有冤无处申,在刑场发下三桩毒誓,即血溅白练、六月飞雪、大旱三年,想让老天为其主持公道,结果均都应验。该剧深刻揭露了封建礼教对人性的摧残,贪官污吏滥用权力、草菅人命的肮脏交易,是对封建统治强有力的鞭挞,故事感人至深,列为古代十大悲剧之首。

临危难过生死关。国难显忠贞,临危见精神,生死关是对人们最大的考验,它犹如一块试金石,将人性、气节、风骨、真伪试得一清二楚。明朝末年文坛领军人物钱谦益,才学过人,享有高官厚禄,为人们所追捧,江南名妓柳如是慕其名而委身于他。但在清军入关、明朝危亡时,柳如是劝他为保名节,一起投河自尽,钱谦益却用一句"水太冷,不能下"搪塞敷衍,可见其毫无气节。当清军兵临城下时,钱谦益还打开城门,站在滂沱大雨中迎候清军。清军入城后下令剃发,百姓议论纷纷,许多文人至死不剃,而他却率先剃头。钱谦益因其所作所为,被骂为无耻的汉奸、人品极差的文人、贪生怕死的小人。晚清时,直隶总督裕禄负责指挥天津防务,镇守大沽口炮台的天津总兵罗荣光率将士浴血奋战,而裕禄竟答应侵略军开放海口水道的要求。大沽口炮台危急时,裕禄却贪生怕死,始终未向大沽口派出援军,任炮台失守,数千将士阵亡。八国联军后攻陷天津、再攻北京,裕禄还是仓皇退却,其丑恶行径亦被钉上历史耻辱柱。历史上,也有许多为国为民、不畏牺牲的真英雄。南宋名臣文天祥奋勇抵抗元军,兵败被俘,元人屡次劝降并许以高官,文天祥不为所动,最后从容不迫就义,他的"人生自古谁无死,留取丹心照汗青"诗句,激励着无数后人为保家卫国浴血奋战。关姓还有一位名人是清朝民族英雄关天培,他在任广东水师提督时,全力支持民族英雄林则徐虎门销烟。英军对虎门要塞发动进攻时,他亲自坐镇虎门,率将士浴血奋战,在身体多处受伤时,仍大呼杀敌,亲手燃炮射击,最后被敌炮击中牺牲。守卫炮台的四百多名将士,全部壮烈殉国。这就是中华民族真正的英雄和血性基因。

关战很悲壮。古代战争中,许多是围绕关隘的争夺而展开。夺取关隘,则可能举城而下,传檄而定天下;失去关隘,则意味危在旦夕,随时城破国亡。由于关隘的重要性,战争的激烈性、残酷性就愈加突出,关战屡屡奏出一曲曲悲情壮歌。

《三国演义》第五回中写道,袁绍联合十八路诸侯讨伐董卓,在虎牢关下,董卓的部将吕布出关应战,接连斩杀联军中的上将数员,刘备、关羽、张飞三兄弟跃马出战,与吕布大战虎牢关下,厮杀得惊心动魄、风卷残云,吕布以一敌三,终在力竭时拖戟飞上虎牢关。"三英战吕布"的故事精彩激烈、荡气回肠,但其情节却是虚构的。不过,历史上真实的虎牢关战事之激烈,并不亚于小说故事。虎牢关,又称汜水关、成皋关,是古京都洛阳东边门户和重要的关隘,位于今河南荥阳市区西北部十六千米的汜水镇境内,因传闻周穆王曾将勇士进献的猛虎圈养于此而得名虎牢。春秋战国时期,这里发生过许多战事。

秦朝末年,楚汉相争,这里是刘邦、项羽对峙的核心地带,《史记》中有"刘邦与项羽战荥阳,争成皋之口,大战七十、小战四十"的记载。双方对峙之初,刘邦处于弱势地位,被困于荥阳城中,好不容易用计逃出。后来,刘邦再度调兵夺取成皋,用激将法激出项羽手下大将曹咎出城作战,从而夺得成皋城。这成为双方优劣更替的转折点,项羽最终败退乌江自杀。在东离虎牢关不远的广武山上,有一条南北走向的深沟,两旁陡壁悬崖、蛇行斗折,这就是楚汉相峙时著名的"鸿沟",中国象棋中的楚河、汉界由此演化而来。唐朝初年,李世民率军东征,围攻洛阳王世充,王世充求救于窦建德,窦率兵驰援,屯兵于虎牢关东的广武山上。李世民据守虎牢关,以逸待劳,之后接连施计消耗敌军,待时机成熟时,一举挫败敌军,生擒窦建德,又回师洛阳逼迫王世充投降。唐朝的基业因此而稳固。南宋时,民族英雄岳飞亲率岳家军在此大破过金兵。到了近代,太平军与清兵也在此鏖战数日。每一场战争都留下了无数将士斑斑血迹,"虎牢虎牢",战争猛于虎、甚于虎,但战争的牢笼却一直难以关闭,以致血流成河、尸骨累累,不能不令人遗憾、心酸!

  陕西渭南境内有一座著名的关隘潼关,《水经注》记载:"河在关内南流潼激关山,因谓之潼关。"这里的"潼"当有撞击之意。潼关是长安的东部屏障,牵系长安的安危,潼关若失,则关中大门尽开,因而历来为兵家必争之地。潼关设于东汉末,自此后在这里发生的大小战事绵延不断,比较有名的战役首数曹操与马超之战。关中马超、韩遂诸部占据潼关,曹操亲率大军西征与超军对峙,夹关列寨。两军在渭河岸边相持时,曹操用反间计离间韩遂、马超,之后各个击破,马超等西凉军队大败,死伤不计其数,败逃回了凉州,关中为曹操所得。唐朝天宝年间发生安史之乱,安禄山、史思明率十五万铁骑南下,渡黄河、克洛阳,直逼潼关城下。唐玄宗先后派高仙芝、哥舒翰守潼关,但他听信谗言,杀了高仙芝,又强令哥舒翰放弃固守潼关之策,迅即出关破敌。哥舒翰无奈领兵出关后,被叛军诱其深入,遭到伏击,唐军二十万大军只余八千人逃回了潼关,哥舒翰亦被俘投降。唐僖宗时发生了黄巢农民军起义,黄巢攻克洛阳后,挥师直指长安,抵达潼关后发起猛烈攻击,又派军绕道关城后方,使守潼关的唐军腹背受敌,三天后,潼关被农民军占领。每次战争,都会有无数无辜的百姓遭殃。元代大词人张养浩路经潼关时,曾写下《山坡羊·潼关怀古》:"峰峦如聚,波涛如怒,山河表里潼关路。望西都,意踌躇。伤心秦汉经行处,宫阙万间都做了土。兴,百姓苦。亡,百姓苦。"以此表达对残酷战争、王朝更替给黎民百姓带来深重灾难的同情。

在雁门关发生的战事也很多,有的被附上了神奇色彩。雁门关位于山西忻州市代县境内的雁门山中。相传,每年春来,南雁北飞,口衔芦叶,飞到雁门盘旋良久,直到叶落方可过关,故有"雁门山者,雁飞出其间"的说法。雁门山群峰挺拔、山势险要,是古时抵御北方游牧民族南侵的天然屏障,在此山设关,即占据咽喉要塞,因而有"天下九塞,雁门为首"之说。雁门关凭险而立,在历代战争中也是必争之地。史载,赵武灵王大刀阔斧进行军事变革,胡服骑射,大败林胡、楼烦的入侵,建立了云中、雁门、代郡。后来,赵国名将李牧奉命常驻雁门,以防匈奴入侵。他坚持固守防卫,养精蓄锐,待时机成熟时,巧设奇阵、诱敌深入,大破匈奴十余万骑。此后,匈奴人闻李牧之名胆战心惊,十余年不敢侵赵。秦始皇统一六国后,曾派大将蒙恬率兵三十万,从雁门出塞,北击匈奴,尽收河套地区,把匈奴赶到了阴山以北,并在此筑长城。汉武帝时,名将卫青、霍去病、李广等都曾在雁门古塞内外大展军事才能,多次大败匈奴。李广在做代郡、雁门、云中太守时,先后与匈奴交战数十次,可惜战机把握不好,虽有小胜,却无大功,因此,李广一直没有受封。直到汉元帝时,实行和亲政策,王昭君由雁门关出塞和亲，这一带方得到暂时安宁。后来，烽火又起，到了北宋年间，雁门关成了宋辽激烈争夺的战场。人们耳熟能详的杨家将故事不少发生在此地，老令公杨业的故乡就在雁门关所在的代县，杨忠武祠至今犹在，杨业父子英勇抗辽、为国捐躯的事迹为后世所传颂。雁门关的悲壮故事引得诸多文人为它歌咏，唐代诗人李贺的《雁门太守行》写道："黑云压城城欲摧，甲光向日金鳞开。角声满天秋色里，塞上胭脂凝夜紫。半卷红旗临易水，霜重鼓寒声不起。报君黄金台上意，提携玉龙为君死。"

南宋著名爱国诗人陆游晚年曾作《书愤》："早岁那知世事艰，中原北望气如山。楼船夜雪瓜洲渡，铁马秋风大散关。塞上长城空自许，镜中衰鬓已先斑。出师一表真名世，千载谁堪伯仲间。"陆游一生矢志抗金救国、恢复中原，但早年因遭权奸秦桧忌恨，不得入仕。他在四十八岁时，获得到川陕宣抚使王炎幕下参赞军务的机会。他以壮年之躯着戎装，与官兵们戍守大散关头，又奔走于所辖防区，考察地理形势，检查要地防务。这首诗正是他对军旅生活的深情回顾，并对壮志未酬鬓先斑感到悲怆和郁愤。诗人提及的大散关，位于陕西宝鸡市南郊秦岭北麓，自古为"川陕咽喉"、战略要地，因周朝散国之关隘而得名。据史料记载，大散关曾发生大小战役七十余次。楚汉相争时，刘邦采用韩信"明修栈道，暗度陈仓"之计，自汉中由故道出陈仓突袭三秦，就经过大散关。建安二十年，曹操攻张鲁，过陈仓、出散关，挥师西进。蜀汉丞相诸葛亮二出祁山北伐时，率兵数万袭取散关，包围了陈仓，与曹魏守将郝昭展开激烈攻防，终因粮草不济而退兵。诸葛亮退兵时，密授魏延伏击之计，魏延依计斩魏将王双得胜而回。北宋末年，大散关发生的战事尤为惊心动魄。强悍的金兵南下战略遇挫后，改变战略，拟"先争陕西"，再入四川，然后顺江而下，攻灭宋朝。金军先胜于陕西富平之战，宋将吴玠、吴璘二兄弟收拾残部退守大散关东部的和尚塬,做长期拒守的准备。有人劝说吴玠移屯汉中,确保巴蜀。吴玠认为,在这里构建坚固的营垒,屯集重兵,居高临下,金兵担心后路被断,必不敢贸然轻进,这才是保卫川蜀的良策。吴玠、吴璘兄弟在大散关一带与金兵对峙达二十年。金兵始终未能越秦岭而入川,并且屡败数十万金兵,吴氏二兄弟立下了不朽功勋。

前事不忘,后事之师。如今,祖国的万里山河已是一派锦绣灿烂的风光,刀光剑影已暗淡,鼓角铮鸣已远去,但英雄的血脉基因永远流淌在后人的躯体内,激励人们不畏征途艰险,不惧强敌对手,不怕磨难挫折,努力攀登事业的高峰,尽情抒写最美的画卷。装点此关山,今朝更好看!

山美水美"亭"也美

在杭州西湖西南大慈山白鹤峰下,有一处名胜叫"虎跑"。"虎跑"即是园林,园里有寺院和山泉,尤以"虎跑泉"最为出名。"虎跑泉"位于定慧寺侧院内。相传,唐元和十四年,高僧性空来此,他喜欢这里的灵秀风景,便暂住了下来。但因附近没有水源,生活极不方便,就准备迁往别地。一天夜间,他梦见神人告诉他说,南岳有一童子泉,当遣二虎将其搬到这里来。第二天,他果然看见两只老虎跑(刨)地做地穴,清澈的泉水随即喷涌而出。因此,泉水起名"虎跑泉"。定慧寺后又被人们称为虎跑寺。虎跑泉是一个两尺见方的泉眼,清澈明净的泉水从山岩石幡间汩汩涌出,晶莹甘洌,居西湖诸泉之首,和龙井泉一起并誉为"天下第三泉","西湖龙井虎跑水"被称为西湖双绝,历代文人墨客留下了许多赞美虎跑泉水的诗文。宋代大文豪苏轼有《虎跑泉》诗曰:"亭亭石榻东峰上,此老初来百神仰。虎移泉眼趋行脚,龙作浪花供抚掌。至今游人灌濯罢,卧听空阶环珮响。故知此老如此泉,莫作人间去来想。"清代诗人黄景仁亦写道:"问水何方来?南岳几千里。龙象一帖然,天人共欢喜。"

一次在杭州小住,慕名游览"虎跑",不仅看到了名泉、名寺,还有两个意外收获。一是在这里看到了济公殿和济公塔院,原来宋代高僧济公在灵隐寺出家,后居净慈寺,圆寂于虎跑寺,济公灵骨就葬在此处。济公塔是人们为纪念济公不畏权贵、疾恶如仇的传奇一生而建,塔内刻有一座大型浮雕群,内容由"飞来峰的传说"、"古木运井"等与济公有关的传奇民间故事组成。二是在这里看到了弘一法师纪念馆和舍利塔。弘一法师出生于晚清,俗姓李,名息,字叔同。弘一法师是学术界公认的通才和奇才,在近代文艺领域里无不涉及,诗词歌赋音律、金石篆刻书艺、丹青文学戏剧皆早具才名。他三十八岁出家,皈依佛门之后一洗铅华、笃志苦行,是世人景仰的一代佛教宗师。他的一位挚友许幻园家境衰落,前来道别,只在柴门外揖手相语,即披雪而去。李叔同怅望久伫,写下了百年流芳的歌词《送别》:"长亭外,古道边,芳草碧连天。晚风拂柳笛声残,夕阳山外山。天之涯,地之角,知交半零落。一壶浊酒尽余欢,今宵别梦寒。"歌词意境幽远、情景交融,表达了与知交好友惺惺相惜、难舍难分的真情实感。歌词里的"长亭"、"古道"、"芳草"是以离别为题材的诗词里常出现的经典意象,古代诗词中提到"长亭"的频次较高,在具有古典建筑风格的园林之中,也会经常看到各式各样、精巧别致的亭子。基于此,不妨对"亭"做个认真探究。

"亭"从何处来。亭的历史非常悠久,早在商周时期,就建有供君王停歇驻足的高台,这可以认为是亭的雏形。春秋战国时,出现了供行人休息的简单建筑,亭由此而生。东汉刘熙的《释台》曰:"亭,停也,人所停集也。"战国时期设置的亭,一般处于边境之上,用于瞭望、观察敌情和传递信号。秦汉时,城乡开始置亭。设于城内和城厢的称"都亭",乡村则十里设一亭。城郭中的路亭又有街亭、市亭、都亭、旗亭等。在主要交通道路上一般还有邮亭、驿亭,邮亭设在高地显著位置,并有华表作标志,正所谓"古者亭邮立木以文其端"。华表是一种在古代建筑物中用于纪念标识的立柱,它的最早形态就是在交通要道口设立的木柱,主要是识别道路所用。后来的邮亭、传舍也用它作标识,称之为"桓木"或"表木"。古时"桓"与"华"音相近,因而渐渐就读成了"华表"。还有一种说法,尧舜时代,在道路显著位置上设有"谤木",就是在木柱上挂一个筐子,民众们有什么意见就刻在木片、竹片或龟片上,投进筐中,尧舜派人定时收集进行处理。尧帝之后为舜帝,舜帝的名字叫"重华",因此,"谤木"又被人们称为"华表",后来演变成帝王建筑门前标志性饰物。驿亭主要是为公职人员提供食宿和喂养马匹、更换交通工具。东汉后亭的行政职能渐废。到魏晋时,随着园林建筑的发展,亭的性质也发生了变化,逐渐出现了供游览观赏的亭。隋唐时期,亭的功能作用又有拓展,观赏、饮宴、游戏、读书、休闲、纳凉、送别等活动都能在亭中进行。唐宋时,亭的景观作用进一步凸显,"无亭不成园"、"无亭不成景"成为园林建筑的普遍共识,亭的建造更为精致考究,亭的样式更加丰富多彩,亭的风格更加唯美气派,亭的意境更加深邃幽远。这些都在明清得到很好传承。

作为道路旁所置之亭,又有短亭、长亭、离亭之说。短亭是指城外大道旁距离五里以内的亭子。长亭一般指五里以外的亭子。秦制三十里一传,十里一亭,故驿路上十里设一亭,负责给驿传信使提供休息和补充给养等服务,类似于如今高速路上的服务区。离亭,是指主人对重要客人在城外的驿站迎接或送别的场所。离亭与长亭往往合而用之,故有"长亭送别"之意。

有个"灞桥折柳"的典故,说的是古代灞桥一直居于关中交通要冲,连接着西安东边的各主要交通道路。唐朝时,灞桥上设立驿站,凡送别亲人好友东去,一般都要送到灞桥后才分手,并折下桥头柳枝相赠。久而久之,灞桥折柳赠别便成了特有的习俗。唐代诗人刘禹锡在离开长安时,难舍志同道合的朋友,就用灞桥离别之诗表达内心的伤痛,诗曰:"征途出灞涘,回首伤如何。故人云雨散,满目山川多。行车无停轨,流景同迅波。前欢渐成昔,感叹益劳歌。"晚唐诗人裴说,来到灞桥送别友人,以故嗔柳树之意,诉说离别愁绪,他写道:"高拂危楼低拂尘,灞桥攀折一何频。思量却是无情树,不解迎人只送人。"其实,不是树无情,而是人有情。唐代大诗人李白曾在长安翰林院供职,他在为一位遭受排挤、仕途失意的朋友送行时,写下了《灞陵行送别》一诗:"送君灞陵亭,灞水流浩浩。上有无花之古树,下有伤心之春草。我向秦人问路岐,云是王粲南登之古道。古道连绵走西京,紫阙落日浮云生。正当今夕断肠处,黄鹂愁绝不忍听。"此诗共十句,首二句点明送别地点及灞水东流的景象;次二句展现了灞陵道边的古树春草,景中寄寓着依依惜别之情;五六两句说明朋友南行之途,是东汉末年王粲避乱时走过的古道;七八两句写回望所见的红日西沉、浮云升起的黯然景象;末两句说愁绝的离歌触发了深广的忧思。诗中不仅是写他与朋友的离情别绪,同时暗寓着诗人对政局的深深忧虑。此后不久,李白也离开长安,后来便有安史之乱的爆发。

当然,故人送别之地不只有一个灞桥或灞陵亭,还有其他许多送别的地方及长亭。例如,唐代王维在《送元二使安西》诗中写道:"渭城朝雨浥轻尘,客舍青青柳色新。劝君更尽一杯酒,西出阳关无故人。"白居易在《赋得古原草送别》一诗中曰:"离离原上草,一岁一枯荣。野火烧不尽,春风吹又生。远芳侵古道,晴翠接荒城。又送王孙去,萋萋满别情。"宋代晏殊在《玉楼春·春恨》中有"绿杨芳草长亭路,年少抛人容易去。楼头残梦五更钟,花底离愁三月雨"之句。他们所写之地就另有所指。传统戏曲《梁山伯与祝英台》中有一折十分精彩的十里长亭送别演绎。相送途中,两人情深意长、难舍难分,梁山伯却不知祝英台是女儿身,祝英台就用各种景物暗示男女之情谊,直到英台谎称家中有一九妹,品貌与己酷似,愿替山伯做媒时,梁山伯才与祝英台约定去祝家庄求婚之期。直到如今,杭州西湖还流传着"长桥不长情意长,断桥不断愁肠断,孤山不孤君心孤"的传闻,长桥就是梁祝长亭相送走过的地方。在戏剧《西厢记》中,老夫人和崔莺莺在送张生进京赶考时就有长亭送别一场戏,莺莺小姐的唱词"碧云天,黄花地,西风紧,北雁南飞,晓来谁染霜林醉?总是离人泪……遥望见十里长亭,减了玉肌,此恨谁知?"唱得十分委婉动人。

  亭作为一种园林艺术,不仅有深刻的文化内涵,还有优美的造型式样,即追求内涵美与形式美的交融统一。亭的取意、亭的命名、亭的楹联都很有讲究。例如,苏州网师园的"月到风来亭"、拙政园的"荷风四面亭",很有诗情画意。西湖湖心亭上的楹联"一片清光浮水国,十分明月到湖心"、苏州沧浪亭的楹联"清风明月本无价,近水远山皆有情"等,给人一种风光美、文字美、艺术美、意境美的深切感受。济南大明湖历下亭的楹联"海右此亭古,济南名士多"取自杜甫题诗,由清代书法家何绍基写成楹联,挂于亭上,名亭、名诗、名书法堪称三绝,观之令人浮想联翩、回味无穷。古时,帝王巡游会题写诗词或者碑文,将字刻于石碑上称之为御碑。为了显得高贵庄重和起到保护作用,就会为这些石碑盖上一个亭子,这样的亭子即称作御碑亭。如今,在北京、曲阜孔庙、承德避暑山庄等地,能见到不少明清帝王所题的御碑亭。在北京天安门西侧,有一座明清时的社稷坛,是皇帝祭祀土地神和五谷神的地方。民国时,为纪念孙中山先生,改为中山公园。园内有一座西式风格的圆形八柱亭,称为格言亭,又称药言亭、药石亭,因这些格言有治病救人之意。格言亭八根石柱上刻有"国之本在家,家之本在身"、"温故而知新,敦厚以崇礼"、"文官不爱钱,武官不惜死"、"知是行之始,行是知之成"、"自古皆有死,民无信不立"等八条格言,发人深省。至于亭的建筑式样,则是因地制宜、匠心独运,有正多边形的三、四、五、六、八角形亭,有长方形亭,有仿生形,即睡莲形、梅花形、圆形、十字形等,有多功能复合式亭,有骑水跨桥的廊亭,也有近水临岸的水亭。按建材的不同,有木亭、石亭、砖亭、茅亭、竹亭、钢筋混凝土结构亭、钢结构亭及金属材料制成的铜亭等,难以一一尽述。

亭建于何地何处,古人也有很多考究。明代著名的造园家计成在《园治》中有极为精辟的论述:"……亭胡拘水际,通泉竹里,按景山颠,或翠筠茂密之阿,苍松蟠郁之麓。"可见在山顶、水涯、湖心、松荫、竹丛、花间都能找到布置园林建筑的合适地点,而亭作为园林的"点睛之笔"、"闪光亮点",又当合理安排布局,使其达到亭园相谐、完美统一的艺术效果。在临水和桥上筑亭也是久有传统。扬州瘦西湖有一座五亭桥,别名莲花桥,建于乾隆年间,是中国古代十大名桥之一,它与不远处的二十四桥相映生辉,成为瘦西湖乃至古城扬州的璀璨明珠,令人赞叹不已。清人黄惺庵就有词赞道:"扬州好,高跨五亭桥,面面清波涵月镜,头头空洞过云桡,夜听玉人箫。"《扬州画舫录》中记载五亭桥:"每当清风月满之时,每洞各衔一月。金色荡漾,众月争辉,莫可名状。"北京颐和园中西堤上的桥亭,亭影与湖光相映成趣,使园中增色不少。总之,亭不仅自身即为景,还可以因地巧妙设亭,把外界大空间的景象吸收到亭中这个小空间之中,收到"江山无限景,都取一亭中"的观赏效果。因此,亭也可以说是古代建筑艺术的一大创造,是古人卓越才智的物化成果,是东方建筑文明和中国特色气派的靓丽形象之一。

"亭"位有多高。周朝的亭,是设在边防要塞的小堡垒,负责者为亭史。战国时,国与国之间为防御敌人,在边境上设亭,置亭长。秦汉时,在乡村每十里设一亭,置亭长,掌治安、捕盗贼、理民事纠纷,兼管停留旅客。亭长属于低于县二级的行政建制长官,级别相当于现在的派出所所长。此外,城里的街道也有类似职务。唐朝在中书省、门下省、尚书省之都事、主事下设亭长,掌门户启闭之禁令诸事,为中央官署中最低级事务员。亭佐,是亭长的副职,协助亭长办事。亭尉,战国时城上百步为一亭,掌一亭守备之责的为亭尉,属守城低级军吏,带领约数十个士卒。亭卒,是指由亭长支使的差役。亭父,指亭卒,"旧时亭有二卒,其一为亭父,掌开闭扫除;一为求盗,掌捉捕盗贼",这二卒在有些地方也分别被称为亭公和弩父。

有个"亭卒种瓜"的典故,说的是战国时,梁楚两国边境相邻,各设界亭,亭卒在各自地界内种了西瓜。梁亭的亭卒勤快肯干,瓜势长得很好;楚亭的亭卒懒惰闲适,瓜秧又细又弱。楚人出于嫉妒,悄悄把梁人的瓜秧扯断不少。梁人发现后气愤难平,遂报告县令宋就,准备也要毁了楚人的瓜秧。宋就说,楚人这样做是我们不愿意看到的,可是,我们为什么反过来还要这样做呢?不如你们每晚悄悄给他们的瓜秧浇水,让他们的瓜秧长得好。梁人认为县令说得有理,回去就照着去做。楚人发现这一情况后,报给楚地的县令。县令既感到惭愧又感到佩服,把这件事上报给楚王。楚王听后,深为梁国睦邻友好的行为所感动,即备重礼,派使臣送给梁国,两国成为友好邻邦。

亭长虽然是个微末小官,但假使个人天分素质高,加上不懈努力,再碰上千载难逢的机遇,或许能闹出风风火火的大名堂,干出轰轰烈烈的大事业也未可知,正所谓:"宰相必起于州部,猛将必发于卒伍。"

历史上,刘邦就是从亭长做到了皇帝。刘邦的祖先曾是高官,但到了他这一代,已是个纯粹的农家子弟,因他不喜欢下地劳动,还常被父亲训斥,说他不如他的兄长会经营,刘邦不以为然,对父亲说日后你看我和兄长究竟谁创下的基业大!秦朝建立后,刘邦通过考核成为秦吏,担任沛县泗水亭长。但在旁人看来,他仍然是不务正业,整天交朋结友、混吃混喝。而正是他任亭长的这段经历,为日后成就帝王之业打下了很好的基础。算起来,有三大收获:一是娶到了吕雉。吕雉的父亲请客时,刘邦分文贺礼未随,但他从容淡定的表现令吕公刮目相看,吕公看其面相,认为他必成大器,主动提出将女儿许配给刘邦。后来,吕雉不仅给他生儿育女,还在他争夺和稳固天下时成为得力助手。二是结交了一批好友。刘邦本人个性洒脱、重情讲义,因而各种各样的朋友不少,如萧何、曹参、夏侯婴、樊哙、周勃等,都成了他最初起事的班底,后来也一直是辅佐他的核心力量。不仅如此,刘邦还从朋友中悟出了他们的所思所想、所愿所盼,因此,他一旦掌权,就善于识人用人,奖赏有功之人也很大度,使天下一些杰出英才逐渐聚拢到他身边,心甘情愿为他所用。刘邦在夺取天下后分析成功的原因时,大臣们为巴结奉承于他各有所说,刘邦自己却总结道:"运筹帷幄之中,决胜千里之外,吾不如张良;镇守国家,安抚百姓,不断供给军粮,吾不如萧何;率百万之众,战必胜,攻必取,吾不如韩信。三位皆人杰,吾能用之,此吾所以能取天下者也。"应当说,刘邦分析得很中肯、很到位、很有见地。三是了解和熟悉民情民意。秦朝的酷刑暴政、劳役赋税压得百姓喘不过气来,百姓喜欢什么、需要什么、痛恨什么、反对什么,作为长期生活在社会底层的刘邦当然一清二楚。当他以亭长的身份为泗水郡押送徒役去骊山时,徒役们有不少在半路逃走后,刘邦估计等到了骊山就会逃光了。因此,行至芒砀山时,就停下来饮酒,趁着夜晚把所有徒役都放了,并对他们说,你们都逃命去吧,从此我也要远走高飞了。徒役中十多个壮士见刘邦如此胸怀和行事,都愿意跟随他一块走。之后,当他们走进深山小路时,又遇一条大蛇挡道,刘邦趁着酒劲,赶到前面,拔剑将大蛇斩成两截,然后醉卧在地。后来,他又编造了一个梦境,说自己是赤帝之子,被斩大蛇是白帝之子。众人听刘邦如此之说,那些追随他的人更加铁心跟着走并对他产生了崇拜、畏惧感。刘邦这三大优长,恰恰是项羽的弱项短板。在楚汉相争时,貌似强大的项羽为什么最终败给刘邦,答案和奥秘不言自明。

东汉开国名将吴汉,出身寒微,曾担任南阳宛县亭长。新朝末年,吴汉因门下宾客犯法,逃到渔阳郡,以贩马为业,往来于燕蓟之地,结交各地豪杰。更始元年,刘玄称帝,派使者韩鸿招降河北各州郡,有人向韩鸿推荐吴汉,韩鸿见之果然不凡,便以刘玄的名义委任他为安乐县县令。刘秀经略河北时,吴汉素闻刘秀有长者之风,决心归附。刘秀任吴汉为偏将军,使其率骑兵围攻邯郸,取胜后赐号建策侯。此后,吴汉斩杀苗曾、尚书令谢躬,平定铜马、青犊等流民军,忠心支持刘秀称帝。在此期间,吴汉征兵获得大量兵马,其他诸将以为他不会分兵给别人,吴汉却将军士名册悉数交给刘秀,任其调拨。东汉建立后,吴汉被拜为大司马、广平侯,率军扫灭刘永、董宪、公孙述、卢芳等割据势力,攻打匈奴等,立下赫赫战功,名列东汉云台二十八将第二位。在吴汉身上还有个"差强人意"的典故,说的是有时作战遇到战阵不利时,诸将便惶恐畏惧、失去斗志,而此时的吴汉却意气如常,照样整理武器、审视兵马。刘秀知道后叹道:"吴公差强人意,隐若一敌国矣。"意思是说,吴汉颇能振奋人的意志,他的威望抵得上一国军队。后来,此成语指令人勉强满意,与原意似乎有所差别。

古代爵位又称封爵、世爵,是皇族、贵族的封号,用以表示身份等级与权力的高低。世爵从夏商时期开始,周朝分为公、侯、伯、子、男五等,均世袭罔替,封地均称国,在封国内行使统治权。秦自商鞅变法后,定下自公士至彻侯二十等爵,专门用以赏功。彻侯、关内侯食租税或食邑,其他诸爵得食俸禄如官吏。西汉,沿用秦二十等爵,另增设王爵。起初,有大功者可得王爵。此后,王爵仅皇族可得。为避汉武帝刘彻名讳,将彻侯改为列侯。西汉初,有一百四十三位功臣受封列侯。东汉末年,曹操当政时,在列侯、关内侯下置名号侯十八级,关中侯十七级,关外侯十六级,五大夫侯十五级,以当时蜀、吴两国所辖邑名封之,受爵者无从收取租税,开后世虚封先河。之后,历朝历代爵位制均有不同变化,直到清末结束。在汉朝爵位制中,列侯大者食县,小者食乡。亭侯即指列侯食邑为亭者。三国魏文帝定爵制时,亭侯为第九等,位在乡侯下、关内侯上。南朝时,亭侯有五品至八品不等。

东汉宦官曹腾用事宫中三十多年,服侍过四位皇帝,因在立策迎立汉桓帝时有功,受封"费亭侯"。曹腾过继族子曹嵩为嗣,曹嵩即为曹腾养子。曹腾死后,曹嵩承袭了他的封爵。曹嵩在朝中任过大司农、太尉等职,位列九卿三公,后受累于黄巾之乱,坐罪免官。他的儿子即是大名鼎鼎的曹操。东汉献帝建安元年,朝廷拜曹操为镇东将军,袭费亭侯。曹操先后写了三份奏章,即《上书让封》《上书让费亭侯》、《谢袭费亭侯表》,表示谦让,但最后还是受封。曹操掌权后,先后封了八十余人为侯,仅一次战役就封了八人。建安五年,曹操取得了官渡之战的前哨战白马延津之战的胜利。在白马延津之战中,暂时屈从曹操的关羽,于百万军中斩颜良、诛文丑,战功卓著。曹操一方面为赏其功,一方面想用恩惠的办法留住关羽,便表奏汉献帝封关羽为汉寿亭侯。对此封号,关羽一直很珍视。建安十三年,西凉的马腾在朝中大臣的推荐下入朝任职,被任命为卫尉。为了笼络马腾父子,或者让马腾安心入朝,曹操还表奏封在凉州的马超为偏将军、都亭侯,于是,马超亦有亭侯的爵位。曹操手下大将臧霸、徐晃等亦因功获都亭侯爵位。曹操的重要谋臣中,如郭嘉受封为洧阳亭侯,荀彧被封为万岁亭侯,荀攸被封为陵树亭侯。在刘备的五虎上将中,关羽、马超名义上已受汉封,其余三上将:刘备在攻取荆州四郡后,将张飞封为新亭侯;刘备进位汉中王时,封黄忠为关内侯,关内侯是级别最低的侯爵;赵云也因战功赫赫被封为永昌亭侯。至于刘备自己,早已受汉朝廷所封为宜城亭侯。

更有意思的是,古代女子也有封侯之例。许负是西汉初年著名相士,是温县令许望的女儿。她学习易学,精通相术,曾为不少王公贵族相面,预言非常灵验,得到汉高祖刘邦的赏识,受封鸣雌亭侯。相传,刘邦率部进攻咸阳,路经温城,许负在城墙上看见刘邦,见其气度非凡,即为父亲献计投奔刘邦。有一次,魏王豹纳了堂妹魏媪之女薄姬为侧室,许负预言薄姬是天子之母。魏王豹大喜,以为应在自己身上,结果背叛了刘邦。魏王豹被灭后,薄姬被刘邦收为妾,而后生下了刘恒,即日后的汉文帝,薄姬果然成了天子之母。汉朝名将周亚夫让许负为他看相,许负说他三年后会被封为列侯,封侯八年后就会出将入相,但再过九年则会饿死。后来,这些都一一应验。本来周亚夫位高权重,连他自己都不相信会被饿死。许负指着他的嘴说,你嘴巴旁边有横纹,这是饿死的面相。周亚夫在汉景帝执政时,因得罪景帝而绝食死于狱中,果如许负所言。

名"亭"知多少。 自古以来,天下名亭不胜枚举,并且仁者见仁、智者见智,对名亭的评价也不尽一致。为此,可挑数座得到公认的名亭加以介绍。

始建于北宋年间的醉翁亭,相传是"樵翁出的点子,和尚盖的亭子,太守起的名字"。滁州琅琊山有一座宝应寺,寺里住持方丈智仙是乐善好施之僧,他在寺门口设有一个茶水摊,供上下山的行人渴时饮用。有一天午后,来了一位砍柴的老汉,他在门前连饮几杯茶后,连声叫好。老汉的叫声被智仙听到,智仙便出寺门与老汉招呼,并问施主尊姓大名。老汉哈哈大笑说,我是一个快乐的打柴人,你就叫我樵乐翁吧。智仙长老,你供应茶水,九年九月外加九天了吧?智仙听了大吃一惊,心想这位老汉记忆怎么如此清楚,定是一个有心人。于是,亲自斟茶一杯递给老汉。老汉接过杯子一饮而尽,咂咂嘴,连夸

"好茶,好茶!"智仙又问老汉是否常来山中,老汉答说,一年三百六十五天,以山为家,以砍柴为业,休息时依山观景,其乐无穷。智仙也来了兴致,忙问他在哪儿观景呢？老汉便说,长老如有兴致,我可领你去看看。他们二人一起向深山走去,行了数里后,来到一个林木茂盛、泉水清澈、风景秀丽的地方,站在岩石上俯瞰,美丽山川风貌尽收眼底。老汉说,长老,如每天能在这里歇脚,观望这样的美景,岂不是如同仙境一般,无酒也醉啊。智仙连连点头认可,又想到,若是将茶摊移到此处,来往之人歇息时,既饮茶又赏景,快乐之情定又添几分,这是一件众人欢迎的善举啊。智仙就把心中想法说与老汉,老汉自然赞同。正商量间,忽然风起云涌、山谷鸣响,不一会儿就下起了瓢泼大雨。望着两人湿淋淋的身子,老汉叹气道,山上行人,遇雨是常事,如能有个亭子避雨则善莫大焉。说者无意,听者有心。智仙自此化缘集资,很快就在此处修起了一座亭子。智仙又找到老汉,请他给亭子起个名字。老汉连连推辞说,我只是个樵乐翁罢了,为亭子起名雅事,岂是我这样的粗人所为,还是长老自取为好。智仙说,那就叫"樵乐亭"吧。老汉说,这亭子不是为我一个人所修,也不是专为砍柴人所修,叫"樵乐亭"岂不漏了其他来往行人？智仙一听觉得有理,但一时想不出好名,就暂且搁置下来。不久,欧阳修被贬到滁州当太守,与智仙长老结识成为朋友,智仙领他到山上亭子观光,并说起修亭的来龙去脉。欧阳修观赏后,感到果然很美,高兴之余忙叫备酒。乘着酒兴,欧阳修告诉智仙长老,樵乐翁说此处无酒也醉,我来滁州,能与民同乐,更使我心醉,不如这亭子就叫"醉翁亭"吧。智仙一听,连声称妙,"醉翁亭"便由此得名。后来,又因欧阳修的文章《醉翁亭记》而名闻天下。

北京陶然亭是清朝名亭,也享有中国四大名亭之一之誉。它的前身可追溯到距今七百余年的元朝古刹慈悲庵。明朝时,这一带设有窑厂,专门烧制砖瓦。随着窑户的增多,取土量越来越大,因而挖出了许多大大小小的土坑,积水后成为水塘,后窑厂逐渐衰败。清康熙年间,当时任窑厂监督的工部郎中江藻,见此地坑洼较多,就依地势进行环境整治,并在一高地显要处建亭,以唐代诗人白居易"更待菊黄家酿熟,与君一醉一陶然"之诗意,为亭题额曰"陶然"。之后,又广植林木,对原有古迹加以修缮,结果建成了一处古色古香、楼阁参差、林木葱茏、风景秀美的园林,园以亭为名,亦称"陶然"。园内有慈悲庵、观音殿、准提殿、文昌阁、云绘楼等建筑,还有辽、金两朝的经幢石刻,以及原香冢、鹦鹉冢、赛金花墓等遗址。在亭台楼阁之上,有许多名人留下诗文墨宝。例如陶然亭的楹联"烟藏古寺无人道,踏倚深堂有月来",是光绪皇帝的老师翁同龢书写的。亭内一副楹联"似闻陶令开三径,来与弥陀共一龛",是清朝名臣林则徐题写的。园内亦藏有不少诗幅,如天南野叟严天骏有诗曰:"萧萧芦荻四荒汀,寂寂城阙一古亭。胜迹留题人易老,旧游如昨酒初醒。还从短碣寻香冢,谁遗流花倚画屏?辜负重阳好时节,西山不断晓霞青。"值得一提的是,二十世纪八十年代陶然亭公园中修建了华夏名亭园,精选中国名亭仿建而成,其中有醉翁亭、兰亭、鹅池碑亭、沧浪亭、独醒亭、二泉亭、浸月亭、百坡亭、爱晚亭等十余座,大小比例为一比一。游览名亭园,仿佛穿越时空,在祖国的名山秀水、名园秀亭间徜徉,情景交融,美不胜收。

在湖南长沙湘江西岸、岳麓山清风峡中,有一座名亭叫爱晚亭,它始建于清乾隆五十七年,为清朝岳麓书院山长罗典创建,原名红叶亭,后由湖广总督毕沅据唐代杜牧的"停车坐爱枫林晚,霜叶红于二月花"的诗句,更名爱晚亭。爱晚亭古朴典雅,亭坐西向东,三面环山;亭形为重檐八柱,琉璃碧瓦;亭角飞翘,远观似凌空欲飞状。亭子四周人文荟萃、环境优美,著名的岳麓书院就坐落在亭下,山上有古麓山寺、云麓宫、白鹤泉、观音阁、飞来石、蟒蛇洞、忠烈祠及诸多名人墓。亭子东向开阔,衔远涵近,流泉不断,鸟语花香。亭前那方池塘,略有亩许,周边桃柳成行。放眼远眺,皆是枫林。亭前石柱上刻有清时湖南学监程颂万所撰的楹联:"山径晚红舒,五百天桃新种得;峡云深翠滴,一双驯鹤待笼来。"爱晚亭不仅景色幽美,亭上还有许多壁画、对联、诗赋,蕴含着深厚的文化印记,使人在观景的同时受到博大精深的文化熏陶,这恐是爱晚亭成为名亭并为人们所喜爱的最主要因素。

在苏州城南三元坊附近,也有一座名亭,叫沧浪亭。它原为五代时吴越国广陵王钱元璙的花园,五代末为吴军节度使孙承祐的别墅。北宋庆历年间被诗人苏舜钦购得。苏舜钦青年时期就有文名,提倡诗文革新和古文运动,与宋诗"开山祖师"梅尧臣合称"苏梅",诗文著作颇丰。他在朝中任职时,支持范仲淹等推行的庆历革新,遭到御史中丞王拱辰劾奏,被罢免职务闲居苏州。他以四万贯钱买下一座废园,进行修筑,傍水造亭,因感于"沧浪之水清兮,可以濯吾缨;沧浪之水浊兮,可以濯吾足",遂题名"沧浪亭",自号沧浪翁,并作《沧浪亭记》。欧阳修应邀作《沧浪亭》长诗,诗中以"清风明月本无价,可惜只卖四万钱"题咏此事。自此,沧浪亭名声远扬。沧浪亭与狮子林、拙政园、留园被列为苏州宋、元、明、清四大园林。南宋初年,这里曾为名将韩世忠的住宅,园内景观还有五百名贤祠、印心石屋、明道堂、看山楼、翠玲珑馆、仰止亭和御碑亭等。历代文人墨客有不少题写沧浪亭的诗词。例如宋梅尧臣写有:"闻买沧浪水,遂作沧浪人。置亭沧浪上,日与沧浪亲。"宋蒲寿宬诗曰:"晓色桃蒸霞,春阴柳垂雾。为问桥下船,沿流到何处。"宋葛立方题诗:"沧浪亭下水连溪,影倒虚檐凤翅齐。白小牵风动晨镜,碧圆着雨响秋聲。"

在济南千佛山下、大明湖上,有一座闻名遐迩的海右古亭,称历下亭。千佛山古称历山,因此,亭南临历山,故名历下亭,亦称古历亭。当时的方位以西为右、以东为左,济南在大海之西,故曰海右。历下亭历史悠久,历尽沧桑,位置几经变迁。起初称为"客亭",是官府为接迎宾客建造的。唐天宝四载(745年),齐州司马李之芳在大明湖水域修建了历下亭。恰在这时,诗人杜甫北上漫游路过齐州,成为李之芳的嘉宾。消息传到北海,即今山东益都,北海太守李邕赶往齐州与杜甫会面,并在新建的历下亭安排宴饮。杜甫在宴席上赋《陪李北海宴历下亭》诗一首:"东藩驻皂盖,北渚凌清河。海右此亭古,济南名士多。云山已发兴,玉佩仍当歌。修竹不受暑,交流空涌波。蕴真惬所遇,落日将如何。贵贱俱物役,从公难重过。"诗中先叙述李邕驻临此地,设宴历下亭,说明历下亭古老历史,并赞颂济南多出名士。接下来,诗句描述亭内外景物和宴饮的情趣,以及对日落席将散、盛情难在的感慨。这次宴饮赋诗使历下亭声名远扬、流传千古。历下亭位于大明湖中最大的湖中岛上,整个岛上绿柳环合、花木扶疏,亭台轩廊错落有致,修竹芳卉点缀其间,环境非常优美。亭子八柱矗立,红柱青瓦,斗拱重托,八角重檐,檐角飞翘,攒尖宝顶,蔚为大观。二层檐下悬挂清乾隆所书匾额"历下亭"红底金字。历代文人墨客在此处留下了不少诗文。明末诗人刘敕诗道:"不见此亭当日古,却逢名士一时多。"另一位明代诗人张鹤鸣诗曰:"海内名亭都不见,令人却忆少陵诗。"清朝康熙年间,蒲松龄应山东按察使喻成龙之请,到济南做客,在重建的历下亭下赋诗一首:"大明湖上一徘徊,两岸垂杨荫绿苔。大雅不随芳草没,新亭仍旁碧流开。雨余水涨双堤远,风起荷香四面来,遥羡当年贤太守,少陵嘉宴得追陪。"第二年,喻成龙离开山东,蒲松龄又作《古历亭》:"历亭湖水绕高城,胜地新开爽气生。晓岸烟消孤殿出,夕阳霞照远波明。谁知白雪清风渺,犹待青莲旧谱兴。万事盛衰俱前数,百年佳迹两迁更。"

在南京雨花台域内,有一座名亭叫新亭,它西临大江,东吴时是饯送、迎宾、宴集之所。东晋时,征西大将军桓温曾在此驻军,并以新亭宴集、叙旧为名,试图除掉谢安、王坦之两位朝中重臣,被谢安巧妙化解危机。南朝时,凡上流举兵下都,必经新亭,因此,它成为国都建康的西南要塞,齐高帝萧道成称新亭为"兵冲"之地。新亭一带,古代多寺庙,"南朝四百八十寺,多少楼台烟雨中",是对其绝佳的描述。这里既濒临长江、位置险要,又景色如画、风光奇特,有"新亭对泣"的典故流传后世。

沉香亭,是古代长安兴庆宫里的一组园林式建筑,相传是供唐明皇和杨贵妃夏天纳凉避暑的地方。因它的架构是用一种名贵木材沉香木建成,故称"沉香亭"。李白的《清平调》:"云想衣裳花想容,春风拂槛露华浓……""名花倾国两相欢,长得君王带笑看。解释春风无限恨,沉香亭北倚阑干。"就是在沉香亭畔为杨贵妃赏牡丹而作。

北京北海的北岸有一座五龙亭,原是明朝太素殿的旧址,清朝顺治年间新建五龙亭,主要供帝后钓鱼、赏月、观焰火所用。五龙亭由五间亭子组成,亭伸入水中,远看如巨龙入水一般,故称龙亭。扬州瘦西湖的五亭桥就是仿北海五龙亭而建。清人有诗曰:"液池西北五龙亭,小艇穿花月满汀。酒渴正思吞碧海,闲寻陆羽话茶经。"

其他还如文心亭、子云亭、真趣亭、翠微亭、湖心亭等等,都有来历和说法,不再一一赘述。

"亭"文多么美。亭以文而名,文以亭而存,名亭与美文相得益彰,美文使亭子熠熠生辉。或者说,亭文本身就是亭子独特文化内涵的精髓,有亭无文,亭子就会黯然失色。例如天下闻名的醉翁亭,主要是欧阳修的名作《醉翁亭记》使它大放异彩。欧阳修是北宋著名文学大家,他二十七岁进士及第,历仕仁宗、英宗、神宗三朝,官至翰林学士、枢密副使、参知政事,死后累赠太师、楚国公,谥号"文忠"。欧阳修是在北宋文学史上最早开创一代文风的文坛领袖,与韩愈、柳宗元、苏轼、苏洵、苏辙、王安石、曾巩合称"唐宋八大家",并与韩愈、柳宗元、苏轼合称"千古文章四大家"。他领导了北宋诗文革新运动,继承并发展了韩愈的古文理论。他散文创作的高度成就与他正确的古文理论相辅相成,从而开创了一代文风。庆历三年(1043年),他出任右正言、知制诰。当时,范仲淹、韩琦、富弼等人对北宋王朝积贫积弱的弊病深怀忧虑,开始推行"庆历新政"。欧阳修参与革新,成为革新派干将,提出改革吏治、军事、贡举法等主张。但在守旧派的阻挠下,新政失败。庆历五年(1045年),范、韩、富等相继被贬,欧阳修上书分辩,被贬至滁州。正是在滁州,他写下了不朽名篇《醉翁亭记》,古文艺术达到成熟。欧阳修在滁州实行宽简政治,致力于发展生产,使当地人过上了一种平和安定的生活,这使欧阳修略感欣慰。但他对国家的积弊不能消除,尤其是"庆历新政"不能顺利推行,革新派遭到打击外放,心中也有难以名状的苦闷。在这种背景下,他寄情于自然美好的山水之间,把政治失意、仕途坎坷和内心抑郁苦闷暂且搁置,用"醉翁之意不在酒,在乎山水之间也"表达随遇而安、与民同乐的情怀,可谓是一种"不以物喜,不以己悲"的豁达、超然。《醉翁亭记》是一篇优美的散文,全文共四段:第一段写醉翁亭之所在,并引出人和事;第二段分述山间朝暮四季的不同景色;第三段写滁人的游乐和太守的宴饮;第四段写宴会散、众人归的情景。全文贯穿一个"乐"字,构思极为精巧,意境非常优美,格调清新亮丽,语言运用传神,读之心旷神怡、朗朗上口,具有很强的感染力、渗透力和影响力,为历代人们所推崇。说起来,与欧阳修心境类似的还有一位是唐代诗人韦应物,他在《滁州西涧》一诗中写道:"独怜幽草涧边生,上有黄鹂深树鸣。春潮带雨晚来急,野渡无人舟自横。"前两句,表明诗人喜爱这幽雅的景致,"独怜"反映了他闲适恬淡的心境。后两句,春潮带雨、野渡舟横,蕴含着一种不在其位、不得其用的无可奈何之忧伤。全诗正是表露恬淡的胸襟和忧伤的情怀。古诗中,反映这样矛盾心理的作品有很多,这大概就是以文抒情、以诗咏志的作用吧。

在徐州云龙山之巅,有一座放鹤亭,由宋代张天骥所建。张天骥家境殷实,有花园、田宅,他本人爱好诗书、花木和音乐,受道家思想影响,隐居云龙山上,自号云龙山人,并养了两只仙鹤,每天清晨在放鹤亭放飞仙鹤。苏轼早年也曾受道家思想的熏陶,早年在眉山天庆观北极院向道士张易简学道三年。后来,道、佛、儒三家思想对苏轼影响较大,特别是在他仕途坎坷、政治上屡遭挫折时,那种随遇而安、放达旷逸的性情表现明显。苏轼任徐州知州时,与张天骥性格相投,遂结为好友。苏轼常常带着宾客、僚吏甚至歌伎到放鹤亭来饮酒,张天骥热情招待劝酒,苏轼每每大醉而归。放鹤亭西侧有饮鹤泉,水质清纯甘美。能在山顶凿井得泉,本身就是一件奇事。在饮鹤泉南边不远处,一高耸之地上另有一小亭为招鹤亭。放鹤亭、饮鹤泉和招鹤亭三座古迹相互联系、相得益彰。元丰元年秋,苏轼写了一篇散文名作《放鹤亭记》,文中描绘了云龙山变幻莫测的迷人景色,称赞了张山人的隐居生活。散文最后还有《放鹤》和《招鹤》两歌,歌中将张山人描述成超凡拔俗、飘飘欲仙、有如野鹤闲云、过着逍遥自在的快乐日子的隐士形象。这正是苏轼在《放鹤亭记》中要表达的主题思想,也是文章的点睛之笔,招鹤亭也因歌而生。苏轼这篇散文文笔精妙、脍炙人口,被选入《古文观止》,历来为人们所传颂。

东晋永和九年(353年)三月三日,王羲之与孙绰、谢安、支遁等四十一位文士朋友,集会于会稽山阴的兰亭,他们流觞饮酒、即兴赋诗,畅叙幽情、抒发怀抱。集会之后,将全部诗歌结集成册,公推王羲之写一序文,以记录这一盛事雅集,王羲之因而作成《兰亭集序》。文章先点明聚会盛况为"群贤毕至,少长咸集",接着写兰亭周围优美的环境"崇山峻岭、茂林修竹"、"清流激湍"、"映带左右",然后再写盛会的内容为"一觞一咏"、"畅叙幽情",之后描述盛会天时气象"天朗气清"、"惠风和畅",一步步引人入胜。然而,这并非文章的中心意思。紧接着,文章第二段,可以说是作者要阐发的主题重点,用"人之相与,俯仰一世","快然自足"却"不知老之将至","修短随化,终期于尽"等乐与忧、生与死的哲理思辨,表明"死生亦大矣"的人生看法。这篇文章不仅舒朗简净、韵味深长,而且字字珠玑、朗朗上口,遣词造句玲珑剔透、清新自然。更难得的是,《兰亭集序》的书法艺术有如仙成,其精妙绝伦的书法在中国书法艺术史上犹如巍然屹立的高峰,令人叹为观止,被评为"天下第一行书",是世人公认的瑰宝。据说,唐太宗李世民十分喜爱书帖,他在世时总将《兰亭集序》放在枕边,死后随葬。但《兰亭集序》的摹本还是流传于世。

在福州城内乌石山上,有一座亭子称道山亭,它是熙宁元年(1068年)由郡守程师孟所建。当时的闽地山水阻隔、道路险远,因此,做官的常怕到此任职。程公山上筑亭,意在登临此境、乐而忘忧,不必为路途遥远、山势险峻而忧愁,而是要多为当地百姓着想,为官一任,造福一方。他认为,这里处江海之上,登山四望观看,可以和道家所说的蓬莱、方丈、瀛洲三座仙山相并列,因此,改乌石山为道山,山上之亭名为"道山亭"。道山亭建成后,程师孟约请他的前任、唐宋八大家之一的曾巩作《道山亭记》,记述了此山风景和福州面貌、风土民俗等。道山亭和《道山亭记》相得益彰,文以亭丽,亭以文传,闻名遐迩,千古流芳。登临道山亭,居高鸟瞰福州全城胜景,历来为人们所津津乐道。《道山亭记》的艺术构思和表现手法一改曾巩平常平正雍和的风格,奇崛纵肆、巉刻多变,寓大于小、寓正于奇,短短六百多字,表达的内容十分丰富。特别是篇尾部分,点明郡守程师孟处于偏僻险远、一般官员皆视为畏途的闽地,而能"因其地之美,以寓其耳目之乐",并且为亭曰道山,以表示他不因环境而困扰的境界,这却是难能可贵的,也是此文的主旨和落点所在。《道山亭记》主题严肃,百年后诗人刘克庄叹曰:"绝顶烟开雾色新,万家台榭密如鳞。城中楚楚银袍子,来读曾碑有几人。"

古时以诗文使亭子闻名的事不少。例如位于安徽宣城境内的敬亭山,先是南朝诗人谢朓游赏时写有《游敬亭山》一诗:"兹山亘百里,合沓与云齐。隐沦既已托,灵异俱然栖……"后有李白《独坐敬亭山》诗曰:"众鸟高飞尽,孤云独去闲。相看两不厌,只有敬亭山。"这两篇诗文传颂后,敬亭山声名鹊起。继谢李之后,白居易、杜牧、韩愈、刘禹锡、王维、孟浩然、李商隐、颜真卿、韦应物、陆龟蒙、苏东坡、梅尧臣等都慕名登临,并吟诗作赋、绘画写记,故敬亭山也有中国历史文化名山之说。贾亭,又称贾公亭,曾是杭州西湖名胜之一,由唐朝杭州刺史贾全所筑,唐末已废,今已不存。但因有唐代白居易《钱塘湖春行》一诗:"孤山寺北贾亭西,水面初平云脚低。几处早莺争暖树,谁家新燕啄春泥。乱花渐欲迷人眼,浅草才能没马蹄。最爱湖东行不足,绿杨阴里白沙堤。"贾亭一直深刻地留在人们的记忆中。白居易写过《忆江南词三首》,其中,第二首为:"江南忆,最忆是杭州。山寺月中寻桂子,郡亭枕上看潮头,何日更重游?"郡亭,指杭州府属所建的江亭,又说是杭州刺史衙门里的虚白亭。词意当是登上郡亭,枕卧其上,欣赏那气势磅礴的钱塘江大潮。这首词的影响也很久远。在无锡西郊惠山山麓,有一座名亭叫二泉亭,亭子造型纤巧俊秀,泉水清冽甘美。相传,宋高宗赵构曾在此酌泉,并留下一段掌故,说的是赵构饮泉水时,放在泉井上打水的桶上有"吴安"二字,其实是个小吏姓名,而侍卫见之皆喜,拍手相庆吴地可以平安也。可见南宋朝廷偏安一隅的心理状况便是如此。但二泉亭名声远扬并不因此典故,而是元代书画家赵孟頫题写"天下第二泉"石匾。明朝时,江南才子文徵明与友人在此茶会,文徵明作《惠山茶会图》,图中绘有二泉亭。后来,又有二胡名曲《二泉映月》风靡全国,"天下第二泉"及"二泉亭"更为世人所知晓。

至于含"亭"的诗词,那更是比比皆是,如李白的"何处是归程?长亭连短亭"、白居易的"叶落槐亭院,冰生竹阁池"、刘禹锡的"南阳诸葛庐,西蜀子云亭"、晏殊的"一曲新词酒一杯,去年天气旧亭台"、苏轼的"落日绣帘卷,亭下水连空"、李清照的"常记溪亭日暮,沉醉不知归路"、郑谷的"数声风笛离亭晚,君向潇湘我向秦"等,虽诗文、诗意不尽相同,但都值得一读。

"亭"中生何事。亭子不仅供人休闲赏景,生发文思佳作,也演绎了许多故事传奇。南宋抗金名将岳飞,矢志精忠报国,他率领的岳家军战无不胜,打得金兵闻风丧胆。就在抗金战争取得节节胜利的大好形势下,朝廷主和派却占了上风,宋高宗赵构连下十二道金牌,急令岳飞停战班师,使"十年之功,废于一旦"。岳飞一回到临安,即陷入秦桧、张俊等人布置的罗网之中。绍兴十一年(1141年),他遭诬告,以"谋反"罪名入临安大理寺狱中。监察御史万俟高严刑逼供、拷打,但岳飞坚贞不屈、无供可招。这时,金国亦威逼宋朝斩杀岳飞。在宋高宗密旨授意之下,秦桧与其夫人王氏合谋,以"莫须有"罪名将一代名将岳飞及其子岳云、部将张宪在风波亭内杀害。风波亭,原是南宋时杭州大理寺,即最高审判机关狱中的亭名。南宋灭亡后,大理寺不复存在,现在的风波亭属后世重新建筑,为西湖边著名景点之一。岳飞被害前,曾在风波亭中写下"天日昭昭,天日昭昭"八字,意为天理何在,问心无愧。清人沈衍为风波亭书写一联:"有汉一人,有宋一人,百世清风关岳并;奇才绝代,奇冤绝代,千秋毅魄日星悬。"将岳飞与关羽忠烈品格并列,他们的名字将与日月星辰同辉。

元代戏剧大家关汉卿写有《望江亭》一剧,讲述的是才貌双全的女子谭记儿新寡,暂居于女道观中。观主的侄儿名叫白士中,他往潭州上任途中探访观主,告知自己失偶之事。于是,观主从中作合,使得白士中与谭记儿结成夫妻。没想到,好事多磨,权贵杨衙内早已看中谭记儿,本想纳她为妾,便对白士中怀恨在心,暗奏圣上请得势剑金牌,前往潭州取白士中首级。白士中得到消息后,愁眉不展。谭记儿不愿让他受自己的牵累,想出了一条妙计。时逢中秋,谭记儿扮作渔妇卖鱼,在望江亭上灌醉杨衙内及其随从,悄悄拿走势剑金牌。杨衙内酒醒后欲绑缚白士中却没有凭据,白士中出示势剑金牌,说有渔妇状告杨衙内中秋时节欲对她无礼。等到再见谭记儿,杨衙内方知中计。恰在此时,湖南都御史李秉忠暗中访得此事,便表奏朝廷。结果杨衙内受到惩办,白士中依然治理潭州,他与谭记儿夫妻和美。此剧成功塑造了谭记儿不畏权贵、遇事不惊、智勇兼备的女性形象,后经京剧表演艺术家、四小名旦之一的张君秋扮演,一经演出就深受人们喜爱。

三国时期,蜀魏之战发生过一个著名的《失街亭》故事。诸葛亮平定南中之后,经过精心准备,给后主刘禅上《出师表》,决心率军北伐,兴复汉室。诸葛亮到了祁山,决定派出一支兵马去占领进退关键要地街亭,本来他身边有几位作战经验丰富的战将,这次都未用,而是派了虽熟读兵书、却缺少实战经验的参军马谡去守街亭。诸葛亮率蜀军主力突袭祁山,魏军防备不足、难以抵挡,祁山北面天水、南安、安定三个郡的守将都献城降蜀,蜀军形势一片大好。刚即位不久的魏明帝曹睿得到前方战报后,立即派大将张郃带领数万人马赶到祁山去抗衡,还亲自到长安去督战。再说马谡带兵到了街亭后,察看一番地形,就要将兵马布置在街亭旁边的一座山上。副将王平提醒他说,丞相临走的时候嘱咐过要坚守城池、稳扎营垒,在山上扎营太冒险。马谡自以为是,搬出兵书说事,根本不听王平劝告,坚持要在山上扎营。王平苦劝无用,只好央求马谡调拨一千人马给他,让他在山下邻近的地方驻扎。张郃率魏军赶到街亭,看到马谡弃城池不守,却把人马驻扎在山上,即令将士把那座山围起来。马谡几次让兵士冲下去,但魏军坚守营垒,蜀军无法攻破,反而丧失了不少人马。蜀军数番冲击无果,又被魏军切断了水源,在山上不战自乱。张郃看准时机发起总攻,蜀军一溃而散,马谡也往西而逃。王平所带一千人马,却稳守营盘,用疑兵计吓得魏军不敢逼近,王平率军有序而退。马谡失守街亭后,诸葛亮失去重要军事据点,进退无据,无法再战,只得转攻为守,使得第一次北伐功败垂成,军心士气也受到较大影响。从长远看,曹魏后加强了对蜀汉的防卫,以致后来蜀军数次北伐都难以获得大的成果。街亭失守导致战役失败,诸葛亮不得不挥泪斩马谡,同时上书后主刘禅,主动请罪、自贬三等。后来,这一故事经常被人们提起,还被编成传统戏剧剧目演唱。

位于湖南汨罗玉笥山顶屈子祠前的独醒亭,是为纪念伟大的爱国诗人屈原而建。屈原出生于战国时期的楚国,少年成名,从政后受楚怀王信任,任过左徒、三闾大夫,兼管内政外交大事。他致力于对内举贤任能,对外联齐抗秦。因遭贵族和朝中奸佞之人诽谤,被先后流放至汉北和沅湘流域。楚国郢都被秦军攻破后,屈原自沉于汨罗江,以身殉楚国。相传,屈原在被流放江南时,身形憔悴、疲惫不堪。有一天,他在江边遇到一位渔夫,渔夫见到屈原就问,您不是三闾大夫吗,怎么会弄成这个样子呢?屈原回答:"举世皆浊我独清,众人皆醉我独醒,是以见放。"意思是说,世上许多人都是浑浊不堪的,只有我是个干净人;许多人浑浑噩噩,像喝醉了酒一般,只有我还清醒着,因而我被放逐到这里来了。渔夫不以为然地说,既然您觉得别人都是浑浊不堪的,您又何必自命清高;既然别人如醉酒一般,您又何必独自清醒呢?屈原坚持说,我听人说过,刚洗头的人总要把帽子弹弹,刚洗澡的人总是喜欢掸掸衣服上的灰尘。我宁愿跳进江心、埋在鱼肚子里,也不能将自己干净的身子跳到污泥中,去沾染一身污垢。渔夫微微一笑,拍打船板划桨而去,口中唱道:"沧浪之水清兮,可以濯吾缨;沧浪之水浊兮,可以濯吾足。"后来,人们依据屈原与渔夫的对话,将所建之亭称为"独醒亭"。宋代诗人洪咨夔有《独醒亭》诗一首:"今来古往江山老,地尽天穷草木愁。为问大夫能饮否,芙蓉落尽菊花秋。"

古代社会的女子,无论是尊贵还是微贱、无论是富有还是贫穷,尽管她们身份、地位差别很大,但都难以摆脱封建礼教的束缚,思想观念无不深深打上封建社会固有的烙印。有一折戏剧名《百花亭》,又叫《贵妃醉酒》,剧情描写的是贵妃杨玉环深受唐明皇的宠爱。先一日,唐明皇与杨贵妃约定次日一同在百花亭赏花饮酒。至次日,杨贵妃如约而至,但唐明皇车驾却久候不至,后来内侍报皇上已幸梅妃宫。杨贵妃闻讯哀怨自伤,于是借酒浇愁。然而,酒不醉人人自醉,杨贵妃乘着醉意与高力士、裴力士二太监调笑戏谑、放浪形骸,实际上是释放内心的愤懑和痛苦。此剧剧情虽不复杂,但唱词、做功非常精致优美,如杨贵妃唱:"海岛冰轮初转腾,见玉兔,玉兔又早东升。那冰轮离海岛,乾坤分外明,皓月当空,恰便似嫦娥离月宫……"曲调婉转,情真意切,实乃唱词中的经典。

明代剧作家汤显祖创作的传奇剧本《牡丹亭》,说的是生于官宦之家的杜丽娘,天生丽质又多情善感,她到了豆蔻年华、情窦初开时,却为封建礼教所禁锢,不能得到自由和爱情。一日,她从后花园踏春归来,困乏后入睡,梦中与一拿着柳枝的书生作诗吟诵,又在牡丹亭成就云雨之欢。待她醒来,方知是在梦境之中。为此,她又寻梦到牡丹亭,却未见那书生,心中忧闷,思念成病,最后竟香消玉殒。其父此时已升官,临行前将女儿葬在后花园梅树下,并修成"梅花庵观",令一道姑看守。之后，书生柳梦梅应试途中，偶感风寒，寄住梅花庵。病愈后，他与杜丽娘游魂相遇，两情相悦，欲罢不能。后来，在道姑的指点下，柳梦梅掘墓，让杜丽娘重见天日，复活后的杜丽娘与进士及第的柳梦梅终于永结同心。此剧与《西厢记》、《桃花扇》、《长生殿》合称中国四大古典戏剧，尤其是昆曲《牡丹亭》唯美的表演艺术和舞美设计，令人赞叹不已。

京剧《锁麟囊》中，有一出折子戏，讲述登州富家女薛湘灵和贫家女赵守贞同时出嫁，但途中遇雨暂避春秋亭，薛湘灵得知赵女之困，遂以锁麟囊慷慨相赠。若干年后，薛湘灵家中遇灾落难，巧逢已是富家之妇的赵守贞相认回报。剧中薛湘灵"春秋亭外风雨暴，何处悲声破寂寥……"的唱词，揭示了"世上何尝尽富豪"、"也有饥寒悲怀抱"的世情冷暖，道明了"积德才生玉树苗"、"救她饥渴胜琼瑶"的深刻哲理，观之令人回味深思。

历史上，还有一些名人与"亭"交集的典故。"昌亭之客"，说的是淮阴侯韩信，早年怀才不遇，只得暂时寄人篱下，成为下乡南昌亭长的食客。韩信落魄忍饥挨饿时，甚至还得到过漂母饭食接济。"华亭鹤唳"，说的是西晋之人陆机之事。陆机是东吴大都督陆逊之孙，经历了吴的灭亡和晋的一统天下。华亭，正是孙吴灭亡后陆机的隐居之地，即如今的上海松江。他每日在华亭悠游，能在山林之中听到野鹤的鸣叫之声，过着逍遥自在的生活。后来，陆机在成都王司马颖帐中任平原内史。成都王讨伐长沙王司马乂时，任陆机为主帅，统兵二十余万，陆机请辞，成都王不允。部将见陆机并无统兵才能，都不服调配，加上陆机本来就缺乏作战经验，结果损兵折将、大败而归。有人趁机诬陷陆机与长沙王有私，成都王遂派人抓捕陆机。陆机闻讯，脱去战袍苦叹道，再想听听华亭野鹤的叫声，也不能了。之后，坦然受戮于军中。唐李白在《行路难三首》诗中曾写道："陆机雄才岂自保？李斯税驾苦不早。华亭鹤唳讵可闻,上蔡苍鹰何足道?"后来,用"华亭鹤唳"表示对过去生活的留恋。在四川绵阳西山上有一座子云亭,是为纪念西汉文学家、语言学家、哲学家扬雄而建。扬雄,字子云,蜀郡成都人。他少有才名,博学多闻,喜好辞赋,有《甘泉赋》、《河东赋》、《校猎赋》和《长扬赋》等代表作,与司马相如齐名。后代文人对他推崇备至,《文心雕龙》中有"扬马"并列的提法,刘禹锡在《陋室铭》中提到了"诸葛庐"与"子云亭",清代诗人文筱农诗曰:"有谁提笔怕题糕？载酒遨游意自豪。偶向西山深处去？子云亭上共登高。"

"亭"是一种美好的事物,它是美的产物、美的象征、美的文化、美的享受,但愿它在碧水深涧旁、优美园林中、秀丽山川间,亭亭玉立,光照人间。

皖地三"墙"永流芳

　　墙的基本释义是指用砖、石或土、木板等筑成的屏障或外围,在建筑学上是指一种用材料搭建、垒砌而成的空间隔断结构,用来围合、分割或保护某一特定区域。当人类从树上到穴居、在地上生活之后,为了抵御自然界的力量和各种野兽的袭击与侵害,必须采取能够保护自身的措施。因此,原始初民已经有垒墙的初步尝试,中国上古时期就有了泥土夹草经过人工踩压形成的围墙,后来又发明了夯土技术并尝试用石头垒墙。中国最早的城墙诞生于五千多年前,距今四千多年的浙江良渚古城城墙厚达六十米,城墙遗址至今犹存。周人早期居于陕西武功一带,到古公亶父为周部族首领时,开始成规模地造田营舍、建邑筑城。春秋战国时,筑城技术有了迅速发展。秦统一六国后,大兴土木工程,"秦砖"应运而生。秦砖烧制技术非常成熟,火候较高。砖形呈青灰色,质地坚硬,制作规整,浑厚朴实,叩之清脆有声,砖上还带有文字,有的砖面上配有龙、虎、鹤、鹭等图形及多种纹饰。"秦砖"与后世的"汉瓦"统称为"秦砖汉瓦",它表明了秦汉时期建筑工艺登上了历史的一座巍巍高峰,代表了中华传统文化风格的古建筑灿烂辉煌史,是华夏文明宝库中的一颗璀璨的明珠。

秦始皇三十三年(公元前214年),遣大将军蒙恬北逐匈奴,在原先战国时期秦长城、赵长城、燕长城的基础上修建"万里长城"。万里长城是华夏儿女坚毅顽强、不屈不挠、不畏艰险的民族象征,也是自古以来世界筑墙史上最伟大的创造,是一条屹立不倒、绵延不绝、威武雄浑的东方巨龙,给人们以强大的精神激励力量。

悠悠历史岁月,墙不仅在人们生产生活和各种社会活动中具有不可估量的建筑学意义,还演绎出内涵丰富的文化意义。关于墙的典故就不在少数。例如《石门文字禅·云庵真净和尚行状》中就有"铜壁铁墙"之语,比喻众人团结一致,力量坚不可摧。《登徒子好色赋》中有一个"宋玉东墙"的典故,说的是战国时期,楚国著名辞赋家宋玉,他的居所东面邻居有一个长得貌若天仙的女儿,"眉如翠羽,肌如白雪,腰如束素,齿如含贝",嫣然一笑则倾国倾城。她仰慕宋玉的才能,每天登上墙头窥视宋玉,心生强烈的爱慕之情。整整三年,宋玉也没有看出她的心思。可见,宋玉并非好色之徒。宋代叶绍翁写过一首《游园不值》的诗:"应怜屐齿印苍苔,小扣柴扉久不开。春色满园关不住,一枝红杏出墙来。""红杏出墙"的本义是指红色的杏花穿出墙外,形容春色正浓、情趣盎然。古人习惯用杏花指代春色,进而又指代风流美女,正所谓"红杏枝头春意闹"。而"杏花"与"墙"搭配在一起,就有了几分暧昧的色彩。此成语后用以比喻妇女偷情,不守妇道。《诗经·小雅·棠棣》中有"兄弟阋于墙,外御其侮"之句,原意是比喻内部虽有分歧纷争,但能够团结起来一致对付外来的侵略。"兄弟阋墙"单独使用,是指兄弟之间的纠纷,也比喻内部争斗。在清人西周生的《醒世姻缘传》中,还用到了"撞倒南墙"之说。南墙一般指影壁墙,按照房屋坐北朝南的传统习惯,古时有权势或富贵之家大门外正前方都有影壁墙,即南墙。因此,居所之人出了大门就要向左或右行,直着朝前走就会撞上南墙。后用"撞倒南墙"比喻态度生硬、行动固执、不知变通的人。《敦煌变文集·燕子赋》中有"人急烧香，狗急蓦墙"之句，以此产生了"狗急跳墙"的成语，意思是狗急了也能跳过墙去。后常用以比喻坏人在走投无路时豁出去，不顾一切地捣乱。

中国民间流传着不少关于墙的俗语和传说。例如"墙倒众人推"，比喻人一旦失势或受挫，就会有许多人趁机打击他，使他彻底垮台。"拆东墙补西墙"，比喻临时勉强应付，亦比喻临时救急，不是根本办法。"烂泥扶不上墙"，意思是泥巴太稀了，抹到墙上糊不住，比喻由于能力差或水平低，成不了气候，或见不得世面。"墙头草"比喻无主见、顺风倒、善于见风使舵、随情势而改变立场的人。"挖墙脚"，本义是指将墙基挖掉，以致墙的整体立足不稳而倒塌，后比喻用不正当手段拆别人的台。

"佛跳墙"，是闽菜系中的一道特色名菜，深受人们欢迎喜爱。这道菜的来历流传着多个版本的说法。一说是清朝道光年间，福州官钱局的官员宴请福建布政使周莲，席间有道叫作"福寿全"的菜，周莲吃了软嫩柔润、浓郁荤香、鲜美可口，留下深刻印象。周莲回家后，命一位姓郑的厨师依法仿制。后来，郑厨师因故离开了布政使衙门，到福州街市上开了一家"三友斋"菜馆，将这道菜作为招牌菜招揽客人。在一次文人聚会时，他们品尝后赞不绝口，遂有人即席赋诗曰："坛起荤香飘四邻，佛闻弃禅跳墙来。"从此，这道菜被称为"佛跳墙"而流传下来。另一说是这道菜来自一帮乞丐。有一帮乞丐拎着破瓦罐四处乞讨，他们把讨来的各种残羹剩饭全会集在一起，加热后再分食之。有一天，一位酒店老板路过乞丐烧饭处，偶然闻到一缕奇特的菜香飘来，他好奇观望，得知是乞丐们用瓦罐煮食各种剩菜。受此启发，老板回店后试用各种材质配料，用专门瓦罐煨炖，发明了名菜"佛跳墙"。还有一说是，福建民俗中，新媳妇在出嫁后的第三天，要亲自下厨给公婆做一顿好饭。有一位富家女,自小娇生惯养,不会下厨做饭。出嫁前,她母亲将家里的山珍海味拿出来略事加工,叮嘱女儿到婆家后如何烹煮即可。这位富家女到婆家后,却把母亲教的方法忘记了,情急之下就把带来的菜全部倒进一个酒坛子里,再盖上荷叶,放在灶上炖煮,没想到炖煮后的菜浓香诱人,一家人吃后纷纷赞扬,后来这个做法流传了出去。除以上说法外,还有僧人闻寺外菜香、跳墙而出解馋等说法,故名"佛跳墙",这似乎有些牵强附会了。不过,清代文学家蒲松龄在《聊斋志异》一书中,却真的写了一个崂山道士"穿墙术"的故事。蒲松龄有一年寄居在山东青岛崂山脚下的下清宫。一天夜晚,他坐在亭子里正为《崂山道士》的写作苦思冥想,忽见对面白色粉墙上有人影一闪而过,仿佛穿透墙壁来到亭前,定睛一看,原来是一个小道童奉道长之命给他送茶来了。蒲松龄顿生灵感,创作了栩栩如生的崂山道士形象。在故事中,他讲述了离崂山几百里外,有一个名叫王七的年轻人,因仰慕道教而专程前来拜师学道。道长见到王七一副细皮嫩肉的样子,认为他吃不了这份清苦,不愿接纳他。王七信誓旦旦保证一定会吃苦学出真本事,道长方勉强答应收他为徒。王七留下后,道长先是安排他与大伙一道上山砍柴,可是一段时间后,王七感到忍受不了这般苦,又见师父没教自己本事,便萌生了回家之意。道长察觉后,在一个晚上用纸张、剪刀等作了几个小法术,王七一下子就被吸引住了,打消了回家的念头。又过了一段时间,王七实在熬不下去了,于是去向师父告辞,并请求传授一点法术,也不枉上崂山一趟。道长见王七如此,当天夜晚便教给他一段口诀,默念中能够穿墙壁而过。第二天,王七辞别师父下山回家,妻子问他这几个月学到了什么本事,他说学了"穿墙术",妻子不信,王七就依道长所教口诀向墙面跑去,不料被撞了个头破血流。虽然王七落得个被人耻笑,但崂山道士能"穿墙"的传说不胫而走。时至今日,有游客到崂山下清宫参观游览,仍能见到那面神奇的"墙"。

在多层建筑物的屋顶四周,一般都会砌上一截矮墙,这截矮墙又称"女儿墙",除了起维护安全和装饰楼顶的作用外,还会起到防屋顶雨水漫流和避免防水层渗漏的作用。提起"女儿墙",倒是颇有来历。《辞源》对此解释为:城墙上面呈凹凸形的小墙。《释名·释宫室》中讲:"城上垣,曰睥睨,亦曰女墙,言其卑小比之于城。"宋《营造法式》称:"言其卑小,比之于城若女子之于丈夫。"意思是说,城墙顶上的小墙,叫"睥睨",又叫"女墙",它与城墙比就好比女子与丈夫比,是卑小的、没有什么地位的。睥睨,古时本是指古代皇帝的一种仪仗,后来指斜着眼看,有厌恶或高傲的意思。用在此指城墙上面呈凹凸的短墙则有偷窥之意。因为古时守城士兵在城楼上,经常利用短墙凹凸处的垛口或墙体上的瞭望孔,观察城下来犯之敌的情况,正如《古今论》所载:"女墙者,城上小墙也,一名睥睨,言于城上窥人也。"后来,在民间建筑中,大户人家的屋顶也仿照城楼加砌了小墙。原来,古时妇女,尤其是闺中小姐,为避外人是足不出户的,但女子又不能长期憋闷在家中,于是,房顶上的小墙既能起到防护作用,又便于她们在上面窥视户外风光。由于矮墙的遮挡效果,路上的行人要想正面接触女子实属不易,这时的"女墙"演变成了"女儿墙"。"女儿墙"终究难以避免有情人之间的风流佳话,相反,它甚至可以成为一种表达情愫的媒介。例如苏轼《蝶恋花·春景》中写道:"墙里秋千墙外道。墙外行人,墙里佳人笑。笑渐不闻声渐悄,多情却被无情恼。"元曲《西厢记》中亦有"待月西厢下,迎风户半开。隔墙花影动,疑是玉人来"的爱意缠绵。姜夔《少年游》中则有"杨柳津头,梨花墙外,心事两人知"之句,青少年情窦初开两相思的心理被描写得惟妙惟肖。

古时候,墙在军事战略上的价值非常之高。元朝末年,各地起义军风起云涌,在群雄争夺天下之时,一些军阀割据势力纷纷称王称帝。这时的朱元璋所率队伍已经具备一定军事实力,攻城略地取得节节胜利。在徽州,朱元璋征求谋士朱升对今后战略方针的意见,朱升详细分析天下大势和利弊得失,审时度势向朱元璋提出了"高筑墙,广积粮,缓称王"的意见。朱元璋听了觉得非常有理,欣然采纳,之后,按此战略方针指导政治、军事行动,结果夺得天下,笑到了最后。毫无疑问,在金戈铁马的冷兵器时代,城墙的控制和防御作用实在是太大了,因此,历朝历代的帝王和名帅名将们,无不重视修城筑墙,许多历史印迹至今犹存。西安作为历史上的十三朝古都,保存着中国现存规模最大、格局最完整的古代城垣,现存城墙是在隋、唐皇城的基础上,明初经大规模修筑而成形的,后又屡经修葺、增建,至今仍能感受到它宏阔坚固的雄姿。南京明城墙是在六朝建康城和南唐金陵城的基础上,依山脉、水系的走向筑城。它得山川之利,控江湖之势,先后历时二十八年,形成独具防御特色的立体军事要塞,在中国都城建造史上占有重要地位,为"虎踞龙盘"之地增添了威武亮丽的光彩。北京古城墙始于元朝,建成于明朝,沿用于清朝至民国,饱经七个世纪的沧桑。如今,完整的北京古城墙已不复存在,但仍有两处得到保护的明城墙遗迹,并形成了遗址公园。游人们在遗址公园驻足观览时,会听到许多关于京城古城墙的故事。抚今追昔,不由得感慨万千,既为中国博大精深的历史文化而自豪,又为它承载的历史厚重和苦难而叹惜。

　　以上说了那么多的"墙",似乎与皖地并无直接关系,难免有游离本文主题之嫌,权当是文章的引文,姑且阅之吧。下面,言归正传,说说皖地的"三堵墙"。

　　皖,是安徽省的简称。相传,在大禹治水的时候,大禹的一个得力助手叫伯益,是黄帝的后裔,因治水有功被封于西部某地。后来,伯益的子孙有一支迁到安徽潜山一带,其中一位叫皖伯的人带领大家辛勤劳动,在这一地域扎下了根。众人推举皖伯为首领,后在这里建立了一个小国,皖伯当了君主,国名以他的名字命名,叫作皖国。皖伯仁慈善良,又有智慧,使皖国百姓安居乐业。皖伯去世后,人们为了纪念他,把皖国境内的山水都命名为皖,于是有了皖山、皖水、皖地、皖人、皖城等。皖字,由"白"、"完"两字组成,白的意思就是白色,象征着纯净无瑕,完的意思是完全、完美,两字合起来成皖,寓意着纯净、完美之白色,其意十分美好。皖地有一座峻奇秀丽的山峰叫天柱山,汉武帝时曾封此山为南岳,地位仅次于泰山。天柱山原名叫皖公山,简称皖山,也是因纪念皖伯而得名。唐代大诗人李白《江山望皖公山》一诗写道:"奇峰出奇云,秀木含秀气。清宴皖公山,巉绝称人意。"在朝代更迭时,各地地名虽发生许多变化,但"皖"的称谓一直流传下来。今安徽省境内以长江为界,长江以北地区泛称皖北,长江以南地区泛称皖南。清康熙年间,江南省一分为二,设江苏、安徽两省。其中,安徽省名是取安庆、徽州两府首字组成,因其境内有皖山、皖水及古皖国,故安徽简称为皖。

在皖地,最具特色的恐怕首数徽派建筑了。徽派建筑是徽文化的重要象征标志,主要流行于皖南地带。它在总体布局上依山就势,构思精巧,自然得体,在空间结构和利用上造型丰富、层次分明,讲究韵律美,民间常以"青砖、黛瓦、马头墙"鲜明地概括其建筑风格。"马头墙",正是本文要介绍的皖地"三堵墙"的第一堵墙。

马头墙,又称风火墙、封火墙等,特指高于两山墙屋面的墙垣,即山墙的墙顶部分,因形状酷似马头,故称"马头墙"。马在众多动物中,称得上是与人亲密、友善的吉祥物,它在人们生产生活和军事战争中都发挥着重要作用,古代成语中常以"一马当先"、"马到成功"、"骏马奔腾"、"汗马功劳"、"龙马精神"等表达祝愿、期盼之美意。徽州人将此墙取名"马头墙",其寓意也是希望家业兴旺、家人事业有成、后辈前程似锦。马头墙当然不只是为了装饰或表意,它的最初功能是用来防火的。徽州地区地狭人稠,素有"七山一水一分田,一分道路和庄园"之说,因此,建设用地紧张,邻里之间房屋紧挨在一起。又由于民居多为砖木结构,一旦一处房屋不慎失火,必然殃及周边一片,导致惨重损失。正所谓:"火患耳,其患数千家者有之。民遭烈祸,殆不堪病。"百姓火灾频仍,历任徽州官员对此都束手无策。为了推卸责任,竟以"风水学"说事,即认为徽州府衙正堂是坐北朝南开的,南方属火,并且徽州本是皖南之地,火上加火、火势更旺,火情是老天降下的灾难,人力难以控之,若要避免或减少火灾,府衙则须关闭大堂正对南方的大门,另在府衙东侧开辟出入通道。但照此行事后,所辖之地的火灾并未明显减少,百姓仍时时处在火患威胁之中。于是,官员和百姓更感到命数如此,改也无益。就在大家一筹莫展之际,大明弘治年间,朝廷委派一位叫何歆的官员出任徽州知府。何歆是位作风务实、能力超群的好官,他在深入了解当地的民情后认为,治火也好、防火也罢,不在风水好坏,而重在因人因地而治。为此,他召集能工巧匠精心研究,提出了"建火墙阻火,划片区防火"的新思路,即在不增加建设用地、不改变徽州住宅砖木结构的前提下,在房屋两侧修一道高过屋脊的封火墙,就能阻断大火肆虐,有效控制一家失火则火势顺房屋蔓延的情况发生。为了推广这一措施,何歆下令编五户为小组,建立联修联防制度。不久,数千道封火墙就已建成。之后,虽然仍不时有火情发生,但由于封火墙的阻断作用,火势都得到了有效遏制。由此,封火墙开始在徽州全域范围内被广泛应用,一直沿袭流传至今。何歆替民排难解忧的功绩一直被徽州百姓铭记,人们特制一块石碑,将他治理徽州火患的事迹刻入石上,并立在乌聊山的石亭之内。后来,"马头墙"被赋予了浓厚的文化含义,形状、样式更为丰富,为徽派建筑增辉添彩。

皖地"三堵墙"的第二堵墙,是清朝康熙年间发生在安徽桐城的故事。桐城一张姓人家与吴姓人家相邻,两家都是名门望族,张家有在朝中任大学士的高官张英,吴家在当地是数得上的富豪。这一年,吴家欲扩大宅院,院基向外挪动占用了属于张家的空地,张家发现后要其退回,两家互不相让、产生纠纷,随后积怨加深、难以化解,遂一并告到县衙。因两家都是实力雄厚且各说各的理,县官左右为难、不能定夺,只好推托说这件事要凭相爷张英作主。张家遂写书一封,派人急送到京都。张英阅罢家书,思索一番后,在回信中附诗一首让送信人带回。家人收到回信当即打开,只见信中写道:"千里修书只为墙,让他三尺又何妨?万里长城今犹在,不见当年秦始皇。"家人恍然大悟,找到吴家,主动让出三尺宅基地。吴家见此,十分感动,也将院基向后退了三尺。两家怨气顿时化解,各自相让的地方变成了方便行人通行的"六尺巷",这则故事也广为流传开来。后来,安徽的艺术家们把这则故事搬上了黄梅戏舞台,演绎出一台非常精彩的戏剧节目。

第三堵墙的故事,是我在游黄山时所听闻。在距黄山不远处,有一个极具徽派建筑风格的古镇叫西递。西递是一个有着深厚文化底蕴的村落,据说在宋明清等各个朝代,相继出过二品以下官员一百多位。在西递村的古建筑群落中,富丽的宅院、考究的民居、秀美的花园、精致的雕刻、古朴的小桥、青石的巷道等等,无不给人带来一种古朴、典雅、幽静的视觉享受。西递街巷交错、布局奇妙,仅小巷就有近百条,有的小巷仅容一人通过,别有一番洞天。在一条小巷转折处,一面弧形墙体引起了我们一行人的注意。据导游介绍,这所房屋原是一个大户人家,建房时因担心路人行走不便,特意将拐角的墙体向内抹去,砌成圆形的转角,这样即使有人挑担、推车也能顺畅通过,不会碰到墙角,这就是"拐弯抹角"的初衷和由来。显然,这是一户讲仁义、乐于为他人着想的慈善之家,此举亦为他人所称道。

皖地"三堵墙",虽历时久远,但折射出强烈的人文价值和精神光芒,它所体现的关注民生、以和为贵、善待他人、舍利求义等思想文化内涵,是一代代中国人予以传承的宝贵精神财富,我们也从中得到很多有益的启示。

心中有民赢民心。中国自古以来就有很多关于民心的至理名言,如"得民心者得天下"、"圣人无常心,以百姓心为心"、"天下顺治在民富,天下和静在民乐"、"从来经国者,宁不念樵鱼"、"政之所兴在顺民心,政之所废在逆民心"、"百代兴盛依清正,千秋基业仗民心"等。何歆修墙治火患正是顺应了民心所盼所需。历史上,诸如这般为民着想办实事的官员也是不乏其人。

战国时期,一位叫西门豹的官员奉魏文侯之命到邺县任县令。他上任后,了解到当地百姓受"河伯娶媳妇"之困,苦不堪言。原来,此处面临漳水,经常大水泛滥,当地三老、廷掾勾结巫祝,让巫祝谎称水患的原因是河伯发怒,若要平息水灾,就得每年从百姓家选取一漂亮女子,投进水中给河伯当媳妇。百姓不仅担心自己女儿被选中,而且每年都要交纳钱财给官衙,供作河伯娶亲费用,其实这些钱财都被三老、廷掾、巫祝瓜分。年复一年,百姓担惊受怕,不知如何是好。西门豹心中有底后,又到了一个为河伯娶媳妇的日子,就来到河边与人们相会。当他看到即将投入水中的女子后,故作不满状说,这个女子长得不漂亮,怎能送给河伯呢？我看先麻烦大巫婆到河伯处禀告一声,就说过几天换一个漂亮女子送到。说着话,就命差役抱起大巫婆抛入水中。过了一会儿,西门豹又说,为什么大巫婆去了这么久还不返回呢？再派她弟子去看看！话音未落,一个弟子又被差役抛进河里。连抛三人后,又派三老入河去催。岸上观看的长老、廷掾吓得心惊肉跳,连连磕头求饶。从此,无人再敢提为河伯娶媳妇之事。西门豹组织百姓开沟挖渠,将漳水引来灌溉农田,水患得到了治理,农田得到了丰收,百姓的日子渐渐好起来,西门豹治邺的政绩被人们传颂,后人修祠建庙,以为祭祀。现河南安阳境内,仍存有西门豹祠。

东汉时期发生过一个"一钱太守"的故事,说的是刘宠在担任会稽太守时,深察民情民意,革除烦苛的政令,减轻百姓徭役税赋。他不仅自身为政清廉,还严惩贪官污吏,不允许其巧立名目盘剥百姓。在他的治理下,会稽政治清明、经济繁荣,百姓生活稳定。刘宠离任时,几个须发皆白的老者赶来为他送行,他们每人手里拿着一百文钱,一定要向刘宠表达乡亲们的心意。刘宠起初不肯收,但见老者们言辞恳切,又从老远处受众乡亲之托而来,若是执意拒绝,会伤害百姓的感情。于是,刘宠从老者手中挑选了一枚大钱拿着,尔后告别乡亲,登船启程。他立在船头,再次向岸上百姓辞谢,然后将手中那枚大钱恭恭敬敬地投入水中。这时,人们似乎明白了刘宠的心思,他要做到两袖清风而来、清清爽爽而去。后来,人们称刘宠为"一钱太守",并在江边建了一座"一钱亭"和一座"一钱太守庙"。清朝山东一名叫杨维乔的清官听说这个典故后,特意作诗自勉:"居官莫道一钱轻,尽是苍生血作成。向使特来抛海底,莒波赢得有清名。"

明朝有位著名的官员名叫况钟,连续三任苏州知府,被苏州百姓誉为"况青天"。况钟初任苏州时,苏州豪强污吏相互勾结利用,百姓赋税繁重、怨声载道。他开始理事时假装不懂,只顺属下欲望办事,官员们暗自得意,以为新任太守容易蒙骗欺侮。几天之后,况钟突然召集众官员,历数一些出坏主意官员的劣迹,并将罪大恶极的数人处以死刑,苏州全府震动,上下官员奉法守纪,不敢为非作歹。在大力整顿吏治的同时,况钟核减重赋、废除苛捐、整理军籍、兴修水利、建济农仓、办学育才,又清理处置多年的积案、化解怨情,苏州府出现了吏治清明、物阜民丰的大好局面。在况钟任期已满后,苏州百姓一再请求朝廷让他留任,皇帝遂允其请。况钟为官清廉,在他赴京朝见时,曾作诗明志:"清风两袖去朝天,不带江南一寸绵。惭愧士民相钱送,马前洒酒注如泉。""检点行囊一担轻,长安望去几多程。停鞭静忆为官日,事事堪持天日盟。""不带江南一寸绵"、"检点行囊一担轻",这是多么高尚的气节情操啊。况钟六十岁时逝于苏州任所,他的灵柩从运河回故里时,十里长堤之上站满了祭送哭奠的人,苏州百姓家中均立况钟牌位祭祀。苏州沧浪亭之"五百名贤祠"中,保存有况钟石刻像并赞曰"法行民乐,民留任迁。青天之誉,公无愧焉"。昆曲《十五贯》以况钟为原型,反映了他体民苦、察民情、刚正不阿、执法严明、机智断案的事迹,曲目上演广受好评。

历史上,那些罔顾民生、尽失民心民意,最后招致身败名裂者也大有其人。

东汉末年,本是割据一方的军阀董卓趁朝中内乱带兵进京,凭武力控制了朝政大权。按理说,在天下大乱之时应施仁政争取人心,董卓却倒行逆施,做了三大恶事,分别破坏了民生、经济和政治。一是放纵西凉兵烧杀抢掠,使得京都洛阳被劫掠一空,许多百姓甚至达官贵人也都遭难,其作恶行径引起民众共愤。二是滥发货币,造成严重的通货膨胀。董卓破坏汉朝的五铢钱,私自铸造小钱,肥了自身腰包,扰乱了社会经济秩序,逼得百姓无钱买粮,造成严重恶果。三是废杀汉少帝,改立刘协为汉献帝,实则自己控制朝廷,引发了群雄共讨之。董卓的所作所为尽失人心,导致众叛亲离,最终当然成为历史罪人,落得可耻下场。

唐朝湖州出了一位著名的诗人李绅,他自幼好学,二十多岁便中进士、入翰林。一年夏日,他与好友回故乡时,登城东观稼台游览,远眺田野里农夫辛勤劳作的场景,写下了非常有名的《悯农·二首》:"锄禾日当午,汗滴禾下土。谁知盘中餐,粒粒皆辛苦。""春种一粒粟,秋收万颗子。四海无闲田,农夫犹饿死。"按说能写出这样诗文的人,一定有着深深的同情百姓情怀,可是人的两面性确实复杂难料。李绅得到朝廷重用后,曾任淮南节度使、中书侍郎、右仆射、门下侍郎、司空等职,封赵国公。当上高官的李绅,不再有忧国忧民之心,他骄奢淫逸,家中蓄养很多年轻貌美的家伎。当时,在苏州当刺史的刘禹锡曾到李绅府中赴宴,对宴席上的奢华感到不满与痛惜,写下了《赠李司空妓》一诗:"高髻云鬟宫样妆,春风一曲杜韦娘。司空见惯浑闲事,断尽苏州刺史肠。"以此诗表达了对李司空的谴责与劝诫。后来,有一个成语"司空见惯",说的就是这件事。然而,李绅哪能警醒得了?不仅如此,他一生遭人诟病颇多,除了生活奢靡外,还为了个人利益依附权贵、排斥异己,将主要精力耗入朋党之争中,没有做出多少帮助百姓的事。因此,历史给予了他不少差评。

从上述官员的所作所为中,不难悟出民心民意的分量。民心是只"聚光灯",它能照出为官从政者的善恶美丑;民心是块"试金石",它能验出为官从政者的真伪优劣;民心是个"定盘星",它能称出为官从政者的分量轻重;民心是座"无字碑",它能刻出为官从政者的历史印痕。民心大于天,民心不可欺,民心不可侮!

礼让三分得高分。中华民族是礼仪之邦,礼在人们日常生活和社会交往活动中,起着十分重要的桥梁、纽带作用。儒家核心思想中有"三纲五常"之说,"五常"指仁、义、礼、智、信的五常之道,它是做人的起码道德准则,作为重要的伦理原则,用以处理与谐和人与人之间的关系,调理社会与家庭秩序。《史记·礼书》中说到礼,认为"缘人情而制礼,依人性而作仪",用礼仪来制约人们的欲望,调节人与人之间的利益矛盾。古人学礼、懂礼、重礼、守礼是"修身养性齐家"尔后"治国平定下"的必修课,有的以是否知礼判断"骨肉同胞"或"非我族类";有的即使在你死我活的战场相逢,厮杀前也是先通报姓名、行礼致意,否则就会被对方斥责:"来将通名,休得无礼!"礼,经过长时间的言传身教、耳濡目染,已经深深地融入一代代中国人的血脉里。

关于礼让的事例俯拾皆是。古代儿童启蒙读本《三字经》中,就有"香九龄,能温席"、"融四岁,能让梨"的说教,说的是东汉黄香九岁就懂得孝顺双亲,冬天临睡前给父母暖被窝;汉朝孔融四岁就懂礼节、知谦让,将大的梨子让给兄长,自己则取最小的梨子而食。

《史记·吴太伯世家》记载了一个"泰伯奔吴"的典故,说的是商朝后期,周太王有三个儿子,长子泰伯,次子仲雍,三子季历。周太王非常喜欢季历的儿子姬昌,就想先把王位传给季历,再传姬昌。泰伯了解到父亲的心愿,三让王位,带着弟弟仲雍,从陕西岐山下的周原奔到现无锡市郊的梅里,在这里"断发文身",采用当地土著人的文化习俗,表示不再返回即位的决心。他组织民众开发了江南大片地区,建立了勾吴。人尊其为吴太伯。吴太伯无子,死后由其弟仲雍主政勾吴。季历则顺利在西岐继承王位,后又传于其子姬昌,就是后来的周文王。文王主政西岐时期,奠定了灭商兴周的大业。周朝建立后,周武王追思泰伯,并加封仲雍的后代周章为吴君。关于泰伯礼让王位、开创吴文化的功德,孔子给予了极高评价,认为:"泰伯,其可谓至德也已矣。三以天下让,民无得而称焉。"自此,泰伯被后人奉为"至德"。清康熙帝南巡时,曾为苏州泰伯庙御笔亲书"至德无名"四字;后乾隆帝亦御笔亲书"三让高踪"四字。

唐代欧阳修文采出众,是著名的"唐宋八大家"之一,知名度非常高,他在奉命与宋祁两人编纂《新唐书》时,也有一段谦虚礼让的佳话。原来,两人修史各有分工,欧阳修专修"纪"、"志"部分,宋祁负责"列传"部分。在最后统一编校时,朝廷认为一本书的体例应一致,要求欧阳修对"列传"部分进行统稿、删改。欧阳修却表示,宋公是我的前辈,再说每个人的见解多有不同,怎能强求与自己的想法一致呢?

于是，未对"列传"部分做删改。《新唐书》修成后，按惯例只署官职最高人的姓名，当时欧阳修官职最高，理应署他的名字。但欧阳修认为，宋公对"列传"下了很深的功夫，怎能埋没其名、抹杀他的功劳呢？坚持把"列传"部分署上了宋祁的名字。宋祁得知后十分感动地说，自古文人相轻、互不谦让，以官位高低欺凌、埋没对方的事常有发生，欧阳修却无此毛病，足见他的道德修为之高，真是值得敬佩啊！欧阳修此举也得到其他文人的称道，他的名声愈加响亮。

谦逊礼让的风格固然可嘉，但也并非人人都能认识和做到，历史上那些争强好斗、蛮横无理、互相倾轧甚至两败俱伤的反面典型也不鲜见。《战国策》中，名士苏代劝谏燕惠王停止燕赵两国相争，用到了"鹬蚌相争，渔翁得利"的故事。

有一则寓言故事，说黑白两只羊分别从一座独木桥的两端过桥，走到桥中间时因桥面狭窄互不得过，两只羊吵嚷着都要对方先退回去，但谁也不肯让步，结果争执打斗起来，两只羊都从桥上掉进了河里。幸好河边有只大象正在饮水，见它们落水便用鼻子将它们捞上来。大象听了两只羊落水的经过，语重心长地说，凡事都要礼让为先，否则损人不利己。黑、白两只羊听了，惭愧得低下头，它们诚恳地向对方道歉，成为要好的朋友。

《史记·张仪列传》中有个"两败俱伤"的典故。秦惠王得知韩魏两国打得不可开交，就想出兵干涉，为此事召集群臣议事，一个叫陈轸的人便给秦惠王讲了个卞庄子刺虎的故事。一次卞庄子看见两只老虎正在撕咬一头牛，就想拔剑刺虎。旁边一人劝道，现在两只虎为争抢牛肉互不相让，待它们相斗起来必有死伤，那时你再出剑就能得到两只虎了！卞庄子觉得说得有理，就静观其变。果然如旁人所料，老虎相斗中一死一伤，卞庄子再用剑刺伤虎，一下得到了两只虎。陈轸话锋一转，劝惠王暂时按兵不动，待时机成熟后再出兵。惠王认为非常有道理,便采纳了陈轸的意见。

历史上,两败俱伤的事不仅发生在外,更有甚者,本是一家人内部也发生许多相互争斗之事,其结果就是"祸起萧墙"。例如战国时期赵国的"沙丘之变"、西晋时皇族的"八王之乱"、唐朝初期的"玄武门之变"、清康熙晚期的"九子夺嫡"等,都是发生在内部权力的争夺上,其结果不仅是皇家内部刀光剑影、损失惨重,有的还引发了剧烈的军事冲突和社会动乱,教训深刻令人警醒。

以德报怨能化怨。"六尺巷"的故事中,张英一诗巧化两家积怨之所以被人津津乐道,说到底在于张英所体现的大境界、大情怀。这样的人和事在历史中也能寻到踪影。

春秋时期,秦国国君秦穆公身上发生过一个"穆公亡马"的故事。秦穆公好马,专门派人选了各地名马饲养。有一天,几匹马挣脱缰绳跑得不见影儿,牧官害怕被问罪,赶忙派人四下去追,结果在一个偏僻的山沟里看到一些"野人",这些"野人"正在分吃马肉,牧官大为愤怒,派兵将这些"野人"抓起来,并禀告穆公拟予以处死。秦穆公了解事情经过后,不但没有发怒,还免除了他们的死刑,将剩余的马肉赏赐给他们,"野人"们对穆公的恩德铭记在心。几年后,秦晋两国交战,秦穆公的军队被晋军包围,处于十分危险之中,眼见突围无望,秦穆公甚至做了战死的打算。正在此时,晋军包围圈一角出现混乱,一群凶猛异常的"野人"冲了进来,其势锐不可当,很快就救援秦穆公脱离险境。穆公抵达安全区后,召这群人询问情况。他们回答,以前我们吃了穆公的名马,穆公不但未怪罪,还赏赐我们新鲜马肉,这次听到秦军被围,特来拼死相救,以报穆公之恩德。秦穆公听后感叹不已。

《吕氏春秋·去私》中有个"举贤不避亲仇"的典故。晋平公问大夫祁黄羊,南阳缺地方长官,谁担任合适呢?祁黄羊回答,解狐适合任此职。平公奇怪地说,解狐不是你的仇人吗？祁黄羊又答,主公问的是谁合适当南阳长官,并不是问谁是我的仇人呀。平公点头称赞,接着下达了对解狐的任命,解狐果然不出所望,任职后反响很好。又过了一些时候,平公就军事统帅人选事问祁黄羊谁能胜任。祁黄羊回答,祁午能胜任。平公说,祁午不是你的儿子吗？祁黄羊回答道,主公问的是谁能胜任,并不是问谁是我的儿子呀。平公认为在理,随之又下达了对祁午的任命,朝中对此都表示拥护。这件事传到了孔子耳朵里,孔子赞道:"祁黄羊外举不避仇,内举不避子,真是个大公无私的人啊。"

当然,历史上也曾有冤冤相报的人和事。春秋末期,楚平王因故杀了伍子胥的父亲和兄长,伍子胥四处逃亡,最后落脚吴国。在吴国,他得到吴王重用,后与军事家孙武等共同辅佐吴王西破强楚。当吴军攻破楚国国都后,伍子胥掘开楚平王坟墓,用鞭对平王尸体鞭了三百下,打得尸身残渣横飞。本来吴军占领楚国国都应多行仁义之事,但伍子胥鞭尸的极端行为引起了楚人的惊恐和愤恨,加之吴军其他残暴行径,激发了楚人顽强抵抗的斗志,楚人在秦军的支援下很快就将吴军赶出了楚境。伍子胥回到吴国后,因性格刚烈,屡次不遂吴王之意,最终被吴王赐死。而他死前,特意让人将他眼珠挖出来悬在吴国东城门之上,说是要看一看越人是怎么攻破此门灭吴的,可见他的怨气之大、之深。

施惠于人终得惠。 羊有跪乳之恩,鸦有反哺之义。绝大多数中国人重情重义,有救人危难、投桃报李的优良传承。"滴水之恩当涌泉相报"的典故,说的是明朝历城县一名官员,因厌倦官场生活,辞官到神通寺出家。他的年轻女儿也相随而来,并在尼姑庵出家,顺带为父亲缝补浆洗。其他尼姑不解地问其原因,女儿回答,父亲对我有养育之恩,现在他年老体弱需要帮助,我做女儿的理当回报,正所谓滴水之恩当涌泉相报也。后来,人们把神通寺后一泉称为滴水泉,把女儿经常为父亲洗衣之泉起名为"涌泉"。"拐弯抹角"的那一大户人家施惠于路人,其家也获得了慈善之家的美名,这也是一种"回报"和"口惠"。

元末明初曾发生一个"施惠得惠"的真实故事,说的是朱元璋十六岁那年,家乡江淮大地屡遭大旱、蝗灾、瘟疫之难,朱元璋的父母、兄长等在饥寒交迫中相继亡故,但朱元璋一无所有,既无钱买坟地,也无力置办棺木寿衣。无奈之下,他硬着头皮去求大地主刘德帮忙,却被刘德骂了出来。刘德的弟弟刘继祖见此产生了恻隐之心,慷慨划出了自家的一块地给朱元璋埋葬亲人,朱元璋对此一直铭记难忘。后来,朱元璋投军,又率军打下了天下,当了大明的开国皇帝。朱元璋忆起当年之事,亲自执笔写下对刘继祖的赞语:"尔发仁惠之心,以己沃壤,慨然见惠。"并封刘继祖为"惠义侯"。这显然是一个"好人得好报"的结局。

《说苑》一书中有个"楚庄王绝缨"的逸闻轶事。楚庄王有一次大宴群臣,喝得正高兴时,大厅里的灯烛突然灭了,有个大臣趁机拉了庄王宠姬的衣服。宠姬心知臣下无礼,便顺手扯断这个人的帽缨,随后告诉楚庄王,要点烛查看断缨之人。楚庄王却说,是我让群臣来喝酒的,酒醉失态是人之常情,怎能因此而治臣子之罪呢?于是,大声命令群臣,都将帽缨扯断,今晚要喝得尽兴。群臣依令扯断帽缨,然后点灯继续喝酒,尽欢而散。几年之后,晋楚两国交战,楚国一位大臣奋勇争先,每场战斗都冲杀在最前面,最终楚军战胜了晋军。楚庄王论功行赏时问这位臣子,为什么冒死冲锋、表现神勇呢?这位臣子回答,上次大王举行宴会,我因酒失态被美人扯断帽缨,大王您却隐忍未予追究,实际上是恕了我的死罪,对大王如此恩惠,臣子理当以死相报,故冲锋陷阵不惜性命。楚庄王恍然大悟。

北宋时期,宰相王安石因力主变法,引起强烈反弹,当时身在官场的苏轼与王安石亦是政见不合。后来,苏轼因"乌台诗案"而获罪,有人主张杀了苏轼,王安石却不计前嫌,专门提醒宋神宗说:"圣明时代,不可杀有才华之人。"宋神宗最后赦免了苏轼。王安石晚年隐居金陵时,苏轼乘船路过金陵,特意拜访王安石。两大才子相见一笑泯恩仇,唱和诗文、谈佛论道,弥合了政见上的鸿沟,一时传为美谈。

《史记·田敬仲完世家》中记载了齐国田氏"其收赋税于民以小斗受之,其禀予民以大斗"的故事,说的是田氏在农荒时用大斗借粮给周围百姓,待百姓收成好时却用小斗量入,以此让利,争取了民心,最终完成了"田氏代齐"的大业,田氏后人当了齐国国君。

古人中也有十分吝啬、不肯施惠于人,最终下场悲惨的例子。东晋年间,右将军周札一家飞黄腾达,屡屡有人升官封侯。周氏势力发展,遭到权倾天下的王敦的猜忌,于是,王敦联兵讨伐周札。兵临城下时,周札慌忙领兵迎敌,这时周札的库房中存有一批打造精良的兵器,手下人都劝他赶紧分发给士兵御敌,周札竟舍不得拿出来,只给士兵配发一些低劣的兵器。士兵见状无心力战,被对方一举摧垮,周札也丢了性命。南北朝时,武陵王萧纪率军攻打江陵,他准备了很多金银财宝,许诺打了胜仗论功行赏。然而,每战结束却从不兑现承诺,因而军心涣散,出逃反戈者越来越多。萧纪约束无方,终于兵败如山倒,他自身也在乱军中死于非命,金银财宝尽落敌手,这真是莫大的讽刺与悲哀。

超越小家成大家。 古代不少思想开明的有识之士,都有浓厚的家国情怀,他们深深懂得家与国的朴素辩证道理,看淡家产,从严治家,舍小家顾大家,先天下之忧而忧。例如,张英所说"万里长城今犹在,不见当年秦始皇",林则徐所说"子若强于我,要钱有何用,贤而多财,则损其志;子若不如我,留钱有何用,愚而多财,益增其过",俗语所说"万顷良田一斗米,千间房屋半张床"等。

宋真宗时,有一位名叫王旦的名相,他辅佐真宗十八年,向皇上举荐了诸多贤能人才。他虽位居高官,但一直生活简朴,对自己和家人要求十分严格。他所居宅第极其简陋,皇帝多次要为他修治,他却以"舍不得祖先住过的老屋"婉言谢绝。每当朝廷有赐予时,他都感叹道,这都是民脂民膏啊,我家哪里用得许多呢?王旦晚年因病辞官时,真宗悄悄赐予他黄金五十两,他则辞谢说,钱财已恨留得太多,再要真的没有用处!王旦在相位多年,从来没有为子弟谋求过一官半职。在他去世后,朝廷封他谥号"文正",人们对他廉洁为本、严以治家的事迹仍念念不忘。

明朝嘉靖年间有一位官员刘士奇,历任刑部主事、刑部员外郎、梧州知府、江西按察使、山东布政使,他不论在朝中任职还是在地方为官,都能做到为官正直、秉公用权,以洁己爱民、多行善政著称。他在梧州任上时,不仅对经管的财政收入毫不沾染,而且连按惯例可作知府津贴费的银两也分文不取。由于他一生不治家产,虽做到二品高官,但在山东布政使位上因病致仕后,自己家计很快出现困难,连买二斤蚬肉的钱也拿不出来,就这样清茶淡饭,心安理得以终老。

晚清中兴名臣曾国藩说过四大金句:轻财足以聚人,律己足以服人,量宽足以得人,身先足以率人。他语重心长地告诫弟弟曾国荃:"利可共而不可独。"他甚至写日记要求自己"以廉率属,以俭持家,誓不以军中一钱寄家用"。曾国藩正妻欧阳夫人在家中只能靠几十亩田产维持一家人的生活,贵为总督夫人,却亲自下厨烧饭、纺纱织布。他的女儿亦要从事体力劳动,并只着粗衣,毫无珠光宝气、阔小姐样子。其纯清家风可见一斑。

古人中，不仅有严于治家的典范，也有毁家纾难的豪杰。"毁家纾难"是指捐献所有家产，帮助国家减轻困难。它出自《左传·庄公三十年》，说的是公元前677年，楚文王因病去世，太子熊囏继承王位，他任命文王的弟弟子元担任令尹。子元自恃掌握了兵权，不把熊囏放在眼里，气焰十分嚣张，又轻妄地与邻国发动战争，却无功而返。子元为非作歹引起了公愤，申公调集军队问罪子元，子元下令焚烧宫室和民宅，做垂死抵抗，结果还是被擒获处死。之后，大夫子文继任为令尹。当时，郢都的民房几乎都被战火烧毁，百姓流离失所、饥寒交迫。国难当头，情况十分危急，子文毅然决定把自己所有的房产都捐献出来让难民入住，此举使动荡不安的局面得到了有效控制。子文在之后二十八年的政治生涯中，从没有给自己积蓄过一点家产。他毁家纾难的义举和为政清廉的行为，赢得了楚国百姓的信任和爱戴。

西汉时期，有个叫卜式的人，曾以耕种畜牧为业。他有一个弟弟，待弟弟长大后，卜式将田宅财物尽给弟弟，自己只从家中分羊百只入山放牧，牧羊十余年，羊多达千余头，便购买田宅。因弟弟倾家荡产，卜式又多次分给弟弟财产。当时朝廷正在调兵遣将抵抗匈奴入侵，卜式即上书愿意捐出一半家财资助边事，但朝廷并没有接受。后来，因战争和受灾，难民众多，国家负担不起，卜式又拿钱二十万给河南太守，以救流民。朝廷得知卜式的义举，拟召他为官。卜式先是不愿为官，后当了郎官后，依然穿着布衣草鞋去牧羊。他养的羊特别肥壮，皇上经过牧羊场地问其缘故，听了卜式回答牧羊和治民的一番话很是惊奇，又任命他去治理地方，他后来做到了御史大夫高位。

历史上，也有些置国家危难于不顾的"守财奴"。明朝末年，李自成的起义军逼近京城，崇祯帝以大明危亡之际，央求臣子们捐资抗敌。崇祯帝的老岳父周奎仅捐出一万三千两银子,仅是其家产的九牛一毛。首辅大臣魏藻德只捐了五百两银子。有的臣子怕捐钱,竟装模作样到市场摆摊卖家当哭穷。崇祯帝从臣子手中只借了不到二十万两,而李自成破城后却搜刮了七千万两,周奎家交给闯军的财产仅银子就有五十三万两之多。由此可见,大明的败亡与这些朝臣不顾江山社稷、私家私利之心作祟脱不了干系。

历史的悲歌是一副很好的警醒剂,它有刻骨铭心之痛,也需后世之人牢牢铭记并转化为情系国家安危的强烈忧患,进而激发澎湃的爱国之情,甘为国家奉献自己的一切。诚如是,则国家富强,民族复兴有望也!

春色满园有好"戏"

在北京故宫、烟台蓬莱阁、芜湖鸠兹古镇和青岛劈柴院等地,我曾多次看到戏楼或戏台,徽州古城一座宅院西园内,亦有一座戏楼。这说明,古代上至皇亲贵族,下到平民百姓,都有看戏的乐趣。记得二十世纪样板戏盛行的年代,从启蒙读书的儿童到古稀之年的老人,几乎人人都能唱上几句。如果某地搭台唱戏,十里八乡的男男女女就会蜂拥而至,广场上人头攒动、热闹非凡,表现出极大的观赏热情。

戏剧艺术的产生和成熟,是中国历史文化发展最突出、最优秀的成果之一,戏剧文化是中华文明史上的璀璨明珠和优秀瑰宝。戏剧,是指以语言、动作、舞蹈、音乐、木偶等形式达到叙事目的的舞台表演艺术的总称。戏剧的起源,据说与原始宗教的巫术仪式有关,或是打猎、劳动和庆祝丰收时的即兴歌舞表演,因此,演员是戏剧表现最重要的元素。戏剧实际上就是由演员扮演特定角色,在舞台上当众表演反映某个故事或情境的一种综合艺术。也有人认为,是劳动、战争和祭祀、宗教仪式活动等孕育了戏剧的胚胎,它在先秦时期就已见端倪。西周晚期,出现了由贵族包养、专为他们声色娱乐的职业艺人"优"。春秋战国时期,列国俳优普遍发展,君王欣赏舞乐表演的场面也很宏大。汉朝百戏中出现了戏剧实体。汉朝的百戏也叫散乐,是当时民间演出的歌舞、戏曲、杂技、杂耍节目的总称。戏剧就在这种"百戏杂陈"的演出环境中脱胎而出,之后发展成为一种相对完整、独立的表演艺术形式。戏剧表演的四个元素,即演员、故事或情境、舞台、观众,在发展中逐渐完备,表演形式和唱腔在不同地区各具特色。

唐朝,特别是唐玄宗的开元盛世时期,是戏剧发展的黄金季节。唐玄宗不仅在治国理政上有所建树,而且在乐舞方面有很高造诣,他本人懂音乐、会演奏,正是在他的推动和影响下,创办了官办音乐机构和教坊,用以训练宫廷器乐演奏人员,在朝中大型活动和日常娱乐活动中进行音乐与歌唱为主的表演,也创排了如《霓裳羽衣舞》等清幽、别具一格的集体舞乐。教坊设在京都皇家禁苑中,禁苑中有桃、李、杏、梨各种果树,在教坊边的是数百棵梨树,因而此地被称为"梨园"。后来,戏曲界被称为"梨园界",戏剧演出人员被称为"梨园弟子",唐玄宗被尊称为"梨园之祖",其影响十分深远。在宫廷梨园之中,一般有男女艺人各数百人,梨园的教习有当时著名的艺术大师、文士、学者,包括唐玄宗本人参加,李白、贺知章等诗人都曾为教坊写过诗,公孙大娘为其教过舞。教坊培养和涌现出了一大批音乐人才,如乐工李彭年、李龟年、李鹤年三兄弟技艺超群,李龟年的演唱曾令年少的杜甫很是震撼,直到暮年后仍记忆犹新。还有裴兴奴、贺怀智的琵琶,李谟的笛子,张野狐的箜篌演奏等,都有很高的艺术水准。有个叫许合子的,歌唱得特别好。有一次,唐玄宗在勤政楼与民同乐,场下声音嘈杂致使演出不能正常进行。高力士便对玄宗说,只要让许合子上台演唱,场面就会冷静下来。结果许合子一展歌喉,全场鸦雀无声。还有一位名叫念奴的歌伎,有姿色,善歌唱,艳名远播,玄宗特别喜欢她,诗人元稹在《连昌宫词》中赞她"春娇满眼",后来有了

《念奴娇》曲名和词牌名。不仅如此,在宫廷这些舞乐活动中,杨贵妃、武惠妃、赵美人等也是积极参与者,并且她们本身都有高超的乐舞技艺,深得玄宗喜爱。

唐朝的乐舞虽然为戏剧发展起了很大的促进作用,但从严格意义上讲,戏剧的表演形态并不完备。宋朝南戏的发展才有了完备的戏剧文本创作,而到元杂剧和明朝昆曲产生后,才有了真正意义上的大戏。元明清三朝的接续传承与发展,使中国戏剧逐渐成熟定型,各种流派的戏剧和地方戏既百花齐放、活跃舞台,又特色鲜明、五彩纷呈,出现了许多艺术水平很高的经典剧目,这些剧目长演不衰,深受民众欢迎。明清后的戏楼或戏台也有较完整的规制,现代人看到的古戏台大都是这一时期所建。戏台一般分为前台、后台,后台主要是演员化妆、候场和休息之地;前台是表演区,台口有立柱、灯光和幕布,有的两侧还有云纹和楹联,前台两边有侧幕,后边是置背景、道具所用,后边两侧各有一个出场、下场的门,分别标有"出将"、"入相"。出将入相是指出征可以当将帅,入朝可以为宰相。传统戏剧以历史题材为多,主要角色大多是文臣、武将或王侯、君主,因而借用此名也暗寓把观众比为将相,有讨口彩和奉承之意。

在传统习惯中,人们常把"写戏"、"演戏"、"唱戏"、"看戏"口语化,旧时还将戏剧演员贬称为"戏子"。"戏"字究竟为何意呢?查阅字典,"戏"字最早见于金文,其本义为古代宫中的残酷娱乐,即让死囚或奴隶手持戈戟,在鼓号声中与虎豹猛兽搏斗,后引申为有鼓乐伴奏的舞台表演,又引申为逗乐、开玩笑、玩耍、游戏、嘲弄、娱乐之意。冯梦龙的《东周列国志》中写到周幽王为博爱妃褒姒一笑,"烽火戏诸侯",最后导致西周灭亡的历史事件。这里的"戏"有玩耍、开玩笑或戏弄之意。戏的异体字为"戲",左边一个"虚"字,右边一个"戈"字,虚、戈为戏,说明它与拿着刀枪戈戟争斗或作战有关。也有一种观点认为，戏都是编造后唱、做给别人看的，本不是现实之事，因而用"虚"来表示其意。"虚"也表示戏剧中的生、旦、净、末、丑各个行当，都是反其意而担当角色。例如，"生"是指戏剧里丑角以外的男性，分为老生、小生、武生等。旧时演戏以男性演员为主，他们在台上演来演去，观众对其扮相、角色已很熟悉，但反其道用陌生之"生"来表示。"旦"是指丑角以外的女性，又分老旦、花旦、青衣、刀马旦等。古装戏中旦角出现时，多表现男女之情，有些内容可谓"少儿不宜"，因而演出多放在夜深之时，孩子们扛不住困倦熟睡后，她们再出场演给成人看。"旦"本义是天亮的时候，这里也是反其义来表示。"净"是指花脸，分为正净、副净和武净，一般脸上涂有重彩，却用干净之"净"来表示。"末"即年纪较大的男性角色，后来同化于生，不再详分"生"和"末"。"丑"是指丑角，这类角色往往上演滑稽、搞笑的人物，本是喜欢、活跃之角，却用"丑"来形容之。可见，"虚"、"反"之说也有一定道理。

在古诗词中，以"戏"字入诗的很多。例如，汉代《江南》一诗中就有"江南可采莲，莲叶何田田。鱼戏莲叶间"之句。唐李白诗曰："屈盘戏白马，大笑上青天。"杜甫写道："娟娟戏蝶过闲幔，片片轻鸥下急湍。"王维有诗："戏罢曾无理曲时，妆成祇是熏香坐。"杜牧诗道："魏帝缝囊真戏剧，苻坚投棰更荒唐。"白居易写下："花低蝶新小，飞戏丛西东。"陆游吟咏："双鹅戏雨陂塘晓，乱叶飘风院落秋。"文天祥用诗描述："楚人犹自贪儿戏，江上年年夺锦标。"当然，这些词句之中，写的不仅是戏剧之"戏"，还有其他引申含义。为了对"戏"有个更深入、更全面的了解，不妨从不同侧面作一个解读，在历史文化典故中感受"戏"的魅力。

好戏连台看不尽。戏剧文化犹如取之不尽、用之不竭的丰富宝藏，给人提供精神文化大餐，令人叹为观止。据不完全统计，中国的戏曲剧种有三百六十多种，传统剧目更是数以万计。其中，京剧、越剧、黄梅戏、评剧、豫剧被称为中国五大戏曲剧种。其他如昆曲、吕剧、晋剧、锡剧、蒲剧、淮剧、汉剧、婺剧、秦腔、粤剧、沪剧、庐剧、梆子、高甲戏、采茶戏、花鼓戏等等也是各放异彩。

京剧，又称平剧、京戏，是中国影响最大的戏曲剧种，被称为中国国粹之一，它具有悠久的发展历史。从金元杂剧到明清传奇，从昆曲弋阳腔繁荣到四大徽班进京，从京剧的萌芽诞生到兴盛京城舞台，经过一代代艺人的艰辛努力，京剧终于赢得了应有的地位，创造了戏剧艺术的辉煌。"徽班进京"是京剧发展史上重要的里程碑。清朝中叶，民间地方戏曲兴盛起来，当时演出活动的中心，北为北京，南为扬州。扬州位于长江和运河的交汇之处，商业发达，南来北往、人流密集，各地戏曲艺人也纷纷流向扬州。清乾隆帝六次下江南，扬州成为他驻跸之所在。扬州的富商素有蓄养戏班的风气，他们得知乾隆喜爱戏曲，便把组织戏曲演出作为迎驾活动的内容。乾隆还命苏州织造、两淮盐务等官员选拔艺术精湛的伶人进宫，以备承应，从客观上促进了扬州乃至江南戏曲的发展。古典名著《红楼梦》中就写到荣国府为元妃省亲专门买了十二个优伶之事。后来，这些优伶被分送给大观园里的各房小姐和宝玉。清廷皇家喜爱戏曲，凡皇帝、太后祝寿，皇室喜庆，都要举行庆典演出并成为惯例。乾隆五十五年(1790年)秋，为庆祝乾隆帝八旬寿辰，扬州盐商江鹤亭在安庆组织了一个名为"三庆班"的徽戏戏班，由艺人高朗亭率领进京参加祝寿演出。"三庆班"一炮走红，在京城引起轰动，祝寿戏演完之后，戏班子仍留在京城进行民间演出。之后，又有"四喜班"、"和春班"、"春台班"等徽班相继进入北京。这四大著名的徽班兴起于安庆一带，活跃在扬州地区，以演唱徽调昆曲为主，兼收其他声腔，形成了曲调优美的皮黄唱腔，加之剧本通俗易懂、表演各具特色，他们的演出成为当时最受欢迎的新剧种，京剧由此而诞生并独树一帜。这四大徽班各有所长,当时流传着"三庆的轴子,四喜的曲子,和春的把子,春台的孩子"的说法,轴子指以连演整本大戏著称,曲子指擅长演唱昆曲,把子指以武戏取胜,孩子指以童伶见长,他们争奇斗艳,都有拿手好戏,迎来了京剧繁荣兴盛的春天。

越剧,起源于清咸丰年间绍兴嵊州的"落地唱书"。这种说唱形式先由农村草台班子创演传播,逐渐在浙沪地区发展壮大,因其唱腔婉转动听、表演真切感人、风格唯美典雅、极具江南灵秀之气,很快得以流传,受到广大观众喜爱。越剧被称为"流传最广的地方剧种",在首批国家级非物质文化遗产名录中占有一席之地。越剧演员以女性为主,剧中男性人物亦由女子扮演,题材多以才子佳人戏为主,演起来惟妙惟肖,许多剧情、角色令人过目难忘。

黄梅戏,其起源最早可追溯到唐朝。唐朝黄梅流行采茶歌,经宋朝民歌的发展、元朝杂剧的影响,逐渐形成民间戏曲雏形。至明清,湖北黄梅调、采茶戏等传播到徽州安庆地区,并在这里吸收其他唱腔优长而发展壮大起来,逐步形成了一个深受南方东部地区民众喜爱的优秀剧种。黄梅戏唱腔淳朴流畅,以明快抒情见长,表演质朴细致,以乡土气息和真实活泼著称。二十世纪五六十年代,以《天仙配》为代表的优秀剧目上演并拍成电影,使黄梅戏在全国声誉鹊起。

评剧,在清朝晚期由河北唐山一带的"莲花落"说唱艺术发展起来,逐渐形成了特有的艺术风格和具有较强影响力的优秀剧种。

豫剧,起源于明朝中后期,是在河南盛行的时尚民歌、小调的基础上,汲取了昆腔、吹腔、皮黄及其他梆子声腔剧种的艺术因素发展而成的。专家认为,豫剧最早的诞生地是古都开封及周边地区。豫剧以唱腔铿锵大气、抑扬有度、行腔酣畅、吐字清晰、韵味醇美、生动活泼、有血有肉,善于表达人物内心情感著称,它也成为中国最有影响的地方剧种之一。

在这些剧种中,经过剧作家和演员的潜心创作与精心打磨,涌现出许多具有代表性的优秀剧目,它们大都以历史题材和民间传说故事为蓝本,以帝王将相、才子佳人、英雄豪杰、有情男女等为角色,演绎出荡气回肠的历史事件、跌宕起伏的矛盾冲突、缠绵悱恻的爱恨情仇、催人泪下的悲欢离合、发人深省的人生起落。例如京剧剧目《龙凤呈祥》《霸王别姬》《贵妃醉酒》《秦香莲》《状元媒》《杨门女将》《穆桂英挂帅》《白蛇传》,越剧《红楼梦》《追鱼》,黄梅戏《女驸马》《牛郎织女》,评剧《宝莲灯》,豫剧《花木兰》等,不仅艺术水准高,还给人以深刻的启示和教育意义。

有许多优秀剧目,唱腔优美、百听不厌,唱词也是文华精粹、字若珠玑。在京剧《锁麟囊》中,富家女薛湘灵在春秋亭慷慨赠予寒家女赵守贞锁麟囊时唱道:"此时却又明白了,世上何尝尽富豪。也有饥寒悲怀抱,也有失意哭嚎啕。人情冷暖凭天造,谁能移动它半分毫。我正富足她正少,她为饥寒我为娇。分我一枝珊瑚宝,安她半世凤凰巢。麟儿哪有神送到?积德才生玉树苗。小小囊儿何足道,救她饥渴胜琼瑶。"这就把富者如何周济穷人、积德行善的道理揭示得十分清楚深刻。在京剧《穆桂英挂帅》中,解甲息戈多年的穆桂英,在经历了挂不挂帅的激烈思想斗争后,下定了挂帅出征的决心,她唱道:"猛听得金鼓响画角声震,唤起我破天门壮志凌云;想当年桃花马上威风凛凛,敌血飞溅石榴裙。有生之日责当尽,寸土怎能够属于他人。番邦小丑何足论,我一剑能挡百万的兵……"把一位忠勇报国的巾帼英雄的内心世界展示给观众,不禁令人动容叫好。在京剧《状元媒》中,柴郡主阵前遇险被杨六郎救起后,情态缠绵,柔肠百转,她向往普通百姓的美满生活,不禁唱道:"百姓们闺房乐如花美眷,帝王家深宫怨似水流年……但愿得状元媒月老引线,但愿得八主贤王从中周旋,早成美眷扫狼烟……愿天下有情人都成姻眷,愿邦家从此后国泰民安。"不仅宫中郡主如此,就是那天上仙女亦向往人间。在黄梅戏《天仙配》中,七仙女就唱道:"天宫岁月太凄清,朝朝暮暮数行云。大姐常说人间好,男耕女织度光阴……"于是,她避开父王,悄然下凡,与董永结为恩爱夫妻。京剧《白蛇传》中的千年蛇妖化为美女白素贞后,看到西湖美景,也动了思凡结缘之情,她唱道:"驾彩云离却了峨眉仙山,人世间竟有这美丽的湖川……蓦然间一少年信步湖畔,恰好似洛阳道巧遇潘安。这颗心千百载微波不泛,却为何今日里陡起狂澜。"多美的景、多深的意、多浓的情,都在这唱词中充分表达,这正是戏剧要"唱"的艺术魅力。

一部经典剧目的成功,如果说好的剧本是基础,那么优秀演员则是关键。在戏剧发展史上,有许多为戏剧艺术甘于吃苦、乐于奉献的演员群体,"台上一分钟,台下十年功"正是他们刻苦练功的真实写照。在杭州西湖杨公堤边的山坡上,有一座小亭,亭内是艺人盖叫天之墓,墓前立有石碑坊,上书"学到老"三字,两旁楹联为"英名盖世三岔口,杰作惊天十字坡"。盖叫天原名张英杰,出生于清光绪年间,自幼习武生,十岁开始登台,一开始艺名为"小小叫天",因惨遭群嘲,称其自不量力,一怒之下更名"盖叫天",意为超过当时的"伶界大王"、艺名为"小叫天"的谭鑫培。一次,他在演武松追杀西门庆时,因避免扮演西门庆的演员在打斗中受伤,不惜自己摔断了右腿。之后,又碰上庸医接错了断骨,如此则可能无法重返舞台,他便毅然在床架上撞断了腿骨,要医生重新接骨,待腿伤痊愈后,又活跃在舞台上,被世人誉为"活武松"。清代画家沈蓉圃画有一幅《同光十三绝》的名画。画面中包括清朝同治、光绪年间京城十三位著名京剧演员,他们是程长庚、卢胜奎、张胜奎、杨月楼、谭鑫培、徐小香、时小福、梅巧玲、余紫云、朱莲芬、郝兰田、刘赶三、杨鸣玉,有老生、武生、小生、青衣、花旦、老旦、丑角等,所绘人物形态自然、各具表情,衣帽须眉生动细腻,生动地展现出每位演员的人物性格特点，为研究京剧艺术史提供了极为珍贵的形象资料。

在京剧旦角行当中，有梅兰芳、程砚秋、尚小云、荀慧生四位杰出代表，他们分别是"梅、程、尚、荀"四大艺术流派的创始人，被誉为"四大名旦"。梅兰芳出身于京剧世家，十岁在京城登台演出，十九岁首次到上海演出即风靡整个江南。他在多年的演艺实践中，综合了青衣、花旦、刀马旦的表演方式，创造了醇厚流丽的唱腔，形成了独具一格的梅派。梅派代表作《霸王别姬》、《贵妃醉酒》、《穆桂英挂帅》等久演不衰，其艺术形象深入人心、感人至深。程砚秋自幼学戏，工青衣，他在艺术上勇于革新创造，讲究音韵，注重四声，追求"声、情、美、永"的高度结合，并根据自身的嗓音特点，创造出一种幽咽婉转、起伏跌宕、若断若续、节奏多变的唱腔，形成了独特的艺术风格，其代表作《四郎探母》、《玉堂春》、《武家坡》、《锁麟囊》等都为大众所喜爱追捧。尚小云也是自幼学艺，初习武生，后改正旦，兼演刀马旦。他功底深厚、嗓音宽亮，唱腔以刚劲著称，世称"尚派"。其代表作《昭君出塞》、《梁红玉》等，塑造了一批明识大义、巾帼英雄的杰出女性形象。荀慧生幼年学习梆子戏，后改演京剧，主要扮演花旦、刀马旦。他功底深厚，能够汲取梆子戏旦角艺术之长，熔京剧花旦的表演于一炉，形成独特的艺术风格。其代表作《红娘》、《红楼二尤》、《荀灌娘》等深受观众欢迎。"四大名旦"及他们所创的艺术流派，在京剧舞台上熠熠生辉，创造了京剧舞台争奇斗艳、绚丽多彩的锦绣年华。

在各地方剧种中，也出现了如越剧袁雪芬、徐玉兰、王文娟，黄梅戏严凤英、王少舫、潘璟琍，评剧白玉霜、新凤霞、李金顺，豫剧常香玉、陈素真、马金凤等家喻户晓的优秀演艺大师，他们所演的剧目脍炙人口，有许多成为艺术经典，流传下来。

历史上，特别是元明清时期，出现了不少优秀的剧作家，如关汉卿、王实甫、纪君祥、马致远、郑光祖、白朴、汤显祖、李渔、孔尚任、洪昇等。关汉卿是元杂剧奠基人,与白朴、马致远、郑光祖并称为"元曲四大家",关汉卿居四大家之首。他一生的戏剧创作十分丰富,剧目有六十多个,其代表作《窦娥冤》、《救风尘》、《望江亭》、《单刀会》等都是公认的佳作。《窦娥冤》是元剧中最优秀、最光辉的剧本,它犹如一篇声讨元代统治者的檄文,通过纯洁、善良的窦娥的悲剧,揭露了元朝社会高利贷盘剥、地痞流氓横行和官吏贪赃枉法、草菅人命的罪行,鞭挞了元朝社会的混乱、畸形和吃人的丑恶本质。王实甫也是元朝著名杂剧作家,他的作品全面继承了唐诗宋词精美的语言艺术,又吸收了元朝民间生动活泼的口头语言,创造了文采璀璨的元曲词汇,成为中国戏曲史上"文采派"的杰出代表。他所创作的《西厢记》,是元杂剧中最优秀的作品之一,号为"天下夺魁"。《西厢记》中反映的"愿普天下有情人都成眷属"的思想影响深远,表达了反对封建礼教、封建婚姻制度、封建等级观念的进步主张,有力地宣传和鼓舞青年男女争取爱情自由、婚姻自由。明嘉靖年间,汤显祖出身于一个书香世家,祖居江西临川。他不仅精通古文诗词,还懂得天文地理、医药卜筮之道,戏曲创作成就最为突出。其戏剧作品《牡丹亭》、《紫钗记》、《南柯记》、《邯郸记》并称为"临川四梦",其中,《牡丹亭》最为著名。在《牡丹亭》这部瑰丽传奇的作品中,汤显祖用超现实主义的浪漫手法描绘了杜丽娘与柳梦梅之间的一段生死爱情,特别是生动地刻画了杜丽娘这样一位不懈追求自由爱情的女性形象,既是对自由、生命、爱情等美好事物的追求与赞美,又是对禁锢人性的封建礼教最有力的反抗和最无情的控诉。《牡丹亭》一经上演就引起强烈反响,为历代戏剧爱好者所推崇。说起《牡丹亭》,就得提一提昆曲,正是这一优秀剧本和昆曲的完美融合,才造就了这一杰出的传世经典。昆曲是汉族传统戏曲中最古老的剧种之一,原名"昆山腔",现又被称为

"昆剧"。它发源于六百多年前的苏州昆山,以昆山腔为基础,吸收当时流行的余姚腔、弋阳腔、海盐腔的特点,形成了新的声腔。昆曲唱腔华丽婉转、念白儒雅、表演细腻、舞蹈飘逸,加上唯美的舞台置景,使观众得到极大的艺术享受。明清时期,不少剧种受到昆剧的影响,因此,它有"百戏之祖"、"中国戏曲之母"的雅称。明末清初著名文学家、戏剧家李渔,在戏剧理论上有杰出贡献。他的戏曲论著《闲情偶寄》,从结构、词采、音律、宾白、科诨、格局六个方面论戏曲文学,从选剧、变调、授曲、教白、脱套五个方面论戏曲表演,对中国古代戏曲理论有较大的丰富和发展。其他如清代孔尚任创作的《桃花扇》、洪昇创作的《长生殿》等作品也享有盛名。

  在形形色色的剧种之中,有几种戏剧的演绎内容和表演方式比较特别。傩戏,又称鬼戏,起源于商周时期的方相氏驱傩活动。汉朝以后,逐渐发展成为具有浓厚娱人色彩和戏乐成分的礼仪祀典。宋朝前后,受到民间歌舞、戏剧的影响,傩仪开始衍变为旨在酬神还愿的傩戏。傩戏以面具为其艺术造型的重要手段,内容多与宗教鬼神有关,其表演俗称"跳傩",场面多伴以锣鼓,在湖广、川贵、江西等地比较流行。在云贵川部分地区,有一种剧种为川剧。川剧变脸是其表演的特技之一,用于揭示剧中人物的内心及思想感情的变化,即把不可见、不可感的抽象的情绪和心理状态变成可见、可感的具体形象。脸谱,这是一种浪漫主义表现手法,也是一门看家绝技,当然也是川剧的最大特色。中国民间还有一种古老的传统艺术皮影戏,它始于西汉,兴于唐朝,盛于清朝,是一种以兽皮或纸板做成的人物剪影以表演故事的民间戏剧。表演时,艺人们在白色幕布后面,一边操纵影人,一边用当地流行的曲调讲述故事,同时配以打击乐器和弦乐,有浓厚的乡土气息。至今,在北京前门大街仍能见到一家专演皮影戏的剧场。木偶戏与皮影戏有类似之处,是用木偶来表演故事的戏剧,它也是源于汉、兴于唐,当时称之为"傀儡戏",是戏剧百花苑中的一朵奇葩。

军中不容有戏言。军中无戏言,意思为军令如山、军规如铁,必须严格执行,不得违犯或变更;也指军队中商议军机大事或当众宣布、许诺的事,必须郑重严肃对待,说话必须负责任,不能当儿戏。古代著名将帅,大多以治军严明、执纪严格而著称。历史上有两支军队分别以其统兵将帅的姓氏而得名。一支是岳家军,它是南宋初年由抗金名将岳飞训练和率领的军队。岳家军纪律十分严明,素有"冻死不拆屋,饿死不掳掠"的美名,岳飞就连自己的儿子岳云违纪,也毫不留情予以严惩,并有意压低岳云的战功和奖赏,表明不分亲疏、一视同仁的鲜明态度。正因为如此,岳家军战斗力极强,连金人也发出"撼山易,撼岳家军难"的哀叹。另一支是戚家军,由抗倭名将戚继光带领。戚继光选兵、训兵有一套独特的方法,他严格按照出身、经历、体格、武艺等条件挑选士兵,注重招募思想淳朴、勇敢坚强、年轻力壮、肯于吃苦的工农子弟,之后进行几乎不近人情的严格训练,因为他深知倭寇不会讲仁慈。他很讲究战斗队形和整体配合,为此,规范了一整套训练要领动作,操练时任何人不得违犯,违者严惩。对战场军纪,戚家军规定,军士不可做逃兵,若临阵脱逃者,即可斩首处理;作战时可以被打败,但不可以丢失自己的兵器,否则会受到严惩;不可以滥杀无辜,若有枉杀百姓者,必遭斩首;行军途中不可以掉队,若随意离开队伍,则会被割掉耳朵。在闽、浙地区,流传着戚继光斩子的故事,并留有历史遗迹。相传,一次约数千名倭寇从海门沿海上岸,准备去临海、仙居一带抢劫。戚继光遂命其子戚印带部分兵马在预设地点埋伏,自己出兵佯败,引诱倭寇进入伏击圈,然后一举歼灭。但戚印年轻气盛、交战心切,没等倭寇全部进入包围圈就下令攻击,结果使一部分倭寇受惊逃跑,没有达到全歼目的。战后,戚继光为严肃军纪,下令将违背将令、贸然出击的戚印推出去斩首,其余将领纷纷跪下求情,戚继光不允,并说,我是一军主帅,若我儿子违背军令可以不杀,以后其他人违令难道还能照例行事吗?若军中有令不行,又怎么带兵打仗呢?于是,戚印仍被斩杀。后来,人们在戚印被杀之地建了一座亭子,称之为"光儿亭",甚至直接呼之为"杀子亭"。正因为戚家军执纪如铁,这支军队才成了战无不胜的铁军,使猖獗一时的倭寇在戚家军的沉重打击下闻风丧胆,直至最后灭迹。

历史上有一个"司马穰苴杀庄贾"的故事,说的是春秋时期,晋、燕两国军队犯境齐国领地,齐景公为选不到合适将帅统兵抗御而着急。晏婴就向齐景公推荐了田穰苴,并介绍说,田穰苴虽然是田氏门中偏室所生,但是他这个人,文能令人信服,武能威慑敌人,请大王试试他的才干便知。于是,齐景公召见田穰苴,同他谈论军事,对他的才干非常欣赏,就任命他做主帅,领兵抗击晋、燕的军队。田穰苴向齐景公禀报说,我出身本来就低贱,现在突然把我放到这么高的位置上,恐怕将士们不能对我信服,请大王派一位地位尊崇又能得到您信任的大臣,来担任监军的职务,这样才足以号令全军。齐景公认为他说得有理,就派宠臣庄贾担此重任。田穰苴到庄府拜会庄贾,并和他约定第二天正午在营门集合出发。第二天,田穰苴提前来到军营,一边布置出征准备事宜,一边等候监军庄贾的到来。而这时,庄府里正有许多巴结庄贾的人在给他送行,庄贾忙于应酬,不得脱身。再说,他向来骄横,也根本没把与田穰苴约定时间之事放在心上。到了正午时分,田穰苴不见庄贾的人影,就命人去请监军大人,他自己则独自指挥军士操练,宣布军规军纪。去请庄贾的人来到庄府,知厅内酒席正酣,就请其家人催报,而庄贾仍不当回事,还嘲讽田穰苴拿鸡毛当令箭。就这样,等待出征的将士们一直等不来监军,直到太阳落山时,庄贾才带着醉态摇摇晃晃进了军营。田穰苴严肃地对他说,监军大人,你可知道,将领在接受命令的那一天,就应该忘掉自己的家庭;到了军队宣布纪律的时候,就应该忘掉自己的父母;拿起鼓槌击鼓作战的时刻,就应该忘掉自己的生命。现在敌军已深入我齐境,国家危在旦夕,百姓生灵涂炭,大王寝食不安,而你作为监军,却因喝送行酒耽误大军出征,并没把军令放在眼中啊。田穰苴询问军法官,将领不按指定时间到达军营,依军法应如何处置?军法官回答说,应当斩首。田穰苴即令依军法行事,庄贾随从见状忙骑快马去禀报齐景公,待齐景公的使者拿着符节前来赦免庄贾时,庄贾已被斩首并告示三军。田穰苴见前来的使者鞭马跑过军营,又问军法官,如有人在军营中鞭马急跑,应如何处置?军法官回答,依法当斩。使者吓得连连求饶。田穰苴说,君王的使者是不可以处死的,但违反军法应当治罪!于是,斩了使者的随从,砍断了车厢左边的一根木头。军士们得知这一情况,都对军法产生畏惧感,无人敢违抗军令。齐军出征后,军纪严明、斗志旺盛,晋、燕军队得知情况,竟不战而退,齐军很快收复失地。田穰苴得胜回朝后,齐景公没有因他杀庄贾而怪罪他,而且拜他为大司马,执掌齐国的军政大权。后来,田穰苴就被称为司马穰苴。司马迁评价说:"自古王者而有司马法,穰苴能申明之。"曹植亦认为:"穰苴授节于邦境,燕、晋为之退师,而景公无患。"

《左传》中记载了一个"魏绛戮杨干"的故事,说的是春秋时晋悼公的弟弟杨干是个目无法纪、任性妄为之人。一次诸侯会盟之时,杨干竟置军纪法规于不顾,驱车横冲直撞,扰乱了晋军的阵列。这件事被担任中军司马的魏绛发现了,他依军法处死了为杨干驾车的人,表示对杨干的惩戒。杨干对此很愤怒,去找兄长晋悼公告状,并让晋悼公为他找回失去的颜面。晋悼公偏听弟弟之言,认为魏绛这是欺主,也是羞辱了国君,便命人将魏绛抓来杀掉。悼公身边的大夫羊舌赤劝说,魏绛是个忠君没有异志的人,他侍奉君主从来不畏惧困难艰辛,有了罪责也不会逃避惩罚。依我之见,他马上就会主动来向您说明他这么做的原因,何必劳烦您下命令呢?还是先听听他的解释再作决定吧。果然,不一会儿魏绛就来了,他把自己写好的书信交到晋悼公仆人手上,然后拔出宝剑准备自刎,左右之人急忙劝阻。晋悼公接到魏绛的书信,见上面写道:因为您没有多少人可用,我才被您委任为中军司马。我听说在军队里要服从命令,军中无论什么人都不能违反军纪。今天本是君主和诸侯们会盟的重要日子,没有比不服从军令、不遵守军纪罪过更大的了,因此,我依规对杨干进行了处罚。这件事我也有责任,因为事先没对他进行教导,以至于发展到犯罪用刑的程度,我甘愿受到惩罚,不敢对您的决定有所怨言,请马上下令处死我吧!魏绛这番话,实际上也是写给悼公的,难道弟弟无视军纪、为所欲为,兄长就没有责任吗?其实,真正有罪的并不是魏绛啊。晋悼公想到此,连鞋都顾不上穿,便急忙跑出来,拉住魏绛的手说,我说的话,只是出于兄长对弟弟的疼爱。你杀死他的车夫,是出于对军法军令的维护。弟弟的罪过,是因我没把他教育好。你不能自杀,不能让我错上加错了啊!之后,晋悼公重用魏绛,正式任命他担任新军副帅,魏绛在辅佐晋悼公治国理政和整肃军队上发挥了重要作用。

《史记·孙子吴起列传》中有个"三令五申"的典故。"三令",一令观敌之谋,视道路之便,知生死之地;二令听金鼓,视旌旗,以齐其耳目;三令举斧,以宣其刑赏。"五申",一申赏罚,以统一其精神意志;二申视分合,以统一其行动;三申画战阵旌旗;四申夜战听火鼓;五申听令不恭,视之以斧,表明不执行军令者,将在刀斧下受刑。"三令五申"既有明确军纪、守则之意,又有警示、告诫之意。春秋时期,著名军事家孙武携带自己撰写的"兵法十三篇"去见吴王阖闾。吴王看了之后对孙武说,你的十三篇兵法确实写得好,不过能否在实际中派上用场呢?我想给你人马训练试试。孙武回答说,可以一试。吴王再问,用妇人来试也可以吗?孙武说,没有问题。于是,吴王召集一百八十名宫中美女让孙武训练。孙武将她们分为两队,以吴王宠爱的两个宫姬为队长,并让她们每个人都拿着长戟。好不容易整好队,孙武站在台上问,你们知道怎样向前向后和向左向右转吗?宫女们说,知道。孙武又给她们讲解一番,直到她们都听明白了。然后,孙武令人搬出杀人用的刑具,三番五次申戒不能违反军令,否则就要用刑。说完,就击鼓发出行动号令。但众宫女当作儿戏,不仅不随口令而动,还在阵列中嬉笑打闹。孙武见状说,解释不明、交代不清,应该是为将的过错。于是,又将前面说过的话详尽地再向她们作了解释。之后,再次击鼓发出左转的号令。众宫女仍不以为意、大笑不止。孙武便怒道,我已三令五申,并再三解释说明。既然如此,你们仍不听号令,就是领兵队长的过错了。说完,即命左右将两个为队长的吴王爱姬拖出去斩首。在台上观看孙武训练的吴王见状,急忙派人向孙武讲情。可是,孙武却说,我既受命为将,将在军中,君命有所不受!遂将两个队长斩了,又另命两个宫女为队长。众宫女被吓得再也不敢嬉笑,都听令认真演练起来,很快就像模像样了。这一故事亦被称为"孙武斩姬",历来为人们所津津乐道。

司马迁在《史记·绛侯周勃世家》中记载了"周亚夫军细柳"的故事。周亚夫是西汉开国功臣周勃之子,文景两朝著名军事将领。汉文帝后元六年,匈奴大规模侵入汉朝边境。朝廷分别任命刘礼、徐厉为将,驻军霸上和棘门,又委派河内郡太守周亚夫为将军,驻军细柳,以防备胡人侵扰。汉文帝亲自去慰劳军队,车驾到了霸上和棘门的军营,直接奔驰进入,营中大小将领和头目都列队迎进送出,礼节很是周到。不久,文帝又到细柳军营慰问,军中的将士都披挂铠甲、手拿各自的武器,人在马上、箭在弦上。文帝的先行官到达军营时,却无法进入。先行官说,皇上就快到了!把守军门的都尉说,将军强调过"军中只听将军的命令,不听天子的诏令"。一会儿,文帝的车驾到达,也不能进入。文帝派人持符节诏令将军说,皇上要进营慰劳军队。周亚夫这才传令打开军营大门。守卫营门的军官对文帝的随从车骑人员说,将军有规定,军营中不准车马奔跑。于是,文帝拉紧缰绳缓慢行进。到了军营中心,周亚夫手拿武器拱手说,穿铠甲、戴头盔的将士不能行跪拜之礼,请允许我用军礼参拜皇上。文帝深受感动,面容变得庄重,靠在车前横木上向将士们表示慰问。文帝离开细柳军营后,群臣都对周亚夫做法表示惊讶。汉文帝却说,这才是真正的将军呀!以前在霸上、棘门看到的简直像儿戏,他们的将军以后一定会遭受袭击而被俘虏。至于周亚夫,怎么可能冒犯他呢?称赞了周亚夫很久。

汉末,曹操也以执法严明、治军有方而著称。他针对汉末政失于宽的弊端,注重"纠之以猛"、以法治军。为此,他制定了诸如《军令》、《步战令》、《船战令》、《败军抵罪令》等一系列军事法规。为保证法规有效施行,主张严明赏罚,强调"明君不官无功之臣,不赏不战之士;治平尚德行,有事赏功能",告诫诸将"赏功而不罚罪,非国典也"。曹操还特别注意军中司法官吏的选拔,以熟知军法、不徇私情的官吏任之。他曾派曹洪与徐晃增援潼关以拒马超,临行吩咐,如十日内失了关隘,皆斩;十日外,不干汝二人之事。结果,曹洪临阵不听劝阻,第九天失了潼关。曹操要斩其首,因众将求情,才勉强饶其不死。曹操率军攻打袁术时,传令众将,如三日内不并力破寿春城,皆斩!令下后,曹操亲自在城下督战,有两员裨将畏避退却,他执剑亲斩于城下。于是,军威大振、将士奋勇、一举夺取寿春。曹操制定的军法,不但要求众将士严格执行,而且自身率先示范。一次,他率兵攻打张绣,行军途中,正逢麦熟季节,沿路百姓见兵而逃,不敢收麦。曹操晓谕百姓不必害怕,并严申军法:大小将校,凡过麦田,但有践踏者,并皆斩首。不料曹操乘马正行,田野中飞出一只鸟,使他的马受到了惊吓,马踏入麦田,毁坏了一片麦子。曹操当即叫来行军主簿,让他处分自己的踏麦之罪。主簿说,丞相怎么能够议罪呢?曹操说,我自己制定的军法,又自己触犯,如不治罪,怎么能服众呢?于是,拔剑就要自刎,周边人急忙阻止。曹操思考良久,最终"割发权代首",并让人以发传示三军。要知道,古人认为"身体发肤,受之父母",轻易不能毁伤。曹操这样做,确实起到了警示作用。自此,军中无人敢违抗军令。

三国时期的蜀汉丞相诸葛亮也以治军严明著称,他还注重取信于兵,下过的令、说过的话就要兑现。诸葛亮进行第四次北伐时,魏明帝曹睿亲自坐镇长安指挥,并派司马懿统领大军应战。蜀、魏两军在祁山对垒。就在战斗随时可能爆发的当口,诸葛亮得报蜀军中有数万老兵已服役期满,按规定可以返回家乡。蜀军本来兵力单薄、不及魏军,若现在放这些老兵回乡,新兵又来不及补充,局势就会很危险。将领们纷纷向诸葛亮建议,待打完这一仗再安排也不迟。诸葛亮却断然拒绝道,统帅三军必须以绝对守信为本,我岂能以一时之需而失信于军民呢?何况远征的兵士早已归心似箭,家中的父母妻儿也终日翘首以盼,怎么可以耽误他们回家团聚呢?诸将领只好按诸葛亮之令,催促老兵们立即返程回乡。此令一出,老兵们深感意外,他们本来已做好不能按时回乡的思想准备,见丞相如此讲诚信、说话算数,纷纷表示要留下来参加与魏军的作战。结果,蜀军士气大振。在这次作战中,魏军大将张郃中计被乱箭射杀,所带兵马损失殆尽,魏军大败,司马懿见无机可乘,遂被迫撤兵,转攻为守。正因为诸葛亮军令如山、治军严明,蜀军作战无论是顺境还是逆境,都能攻守有度、进退自如。

戏剧剧目中,有一出戏叫《辕门斩子》,说的是北宋年间,辽国萧太后南下入侵,几番交战未果,遂摆下天门阵以赌输赢。宋军中无人能破天门阵,杨延昭派人到五台山请教出家的兄长杨五郎,杨五郎说需降龙木破之。杨延昭即令其子杨宗保去穆柯寨取降龙木,被穆桂英擒获。穆桂英因爱慕杨宗保的人品武艺,私自招亲。杨宗保回营后,杨延昭大怒,以违抗军令、私自允亲之罪,命将杨宗保绑在辕门欲将其斩首。众将领求情,杨延昭不允,并道再有求情者斩。众将无奈,请出八贤王赵德芳说情,杨延昭仍不同意放人。这事惊动了佘老太君,佘太君以亲情试图打动杨延昭,并诉说杨家男儿几乎丧失殆尽,唯留宗保一条根,怎能斩首断根。杨延昭列举史上年轻将领的杰出才能,表明治军严明的深刻道理,拒绝老娘亲的劝说,仍坚持要将宗保斩首示众。正在情急之时,穆桂英下山来到军中,献上破阵急需的降龙木,并允宗保戴罪立功。杨延昭得知穆桂英智勇双全,是破阵关键人物,遂同意赦免宗保死罪。杨宗保、穆桂英夫妻二人同心协力,终于大破天门阵。剧情一波三折、牵动人心,深刻地阐释了军令不徇私情的道理,对人们颇有教育启发意义。

假戏真做显智慧。"假作真时真亦假,无为有处有还无。"古代善于用兵的军事将领,亦善于用假象、欺骗、伪装等手段,达到隐真示假、诱敌深入或上当,最后战而胜之的目的。在《三十六计》中,瞒天过海、无中生有、笑里藏刀、李代桃僵、打草惊蛇、调虎离山、欲擒故纵、金蝉脱壳、偷梁换柱等计,都有真真假假、虚虚实实、掩盖真实目的的意图,其中蕴含了以智取胜的大智慧,是古代军事思想的宝贵财富,是胜战之道的灵活运用,值得后人很好地学习借鉴。

《三十六计》中第二十四计叫作"假道伐虢",意思是假借向对方借道为名,行消灭对方之实。这一典故发生在春秋时期,晋国想吞并邻近的两个小国,即虞和虢,但这两个小国紧邻在一起,唇齿相依,遇到外敌入侵时会相互帮助、救援,晋献公为此一筹莫展。大臣荀息向晋献公献计,要想攻占这两个国家,必须要离间他们,使他们的同盟瓦解。虞国国君贪得无厌、胸无大志,我们可以投其所好。他建议晋献公拿出心爱的两件宝物,即屈产良马和垂棘之璧,送给虞公。晋献公对这两件稀世之宝极为不舍。荀息说,大王放心,只不过让他暂时保管罢了,等灭了虞国,必定物归原主。献公依计而行。虞公得到良马美璧,甚为高兴。之后,晋国故意在晋、虢边境制造事端,找到了伐虢的借口,晋国向虞国借道让晋国大军通过,虞公得了晋国的好处,只得答应。虞国大臣宫之奇再三劝说虞公,这借道之事不能答应,虞虢两国唇齿相依,一国若亡,则唇亡齿寒,虢国若亡,虞国就危险了。虞公却说,良禽择木而栖,我为何放着强大的晋国不去结交,反而要担忧弱小的虢国的兴亡呢?于是,晋国通过虞国道路,攻打虢国,很快就取得了胜利。班师回国时,分了许多劫夺的财产送给虞公,虞公大喜过望。这时,晋军将领里克假装生病,称不能带兵回国,暂时把队伍驻扎在虞国京城附近。虞公对此毫不怀疑。不久,晋献公亲率大军前去,虞公出城迎接,献公则约虞公前去打猎。其间,只见京城中起火,虞公急忙赶到城外时,京城已被晋军里应外合占领,晋国轻而易举地灭了虞国。

《史记·孙子吴起列传》中讲到一个"添兵减灶"的典故。战国时期,齐国有一位著名的军事家名叫孙膑,他是兵圣孙武的后代。孙膑与庞涓本是同窗学友,都曾师从于兵法大师鬼谷子。庞涓先行下山得到魏王重用后,写信请孙膑也来魏国。但孙膑到魏国后,庞涓发觉他的军事才能已比自己高出许多,顿生嫉妒之心,便捏造罪名使魏王下令将孙膑处以膑刑和黥刑,孙膑只得装疯卖傻免于被杀,后被齐国使者救往齐国。孙膑入齐后当了大将田忌的军师。公元前342年,魏国攻打韩国,韩军不敌,韩昭侯派使者向齐国求救。孙膑建议采用围魏救韩的战术,率军袭击魏国都城大梁,迫使魏军从韩地撤军。待魏军回返时,齐军也及时回撤。孙膑考虑到魏军自恃其勇,一定会追赶齐军,便运用诱敌深入的战术,引诱魏军深入齐军预设战场。孙膑为了使魏军解除疑虑、放胆追击,在撤军路上第一天埋设供十万人吃饭的灶,第二天减为五万个,第三天减为三万个,并一路丢盔弃甲。庞涓在率军追赶时,每天派人查看齐军留下的灶台,得知逐天减少后,非常高兴,以为是齐军士兵怯战逃亡。于是,丢下步兵,只带领精锐骑兵日夜兼程追击齐军。孙膑估算庞涓以其行军速度当天天黑便能行进至马陵道,这里道路狭窄、山高林密,可以埋伏兵马,便在此地设伏。他盼咐士兵在道旁一棵大树的树干上刻下"庞涓死于此树之下",约定见到举火把之人就万箭齐发。庞涓果然于当晚追到马陵道,有骑兵给他报告树上刻着字,他便命人举火把察看,齐军见状纷纷放箭,魏军乱作一团、死伤无数,残兵不能逃脱。庞涓自知无计可施,便拔剑自刎而死,死前还说,总算叫孙膑这小子成名了!经马陵之战后,魏国元气大伤,失去霸主地位,齐国则称霸东方。孙膑与他的兵法名扬天下。

汉语成语中有一个"明修栈道,暗度陈仓"的典故。"栈道",是指在悬崖峭壁的险要地方凿孔支架、铺上木板而建成的通道,战时提供行军、运输粮草辎重之用,平时可供马帮商旅通行。"陈仓",是汉中通向关中的咽喉要道,在今陕西宝鸡之东,因古时有陈仓县而得名。刘邦入汉中时,因担心项羽派大军追击,采用谋士张良之计,在自己的兵马通过后,烧毁了通往汉中的栈道。公元前 206 年,刘邦手下大将军韩信用"明修栈道,暗度陈仓"之计麻痹项羽。他先派樊哙、周勃率兵佯修已烧毁的栈道,大造声势,摆出要从褒斜道出兵的样子,诱使对方调兵加强这边的防御。他自己却率大军西出勉县转折北上,顺陈仓小道入秦川,渡渭河于陈仓古渡口,倒攻大散关。防守此地的章邯仓促率军应战,结果兵败自杀,另两位防守将领司马欣、董翳被迫投降,汉军一举获胜,刘邦遂定三秦。从此,关中成了刘邦争夺天下的稳固基地,刘邦最终打败了项羽。后来,用"明修栈道,暗度陈仓"指将真实的意图隐藏在表面的行动背后,用明显的行动迷惑对方,使对方产生错觉并忽略自己的真实意图,从而出奇制胜。

历史上,不少名将采用类似的计谋奇袭取得作战的胜利。说起刘邦与韩信,还有一个受封"真假齐王"的故事。刘邦兵败成皋,被项羽重兵围困于荥阳,战局对他十分不利。而这时,大将军韩信在另一个战场上却一路凯歌,他平定赵地、收服燕国、攻下齐国,又摧垮了楚军一支生力军,杀楚将龙且。韩信派人送书到荥阳,要求刘邦封他为"假"齐王,即代理之意。刘邦本来为战局不利而困扰,又见韩信居功邀封,心中火起,不禁脱口道:"我被困在这里,日夜盼着你来解围,而你倒想自己称王了。"这时,谋臣张良、陈平赶紧暗踩了刘邦的脚,并附着他的耳朵悄声说,当今形势于汉王不利,怎能阻止韩信称王呢?不如来个顺水推舟,立他为齐王,以安其心,让他守好齐国,否则,就会出大乱子呀。刘邦顿悟,马上换了一副脸色骂道,大丈夫打下了一个诸侯国,本来就理应称王嘛,要做就做真齐王,还要做什么假齐王嘛。之后,刘邦派张良去齐国立韩信为齐王,并将韩信的全部人马调往荥阳增援刘邦,避免了一场可能发生的变故。试想,若韩信的要求不能得到满足,他不派兵增援,甚至在被离间时倒向项羽一边,那天下就不可能属于刘邦了。

发生在东汉末年的孙权、刘备联军与曹操大军的赤壁之战,是中国历史上以少胜多、以弱胜强的著名战役之一,整个战役惊心动魄、激烈异常。经此一战,曹操数十万兵马损失大半,自此失去了染指江东的机会。在战役发起之前的准备过程中,也是斗智斗勇、妙计迭出。其中,"草船借箭"、"蒋干盗书"、"苦肉计"都是《三国演义》中假戏真做、终有收获的经典故事。

"草船借箭"说的是周瑜对诸葛亮心存妒忌,故意让他负责打造十万支箭且在十日之内完成。诸葛亮却说,曹操大军即日将至,若候十日,必误大事。我只需三天时间,就可以办完复命。周瑜一听大喜,但又似信非信,便说,军中无戏言啊!诸葛亮答道,我怎敢戏弄都督呢?愿以此立下军令状,三日完不成,甘受重罚。周瑜暗思,诸葛亮无论如何也不可能在三天之内造出十万支箭,因此,他必死无疑。诸葛亮告辞以后,找到忠厚善良的鲁肃,向他借了二十只船,每船配置若干名军士,船只全用青布为幔,各束草把千余个,分别竖在船的两舷,并告诉鲁肃不要让周瑜知道。当周瑜向鲁肃询问诸葛亮的动静时,鲁肃果然未说出借船之事。周瑜又吩咐造箭工匠故意拖延工期,诸葛亮并不在意。第一、二天都没有什么动静,直到第三天夜半时分,他才悄悄地将鲁肃请到船上,告诉他要去取箭。船开动时,江雾弥漫,江面漆黑一片,当船抵近曹军的水寨时,诸葛亮令士卒将船只头西尾东一字摆开,横于曹军寨前,然后,命士卒擂鼓呐喊、制造声势。曹军误以为东吴水军趁大雾袭击水寨,便聚集大批弓箭手,向江中放箭。一时间,箭如飞蝗,纷纷射在江心船上的草把和布幔之上。过了一会儿,诸葛亮又令调转船头,继续接收弓箭。待日出雾散时,船两头的草把上全是密密麻麻的箭枝,遂命船队顺风顺水而去,曹军发现已追之不及。船队返营后,共得箭十几万支,周瑜得知这一切后自叹不如。

"蒋干盗书"说的是曹军与东吴水军隔岸对峙时,曹操派手下谋士蒋干过江打探消息。蒋干与周瑜幼年时曾同窗读书,当他来访时,周瑜已猜出其来意,便连忙吩咐众将依计而行,随后带着众人亲出帐门迎接。周瑜设宴款待蒋干,请文武官员都来作陪,并解下佩剑交与监酒官,申明今日宴会只叙朋友旧交、不提两军交战之事,违者即斩!

蒋干听了,席间不敢多言。周瑜直喝得酩酊大醉,蒋干扶着周瑜回到帐中,同榻而眠。蒋干心中有事,当然睡不着,待夜深听得周瑜鼾声如雷时,便悄悄起床摸到桌前,拿起一叠文书偷看,忽然发现一封书信,却是曹操水军都督蔡瑁、张允写给周瑜的降书。这两人本是荆州刘表部属,新降曹操不久,但精通水上指挥作战,周瑜希望除此二人。蒋干看到这封信,大吃一惊,他知道这二人如通江东,肯定要坏曹丞相伐吴大事,于是,慌忙把书信藏在衣内,又悄悄睡下。清晨,有人入帐叫醒周瑜,说江北有人来……周瑜急忙制止他,看看蒋干,蒋干只装熟睡。周瑜和那人走出帐外,那人又低声说蔡瑁、张允派人送信……蒋干听不清楚后面的内容,又不敢乱动,待周瑜回到帐内入睡后,他偷偷爬起来,到江边寻到小船飞快过江。曹操接到蒋干的报告后,当即下令斩杀蔡瑁、张允二人。待人头呈上时,曹操这才省悟是中了周瑜的反间计,但已后悔莫及。

"苦肉计"说的是周瑜欲对曹军水军大营实施火攻,但需有人实行诈降计,使曹操误入计中。东吴老将黄盖向周瑜表示,甘愿受重刑,以使多疑的曹操相信自己是真降。于是,周瑜借故要斩黄盖,在众将求情之下,才将立即斩决改为重打一百脊杖,打得他皮开肉绽、鲜血迸流,一连昏死过数次。黄盖请能言善辩的忠义之士阚泽替他去曹营献诈降书信,曹操经多方论证后终于深信不疑。约定投降之日和联络信号后,黄盖率满载柴草、火油的船队急驰曹操水寨,待曹军发现有诈后已是不及。结果,曹军"连环"相扣的战船尽数被引燃,曹军被火烧水淹者不计其数,曹操本人也落荒而逃,赤壁之战以孙、刘联军大胜而落下帷幕。

《三国演义》中有一节"刘备招亲"的故事,说的是刘备借了东吴的荆州后,没有归还之意。刘备夫人去世后,周瑜便向孙权建议,定下了美人计,欲以孙权之妹孙尚香嫁与刘备,企图乘刘备过江迎娶之时,把刘备扣留下来作为人质,以夺取荆州。诸葛亮识破周瑜之计,将计就计,派勇将赵云陪同刘备过江,到镇江北固山甘露寺招亲,并授以锦囊,策动乔国老来促使孙权之母吴国太亲到甘露寺多景楼相看刘备。吴国太见刘备仪表不凡、一副天子相貌,甚合心意,又知他是当世英雄,就答应将女儿孙尚香嫁与刘备。孙权这时也阻止不得,结果弄假成真,刘备与孙尚香很快完婚。周瑜又与孙权商定用声色游乐使刘备乐不思归,此计又被诸葛亮识破。之后,刘备与孙夫人按诸葛亮的安排出行,周瑜派兵追赶被诸葛亮事先所派兵马截断,刘备与孙夫人安然返回荆州。诸葛亮让军士们大喊:"周郎妙计安天下,赔了夫人又折兵。"周瑜听到后,金疮迸裂,倒于船上。后来用"赔了夫人又折兵"比喻想占便宜,但没能成功,反而遭受损失。这段故事后又被改编为京剧《龙凤呈祥》,是艺术大师马连良的看家戏。

《三国演义》中还有一节"空城计"的故事,讲的是司马懿在夺取街亭后,乘胜连夺三城,直逼蜀军的后方基地西城。诸葛亮来不及撤退,手下只有一些老弱残兵,再传令调兵已是不及。万分紧急之时,诸葛亮命人把城上旌旗隐藏起来,又叫士兵将城门大开,只派几名老兵在城门口洒水扫地。诸葛亮从容不迫地领着两个小书童,登上城楼焚香抚琴。司马懿率兵马来到城下,见此情形,心生疑窦,又仔细听诸葛亮弹琴,只见他态度从容、琴声镇静不乱,没有丝毫畏惧心慌的样子。司马懿本是多疑之人,也深知诸葛亮用兵一向缜密严谨,因而料定城中应有兵马埋伏,遂不敢贸然进击,而是下令退军四十余里,西城之危得以解除。这种虚而示虚、假戏真做的心理战,在特定环境和条件下确曾起到疑兵之计使对方判断失误的作用,历史上多次有成功运用的例子。但也不能反复使用,恐被对手识破。

民间还有"死诸葛走生仲达"的谚语,也是出自《三国演义》。诸葛亮在五丈原病逝前嘱咐杨仪说,我死之后,不要发丧,可做一大龛,将我的尸体坐于龛中,军中安静如常、不得举哀,然后一营一营交替掩护退军。如果司马懿来追,你可布成阵势,然后将我先前所雕木像安于车上,推出军前,大小将领分列左右,司马懿见到必然惊走。司马懿接到蜀军撤退的报告后,料到是诸葛亮死了,于是带兵杀向五丈原。眼看快追上蜀军,忽然山后一声炮响,山周围喊声震天,前方蜀军阵中一辆四轮车上端坐着诸葛亮,数十员上将拥列两边。司马懿见之大惊道,孔明还未死,我却轻入重地,又中其计了。于是,赶紧率军回撤。后用此谚语形容人虽死,但余威犹在,指用死人吓唬活人之意。

百变游戏兴味浓。游戏,顾名思义,就是游乐嬉戏或玩耍、戏弄之意,也泛指调节人们情趣和生活的娱乐性活动。早在人类社会初期,原始的游戏形式就已存在。随着人类社会的不断发展,人们的生活和劳动方式、生产、交通、通信工具等不断改进,尤其是文化知识的传播,游戏内容和方式也随之不断发展。社会阶层的分化,特别是贵族阶层的产生,对游戏的需求达到新的高度,各种各样高雅的游戏活动应运而生,这些游戏活动在考古遗迹、古代文学、绘画、诗词等作品中都有反映,有的还有实物佐证。从广义上讲,游戏不仅属于人类,也属于自然界的各种动物,游戏也可以说是伴随动物而生。在动物世界里,人们不仅可以直接观察到它们的嬉戏,而且有许多没有认知或不可见的本能活动,有待去了解和研究。

"双龙戏珠",是两条龙戏耍一颗火珠的表现形式。它的起源来自天文学中的星球运行图,火珠是由月球演化而来的。据说,双龙戏珠可溯源到先秦时期。在古代神话中,龙珠是龙的精华,是它们修炼的元神所在。人们在艺术表达中,通过两条龙对火珠的争夺,象征着人们对美好生活的追求。有一个民间故事,说到天池山中有个深潭,有两条青龙在此修炼。一次,一群仙女来这里洗澡嬉戏。正在池中玩得高兴时，一只熊怪向水中扑来，调戏众仙女，仙女们高呼求救。两条青龙听到后即飞腾而至，合力战胜熊怪。众仙女升天后，将天池遇险幸有青龙搭救之事告诉王母娘娘，王母娘娘即从百宝箱中取出一颗金珠，命天将赏给青龙。但金珠只有一颗，两条青龙相互谦让，谁也不愿独享，金珠在二龙之间推来推去、金光闪烁，惊动了玉皇大帝。玉帝派太白金星下界察看，太白金星将了解到的二龙潜心修炼并为百姓行云布雨、现又重义让珠之事禀报玉帝，玉帝大为感动，又特赐一颗金珠给青龙送去。于是，二龙各吞下一颗金珠，成了掌管风云雷雨的天神。后来，这一地方的百姓为纪念二龙的德行，将其形象绘成图案，四时供拜。双龙戏珠的艺术形象自此流行开来，寓意喜庆丰收、祈求吉祥的美好愿望。

龙不仅有戏珠之说，亦有戏水之闻。"蛟龙戏水"的成语出自吴承恩的《西游记》，其中写道："饿虎扑食最伤人，蛟龙戏水能凶恶。"后以此成语比喻刀枪棍棒等诸般兵器使得轻松自如、灵活多变，形容武艺精湛纯熟。蛟，是古代传说中的无角龙，蛟龙得水就能兴云作雾、飞腾上天，形容英雄人物一旦得到机会，就能大显身手，施展自己的才华。

古时描写戏水之物的有不少，如"鸳鸯戏水"。鸳鸯本是一种水鸟，崔豹在《古今注》中说："鸳鸯、水鸟，凫类，雌雄未尝相离，人得其一，则一者相思死，故谓之匹鸟。"李时珍《本草纲目》中记载："终日并游，有宛在水中央之意也。或曰：雄鸣曰鸳，雌鸣曰鸯。"鸳鸯最有趣的特性是"止则相耦，飞则成双"。千百年来，鸳鸯一直是夫妻和睦相处、相亲相爱的美好象征，也是文艺作品中坚贞不移的纯洁爱情的化身，"鸳鸯戏水"更是中国民间年画、刺绣等中常见的题材。《诗经·小雅》中有写鸳鸯的诗曰："鸳鸯于飞，毕之罗之。君子万年，福禄宜之。鸳鸯在梁，戢其左翼。君子万年，宜其遐福。"诗中描绘一对五彩缤纷的鸳鸯,拍动着羽毛绚丽的翅膀,雌雄相伴,双双飞翔。在遭到捕猎的危险时刻,仍成双成对、忠贞不渝,并不是大难临头各自飞。当它们在芳草萋萋的小坝上小憩时,又相依相偎,红艳的嘴巴插入左边的翅膀,恬静悠闲,犹如一副明丽淡雅的水墨风景图。后来,人们将鸳鸯这种不离不弃、相依相偎的现象比作恩爱夫妻。唐代诗人卢照邻在《长安古意》一诗中写道:"得成比目何辞死,愿作鸳鸯不羡仙。比目鸳鸯真可羡,双去双来君不见?"他以鸳鸯比作夫妻,赞美美好的爱情值得羡慕,能这样白头偕老比神仙还要好。后来的文人们竞相仿效这种比喻。宋代大文豪苏轼曾写有《戏张先》一诗:"十八新娘八十郎,苍苍白发对红妆。鸳鸯被里成双夜,一树梨花压海棠。"张先是苏轼的一位朋友,当时已经八十岁,娶了一位十八岁的女子。苏轼为此写了这首贺诗,诗中"梨花"借指他的朋友白发苍苍,红色的"海棠"代表年轻的媳妇,老夫娶少妻,苏轼在这里有调侃朋友之意。宋代著名词人柳永年轻时科考落第,曾有一段浪荡生活,对男女之情有独特描写,他在《蝶恋花·凤栖梧》一词写道:"蜀锦地衣丝步障。屈曲回廊,静夜闲寻访。玉砌雕阑新月上,朱扉半掩人相望。旋暖熏炉温斗帐。玉树琼枝,迤逦相偎傍。酒力渐浓春思荡。鸳鸯绣被翻红浪。"

  禽类中的鸭子与鸳鸯有类似之处,古人也多有描写"鸭子戏水"的诗句,最为著名的当数苏轼的"竹外桃花三两枝,春江水暖鸭先知。蒌蒿满地芦芽短,正是河豚欲上时"。唐代皇甫松有《采莲子》一诗:"菡萏香连十顷陂,小姑贪戏采莲迟。晚来弄水船头湿,更脱红裙裹鸭儿。"诗中通过弄水船头、脱裙裹鸭等画面的描写,把一位采莲少女活泼贪玩的情态生动地展现出来,有很浓的生活气息。宋代戴复古的《初夏游张园》一诗写道:"乳鸭池塘水浅深,熟梅天气半阴晴。东园载酒西园醉,摘尽枇杷一树金。"这是说小鸭在池塘或浅或深的水里嬉戏,梅子已经成熟,天气半晴半阴。在这宜人的天气里,与朋友载酒游了东园又游西园,喝得有了醉意,在风景如画的果园里将金子一般的枇杷摘下来品尝,这是多么令人心情舒畅的快意人生啊。五代冯延巳的《谒金门》一词,描写一位贵族女子在春天里无法排遣愁苦和希望心上人到来的情景,她逗着成双成对的鸳鸯,独倚阑干看着鸭子斗戏,觉得自己的命运尚比不得禽鸟,不经意地将摘下的含苞欲放的红杏花在掌心轻轻揉碎,这是一种多么灵动的心理活动反映。词曰:"风乍起,吹皱一池春水。闲引鸳鸯香径里,手挼红杏蕊。斗鸭阑干独倚,碧玉搔头斜坠。终日望君君不至,举头闻鹊喜。"喜鹊终于给她报来喜讯,她盼望心上人到来的心情是多么迫切!值得注意的是,词中"风乍起,吹皱一池春水"是传诵千古的名句,其生动形象的描写手法值得借鉴。

"鱼虾戏水"也是常见的自然现象,古人多有诗词描写。汉乐府《江南》一诗中就有"鱼戏莲叶间。鱼戏莲叶东,鱼戏莲叶西……"之句。唐代杜甫在《水槛遣心》中写有"细雨鱼儿出,微风燕子斜"的诗句,意思是蒙蒙细雨中,鱼儿欢跃,时不时跳出水面,微微轻风中,燕子似乎在斜着飞翔。唐白居易在《观游鱼》中写道:"绕池闲步看鱼游,正值儿童弄钓舟。"意思是,闲下来看小鱼自由自在地游戏,正好碰到钓鱼的孩童。宋代释子淳在《颂古》一诗中曰:"堪笑锦鳞争戏水,到头俱被钓丝牵。"意思是,水中的锦鲤都在争着戏水很是好笑,但到最后还是都被鱼钩钓上来。宋代苏轼《连雨江涨》诗中写到了"虾":"龙卷鱼虾并雨落,人随鸡犬上墙眠。"明代《增广贤文》中更有"龙游浅水遭虾戏,虎落平阳被犬欺"之句。

"蜻蜓戏水"又称为"蜻蜓点水",出自唐杜甫《曲江》诗句:"穿花蛱蝶深深见,点水蜻蜓款款飞。"蜻蜓本是生活在陆地上的昆虫,可以在空中飞翔,但它为什么要戏水或点水呢?原来它们的幼虫要生活在水里,为了繁衍后代,蜻蜓必须选择在有水的地方产卵,受精卵在水中才能孵化。蜻蜓用尾巴点水的方法,把受精卵排到水中,卵到了水中附着在水草上,不久就孵出幼虫,幼虫在水中生活一段时间后,便沿水生植物的枝条爬出水面,变成了展翅飞翔的蜻蜓。有趣的是,雌蜻蜓在点水时,雄蜻蜓唯恐其失足落水,便用尾尖钩住雌蜻蜓的头部,拖着它在水面产卵,看似两只蜻蜓在戏耍一般。后来,人们又把"蜻蜓点水"比喻做事肤浅,对事物、知识了解不深入之意,也可形容为轻轻一吻。

青蛙也有"戏水"之说,尤其是它们水中产的卵孵化成蝌蚪后,那些在浅水中游戏的可爱的小蝌蚪们,令人观之兴趣盎然。有一副非常著名的中国水墨画,画题为《蛙声十里出山泉》。如何用静态的画面表现有景有动有声的情境,对画家来说确实是个难题。艺术大师齐白石经过一番匠心独运,在画面中画上一组山谷,山泉汩汩地自远处流淌而来,几只活泼的小蝌蚪正顺着水流欢快地游动着,整个画面充满了生机。画面中并没有青蛙,但赏画者自然会通过小蝌蚪想到蛙和蛙的叫声,仿佛那蛙声随着水声由远而近……真是画中有画,画外还有画。这就是一幅名画蕴含的意境,也是中国画艺术魅力的灵魂。类似的诗境还有"空山不见人,但闻人语响"、"月出惊山鸟,时鸣春涧中"、"深山藏古寺"、"稻花香里说丰年,听取蛙声一片"等。

鸿雁俗称大雁,它们也可以在水中嬉戏。有个汉语成语叫"群鸿戏海",意思是像许多飞鸿在大湖里游戏一样,后用以形容书法遒劲灵活。

古诗词中还有不少关于蝴蝶戏舞的描述。唐杜甫在《江畔独步寻花》一诗中写道:"黄四娘家花满蹊,千朵万朵压枝低。留连戏蝶时时舞,自在娇莺恰恰啼。"孟浩然《清明即事》诗曰:"帝里重清明,人心自愁思。车声上路合,柳色东城翠。花落草齐生,莺飞蝶双戏。空堂坐相忆,酌茗聊代醉。"《蝶恋花》是词牌名,出自唐教坊曲,本采用梁简文帝萧纲"翻阶蛱蝶恋花情"为名,分上下两阕,共六十个字。后人以《蝶恋花》填词,有不少佳作。

人们的一些日常行为和活动方式,往往也可用游戏之"戏"意来表示。例如,成语"游戏翰墨",是指以游戏态度所写的诗文。"戏弄参军",是指唐朝一种近于滑稽表演的节目。"斑衣戏彩",是指有一个叫老莱子的人,年已七十,因父母尚在,他就常身穿彩衣,作婴儿戏耍状以娱父母,后以之为老养父母的孝亲典故。宋代诗人杨万里写有"斑衣戏彩春无价,玉版谈禅佛不如"的诗句。

战国时期的《韩非子》中讲述了一则"击鼓戏民"的典故。楚厉王约定,遇到紧急的情况就用击鼓来召集老百姓守城。有一次,厉王喝醉了酒,误拿鼓槌击鼓,百姓闻鼓声大为惊慌,厉王派人去制止他们。厉王说,我喝醉了酒就同大臣们开玩笑,误敲了鼓。老百姓听后才安心回家。过了数月,有紧急情况,厉王令击鼓发出警报,百姓却没有赶来守城。于是,厉王更改了原先的命令,重新申明报警信号,百姓这才相信他。这一典故的寓意告诫人们,在重大事情上,千万玩不得儿戏,否则就会失信于民、招致大祸,玩这种游戏无异于败坏信誉、自取败亡。一旦失误,就当知错即改。

传统京剧剧目中有《游龙戏凤》一戏,剧情是明朝正德帝喜欢微服出游,有一次,他私游至大同的梅龙镇,乔装成一般军官模样,投宿李龙家。李龙兄妹二人,设酒肆度日。正好李龙有事外出,便嘱咐妹妹凤姐招待好客人。正德帝见凤姐长得俊俏、颇有姿色,顿起佻达之意,呼茶唤酒、借端戏谑。凤姐娇羞薄怒,帝益心醉神迷,于是,告诉了凤姐他的真实身份。凤姐不相信,帝解开外衣,露出里面绣着龙的衣服。凤姐大惊,跪地求恕,帝笑而慰之,并封凤姐为妃,成就一段佳话。

古人创造的游戏种类和项目有很多。唐代李商隐在《无题》诗中写道:"昨夜星辰昨夜风,画楼西畔桂堂东。身无彩凤双飞翼,心有灵犀一点通。隔座送钩春酒暖,分曹射覆蜡灯红。嗟余听鼓应官去,走马兰台类转蓬。"诗中提到"隔座送钩",隔座指隔着座位,送钩也称藏钩,把钩互相传送后,藏于一人手中令人猜。"分曹射覆",分曹即分组,射覆指在覆器下放着东西让人猜。这就是他们在宴会上玩的游戏,李商隐玩得乐此不疲,但无奈还要早起点卯应官。

"投壶"是古代士大夫宴饮时做的一种投掷游戏,也是一种礼仪。春秋战国时期,诸侯宴请宾客时的礼仪之一,就是请客人射箭。那时,成年男子不会射箭被视为耻辱;主人请客人射箭,客人不能推辞。后来,有的客人确实不会射箭,有时庭院不够宽阔,而宾客又众多,不便于当场射箭,于是,就用箭投壶中代替。久而久之,投壶就成了宴饮时的一种游戏,投中多的为胜,负者照规定的杯数喝酒。这种游戏一直沿袭至明清时期。如今,北京中山公园内还有一个十字形亭子,叫"投壶亭",公园还保存了数只古代铜质投壶。

"曲水流觞",本为古人在夏历的三月上巳日举行祓禊仪式之后的活动,后来发展成为文人墨客诗酒唱酬时的一种游戏。众人坐在河渠两旁,在上流放置盛了酒的觞器,由上游浮水徐徐而下,经过弯弯曲曲的溪流,觞在谁的面前打转或停下,谁就得即兴赋诗并饮酒。晋朝书圣王羲之在《兰亭集序》中就写到这一集会游戏。据载,在这次游戏中,有十一人各成诗两篇,十五人各成诗一篇,十六人作不出诗,各罚酒三觥。如今,在浙江绍兴的兰亭,还能见到曲水流觞遗迹,当然,这是后人所建。

"击鼓传花"是古代传统民间酒宴上的助兴游戏,属于酒令的一种,又称"击鼓催花",在唐朝就已出现。相传,唐玄宗李隆基善击鼓,一次他击鼓一曲后,起初未发芽的柳枝吐出了绿色来,因而留下典故。宋代范成大还有"灯市蚤投琼,酒垆先叠鼓"诗句。古典名著《红楼梦》中也有击鼓传花的描写,众人为了听贾母和凤姐说笑话,故意叫击鼓的女先儿停鼓,于是,贾母和凤姐就高兴地讲开来。《红楼梦》中还写到宝玉和众姐妹玩"掷骰子"游戏的情景。

"荡秋千"是中国古代北方少数民族创造的一种运动,春秋时期传入中原地区,成为人们,特别是女子、儿童喜欢的一种游戏。古诗中多有"秋千"的描写,如苏轼写过"墙里秋千墙外道。墙外行人,墙里佳人笑",欧阳修词曰"泪眼问花花不语,乱红飞过秋千去",晏几道曾写"秋千院落重帘幕,彩笔闲来题绣户",李清照自述"蹴罢秋千,起来慵整纤纤手。露浓花瘦,薄汗轻衣透"等。

古人游戏娱乐活动还有很多,如蹴鞠、赛马、赛龙舟、斗鸡、斗蟋蟀、斗百草、抖空竹、踢毽子等等,不胜枚举,给人们带来了无尽的欢乐和精神愉悦。

官场如戏悟世态。在古典小说《红楼梦》中,贾雨村是个少不得的人物,通过他的为官经历和所作所为,官场生态可见一斑。贾雨村得中进士初入官场时,不懂官场那一套,只做了不到一年,就被革职。原因是一些官员视他为另类,故而参他一本,罪名是"生情狡猾,擅纂礼仪,且沽清正之名,而暗结虎狼之属,致使地方多事,民命不堪"。这似乎是一些"莫须有"的罪名,实际上是因不通官场规矩、默契得罪人,也就脱不了被贬革处理了。贾雨村再入官场后,接到英莲的案子,起初想秉公断案,但门子却提醒他,新来一地,要找到"护官符",而贾雨村之前并无所知。门子道,这还了得!连这个都不知,怎能做得长远!如今凡做地方官者,皆有一个私单,上面写的是本省最有权有势、极富极贵的大乡绅名姓,各省皆然。倘若不知,一时触犯了这样的人家,不但官爵,只怕连性命还保不成呢!因此,绰号叫"护官符"。贾雨村经此点拨,才算找到了为官的"门道",他不得不向现实低头,进而屈从官场如戏的腐败生态。《红楼梦》中有段《好了歌》:

"世人都晓神仙好,惟有功名忘不了!古今将相在何方?荒冢一堆草没了。世人都晓神仙好,只有金银忘不了!终朝只恨聚无多,及到多时眼闭了……"书中的乡绅士子甄士隐家业破败后,到乡下田庄生活,又赶上灾荒年,只得变卖田产,投奔岳父家。而岳父卑鄙贪财,竟把他剩下的银子弄到自己手中,甄士隐"急忿怨痛"、"贫病交攻",真正走投无路了。一天,他走在街上,突然见到一个疯疯癫癫的跛足道人叨念出《好了歌》,他联想自己的一生经历,大彻大悟,诵出了《好了歌解》:"陋室空堂,当年笏满床;衰草枯杨,曾为歌舞场。蛛丝儿结满雕梁,绿纱今又糊在蓬窗上……因嫌纱帽小,致使枷锁扛;昨怜破袄寒,今嫌紫蟒长:乱烘烘你方唱罢我登场,反认他乡是故乡。甚荒唐,到头来都是为他人作嫁衣裳。"这是对当时官场、名利场黑暗腐朽的深刻揭示,也对那些达官贵人的兴衰命运做了透彻剖析,的确值得认真深思。

唐代沈既济《枕中记》中记述了"黄粱一梦"的故事。唐开元七年,卢生郁郁不得志,他骑着青驹、穿着短衣进京赶考,结果功名不就,垂头丧气。一天,他在旅途中经过邯郸,在客店里遇见了得神仙术的道士吕翁。卢生自叹贫困,道士吕翁便拿出一个枕头让他枕上。卢生倚枕而卧,一入梦乡便娶了美丽温柔、出身清河崔氏的妻子,中了进士,升为陕州牧、京兆尹,最后荣升为户部尚书兼御史大夫、中书令,封为燕国公。他的五个孩子也高官厚禄、嫁娶高门。卢生儿孙满堂,享尽荣华富贵,到八十岁才寿终正寝。临终前,卢生突然惊醒,坐起一看,一切如故,吕翁仍坐在旁边,而店主人蒸的黄粱饭还在锅里。原来这一切只是一场美梦而已。后来,就用"黄粱一梦"比喻荣华富贵如梦一般,短促而虚幻;美好之事物,亦不过是过眼烟云,转眼成空。与此类似的还有一个"南柯一梦"故事,说的是唐朝有个叫淳于梦的人,一天酒醉,被友人扶到廊下小睡,迷迷糊糊中被两个紫衣使者请到一个"大槐安国"的地方,有丞相出门相迎,告称国君愿将公主许配给他。淳于棼十分惶恐,不觉已成婚礼。之后,他被任为"南柯郡太守"。淳于棼勤政爱民,将南柯郡治理得物丰民安,前后三十年,上获君王器重,下得百姓拥戴。他与公主有五子二女,都是官位显赫,家庭美满。不料檀萝国突然入侵,淳于棼率兵拒敌,却屡战屡败,这时公主不幸病故,淳于棼辞去太守之职,扶柩回京,又失去国君信任,他心中悒悒不乐,君王准他回故里探亲,仍由两名紫衣使者送行。淳于棼回到家乡时,家乡山川依旧,他一下惊醒过来,见自己仍睡在廊下。他把梦境告诉众人,一齐寻到大槐树下,果然掘出个很大的蚁穴,旁有孔道通向南枝,另有小蚁穴一个,原来这就是梦中的"南柯郡"、"槐安国"。从中当然也能悟出为官做人的深刻道理。

《增广贤文》中有"穷在闹市无人问,富在深山有远亲"之句,与此意相近的是司马迁在《史记·汲郑列传》中记述的"门庭若市"和"门可罗雀"的典故。开封的翟公当过廷尉。他在当官有权的时候,登他家门拜访的宾客十分拥挤,塞满了门庭。但是,由于他刚正不阿的性格,竟被罢免了官职,生活陷入困境。这个时候,宾客也不再上门了,门口空当得可以张起网捕麻雀了。没想到,过了一段日子,翟公官复原职,从前那些宾客又想登门拜访他。经过几次变故之后,翟公感慨万千,他在门上写了几句话:一生一死,乃知交情;一贫一富,乃知交态;一贵一贱,交情乃见。一些宾客见到门上的话,默无声息地离开了。

有一个汉语词汇叫"宦海沉浮",指官场生涯曲折复杂、变化不定。北宋名臣寇准品德、才华都十分出众,他在辅佐宋真宗时,时逢辽国数十万大军南侵,朝中多数大臣主张迁都以避敌锋芒,寇准则苦苦劝说宋真宗御驾亲征。宋真宗采纳了寇准的意见,极大地鼓舞了军中士气,稳定了战局,宋辽两国结成"澶渊之盟",休兵止战。此后,宋真宗非常信任寇准,并加以重用,可谓是恩宠有加。这却引来了以王钦若为首的一帮朝臣的不满和攻击。王钦若以史实为例,向真宗诉说城下之盟是耻辱之事,又故意说寇准劝真宗御驾亲征是将皇上当成了孤注一掷的筹码。真宗听后觉得有理,逐渐对寇准冷淡下来。之后,寇准被罢免相位,外放陕州任知州。十多年后,寇准复回朝中任相,但又被权奸诬告。加之宋真宗病重,由刘太后理政,寇准因反对过刘太后干政,得罪于她。掌权的丁谓瞒着宋真宗将寇准贬到了偏远荒芜的雷州,六十多岁的寇准病逝于贬所简陋的屋中,结局很是悲惨。

班固的《汉书·王吉传》中有个"弹冠相庆"的汉语典故,说的是汉宣帝时,琅琊人王吉和贡禹是很好的朋友,贡禹多次被免职,王吉在官场也很不得志。汉元帝时,王吉被召去当谏议大夫,贡禹听到这个消息很高兴,就把自己的官帽取出,弹去多年布满的灰尘,准备戴用。没多久,贡禹也被任命为谏议大夫。后来,用"弹冠相庆"比喻一个人做了官或升了官,他的同伙因此将得到援引,有官可做,也互相祝贺。还有一个典故,说的是南朝宋时,檀道济因屡有大功,被封为司空,镇寻阳。后来,宋文帝刘义隆生重病,由彭城王刘义康执政,他担心檀道济会在刘义隆死后谋反,便矫诏召檀道济入朝并将其杀害。消息传到北魏,魏军将领弹冠相庆说,檀道济一死,南朝就没有可畏惧的人了。檀道济死后,南朝在军事上转入守势,北朝则占据主动地位,屡次南征。当北魏军队南征至距南朝都城数十里时,宋文帝刘义隆登石头城北望,面有忧色,长叹道,如果檀道济还在,怎么会到这个地步呢!然而,人死不能复生,官场没有后悔药,这也是历史的一大悲剧。

官场流行"献媚说",但也有遇到尴尬出丑的时候。《世说新语》中记述,东晋虞啸父担任侍中时,孝武帝委婉地问他,你在门下省任职多时,怎么从来没有听到你进献过什么可行的高见呢?此问本意是提示他要履职尽责出好主意,但虞啸父以为武帝是要他进贡贵重的东西,因他家靠近海边,就答道,现在时令季节还不到,那些鲜美的海鲜一时还搞不到,但过些日子应当会有所进献。孝武帝听到他答非所问,不禁拍手大笑。还有一个故事,说的是十六国时期的南燕刺史鞠仲,为了讨好皇帝慕容德,便当面奉承道,皇上乃中兴之圣主,跟少康、光武帝差不多。慕容德听了,吩咐赏赐鞠仲帛千匹。鞠仲感到赏赐太丰厚了,就假意谦让。慕容德却笑着对他说,你知道跟我开玩笑,难道我就不知道跟你开玩笑?你对我说的不是实话,我赏你的也是个虚数啊。鞠仲顿时面红耳赤,他知道自己的献媚变成了现丑。

当然,官场上也不全是献媚者。唐代诗人李白被唐玄宗任用为翰林待诏,初入官场的他有过短暂的得意,王公大臣都对他多有奉承。然而,时间不长他就知道,自己只不过是一个为皇上粉饰太平、润色王业的词臣而已,甚或就是为皇上和贵妃宴饮歌舞、吟花弄月添点彩头罢了,这与李白的政治抱负差距太大了。于是,他用玩世不恭的态度为官处事,数次因酒醉耽搁了皇上召唤前去的时间,正如杜甫后来在《饮中八仙歌》中所描述的:"李白斗酒诗百篇,长安市上酒家眠。天子呼来不上船,自称臣是酒中仙。"李白的行为和做派,与朝中官场的环境格格不入,因而被指责和排挤在所难免,最初对他礼敬有加的唐玄宗渐渐疏远他。失意的李白在朝中为官不长,就被皇上赐金放还,他又回归了自由自在的生活。心境高傲的李白之后还写下了"安能摧眉折腰事权贵,使我不得开心颜"的诗句。然而,说归说,做归做,毕竟李白是个有政治理想的人,安史之乱爆发后,李白入了永王李璘的幕府,似乎有了施展才华的机会,但命运又一次捉弄了他。这时的唐玄宗已让位给李亨,即唐肃宗,肃宗与永王虽为兄弟,但皇家利益和矛盾关系错综复杂,加之永王拥兵自重,肃宗岂能容忍。结果,兄弟阋墙的战争开打,永王失败被杀。李白在永王幕府不过两月,但亦成了政治牺牲品,背上了附逆之罪,先是下狱,获释不久又被判处"加役刑",流放夜郎。后遇朝廷大赦,李白获赦而归。在白帝城,他写下了著名的诗句:"朝辞白帝彩云间,千里江陵一日还。两岸猿声啼不住,轻舟已过万重山。"此时,李白已五十九岁,离他人生谢幕仅剩三年。他一生大起大落,得意于官场,又失意于官场,只有诗酒可以为他消愁解忧。

唐代另一位大诗人杜甫,官运也是一波三折。安史之乱后,杜甫历尽艰辛,千里迢迢跑到唐肃宗面前表忠心。唐肃宗正在用人之际,立马授予他左拾遗官职,可以在皇帝面前直接提意见,虽然品级不高,但也是个近臣。之后,当唐肃宗派房琯收复长安吃了败仗被问责时,杜甫莫名其妙为房琯求情说话、开脱责任,肃宗一怒之下将杜甫下贬为华州司功参军,断了他的为官前程。杜甫从兵曹参军到左拾遗,再到华州司功参军,他的官场生涯是惨淡无味的。

唐代还有一位著名诗人刘禹锡,因写了一首诗,遭反对他的权贵排挤,被贬瘴疠之地十四年。好不容易回到朝中,他又写了一首诗,竟又被贬离京。可见在官场生存是多么不易。

明朝初年,身为朝中重臣的宋濂一次上朝时,被朱元璋留下,询问他为何脸现疲态。宋濂说,昨晚与几个好友打叶子牌消磨时间,本来准备打个通宵,但中间突然少了一张牌,怎么找也找不着,只好收拾牌局散场。朱元璋听后点点头说,爱卿说的是实话,你看丢的是不是这一张啊?宋濂抬头一看,朱元璋手中拿着一张牌,正是昨夜丢失那张,不由惊得一身冷汗。他暗暗庆幸没说假话,更没有在昨晚的牌局上妄议政事,否则后果不堪设想。原来,朱元璋称帝后,为了防止朝臣犯上作乱,成立了一个特殊机构锦衣卫,安插眼线在朝廷大臣身边,大臣的一举一动都有可能由锦衣卫向皇上直接报告,因而他们的行为活动被严格控制,朝臣也不敢乱说乱动,否则会有牢狱之灾和性命之忧。明成祖朱棣时期,为了镇压政治上的反对力量,还设立了东厂,主要负责刑狱审讯、社会监视等,可随意缉拿臣民,其权力极大,仅对皇帝负责。东厂制造了大量冤假错案,不少忠臣贤良遭迫害含冤而死。明朝中后期,又在东厂之外增设西厂,而掌握大权的宦官又私设内厂。这些机构既行监督臣民之事,又有互相监督制约之能,朝中官员对他们非常恐惧。

在明清官场上,有许多腐败、黑暗、肮脏和荒唐之事,也流行"大鱼吃小鱼、小鱼吃虾米"、"有钱能使鬼推磨"等潜规则,这在《官场现形记》、《二十年目睹之怪现象》、《老残游记》、《孽海花》、《儒林外史》等官场谴责讽刺小说中,都有形象、深刻的表现。清朝后期名臣林则徐,为官后政绩卓著,受到嘉庆帝、道光帝重用。道光十八年,他奉旨作为钦差大臣,前往广东查禁鸦片。道光帝在八天中接连八次召见他,可见对他恩宠有加。道光十九年,道光帝接到林则徐的虎门销烟报告,欣喜万分,称之为"大快人心事!"在林则徐过五十五岁生日时,道光帝亲书"福"、"寿"二字匾额,嘉勉林则徐。然而,随着英军的威胁、形势的恶化,道光帝惊慌失措,立马换了一副面孔,欲将林则徐作为"替罪羊"。从此,各种诬陷、打击和指责连续降临到林则徐头上。最后,林则徐不仅被革职,还被"从重发往新疆伊犁,效力赎罪"。林则徐在赴戍途中,不计个人命运得失,仍忧国忧民,在古城西安与夫人告别时,写下了"力微任重久神疲,再竭衰庸定不支。苟利国家生死以,岂因祸福避趋之。谪居正是君厚恩,养拙刚于戍卒宜。戏与山妻谈故事,试吟断送老头皮"一诗,不仅显示了忠贞报国的情怀,也表现了豁达乐观的态度。几年后,林则徐才被朝廷重新启用。

常言道,人生如戏,戏如人生。是"戏",就有启幕与落幕,就有喜剧与悲剧,就有高潮与低潮,就有主角与配角,就有正派与反派,就有聚合与离散,就有正义与邪恶,就有善良与歹毒,就有因果与报应。看懂戏剧、悟透人生,对人们立身于世大有益处。诚如是,无论是顺境还是逆境,无论是成功还是失败,无论是鲜花掌声还是风险挑战,都能坦然面对、从容不迫,正所谓"看庭前花开花落,荣辱不惊;望天上云卷云舒,去留无意"!

这个"口"里说法多

在影视节目中,观众经常能听到《黄河大合唱》那气势磅礴、音调清新、朴实优美的旋律,能看到黄河壶口大瀑布的恢宏场面。壶口瀑布西临陕西宜川壶口镇,东濒山西吉县壶口镇,它是世界上最大的黄色瀑布。千里黄河奔流至此,两岸石壁峭立,河口收束狭如壶口,上游黄河水面宽三百米,在不到五百米长的距离内,被压缩到二十米至三十米的宽度,加上数十米高的落差,形成了"千里黄河一壶收"的壮观景象。观壶口瀑布,看滔滔黄河之水犹如天上而来,激流澎湃,浊浪翻滚,水流飞溅,烟雾迷蒙,狂涛怒吼,声震天外,确实使人感到惊心动魄、无比震撼。凡是到过此地的人,无不对壶口留下深刻印象。前些天翻书,了解到另一个"壶口",虽然它静悄悄,甚至为许多人所不知,但这个"壶口"神奇得很。据《后汉书·方术列传·费长房》记载,东汉时期,有个叫费长房的人,他是管理市场的小官吏。在这个市场上,有一位替人看病卖药的老者,摊位上方总是悬挂着一只"壶",即为葫芦。每天看完病后,老者收摊时就从"壶口"跳进葫芦里,别人无从察觉,却无意中被费长房发现了。费长房认为这位老者一定是神仙,就带着酒肉前去拜见他。老者知其来意,让他明天再来。第二天,费长房如约而至,老者带着他一起从"壶口"跳入壶中,只见壶内殿宇楼阁十分华丽,老者邀他饮酒,酒菜果蔬也鲜美异常。之后,他们又从壶内出来,老者嘱咐他不要对别人说这件事。过了一些时日,老者对费长房说,我原本是个神仙,因犯错被贬下界替人治病,现罚期已满,你能与我一同去吗?如不能去,我们就以酒作别吧。费长房听到此言,决意要和老者同去,于是,他们一起去到一个深山中修道。但因费长房无缘入仙,老者只教了他一些医术,又把费长房送回去了。从此,费长房在世间行医。为纪念这位老者,后来,中医行医都在门口悬挂葫芦,"悬壶济世"成为中医的座右铭和显著标志。

由"壶口"之口,不禁联想到世间各种各样的"口",值得对其作一番深入解读。"口"是一个象形字,它的本义是指人或动物进饮食或发声的器官,俗称嘴,但还是有区别。口也表示为容器通外面的地方、出入通过的地方、破裂的地方等,还可表示为刀、剑、剪刀等的刃,驴马等的年龄,人或动物的量等。作为特定用语,它可以表示为长城的关口,也泛指某一地域的关口。

喜峰口,是燕山山脉东段的隘口,古称卢龙塞,汉朝曾在此设松亭关。东汉末,曹操远征乌桓;东晋时,前燕慕容儁进军中原,都经由此塞。后易名喜逢口。相传是因有一位年轻人戍边久久没有归来,他父亲四处打听寻找。千里迢迢,父子二人终于相逢于此山下,两人喜极而亡,遂葬于此处,故名喜逢口。明朝在这里筑城置关,称喜峰口关,后通称为喜峰口。

张家口,最初是指离其不远处的东高山与西高山之间的山口。明初曾在这里设兵驻防,抵御游牧民族的军事入侵,因而又称"隘口"并设有"隘口关"。后来,因此地人口不足,明朝从山西等地移民过来,其中有张姓人家迁来在隘口附近定居,时间一长,这里又被称为"张家隘口"。宣德年间,指挥使张文始筑城堡,名张家堡。嘉靖年间,守备张珍在北城墙开一小门,曰"小北门",方便来往之人出入。因门小如口,又由张姓之人开筑,所以称之为"张家口",一直沿袭至今。

位于北京密云境内的古北口,是内地通往关外的重要通道,为历代兵家必争之地。相传,清乾隆帝从京城前去热河途中经过古北口,感叹于长城内外的美景,便问刘墉此地为何名。刘墉回答,此地春秋时叫北口,北魏时叫出峡,唐时叫虎北口。乾隆帝心想,我大清君臣经常从此口过,怎能叫"虎北口"!于是,派刘墉前去查找此地有什么古迹,终于在城南门门楣的城砖上找到"古关"二字,又在北门门楣的城砖上找到"北口"二字。乾隆帝便将此地改作"古北口",流传至今。

辽宁大连的旅顺口,原是古人渡海北上的登陆之地,叫作狮子口。明初,朱元璋派将领马云、叶旺领兵从山东渡海,至狮子口登陆收复辽东,他们因海上航行顺利,登陆、驻兵金州之后,很快击退元军的进攻,遂将狮子口更名为旅顺口,此名一直沿用下来。

无论是哪种"口",它的位置都很突出,作用也都很重要。当"口"被赋予一定的政治内涵和文化意蕴后,其意义又很不一般,从中演绎的故事也耐人寻味。

"口"的分量很贵重。古代社会,人有高低贵贱之分,因而他们的权力大小、影响作用也有天壤之别。君子之口,一言九鼎;平民百姓,人微言轻,正是这种社会文化现象的真实反映。汉语成语中有"金口玉言"之词,指君王之口说出的话有至高无上的权威,不能随意改变。

《左传·隐公元年》中有一个"掘地见母"的典故,说的是郑庄公母亲武姜在生他时,因他脚先出、头后出,受到了惊吓,所以不喜欢他,还给他取名"寤生"。相反,对其弟弟叔段却百般宠爱。寤生作为长子继承王位后,武姜心怀不满,千方百计培养叔段的势力,又请庄公给叔段封邑。叔段在封邑招兵买马、修筑城墙,准备谋反,待认为时机成熟时,与母亲武姜商量谋反日期。武姜不但回信同意其谋反,还表示要作为内应。郑庄公发现他们的阴谋后,决定先下手为强,派兵逼迫叔段自杀。之后,将武姜送到别地居住,并发誓:"不到黄泉不再相见!"过了一段时间,庄公虽然有些后悔,但已经有话在先,难以更改,不知怎么为好。臣子颖考叔得知庄公的想法后,献计说,主上可以命人掘一条地道,将母亲置于地下庭室中,然后主上从地下通道进去拜见,这样既不更改您说过的话,又能使母子相见。庄公当即采纳此计,母子二人终在地下室内相见,从此言归于好。

明朝晚期,有个叫王昌胤的人,自小聪慧好学。传说他十多岁时,跟随当官的父亲一起进京,当时京城正在举行科举考试,王昌胤趁着大人不注意,骑马误入了考场。考官发现一个骑马的孩子,开玩笑说,你若是和本官对联语,本官就允许你参加考试。王昌胤当时穿着一件绿色外衣,考官不无戏弄之意地出上联"井底蛤蟆穿绿袄"。王昌胤知其意,见考官穿着红袍,立即回道:"沸锅螃蟹着红袍。"考官被讽,大为恼火,就用鞭子猛抽他骑的马,那马受惊后扬蹄跑起来,王昌胤伏在马背上像只小猴子一般惊恐不安。正巧崇祯帝巡视考场,见此情觉得有趣,随口说了句:"引龙猴来也!"王昌胤勒住马,见到龙辇,知是皇上驾到,当即翻身下马,跪在皇帝脚下说:"微臣谢主隆恩!"崇祯帝奇怪地问:"你小小年纪,为何事谢朕啊?"王昌胤朗声回答:"陛下方才封微臣为引龙侯,故此谢恩。"崇祯帝一听,知是自己失言,但不可更改,遂传谕封他为引龙侯。此事传到太后耳中,太后要看看这一孩子。太监领着王昌胤进宫,见到太后时,王昌胤过门槛故意装成被绊倒的样子,一下子扑到太后脚下。太后不由自主地说了句:"哎哟,小心,我的儿啊。"王昌胤立即磕头道:"谢皇娘隆恩!"太后不解地问:"谁是你的皇娘啊?"王昌胤回答道:"刚才太后不是还叫我儿了吗?"太后发现这个孩子果然机灵,于是将他收为干儿子。这虽是传说故事,但历史上确有王昌胤其人,只不过明亡后,他又投了清廷。

　　古时君王口头的指示被称为口谕。君王在表达意旨时,可以由指定的臣子起草诏书,也可亲笔书写手谕。相对手谕而言,君王有时直接用口授的方式,派亲信向特定人物传达自己的命令或意图。口谕出自君王之口,其尊崇性和权威性不容置疑,只不过口谕的含义需要臣下悉心领会。明太祖朱元璋去世后,皇位由其孙儿朱允炆继承。朱允炆担心那些在封地骄横跋扈的皇叔们拥兵自重、威胁皇权,便听从大臣的建议,开始了削藩之举。远在北京的燕王朱棣以"清君侧"为名,发动了"靖难之役"。朱允炆起用老将耿炳文统兵出征,大军临行前,朱允炆口谕耿炳文:"勿使朕负杀叔父之罪!"这句话的意思是,虽然出兵征剿,但不要让皇帝背上杀害叔父的罪名,使天下人指责。就是这道口谕,理解起来却有所不同。实际上,大军出征,刀枪无情,皇上本意是杀了朱棣,但不要让他"背锅",将领们却为此畏首畏尾,不敢贸然杀死朱棣。战场上的朱棣有惊无险、性命无忧,先是以少胜多,最终出奇兵直逼都城南京,朱棣笑到了战争结束,夺取了朱允炆的皇位。这道口谕对战争胜负产生了至关重要的影响。

　　清朝末年,慈禧太后在她临死前,曾留下三道懿旨和一道口谕。三道懿旨,一是决定年仅三岁的溥仪正式即帝位;二是决定由溥仪的生父载沣监国,担任摄政王一职;三是决定凡是涉及国家大事的,载沣要和自己的侄女,即隆裕太后商议,使朝中大事最终的决定权和解释权掌握在隆裕太后手中。一道口谕,即以后太监、后宫都不得干政。就是这道口谕,为后世之人所诟病,认为这一口谕与第三道懿旨是自相矛盾的,使得具体执行命令时难以把握。实际上,大清国在隆裕太后掌权后,因为她的权威性和处理复杂政事的经验都不够,朝中很快形成了乱局,革命党人乘机而起,最终,朝中大权为袁世凯所篡,大清国走向了灭亡。

在军事行动中,常用到口令,它是在看不清的时候识别敌我的口头暗号;也用作在战斗、练兵或队列训练时,以简短术语下达的口头命令。口令一般由军事指挥机构或统兵将领规定下达,便于在行军打仗和调度训练中识别敌我、统一行动,其作用被带兵之将格外重视。当年曹操领兵与刘备在汉中交战时,战事不顺,进退两难。正犹豫不决时,厨师给他做了只鸡端在桌上,这时夏侯惇入帐请示夜间所用口令,曹操随口回答道:"鸡肋,鸡肋!"夏侯惇领令进行布置,主簿杨修听说晚间口令是"鸡肋",就告诉身边的军士们收拾行装,准备归程。军士们不解,问其原因。杨修解释说,鸡肋吃起来没肉,丢了又可惜,正如这场战争一样,可知魏王不久便要撤兵返回了。于是,军士们纷纷做撤退的准备。恰巧曹操走出大帐巡营,见到这般模样,忙问其故,才知道是杨修所言。曹操怒不可遏,以造谣生事、扰乱军心为由,令刀斧手将杨修斩首正法,并将其头颅悬挂于辕门之外警示众人。之后,曹操果然下令撤军。杨修之死既有擅解口令之罪,但也另有必死之因,后人对此多有解读。

口号,对统一意志、号召群众、凝聚军心、激励士气的作用,普遍为人们所认可。历史上,夏桀是个著名的暴君,他残酷压迫和驱使奴隶,弄得民不聊生、怨声载道。于是,奴隶们被迫起义,喊出了"时日曷丧,予及汝偕亡"的口号,意思是日子过不下去了,我们和你(桀)同归于尽吧。秦朝末年,陈胜、吴广揭竿而起,喊出了"王侯将相,宁有种乎"、"大楚兴,陈胜王"的口号,以此号召改朝换代,推翻秦王朝的残暴统治。东汉末年,巨鹿人张角等兄弟三人,创立太平道,广泛组织民众,喊出了"苍天已死,黄天当立,岁在甲子,天下大吉"的口号,发动了震动天下的黄巾起义,给东汉王朝沉重打击。唐末的黄巢起义提出了"天补均平"的口号,就是针对当时土地兼并严重造成的贫富两极分化,要求财富平均、资源平均,调动了民众参与起义的热情。南宋钟相、杨幺起义亦提出"均贫富,等贵贱"的口号。明末李自成起义军的口号是"吃他娘,穿他娘,开了大门迎闯王,闯王来了不纳粮"。清朝太平天国起义的口号则是"有田同耕、有饭同食、有钱同使、无处不均匀、无人不饱暖"。这些口号,在当时的社会背景下,有其积极意义,也有很大的号召力,因此,起义参与人数众多,规模和声势都很大。可见口号的作用不可低估。

口诀,原指道家传授道术时的密语,后来指根据事物的内容要点编成便于记诵的语句。《抱朴子·明本》中有:"岂况金简玉札,神仙之经,至要之言,又多不书,登坛歃血,乃传口诀。"古时候道士作法时,都要用符咒,而符咒中亦用"敕令"二字,但它并不由帝王发布,而是由道教尊奉的三清天尊或太上老君发布,在发布时还要加上"急急如律令"的口诀,如"太上老君急急如律令"。律令,相传是周穆王时一个行走非常快的人,他死后做了雷公所属的一个差役。这句话的意思就是说,太上老君啊,您快来帮助我吧,请您像律令那样行动迅速啊!以此表示真诚、迫切的愿望。口诀,一般是单独秘传。菩提祖师教会孙悟空七十二般变化和筋斗云,就是半夜三更将其召入室内授以秘诀的。没想到,孙悟空学会后在其他人面前显摆,菩提祖师发现后就让他离开,重回花果山。赤壁之战中,诸葛亮设神坛借东风,在作法时口中念念有词,也是一种口诀。《水浒传》中有两处提到九天玄女授宋江天书和秘计之事。第一次是宋江在梁山因思念父母,不顾兄弟们的劝阻,冒险下山接父亲。刚到家不久,即被官兵发现,宋江在逃生躲避时进入了九天玄女庙。在庙内,他不仅得到了神明的护佑,还在梦中吃到了九天玄女的仙枣和玉酒,又得到了三卷天书。玄女娘娘给宋江"替天行道"的忠告,又特别口授天言:"遇宿重重喜,逢高不是凶。北幽南至睦,两处见奇功。"之后,这四句天言一一应验。第二次是宋江领兵与辽军对阵,辽军将领摆出太乙混天象阵,其阵变化多端,轻易不能攻破。宋江在营寨中寝食难安,梦中再见九天玄女,九天玄女授他相生相克秘诀和破阵之法。宋江醒来后依嘱准备布置,最终以二十四部雷车、五路军马夜间突袭,一举破了敌阵。此前,宋江在破高廉的魔法黑风术时,也用上了天书中"回风返火"的秘诀,南征方腊时亦用秘诀咒语,都发挥了奇特的效应。

口诀不仅道家能用,佛家也常用咒语口诀。《西游记》中,在唐僧西天取经的路上,观世音菩萨授予他"紧箍咒"口诀,每当他认为孙悟空乱杀生灵时,即念动咒语,孙悟空头上的紧箍就会越勒越紧,痛得悟空满地打滚,这恐怕就是一物降一物之法吧。相传,济公施展神通之时,口中总是念叨"唵嘛呢叭咪吽"的口诀,并且十分灵验。这一口诀其实是观世音菩萨的六字大明咒,是元朝由西藏及蒙古喇嘛密教传入汉地的,类似于"南无阿弥陀佛"的念法,今人在电视剧中做了加工演绎。

古时不仅道教、佛教用口诀,社会各种艺人、工匠及各行各业,大都有各自的秘诀,即秘不示外人的口诀,武术世家亦是如此。《史记·扁鹊仓公列传》记载,战国名医扁鹊是勃海郡人,姓秦,名叫越人。他年少时帮助人家主管客馆生意。有一位客人叫长桑君,经常入住客馆。扁鹊认为他奇特不凡,每次都恭敬地接待他。长桑君也知道扁鹊不同常人,在进出客馆十多年后的一天,他叫扁鹊私下谈话,告诉扁鹊,我有密藏的医方,现在我老了,想将秘方传授给你,你不要泄漏出去。扁鹊恭敬地答应下来。于是,长桑君从怀中拿出一种药物交给扁鹊,并教给他服用方法,告诉他三十天后就能洞察事物啦!之后,又把全部秘方交给扁鹊,长桑君忽然就不见了。扁鹊依此秘诀服药后,过了三十天,果然眼睛有了透视的本领,依靠这一本领为人看病,能看清病人的五脏六腑。自此,扁鹊经常在齐、赵两国行医,被人们称作"神医"。据说,抗金名将岳飞的武艺也是由他师傅周侗口传秘诀、悉心指导,加之岳飞勤学苦练而成就的。

口碑,是指众人口头的颂扬,泛指众人的议论或口头传说。佛教禅宗的《五灯会元》史书中,有一句名言:"劝君不用镌顽石,路上行人口似碑。"后演化成成语"有口皆碑",意思是所有人的嘴都是活的记功碑,比喻人人普遍称赞。中国历史名人灿若群星,其中有很多人口碑响亮。例如三国时期的诸葛亮淡泊以明志,宁静以致远,他"鞠躬尽瘁,死而后已"的精神令无数人感动,评价他"诸葛大名垂宇宙,宗臣遗像肃清高","出师一表真名世,千载谁堪伯仲间"。北宋名臣范仲淹高风亮节、勤政为民,他"先天下之忧而忧,后天下之乐而乐"的思想闪耀着永久的光芒,他的英名也被人们代代传颂。春秋末期,著名政治家范蠡辅佐越王勾践灭吴,功成名就后又急流勇退。他隐姓埋名后开始做生意,三次经商成巨富,又三次散尽家财周济百姓。为了做到买卖公平,他从浇灌田地的桔槔中得到启示,利用杠杆原理发明了称重的秤。起初,秤是取南斗六星、北斗七星共十三颗星之意,每颗星为一两,十三两为一斤,但他发现有人用秤作弊、缺斤短两。于是,又增加了福禄寿三星,将十三颗星改为十六颗星,意在表明人在做,天在看,如果少一两就失去福气,缺二两就不能为官获得俸禄,短三两则折损阳寿。直到如今,民间仍流传"缺斤短两会短寿",来历正在于此。范蠡真名隐去后,人们称之为陶朱公。后来,人们为纪念他的功绩和功德,拜他为"财神爷"。在河南开封市博物馆内,有一件镇馆之宝,名为《开封府题名记》碑。这块碑上镌刻了从宋太祖建隆元年(960年)至宋徽宗崇宁四年(1105年)一百四十六年间,担任过开封府尹的一百八十三任官员的名字。北宋名臣欧阳修、范仲淹、寇准等的名字都能从上面找到。但奇怪的是,人们最为熟悉的那位开封府尹包拯之名,却怎么找也找不见。经介绍方知,因百姓在看这块石碑时,心怀对包拯的敬仰和怀念之情,便在他的名字上亲切抚摸,久而久之,竟然将其名字磨掉了,只留下发亮的凹痕,但他的大名却永远活在人们的心中。戏剧舞台上,演绎包公秉公执法、铁面无私的剧目很多,百姓敬他、爱他、说他、唱他,这样的口碑之重,正是至高无上的荣耀。

百姓之口可亲又可畏。《史记·张仪列传》载,战国著名辩士张仪对魏王说,我听说羽毛数量多,它的重量也可以使水中之舟沉没。物轻量大,亦可使轴断。如果民众之口发出的声音一致,即使是金石也可以熔化。如果遭到很多人的攻击毁谤,那么就连他身上的骨肉也将遭到毁灭。后来,"众口铄金,积毁销骨"就指众口指责,虽坚如铁石之物,亦能熔化,毁谤不止,令人难以生存,能置人于死地。

历史上有个"防民之口,甚于防川"的典故,说的是周厉王在内忧外患的情况下,仍然奢靡荒淫、不思进取,并且加重赋税、盘剥百姓,弄得民怨沸腾。当时流传着一首民谣:"硕鼠硕鼠,无食我黍!三岁贯女,莫我肯顾。逝将去女,适彼乐土。"意思是说,大老鼠啊大老鼠,不要再吃我的粮食了。多年来我辛苦养活你,你却对我们毫不照顾。我们发誓要离开你,到那欢乐的园地去。可见,百姓对周厉王的不满情绪溢于言表。大臣召公虎看到形势危急,就劝告周厉王施仁政,减轻百姓负担。厉王不但听不进去,还派巫师去监视百姓,发现有人乱发议论,就抓来杀头。一时间人们将怨气压在心头,路上相见也不敢交谈。厉王为此沾沾自喜,以为这个招式管用。召公虎劝谏道,治水时一味采取堵的办法,一旦决口,就会伤更多人。治民也是如此,应该广开言路,如果堵塞言路,那是很危险的。厉王对此不但置之不理,反而更加残酷地对待百姓。结果,国人忍无可忍,终于起来造反。周厉王眼看大势已去,只好向外出逃,最后丢了江山又死在了外面。可见百姓之口威力是多么巨大。

清朝时,一些地方流行"送万民伞"。当这个地方的主政官员离任时,绅商们为表示挽留之意,就发动民众"送万民伞",意思是这一父母官像伞一样遮蔽着一方百姓,送伞越多,表示这个官越有面子。如果这个官被贬,仍有人送伞,甚至拦轿,说明这个官是得民心的清官或者好官。但可笑的是,后来演变成一些贪官和庸官离任时为保全面子,也想方设法弄"万民伞"来装点一下门面。晚清形成了官场的一种陋习,实乃极大的讽刺。

"口"的含义差别大。常言道,人嘴两张皮,任说东与西。同一件事,站在不同立场和观点上评价,结论可能大不相同,甚至截然相反。那些性格耿直之人说出的话,有的认为是心直口快、敢于直言,有的认为是信口开河、口无遮拦;那些秉性忠厚之人说出的话,有的认为是沉稳慎言、据实可信,有的认为是木讷呆板、话不投机;那些心怀叵测之人说出的话,有的认为是巧舌如簧、见风使舵,有的认为是能言善辩、善于周旋;如此等等。

司马光的《资治通鉴》中提到唐玄宗年间的宰相李林甫,说世人认为李林甫"口有蜜,腹有剑",意思是嘴上甜,心里狠。后多形容两面派的狡猾阴险、怀有蛇蝎心肠的人。李林甫官居兵部尚书兼中书令,相当于宰相之位,他能书善画,才艺颇佳。但他品德低劣,尤其是忌才害人,凡才能比他强、声望比他高、权势地位与他差不多的人,他都不择手段地排斥打击。他竭力巴结唐玄宗,并用种种手段拉拢讨好皇上身边亲信之人,以取得他们的欢心和支持。在待人接物时,李林甫外表上总是露出一副和蔼可亲的样子,嘴里也尽说些让人喜欢听的话,但实际上常常暗中害人。有一次,他装作诚恳的样子对同僚李适之说,华山出产大量黄金,如果能够开采出来,就可大大充实国库,可惜皇上还不知道啊。李适之信以为真,就找机会向皇上提出了这一建议。唐玄宗征求李林甫意见时,李林甫却说,这件事我早就知道了,不过华山是帝王"风水"集中的地方,怎么可以随意开采呢? 如果有人向皇上提出此事,恐怕是不怀好意的吧。玄宗听了李林甫一番话后,觉得很是有理,认为他确是为唐王朝的根本考虑,而李适之用意难测,于是逐渐疏远李适之。就是这个李林甫,还断送了诗人杜甫的大好前程。747年,杜甫等一大批当时杰出的才子参加玄宗为选拔人才而设的"制举"考试,当时李林甫担任主考官。他嫉恨因文学才能而得到任用的士人,更害怕这些人一旦有接触皇帝的机会,会上书戳穿他的奸恶面目,于是,千方百计压制士人、堵塞言路。结果这次考试的录取率为零。为了掩饰自己不可告人的目的,李林甫还特意上表向玄宗祝贺,说什么"野无遗贤",就是说当今人尽其才、该用尽用,天下贤士并没有被遗漏掉的。杜甫就这样成了所谓"野无遗贤"的牺牲品,心中的愤懑可想而知。数年后,李林甫死去,杜甫写诗一吐悲愤:"破胆遭前政,阴谋独秉钧。微生沾忌刻,万事益酸辛。"此外,他在《贫交行》中也写到"翻手作云覆手雨,纷纷轻薄何须数"。

"祸从口出"的成语出自晋朝傅玄的《口铭》:"病从口入,祸从口出。"意思是,灾祸从口里产生出来,指说话不谨慎容易惹祸。秦末,陈胜、吴广在大泽乡揭竿起义后,摧枯拉朽般地一路攻城略地,很快就建立了张楚政权,陈胜自立为王。陈胜过去的伙伴还记得他说过的"苟富贵,毋相忘"之语,就结伴来找陈胜。他们见到陈胜的豪华生活惊讶得不得了,加之喝酒之后都在兴头上,就毫无顾忌地说起陈胜的往事。有人对陈胜说,大王的这些客人愚昧无知,专门胡说八道,如此将使您的威严受损。陈胜认为确是如此,就命人将这些来客都杀了。事情传开后,那些陈胜的老朋友们纷纷离他而去,没有人再去亲近他,最后,陈胜被自己的车夫庄贾杀了。

东晋皇帝司马曜沉迷于酒色,因而多居住在内殿。他有个宠妃张贵人。一天,司马曜酒后对张贵人戏言,你年大色衰,我要废了你,另立年轻貌美之人。张贵人信以为真,却隐藏了自己的愤怒。司马曜没有察觉张贵人的变化,继续戏弄她,张贵人终于起了鱼死网破之心。她等司马曜酒醉沉睡后,让自己的心腹婢女用被子把司马曜捂死了。新皇帝司马德宗即位后,因处事糊涂,也没有深究其因,张贵人仍然活得自在,司马曜却因酒后失言丢了性命。

历史上有个著名的"锥舌诫子"的故事。据《隋书·贺若弼传》记载,贺若弼的父亲贺若敦以武烈知名,仕周为金州总管,因说话过于锋芒毕露,引起北周权臣宇文护忌恨,所以宇文护要加害于他。贺若敦临刑前,大声对贺若弼说,我的志向是扫平江南,但此志不能实现了,你一定要继承我的遗志啊!我的死是舌头所致,你一定要引以为戒,不要乱说话啊!说着,用锥子将贺若弼舌头刺出了血。贺若敦死后,贺若弼并没有将父亲的话时刻铭记在心,最终,他在隋炀帝时因私议朝政而死。可见,祸从口出,不能不当回事!

"血口喷人"的成语出自宋代释晓莹的《罗湖野录》:"血口喷人,先污其口;百丈野狐,失头狂走。"意思是,口含鲜血喷射别人,最先弄脏的是自己的嘴巴;在百丈山修行的野狐,没有了头部却仍然在疯狂走动。后指用恶毒的语言来污蔑陷害他人。《水浒传》中有一个卢俊义上梁山的故事。卢俊义人称河北玉麒麟,长相、武艺、财富都为人所称道。梁山好汉为拉他上山入伙,就由军师吴用扮作算命先生来到卢俊义家替他算命。吴用说卢俊义百日内必有血光之灾,要他去东南一千里外躲避,并趁机在他家墙壁上题了一首藏头诗:"芦花丛里一扁舟,俊杰俄从此地游。义士若能知此理,反躬逃难自无忧。"卢俊义听信吴用算命之言,带着管家李固启程,没想到途经梁山时被好汉们活捉上山。在山上,好汉们每天热情款待,吴用先放李固下山并告诉他卢俊义已投梁山,家中墙壁上还留有反诗之事。卢俊义在山上待了一段时间,因思乡心切,被梁山好汉放回。他在城外遇到家奴燕青,燕青告诉主人,李固与主人之妻贾氏欲吞家产,并行苟且之事,还告发了主人与梁山反贼同流合污之事,证据就是墙上"卢俊义反"的藏头诗。卢俊义不信燕青之语,径直回家去。贾氏反诬燕青调戏她,卢俊义愤而毒打燕青并将其赶走。之后,卢俊义果真因李固诬告被官府派兵捉拿,在狱中被严刑拷打,受尽百般苦头。李固仍不死心,又买通差役董超、薛霸,让他们在押解卢俊义发配的路上结果其性命。幸好卢俊义被暗中保护主人的燕青救出。然而,卢俊义又一次落入官兵之手。就在他将要被处斩时,梁山好汉劫了法场,这才有了众好汉攻打大名府、卢俊义上梁山的后续故事。当然,卢俊义上山前,没忘了杀掉那个血口喷人的管家李固,连同移情别恋、与李固同谋的贾氏也做了刀下之鬼。

西汉戴圣的《礼记·表记》中有"口惠而实不至"之语,意思是,只在口头上答应给别人好处,而实际的利益却不让别人得到。战国时期,秦惠文王想派兵攻打齐国,但很担心齐楚两个大国之间结盟。丞相张仪请求出使楚国,并说可以瓦解两国联盟。张仪见到楚怀王后,分析了楚国结盟抗秦的后果,然后说,如果楚国与齐国断交,秦国就送给楚国六百里土地,并且让秦国的女子作为服侍大王的侍妾,秦楚两国永结友好。楚怀王本来就鼠目寸光,又对土地垂涎三尺,就高兴地答应了张仪的请求。于是,楚国与齐国断绝了关系,又派人到秦国去接收土地。但张仪改口说是六里,楚国使臣无功而返,楚怀王一怒之下,兴兵攻打秦国,结果吃了败仗,不仅没有得到寸土,还割让了两座城池给秦。

隋朝末年,天下大乱,王世充占据洛阳有利位置,手下兵多将广。本来他可以争夺天下,但他为人处世让部属离心离德。王世充在与瓦岗军对垒时,因缺少粮食,造成人员逃亡,他便玩起阴谋,派人对瓦岗军主帅李密说,你们缺少衣物,我们缺少粮食,是不是可以相互交换呀?时值冬季,李密觉得这笔买卖合算,就答应了这样做。谁知王世充得到粮食后,军心得到稳固,就翻脸不认账。王世充战胜李密后,瓦岗诸将被迫降于王世充,使其实力大增。但他致命的弱点是喜欢开空头支票,他发誓要和部下共享富贵,实际上却使自己的亲属悉数受封,而对部下立功却紧闭府库、丝毫不赏,使部将们大为寒心和不满。后来,在王世充与唐军交战的过程中,像秦琼、程咬金、罗士信等许多著名将领都弃他投唐,使双方力量发生了变化。最后,王世充在唐军有力的攻击下败亡。

南朝齐发生过一个有趣的故事。齐太祖萧道成对名士张融的才华很欣赏,曾当面许诺让他做司徒长史,可是过了很多天,仍然没有动静。一天,张融故意骑了一匹瘦弱不堪的马上朝。齐太祖看到后问道,你是怎么喂的马,怎么如此瘦弱不堪?张融答道,我每天给它一石饲料。齐太祖很纳闷,又问,它每天吃那么多还这样瘦啊?张融回道,我答应给它一石,实际上却没给它那么多。张融离开后,齐太祖想起许诺之事,原来张融是话中有话,再说君无戏言,说了当然得兑现。于是,吩咐起草诏命。第二天,张融如愿以偿了。

与"口"有关的含有贬义的成语还有不少,如口是心非、信口雌黄、口出狂言、杀人灭口、反咬一口、口无遮拦、出口伤人、口轻舌薄、信口胡诌、蛇口蜂针、空口白话、口坠天花、人多口杂、矢口狡赖、青口白舌、面朋口友、轻言肆口、饭来张口、簧口利舌等等。"口"也是有用之物,与"口"有关的含有褒义的成语也有许多,如赞不绝口、朗朗上口、脍炙人口、心口如一、曲不离口、口若悬河、余香满口、口是心苗、众口同声、心直口快、守口如瓶、矢口不移、口吐珠玑、佛口圣心、苦口婆心、锦心绣口、口服心服、缩衣节口、脱口成章等等,其中蕴含的故事和哲理也能给人许多启示。

"口吐莲花",本是佛家用语,出自南北朝佛图澄。据《晋书·佛图澄》记载,后赵国主石勒召佛图澄,试以道术。佛图澄取钵盛水,烧香祝之。不一会儿工夫,钵中生出青莲花,光色曜目。后来,就用"口吐莲花"比喻口出妙语,说话有文采。它与"口吐珠玑"意思相近。唐代张瀛在《赠琴棋僧歌》中写道:"我尝听师说一法,波上莲花水中月。"向佛之人口中常念佛号,其意义在于表明一心向佛或信佛的立场,祈求得到佛的护佑,也是自身修行的一种方式。常念佛号可以使身心平静,去除诸般烦恼,佛教的说法还可以解除业障,使人往生西方极乐世界,不再受轮回之苦。寺庙之中,常见僧人一边念佛号,一边敲打木鱼。这敲打木鱼有个来历和说法。相传,隋唐朝时,慈航大师曾被派带两个僧徒去西天取经,历尽千辛万苦。在取经归途中,乘坐一艘木船,突然风浪大作,将船只打翻,船上的人和物全都落水。慈航大师与僧徒不顾一切在水中抢救经书,没想到游来一条大鱼竟把经书吞吃了。他们捉住鱼、拍它头,让它吐出经书,这鱼每次吐出几个字。后来,寺庙中的僧人做成木鱼,日复一日地敲打,意在要它吐字讨还经卷,敲木鱼成了佛家诵经的习惯。此外,佛家还认为,名为敲鱼,实则敲人。因为鱼是世上最勤快的动物,它每天在水中游来游去,眼睛一天到晚都是睁着的,敲木鱼就是要警醒鞭策僧众,要像鱼那样抓紧时间勤修道业,一刻也不可懈怠。在尘俗世界中,口吐莲花的故事也很精彩,例如晏子使楚、诸葛亮舌战群儒等,就是凭高超智慧和三寸不烂之舌,妙语连珠,辩得对方理屈词穷、不得不服。战国时有一位叫苏秦的人,年轻时不愿做生意,而去师从鬼谷子学习纵横之术,学成之后一时用不上,连家人也冷淡嘲笑他。苏秦在经历一番曲折后,来到了燕国,他抓住面见燕王的机会,将天下大势、战略形势、诸国态势、燕国局势分析得头头是道,说得燕王心花怒放,就让他当燕国的使臣,出使各国。在苏秦的游说下,山东六国建立了合纵盟约。苏秦为从约长,配六国相印,荣极一时。苏秦衣锦还乡时,他的家人跪在地上不敢抬头仰视。苏秦笑而问其嫂子,怎么以前你们那么傲慢,瞧不起我的所作所为,现在又变得如此恭敬呢?他嫂子不好意思地说,因为您现在地位很高,享尽富贵荣华啊。苏秦听后不禁感叹人情冷暖,他取出千金分给了父老乡亲。

"良药苦口",出自《孔子家语》中的一句话,原文是"良药苦口利于病,忠言逆耳利于行"。此话劝导人们要勇于接受批评,善于对待别人指责自己的不同意见。战国时期,商鞅在秦孝公的支持下,在秦国实施变法,使秦国综合国力显著增强。但由于变法触及上层利益,又由于严刑峻法,遭到不少人反对,宗室贵戚多有怨望。商鞅在秦为相十年,听到称颂和恭维的话很多,对潜藏在背后的危机不大在意。有一位叫赵良的策士经朋友推荐来见商鞅,他对商鞅说,能够听从不同意见的是聪明人,能够自我反省的是明白人,能够战胜自我的是强大的人。请你用这句话来总结一下自己。如今,你虽然功成名就,但对百姓漠不关心,你以严明法律为由割去了太子的老师的鼻子,你还杀了不少人,对外连年征战、不顾百姓死活,这都不是德政,而是在为自己积累怨恨,是取祸之道啊。虽然秦孝公在世没有人敢对你怎样,但一旦出现变故,你就要灾难临头了。与其这样,不如急流勇退。商鞅听不进赵良的话,依旧我行我素。结果,秦惠王即位后,曾经受商鞅迫害的公子虔趁机发难,告发商鞅谋反,秦惠王以此为由下令速捕商鞅,商鞅被逼回到封地真的谋反,后兵败而亡。

《史记·留侯世家》中记载,刘邦率军进入咸阳后,被宫中的美色珍玩吸引,忘乎所以,准备留在秦宫里尽情享乐,连军中的事也懒得去管。他的连襟樊哙劝他,他也听不进去。这个时候,张良入宫当面直谏,说清当前形势还不是纵情享乐之时,否则将有不测之祸,严厉地指出了刘邦的过失并强调:"良药苦口利于病,忠言逆耳利于行,请沛公听樊哙相劝之言。"刘邦这才有所醒悟,依依不舍离了秦宫,率军撤到咸阳郊外的灞上驻扎,并约法三章保护民众利益。这才争取了民心,有了之后的胜机。

"口诛笔伐",指从口头和书面上对坏人坏事进行揭露与声讨。690年,武则天称帝,改国号为周。为巩固其统治,她大肆排除异己,对李唐朝宗室成员进行大清洗。此举使李唐朝宗室和忠于李唐的大臣们,有的口诛笔伐,有的更是直接起兵反抗。当时,徐敬业在扬州起兵欲征讨武则天,出征前,他找来文名响亮的骆宾王,撰写讨伐檄文。骆宾王挥笔写下了《为徐敬业讨武曌檄》,在檄文中列数武则天之罪,立论严正、先声夺人,影响很大。就连武则天看到这篇檄文时,也惊问是谁写的,并叹道,有如此才华之人,怎么为叛军所用呢,这可是宰相之过呀。可见檄文的作用不可小视。历史上,类似的讨伐檄文还真不少。

东汉建安四年,官渡之战前夕,袁绍统领十余万兵马攻曹操,起兵时让"建安七子"之一的文学家陈琳起草了一篇《为袁绍檄豫州》的檄文,晓谕当时任左将军、豫州刺史的刘备,希望他与自己联合反曹。在檄文中,陈琳骂及曹门三代,特别是骂曹操"方结外奸"、"矫命称制"等,造成了不小的舆论影响。当然,一篇檄文没有骂倒曹操。袁绍官渡之战失败后,陈琳只好归顺曹操。曹操执其手笑问,你侮辱我就够了,怎么还侮辱我的祖辈呢?陈琳惶恐谢罪,曹操惜其才,居然任用他做了文书侍郎,可见曹操的心胸气度的确不凡。

三国时期的司马昭,继其父司马懿及其兄司马师之后,继续发展司马家族的势力,权倾朝野。魏帝曹髦以"司马昭之心,路人所知也"形容其野心。司马昭死后,其子司马炎篡魏自立。后来,人们用"司马昭之心,路人皆知"来说明阴谋家的野心非常明显,尽人皆知。这也算是一种口诛笔伐。

春秋时齐国有个大夫叫崔杼,因故杀死了齐庄公,立庄公弟杵臼为君,即为齐景公,他自己为右相。齐国的太史公如实记载这件事:"崔杼弑其君。"崔杼听说后大怒,杀了太史。太史的弟弟太史仲继续写下"崔杼弑其君",崔杼又杀了他。太史的另一个弟弟太史叔也如实记载,亦被崔杼杀死。太史的第三个弟弟太史季来了。崔杼对他说,你的三个哥哥都死了,你难道不怕死吗?你还是按我的要求,把庄公的死因写成是暴病而亡吧。太史季正色回答,据事直书,是史官的职责,失职求生,不如去死。你做的这件事,迟早会被大家知道的,即使我不写,也掩盖不了你的罪责,反而会成为千古笑柄。于是,继续写下"崔杼弑其君"。崔杼无奈,情知无法改变,只得放了他。太史季走出门,正遇到南史氏执简而来,南史氏以为他也被杀了,准备来继续写下这一史实。这一故事流传下来,崔杼一直成为后世口诛笔伐的反面典型。

"口"的平台真不少。口不仅指人的嘴巴,还有其他各种各样的口,如山口、路口、村口、楼口、街口、风口、河口、瓶口、关口、刀口、虎口等等。这些口都有其平台支撑,历史上也发生过许许多多的故事。

先来看看井口。"井"字始见于商朝甲骨文,井的古字形传统认为像水井周围用木料或石料围起来的栏杆,当中空为井口。西周以后,"井"字当中多出一圆点,指井中有水,也可能表示汲水用的桶或罐子。也有人认为,"井"字是商周奴隶社会时"井田制"的产物,奴隶主为了便于管理,将一里见方的土地划为形状类似"井"一样的九个区,每区约一百亩地。中间那一块,掘有水井供周围八家灌溉农田或人畜饮用。唐代韩愈在《原道》中说:"坐井而观天,曰天小者,非天小也。"意思是,坐在井底看天,以为天只有井口那么大,其实不是天小。后来,用"坐井观天"比喻眼界小、见识少。《庄子·积水》中有:"井蛙不可以语于海者,拘于虚也。""井中之蛙"也用以比喻那些见识短浅的人。

佛教中有一个寓言故事。佛对众僧说,过去迦尸国波罗奈城有五百只猕猴,一日在林中玩耍,来到一井边,猕猴主伸头朝井口一看,见井水中有一月亮,于是大声对同伴说,月亮落在井中了,我们应赶快把它捞上来,以免世间长夜暗冥。然后,猴主捉住树枝,众猴一个连接一个从井口下去,要捞井中的月亮,没想到树弱枝折,群猴都掉进井水里了。佛陀以此故事喻那些自以为是、分不清是非虚实、害己害人的外道邪师。后用此比喻追求虚幻的事物,枉费心机。

中国古代有一句俗语,叫作"瓦罐不离井口破,将军难免阵前亡"。相传,战国时期,楚王想聘陈仲子为相,派去的使者看到他正在浇菜园,便说,我看你浇灌的蔬菜长得很茂盛,等你将来治理楚国,楚国一定会兴旺发达。陈仲子说,我为人家浇园,常担心蔬菜缺水,不浇则旱,常浇水则瓦罐就离不开井。蔬菜茂盛了,但瓦罐早晚要在井口碰碎。我若治楚,楚国百姓便是这蔬菜,而楚王就是井。我怕是逃脱不了瓦罐那样的命运,因此,还是不接受聘任为好。后来,人们用此语形容常处险要之地,难免遇到危险或失败。

中国历史文化中,有不少名井的传说故事。汉代卓文君和司马相如两情相悦,先是私奔到成都,因生活无以为继,又返回卓文君的故乡临邛。为了能让司马相如安心读书,卓文君放下身段,开设酒肆。当年二人取水做酒的那口井,被后人称为文君井。

在湖北兴山昭君故里,有一口昭君井,又称楠木井。相传,此井为昭君当年汲水之处。原先井中水量较少,稍旱即枯,昭君出世后,井水陡增、澄碧清亮,村人纷传是昭君出世惊动黄帝,令黄龙搬来龙水所致。后昭君之母梦到黄龙将飞离,井水就要干涸,村人即从山上采来楠木,嵌于井口,锁住了龙头,使井水丰裕、长年不竭,楠木井因此扬名。

在成都望江楼公园内,有一口水井名为薛涛井。此井原名玉女津,是为纪念中唐著名女诗人薛涛曾在这里生活并取浣溪水造薛涛笺而开掘。明朝蜀藩王每年三月三日,汲此井水仿造薛涛笺,由此得名。明代大才子杨慎有诗云:"重露桃花薛涛井,轻风杨柳文君垆。"

在湖南洞庭湖畔的君山岛上,有一口柳毅井,相传是洞庭龙宫的入口。唐朝时,书生柳毅赴京应考落第,归经泾阳,偶遇下嫁泾阳君的洞庭龙女在此落难牧羊。柳毅受龙女之托代为传书,即从此井口下到龙宫,见到龙君后告诉龙女之苦,后龙女被救出,又与柳毅成亲。如今,此井尚存。

在杭州西子湖畔,有一座风波亭,风波亭旁有一口银瓶井,又称孝女井,后人为纪念岳飞次女岳银瓶而设立。当年岳飞蒙冤入狱后,年仅十三岁的岳银瓶与姐姐一起写下感人肺腑的千字血书,递给宋高宗赵构,替父亲鸣冤,但这封血书久无回音。后来,得知父亲被害的噩耗后,岳银瓶悲痛万分,投井而死。今人如到西湖游览,还能见到此井。

在北京故宫宁泰宫北端的贞顺门内,有一口珍妃井。清光绪帝大婚后,与慈禧太后亲侄女隆裕皇后的感情疏远,却与珍妃感情深厚。珍妃在政治上同情并支持光绪帝的变法行为,因而遭到慈禧太后的忌恨。八国联军攻打京城时,慈禧太后与光绪帝仓皇而逃。临行时,慈禧太后命太监将幽禁的珍妃推入井中溺死,因而此井得名珍妃井。

在安徽亳州,有一种名酒叫古井贡酒。相传,南北朝时,在亳州的减店集,人们发现一口古井,井水清洌甜美,用此井水酿酒、泡茶,回味无穷。有位将军因作战失利,临死前将所用的兵器投入井中。此后,井水更清更淳更甜,所酿之酒十里飘香,人们称之为"天下名井"。据史书记载,古井贡酒的前身是"九酝春酒",为曹操令手下人酿造。曹操曾以此酒献给汉献帝刘协品尝,献帝尝后大加赞赏,遂将此酒作为宫廷用酒。明万历帝饮了此酒后,连连叫好,遂钦定此酒为贡品,命其年年进贡,"贡酒"之名由此而得。古井贡酒作为名酒之一,至今仍被人们喜爱。

渡口,是指水流两岸有船或筏子摆渡的地方。古时有许多著名渡口,亦发生不少故事。《吕氏春秋·察今》中说到一个"刻舟求剑"的寓言故事。战国时,有个楚国人坐船渡江,船到江心,剑不小心滑落江中,他掏出一把小刀,在船舷上刻上记号,并对船上人说,这是我的剑落水的地方。船到对岸渡口后,他立即在船上刻有记号的地方下水捞剑,却始终不见剑的影子。其他人提醒道,船一直在行进,而你的宝剑却沉入水底,不会随船移动,你又怎能找得到你的剑呢?后用此成语比喻死守教条、拘泥成法、固执不知变通的人。

位于山西永济的蒲津渡是历史上著名的古渡口,《西厢记》故事发生地普救寺、古代四大名楼之一的鹳雀楼都在渡口附近。蒲津渡口曾有一座浮桥,用八头铁铸的牛来固定它,一头铁牛重达数万斤。有一年河水暴涨,冲断了浮桥,铁牛也沉到了河底。洪水退却后,官府派水性好的人下水探摸铁牛,探摸者往下游搜寻数里均未发现。有个名叫怀丙的和尚告诉他们,应往上游找铁牛,探摸者不解。怀丙说,铁牛沉到河底后,河水冲到铁牛就会分流,将上方泥土冲走形成凹坑,铁牛随向凹坑倒去,如此反复,铁牛会在上游数里处。探摸者按其说法,果然找到水下铁牛。为了将铁牛打捞上来,怀丙又让人们用两只大船装满泥土,待靠近铁牛后,把铁牛系到船上,用大木头做成秤钩的形状钩住它,再卸去船上泥土,船往上浮的同时将铁牛拖上来。这就是历史上有名的怀丙捞牛故事。

在山西运城芮城西部,还有一个著名的古渡口叫风陵渡,它位于晋、陕、豫三省交界的黄河大拐弯处,自古就是交通要塞。风陵渡的由来,有两个传说。一说是黄帝和蚩尤战于涿鹿之野,蚩尤作大雾,黄帝部落的军士们迷失了方向。正在情形危急时,黄帝的一位名叫风后的臣子及时赶到,献上他制作的指南车,给大军指明方向、摆脱困境,终于战胜蚩尤。风后却在作战中阵亡,黄帝命将风后埋葬于此,后来建有风后陵,这里的渡口后称风陵渡。另一说是女娲娘娘为风姓,她的陵墓称风陵,就在渡口附近,因而渡口称风陵渡。

春秋时期,楚平王听信谗言,杀了伍子胥父兄,又悬重赏捉拿伍子胥。伍子胥混过昭关后奔吴,来到芦漪渡口,即后来的芦洲渡,见江水滔滔,不能得渡。正在着急时,江中出现一摇船渔翁,口中唱着歌谣,暗示伍子胥待太阳落山时等在芦苇丛中,会渡他过河。伍子胥如约顺利过河,上岸后,他交代渔翁说,请你务必不要走漏消息、让追兵得知。伍子胥说完向前走了几步,突然觉得身后有异常响声,回头一看,渔翁已将船弄翻,连人带船沉入茫茫江水中。渔翁以此方式告知伍子胥不用担心,伍子胥感动不已,芦洲渡也因此闻名。

在扬州京杭大运河下游与长江交汇处,有一处古渡口叫瓜洲渡口。瓜洲瞰京口,接建康,际沧海,襟大江,历来都是文人墨客、商贾游士的汇聚之地,也是古代战争双方必争之地。瓜洲古渡,有许多历史典故,镇江金山寺、北固山与它隔江相望,杜十娘怒沉百宝箱的故事就发生于此;张若虚在此附近写下了千古名篇《春江花月夜》;唐代鉴真大师从瓜洲起航,东渡日本,传法布道,交流中华文化;清康熙、乾隆二帝数下江南,都在瓜洲驻跸。唐代诗人白居易有诗:"泗水流,汴水流,流到瓜洲古渡头,吴山点点愁。恨到归时方始休,月明人倚楼。"北宋王安石《泊船瓜洲》诗曰:"京口瓜洲一水间,钟山只隔数重山。春风又绿江南岸,明月何时照我还?"南宋陆游写有"楼船夜雪瓜洲渡,铁马秋风大散关"的诗句,表达壮志未酬的情怀。

民间四大爱情传说故事之一的《白蛇传》中,说到白素贞与许仙在西湖断桥相遇,成就了一段美好的爱情佳话。断桥位于白堤东首,古时这里是从郊外入城的一个渡口。白素贞和小青在此乘船,恰与许仙同舟而行,后有了遇雨借伞、还伞等情节的演绎。

太平天国后期,翼王石达开率部十余万,来到大渡河畔的紫打地,即今安顺场,准备寻找渡口进入四川。在这里,遇河水猛涨,渡河困难,又遭到清军前堵后截,粮草尽毁、人心失散,最终,石达开陷入绝境、全军覆没,留下了历史慷慨悲歌。

窗口,本是房间采光和空气流通的重要构件。古时女子常通过窗口窥视外面光景,这就留下了不少故事。古典小说《水浒传》中,写到山东郓城一个有名的歌伎叫阎婆惜,其母因势利将她送给宋江当外宅,也就是非婚同居关系。宋江是个对男女之情不太上心之人,阎婆惜寂寞难耐,与府衙内一个文书小吏张文远勾搭上了,后就是通过窗口传递信息。只要阎婆惜在窗口挂上汗巾,张文远看到即知可以上楼相会;窗口无汗巾,则说明有人在、不方便。就这样,让宋江戴了顶"绿帽子"。后来,宋江因醉酒说到梁山之事,又露出与梁山互通之信件,阎婆惜威胁告官,宋江一怒之下杀了阎婆惜。书中写到西门庆与潘金莲的偷情也是始于一扇窗口。那日西门庆正在街上游荡,潘金莲开窗晾衣,晾衣竿不慎坠落,差一点砸了西门庆的头。西门庆正要发作,却见窗口处是一个花容月貌的美人,顿起勾搭之心。后通过潘金莲对门的王婆从中撮合,两人干柴烈火碰到了一起,为求做长久夫妻,用砒霜毒死了武大郎。好汉武松为报兄仇,寻到狮子楼与西门庆打斗中,将他从窗口踢落地下,一刀杀死。西门庆真乃淫心起于窗口,最后也命丧于窗口。

古时窗口常有东窗、西窗之分。在五行说中,东方为尊,东窗之屋一般是家中尊长所居;西窗之屋一般是晚辈或客人所居,也作为书房使用。唐代诗人李商隐在外地思念远方的妻子,写有《夜雨寄北》一诗:"君问归期未有期,巴山夜雨涨秋池。何当共剪西窗烛,却话巴山夜雨时。"这里的"西窗"即有书房之意。元代《钱塘遗事》中记载,南宋大奸臣秦桧欲杀岳飞,就在东窗口下与其妻王氏密谋,王氏说擒虎容易放虎难啊,秦桧听后下了决心。后来,秦桧游西湖时在船中得病,不久就死了,他的儿子也死了。王氏思念他们,就请方士作法,王氏见到他们戴着铁枷,备受诸苦。秦桧说:"请转告夫人,东窗事发矣。"后来,用此词比喻阴谋已败露。正因为此,后来人们忌用"东窗"一词。

  古时用"寒窗苦读"形容在艰苦环境下勤奋学习。皖南地区的学子们在古私塾读书,课堂两旁侧门上方开了两个窗口,称之为"寒窗"。这个寒窗的窗花恰似一块砖头砸碎的冰,裂纹四散,冰裂纹窗即为寒窗。此外,寒窗在冬季通寒风,能让学子们保持清醒、奋发上进,不要在安乐中享受。"十年寒窗无人问,一举成名天下知",反映了若要成名必经艰辛努力的深切含义。

  在四川乐山,岷江、青衣江、大渡河三江汇流口处,有一尊大佛举世闻名。大佛雕凿在岷江南岸凌云山栖霞峰临江峭壁上,是唐朝摩崖造像中的艺术精品之一,是世界上最大的石刻弥勒佛坐像。相传,唐朝一位高僧名海通,见三江汇流口处水势湍急,经常有船只倾覆,为减缓水势、普度众生,海通和尚于唐玄宗开元初年发起倡议,召集人力、物力,开始雕凿佛像。海通圆寂后,他的弟子接手修筑。直至唐德宗贞元十九年,终于完工,前后历时九十年。此地被诗人誉为"山是一尊佛,佛是一座山"。大佛修成后,雕凿的山石填入汇流口处的河床,确实起到了减缓水势的功效,当然,也有人附加神奇色彩,说是大佛显灵保佑的结果。

  在五代十国时的四川灌江口,即今都江堰,有一座二王庙,主殿供奉三眼二郎神。二郎神的身世有多种传说,流传较广的是说他本是秦蜀郡守李冰的第二个儿子,曾协助父亲修筑都江堰,百姓们为纪念李冰父子二人,故设二王庙,二郎神世称灌口二郎。在《封神演义》《西游记》等古典小说中,二郎神即杨戬,他力大无穷,能有七十二变,手持三尖两刃枪,座下有神兽哮天犬,额间有第三只神眼。这只神眼是立着的,寓意是上天的眼睛,只要睁开则邪恶无法可逃,它来源于古蜀王蚕丛,是古蜀"崇目"信仰文化的形象标志。杨戬降伏妖魔鬼怪,其主要神职是司水,避水患。在《西游记》中,他与孙悟空有过较量。在《劈山救母》中,他成了沉香的舅舅,并演绎了曲折离奇的《宝莲灯》故事。

在山东烟台境内,有一地称作龙口,古时两河或多条河流交汇处往往以此称呼。据说龙口的来历与蜃龙有关。蜃栖息在海岸或大河的河口,模样很像蛟。蜃口中吐出的气可以幻化成各种各样的影像,大多为富丽堂皇的亭台楼阁,即海市蜃楼。龙口海域正是海市蜃楼的多发地,因而这里被称为龙口。龙口古时又被称为黄县,东莱黄县人才辈出,秦朝为秦始皇渡海寻求仙药的徐福、《三国演义》中武艺高强的大将太史慈等就是黄县人氏。东汉名臣杨震曾任东莱太守,并留下了"天知、地知、我知、你知"的拒收重金典故。

在安徽含山和无为境内,分别有濡须山和七宝山,两山之间是巢湖通往长江的出口,古称濡须口。这里两山对峙、形势险要,为兵家必争之地。三国时期,吴军于濡须水口筑坞,即为濡须坞。吴军凭借此坞与曹军发生两次濡须口之战,曹军均无功而返。明初,朱元璋曾在这里获巢湖水军相助,实力大为增强,后一举夺得南京。清朝名臣曾国藩与太平军交战时,也在这里操练过水军。濡须口有一个传说故事。水口之处有一条大船,水浅时就露出来。曾经有一个渔夫把自己的小船系在这条大船上,夜间听见大船上传来吹奏竽笛、弹拨丝弦及女子唱歌之声,还有酒香飘来。渔夫在睡梦中想看一看,便有人驱赶他说,别靠近丞相官船。原来,这是曹操载歌妓行乐的沉船。这一故事在《搜神记》中有记载。

在南京长江北面,有一地名叫浦口,自古有"金陵天然屏障"之称。浦是濒临水边的地方,口是出入水口或渡口。古时长江之水流经此地,后因水流改道,地貌发生变化。浦口历史悠久,西周时就有文字记载,春秋战国时为楚国属地,楚汉相争后期项羽经垓下之战曾败走浦口至乌江自刎而死,在浦口遗留了瓢儿井、点将台、失姬桥、晾甲庙、霸王鞭、驻马河等数十处古迹。隋朝时,杨广奉其父文帝之命,起兵伐陈,曾在浦口围筑军营,后来军营称之为"晋王城"。在这片土地上,还留下了达摩一苇渡江、王献之与桃叶渡、韩世忠点将台等人文典故,读之脍炙人口,令人浮想联翩。

关于"口"及其平台的故事难以尽述,它们各有各的传说。例如黄梅戏《天仙配》中,七仙女私自下凡,扮作村姑站在路口,堵住前往傅家湾打工的董永,两人互通身世和"伤心事",后在土地神与槐荫树的见证下结为夫妻。剧情引人入胜,久演不衰。像谷口、城口、村口、楼口、台口、火山口、三岔口、菜市口等,背后都潜藏着一大堆故事,有兴趣的读者可以自觅其踪。

"口"的组字意蕴深。以"口"字作偏旁部首,可以组成许多新的汉字,从新字的字意中,我们能领略中国历史文化的无穷魅力。

先来看看"听"字。听的本义是用耳朵接受声音。之所以用"口"作偏旁,是因为耳朵正常听音当有孔或口之故。听,也有听从、接受、治理、判断、听凭、任凭等意。《列子·汤问》中有一个"高山流水"的典故,说的是春秋时期,有一位叫俞伯牙的人擅于弹奏古琴。有一次,俞伯牙在汉阳龟山之北游览时,突然遇到暴雨,只好滞留在岩石之下,他心中寂寞忧伤,便拿出随身携带的古琴弹奏起来。这时,正在附近避雨的一位砍柴人钟子期,听到伯牙的琴声,情不自禁叫好。俞伯牙听到有人赞赏,便和他示意,接着又弹奏起来。伯牙凝神于高山,赋意在琴曲之中。钟子期听后频频点头说,好啊,巍巍峨峨,真像是一座高峻无比的山啊。伯牙又沉思于流水,隐情在旋律之外。钟子期听后,又在一旁拍手赞道,妙啊,浩浩荡荡,就如同江河奔流一样啊。伯牙每奏一曲,钟子期都能完全听懂此曲的意旨和情思,这使得伯牙非常高兴。他放下琴,叹息着说,好啊,好啊!你的听音、辨向、明义的功夫实在是太高明了,你所说的与我心里想的真是完全一样,我的琴声怎能逃过你的耳朵呢?于是,二人结为知音,并约好第二年再在此相会论琴。第二年,伯牙如约而至,却得知钟子期不久前得病去世了。伯牙的痛惜伤感、悲戚之情难以用语言表达,他毅然摔碎自己随身而带的古琴,从此不再抚弦弹奏,以谢平生难得的知音。

在汉语词汇中,有一个词叫"帘窥壁听",指隔着帘子或墙壁窃听与偷看。《三国演义》中有"蔡夫人隔屏听密语"的情节,说的是刘备到荆州投刘表。有一次,刘备从新野到襄阳对刘表说,现在曹操率兵马北征,许都空虚,如果点起荆襄兵马,借机袭击许都,大事就成了。刘表认为,他坐镇荆襄、拥有九郡就足够了,岂能再有别的打算!接着,刘表请刘备到后堂饮酒,酒喝到一半,刘表长叹一声,欲说家务事。这时,蔡夫人从屏风后面出来,刘表就低头不语。酒席之后,刘备回到新野。忽然有一天,刘表派人来请刘备,后堂饮宴时,刘表对未听刘备之言突袭许都感到后悔,担心曹操腾出手来有吞并荆襄之心。刘备则相劝说,机会总还是有的。酒喝到兴头上,刘表忽然流下泪来。刘备忙问其故。刘表便说,我的心事,之前想对兄弟说,可是不方便,现在说与你听。我前妻陈氏所生长子刘琦性格柔弱,怕是不能够建功立业。而后妻蔡氏所生少子刘琮非常聪明,我想废长立幼,可怕有碍礼法,但若立长子,怎奈蔡氏宗族人掌握着军权,以后必然发生祸乱,因此委决不下。刘备说,自古废长立幼是招惹祸乱之道,如担心蔡氏宗族权重,可慢慢削弱他们。这一番谈话,被躲在屏风后的蔡夫人听到,她心里恨透了刘备,起了暗害刘备之心。她先让刘表除掉刘备,一计不成,又让蔡氏兄弟直接动手,幸好刘备侥幸逃脱。

历史上,有多起"垂帘听政"故事,指即位国君年纪幼小时,可以由国君的母亲辅政,但因为古时官员不得直接观看和接触太后,所以太后理政时要在厅堂与房间之间挂一道帘子,太后一般坐在帘后听官员禀报政务。"垂帘听政"始于汉朝吕后。南北朝时期北魏冯太后也曾临朝称制。唐朝武则天以太后临朝后干脆废唐建周,自己做了皇帝。宋朝也有多位皇太后曾临朝称制。清朝慈禧太后"垂帘听政"更是大权独揽,她前后共掌握朝政达四十七年之久,不过,也是她将清王朝带上了覆亡的命运,"垂帘听政"自然就寿终正寝。

再来看看"叶"字。叶的本义是植物的营养器官之一,如树叶、菜叶等。甲骨文中的"叶"字是个象形字,是在木的枝杈上画了三片叶子,以后写成"葉"字,"葉"字简化为"叶"字是谐音借字简化的结果。据史籍记载,"叶"字作为姓氏出自黄帝之孙、五帝之一的颛顼的后裔,颛顼后人沈诸梁被封在叶地,即今河南叶县境内,其子孙以封邑为氏。

汉刘向的《新序·杂事》中有个"叶公好龙"的典故,这个叶公就是沈诸梁,名子高,他是春秋时楚国的贵族。叶公喜欢龙,衣带钩、酒器上都刻着龙,居室里雕镂装饰的也是龙。天上的真龙知道后,便从天上降到叶公家里,龙头搭在窗台上探望,龙尾伸到厅堂里。叶公见到真龙,吓得魂飞魄散,转身就逃。由此看来,叶公并不真的喜欢龙,他只不过喜欢那些像龙的东西而已。后来,用此典故比喻自称爱好某种事物,实际上并不是真正爱好,甚至是惧怕、反感。

在汉语成语中,有个"一叶障目"的典故,说的是楚地一位书生,整天想入非非。有一天,他读《淮南子》时,看到"螳螂捕蝉"这个故事,说螳螂抓捕蝉的时候,会事先躲在一片叶子后面不让蝉发现。书生就想模仿螳螂的做法,他来到树林中,好不容易寻找到一只躲避在树叶之后的螳螂,赶忙上前欲摘那片叶子,突然失手,叶子掉在一堆落叶之中。书生无法辨识原先那片树叶,只好将树叶全部带回家。他用一片树叶遮挡在眼前,问妻子能否看到他,妻子说可以看到。于是,他又拿起另一片树叶再问,就这样,反复试问。妻子终于不耐烦地说,看不到了。书生心中大喜,认为终于找到了这片树叶。他拿着这片树叶前往集市,一手用树叶遮住自己的眼睛,一手去拿商贩的财物,商贩发现后将他扭送到官府。后来,出现了"一叶障目,不见泰山"一词,比喻目光为眼前细小事物所遮蔽,看不到远处和大处。与此成语意义不同的是另一个成语"一叶知秋",意思是从一片树叶的凋落就知道秋天的到来,比喻通过个别细微的迹象,可以看到整个形势的发展走向与结果。有一个"蕉叶覆鹿"的典故,说的是春秋时期,郑国有个砍柴人打死了一只鹿,怕被别人看见,就把鹿藏在坑中、盖上蕉叶。后来,他来取鹿时,忘了所藏的地方,就以为是一场梦。后人用"蕉叶覆鹿"比喻得失荣辱如梦幻一般。在《红楼梦》中,林黛玉就以此典故取笑探春。

史书记载,唐朝年间,整日闭锁深宫中的宫女们,用题诗红叶的方式,抛于宫中流水,寄怀幽情、消遣寂寞。这里流传着一个奇特姻缘的故事。唐僖宗时,一个深秋季节,有一位叫于佑的书生来到御河岸边漫步。他发现不远处水面上漂来一片又大又红的树叶,叶面上似乎还有墨迹。他好奇地将红叶捞起,果然见叶上有四句题诗:"流水何太急,深宫尽日闲。殷勤谢红叶,好去到人间。"于佑把红叶带回住处后放在书箱中珍藏,过了几天,他找到一片类似的红叶,也在上面题了二句诗:"曾闻叶上题红怨,叶上题诗寄与谁?"他将红叶放在御河上游的流水中,见红叶漂流进宫城。后来,于佑参加科考没能得中,就投奔河中府权贵韩咏府上做文案之事。几年后,韩咏对于佑说,皇宫之中有一批年龄渐大的宫女被放逐出来,随其各自嫁人。我的族中有一韩氏宫女也被放出,我看你与她年龄相仿,不如将她嫁与你,你看怎样呀?于佑说,我一个穷书生得恩公厚爱,当听恩公安排。于是,韩咏吩咐手下安排嫁娶礼仪,让他们二人完婚。婚后,韩氏在于佑书籍中发现了那片红叶,十分惊异,对于佑说是她所题,并说自己也曾得到一片题诗红叶,取出给于佑一看,正是他所题。两人手握两片红叶,感慨万千,泪如雨下。这段红叶题诗佳话也流传下来。

"唱",本义是依据一定的音律发声,引申为歌曲。远古时期,人类会用声音的高低强弱来表达情感和意思,在这一点上,动物界亦是如此。在长期的劳动生活中,为了能够使一些劳作有力协作配合,产生了一种节奏鲜明的呼喊声,以此逐渐发展成"号子"。当社会阶层出现分化、贵族阶层需要进行娱乐和祭祀活动时,歌唱的形式应运而生。《尚书·虞书·舜典》中有"诗言志,歌永言,声依永,律和声"之句,意思是说诗是表达思想感情的,歌是用语言把这种思想感情咏唱出来,歌声要合乎音律,各类乐器奏出的旋律要和谐。《毛诗序》进一步指出:"诗者,志之所之也。在心为志,发言为诗。情动于中而形于言,言之不足故嗟叹之,嗟叹之不足故永歌之,永歌之不足,不知手之舞之,足之蹈之也。"说明诗、歌、舞本为同源,它们相互补充,用来表达人们的情怀、志向和思想感情等。

唐玄宗时,李龟年、李彭年、李鹤年兄弟三人都有文艺天分,李彭年善舞,李龟年、李鹤年则善歌,李龟年还长于演奏、作曲等。他们创作的《渭州曲》特别受到唐玄宗的赏识。京城王公贵族经常请他们去演唱,每次都给予丰厚的赏赐。安史之乱后,李龟年流落到江南,每遇良辰美景便演唱几曲,常令听者泫然而泣。有一次,李龟年与杜甫相遇,杜甫抚今追昔,感慨万千,写下了《江南逢李龟年》一诗:"岐王宅里寻常见,崔九堂前几度闻。正是江南好风景,落花时节又逢君。"

李龟年后来在湖南湘中受访使举办的宴会上先唱了王维的五言诗《相思》，又唱了王维的另一首诗《伊川歌》："清风明月若相思，荡子从戎十载余。征人去日殷勤嘱，归燕来时数附书。"表达了希望唐玄宗南幸的心愿。他唱完后突然昏倒，四天后才苏醒过来，最终郁郁而死。

相传，唐代诗人白居易在江南为官时，养了一批歌姬，其中有个叫樊素的女子特别善唱，有个叫杨柳的女子特别善舞，白居易就写诗"樱桃樊素口，杨柳小蛮腰"形容她俩，与两人建立了深厚感情。白居易年老辞官归乡时，她俩仍不舍离去。

北宋著名词人柳永，少时文才出众，后进京科举不第，他便流寓江淮，沉醉于听歌买笑的浪漫生活之中，经常为歌女们写唱词，还与歌女虫娘产生了浪漫感情，著名的《雨霖铃·寒蝉凄切》一词，就是与虫娘离别而作。柳永直到五十岁，才在宋仁宗所开恩科考试中及第，授睦州团练推官，之后当过余杭县令等，后以屯田员外郎致仕。柳永是两宋词坛创作词调最多的词人，其词多以描写市民阶层男女之间的感情和描写都市生活、市井风光为主，雅俗并陈，很受人们喜爱，当时歌女们都以能唱柳郎所写之词为荣。

历代与唱有关的诗词很多，如唐刘禹锡的《竹枝词》："杨柳青青江水平，闻郎江上唱歌声。东边日出西边雨，道是无晴却有晴。"刘禹锡另一首《杨柳枝词》写道："塞北梅花羌笛吹，淮南桂树小山词。请君莫奏前朝曲，听唱新翻杨柳枝。"唐代诗人杜牧曾作《泊秦淮》一诗："烟笼寒水月笼沙，夜泊秦淮近酒家。商女不知亡国恨，隔江犹唱《后庭花》。"宋代林升《题临安邸》诗曰："山外青山楼外楼，西湖歌舞几时休？暖风熏得游人醉，直把杭州作汴州。"这些诗中都含有较深的文化和历史意蕴，读来引发人们思考。

"吹"，是指空气流动，触动物体；或是合拢嘴唇用力呼气；也有吹气演奏的意思;夸海口,说大话也可用吹。含"吹"字的古诗词真不少,如白居易的"风吹仙袂飘飘举,犹似霓裳羽衣舞",陆游的"夜阑卧听风吹雨,铁马冰河入梦来",志南的"沾衣欲湿杏花雨,吹面不寒杨柳风",高适的"千里黄云白日曛,北风吹雁雪纷纷",李白的"黄鹤楼中吹玉笛,江城五月落梅花",黄庭坚的"骑牛远远过前村,短笛横吹隔陇闻"等。五代的冯延巳《谒金门》一词中有"风乍起,吹皱一池春水"的名句,历代文人对此词意评价甚高。

　　吹鼓手,原指婚丧礼仪中吹打乐器的人,后来用以比喻专为别人捧场的人。相传,孔子父亲去世后,他的母亲因是后娶被赶出家门,孔子随母亲生活,母亲夜以继日织布,孝顺的孔子不忍心母亲辛苦,便与几个朋友一起当了为人过世治丧的吹鼓手,酬劳是"干肉"一块,他舍不得吃就将"干肉"拿回家孝敬母亲。吹鼓手的祖师爷是春秋时期著名乐师师旷。师旷是个盲人,一说他生而无目;另一说是他为集中精力辨音,竟用绣花针刺瞎自己的眼睛。他博学多闻,尤精音乐,有很高的艺术造诣,他的政治智慧与善辩口才也不同凡响。有一个"炳烛而学"的典故。晋平公向师旷问询道,我年纪七十了,想学习,恐怕晚了。师旷说,为什么不点燃蜡烛学习呢?晋平公说,哪有做臣子的敢戏弄他的君王的呢?师旷说,我一个盲人怎么敢戏弄您呢?我听说,年轻时喜欢学习,好像初升太阳的阳光;壮年时喜欢学习,好像日中的阳光;老年时喜欢学习,好像点燃蜡烛的光亮。有了蜡烛的光亮,与在无光下黑暗中行走,哪一个更好呢?晋平公说,你说得好啊!

　　在人们的口头禅中,常用"吹牛皮"一语。古时黄河上游一带水急浪恶、难以行舟,为此,当地人用牛皮、羊皮制成渡河的筏子,它是由几个形状像袋子的牛皮口袋连接而成,使用时用嘴将皮筏吹起来,于是有了"吹牛皮"之说。吹牛皮需要有足够的力气,光喊空话是吹不起来的。之后,就用此语形容本事不够而说大话的行为。人们评说,历史上的刘邦是个吹牛大王。刘邦游手好闲、无所事事时,偶然一次看到秦始皇出游,就脱口而出,大丈夫就应当如此。他当上亭长后,一次,沛县县令的好友吕公带着家人来投奔县令,吕公为获取人缘就大摆酒席,县里有头脸的人物看在县令的面子上纷纷前来,并送上贺礼,而礼金不满千金者只能靠边座。刘邦得知后,空着手大大咧咧走到吕公家,在名帖上赫然写上"贺金一万",然后气宇轩昂赴厅堂。吕公一听有人送这么贵重的贺礼,亲自热情接待,他略懂相面术,又见刘邦侃侃而谈,心知是大贵之相,不仅不计较贺金真假,还许诺将女儿许配与刘邦。后来,刘邦还吹嘘自己是赤帝之子,是他路上斩了白帝之子。更离奇的是,他说自己出生之前,有一天母亲在河边休息时,梦里与神仙交合,而刘邦的父亲从远处看到妻子身上缠绕了一条蛟龙。之后,母亲受孕而生刘邦。似这样的话如不是出自本人之口,外人岂能得知,就是太史公也不敢胡乱撰写。

关于"吹"字,还有不少典故。"吹箫吴市",说的是春秋时楚国的伍子胥逃至吴国后,一开始投靠无门,只好在街市上吹箫乞食,等待与贵人相遇的机会。"吹箫引凤",说的是秦穆公之女弄玉在凤楼上吹笙,与善于吹箫的萧史结成伉俪,后两人乘龙骑凤飞翔而去的故事。"邻家吹笛",说的是三国时曹魏嵇康、吕安被司马昭杀害后,好友经过嵇康旧居,听到邻人的笛声,怀念亡友,写了一篇《思旧赋》,为亡友哀叹。"吹气如兰",说的是战国时楚宋玉写作《神女赋》,其中有"陈嘉辞而云对兮,吐芬芳其若兰"之句,后用"吹气如兰"形容美女的气息芳香袭人,也形容文辞华丽、有韵味。

"台",基本义是平而高的建筑物;高出地面便于讲话或表演的设备,或某些器物的座子亦称台;像台的东西、桌子或类似桌子的器物也常用台表示。历史上,有许多著名的亭台楼阁,正如唐杜牧在《江南春》一诗中所写:"千里莺啼绿映红,水村山郭酒旗风。南朝四百八十寺,多少楼台烟雨中。"

鹿台,由商纣王所建。建此台,一是为积累享受的物资,二是讨妲己欢心。相传,纣王起初命姜尚监修,姜尚据理劝谏阻止筑台。纣王欲杀他,姜尚遂投奔于周。纣王又命心腹之臣崇侯虎监修,聚全国之力,用了七年时间,建造了宫廷楼榭数百间,并立高台。纣王携妲己在鹿台上设酒池肉林,纵情玩乐,残害贤良和百姓。周武王伐纣,纣王兵败后,登鹿台"蒙衣其珠玉,自燔于火而死",鹿台也化为灰烬。

位于河北邯郸的丛台,始建于战国赵武灵王时期,因这里楼台众多、高台丛立,故命名丛台。赵武灵王实行胡服骑射,丛台是操练和检阅军队及观赏歌舞之地。

兰台,最早为战国时楚国的台名,其上建有宫殿。汉朝皇宫内建有藏书之室,作为中央档案典籍库,称为兰台,由御史中丞管辖,置兰台令史,史官在此修史。后人从此引申,宫廷内的典籍收藏府库、御史台和史官都曾被称为兰台。唐代诗人李商隐曾任秘书省校书郎,他在《无题》诗中写有:"嗟余听鼓应官去,走马兰台类转蓬。"意思是,玩得正开心时,却要听鼓去官署应卯,骑马去兰台履职,身子有如蓬草般飞转。

姑苏台又名姑胥台,在苏州城外西南隅的姑苏山上。它始建于吴王阖闾,后经夫差续建,前后历时五年而成。建筑规模宏大,装饰极为华丽,耗资也很巨大,它是专供吴王逍遥享乐之所。后人常以姑苏台入诗,讥讽统治阶层的奢侈腐败。李白《乌栖曲》中写道:"姑苏台上乌栖时,吴王宫里醉西施。"李白另有一诗曰:"风动荷花水殿香,姑苏台上宴吴王。"《汉书·伍被传》中有个"鹿走苏台"的典故。西汉时,淮南王刘安想当皇帝,在宫中召见伍被商议其事,封伍被为将军。伍被说,大王怎么说出亡国之言呢?以前伍子胥劝谏吴王,吴王不听,他就说,我见到麋鹿在姑苏台漫游了。我今天也将见到王宫中荆棘丛生,露水打湿衣服也。刘安不听伍被劝阻,结果叛乱失败。后以此比喻国家败亡、宫殿荒废。

铜雀台,位于河北临漳县境内。这里古称邺,曹操击败袁绍后营建邺都,修建了铜雀、金虎、冰井三台。铜雀台为三台之主台,为曹操与文人骚客宴饮赋诗,以及与姬妾宫女歌舞欢乐之所,曹植曾于此作《登台赋》。《三国演义》中,诸葛亮故意说铜雀台是为大乔、小乔而建的,以此激怒周瑜,坚定抗曹决心。唐代诗人杜牧在《赤壁》一诗中写道:"折戟沉沙铁未销,自将磨洗认前朝。东风不与周郎便,铜雀春深锁二乔。"

郁孤台,位于赣州西北的贺兰山顶,因山势高阜、郁然孤峙而得名。它始建于唐朝,历代名人在这里留下过不少诗词,尤以南宋辛弃疾在赣州任职时所写的《菩萨蛮·书江西造口壁》最为著名,词曰:"郁孤台下清江水,中间多少行人泪。西北望长安,可怜无数山。青山遮不住,毕竟东流去。江晚正愁余,山深闻鹧鸪。"南宋文天祥任赣州知州时也有《题郁孤台》一诗:"城郭春色阔,楼台昼影迟。并天浮雪界,盖海出云旗。风雨十年梦,江湖万里思。倚栏时北顾,空翠湿朝曦。"以此表达忧国忧民之情怀。

说了这么多"台",还有李白的《上阳台帖》值得一提。李白于开元十二年(724年)出蜀游三峡,至江陵遇道士司马承祯,得到司马承祯赞赏。后唐玄宗命司马承祯在王屋山建立道观,并题写匾额,即为阳台观。天宝三载(744年),李白与杜甫、高适等诗友同游王屋山阳台观,并来此寻访司马承祯,没想到司马承祯已经仙逝。李白不见其人、唯睹其画,故有感而书《上阳台帖》:"山高水长,物象千万,非有老笔,清壮可穷。十八日,上阳台书,太白。"这首四言诗既概括了王屋山高耸峻拔之势和源远流长之水,亦通过赞颂司马承祯的画作,表达对他的仰慕之情。全卷苍劲雄浑而又气势飘逸,用笔纵放自如、快健流畅,一如李白豪放、俊逸的诗风。这是李白唯一传世的书法真迹,堪称稀世珍宝,现收藏于北京故宫博物院。

关于"台"的故事还有不少。"西台痛哭",说的是宋末文天祥抗元失败被害。八年后,谢翱与友人登西台痛哭致祭,并作《登西台恸哭记》以记其事,后用以称亡国之痛。"黄台之瓜",说的是武则天废太子李忠,立李弘做太子,后把太子李弘毒死,立李贤为太子。李贤日夜忧思作《黄台瓜辞》:"种瓜黄台下,瓜熟子离离,一摘使瓜好,再摘令瓜稀,三摘犹自可,摘绝抱蔓归。"后以此比喻不堪再摘。"临水楼台",指靠近水边的楼台,又可作"近水楼台"。宋代诗人苏麟写有"近水楼台先得月,向阳花木易为春"之句。相传,范仲淹任杭州知府时,他的部属多数得到他的关心帮助,苏麟为此来见范仲淹并递上这首诗,范仲淹看了,心中会意,后来果然满足了苏麟的要求。此后,"近水楼台"用以比喻由于地处近便而获得优先的机会。

"马"到成功尽欢颜

前不久,我乘机途经湖北襄阳,因天气原因,飞机短时间内不能续航。在停留期间,有朋友说,离机场不远处有个景观,是三国时刘备"檀溪跃马"的地方,可以一看。古襄阳是个历史名城,西汉初就置襄阳县;东汉献帝初平六年,荆州牧刘表将治所从武陵汉寿迁至襄阳;东汉建安十三年,曹操分南郡北部置襄阳郡;诸葛亮出山前就在襄阳城西的隆中隐居。历史上襄阳郡人才辈出,如发现和氏璧的卞和、著名辞赋家宋玉、东汉王朝建立者光武帝刘秀、南朝梁昭明皇帝萧统、唐代山水田园派诗人孟浩然、北宋著名书画家米芾等。黄梅戏《女驸马》一开场,冯素珍就唱道:"春风送暖到襄阳,西窗独坐倍凄凉……"她也是湖北襄阳人氏。但若论起来,古襄阳在三国时期发生的故事尤为集中、精彩,"檀溪跃马"的故事十分惊险,能去一看当然是个意外收获。

"檀溪跃马"的故事发生在刘备被曹操打败、投靠荆州牧刘表之时。刘表本待刘备甚厚,但刘表之妻蔡夫人及其兄蔡瑁总怀疑刘备有吞并荆州之心,因而常在刘表面前嘀咕。有一次打仗,刘备缴获了一匹马,刘表见马长得高大雄壮,称赞不已,刘备便将此马送给刘表。

刘表手下有个相马师对刘表说,此马眼下有泪槽,额边生白点,名为"的卢",骑则妨主,劝刘表不可骑乘。刘表听后将马送还刘备,并把刘备的兵马派往新野驻扎,实际是起了戒心。刘备乘骑的卢时,荆州幕宾伊籍见之,也劝刘备不要骑,刘备却不经意地说,但凡人死生有命,马岂能妨哉。有一次,刘表在襄阳请诸官会宴,但因病不能行动,便请刘备到襄阳代为主持。蔡氏兄妹想借此机会暗害刘备。宴会之时,蔡瑁提前派兵守住东、北、南三座城门,只留下西门,西门外有一檀溪,宽数丈,水流湍急,人马皆不得过。席间,幕宾伊籍趁敬酒之机将蔡瑁之计告诉了刘备,刘备会意,借口更衣,乘上的卢马从后园往西门飞奔而去。没想到,行至数里就被檀溪挡住去路。刘备打算另寻道路时,看到后面追兵将至,万不得已只得驱马下溪。走到溪流中间时,马蹄被陷,溪水浸湿了刘备衣袍,情况十分危急。刘备挥鞭大呼:"的卢,的卢!今日果然害我!"话音刚落,那马却有如神助,奋然从水中跃起三丈,刹那间上了对岸,蔡瑁引兵赶到溪边,刘备已骑马远去,只得望溪兴叹。后来,这一故事在罗贯中的《三国演义》中有精彩描述。唐代诗人胡曾有诗曰:"三月襄阳绿草齐,王孙相引跳檀溪。的卢何处埋龙骨,流水依前绕大堤。"孟浩然在《檀溪寻故人》一诗中写道:"花伴成龙竹,池分跃马溪。田园人不见,疑向洞中栖。"宋代苏轼也有古风一篇,吟诵檀溪跃马:"老去花残春日暮,宦游偶至檀溪路;停骖遥望独徘徊,眼前零落飘红絮……"

檀溪跃马遗址位于襄阳城西南真武山北麓。当我们一行人驱车从机场来到真武山脚下、青山路旁时,停车驻足观看,不远处有一刘备骑马飞流的塑像,近处有两座高约两米、名为"阙"的仿汉建筑,在其后面的大青石上刻着"马跃檀溪遗址"几个篆字,石面上有两个圆形小窝,据说是当年刘备的卢马留下的蹄印,但遗憾的是,此处已不见宽阔数丈的溪水。熟悉情况的人介绍说,早在一千多年前,因在其上游筑"老龙堤",檀溪的水自此不与汉水相通,檀溪就日渐淤塞了。故后人见檀溪就只有其名而无其水了,正所谓沧海桑田、世事变迁啊。

溪水虽干涸,神马名犹存。的卢自此一跃,奠定了它名马的地位。宋代辛弃疾在《破阵子·为陈同甫赋壮词以寄之》一词中写道:"醉里挑灯看剑,梦回吹角连营。八百里分麾下炙,五十弦翻塞外声。沙场秋点兵。马作的卢飞快,弓如霹雳弦惊。了却君王天下事,赢得生前身后名。可怜白发生!"这首词作使的卢马的知名度进一步提升。当然,古代名马并非只有的卢,我们可以在寻找名马中走进马的世界,深入了解马的历史和马的文化。

在中国古代的北方,存在着大量野马,距今至少八千年。生长在这里的人类,因生活和出行的需要,开始对马进行驯化。随着游牧民族的流动生活,起源于欧亚大草原的马向东扩散并在杂交中形成新的种群。商朝时,一些部落有了成群马的饲养。商朝晚期,随着马车的出现,马在交通和作战中开始发挥重要作用,同时拥有多少车马也成为商朝贵族身份的象征,车马甚至在墓葬中大量出现。到了周朝,马的饲养开始形成规模,并且有了系统的马政,管理车马的官员地位更加凸显。周朝有了专门养马的牧场,马的作用也拓展到可以用于祭祀、通信、杂役和农业生产等。春秋战国时期,骑兵在战场上崭露头角,对马的品种、质量有了更高的要求,相马术、相马师应运而生,君王们渴望得到"千里马",权贵们亦用赛马比较自身的实力。秦汉时,随着战争的频繁发生,特别是与匈奴等游牧民族战争的持续,对马的需求达到前所未有的高度,不但促进了民间养马的兴盛,而且想方设法从西域购买或获取名马,用于改良中原地区的马种。到了汉朝,除了用于战争,随着犁耕技术的推广,农业生产中也普遍使用马。唐宋时,马进入达官贵族的娱乐生活和艺术创作之中。元朝蒙古人是马背上的民族，以弓马得天下，自然对于马匹的繁殖和管理格外重视。明清之际，马业发展起起伏伏。清朝时，朝廷严厉禁止中原民间养马，马主要放在边疆地区牧养，因而中原地区养马业萎缩。近代战争使马的作用进一步降低，马在机械化装备的倾轧下落于下风，终于远离了大规模战争的炮火硝烟。

在中国神话故事中，马是一种灵异之兽。《山海经》中记载，西山、北山的山神，是人面马身的形象。有一个叫"钉灵之国"的国度，这里的民众膝盖以下都长着长毛，生的也不是正常的人脚，而是一对硕大的马蹄，因而跑起来很快，能日行三百里。《山海经》中还记载马与龙可以相互转化的故事，在女几山到贾超之山这十六山距离有三千五百里，这一带的山神是"马身龙首"形象，既能跑又能飞。《周礼·夏官》一书则记载："马八尺以上为龙，六尺以上为马。"可见龙马只有大小、长短之区别，而实质上确是同类。中国有个成语叫"龙马精神"，龙马即是古代传说中形状像龙的骏马，后用以比喻人的精力特别充沛旺盛。"河图洛书"是中国古代流传下来的两幅神秘图案，蕴含了深奥的宇宙星象之理，被誉为"宇宙魔方"，是中华文化、阴阳五行术数之源。相传，上古伏羲时，洛阳东北孟津县境内的黄河中浮出龙马，背负"河图"，献给伏羲。伏羲依此而演成八卦，后为《周易》来源。"洛书"则是洛阳西洛河中浮出的一只神龟，背驮"洛书"献给大禹。大禹依此治水成功，遂化天下为九州。由于历代皆认为"河图洛书"源于"龙马负之于身，神龟列之于背"，因此，它成了探索中华文化之源的千古之谜。

关于马的来历，有一个神话传说故事，说的是玉皇大帝有一匹御马，也称天马，它生有一对翅膀，地上能跑、水中能游、天上能飞，因受到玉帝的宠爱，逐渐任性骄横起来。有一次，天马从天宫下来到海上巡游，遇到海神和虾兵蟹将正在操演，天马嫌它们挡路、扫了巡游的兴,双方争执起来,天马一怒之下踢死一只神龟。海神将此事禀告玉帝,玉帝气愤之中下令削去天马双翅,并压在昆仑山下。数百年后,人祖从昆仑山经过,天马苦苦哀求,并承诺只要获救,愿随人祖在人世间效劳。人祖出于同情,并算好天马劫难已过,就将它解救出来带到人间。自此,马载人驮物、拉车负重、犁田耕种,还与人们共赴疆场、浴血奋战,能在作战中救人于危难,深受人们喜爱。后来,人类在排十二生肖时,自然想到了马。因考虑它习惯站着休息,即使午间阳光直照、天气炎热也是如此,便将马的时辰安排在"午时",即上午11时至下午1时之间,"午马"的说法流传开来。

数千年来,人们爱马、养马、用马、写马,使马的使用价值和文化意蕴不断提升,而马也没有辜负人们的期望,用它那威武的雄姿、勇敢的精神、坚毅的力量、无怨的品行赢得了应有地位和广泛赞誉。我们不妨细加分析,从中领略骏马的雄风异彩。

马能强盛帝王业。古代大凡有作为的君王,对马的重视都非同寻常。周朝时,车马的多少成为一个诸侯地位强弱的重要标志。古代以一车四马为一乘,天子号为万乘之国,诸侯亦有千乘之尊。当时,为了体现尊严,严格规定"大夫不得造车马",只有天子和诸侯才拥有制造马车的权利,车马的乘坐也要按礼进行。

相传,周文王为了强西周、伐商纣,到处寻访贤才。一天晚上,他梦见飞熊入怀,第二天就带人到渭水边找到了姜子牙,姜子牙的号正是飞熊。本来,文王想请姜子牙乘坐车马,姜子牙却说要乘辇,并且要文王亲自拉辇。周文王求贤若渴,就答应拉辇,一共拉了八百七十三步,实在拉不动,就停了下来。姜子牙后来告诉文王,周朝江山共有八百七十三年。周文王感到自己少拉了,但已是后悔莫及。周朝为了增加蓄马的数量,专门设置了管理养马事宜的官员,分别称之为"校人"、"趣马"、"巫马"、"牧人"、"圉师"、"圉人"等。根据马的特性和用途，将马分为六种，即配种用的种马、拉东西用的戎马、祭祀用的齐马、传驿用的道马、农业生产用的田马、杂役用的驽马等。周朝第五位君主是一位富于传奇色彩的人物，即周穆王，世称"穆天子"，他在位长达五十五年，活到了一百零五岁。据《史记·周本纪》和《穆天子传》记载，穆王十七年，著名的驾车御者造父，挑选了八匹骏马，用车载着周穆王西行，日行千里，共行了十一万里路程。其间，穆王与西王母在昆仑之丘的瑶池相会，西王母热情款待穆王，还牵着他的手唱歌，穆王也是恋恋不舍才离开的。周穆王的八匹骏马以其毛色命名，分别称为赤骥、盗骊、白义、逾轮、山子、渠黄、骅骝、绿耳；另一说法是以速度命名，分别称为绝地、翻羽、奔霄、超影、逾辉、超光、腾雾、扶翼。撇开真假不论，以速度命名的八骏似乎更为形象。

春秋战国时期，群雄并起、战火纷飞，马受到各诸侯国君主的格外青睐。春秋五霸之一的楚庄王，即位之初的几年韬光养晦、默默无闻，之后却振翅高飞、一鸣惊人。在北上争锋时，与晋国进行了长时间的战争，双方互有胜负，楚国终在邲之战中大获全胜，郑国、许国归附于楚。不久，又灭掉了萧国，连续攻伐宋国，迫使宋国向楚求和。楚庄王饮马黄河、问鼎中原，实现了称霸的愿望。就是这个楚庄王，是个出奇的爱马狂。《史记·滑稽列传》中说，楚庄王有一匹心爱之马，他给马的待遇超过了朝中大夫，他让人给马穿刺绣的服装、吃有钱人家才吃得起的枣脯、住富丽堂皇的房子。后来，这匹马得肥胖症而死。楚庄王竟让群臣给马发丧，并要以大夫之礼为之安葬。众臣对楚庄王此举纷纷表示不满，楚庄王严令，如再有议论葬马者，一律处死。一个叫优孟的宫廷艺人跑进大殿痛哭不止，楚庄王吃惊得询问原因。优孟说，这死掉的马是大王的心爱之物，依楚国之大和富有程度，只用大夫之礼葬马实在是太吝啬了，大王应该以君王之礼为之安葬啊。楚庄王听后，无言以对，只好下令取消以大夫之礼葬马的命令。这说明楚庄王还是个知错就改的圣明之主,这也是他能称霸的重要原因。

战国时期齐国第四代国君齐威王赫赫有名,"琴谏齐王"、"齐王纳谏"、"与人比宝"、"烹阿大夫"说的都是他的故事。齐国与魏国在马陵之战中大获全胜,并援救了赵韩两国,使齐威王的威望迅速上升,遂称霸于东方。齐威王原为侯,后来,他与魏惠王在徐州会盟,互相承认对方为王,史称"徐州相王"。齐威王对马的喜爱众所皆知,他与手下大将田忌赛马的故事流传至今。至于赵武灵王"胡服骑射"强盛赵国战力,燕昭王采纳郭隗"千金买马骨"建议、筑黄金台招贤纳才等故事,都是脍炙人口,它们所揭示的深刻道理经久不衰。

说起来,秦朝的兴起和衰亡与马的关系最为密切。秦人的先祖非子曾在今甘肃、陕西一带为周天子养马。"秦"的本义是一种禾草,俗名叫"猫尾草",是一种优质牧草,非子用这种草喂马,将马养得膘肥体壮,得到了周天子的赏识。于是,周天子分封给非子一块地,让他建立一个附庸小国,因得益于这种牧草之功,所以将国名定为"秦"。周宣王令秦人组织力量抗击西戎,秦人首领秦仲因功被升为大夫。后来,秦人在护送周平王迁都洛邑时又立大功,周平王封秦襄公为诸侯,秦正式跻身诸侯国行列。周平王给秦襄公许诺,只要是你打下来的西戎的土地都归秦所有。这就为以后秦国开疆拓土提供了最为权威、合法的理由。到秦穆公时,他任用百里奚、蹇叔、由余等为谋臣,积极进取,本欲东进占据中原成就霸业,却遭到晋国两次重大打击,东进路被晋军牢牢地扼控。于是,秦穆公掉头向西发展,逐渐灭掉西方戎人建立的十几个国家,被周襄王任命为西方诸侯之伯,遂称霸西戎。秦穆公十分重视建立自己的骑兵部队,为此而重用相马师伯乐。伯乐原名叫孙阳,早年曾在郜国、楚国生活,特别善于相马,写有著作《相马经》。他到了秦国后,为秦军养马和挑选战马做出突出贡献,被秦穆公封为"伯乐将军"。唐代大才子韩愈在其作品《马说》一文中写道:"世有伯乐,然后有千里马。千里马常有,而伯乐不常有。"伯乐年龄大了后,秦穆公让他推荐后继之人。伯乐说,一般的良马是可以从外形容貌筋骨上观察出来的。天下难得的好马,是恍恍惚惚,好像有又好像没有的。这样的马跑起来像飞一样快,并且尘土不扬、不留痕迹。要找到这样识马的人太难了,我的子侄们没有这个能力。不过,我认识一个叫九方皋的人,他观察识别天下难得的好马的本领绝不在我之下,大王可以召见他。秦穆公当即令人召来九方皋,并派他去寻找好马。过了几个月,九方皋回来说,我在沙丘找到好马了。秦穆公忙问,是匹什么样的马?九方皋回答说,是匹黄色的母马。秦穆公派人去把那匹马牵来一看,却是匹纯黑色的公马。秦穆公很不高兴,把伯乐召来责备道,你所推荐的人,连马的毛色、公母都分不清,他怎么能懂得什么是好马呢?伯乐长叹一声说,九方皋相马竟然达到了这样的境界吗?这正是他胜过我无数倍的地方。他所观察的是马的天赋和内在素质,深得它的精妙,而忘记了它的粗糙之处;明悉它的内部,而忘记了它的外表。九方皋只看见需要看见的,看不见不需要看见的,只关注马的本质而忽略其余。像九方皋这样的相马,包含着比相马本身价值更高的道理啊。后来,事实证明九方皋寻来的果然是一匹难得的好马。秦穆公从这件事中得到深刻启发,又从四方招来不少有用人才,国力愈加强大。到了秦王嬴政时,秦的综合国力已经天下无敌,秦在扫六合、完成统一中国大业后,王朝大业也达到了顶峰。秦始皇执政晚期,好大喜功、大兴土木、苛政虐民、赋税沉重,因他好战喜兵,在修建皇陵时,专门放进了制作十分精良的铜车马,数千年后发掘出土仍是熠熠生辉、精美绝伦。秦始皇逝世后,阴差阳错由其子胡亥继任,是为秦二世。因赵高弄权图谋不轨,又玩出了"指鹿为马"的伎俩,最终将大秦帝国葬送在义军揭竿、风起云涌的熊熊烈火之中。相传,秦始皇东巡时,曾乘船渡江经过金陵,即现在的南京。他身边的望气术士见金陵四周山势俊秀、地形险要,有虎踞龙盘、天子之气,就向秦始皇禀报。秦始皇唯恐六国复活,影响大秦江山永固,便命人开凿方山,使淮水流贯金陵,尽泄此地王气。古淮水实际上是长江下游右岸的一条支流,原名称龙藏浦,后称淮水,唐朝改称秦淮河,即源于秦始皇引水之事。秦始皇还命将金陵之地改称为秣陵,"秣"是喂马的草料,意即这里不该出帝王,只能作为牧马场。然而,秦始皇的目的并未实现,不仅大秦自身被灭,而且金陵成了六朝古都。

汉唐时期,由于抗击匈奴和守卫边塞的需要,马的作用仍被朝廷高度重视。汉朝建立之初,设置了太仆、牧人苑,负责马匹的饲养和繁殖。在适宜养马的河西六郡,从事养马的官奴有数万人,养马数量达到数十万匹。汉武帝是个雄才大略之主,他爱马至极。有一次,他得到了一匹汗血宝马,欣喜若狂地称之为"天马"。为了使汗血马能在大汉组成精锐铁骑,他特派车令为特使,率领一百多人的使团出访大宛国,使团带去了用黄金铸成的金马和若干黄金,欲购得汗血马而归,但大宛国王一直不答应,使团无功而返,途中还被一支马队意外打劫了黄金。汉武帝决定以武力夺取汗血马,便派李广利为将军,率三万人马攻打大宛国,迫使大宛国献出宝马,方才退兵。唐太宗李世民对良马亦是喜爱有加。有一次,李世民得到一匹烈马叫狮子骢,没有人敢驯服它。当时,武则天是李世民身边的才人,她说自己能用铁锤、铁楇、匕首这三样东西把马调教好,唐太宗听了对武则天刮目相看。据说,李世民生前骑过六匹战马,分别是拳毛䯄、什伐赤、白蹄乌、特勒骠、青骓、飒露紫,为了与这些名马永远相伴,他下令唐朝著名画家阎立本绘图,并请著名工匠刻石,将六匹骏马的形象分别刻在六块石板上,放入为自己修建的陵墓之中,人称"昭陵六骏"。可惜,近代昭陵被盗，六骏中的飒露紫、拳毛䯄被盗运到了国外。我们企盼有朝一日国宝能重回故土，与另四骏团圆。

历史上，有个"三马同槽"的典故，说的是曹操察觉司马懿有雄心豪志，并且有"狼顾"之相，就是身子不动，能将脸反转过来，后又梦到三马同食一槽，就告诫曹丕要谨防司马懿。但曹丕与司马懿关系不错，加之司马懿善于韬光养晦，遂让曹氏放下心来，后来，果然是司马氏夺了曹魏江山，建立了西晋王朝。"三马"暗指司马懿、司马师、司马昭父子三人。西晋末期，发生了"五马渡江"的故事，说的是西晋司马氏五位王爷，即琅琊王司马睿、西阳王司马羕、南顿王司马宗、汝南王司马佑、彭城王司马纮，为避战乱南渡长江，最后琅琊王司马睿于建邺，即南京，建立东晋王朝。之后，民间有"五马渡江去，一马变成龙"的说法。两宋相交期间，有一个"泥马渡康王"的传说。北宋靖康年间，金军攻破东京汴梁，掳走宋徽宗、宋钦宗二帝后北撤。当时，宋康王赵构在金营为人质，在金兵押其北上途中趁机脱逃，夜宿江边时，梦中神人告知金兵将至。赵构惊醒后见眼前一匹马，遂骑马狂奔。那马跳入江水中向对岸游去，金兵只得望江兴叹。赵构过江后，那匹马就不见了，他只得慢慢前行。天色将晚时见到一座古庙，门楣上写有"崔府君神庙"几个字。赵构走入庙门，发现一匹泥塑之马与载他渡江的马一模一样，并且马身上还湿淋淋的。赵构暗想，莫非是此马渡我过江的？失声道："泥马渡江，怎么沾水不坏呢？"言未毕，只听"哗啦"声响，那马化作了一摊泥。赵构当即许愿，若兴复大宋江山，将重修庙宇，再塑神马金身！后来，赵构在临安即皇帝位，建立南宋，是为宋高宗。

古代帝王为巩固其统治地位，设置了一系列官职官位，其中有几个很有意思。一个是"大司马"，这是对中央政府中专司武职的最高长官的称呼，类似于后世的"天下兵马大元帅"。《周礼》以大司马为夏官之长。之所以如此称谓,是因为大司马掌军,总管武事,古时兵车一车四马,因而以马命官。秦汉之后,大司马之称时有时无,权力时虚时实,视皇上圣心而定夺,但总起来看,大司马为三公之首,位崇尊荣,在辅佐帝王之业中发挥着重要作用。古时还有一个"驸马"的称谓。"驸"的意思与"副"相近,古代几匹马共同驾一辆车,辕马之外的马都被称为"附"。之后,帝王出行,为了安全起见,除主车之外,都有"副车"随行,以防袭击者,秦时张良雇武士用锥击中的就是秦始皇的副车,否则历史就要改写了。副车的驾驭者由武功高强的官员担任,汉武帝时被称为"驸马都尉",驸马都尉与奉车都尉、骑都尉合称"三都尉"。奉车都尉掌御乘舆车,驸马都尉掌副车,骑都尉骑行随从左右,他们实际上是皇帝的贴身侍卫,一般由皇室、诸侯、外戚世族子弟担任。魏晋时期,不少任职驸马都尉者皆为公主丈夫,但此时并没有明文规定,驸马就是公主丈夫的专称。到了南朝,驸马都尉一般皆是公主丈夫,但公主丈夫未必都是驸马都尉。唐朝时成为正式规制,从此,驸马就不是一个实际的官职,而是代指公主的夫婿。古时还有一个官职称为"太子洗马"。"洗马"一职最早设置于秦朝,原称"先马"或"冼马",是太子的侍从官,太子出行时为前导,体现太子的威仪,因而称"先马",之后被误写成"洗马"。到了汉朝,太子洗马主要负责宫中传达使命,相当于太子宫中的信使。魏晋时,又增加了管理图籍和负责东宫中盛大仪式的组织安排。隋唐时期,太子洗马一职相对固定,主要掌管史书图籍,相当于太子的"秘书长"。历史上,魏晋的李密、隋唐的魏徵、清朝的张之洞等都任过此职。明成化年间,担任太子洗马的杨守陈外出途经一驿站,驿丞问他身居何位,杨守陈回答说在做"洗马官"。驿丞又问,那你一天洗几匹马呀?杨守陈故意逗驿丞道,没有一个具体的定数,高兴时就多洗,累了就少洗几匹。驿丞对他似有轻慢之意,后来得知"洗马"是太子身边之官时,不禁惶恐不安、羞愧难当。这也算是一种对势利之人的讽刺吧。

马能成就英雄名。古代战争中,一匹好的战马是英雄豪杰展示血色风采的助力神、体现超强战力的倍增器,扬鞭驱宝马,纵横驰天下,正是他们潇洒快意的人生写照。"秦时明月汉时关,万里长征人未还。但使龙城飞将在,不教胡马度阴山",表达的是忠诚卫国的英雄志向;"葡萄美酒夜光杯,欲饮琵琶马上催。醉卧沙场君莫笑,古来征战几人回",表达的是视死如归的英雄豪气;"僵卧孤村不自哀,尚思为国戍轮台。夜阑卧听风吹雨,铁马冰河入梦来",表达的是心向边关的英雄情结;"南北驱驰报主情,江花边草笑平生。一年三百六十日,多是横戈马上行",表达的是南征北战的英雄行为。

汉朝的卫青,出身卑微,小时做牧童,后做平阳公主的骑奴,他就是在这艰苦环境的磨砺中,形成了不畏艰险、果敢冷静的坚毅品质。当他被汉武帝封为车骑将军,首次带兵出征时,率轻骑深入险境,直捣匈奴祭天圣地龙城,俘虏七百余人,初战告捷,被封为关内侯。之后,他屡次带兵与匈奴交战,特别是在漠南、漠北之战中,重挫匈奴,迫使匈奴残余远遁数年、不敢南侵。卫青因功被拜为大将军,统帅六师,受封长平侯,食邑万户。在他因病去世后,汉武帝在茂陵特意为他修建一座墓冢,谥号为"烈",取"以武立功,秉德尊业曰烈"之意。

在《西汉演义》中,描述了楚霸王项羽的座驾名曰乌骓,是当时天下第一骏马。它通体如黑缎子一般,油光放亮,只有四只马蹄部位毛白如雪,故又称为"踏雪乌骓"。据说,当初乌骓被捉到时,野性难驯,许多人想骑乘都被它摔下来。项羽本就争强好胜,见如此烈马就要一显身手,他翻身骑上乌骓,未待扬鞭,那马迅速奔跑,在跑动中数次想把项羽摔下,项羽稳稳骑在马背上没有丝毫胆怯。当马奔跑到一棵粗壮的大树边时,项羽忽然用双腿紧紧夹住马身,两手则用力抱住树干,乌骓马竟不能跑动,但仍在拼命挣扎,结果硬是将那棵树连根带起,乌骓被项羽"拔山"之力折服了,从此心甘情愿供项羽驱使。项羽起兵征战后,身边总是离不开乌骓宝马。后来,他与刘邦争天下,打败数十名汉将,乌骓马功不可没。在垓下被围时,项羽放声悲歌:"力拔山兮气盖世。时不利兮骓不逝。骓不逝兮可奈何……"项羽兵败时,命小卒牵乌骓马渡江,那马却一直回顾霸王、不舍离去。待船行到江心时,乌骓长嘶数声,向滚滚大江中跃去,不知所终,而乌骓马的马鞍落地化为一山,即为马鞍山,有"江东第一山"的美誉。后来,唐代杜牧题诗:"胜败兵家事不期,包羞忍耻是男儿。江东子弟多才俊,卷土重来未可知。"诗意是说,项羽应承受兵败的痛楚回到江东,以图东山再起。但这就不是楚霸王的性格了。

《三国演义》中,有关于赤兔马的描述。赤兔马,本名"赤菟",浑身呈赤红色,马的头部如兔。古人因很少见到猎豹,更没见过狮子,平常所看到的动物中兔子是跑得较快的,于是就用兔的形态装饰马车,希望马车跑得飞快,而用"飞兔"形容马,也是一种心理寄托。赤兔马是马中的极品,可日行千里、夜行八百,它原是吕布的坐骑,因此,又有"人中吕布、马中赤兔"之说,意在对吕布的认可夸赞。吕布在白门楼被曹操擒杀后,赤兔马归于曹操。之后,曹操为笼络关羽,企图让关羽为己所用,忍痛割爱将赤兔马赠予关羽。没有想到,关羽却说,有了赤兔马,一旦有了失散兄长刘备的消息,就能很快骑马相见了。听后曹操很是不爽。武艺高强的关羽骑赤兔马如虎添翼,杀颜良、诛文丑,过五关、斩六将,一路拼杀征战,直到水淹七军、威震华夏,成了威风八面的战神,死后被尊奉为"关圣大帝"。关羽败走麦城被害后,坐下赤兔马为东吴将领马忠所获,献于孙权,孙权即赐马忠骑坐,但赤兔马竟数日不吃草料而死,可见赤兔马与关羽感情之深。

《三国演义》中的常山赵子龙,是一位浑身是胆的大英雄,据说他骑的一匹白马叫作"照夜玉狮子"。赵子龙正是骑着它大战长坂坡，为救阿斗七进七出，被诱进陷马坑后仍飞跃而出脱离险境，成就了赵子龙常胜将军的神话。另一位英雄张飞，据说所骑之马叫作"乌云踏雪"。他面对曹操百万军，横矛立马大喝三声，竟然喝断当阳桥、吓退曹军。蜀汉"五虎上将"之一的马超有万夫不当之勇，马超的父亲马腾被曹操杀害后，马超率西凉骑兵讨伐曹操。在渭水河畔经过六战，杀得曹操狼狈逃窜。曹操叹曰："马儿不死，吾无葬身之地也。"足见曹操对马超和西凉铁骑的忌惮。

隋唐时期有一条山东好汉名秦琼，他的坐骑黄骠马是绿林英雄王伯当所赠。"骠"字的含义是"黄马带白点"。此马的白点多位于肚子和两肋处，马头上有白毛，形状圆如满月。黄骠马即使喂饱了草料，肋条也显露在外，因而另有别名"透骨龙"，是难得一遇的宝马。有一次，在济南府当差的秦琼受命去潞州办事，不幸染病于店中，在耗尽盘缠后，无奈之下牵着心爱的黄骠马去卖，被二贤庄一位豪杰单雄信相中买下。后来，单雄信知道卖马的是他仰慕已久的山东好汉秦琼，便四下寻找，找到秦琼后将其接到二贤庄养病。秦琼病愈后，单雄信将喂养得膘肥体壮的黄骠马还于他，从此，两人结下深厚情谊。"秦琼卖马"的故事也成为经典流传开来。唐贞观年间，有一位名将叫薛仁贵，他武功不凡，曾从敌将手里夺得一匹名马白玉驹作为坐骑。后来，他奉命率军东征。回纥铁勒九姓突厥得知唐军将至，便聚兵十余万人，凭借天山（今蒙古杭爱山）的有利地形，阻击唐军。唐军与铁勒交战时，铁勒先后派数员大将出马挑战，薛仁贵骑白玉驹出阵应战，连发三箭，敌三员大将应声坠马而亡。敌军见之心惊胆战，只得缴械投降。于是，唐军中作歌曰："将军三箭定天山，壮士长歌入汉关。"

南宋抗金名将岳飞，矢志收复中原，身经百战，亲手创建了一支令金军闻风丧胆的岳家军。原先,金兀术依靠精锐的骑兵,数次南侵,南宋军无力抵抗。金军骑兵都穿有厚重的铠甲,箭难以穿透,又编为三人一组,用牛皮带子连接,号称"拐子马",阵形稳固,冲击力超强。岳飞经精心研究,找到了破"拐子马"的战法。在郾城之战中,金兀术率一万五千余骑兵来犯,岳飞将严格训练的步兵列阵以待,当"拐子马"冲上来时,岳家军用麻扎刀只管砍断马脚,由于拐子马连在一起,一匹马跌倒,其余马皆不能前行,岳家军再奋起反击,杀得金军丢盔弃甲、哭爹喊娘。金兀术侥幸逃脱后哀叹:"以前主要靠拐子马取胜,现在这个方法不灵了。撼山易,撼岳家军难!"

古代经典小说《水浒传》中,写到"晁盖战死、宋江上位"的故事。缘由是一个叫段景住的人,以盗马为生,绰号金毛犬。他盗取了金国王子的一匹名为"照夜玉狮子"的宝马,想将它献给梁山宋江,但在途中被曾头市劫去,只得上梁山告知此事。梁山派人到曾头市打探,得知曾家五虎誓与梁山为敌,扬言要"扫荡梁山清水泊,剿灭晁盖上东京"。晁盖闻听大怒,亲率梁山人马攻打曾头市,没想到中了曾头市武术教师史文恭的毒箭,被抢回寨中毒发身亡。临终时,晁盖遗言:谁捉得史文恭就做梁山之主。后来,史文恭被玉麒麟卢俊义活捉,但卢俊义上梁山较晚,难以得到众好汉一致拥戴,之后,宋江坐了头把交椅,但卢俊义武功已略见一斑。

吴承恩在《西游记》中塑造了一位天不怕、地不怕的美猴王孙悟空的英雄形象。孙悟空从菩提祖师处学得一身本领、七十二变和腾云驾雾之术后,返回花果山,因到东海借宝和到地府强销生死簿,被龙王、阎君告到天庭。在太白金星的举荐下,玉皇大帝安排孙悟空到天庭当了"弼马温"。"弼马温"是"避马瘟"的谐音,古人认为,在马厩之中养猴子,因猴子生性好动,经常撩拨马匹,马匹要保持警惕并不停活动,从而提高了抗病能力。此外,民间传说,将母猴子的尿与马尿混合在一起喂马,可以避免马生病。天庭让孙悟空担任弼马温一职,实是极大嘲弄。起初,孙悟空并未在意,反以极大热情将天马喂养、照料得很好。一次,孙悟空在管事时,御马监的监丞劝告他,差不多就行了,一个末流小官管那么多事干吗呢?孙悟空这才了解到弼马温是未入流之官,一气之下回到了花果山,竖起了齐天大圣旗,正准备过逍遥自在的生活,又被太白金星骗上天宫。玉帝让孙悟空管蟠桃园,这才有了后续偷吃蟠桃、捣乱蟠桃宴、吞食太上老君金丹等大闹天宫的故事。孙悟空虽是小说虚构形象,但他不畏天威、大闹天宫的英雄形象却深入人心,让人赞叹不已。

马能涉历千般险。电视剧《西游记》的主题歌《敢问路在何方》中唱道:"你挑着担我牵着马,迎来日出送走晚霞。踏平坎坷成大道,斗罢艰险又出发,又出发……"这既是对唐僧师徒西天取经的歌咏,又是对任劳任怨的白龙马的礼赞。白龙马本是西海龙王三太子敖烈,因纵火烧了玉帝赏赐的夜明珠,被西海龙王表奏天庭,告了忤逆之罪,玉帝命将其吊在空中鞭打,又拟诛死,后因南海观音菩萨出面求情才免于死罪,被贬到蛇盘山鹰愁涧等待取经人。唐僧和孙悟空路过时,它误食了唐僧坐骑白马,之后经观音菩萨点化,变成了白龙马,供唐僧在取经路上乘骑。取经之路千难万险、妖魔横行,共有九九八十一难,白龙马尽心尽力、载人驮物,可谓行的路最远、受的苦最多。不仅如此,在唐僧被诬、悟空被逐、八戒无踪、沙僧被俘的危难时刻,白龙马挺身而出,现身与黄袍怪大战,又力主请孙悟空降妖,终于助唐僧师徒渡过了危机。唐僧西天取经修成正果后,白龙马因功被封,后在化龙池得复原身,盘绕在大雷音寺的擎天华表柱上。有道是"路遥知马力,日久见人心",白龙马在取经路上的完美表现正是这句话的最好诠释。

古代汉语中有一个"老马识途"的典故,出自《韩非子·说林上》,

说的是齐桓公带领管仲、隰朋等人攻打孤竹国,春去冬回,回来路上迷失了方向,于是放马领路,终于找到了归路。后来用此成语比喻富有经验、能为先导的人。在传统戏剧《杨门女将》中,有一个情节,演绎的是杨宗保在边关遇难后,佘太君、穆桂英等率杨门女将西征。西夏王王文凭险踞守,妄想待宋军粮草耗尽再反击。穆桂英领杨文广等轻骑进入山谷之中,寻找栈道从贼兵背后袭击。在黑夜茫茫、迷途探险时,杨文广所骑白龙马,连声嘶鸣、腾蹄跳跃,原来,这老马是杨宗保的坐骑,现在它竟然认得以前的栈道。正是在白龙马的引路下,一行人绕到王文军营之后,里应外合全歼贼兵。穆桂英在"探谷"一折戏中唱道:"九回环峰俱寻遍,一夜辛劳未下鞍。四面八方再察看,难道说识途的老马待扬鞭……"唱的就是这一故事。

《荀子·劝学》中有"骐骥一跃,不能十步;驽马十驾,功在不舍",意思是,骏马一跃,也不会达到十步远;而驽马虽慢,但努力不懈,走十天也可以到达。后用以比喻资质低的人只要刻苦学习,也能追上资质高的人。

东汉末年,曹操率军先后打败了黄巾军和董卓、吕布、袁术、袁绍、刘表等地方势力,控制了北方领土。袁绍的儿子袁尚、袁熙胁迫幽、冀州军民十余万,投奔北方的乌桓。曹操亲率大军远征,彻底征服了乌桓。凯旋之际,时年五十三岁的曹操作《步出夏门行》。在第四章"龟虽寿"中,曹操写道:"神龟虽寿,犹有竟时;腾蛇乘雾,终为土灰。老骥伏枥,志在千里;烈士暮年,壮心不已……"骥,是千里马;枥,是马槽;伏枥,指就着马槽吃食。意思是说,老的千里马虽然趴在槽头吃食,但仍想奔驰千里。曹操以诗明志,抒发他老当益壮、积极进取的豪迈情怀,其情其志可敬可嘉。与曹操远大情怀截然不同的是,元朝有位戏曲家叫马致远,其名寓意很好。他年轻时确曾追求功名,对"龙楼凤阁"抱有幻想,但仕途多舛,在经历了蒙元统治的曲折、政治抱负难以实现的境况下,大约五十岁时辞官归隐。他的一生郁郁不得志、漂泊无依,这在其文学作品中多有反映。例如他最著名的一首小令《天净沙·秋思》:"枯藤老树昏鸦,小桥流水人家,古道西风瘦马。夕阳西下,断肠人在天涯。"抒发的就是一个飘零天涯的游子在秋天思念故乡、倦于漂泊的凄苦愁楚之情。

提到老当益壮、马革裹尸的名人,当数东汉名臣、伏波将军马援。马援原是陇右军阀隗嚣的部下,后来见刘秀有雄才大略,本着"良臣择主而事"的理念归于东汉,受到刘秀的信任和重用。之后,他主动请缨东征西伐,西破陇羌,南征交趾,北击乌桓,历经千山万水,多次深入险境,立下赫赫战功,官至伏波将军,被封为新息侯,世称"马伏波"。马援好骑马,也善于鉴别名马。他在交趾时,获得了骆越地方的铜鼓,便把它铸成骏马的模型,回朝后献给皇上,并在表章上说:在天上走莫如龙,在地上走莫如马。马是兵甲战争的根本、国家的大用……我曾经拜子阿为师,接受了相马骨法,因而总结过往经验,将数家骨相集中在一个模型上,以为法度。皇上肯定了马援的意见,命将此马的模型放在宣德殿下,作为名马的骨相标准。马援最感人的是"马革裹尸"的故事,说的是他从西南方打了胜仗回到京城洛阳,亲友们纷纷向他致贺。其中有个名叫孟翼的人,一向以很有计谋闻名,也向马援说恭维话。不料马援听了,皱着眉头对他说,我盼望先生能说些指教我的话,为什么先生也随波逐流,一味地说赞扬话呢?孟翼听了很是尴尬。马援接着说,武帝时的伏波将军路博德,比我功劳大得多,但得到封地只有数百户,而我功劳要小得多,却也被封为伏波将军,封地多达三千户,赏过于功,难以长久保持下去,先生为什么不在这方面指教我呢?马援见孟翼不说话,又继续说道,如今,匈奴和乌桓还在北方不断侵扰,我打算向朝廷请战,愿做一个先锋将领。好男儿应该战死在边疆荒野的战场上,只用马的皮革裹着尸体回来埋葬就足矣,怎么能躺在床上,老死在儿女的身边呢?孟翼听了马援一席话深为感动,不禁说道,将军真不愧是个大丈夫啊!不久,马援果然出征北方。他在六十二岁时又领兵二次远征岭南,不幸染病死于军中,应了他当年马革裹尸的豪迈誓言。

马援的故事还可以来些前后延伸。马援是扶风郡茂陵人,"扶风马氏"可是赫赫有名的望族。其祖先当从战国时赵国名将赵奢论起。赵奢在赵惠文王当政时,因解救被秦军围困的重镇阏与有功,被赵惠文王封为"马服君"。马服是赵国境内一座山名,又称为"紫山"。赵奢有两子,一子名赵括,后因"纸上谈兵"为秦军所败;另一子名赵牧,因耻于赵括战败后的罪恶感,不再以赵为姓,改姓"马服",后简化为"马"。秦汉之际,马服君子孙作为六国贵族后裔被迁往咸阳。到了汉武帝时期,由于"徙陵"制度,马氏有一脉被迁到茂陵附近,这就是"扶风马氏"的起源。赵奢的五世孙中,有一位叫马通,多次出征匈奴,立有战功,被封为列侯。马通就是马援的曾祖父。马援之女是汉明帝刘庄的皇后,汉章帝时为皇太后。马皇后贤淑有礼、通情达理,从不参与朝事,也禁止本家族凭借她的名声担任官职,因而素有贤名。据说,汉末马腾、马超等也是马援的后代。

明朝有一位大航海家郑和,从 1405 年至 1433 年,受命七下西洋,成就十五世纪初叶世界航海史上的空前壮举。郑和,原本姓马。元朝初年,郑和的祖先移居云南,是元朝云南王麾下的贵族。马和生在一个富有冒险精神的家庭里,祖父和父亲都曾跋涉千里、朝觐麦加,因而被当地百姓尊称为"哈只",即"巡礼人"或朝圣者。明朝洪武年间,明军平定云南。在战乱中,年仅十一岁的马和被明军俘虏,后被阉割进了燕王府。在燕王发动的"靖难之役"中,马和在河北郑地立下战功。燕王朱棣夺取皇位后,御书"郑"字,赐马和郑姓。自此,他改名为郑和,同时升迁为内官监太监,史称"三宝太监"。郑和能够成功下西洋,并与沿岸各国交往,得益于另一位马姓人物,即马欢。马欢是浙江会稽人,通晓外国语言文字,曾随郑和分别在1413年、1421年、1431年三次下西洋。他将下西洋时二十多个国家的航路、海潮、地理、风土、人情、文字、物产、工艺、交易及野生动植物等情况记录成文,编撰成《瀛涯胜览》一书,是研究郑和下西洋的重要历史文献。马欢之名与郑和大名同样载入史册。

马能辉映风光美。骏马奔驰行天下,万水千山都是情。汉语成语"万马奔腾",意思是成千上万匹马在奔跑腾跃,用以形容气势磅礴、声势浩大的场面,也有人用以形容群山起伏、峰峦叠嶂、怒涛汹涌、惊涛拍岸和广袤草原、群马竞逐的景象。元代张养浩在《潼关怀古》中写道:"峰峦如聚,波涛如怒,山河表里潼关路……"宋代陆游在《诉衷情》中写道:"当年万里觅封侯,匹马戍梁州。关河梦断何处?尘暗旧貂裘……"不过,他当时心情不佳,没有心思欣赏那自然风光,诗意难免也流露着忧伤。以马入景的诗词还有许多。例如南宋岳飞在《池州翠微亭》一诗中写道:"经年尘土满征衣,特特寻芳上翠微。好水好山看不足,马蹄催趁月明归。"岳飞在戎马倥偬中,特意抽时间骑马到池州齐山之上的翠微亭,观赏美丽景色,竟流连忘返,在马蹄声声催促下,才意犹未尽地踏着明亮的月色归来。诗意表达了他对祖国大好河山的真挚热爱,这或许也是他英勇杀敌的内在动力吧。

唐代诗人孟郊早年丧父后,与母亲相依为命,经历颇为坎坷。他四十六岁奉母命第三次赴京科考,终于金榜题名。他以情不自禁的喜悦,写了一首《登科后》:"昔日龌龊不足夸,今朝放荡思无涯。春风得意马蹄疾,一日看尽长安花。"长安的春色美景一日内当然难以看完,此时的孟郊春风得意、心花怒放,便觉得马也跑得轻快了,自己的人生一扫阴霾,迎来明媚的春光。科考及第显露得意之情的还有一位诗人白居易,他二十九岁高中新科进士第四名,在同时考中的十七人之中是最年轻的。他在曲江宴会后,与新科进士们一同前往慈恩寺,在大雁塔下题名,白居易即兴写道:"慈恩塔下题名处,十七人中最少年。"骄傲之情,溢于言表。白居易一生酷爱江南山水美景,他在任杭州刺史期间,经常骑马、泛舟在西湖四周观赏游玩,于是有了《钱塘湖春行》这首诗:"孤山寺北贾亭西,水面初平云脚低。几处早莺争暖树,谁家新燕啄春泥。乱花渐欲迷人眼,浅草才能没马蹄。最爱湖东行不足,绿杨阴里白沙堤。"他把西湖春色美景描绘得如此生动逼真、细腻新鲜,读之令人心驰神往。美丽的西子湖正是因为诸多文人墨客的笔墨点缀,才更加招人喜爱。

宋代辛弃疾写过一首《青玉案·元夕》词:"东风夜放花千树。更吹落、星如雨。宝马雕车香满路。凤箫声动,玉壶光转,一夜鱼龙舞。蛾儿雪柳黄金缕。笑语盈盈暗香去。众里寻他千百度。蓦然回首,那人却在,灯火阑珊处。"他从极力渲染元宵节绚丽多彩的热闹场景入手,反衬出一个孤芳淡泊、超群脱俗、笑语盈盈的女性形象,寄托着辛弃疾本人在政治失意后仍志存高远、不合流俗的情怀品格。由"宝马雕车香满路"之句,不由想到一个"踏花归去马蹄香"的典故。北宋皇帝宋徽宗喜欢绘画,有一次,他决定出题考一下天下的画家,考题是"踏花归去马蹄香",让画家按此句内容构思画作。那些应考的画家都想在皇上面前一显才华,有的画了许许多多花瓣,一绝色美女骑马在花瓣上行走;有的画出一位扬鞭策马的少年郎,手里捧着娇艳欲滴的鲜花;有的画出一只大大的马蹄印,马蹄印周边有盛开的花朵等。只有一位画家独具匠心,他着重表现词句末尾的"香"字,构思的画面是一位游人骑马从野外乘兴而归,马儿疾驰、马蹄高举,几只花色蝴蝶追逐着马蹄蹁跹飞舞。考官将画一幅幅呈给宋徽宗过目,当看到蝴蝶追逐这幅画时,宋徽宗频频点头,认为它最有意境,于是将这位画家任为宫廷御用画师。可见艺术的魅力不比寻常,画家对自然景观的观察和领悟又要有超乎寻常的见地。

南唐后主李煜有一首著名的《望江南》词:"多少恨,昨夜梦魂中。还似旧时游上苑,车如流水马如龙。花月正春风!"对于一个亡国之君而言,车水马龙、花月春风的美丽景象只能在梦中如镜花水月般虚幻,却难以在现实生活场景中再现。这正是李煜的无穷悔恨和亡国之痛。"车水马龙"这一成语出自《后汉书·明德马皇后纪》,这位马皇后即前面提到的马援小女儿马氏。马皇后在明帝驾崩、章帝即位后,被尊为皇太后。有一年,朝中一些大臣借发生旱灾之情,上书要求分封马氏舅父,说天下大旱就是外戚没能受封的缘故,想借此讨好马太后。马太后却非常清醒,她不但不让外戚受封,还告诫说,前几天我路过娘家住地濯龙园的门前,见从外面到舅舅家拜望、请安的,车子像流水那样不停地驶去,马匹往来不绝好像一条游龙,招摇得很。他们家的佣人,穿得整整齐齐,衣服光鲜,看看我们的车上,比他们差远了。我当时竭力控制自己,没有责备他们。他们只知道自己享乐,根本不为国家忧愁,我怎么能同意给他们加官进爵呢?马太后的话让那些大臣们灰头土脸、无话可说。后人常用"车水马龙"形容热闹繁华的景象。

古人骑马所感受的并非只是花月春风、碧草秀水,还感受到苍凉大漠、冰雪晶莹,这是另一种雄浑壮阔的风光美。例如唐代诗人李贺有一首《马诗》写道:"大漠沙如雪,燕山月似钩。何当金络脑,快走踏清秋。"金络脑是用黄金装饰的马笼头。后两句即是说,什么时候能给马带上金络头,飞快地奔驰着,踏遍这清爽秋日的原野!实际上,诗人是盼望能在边疆战场上建功立业。唐代另一位诗人王维有一首《观猎》诗:"风劲角弓鸣,将军猎渭城。草枯鹰眼疾,雪尽马蹄轻。忽过新丰市,还归细柳营。回看射雕处,千里暮云平。"这是王维年轻时的一首诗作,那时的他充满壮志豪情,因而比较关注狩猎的热闹场面。秋草枯黄的季节,飞翔的雄鹰目光格外犀利,融化后的雪地里,马蹄在猎场上飞奔,显得格外轻快,这正是王维的内心感受。只是多年之后,他已锐气尽失、潜心修道。宋代陆游在《书愤》一诗中,写出的是另一种心境:"早岁那知世事艰,中原北望气如山。楼船夜雪瓜洲渡,铁马秋风大散关。塞上长城空自许,镜中衰鬓已先斑。出师一表真名世,千载谁堪伯仲间!"忆起当年楼船夜雪、铁马秋风的战争环境,虽然艰苦,但充满了壮志豪情,而如今鬓发已衰,报国之志难以实现,诗人胸中潜藏的郁愤之情借诗喷薄而出。从诗中既领略了陆游忠贞爱国的一片热情,又似乎看到了那壮盛开阔、气势昂扬的战场画卷,沉郁中有奋起,悲愤中有激励。

古代有作为的帝王们乘骑看到的景象更为壮丽宏阔、气象万千。周天子驱八骏看到了巍巍昆仑、瑶池仙境,秦始皇乘辇舆看到了浩渺大海、蓬莱瀛洲,宋太祖饮马长江,钱塘王立马射潮等,他们显示了雄才霸主的超人气场,人们从中感受到山水形胜的无限风光,就像汉高祖刘邦所咏《大风歌》一般:"大风起兮云飞扬。威加海内兮归故乡。安得猛士兮守四方!"这是何等的气魄、何等的风范啊!说到帝王天子们,有一个"天马行空"的成语值得一说。天马即神马,天马奔腾神速,像是腾起在空中飞行一样,常用来比喻人的行为或诗文气势豪放。甘肃武威雷台晋墓曾出土一具汉晋时期的珍宝,名"铜奔马"(原称"马踏飞燕",现又称"马超龙雀"),形象矫健俊美、别具风姿,它昂首嘶鸣、腿蹄轻捷,三足腾空、飞驰向前,一足轻踏飞鸟,骏马的神速不言而喻,其凌空奔驰的气势给人以强烈的视觉冲击,令人惊叹不已。

马能显示文人才。马的神奇、马的雄姿、马的俊逸、马的矫健、马的力量、马的作用等,为文人名士提供了非常丰富的想象空间与创作素材。含"马"字的成语有驷马高门、金马玉堂、鞍马劳倦、走马看花、戎马生涯、走马章台、盘马弯弓、悬兵束马、声色犬马、青梅竹马、盲人瞎马、金戈铁马、车辙马迹、驴唇马嘴、东风马耳、人仰马翻、马如游鱼、马尘不及、马首是瞻、马鹿易形、马不解鞍等等，这些成语的含义或寓意都很丰富。历代画师画马有许多名作，如唐韩干的《相马图》、《辕马图》、《牧马图》、《神骏图》惟妙惟肖、非常逼真，他的《圉人呈马图卷》，绢本水墨设色，艺术水准很高。北宋李公麟的《五马图卷》、《丽人行》，五代李赞华的《东丹王出行图》，金赵霖的《昭陵六骏图》，元赵孟頫的《浴马图》，清郎世宁的《百骏图》、《春山十骏图》等，都堪称稀世珍品、画坛杰作。唐代著名画师韩干还留下了许多画马的轶事。据说，韩干年少时家贫，曾在酒店做伙计。有一次，他到尚书右丞王维的家中讨酒钱，在等人取钱时就在地上画马，正巧王维走过来，看见韩干画在地上的画，大为赞赏。从此，定期给他提供画资，助他专心学画，韩干不久名声大振，被唐玄宗召进宫做了皇家画师。玄宗命韩干拜著名画家陈闳为师，但韩干画的马却与陈闳不同，玄宗看画后询问韩干原因，韩干答道：我的老师就是陛下马厩里的马呀！他每天临摹这些名马，将马都画活了。有一天，有个身着朱衣、头戴黑帽的人来拜见韩干，说他是阎王的使节，听说先生能画骏马，希望赐画一幅。说完，那人就不见了。韩干立刻在绢上画了一匹马，画完后，把它焚烧了。不久，那朱衣人手捧两匹素绢来拜谢韩干。还有一次，街市上有人牵着一匹有蹄疾的马去找兽医，兽医看着马笑着说，你这匹马真像韩干画上的马呀。这时，正巧韩干走了进来，他看见这匹马吃惊地问，这匹马怎么与我画上的马一样呢？兽医说，这匹马有点跛，你看马前蹄少了一块儿。韩干一见，心有所悟，急忙回到家中打开原先的画作，果然发现其中有匹马前蹄有点黑缺，原来他的画已经通灵。后来，宋代苏轼欣赏韩干的画作而赞叹："韩生画马真是马，苏子作诗如见画。"

北宋李公麟曾画有一幅《明皇击球图卷》，描绘唐玄宗击球娱乐的场景。画上共有十六个人物,位于画面正中心的是唐玄宗李隆基,他胯下骑一匹骏马,神情专注,身手敏捷,围在他身边的官员、侍从和嫔妃,也都骑着马,手持球杆,争抢着地上的小球。画中人物姿态各异,静中有动,富于变化,画面布局疏密有致,线条流畅,堪称一幅名作。唐玄宗击球即是马球,起源于波斯,后传入中国,始于东汉,盛于大唐,衰于明清,它是由汉朝的蹴鞠发展演变而来。唐朝帝王中喜欢马球的为多数,其中,唐玄宗尤为痴迷且球艺高超。宋代诗人晁说之《题明王打球图》中写道:"阊阖千门万户开,三郎沉醉打球回。九龄已老韩休死,无复明朝谏疏来。"这是一首讥讽诗,唐玄宗沉醉打球,因老臣不在已无人劝谏。据说,有一次吐蕃派使团到长安迎亲,起初双方比赛马球吐蕃皆赢,时为临淄王的李隆基请缨上场,用四人组队战胜十人组成的吐蕃队,可见他球艺之高。马球除了是权贵们一项高雅的娱乐活动外,还成为带有浓厚军事色彩的竞技运动,以此培养锻炼了军士们的马术和协作精神。宋代马球运动仍然盛行。电视剧《知否知否应是绿肥红瘦》中,女主角盛明兰在马球场上英姿飒爽、大出风采,从一个侧面反映了当时的贵族生活状况。宋徽宗对女子击球比赛作诗赞曰:"控马攀鞍事打毬,花袍束带竞风流。盈盈巧学儿男拜,惟喜先赢第一筹。"明清之后,在西方现代文化和体育浪潮的冲击下,马球运动走入低谷,直至销声匿迹。

古代文人爱马也懂马,马是他们或从军随征、或公事出巡、或游历山川、或探亲访友不可缺少的代步工具,他们离不开马,也借用手中笔墨来写马、咏马,抒发自身的情怀。魏晋时期的曹植写有《白马篇》:"白马饰金羁,连翩西北驰。借问谁家子,幽并游侠儿。少小去乡邑,扬声沙漠垂。宿昔秉良弓,楛矢何参差。控弦破左的,右发摧月支。仰手接飞猱,俯身散马蹄……"曹植以浓墨重彩描绘了一位武艺高超、渴望为国建功立业,甚至不惜流血牺牲的游侠少年形象,实际上也是抒发他自己的报国激情。唐代诗人李白也有一首《白马篇》:"龙马花雪毛,金鞍五陵豪。秋霜切玉剑,落日明珠袍。斗鸡事万乘,轩盖一何高。弓摧南山虎,手接太行猱。酒后竞风采,三杯弄宝刀。杀人如剪草,剧孟同游遨。发愤去函谷,从军向临洮……"这首诗承继了曹植《白马篇》的精神,塑造了另一个与之不同的侠客形象,体现了李白本身的孤傲个性和时代色彩。宋代陆游在《观大散关图有感》一诗中写道:"上马击狂胡,下马草军书。二十抱此志,五十犹癯儒。大散陈仓间,山川郁盘纡。劲气锺义士,可与共壮图……"陆游为了御侮救国,想以一己之力从军效力,但从二十岁到五十岁,壮志始终未酬,他内心是多么失望和愤懑,这也是他晚年真实的心境。

古人渴望获取功名是一种较为普遍的文化、心理现象。"马上封侯"就代表着这种寓意,指猴子骑于马背上的传统塑像造型,猴与"侯"同音双关,侯爵是古代公、侯、伯、子、男五等贵族爵位中的第二等级,"马上"也有立即、立刻之意,不少大户人家把这种塑像雕刻于堂前激励子孙,可见对追求功名的迫切愿望。有一个"马到成功"的成语典故,说的是秦始皇东巡到山东荣成成山头拜日途中,听说花斑彩石是女娲补天时遗落的五彩神石,能保佑江山万年稳固,便专程礼拜花斑彩石。返回朝中后,果然事事顺遂,想做的大事都获得圆满成功,便非常高兴,让百官献文庆贺,当时有术士上了两句吉言:"万马千军御驰道,始皇拜石得成功。"后来,秦始皇拜石所行之路被称为"马道"。到了元朝,著名作家关汉卿由"秦皇拜石"的典故又创造出"马到成功"的成语,之后得以流传。这一成语的另一版本说的是唐朝时,绛州龙门一平民子弟薛仁贵,自幼习武,二十岁已是武功高手。他一心想投军报国,父母却担心并予以劝阻。他对父母说,当今国家用人之际,要歼灭夷虎、肃靖边疆,凭孩儿学得的本领,若在两军阵前,怕不马到成功！薛仁贵后来果然战功赫赫、英名远扬,他对父母说的"马到成功"之语也广为传颂。

汉语成语中,还有一个"倚马可待"的典故,说的是建安七子之一的阮瑀曾担任曹操的书记官。建安七年,韩遂在陇地一带作乱,曹操准备带兵征讨。大军出发之际,他突然想到应该要先发一篇檄文说明讨伐的理由和意义,于是就令阮瑀起草檄文。阮瑀站在战马之旁,一会儿工夫就完成了。曹操接过文稿,仔细看了一遍,竟找不到任何需要修改之处。之后的东晋,有个叫袁虎的文士颇有才学。大将军桓温领兵北伐鲜卑,亟须草拟一篇告示,他就让随行的袁虎起草。袁虎倚在战马前只一会儿工夫,就写了一篇文情并茂的告示。后来,这一故事被浓缩成成语"倚马可待",用来比喻文思敏捷、写作迅速。与此成语相近的还有一则"立马万言"的典故。

关于马的故事还有很多,如老马恋栈、塞翁失马、厉兵秣马、白马非马等等。晏子与马夫的故事,说的是齐国相国晏子有一次外出时,乘坐的马车正好经过马夫的家门口,马夫的妻子透过门缝向外观望。晚上,马夫回家后,妻子提出要与他离婚,马夫不明白怎么回事。妻子说,白天我看到相国坐在车上,仪表端庄、态度谦和,令人肃然起敬。而你只是给相国驾车而已,却趾高气扬、傲慢无礼。像你这样胸无大志、一副小人得志的样子,将来怎么有出息呢？因此,我要与你离婚。一番话说得马夫羞愧不已。可见马能助人做成大事,马亦能使人飘然昏头、不知所以,当一个纵马驰骋天下的名士实属不易,而当一个低头驾驭车辆的马夫也应修身养性、好自为之。

阿猫阿狗那些事

现代社会中,随着物质生活水平的不断提升,喂养宠物的人开始多起来,其中,养猫养狗尤为多见。的确,养猫养狗,不仅能捕捉老鼠、看门护院,而且增进了人与动物之间的感情,增添了人们闲适生活的乐趣。在喂养猫狗时,如果从历史文化的视角对它们有更加深入的了解,也会充实人们的精神生活、提升喂养的兴致。

先来了解一下猫和狗的关系。 阿猫阿狗,通俗地说就是小猫小狗。旧时,为了使孩子好养活,故意以此作为孩子常用的小名。后来,引申为任何轻贱的、不值得重视的人或著作,含有轻蔑之意。中国民间有一句俗语叫"猫三狗四,人五人六"。前一句说的是猫怀胎三个月,狗怀胎四个月,小猫小狗就出世了。但是人的一天相当于猫狗的两天,白天和黑夜如以两天计算的话,猫的孕期就是一个半月左右,狗的孕期则为两个月左右。后一句指的是有的人装模作样、假正经,装作正人君子的样子,在地方方言中当"人模人样"理解。还有一种说法"头鸡、二鸭、猫三、狗四、猪五、羊六、人七、马八、果九、十蔬",相传,这是女娲造物时的顺序,也代表从初一到初十的日子。另有一种说法,女娲造物的顺序是先造六畜,后造人,再造物,六畜指的是猪、牛、羊、马、鸡、狗,若按先造六畜说,猫便不在其列。对此,姑妄听之吧。

民间传说认为猫和狗是天敌,它们一见面就打架。有一个故事,有个人养了一只猫和一只狗,猫与狗关系非常好,形影不离。一次,主人的一件珠宝被小偷偷走了,主人为丢失心爱之物很难过,猫与狗见主人伤心,就商量着怎样把主人的珠宝找回来。狗的嗅觉特别灵敏,它领着猫沿小偷留下的印迹追寻,猫实在走不动了,狗就让猫骑在自己背上,就这样跋山涉水来到一个偏僻之所,发现了小偷的藏身之地。但狗进不去那间小屋,只有猫可以从烟囱口钻入,它们商量由狗在门外望风接应,猫进去找寻珠宝。待猫进入后,发现那件珠宝被小偷放在柜子里,猫无法打开柜子。正在着急时,见到一只老鼠,猫当即扑上去抓住老鼠,老鼠吓得赶紧求饶。猫对老鼠说,只要你把这个柜子咬出一个洞,让我能钻进去,就饶你不死。老鼠立即照猫的吩咐去办,一会儿就将柜子啃破,猫顺利叼出了珠宝,与狗在门口会合,又一道向回跑去,猫仍骑在狗身上。当来到一条小河沟时,狗驮着猫拼命游过去,但因耗尽气力,晕倒在沟边上。猫急忙叫了狗几次,狗却没有苏醒。眼见天渐亮,猫担心主人心中着急,就叼着珠宝先独自奔回家中。主人开门时,见猫口中叼着的珠宝真是喜从天降,以为是猫独自寻找到,对猫赞不绝口、宠爱万分。而狗直到日上三竿才缓过劲来,它没见到猫,只得单独往家中赶去。主人见狗这时才出现,误以为它在外闲逛,不禁气恼地用棍子将狗打了一顿。自此,狗只能住在门外,吃点残羹剩饭,猫则与主人同住卧室,每天都有精细食品。狗心中愤愤不平,自此与猫结下了怨仇,它们一见面就会争吵打架。

还有一个故事,有一次动物要开会议事,林中之王大象因故没到,动物让狗去请大象。但狗并不认识大象。狐狸对狗说,找到那个弓背的就是大象。狗在寻找中看到一只猫,那猫见到狗条件反射地把背拱起来了,狗就将猫当成大象恭恭敬敬地请来。结果,狗遭到了动物的嗤笑。从此,狗和猫成了仇家,猫见到狗会习惯性地把背拱起来。

　　传说归传说,其实,猫和狗之所以是天敌,是因为它们的祖先都是生活在数千万年前的早期食肉动物,并且都是掠食性动物,为了生存,猫和狗经常要为争抢食物而进行争斗。即便是后来分化成猫科与犬科动物,但其基因中潜藏的相互敌意仍然存在。另外,从它们的习性来看,猫和狗都是高度敏感、反应很快的动物,狗见到快速奔跑的动物就会产生一种捕捉的欲望,而猫见到快速接近又大于自身的动物会本能竖须瞪眼、弓背低呼,意在吓唬对方并作防御状。对此现象,人们常以为猫狗相互为敌,而实际上有些猫狗能友好相处,在一起玩耍得很好。

　　猫的习性是善于夜间活动,白天常眯着眼睛卧睡。猫喜欢新鲜事物,它捉到老鼠后总是先将老鼠玩够了才吃下去。猫长相虽似狮虎,但见人总是一副天生的媚态。而狗无论是白天还是夜间,总是处在警醒状态,一有风吹草动就会吼叫,尤其见到陌生人会张牙舞爪、狂吠不止。另外,狗不挑食,给它吃再差的食物,它也不嫌弃。正因为如此,民间流传着狗勤猫懒、狗忠猫奸之说,还有狗来富、猫来穷的说法。但奇怪的现象是,人们往往又对猫格外青睐,视猫贵狗贱。在喂食上,也是富养猫、穷养狗。更有甚者,在文化语意中,赋予了狗许多贬损之意。例如,"猪狗不如",形容人格低下、品行极坏的人。"狼心狗肺",形容凶险狠毒或忘恩负义之人。"狗仗人势",比喻坏人依靠某种势力欺侮他人或物。"恶狗挡道",形容凶恶之人阻挡了善良之人的前行道路。"狐朋狗友",比喻品行不正、不务正业的人聚在一起。"摇尾乞怜",是指狗摇着尾巴向主人乞求爱怜。"鸡飞狗跳",形容由于惊慌失措而乱成一团。"人面狗心",比喻容貌虽好,但才学低下的人，也作人面兽心解。"狗拿耗子"，意思是多管闲事。"丧家狗"，比喻失去靠山、到处乱窜、无处投奔的人。"落水狗"，指掉在水里的狼狈不堪的狗，比喻失势的坏人。"狗腿子"，即走狗，指为恶势力效力帮凶的人。"狗咬狗"，比喻坏人之间相互倾轧、攻击与争斗。"挂羊头卖狗肉"，比喻用好的名义做招牌，实际上兜售不好的货色。"狗嘴里吐不出象牙"，比喻坏人或心术不正之人嘴里说不出好话来。"狗改不了吃屎"，比喻低劣的本性难以改变。

对于狗的这些贬损之意，猫却一点儿也不沾边。相反，人们对猫有一种特别的喜爱，究其原因，不外是以下几点：一是长相占优，猫虽虎头虎脑，但小巧玲珑，花色品种多样，很符合人们的审美情趣；二是性格温顺，猫不仅不像狗那样喜欢打架撒野，而且时常依偎在人的脚下，柔弱乖巧之态让人心生怜爱；三是比较干净，猫的胡须非常敏感，感知气温、湿度能力很强，因此，每次下雨前或是胡须沾上水后，猫总是用前爪擦拭如洗脸状，猫亦经常自己梳理毛发，清洁度当然是狗无法比拟的；四是善捉老鼠，老鼠是人人厌恶、痛恨的东西，尤其是夜间老鼠啃噬物品，频繁活动使人陡增烦恼，而猫是捕鼠能手，养猫能有效减轻鼠害，这也是人们喜欢猫的重要原因；五是能够避秽，猫拉屎撒尿不像狗那样随便，甚至知道掩盖肮脏之物。此外，猫吃食较少，吃东西时小口细腻、温文尔雅，不像狗那样大口粗鲁、吃相难看。在世界上有些地区，古老的猫还被当作神的化身。他们认为猫眼能在黑暗中发亮，这是储存了阳光的缘故，而这种阳光能够驱散黑暗与邪恶之鬼，因此，产生猫的崇拜。中国自唐朝起，还有"招财猫"的说法。唐段成式在《酉阳杂俎》中写到"猫洗面过耳则客至"，是一种吉祥的象征。后来，日本出现了"招财猫"吉祥物，寓意招财招福、好运到来。可见，在猫与狗的比较中，人们更关注的是它们的表面现象，至于其本质是忠是奸、是勤是懒倒并不在意，这大概就是一种猫与狗的心理、文化意识吧。

说说猫的那些事。据传,家猫最早的祖先是古埃及的沙漠猫和波斯的波斯猫,驯化猫的历史可追溯到约三千五百年至四千年前。中国在西周和战国时期的文献记载中,曾提到"猫",但专家认为那并不是家猫。家猫的确切记载,是在西汉《礼记·郊特牲》书中:"古之君子,使之必报之,迎猫,为其食田鼠也;迎虎,为其食田豕也,迎而祭之。"这里已肯定猫为家畜,驯化了的猫是为了捕鼠,并且有了祭祀猫神的习俗。从"猫"的字形看,它是由"犭"字旁加一个"苗"字组成。古时农民种庄稼时,受到鼠害影响很大,他们在长期的生产实践中得知有一种称"狸"的动物善抓老鼠,就设法找到"狸"来驯养,让它来保护庄稼免受鼠害。为了区别家养和野生之"狸",就新创了一个"猫"字。仔细琢磨这个"猫"字,似乎也有道理。有专家认为,中国的家猫应是从西域流传过来的,由于佛教东渐,猫也随之而来。正是因为猫进入东土较晚,所以十二生肖和"六畜"中都没有猫。

在中国民间传说中,猫没能排进十二生肖另有故事。相传,天上的玉皇大帝想从动物中挑选十二种来作为天庭的守护神,轮流值班守岁。于是,向所有动物发出通告,规定报到日期,凡先到者列入守护神,直到十二个名额用完为止。猫和鼠本是好朋友,猫有贪睡的习惯,报到的头天晚上,猫让鼠第二天早上务必叫醒自己,鼠满口答应。可是,第二天鼠只顾自己抢先报到,并没有喊叫正在酣睡的猫。结果,鼠顺利排在守护神之列,并且占据首位,猫由于贪睡又没得到提醒,落寞地被排斥在外。自此,猫恨透了鼠,一见到鼠就扑上去抓咬,而鼠心中有愧,见到猫也是躲之不及。另有一种说法是,由于老虎和猫同属猫科动物,老虎被人称为"大猫",更有代表性。既然虎已归入十二生肖之中,猫只能委屈落选了。不过,猫虽未能入列十二生肖,但在旧俗年画中,它的形象却多有出现,闪亮登场的频率并不低。

中国古代奇书《山海经》中记载了许多奇珍异兽,其中,最适合当宠物的三种神兽就是以猫为原型,或者说其形象类似猫。第一种叫讙。《山海经·西山经》中记载:"翼望之山有兽焉,其状如狸,一目而三尾,名曰讙,其音如百声,饲可以御凶,服之已瘅。"意思是说,翼望山有一种神兽叫作"讙",长得很像猫,它有一只眼睛和三条尾巴,声音多变化,饲养它可以辟邪防御凶险,食它的肉可以治好黄疸病。第二种叫朏朏。《山海经·中山经》中记载:"又北四十里,曰霍山,其木多穀。有兽焉,其状如狸,而白尾有鬣,名曰'朏朏',养之可以已忧。"意思是说,在一座山的北面四十里的地方,有另一山叫霍山,上面有许多构树,山上有一种野兽,外貌和猫差不多,长着白色的尾巴,脖子上还有鬃毛,这种兽名叫"朏朏",它性格温顺、长相灵巧,饲养朏朏的人可以消除忧愁烦恼。第三种叫类。《山海经·南山经》中记载:"亶爰之山有兽焉,其状如狸而有髦,其名曰类,自为牝牡,食者不妒。"意思是说,亶爰山上有一只神兽,长得像猫,有很长的毛发,它的名字叫"类",雌雄同体,据说吃了它的肉,人就不再有嫉妒心了。这些神兽究竟生在何地,它们是否真实存在,或是如何进化、消亡的,就不得而知了。

古代关于猫的神奇故事和民间传说也不少。例如人们常说"猫有九条命",这个典故来源于《佛经》。有一次,佛祖召集诸弟子讲经说法,有一只猫蹲在佛座下面,屏息静听。一位弟子看到后,上前询问佛祖,这只猫是不是也懂佛家经典呢?佛祖回答,猫是有灵性的,它有九条命,而人只有一条命,因而猫的灵性比人要强,人比不上它呢。按佛祖所说,猫的九条命是指通、灵、静、正、觉、光、精、气、神九个方面。后来,佛家之语流传下来,就有了"猫有九条命"之说。有动物专家认为,这一说法并不是说猫真的可以活九次,猫的寿命一般为十五年至十七年,它长到一年即可成年,而长到十七年,相当于人类七十岁以上的年纪。不过,猫的生命力的确非常顽强,猫从高空坠落时,会及时调整空中姿态,以保证落地后无大的损伤。猫在身体受伤后,会用舌头舔舐伤口,同时喉头发出有节奏的呼噜声,以达到自我疗伤的目的。猫有时处于危境,也能寻找到安全脱身的办法,这种能力甚至超乎人的想象,故而人们都说猫的命大。

有一个神话传说,说猫如果能长有九条尾巴,就能够修成正果、得道成仙。于是,猫不断虔诚地修炼,但每当它修炼到八条尾巴时,必须去满足一个人的愿望,一旦这个愿望实现,它就会脱落一条尾巴。就这样,八尾猫经过多少次循环往复,终不得九条尾巴。八尾猫只得去询问佛祖,如此下去,何时才能成仙?佛祖说,当你不再想长到九尾之事时,即可成仙!有一天夜间,八尾猫在野外游猎,突然看到一群恶狼围住了一个迷路的少年,眼见少年命将不保,八尾猫施出魔法,只见夜空中一道闪亮的弧光划过,那群恶狼惊恐得四处逃窜。少年缓过神来,知道是八尾猫救了自己,就将猫抱起来带回家。自此,少年与猫成了好伙伴,猫询问少年有什么愿望,它可以帮他实现,少年摇头说自己暂时没有什么愿望,待想好再告诉猫。后来,少年观察到八尾猫时常静谧、孤独地遥望夜空发呆,不知如何安抚它。有一天晚上,少年做了一个梦,在梦中得知猫生九尾才能成仙之事,他似乎明白了八尾猫忧郁的原因。第二天,少年带着八尾猫又来到了那片被救之地,然后,真诚地对猫说,现在我想好了自己的愿望,可以对你说了。八尾猫高兴地说,只要你说出来,我一定帮你实现。少年说,我的愿望就是你能增添一只尾巴,成为九尾猫。八尾猫听了瞬间愣住了,它用舌头轻轻地舔舐少年之手,表达对他的感激之情。不自觉间,竟长出了第九条尾巴,它终于飞天成仙。那一刻,它似乎懂得了佛语的真实含义。

在中国古代神兽中,猫虎并列在一起,因而有猫神一说。相传,东岳泰山大帝的坐骑黑虎的原型就是猫。东岳泰山为五岳之首,按阴阳五行学说,泰山位居东方,是太阳升起的地方,也是万物发祥之地,因此,作为泰山神的东岳大帝主管世间一切生物出生大权,能够主生、主死,具体为新旧相代、固国安民,延年益寿、长命成仙,福禄官职、贵贱高下,生死之期、鬼魂之统。东岳大帝作为泰山的化身,是上天与人间沟通的神圣使者,历代帝王对其尊崇有加。历史上多位皇帝,从秦始皇到乾隆帝,曾到泰山封禅祭祀。关于东岳大帝的身世,众说纷纭,主要有两种说法:一说是东方朔在《神异经》中所说的为盘古王的第五代孙金虹氏,这一说法被道教普遍认同;另一说是《封神演义》中的黄飞虎,但黄飞虎的坐骑是五色神牛,并不是黑虎或猫。且不论东岳大帝真身究竟是谁,其《回生宝训》倒是值得认真一读。训曰:"天地无私,神明鉴察","凡人有势不可使尽,有福不可享尽,贫穷不可欺尽","一日行善,福虽未至,祸自远矣。一日行恶,祸虽未至,福自远矣","行善之人,如春园之草,不见其长,日有所增;作恶之人,如磨刀之石,不见其损,日有所亏","一毫之善,与人方便;一毫之恶,劝人莫做","算什么命,问什么卜,欺人是祸,饶人是福,天网恢恢,报应自速"。仔细琢磨这宝训,确实含有为人处世的深刻道理,当引以为戒。

  民间还有一种离奇的说法,就是老猫的鬼魂能够害人。有一种专门操纵猫鬼的行巫者,往往利用猫鬼去害人获利。人一旦被猫鬼缠身,身体和心脏就会如针刺般疼痛。这是猫鬼正在吞噬人的内脏和鲜血所致。据《隋书》和《资治通鉴》记载,隋朝开皇年间,曾发生"独孤陀猫鬼事件"。独孤皇后本来身体无恙,有一次突然病倒,全身刺痛,隋文帝很是着急,忙令御医诊治。这个御医见识不凡,他诊视后即禀报隋文帝说,皇后之疾是猫鬼所致。隋文帝一听猫鬼之言,想到了独孤陀其人,他是独孤皇后同父异母之弟,独孤陀的外婆家世养猫鬼,隋文帝早有所闻。于是,文帝当即召办案能臣查清真相。经过深入调查,发现独孤陀家有个叫徐阿尼的婢女,以前生长在独孤陀外婆家,懂得猫鬼巫术,正是这个婢女受独孤陀支使,想利用猫鬼将独孤皇后的财物转到他家来。为了一辨真假,办案之人又让婢女徐阿尼展示巫术。徐阿尼于子夜时分,置香案和碗粥于宫门外,念动一番咒语,汤匙轻叩碗边。不一会儿,她的神色出现异常变化,旁边看到的人始信是猫鬼附体了。此案破获后,独孤陀因是皇后的弟弟免了杀头之罪,被贬为庶民,不久郁郁而死。事件发生后,隋文帝下诏,将畜养猫鬼、蛊惑、魇媚等野道之家,统统流放至荒蛮偏远地区。

唐朝李治称帝后,宠爱萧淑妃而冷落王皇后。王皇后在愤恨之际想到了在感业寺出家的武则天,她了解李治对武则天私人情感很深,主动提出让武则天蓄发还俗、重新入宫。武则天二次入宫后,果然得到李治的宠爱,将萧淑妃挤到了一边。但王皇后没想到的是,这等于引狼入室。之后,武则天利用各种手段,甚至不惜亲手掐死自己在襁褓中的女儿而嫁祸王皇后。王皇后、萧淑妃失宠后,相继被关进冷宫。武则天仍不肯放手,想尽办法加以迫害,最后萧淑妃竟被断了手足,扔进了酒瓮里。萧淑妃被囚禁遭残害之时,对武则天恨之入骨,她大声诅咒,让武则天变成老鼠,而她将变成一只花猫,生生世世捉拿老鼠。武则天本来是爱猫、养猫之人,但得知萧淑妃的咒语后,下令宫中禁止养猫。武则天与萧淑妃的恩怨留在了史册之中,岂是一个禁猫令所能抹平之事。

古典名著《三侠五义》中有个"狸猫换太子"的故事,说的是北宋宋真宗的皇后去世,刘、李二妃均有被立为正宫的机会,她俩恰好都有身孕,谁能生下儿子无疑会增添当上皇后的筹码。刘妃久怀嫉妒之心,唯恐李妃生了儿子,就与太监郭槐定计,在李妃分娩之时用一剥了皮的狸猫调换了刚出生的婴儿。刘妃又命宫女寇珠将这婴儿勒死,寇珠于心不忍,暗中将孩子交于宦官陈琳,陈琳设法将其送至八贤王处抚养。宋真宗得知李妃分娩,但产下的是一个妖物,便将她贬入冷宫。不久,刘妃临产,生了个儿子,被立为太子,刘妃被册立为皇后。几年后,太子却得病夭折。真宗因无子嗣,遂将皇兄八贤王之子过继,并立为太子,这正是李妃所生之子。一日,太子与冷宫中的生母李妃见面,正待诉说,被刘后得知。刘后起了疑心,遂拷问寇珠,寇珠触阶而死。刘后又在真宗面前进谗言,使真宗下旨赐死李妃,小太监余忠情愿替李妃殉难,另一太监秦凤又将李妃接出,送往陈州,秦凤也自焚而死。李妃在陈州生活无计,沿街乞讨,恰遇包拯来陈州放粮,得知了真情。此时,宋真宗已驾崩,李妃之子继位,即为宋仁宗。包拯施计将李妃带进宫中,与亲生之子仁宗相见,又逼郭槐说出当年调换的真相。刘太后知道阴谋败露,自尽而死。此故事情节曲折、跌宕起伏,几位宫女、太监舍生取义,其做法令人肃然起敬又潸然泪下,后被搬上戏剧舞台,民间竞相传颂。

古时一些地方还流传着猫妖猫怪的故事,其中,"金华猫"的故事流传甚广。在浙江金华,有一种猫养了三年之后,每到月圆时分,就蹲踞在屋顶之上,伸口对着月亮,吸取月亮的精华,日久就能成怪,然后跑到深山幽谷之中,白天躲藏在人看不见之处,晚上则出来活动,遇到妇人则变成美男,遇到男人则变成美女,以此让人受惑。据说,金华猫变成妖怪之后,还会回到主人家,往水缸里撒尿。如喝了缸中之水,就看不见猫的身影,时日一长,人会虚弱而死。如要化解,就要用猎狗来捉猫,剥皮烤肉给受害者食用,吃了就会痊愈。不过,受害者如是妇人,要吃了雄猫之肉才能好;受害者如是男人,则吃了雌猫肉才能好。在清人的著述中,曾记载金华府学之女,年十八岁,品貌俱佳,因为猫妖所害,头发几乎掉光,知道病因后,捉了雄猫给她食用,病就慢慢好了。

猫在古代文学艺术作品中时常出现,据说宋朝朝野上下以养猫为贵。陆游在他的《老学庵笔记》中,记载了权相蔡京家的宠物猫走失后,动用大量兵丁搜寻,乱市扰民的故事。陆游自己十分爱猫,他养过许多猫,还为此写过不少咏猫的诗词。陆游爱书如命,但令他烦恼的是,藏书经常被老鼠啃噬,为此,他养了一只善捕鼠的猫,使书房免于鼠害。陆游高兴地赋诗:"服役无人自炷香,狸奴乃肯伴禅房。书眠共藉床敷暖,夜坐同闻漏鼓长。贾勇遂能空鼠穴,策勋何止履胡肠。鱼餐虽薄真无愧,不向花间捕蝶忙。"在诗中,他大赞狸奴,即宋人对猫的称呼,使书房老鼠空穴了,它不到花间捕蝶玩耍,而是专心捕鼠,喂它鱼肉真是受之无愧啊。陆游还为不能让猫吃、坐得更好表示愧意:"裹盐迎得小狸奴,尽护山房万卷书。惭愧家贫策勋薄,寒无毡坐食无鱼。"有一次,他在邻村得到一只猫,高兴地给它命名"雪儿",并赋诗:"似虎能缘木,如驹不伏辕。但知空鼠穴,无意为鱼餐。薄荷时时醉,氍毹夜夜温。前生旧童子,伴我老山村。"他在年老寂寞之日,常与猫为伴,为此也有诗曰:"我老苦寂寥,谁与娱晨暮?狸奴共茵席,鹿麑随杖屦。岁薄食无余,恨使鸟雀去。安得粟满囷,作粥馈行路!"可见,陆游对猫真是一往情深。古代尚有不少文人写有咏猫诗。黄庭坚诗曰:"养得狸奴立战功,将军细柳有家风。一箪来厌鱼餐薄,四壁当令鼠穴空。"释智愚有诗:"堂上新生虎面狸,千金许我不应移。家寒故是无偷鼠,要见翻身上树时。"唐珙写诗道:"觅得狸儿太有情,乌蝉一点抱唇生。牡丹架暖眠春昼,薄荷香浓醉晓晴。分唾掌中频洗面,引儿窗下自呼名。溪鱼不惜朝朝买,赢得书斋夜太平。"蓝仁诗中有句:"山人养猫俊而小,畏渴怜饥惜于宝。一鸣四壁鼠穴空,卧向花阴攫飞鸟。"

唐代大诗人柳宗元贬谪永州期间,想到他从前的一个叫张进的马夫,生前性格直率、勤劳朴实,而死后尸骨被洪水冲至路上,暴骨野外,竟然不如猫虎犬马,心情很不平静,就用工具将他的尸骨掩埋,并写下《掩役夫张进骸》一诗,其中有"猫虎获迎祭,犬马有盖帷。伫立唁尔魂,岂复识此为?畚锸载埋瘗,沟渎护其危。我心得所安,不谓尔有知"之句。意思是说,猫虎还受到祭拜,狗死马葬还盖上帷幔。现在默立吊唁你孤魂,谁知道我的想法呢?我用竹筐铲土将你的遗骨埋好,开沟护坡防止水的冲刷,这样做是为了我的良心得安,并不为你在九泉之下感恩于我。这表明了柳宗元对劳苦人的关怀与同情,也从侧面反映了古时百姓生命的卑贱。

明代大文豪刘基写有一篇富于哲理的寓言故事,说的是赵国有个人家里闹鼠患,他就到中山讨猫,中山国人给了他一只猫。这猫既捉老鼠又捉鸡。过了一个多月,家中老鼠和鸡都没了。他的儿子对父亲说,为什么不把猫赶走呢?他父亲说,这就不是你懂得的事了。我家中祸害是老鼠,有老鼠就会偷吃粮食、毁坏衣物、穿破墙壁、啃噬用具,那家中就会饥寒交迫。没有鸡,只不过不吃它罢了,距离饥寒交迫还很远呀。那么,为什么要把猫赶走呢?可见,这人懂得如何权衡利弊得失。这也是此文给读者的启示。

清代乐钧写过《世无良猫》的故事,说的是有个人讨厌老鼠,倾尽家财讨得一只好猫,用鱼和肉喂养它,又用毡子和毯子给它当卧具。猫吃得饱、睡得稳,就不再捕鼠了,甚至还与老鼠一起嬉戏,老鼠因而更加肆虐。这人十分生气,便把猫赶走,从此不再养猫,他认为世界上没有好猫。是没有好猫吗?显然不是,是因为这个人不会养猫啊!这个故事也让人们深受启发,凡事要找到根本原因和方法,不能被假象迷惑,更不能以此妄下结论、因噎废食。

研究认为,以猫入画自隋唐开始,唐朝一些仕女图中就常出现猫的身影。宋朝花鸟画非常时兴,猫画也随之进入创作的高峰期。在传世的宋朝画作中,宠物猫的形象不在少数,入画之猫多为肥硕的花猫。宋朝李迪擅长画猫,他的名作《狸奴蜻蜓图》、《狸奴小影图》中的猫惟妙惟肖、非常逼真。明清两朝,猫画大为兴盛,特别是明朝,嘉靖帝和万历帝都非常爱猫。据说,嘉靖帝有一只狮子猫名唤霜雪,它双目晶莹、极通人性,它经常陪皇帝睡觉,还能在宫中为皇帝引路。明宣宗朱瞻基不仅爱猫,还喜欢画猫,他所画的《花下狸奴图》、《五狸奴图卷》、《壶中富贵图》等,都有较高的艺术造诣,画中的猫顾盼生姿、活灵活现。元末明初的著名画家、诗人王冕,善于画荷,也善于画猫,他在《画猫图》一诗中写道:"吾家老乌圆,斑斑异古今。抱负颇自奇,不尚威与武。坐卧青毡旁,优游度寒暑。岂无尺寸功,卫我书籍圃……"爱猫之情溢于言表。有一个"照猫画虎"的词语,意思是猫与虎的外形有相似之处,用以比喻照样模仿而仅得其形似而已,并不能画出虎的威风凛凛之神韵。相传,明末,登州有个名画家,特别喜欢水浒故事,擅长画梁山好汉。这一年,他得了重病,临终前画过梁山一百零七条好汉,唯剩武松没画,他觉得画武松离不开老虎,可他又不熟悉老虎,因此,迟迟没有动笔。最后,他交代徒弟,要在他死后设法将画完成,以了为师之心愿。徒弟遵照师嘱,上山寻虎,但难以找到虎踪。正在进退两难时,遇到一个僧人,他将寻虎作画之意说与僧人。僧人说,这有何难?你仿照猫作画即可。徒弟认为猫太小了。僧人说,那就画大一些不就可以了吗?徒弟觉得只能如此,回家后就仿照一只大黄猫完成了画作,并题写武松打虎图。当一百零八位好汉图挂出后,有位文人看了后评价说,佳作名画,好汉英雄,唯独武松,黄猫作虎。此后,照猫画虎的故事流传开来。

二十世纪六十年代,上海海燕电影制片厂拍摄了一部童话故事片,片名叫《马兰花》。剧情说的是很久以前,马兰山的山顶住着仙人马郎,他培植了一朵非常美丽的马兰花,这朵花能给勤劳勇敢的人带来幸福。马兰山下,住着一户人家,王老爹、王大妈和两个长得一模一样的女儿大兰与小兰。大兰好吃懒做,小兰勤劳朴实。小兰有个心愿,就是想看到马兰花。王老爹得知小兰的心愿,不顾山高路险,翻山越岭来到马兰山顶,看到马兰花闪烁着光芒。正在兴奋时,不慎脚下一滑,坠下万丈悬崖,幸亏被马郎看见相救。马郎得知想要花的是勤劳朴实的小兰,就愉快地把马兰花摘下交给王老爹,并向老爹说明向小兰求婚之意,老爹满心欢喜。就在老爹向家而归时,一只躲在山洞的黑心狼发现了马兰花,它尾随至老爹家,吃掉老爹家老猫,自己化身老猫,混在老爹家。老爹到家后,询问两个女儿谁愿嫁给马郎,大兰嫌深山野岭苦,不愿意嫁,小兰表示愿嫁勤劳勇敢的马郎。马郎和小兰婚后,小兰回家探望父母,引起大兰嫉妒,黑心狼所变老猫趁机煽动大兰骗取小兰的马兰花,老猫又将回山的小兰推入湖中。大兰得花后,却不知口诀,老猫又威胁和利诱大兰扮成小兰上山去骗口诀。后来,马郎得知真相,夺回了马兰花,将老猫打回原形并摔下万丈深渊,又借助马兰花神力救回小兰。影片上映后,深受人们喜爱。

再来说说狗的那些事。 专家认为,狗是从野狼、豺狗等动物杂交进化而来的,原始人驯养狗的历史在一万五千年以上,中国本土出现家犬的时间距今至少七千多年。原始人驯养狗主要有几个途径,即从打猎时捕获的野狼中驯养,或是将发现的豺狼幼犬带回喂养,也有对自然界各种野狗进行选择和培育的。狗的生命力强、繁殖率高,是杂食性动物,便于饲养;狗的嗅觉能力、奔跑能力、捕猎能力、看守能力等都很强,尤其在艰难危险环境和夜间对人的帮助很大,狗鼻子的灵敏程度是人的六百多倍,能嗅出辨别多种多样的气味;加之狗浑身是宝,狗皮可以入药,狗肉不仅能食用,还对人的身体有较强的滋补作用。正因为如此,人类驯养狗也就成了必然,"狗是人类的朋友"被许多人认同并逐渐成为一种共识。在中国农耕社会中,狗是"六畜"

之一。人们年复一年辛勤劳作,最祈盼的是"五谷丰登,六畜兴旺"。至于在文化上赋予狗的贬损之意,应与狗对陌生人往往是乱咬乱扑、惹是生非的习性有关,权当"狗无完狗"的现象予以包容吧。

有一个"桀犬吠尧"的成语典故,意思是暴君夏桀的狗向圣明之王唐尧吠叫,比喻奴才只知道一心为他的主子效劳,而不分贤愚善恶。西汉景帝时,有个名士叫邹阳,他和很有文才的枚乘等人都在吴王刘濞手下做事,很受器重。后来,吴王阴谋叛乱,邹阳上书劝谏,但吴王刘濞听不进忠言,邹阳便和枚乘等人一起投奔了梁孝王刘武。梁孝王的心腹公孙诡等人因嫉妒邹阳,在梁孝王面前诋毁邹阳。梁孝王一怒之下便将邹阳关进狱中,并准备把他处死。邹阳写了著名的《狱中上梁王书》,为自己辩白。书中列举了历史上名人被疑,甚至被迫害致死,但实际都是忠贞之士的事例,提醒梁孝王细察真情、重用贤才,不要冤枉好人,其中就用了"则桀之犬可使吠尧,跖之客可使刺由"之句。

在星宿学中,有"天狗星"之说,它又叫"犬星"或"天狼星"。宋代大文豪苏轼曾写有"西北望,射天狼"之词句,指的就是天狼星。天狗星是天空中较亮的恒星,与金星、木星、火星等行星比,亮度略有逊色。当它接近地平线时,常闪烁着多彩的光芒,这一现象被描绘为"余光烛天为流星,长数十丈,其疾如风,其声如雷,其光如电"。相传,出现这种现象是一种凶兆,天狗星属于灾煞凶星,命犯天狗、天狗入命,逢之则多不吉,大到有战争、叛乱等血光之灾,小到有伤亡、病患等意外之祸。还有一个传说,明太祖朱元璋便是天狗星下凡,因而他大肆杀戮,导致血流成河。另有命相之说认为,天狗主要属小儿关煞,对年少之人危害尤大,而对成人影响较小。在二十八星宿中,"娄金狗"属西方第二宿,主要负责管理凡间的畜牧业。古代神话常以其为神狗。娄,同"屡",有兴兵聚众的含意。娄宿之星多吉庆,是一个中年运强的星座,其星明,象征国泰民安,否则兵乱四起。

　　古代神话中提到许多神狗。《山海经》中记载,在一个叫作厌火国的地方,这里的人状若猿猴,皮肤黝黑如炭,口中能够喷火。厌火国里有一只神犬名叫祸斗,它全身漆黑、以火为食,拉出来的也是火。祸斗时常从口中喷火,喷出之火不可控制,因而易造成火灾。据说,它是火神的宠物,也有传说被流星击中的母黑狗会生下祸斗。《搜神记》中记载,上古帝喾时期,有一五色龙犬,名叫盘瓠。这个盘瓠最初是从一个老妇人耳朵里掏出来的。盘瓠帮助帝喾打败了对手,帝喾高兴地将女儿许配给它,盘瓠夫妻还生了六对儿女,其后裔成了一些边远地区族裔的祖先。有的少数民族对龙犬的图腾崇拜一直流传下来。在汉传佛教中,地藏王菩萨有一条神犬名叫谛听。在九华山地藏王菩萨的道场,看到的谛听形象是具有虎头、独角、犬耳、龙身、狮尾、麒麟足等特征,缘称九不象。但它的真实身份是一只白犬,由于地藏法门以孝道为基,狗性忠诚,就以它表示不二之心。它可以通过听来辨认世间万物,尤其善于听人的心,在《西游记》中有用谛听来辨别真假美猴王的故事。民间还认为谛听沾有"九气",即灵气、神气、福气、财气、锐气、运气、朝气、力气和骨气,能起到辟邪、消灾、降福、护身等作用。在《封神演义》中,俗称二郎神的杨戬身边有一只神兽,即哮天犬。杨戬成神前,在灌江口曾两次救了一条犬的命,后来,这条犬对杨戬不离不弃、非常忠诚,因它常抬头张口对天而吠,所以就称它为"哮天犬"。杨戬得道后,也教给了哮天犬一些本领。据说,它平时可以像纸片一样藏在杨戬怀里,交战时祭出便可化为一只猛犬,助主人战胜对手。在《西游记》中,杨戬与孙悟空大战斗法时,哮天犬就趁机咬了孙悟空一口,可见它本领确实不小。也有人认为,哮天犬的原型是山东地区的细犬,可作为猎犬使用,有很强的爆发力和持久的耐力,在犬种中当属优等之列。

历史上,关于狗的神奇故事不少。"鸡犬升天"说的是西汉时期,淮南王刘安潜心修道,他找到八位高人传授仙丹炼制之法,终于将仙丹炼成。刘安吃了仙丹之后,身子慢慢飘上天去了。而他洒落在炼丹炉边的仙丹被家中的鸡和狗吃了,这些鸡和狗也随刘安一道飘然升空成仙。后来,常用"一人得道,鸡犬升天"比喻一个人得了势,与他亲近的有关人员也跟着沾光得势。

在民间传说中,"八仙过海"的故事可谓是家喻户晓。八仙之首是铁拐李,他的形象是脸色黝黑、头发蓬松、头戴金箍、胡须杂乱、眼睛圆瞪、一条腿瘸,拄着一根铁制拐杖。相传,铁拐李原名叫李玄,是巴国津琨(今重庆江津)人,他本来长得英俊潇洒、仪表堂堂,后经太上老君点化去华山学道访仙,在石笋山洞中修成灵魂脱窍之术,能够使灵魂和肉体分离。有一次,他准备外出访道,临行前嘱咐徒弟,看好自己的尸身,待七天后就回来附体。交代之后,他的灵魂就飞升出去了。徒弟尽心看着他的尸身,不料就在最后一天闻说家中发生了大事,催他尽快下山处理。徒弟算来快到七天之期,现在离开也无妨。没想到,就在徒弟离开后,一只野狗将尸身吃了个干净。不久,李玄灵魂返回却找不到尸身,也不见徒弟之影,而如果过了七天之限,他的灵魂不能附在肉身之体就会幻化。正在着急之时,忽见山洞边躺着一个奄奄一息的乞丐。李玄灵魂无奈,只得附着上去,肉身复活后,起身走动时才发现一条腿是瘸的,但已不可逆转,他只得认作天意如此。自此之后,李玄被人称为"铁拐李"。

八仙之中有一位叫吕洞宾,据说历史上确有其人,本名吕岩,河东蒲州(今山西永济西)人。吕岩在唐宝历年间中过进士,当过地方官吏,后因厌倦兵起民变的混乱时世,抛弃人间功名富贵,与妻子一起到中条山上的九峰山修行,夫妻两人各居一洞,遂改名为吕洞宾。吕,是指他们夫妻两口;洞,是居住的山洞;宾,即表明自己是山洞中的宾客。吕洞宾弃官出走之前广施恩惠,将万贯家产散发给民众,为大家做了许多好事。修仙之后,他下山云游四方,为百姓解除疾病之忧,从不要任何报酬。他一生乐善好施、扶危济困,深得百姓敬仰。在民间,流传着"狗咬吕洞宾,不识好人心"的俗语,比喻有的人不识好歹,将对方的善意当成恶意。这句俗话来自两个传说故事。一个故事是说二郎神的哮天犬私自下凡祸害人间,刚开始修道的吕洞宾奉命拿法宝"布画"去收降它。哮天犬被收入"布画"之后,吕洞宾担心它被困太久而化成灰烬,心生慈悯,就将哮天犬从"布画"中解脱出来。没想到这个不知好歹的哮天犬出来后,趁机反咬了吕洞宾一口。另一个故事是说,吕洞宾成仙得道之前,结识了一位读书人,名字叫苟杳。苟杳为人忠厚、勤奋好学,但父母双亡、家境贫寒。吕洞宾就把他接到自己家供养,并鼓励他刻苦读书,将来出人头地。一天,吕洞宾家来了一位林姓客人,见苟杳一表人才,就想把妹妹许配给他。吕洞宾深思之后对苟杳说,你既然愿娶林姓女子为妻,我也不便阻拦。不过,在成亲时,我要先陪新娘子睡三宿。苟杳听了惊讶不已,但他寄人篱下,只好屈从。就这样,一连三天都是吕洞宾与新娘子在洞房之中。三天之后,苟杳进入洞房,却见新娘子正低头伤心落泪,见有人进来,就埋怨说,郎君既然娶我,为何一连三夜都不上床同眠,只顾对灯读书,天黑而来、天明而去,让我情何以堪?这一问,将苟杳问得目瞪口呆、无言以对。新娘抬头一看,惊诧不是原先之人。夫妻俩相互说明情况。苟杳方知吕洞宾良苦用心,是希望他不要因娶妻而贪欢、耽误了学业和前程。夫妻俩共同的心愿是,将来一旦获取功名,一定要报吕公之恩。几年后,苟杳果然金榜题名,离开吕家,到外地为官。又过了几年,吕洞宾家发生火灾,他只好找到苟杳府上寻求帮助。苟杳虽热情接待他,却绝口不提帮忙之事。吕洞宾住了一段时日,无奈之下只得空手而归,心中不免有气。没想到回去后,只见被烧毁的房屋已经修缮一新,正在诧异时,又听得屋内传出哭声,他慌忙进屋,见妻子披麻戴孝,正俯棺大哭。吕洞宾不知所措,急问所哭何人。妻子抬头,看到吕洞宾惊吓得问其是人是鬼。原来,就在吕洞宾在苟杳家小住时,苟杳已安排人来修房,又让人抬来一口棺材,说吕洞宾已经病故,妻子为此哭泣不止。吕洞宾心知是苟杳玩的把戏,找来一把利斧将棺材劈开,只见里面竟是金银财宝,还有附信一封。吕洞宾展信而读:"苟杳不是负心郎,送君金钱盖新房。君让我妻守空房,我让君妻哭断肠。"吕洞宾这才明白所以。从此,吕、苟两家更加亲近。后来,人们将"苟杳吕洞宾,不识好人心"中的"苟杳"误作"狗咬",故事流传下来。

  狗在古代文化中也多有反映。唐代李白有诗曰:"孔圣犹闻伤凤麟,董龙更是何鸡狗。"李贺写道:"衣如飞鹑马如狗,临岐击剑生铜吼。"刘禹锡诗中说:"田中牧竖烧刍狗,陌上行人看石麟。"杜甫曾有诗句:"天上浮云如白衣,斯须改变如苍狗。"唐代诗人刘长卿写过《逢雪宿芙蓉山主人》一首小诗:"日暮苍山远,天寒白屋贫。柴门闻犬吠,风雪夜归人。"诗人写出黄昏时分投宿山村时的所见所感,描写了一幅寒冬时节山村的自然画卷,表达了对平民百姓清苦生活的深深同情。唐代大诗人杜甫写有著名的"三吏三别",他在《新婚别》中写道:"嫁女与征夫,不如弃路旁。""暮婚晨告别,无乃太匆忙。""君行虽不远,守边赴河阳。""生女有所归,鸡狗亦得将。君今往死地,沉痛迫中肠。"诗人以一位新婚少妇的口吻诉说战争给平民百姓之家带来的痛苦与不幸。这位新娘晚上刚完婚,丈夫第二天早晨就要应召去戍守边防,虽说嫁鸡随鸡、嫁狗随狗是古代妇女的一种宿命,但眼见得丈夫去往兵灾血光之地,怎能不让她悲痛伤心欲断肠。杜甫深刻揭露了战争的残酷无情,同时对劳苦大众表达了深厚情感,一个贫家女的遭遇让人心生怜悯、百感交集。宋代大文豪苏轼在《江城子·密州出猎》一词中有"老夫聊发少年狂,左牵黄,右擎苍。锦帽貂裘,千骑卷平冈"之句,"左牵黄"就是左手牵着黄狗,"右擎苍"就是右臂举着苍鹰。此词写出了苏轼老当益壮、雄心不泯,渴望朝廷委以重任,到边关奋勇杀敌、建功立业的壮志豪情,历来为文人豪杰所推崇。

司马迁《史记·越王勾践世家》中有个"兔死狗烹"的典故,说的是春秋末期,吴、越争霸,越国被吴国打败,屈服求和。后来,越王勾践卧薪尝胆,任用大夫文种、范蠡治国理政,经过十年的忍辱负重和励精图治,大大增强了综合国力,终于抓住时机,一举打败吴王夫差。就在越国上下庆贺胜利之时,范蠡却失去踪影。有人在湖边发现他的外衣,大家以为他投湖自杀了。不久,文种收到范蠡的一封信,上面写道:飞鸟打尽了,弹弓就会被收藏起来;野兔捉光了,猎狗就被杀了煮来吃;敌国灭掉了,谋臣就会被抛弃或遭残害。越王为人,只可和他共患难,不宜与他同安乐。大夫至今不离他而去,难免有杀身之祸啊。文种看信后,方知范蠡只是隐居而未投湖。随后,文种时常告病不去上朝,但仍未远去。之后,在要和平还是要称霸的战略筹划上,主张休养生息的文种引起了勾践的不满,朝中有人借机诬告文种是想谋反,勾践就派人赐剑给文种并对他说,你有谋略兵法,可以破敌之国。在你所献九策之中,我只用了三策就打败了吴国,其他六策还在你那里。你不如带着这六策去地下见我的先王,用此再去打败吴国的先王。于是,文种用剑自刎而死,死后葬于越都西山之上,后西山改名为"种山",即今绍兴卧龙山。

《史记·淮阴侯列传》提到了汉初大将军韩信之死。刘邦与项羽争夺天下时,韩信统兵开辟新的战场,他兵多将广、举足轻重,刘邦不得不封他为齐王。项羽派帐下的谋士武涉前往韩信处,企图离间韩信拥兵自立,但被韩信断然拒绝。韩信帐下一个叫蒯通的人也私下劝韩信自立。韩信说,汉王待我甚厚,我岂能因私利而背信弃义呢?

待刘邦战胜项羽、天下初定后,刘邦大封群臣,韩信从受封的齐王改封为楚王,后被降为淮阴侯,兵权被剥夺。即使这样,刘邦仍不放心韩信。有一次喝酒,刘邦故意问韩信,你看我能带多少兵?韩信随口说,十万。刘邦又问韩信,那么你能带多少兵呢?韩信回答,多多益善!刘邦听此言后坐卧不安,担心韩信万一谋反则无人能治,于是下决心除掉韩信,并授命吕后与萧何去办。韩信被抓后,发出了"飞鸟尽,良弓藏;狡兔死,走狗烹;敌国破,谋臣亡"的感叹,然而,说什么都晚了,一代名将死在吕后手中。说到底,韩信虽军事谋略超凡,但缺乏如张良那般坚辞万户侯不受、隐居深山不出的政治智慧,悲哀的命运也由此而定。其实,刘邦称帝后,对那些曾为他打江山、献奇计的功臣的猜忌心一直很重,尤其是他手下的异姓王,大部分被杀。刘邦在临终前,对他的连襟樊哙也未放过。樊哙与刘邦同为沛县人,他出身寒微,早年曾以屠狗为业。秦末战火连天时,樊哙与萧何、曹参等共同推戴刘邦起兵反秦,在一路征战中立下汗马功劳,尤其在"鸿门宴"上,他忠勇神武、处变不惊,连楚霸王项羽都为他的英雄气概所折服,赐他酒肉而食之后,终于力保刘邦脱离险境。之后,吕后之妹下嫁樊哙,樊哙成了吕后妹夫,与吕家关系亲近,刘邦对他也很信任。但刘邦在临终前,担心樊哙会随吕氏势力在朝中作乱,便命陈平和周勃尽快将樊哙斩杀,取其首级来报。陈平领命后,心中盘算若是真的将樊哙杀了,刘邦死后,吕后一旦掌权,肯定饶不了自己。他就和周勃商量,先将樊哙捉拿,不急于杀掉,以观朝中动静。返京路上,他们押着樊哙故意拖延时间,走到荥阳时,果然得到了"皇上驾崩"的消息,陈平即刻赶回京城,一边哭灵,一边透露樊哙尚未被杀的情况。吕后听到后,心中大喜,不仅赦免了樊哙,还封赏了陈平。历史上,杀戮功臣的帝王大有其人,明太祖朱元璋比起刘邦可谓是有过之而无不及,跟随他的功臣们几乎被他杀尽。这一"兔死狗烹"的现象,是封建帝王"家天下"的最大弊端,也是封建社会的悲剧。

关于"狗"的成语典故也有很多。"狗尾续貂",说的是晋武帝当政后,封司马伦为赵王,掌管临漳军事。赵王司马伦滥封官爵,只要是王亲贵戚、亲信部属,甚至是贩夫走卒,都能封官晋爵。当时的官帽上,有蝉形图案的金铛为装饰,并插上貂尾,称为"貂蝉冠"。因此,每当聚会时,貂蝉盈座。后来,晋武帝去世,其子司马衷继任,大权落到贾后手里。赵王司马伦遂与大臣孙秀密谋,带兵冲入宫廷,杀了贾后,自封为相国,不久又称帝。由于名不正、言不顺,司马伦为笼络朝臣,大封文武百官,以至于官职泛滥成灾,一时装饰官帽的貂尾都不够用,只好用狗尾来代替。据此流传了"貂不足,狗尾续"的民谣。后来,用"狗尾续貂"比喻滥封官位,也比喻拿不好的东西补接在好的东西后面,使前后两部分极不相称。如续写文学大家的作品等也可称为"狗尾续貂"。

"狗皮膏药",是指在江湖上行走之人,常假造这种膏药来骗取钱财,比喻骗人的货色。这里也有一个故事,说的是古时彰德府有一家做膏药的王掌柜,他乐善好施,名声颇佳。有一次,王掌柜带着一些膏药去赶庙会,路上碰到一个瘸腿乞丐,衣服破烂、浑身发臭。乞丐见到王掌柜,伸出瘸腿,指着腿上长出的疔疮,请王掌柜给药。王掌柜就取出一贴膏药让他贴上。第二天,王掌柜又碰上了这个乞丐,说是疔疮更大了,王掌柜揭开膏药一看,果然如此,就换了一贴药力大的膏药。又过了一天,王掌柜正要出门,却见乞丐等在门口。乞丐见到王掌柜就说,你的膏药是假货,根本治不好腿疮。王掌柜揭开膏药一看,果然比原来更严重了,他心中过意不去,扶起乞丐进到院内,准备再配膏药。这时,一只大黄狗扑上来,咬住了乞丐的腿。王掌柜见状,急忙抄起乞丐手中的木棍,将狗打死了。王掌柜进屋配好药拿到院内,见乞丐正在烤狗肉吃,边上放着几块狗皮。乞丐接过配好的药,往腿上一按,又拿起一块狗皮捂在上面。不一会儿,乞丐把狗皮膏药一揭,腿上的脓疮消失了。王掌柜惊奇万分,正要问个究竟,那乞丐忽然不见了,他这才明白是仙人铁拐李前来传授秘方。后来,王掌柜的狗皮膏药天下闻名。

"飞鹰走狗",说的是东汉末年,权臣袁术经常带着鹰和狗在外游猎,恣意享乐,生活十分奢侈浪费。他不顾舆情汹汹,竟然在寿春称帝,百姓对他痛恨不已。后来,用"飞鹰走狗"来形容打猎游荡的生活。

"狗血喷头",意思是把狗血喷在头上,用以形容言辞刻毒、大肆辱骂,或骂得痛快淋漓。清代吴敬梓的《儒林外史》中,有个"范进中举"的故事。范进未中前,因应考没有盘缠,去找丈人胡屠夫商议,未及开口,就被骂了个狗血喷头。后来,范进终于考中了举人,胡屠夫顿时换了一副眉开眼笑的嘴脸,活脱脱的势利小人形象被作者刻画得入木三分。

清代蒲松龄在《聊斋志异》中写有"义犬报恩"的故事,说的是一个姓贾的富商从外地回家,在码头边看到屠夫正要宰杀一只狗。那狗看见贾某,眼里竟冒出泪花。贾某于心不忍,出钱买下狗来带在身边。没想到,贾某坐上的是一条贼船,船行半途时,船匪就要杀人图财,贾某无奈之下求船匪给他一个全尸。船匪搜到银两后,就把他裹在一张毛毡里捆起来,扔进水里,然后驾船消失了。就在贾某被抛进水中时,那只被救之狗也跳进水中,狗用牙齿咬住毛毡将其拖到岸边,之后,它找到一个渔民,一直在渔民身边转来转去,发出哀伤的声音。渔民觉得奇怪,跟着狗一路过来,发现了毛毡并救活了贾某。贾某被救后,想找到船匪并索回钱财,但一连几天没有线索。而在这期间,那只狗不见了。一天,狗突然跑回来,望着贾某大叫,又跑出去回头望向贾某,贾某随狗而去。在一条小船上,贾某发现了一个船匪,那狗敏锐地扑过去,死死咬住船匪的腿不放。后来,贾某将船匪送官,根据这一船匪交代,又抓到其他船匪,找回了自己的钱财。这只狗后被人们称为"义犬"。

猫与狗虽然属畜类,但它们知天性、懂人性、有灵性。善待猫与狗,了解猫与狗,与猫、狗做好朋友,会充实人们的业余生活和文化生活,给人们带来许多意想不到的收获和乐趣。诚如是,也不枉奉献上这篇小文。

图书在版编目(CIP)数据

文史趣思.贰/陈学斌著.—上海:复旦大学出版社,2022.7
ISBN 978-7-309-16139-7

Ⅰ.①文… Ⅱ.①陈… Ⅲ.①文史—中国—通俗读物 Ⅳ.①C49

中国版本图书馆 CIP 数据核字(2022)第 040565 号

文史趣思(贰)
WEN SHI QU SI ER
陈学斌 著
责任编辑/朱安奇

复旦大学出版社有限公司出版发行
上海市国权路 579 号 邮编:200433
网址:fupnet@fudanpress.com http://www.fudanpress.com
门市零售:86-21-65102580 团体订购:86-21-65104505
出版部电话:86-21-65642845
上海四维数字图文有限公司

开本 890×1240 1/32 印张 12.75 字数 308 千
2022 年 7 月第 1 版第 1 次印刷

ISBN 978-7-309-16139-7/C・424
定价:50.00 元

如有印装质量问题,请向复旦大学出版社有限公司出版部调换。
版权所有 侵权必究